Das Buch

Der Tierfotograf Will Rabjohns ist ein Einzelgänger. Seit ihn sein Geliebter wegen eines anderen Mannes verlassen hat, flüchtet er sich in die Arbeit. Nur seine Assistentin Adrianna hat noch Zugang zu ihm. Da wird Will an der Hudson Bay von einem Eisbären schwer verletzt. Während er im Koma liegt, hat er intensive, lebendige Träume. Er geht zurück in seine Jugend im englischen Yorkshire, zurück in die Zeit, als er dem faszinierenden, aber gefährlichen Jacob Steep begegnete, mit dem er sich in einem blutigen Ritual verband – Steep spürt bis heute Wills Gedanken, und dieser kann die Erinnerungen von Steep bildlich erleben. Und er erinnert sich an Jacob Steeps Partnerin, die schöne, mörderische Rosa, die vier Männer getötet und den Geist des kleinen Sherwood auf immer verwirrt hat.
Steep, der gerade in Oman ist, spürt Wills Koma-Träume. Zusammen mit Rosa kehrt er zurück in das kleine Yorkshire-Dorf. Und dann ruft er Will zu sich. Steep plant, Will zu töten, um sich endlich von diesem Schatten zu befreien.

Der Autor

Clive Barker, Jahrgang 1952, stammt aus Liverpool. Bekannt wurde er vor allem durch seine großen Romane *Das Tor zur Hölle – Hellraiser* (01/8362), *Cabal* (01/8464), *Jenseits des Bösen* (01/8794), *Gyre* (01/8868), *Imagica* (01/9408) und *Stadt des Bösen* (01/9595). Clive Barker schrieb auch Theaterstücke und Drehbücher und arbeitete als Regisseur für Bühne und Film. Seit einigen Jahren lebt er in Los Angeles.

CLIVE BARKER

DAS SAKRAMENT

Roman

Aus dem Englischen
von Thomas Hag

Deutsche Erstausgabe

**WILHELM HEYNE VERLAG
MÜNCHEN**

HEYNE ALLGEMEINE REIHE
Nr. 01/10626

Die Originalausgabe
SACRAMENT
erschien 1996 by HarperCollins Publishers

Umwelthinweis:
Das Buch wurde auf
chlor- und säurefreiem Papier gedruckt.

Copyright © 1996 by Clive Barker
Copyright © 1999 der deutschen Ausgabe by
Wilhelm Heyne Verlag GmbH & Co. KG, München
Printed in Germany 1999
Umschlagillustration: Bob Warner
Umschlaggestaltung: Atelier Ingrid Schütz, München
Satz: Pinkuin Satz und Datentechnik, Berlin
Druck und Bindung: Pressedruck, Augsburg

ISBN 3-453-13698-5

http://www.heyne.de

Für Malcolm

INHALT

TEIL EINS
Er steht vor einer verschlossenen Tür   11

TEIL ZWEI
Er träumt, er wird geliebt   57

TEIL DREI
Er verirrt sich; er wird gefunden   123

TEIL VIER
Er trifft den Fremden in seiner Haut   237

TEIL FÜNF
Er gibt dem Geheimnis einen Namen   365

TEIL SECHS
Er betritt das Haus der Welt   487

Ich bin ein Mensch, und Menschen sind Tiere, die Geschichten erzählen. Dies ist ein Geschenk von Gott, der unsere Art durch Sprache zum Leben erweckte, aber das Ende der Geschichte offen ließ. Dieses Geheimnis bereitet uns Kummer. Wie könnte es auch anders sein? Wie sollte es uns möglich sein, so denken wir, ohne das Ende zu kennen, Sinn in dem zu finden, was vorher passiert ist; in unserem Leben nämlich?

Deshalb erfinden wir selbst Geschichten, imitieren fieberhaft und eifersüchtig unseren Schöpfer in der Hoffnung, daß wir, zufällig, das erzählen, was Gott nicht zu Ende erzählt hat. Und indem wir unsere Geschichte zu Ende erzählen, begreifen wir, warum wir geboren sind.

TEIL EINS

Er steht vor einer verschlossenen Tür

I

Jede Stunde birgt ihr Geheimnis.

Die Morgendämmerung bringt das Mysterium des Lebens und des Lichts. Der Mittag präsentiert das Bilderrätsel flirrender Hitze. Um drei, in der dösigen Nachmittagswärme, taucht ein Geistermond am Himmel auf. Die Abenddämmerung schickt uns Erinnerung. Und um Mitternacht stellt sich das Rätsel der Zeit selbst. Ein Tag, der sich nie mehr wiederholt, wird Geschichte, während wir schlafen.

Am Samstag hatte Will Rabjohns die wetterzerschundene Holzhütte am Rande Balthazars erreicht. Jetzt war es Sonntagmorgen. Wills zerkratzte Armbanduhr zeigte siebzehn Minuten nach zwei. Vor einer Stunde hatte er den Flachmann mit Brandy geleert und hatte damit dem Polarlicht zugeprostet, das weit hinter der Hudson Bay, an deren Ufern Balthazar lag, schimmerte und glänzte. Unzählige Male hatte er an die Tür der Hütte geklopft, hatte Guthries Namen gerufen und ihn gebeten, ihm nur ein paar Minuten seiner Zeit zu opfern. Zwei-, dreimal hatte es so ausgesehen, als würde der alte Mann seinen Wunsch erfüllen. Er hatte gehört, wie er hinter der Tür unverständliches Zeug murmelte und einmal hatte sich sogar die Klinke bewegt. Aber Guthrie war nicht herausgekommen.

Will hatte das weder abgeschreckt noch sonderlich überrascht. Der alte Mann galt allgemein als verrückt, und zwar bei den Männern und Frauen, die sich eine der düstersten Ecken der Welt als Wohnsitz ausgewählt hatten. Wenn sich jemand mit Verrückten auskannte, dachte Will, dann sie. Was außer einer gewissen Verrücktheit konnte Menschen dazu bringen, eine Gemeinde – selbst eine so kleine wie Balthazar (Einwohnerzahl: 31) auf einem baumlosen, windgeprügelten Stück Land zu gründen, das die Hälfte des Jahres unter Eis und Schnee begraben lag und in zwei der übrigen Monate von den Eisbären besetzt wurde, die im Spätherbst durch das Gebiet kamen und darauf warteten, daß die Bucht zufror? Wenn diese Leute Guthrie für wahnsinnig hielten, war das Beweis dafür, wie verrückt er wirklich war.

Aber Will wußte, wie man wartete. Er hatte den größten Teil seines Berufslebens damit verbracht, auf Tiere zu warten. In Verstecken, in Erdlöchern, in Wadis und auf Bäumen, mit schußbereiter Kamera und gespitzten Ohren hatte er darauf gewartet, daß sein Zielobjekt erschien. Wie viele dieser Tiere waren verzweifelt und verrückt gewesen wie Guthrie? Die meisten, natürlich. Sie hatten versucht, vor der heranschwappenden Flut der Menschheit zu flüchten, und es war ihnen nicht gelungen. Ihr Leben und ihre Welt waren in Gefahr. Nicht immer wurde seine Geduld belohnt. Manchmal mußte er aufgeben und weiterziehen, auch wenn er tagelang geschwitzt oder gefroren hatte. Die Spezies, hinter der er her war, wollte ihre Verzweiflung, trotz aller Hoffnungslosigkeit, nicht der Linse seiner Kamera preisgeben.

Auch Guthrie war so ein Tier, wenn auch ein menschliches. Selbst wenn er sich in seinen Wänden aus wettergegerbtem Holz eingesperrt und es sich zur Gewohnheit gemacht hatte, seinen Nachbarn (wenn man von Nachbarn sprechen konnte; das nächste Haus lag eine halbe Meile entfernt) möglichst aus dem Weg zu gehen, so machte ihn dieser Mann vor seiner Türschwelle doch sicher neugierig; dieser Mann, der fünf Stunden in der bitteren Kälte gewartet hatte. Das hoffte Will zumindest. Je länger er ausharrte, desto wahrscheinlicher wurde es, daß der Irre seiner Neugier nachgab und ihm die Tür aufmachte.

Er sah erneut auf seine Uhr. Es war fast drei. Zwar hatte er seiner Assistentin Adrianna gesagt, sie solle nicht auf ihn warten, aber er kannte sie gut genug, um zu wissen, daß sie sich mittlerweile Sorgen machte. Dort draußen in der Dunkelheit gab es Eisbären. Einige davon wogen achthundert, neunhundert Pfund. Sie hatten einen unstillbaren Appetit, und ihr Verhalten war gänzlich unvorhersagbar. In vierzehn Tagen würden sie auf den Eisschollen Seelöwen und Wale jagen. Aber jetzt schlugen sie sich als Aasfresser durch und trieben sich auf den stinkenden Müllkippen von Churchill und Balthazar herum. Es war auch schon vorgekommen, daß sie Menschen getötet hatten. Aller Wahrscheinlichkeit nach hielten sie sich nahe genug bei ihm auf, um ihn riechen zu können, vielleicht warteten sie sogar dort im Dunkeln, wo Guthries mattes Verandalicht sie nicht erreichte, und beobachteten Will, der auf den Stufen saß. Der Gedanke machte ihm keine Angst, eher im Gegenteil. Es erregte ihn fast, daß möglicherweise in diesem Augenblick ein Besucher aus der Wildnis darüber nachdachte, wie er wohl schmecken würde. Den größten Teil seines Erwachsenenlebens hatte er damit verbracht, die ungezähmte Natur zu fotografieren und den Menschen von den Tragödien zu berichten, die sich dort ereigneten. Es waren selten menschliche Tragödien. Es war die Bevölkerung einer ganz anderen Welt, die täglich dahinschwand und vernichtet wurde. Und während er Zeuge der Zerstörung der Wildnis wurde, wuchs seine Sehnsucht, alles hinter sich zu lassen und ein Teil dieser Welt zu werden, bevor sie verschwand.

Er zog einen seiner pelzgefütterten Handschuhe aus und holte die Zigaretten aus der Anorakjacke. Nur eine einzige war noch übriggeblieben. Er steckte sie zwischen die tauben Lippen und zündete sie an. Daß die Schachtel leer war, bekümmerte ihn mehr als die Kälte oder die Bären.

»He, Guthrie!« rief er und klopfte gegen die Sturmtür. »Wie wär's wenn Sie mich reinließen? Ich möchte mich nur ein paar Minuten mit Ihnen unterhalten. Geben Sie mir eine Chance!«

Er wartete, zog heftig an der Zigarette und spähte in die Dunkelheit. Zwanzig oder dreißig Meter hinter seinem Jeep lagen ein paar Felsbrocken. Er wußte, daß dies ein idealer Lauerplatz für Bären war. Bewegte sich dort etwas? Wahrscheinlich. Schlaue Biester, dachte er. Sie ließen sich Zeit, warteten darauf, daß er zum Wagen zurückging.

»Ach, Scheiße«, murmelte er. Er hatte schon zu lange gewartet. Für heute hatte er genug von Guthrie. Er wollte zurück in die Wärme des gemieteten Hauses in Balthazars Main Street (gleichzeitig Balthazars *einziger* Straße). Dort würde er sich Kaffee machen, ein sehr frühes Frühstück zubereiten und ein paar Stunden schlafen. Entschlossen widerstand er der Versuchung, ein letztes Mal an die Tür zu klopfen, erhob sich von den Stufen und ging durch den knirschenden Schnee auf den Jeep zu, während er nach den Schlüsseln suchte.

Dabei kam ihm der Gedanke, daß Guthrie vielleicht ein perverser alter Stinkstiefel war, der wartete, bis sein Besucher aufgab, bevor er die Tür öffnete. Diesmal behielt er recht. Kaum war Will aus dem Lichtkegel herausgetreten, als er hörte, wie die Tür über den gefrorenen Boden scharrte. Er verlangsamte seinen Schritt, blieb jedoch nicht stehen. Wenn er das tat, würde Guthrie die Tür wahrscheinlich sofort wieder zuschlagen. Lange blieb es still, lange genug für Will, um darüber nachzudenken, was wohl die Bären von diesem seltsamen Ritual hielten. Dann hörte er Guthries schleppende Stimme: »Ich weiß, wer Sie sind, und ich weiß, was Sie wollen.«

»Tatsächlich?« sagte Will und warf einen Blick über die Schulter.

»Ich erlaube nicht, daß irgend jemand Bilder von mir oder meinem Haus macht«, sagte Guthrie, so als stünde jeden Tag eine Schlange von Fotografen vor seiner Tür.

Will drehte sich langsam um. Guthrie wartete noch immer in der Tür; das Verandalicht erhellte seine Züge nur schwach. Vor dem düsteren Inneren der Hütte konnte Will lediglich die Silhouette eines sehr großen Mannes ausmachen. »Ich kann es Ihnen nicht verübeln«, sagte Will, »daß Sie nicht fotografiert werden wollen. Sie haben das Recht auf ihre Privatsphäre.«

»Was, zum Teufel, wollen Sie also?«

»Wie ich schon sagte: Ich will nur ein wenig mit Ihnen reden.«

Guthrie hatte nun offenbar genug von dem Besucher

gesehen, um seine Neugier zu befriedigen. Er trat einen Schritt nach hinten und zog langsam die Tür zu. Will hütete sich, zurückzulaufen. Er blieb, wo er war und spielte die einzige Karte aus, die er hatte. Er nannte, fast beiläufig, zwei Namen: »Ich möchte über Jacob Steep und Rosa McGee mit Ihnen sprechen.«

Die Silhouette zuckte zusammen, und einen Augenblick lang schien es, daß der Mann einfach die Tür zuschlagen würde und daß die Sache damit beendet sei. Doch dann trat Guthrie plötzlich vor. »Sie kennen Sie?« fragte er.

»Ich habe sie mal getroffen«, antwortete Will. »Vor sehr langer Zeit. Sie kannten sie auch, nicht wahr?«

»Ihn ... flüchtig. Und selbst das war schon zuviel. Wie war noch mal Ihr Name?«

»Will – William – Rabjohns.«

»Mhm ... dann kommen Sie mal besser rein, bevor Sie sich die Eier abfrieren.«

II

Im Gegensatz zu den gemütlichen, gut ausgestatteten Häusern im Rest der kleinen Gemeinde wirkte Guthries Behausung derartig primitiv, daß sie kaum bewohnbar schien, wenn man bedachte, wie kalt die Winter hier oben sein konnten. Ein altertümlicher Elektroofen heizte das einzige Zimmer (eine kleine Spüle und ein Herd bildeten die Küche; die weite Natur wahrscheinlich die Toilette), während das Mobiliar so aussah, als käme es vom Sperrmüll. Der Hausherr war in keinem besseren Zustand. Er hatte sich in mehrere Lagen verschmutzter Kleidungsstücke gehüllt und schien dringend kräftiger Nahrung und ärztlicher Hilfe zu bedürfen. Will hatte gehört, daß er etwa sechzig wäre, aber er sah gute zehn Jahre älter aus. Seine fahle Haut war an mehreren Stellen rauh und rot gefleckt. Das Haar, oder das was davon übriggeblieben war, schimmerte weißlich,

17

jedenfalls dort, wo es halbwegs sauber aussah. Er roch nach Krankheit und Fisch.

»Wie haben Sie mich gefunden?« fragte er Will, nachdem er die Tür geschlossen und dreifach verriegelt hatte.

»Eine Frau auf Mauritius hat mir von Ihnen erzählt.«

»Möchten Sie was zum Aufwärmen?«

»Nein danke.«

»Was war das für 'ne Frau?«

»Ich weiß nicht, ob Sie sich noch an sie erinnern. Schwester Ruth Buchanan?«

»Ruth? O Gott, Sie haben Ruth getroffen? Na ja. Die Frau hatte ein Mundwerk …« Er schüttete einen Schluck Whisky in einen zerbeulten Emailbecher und trank hastig. »Nonnen reden zuviel. Ist Ihnen das schon mal aufgefallen?«

»Wahrscheinlich gibt es deshalb das Schweigegelübde.«

Die Antwort gefiel Guthrie. Er stieß ein kurzes, heiseres Lachen aus und trank gleich noch einen Schluck. »Und was hat sie über mich gesagt?« fragte er und warf einen besorgten Blick auf die Whiskyflasche, als rechne er nach, wie lange sie ihm noch Trost spenden könne.

»Nur, daß Sie viel über die Ausrottung von Tieren wüßten, daß Sie die letzten Exemplare einiger Gattungen gesehen hätten.«

»Von Rosa habe ich ihr aber nie etwas erzählt.«

»Nein. Ich bin nur davon ausgegangen, daß Sie vielleicht auch die andere kennen, wenn sie den einen kannten.«

»Hmm.« Guthrie zog die Stirn kraus, während er nachdachte. Will tat so, als ob ihm das nicht auffiele – er hatte es mit einem Mann zu tun, der es nicht mochte, wenn man ihm zu nahe kam –, und ging zum Tisch hinüber, um sich die Bücher anzusehen, die dort aufgestapelt waren. Das warnende Knurren eines Hundes empfing ihn. »Still, Lucy!« befahl Guthrie. Die Hündin verstummte und kam unter dem Tisch hervor, um sich an ihm zu reiben. Es handelte sich um einen Mischling von beträchtlicher Größe, der offensichtlich einen Deutschen Schäferhund und einen Chow-Chow unter seinen Ahnen hatte. Sie schien besser ernährt und gepflegt als ihr Herr. Eilfertig legte sie ihm den Knochen, den sie im Maul trug, vor die Füße.

»Sind Sie Engländer?« fragte Guthrie, der Will noch immer nicht ansah.

»Ich bin in Manchester geboren und habe lange Zeit in den Yorkshire Dales gelebt.«

»England war mir immer ein bißchen zu gemütlich.«

»Ich würde die Moore nicht als gemütlich bezeichnen«, sagte Will. »Ich meine, es ist keine Wildnis wie hier, aber wenn sich die Nebel senken und man mitten in den Hügeln ist…«

»Dort haben Sie die beiden getroffen?«

»Ja, dort habe ich sie getroffen.«

»Englischer Bastard«, sagte Guthrie. Schließlich sah er Will an. »Nein, nicht Sie. Dieser Steep. Eiskalter englischer Bastard.« Er sprach die drei Worte aus, als verfluche er den Mann, wo immer er sich aufhielt. »Wissen Sie, wie er sich nannte?« Will wußte es, aber es schien ihm angebracht, seinem Gastgeber nicht die Show zu stehlen. »Mörder der letzten Dinge«, sagte Guthrie. »Darauf war er stolz, ich schwöre es. Er war stolz darauf.« Er schüttete den Rest des Whiskys in den Becher, trank jedoch nicht. »Sie haben Ruth also auf Mauritius getroffen. Was haben Sie dort gemacht?«

»Fotografiert. Es gibt dort einen Turmfalken, der vom Aussterben bedroht ist.«

»Ich bin sicher, daß er Ihnen für Ihre Aufmerksamkeit dankbar war«, sagte Guthrie trocken. »Also, was wollen Sie von mir? Ich kann Ihnen nichts über Steep oder McGee erzählen. Ich weiß nichts, und wenn ich je was wußte, hab' ich's verdrängt. Außerdem bin ich ein alter Mann und will mich nicht quälen.« Er sah Will an. »Wie alt sind Sie? Vierzig?«

»Gut geraten. Einundvierzig.«

»Verheiratet?«

»Nein.«

»Bleiben Sie dabei. Die Ehe ist ein Gefängnis.«

»Ich werde bestimmt nicht heiraten, das können Sie mir glauben.«

»Sind Sie schwul?« fragte Guthrie mit leicht geneigtem Kopf.

»Zufällig ja.«

»Ein schwuler Engländer. Was für eine Überraschung! Kein Wunder, daß Sie so gut mit Schwester Ruth ausgekommen sind. Sie, die nicht berührt werden darf. Und Sie sind den ganzen Weg hergekommen, nur um mit mir zu sprechen?«

»Ja und nein. Ich bin hier, um die Bären zu fotografieren.«

»Natürlich, die beschissenen Bären.« Die winzigen Spuren von Wärme und Humor in seiner Stimme verschwanden. »Die meisten Leute kommen deswegen nach Churchill, nicht wahr? Gibt es nicht schon Führungen, damit man die Darbietungen der Tiere beobachten kann?« Er schüttelte den Kopf. »Die Viecher entwürdigen sich selbst.«

»Sie gehen einfach dorthin, wo es etwas zu essen gibt«, sagte Will.

Guthrie sah auf die Hündin hinunter, die sich nicht bewegt hatte, seit sie von ihm getadelt worden war. Den Knochen hielt sie noch immer im Maul. »So wie du, nicht wahr?« Erfreut darüber, angesprochen zu werden, egal worum es ging, klopfte sie mit dem Schwanz auf den nackten Boden. »Du kleiner Racker.« Guthrie tat so, als wolle er ihr den Knochen wegnehmen. Warnend zogen sich die zerfransten schwarzen Lefzen zurück. »Sie ist zu schlau, um mich zu beißen, und zu dumm, um nicht zu knurren. Gib schon her, du Straßenköter.« Guthrie zog ihr den Knochen aus dem Maul, und sie ließ es geschehen. Er kraulte sie hinterm Ohr und warf den Knochen wieder vor ihr auf den Boden. »Daß Hunde Kriecher sind, kann ich verstehen«, sagte er. »Schließlich haben wir sie dazu gemacht. Aber Bären, mein Gott – Bären sollten nun wirklich nicht mit der Nase in unserem beschissenen Abfall wühlen. Sie sollten dort draußen bleiben« – er deutete vage in Richtung Bucht –, »wo sie das tun können, wozu der Herrgott sie erschaffen hat.«

»Sind Sie deshalb hier?«

»Was, um das Tierleben zu bewundern? Um Himmels willen, nein. Ich bin hier, weil ich kotzen muß, wenn ich mit Menschen zusammen bin. Ich mag sie nicht. Hab' sie noch nie gemocht.«

»Nicht einmal Steep?« fragte Will.

Guthrie warf ihm einen vernichtenden Blick zu. »Was um alles in der Welt ist das für eine Frage?«

»Eben nur eine Frage.«

»Eine verdammt beschissene Frage«, murmelte Guthrie. Dann beruhigte er sich etwas. »Sie waren schon ein beeindruckender Anblick, die beiden, wirklich. Ich meine, mein Gott, Rosa war wunderschön. Ich habe mich mit Steep nur deswegen auf ein Gespräch eingelassen, um an sie heranzukommen. Aber er hat dann mal zu mir gesagt, ich sei zu alt für sie.«

»Wie alt waren Sie denn damals?« fragte Will, dem nicht entgangen war, daß Guthries Geschichte sich jetzt etwas anders anhörte. Er hatte behauptet, nur Steep zu kennen, doch offensichtlich war er ihnen beiden begegnet.

»Ich war dreißig. Viel zu alt für Rosa. Sie wollte nur ganz junge Kerle. Und natürlich liebte sie Steep. Ich meine, die beiden waren wie Mann und Frau und Bruder und Schwester und weiß der Teufel was sonst noch in einem. Ich hatte keine Chance bei ihr.« Er schien das Thema vergessen zu wollen und schnitt ein neues an. »Sie möchten etwas Gutes für diese Bären tun?« fragte er. »Gehen sie zur Müllkippe und vergiften Sie sie. Bringen Sie ihnen bei, nicht wiederzukommen. Vielleicht dauert es fünf Jahre, und das hieße eine Menge toter Bären, aber früher oder später werden sie schon kapieren.« Jetzt erst kippte er den Rest des Bechers hinunter, und noch während der Whisky in seiner Kehle brannte, fuhr er fort: »Ich versuche, nicht an sie zu denken, aber ich tu's trotzdem …« Will wußte, daß er jetzt nicht mehr von den Bären sprach. »Ich sehe sie vor mir, als wär's gestern.« Er schüttelte den Kopf. »Die beiden waren so wunderschön. So … rein.« Seine Lippen verzogen sich bei dem Wort, als meine er das genaue Gegenteil. »Es muß schrecklich für sie sein.«

»Was muß schrecklich sein?«

»In dieser dreckigen Welt zu leben.« Er sah Will an. »Das ist für mich das Schlimmste dran«, sagte er. »Je älter ich werde, desto mehr kann ich sie verstehen.« Hatte er Tränen in den Augen, fragte sich Will, oder waren sie einfach nur trübe? »Und dafür ich hasse ich mich um so mehr.« Er stellte den leeren Becher ab und verkündete entschieden: »Und das ist alles, was Sie aus mir rauskriegen.« Damit ging er zur Tür und schob die Riegel zurück. »Also – am besten, Sie verschwinden.«

»Nun, danke jedenfalls für Ihre Zeit«, sagte Will und ging an dem alten Mann vorbei hinaus in die eisige Luft.

Guthrie ignorierte die Höflichkeit. »Und wenn Sie Schwester Ruth mal wieder sehen ...«

»Kaum«, sagte Will. »Sie ist letzten Februar gestorben.«

»Woran?«

»Eierstockkarzinom.«

»Oh. Nun, das kommt davon, wenn man keinen Gebrauch von Gottes Geschenken macht«, sagte Guthrie.

Die Hündin hatte sich zu ihnen gesellt und stand knurrend an der Türschwelle. Dieses Mal knurrte sie jedoch nicht Will an, sondern etwas anderes, das sich dort draußen im Dunkel der Nacht aufhielt. Guthrie ermahnte sie nicht, sondern starrte in die Finsternis hinaus. »Sie riecht Bären. Besser, Sie beeilen sich.«

»Das werde ich«, sagte Will und streckte die Hand aus. Guthrie sah sie verwundert an, als habe er dieses einfache Ritual schon vergessen. Dann ergriff er sie.

»Denken Sie darüber nach, was ich Ihnen gesagt habe«, sagte er. »Sie sollten die Bären wirklich vergiften. Sie täten ihnen einen Gefallen.«

»Damit würde ich Jacob die Arbeit abnehmen«, entgegnete Will. »Außerdem bin ich dafür nicht geboren.«

»Wir nehmen ihm die Arbeit allein dadurch ab, daß wir leben«, sagte Guthrie. »Wir sorgen dafür, daß der Müllhaufen immer größer wird.«

»Nun, zumindest trage ich nicht zur Überbevölkerung bei«, erwiderte Will und ging auf seinen Jeep zu.

»Sie und Schwester Ruth!« rief Guthrie ihm hinterher. Der Hund begann laut zu bellen, mit einem schrillen Klang, den Will nur allzu gut kannte. So hatten die Camphunde gebellt, wenn sich Löwen näherten. Es war eine Warnung, und Will beeilte sich. Er spähte in die Dunkelheit links und rechts von sich und hatte den Jeep nach einem halben Dutzend beschleunigter Herzschläge erreicht.

Guthrie stand noch immer vor der Tür und rief etwas. Ob er seinen Gast drängte zurückzukommen oder sich zu beeilen, konnte Will nicht verstehen. Der Hund bellte zu laut. Er versuchte, die Stimme des Hundes und die des Menschen auszublenden und konzentrierte sich auf die einfache Aufgabe, den Schlüssel ins Schloß zu bekommen. Aber seine Finger gehorchten ihm nicht. Er stocherte herum, und schließlich glitt ihm der Schlüssel aus der Hand. Hastig ging er in die Hocke und suchte den Schnee ab, während das Gebell des Hundes immer lauter wurde. Irgend etwas bewegte sich seitlich von ihm. Während seine Finger nach dem Schlüssel tasteten, sah er um sich. Keine Bären zu sehen, aber darin lag wenig Trost. Wenn sich das Tier hinter den Felsen versteckte, konnte es in fünf Sekunden bei ihm sein. Er hatte miterlebt, wie Bären angreifen – o ja, wenn nötig, konnten sie sehr schnell sein. Wie eine Lokomotive rasten sie auf ihre Beute zu. Er wußte, was zu tun war, wenn man von einem Bären angegriffen wurde: auf die Knie fallen, die Arme über den Kopf legen, das Gesicht auf den Boden pressen. Ein so kleines Ziel wie möglich bieten und auf keinen Fall dem Bär in die Augen sehen. Keinen Laut von sich geben. Nicht bewegen. Je weniger lebendig man wirkte, desto größer war die Chance, zu überleben. Daraus konnte man sicher eine Lektion ziehen, wenn auch eine bittere: Lebe wie ein Stein, und der Tod zieht vielleicht an dir vorüber.

Endlich fanden seine Finger den Schlüssel. Er erhob sich und warf dabei einen Blick zurück. Guthrie stand noch immer in der Tür, die Hündin mit gesträubtem Fell, aber verstummt, neben ihm. Will hatte nicht gehört, daß Guthrie sie ermahnt hatte. Wahrscheinlich war sie es einfach leid geworden, diesen verdammten Narren von einem Menschen zu warnen, der nicht kommen wollte, wenn man ihn rief.

Beim dritten Versuch glitt der Schlüssel endlich ins Schloß. Will riß die Tür auf. Genau in diesem Augenblick hörte er das Brüllen des Bären – und dann stürmte er auch schon zwischen den Felsen hervor. Es gab keinerlei Zweifel an seiner Absicht; das Tier hatte ihn ins Auge gefaßt. Will schwang sich auf den Fahrersitz. Für den Bruchteil einer Sekunde dachte er daran, wie verwundbar seine Beine waren und schlug hastig die Tür zu.

Das Brüllen ertönte erneut, dieses Mal näher. Er steckte den Schlüssel ins Zündschloß und drehte ihn herum. Sofort leuchteten die Scheinwerfer auf und überfluteten den eisigen Grund mit Helligkeit, bis hin zu den Felsen, die durch das gleißende Licht so unecht wie eine Bühnendekoration wirkten. Nichts von dem Bären zu sehen. Er blickte noch einmal zu Guthries Hütte zurück. Mann und Hund hatten sich hinter die geschlossene Tür zurückgezogen. Er startete den Jeep und begann zu wenden. Noch während er das tat, hörte er erneut das Brüllen, dann einen Schlag. In seiner Wut, daß ihm die Beute entgangen war, hatte der Bär das Fahrzeug angegriffen und stellte sich auf die Hinterbeine, um ein zweitesmal zuzuschlagen. Will konnte aus den Augenwinkeln nur schemenhaft seinen massigen weißen Körper wahrnehmen. Ein riesiges Tier, daran bestand kein Zweifel. Neunhundert Pfund und mehr. Wenn es den Jeep so beschädigte, daß er nicht mehr weiterfahren konnte, geriet er in Schwierigkeiten. Der Bär wollte ihn, und er würde ihn kriegen, wenn er nicht entkommen konnte. Seine Zähne und Klauen waren kräftig genug, den Wagen wie eine Konservenbüchse mit Menschenfleisch aufzureißen.

Er setzte den Fuß aufs Gaspedal und riß den Wagen in Richtung Straße herum. Sofort änderte der Bär Richtung und Taktik und ließ sich wieder auf alle viere fallen, um den Jeep zu überholen und ihm den Weg abzuschneiden.

Einen Augenblick lang tauchte das Tier im grellen Licht

der Scheinwerfer auf. Die keilförmige Schnauze zeigte direkt auf den Wagen. Das war kein Mitglied des erbarmungswürdigen Clans, den Guthrie beschrieben hatte, jener Tiere, deren Wildheit durch ihre Abhängigkeit von menschlichem Abfall eingedämmt worden war. Dies war ein Stück Wildnis. Der Bär trotzte dem Lärm und der Geschwindigkeit des Wagens, in dessen Weg er sich gestellt hatte. Aber in der Sekunde, bevor ihn das Fahrzeug erfaßte, war er verschwunden, mit einer solchen Schnelligkeit, daß es fast einem Wunder glich. Als sei er nichts als ein Trugbild gewesen, das die Kälte hervorgezaubert und wieder verschluckt hatte.

Während Will zum Haus zurückfuhr, empfand er zum ersten Mal die Armseligkeit seines Handwerks. Er hatte in seinem Leben Tausende von Aufnahmen gemacht, in einigen der wildesten Regionen dieser Erde: den Torres de Paine, den tibetischen Hochebenen, dem Gunnung Leuser in Indonesien. Er hatte Fotos von Spezies gemacht, die die letzten verzweifelten Tage ihres Daseins fristeten, darunter bösartige Einzelgänger und Menschenfresser. Aber nie hatte er auch nur annähernd das erfassen können, was er gerade im Scheinwerferlicht gesehen hatte: die Kraft und die Herrlichkeit des Bären, der sein Leben riskiert hatte, um ihm zu trotzen. Vielleicht war er nicht begabt genug, so etwas auf ein Foto zu bannen. Wenn dem so war, konnte es wahrscheinlich niemand; nach Meinung der Fachpresse galt er als der beste. Aber das wilde Tier übertraf ihn. So wie sein Genie darin bestand, so lange auf sein Motiv zu warten, bis es sich ihm im Kern seines Wesens darbot, so bestand das Genie des wilden Tieres darin, diese Entblößung stets unvollkommen zu lassen. Die Einzelgänger und die Menschenfresser starben aus, einer nach dem anderen, aber das Geheimnis lebte weiter, ungelüftet. Und es würde weiterleben, glaubte Will, bis zum Ende der Einzelgänger und der Geheimnisse und der Menschen, die in beides vernarrt waren.

III

Cornelius Botham saß am Tisch. Eine selbstgedrehte Zigarette hing unter dem blonden buschigen Schnurrbart zwischen seinen Lippen. Das dritte Bier an diesem Morgen stand neben ihm, während er eine Pentax-Kamera sezierte.

»Was ist damit?« fragte Will.

»Sie ist kaputt«, antwortete Cornelius trocken. »Ich würde vorschlagen, wir hacken ein Loch ins Eis, wickeln sie in einen von Adriannas Slips ein und versenken sie, damit künftige Generationen sie irgendwann entdecken können.«

»Kannst du sie nicht mehr reparieren?«

»Oh, ich kann sie schon reparieren«, sagte Cornelius. »Deshalb bin ich hier. Ich kann alles reparieren. Aber ich würde es vorziehen, ein Loch ins Eis zu hacken, sie in einen von Adriannas Slips zu wickeln ...«

»Sie hat gute Dienste geleistet, diese Kamera ...«

»Wie wir alle. Aber früher oder später werden wir in eines von Adriannas Unterhöschen gewickelt – wenn wir Glück haben – und ...«

Will stand am Ofen und bereitete ein etwas unförmiges Omelett zu. »Du übertreibst.«

»Das tue ich nicht.«

Vorsichtig ließ Will sein Frühstück auf einen Teller gleiten, legte zwei Scheiben altbackenes Brot darauf und setzte sich gegenüber von Cornelius an den Tisch.

»Weißt du, was mit diesem Kaff nicht stimmt?« fragte Cornelius.

»Nenn mir A, B oder C.«

Das war ein beliebtes Ratespiel zwischen dem Trio. Der Trick bestand darin, Antworten zu erfinden, die plausibler klangen als die Wahrheit.

»Kein Problem«, sagte Cornelius. Er trank einen Schluck Bier. »Also A, okay? Es gibt keine gutaussehenden Frauen im Umkreis von zweihundert Meilen außer Adrianna, aber das wäre, als würde ich meine Schwester vögeln. Okay – also B. Man bekommt kein anständiges Acid. Und C ...«

»Ich tippe auf B.«

»Warte, ich bin noch nicht fertig.«

»Das macht nichts.«

»Scheiße, Mann, ich hab' ein fantastisches C.«

»Es ist das Acid«, sagte Will. Er beugte sich vor. »Stimmt's?«

»Ja«, gab Cornelius zu. Er blickte auf Wills Teller. »Was, zum Teufel, ist das?«

»Omelette.«

»Womit hast du das gemacht? Mit Pinguineiern?«

Will mußte lachen, und er lachte noch, als Adrianna aus der Kälte hereinkam. »He, da treiben sich noch mehr Bären auf der Müllkippe herum«, sagte sie. Ihr Südstaatenakzent stand in vollkommenem Gegensatz zu dem Bild, das sie ansonsten abgab, von dem schlecht geschnittenen Pony bis zu den schweren Stiefeln, mit denen sie in die Küche trampelte. »Mindestens vier. Zwei Jüngere, ein Weibchen und ein riesiges Männchen.« Sie sah Will an, dann Cornelius und wieder Will. »Ein bißchen mehr Enthusiasmus, bitte.«

»Laß mir nur ein paar Minuten«, sagte Will. »Ich brauche erst ein, zwei Tassen Kaffee.«

»Du mußt dir das Männchen ansehen. Ich meine …« Sie suchte nach Worten. »Das ist der verdammt größte Bär, den ich je gesehen habe.«

»Vielleicht ist es der gleiche, dem ich heute nacht begegnet bin«, sagte Will. »Eigentlich ist er mir begegnet. Vor Guthries Hütte.«

Adrianna öffnete ihren Parka und setzte sich auf das verschlissene Sofa, nachdem sie zuerst ein Kissen und eine Decke zur Seite gefegt hatte. »Er hat dich ja ziemlich lange reden lassen«, sagte sie. »Wie war das alte Arschloch denn so?«

»Nicht verrückter als alle anderen, die in einer Hütte in der Mitte von Nirgendwo hausen.«

»Allein?«

»Er hat einen Hund. Lucy.«

»He …«, flötete Cornelius. »Wenn das nicht nach einem

Mann mit einem gehörigen Vorrat des richtigen Stoffs klingt?« Er grinste und seine Augen glänzten. »Nur ein Typ, der auf LSD steht, würde seinen Hund Lucy nennen.«

»O Gott!« stöhnte Adrianna. »Ich habe es so satt, dich dauernd von Drogen reden zu hören.«

Cornelius zuckte mit den Schultern. »Wie du meinst.«

»Wir sind hierher gekommen, um zu arbeiten.«

»Und das tun wir auch«, erwiderte Cornelius. »Wir haben alles auf Film gebannt, was ein verdammter Eisbär an Lächerlichem und Bemitleidenswertem nur tun kann. Bären, die zwischen geborstenen Abwasserrohren spielen, Bären, die es mitten auf einer Müllkippe miteinander treiben …«

»Okay, okay«, sagte Adrianna. »Wir waren fleißig.« Sie wandte sich an Will. »Ich möchte nur, daß du dir noch meinen Bären ansiehst.«

»Jetzt ist es schon dein Bär, was?« sagte Cornelius.

Sie beachtete ihn nicht. »Nur noch eine letzte Aufnahme«, bat sie Will. »Du wirst es nicht bereuen.«

»Mein Gott«, seufzte Cornelius und legte die Beine auf den Tisch. »Laß den Mann in Ruhe. Er will das Scheißviech nicht sehen. Kommt das nicht bei dir an?«

»Halt dich da raus«, fuhr Adrianna ihn an.

»Du bist so verdammt aufdringlich«, entgegnete Cornelius. »Es ist doch nur ein Bär.«

Im Nu war Adrianna vom Sofa aufgesprungen und auf Cornelius losgegangen. »Ich hab' gesagt, halt dich da raus«, sagte sie und stieß Cornelius genau so weit an der Schulter zurück, daß er nach hinten kippte. Beim Fallen riß er die Hälfte der leidgeprüften Pentax mit dem Absatz seines Stiefels vom Tisch.

»Also wirklich«, sagte Will und nahm seinen Teller in die Hand, für den Fall, daß die Feindseligkeiten eskalieren sollten. Es wäre nicht das erstemal gewesen. Neun von zehn Tagen arbeiteten Cornelius und Adrianna Seite an Seite, wie Bruder und Schwester. Am zehnten Tag gingen sie aufeinander los, ebenfalls wie Bruder und Schwester. Heute jedoch schien Cornelius nicht in der Stimmung für

Beleidigungen oder Faustkämpfe. Er rappelte sich hoch, strich sich die Hippie-Locken aus den Augen und stolperte zur Tür, wobei er unterwegs seinen Anorak auflas. »Bis später«, sagte er zu Will. »Ich geh und schau mal ein bißchen aufs Meer hinaus.«

»Tut mir leid«, sagte Adrianna, als er fort war. »Das war meine Schuld. Wenn er zurückkommt, schließe ich Frieden mit ihm.«

»Von mir aus.«

Adrianna ging zum Ofen und goß sich eine Tasse Kaffee ein. »Und was hat Guthrie so erzählt?«

»Nicht sehr viel.«

»Warum hast du ihn überhaupt aufgesucht?«

Will zuckte mit den Schultern. »Ach ... nur so eine Sache ... aus meiner Kindheit«, sagte er.

»Ein großes Geheimnis?«

Will lächelte sie an. »Riesig.«

»Also – du willst es mir nicht sagen?«

»Es hat nichts damit zu tun, daß wir jetzt hier sind. Na ja, einerseits nicht, andererseits schon. Ich wußte, daß Guthrie dort an der Bucht lebt, also habe ich zwei Fliegen mit einer Klappe geschlagen ...«

»Wirst du ihn fotografieren?« fragte sie und ging zum Fenster. Die Kinder der Tegelstroms, die gegenüber auf der anderen Straßenseite wohnten, spielten im Schnee. Ihr Lachen hatte sie angelockt, und sie schaute zu ihnen hinaus.

»Nein«, sagte Will. »Ich habe ihn schon genug gestört.«

»So wie ich dich jetzt, stimmt's?«

»So hab' ich's nicht gemeint.«

»Aber ich habe recht, oder?« sagte sie sanft. »Nie kriege ich zu hören, wie das Leben des kleinen Willy Rabjohns war.«

»Weil ...«

»... du nicht darüber sprechen willst.« Sie fand langsam Gefallen an ihrer Theorie. »Weißt du ... genauso hast du dich gegenüber Patrick verhalten.«

»Das ist unfair.«

»Du hast ihn in den Wahnsinn getrieben. Er hat mich

manchmal angerufen und einen Schwall von Beschimpfungen losgelassen ...«

»Er ist eine melodramatische Tunte«, sagte Will zärtlich.

»Er sagte, du seist verschlossen, und das stimmt. Er sagte auch, du seist rätselhaft, und das stimmt auch.«

»Ist das nicht das gleiche?«

»Sei bloß nicht spitzfindig. Sonst werde ich sauer.«

»Hast du in letzter Zeit mal mit ihm gesprochen?«

»Jetzt wechselst du das Thema.«

»Aber nein. Eben hast *du* von Patrick gesprochen, und jetzt spreche *ich* von Patrick.«

»Ich habe von dir gesprochen.«

»Das Thema langweilt mich. Hast du mit ihm gesprochen?«

»Aber ja.«

»Und wie geht es ihm?«

»Mal besser, mal schlechter. Er hat versucht, das Apartment zu verkaufen, aber niemand bot ihm soviel, wie er haben wollte, also bleibt er erst mal da. Er sagt, es deprimiert ihn, mitten auf der Castro zu wohnen. Zu viele Witwer, sagt er. Aber ich glaube, es ist besser, wenn er dort bleibt. Besonders, wenn es ihm schlechter geht. Er hat in der Gegend eine Menge Freunde, die ihm helfen.«

»Und was ist mit ... wie hieß er noch? Der Junge mit den gefärbten Wimpern?«

»Du weißt, wie er heißt, Will.« Adrianna dreht sich zu ihm um, und ihre Augen zogen sich zu schmalen Schlitzen zusammen.

»Carlos«, sagte Will.

»Rafael.«

»Nahe genug.«

»Ja, den gibt's noch. Und er färbt sich auch nicht die Wimpern. Er hat wunderschöne Augen. Er ist überhaupt ein toller Junge. Als ich neunzehn war, konnte ich mich nicht so verantwortungsbewußt und liebevoll benehmen wie er. Und ich bin verdammt sicher, du auch nicht.«

»Ich erinnere mich nicht daran, wie ich mit neunzehn war«, sagte Will. »Oder mit zwanzig, wenn ich drüber

30

nachdenke. Ich kann mich ganz, ganz vage daran erinnern, was ich mit einundzwanzig trieb …« Er lachte. »Da war ich oft so high, daß ich schon nicht mehr high war.«

»Und das mit einundzwanzig?«

»War eben ein sehr gutes Jahr für LSD.«

»Bedauerst du es?«

»*Je ne regrette rien*«, nuschelte Will ironisch. »Nein, das stimmt nicht. Ich habe eine Menge Zeit in Bars vergeudet, in denen ich mich von Männern abschleppen ließ, die ich nicht mochte. Und die mich wahrscheinlich auch nicht gemocht hätten, wenn sie sich die Zeit genommen hätten, mit mir zu reden.«

»Was wäre an dir nicht liebeswert gewesen?«

»Ich war zu gierig. Ich wollte geliebt werden – nein, ich verdiente es, geliebt zu werden. Zumindest habe ich gedacht, daß ich es verdiente. Aber ich wurde nicht geliebt. Also trank ich. Es tat weniger weh, wenn ich trank.« Er dachte nach, sah in die Ferne. »Du hast recht mit Rafael. Er ist besser für Patrick, als ich es je war.«

»Pat möchte gerne einen Partner, der ständig um ihn ist«, sagte Adrianna. »Aber dich nennt er noch immer seine große Liebe.«

Will verzog das Gesicht. »Ich hasse das.«

»Nun, du kannst nichts dran machen«, sagte Adrianna. »Du solltest dankbar sein. Die meisten Menschen werden nicht so geliebt.«

»Da wir gerade von Liebe und Bewunderung sprechen – wie geht's Glenn?«

»Glenn zählt nicht. Er ist scharf auf Kinder. Ich habe breite Hüften und einen großen Busen, und deshalb hält er mich für gebärfreudig.«

»Und wann fangt ihr an?«

»Ich überhaupt nicht. Dieser Planet ist auch so schon kaputt genug … Warum sollte ich noch ein paar hungrige Mäuler in die Welt setzen?«

»Glaubst du das wirklich?«

»Nein, aber ich denke es«, sagte Adrianna. »Ich fühle mich ausgesprochen fruchtbar, besonders in seiner Nähe.

Also halte ich mich von ihm fern, wenn die Möglichkeit besteht, ich könnte schwach werden, weißt du.«

»Das muß ihm gefallen.«

»Es macht ihn verrückt. Irgendwann wird er mich verlassen. Er wird eine Erdmutter finden, die nichts weiter will als Babys machen.«

»Könntet ihr nicht eins adoptieren? Damit wäre euch beiden gedient.«

»Wir haben darüber gesprochen, aber Glenn will unbedingt den Familienstammbaum fortsetzen. Er sprich dann immer von seinen animalischen Instinkten.«

»Ah, ganz Mann.«

»Und das von einem Kerl, der seinen Lebensunterhalt in einem Streichquartett verdient.«

»Was wirst du tun?«

»Ihn gehen lassen. Ich werde mir einen Mann suchen, dem es egal ist, ob er der letzte seines Geschlechts ist und der es mir trotzdem jeden Samstagabend besorgt, daß die Wände wackeln. Weißt du was? Wenn ich als Schwuler auf die Welt gekommen wäre, hätten wir ein tolles Paar abgegeben. Also, bewegst du jetzt endlich deinen Arsch? Dieser verdammte Bär wartet nicht ewig.«

IV

1

Als das Nachmittagslicht schwächer wurde, wechselte der Wind die Richtung. Er blies von Nordosten über die Hudson Bay und rüttelte an der Tür und den Fenstern von Guthries Hütte wie etwas Unsichtbares und Einsames, das Trost am heimischen Herd sucht. Der alte Mann saß in seinem Ledersessel und lauschte hingebungsvoll dem Heulen des Windes. Er hatte schon vor langem dem Zauber der menschlichen Stimme entsagt. Allzu oft war sie ein Bote von Lügen und Irrtümern, das glaubte er zumindest mittlerweile. Auch wenn er nie wieder im Leben nur eine einzige Silbe hören sollte, so würde er das keineswegs bedauern. Was Kommunikation betraf, genügte ihm das Geräusch, das jetzt seine Ohren füllte. Das Klagen und Heulen des Windes drang unmittelbarer in sein Bewußtsein als jeder Psalm, jedes Gebet oder Liebesbekenntnis, das er je gehört hatte.

Aber heute abend besänftigte ihn dieser Klang nicht so, wie er es sonst zu tun pflegte. Er wußte auch, warum. Der Besucher, der gestern nacht an seine Tür geklopft hatte, war der Schuldige. Er hatte Guthries Gleichgewicht durcheinandergebracht, hatte Bilder von Geistern heraufbeschworen, die er so lange verdrängt hatte. Jacob Steep, mit seinen Augen, in denen Ruß und Gold schimmerten, dem schwarzen Bart und den bleichen Dichterhänden. Und Rosa, die herrliche Rosa, bei der sich das goldene Funkeln in Steeps Augen in ihrem Haar wiederholte und die Schwärze seines Barts in ihrem Blick – die aber so warm und leidenschaftlich war, wie er emotionslos und kalt. Guthrie hatte die beiden nur kurze Zeit gekannt, und es war viele Jahre her, aber er sah sie so deutlich vor sich, als sei er ihnen erst an diesem Morgen begegnet.

Auch Rabjohns war ihm gegenwärtig: mit seinen grünen Milchaugen, die viel zu sanft blickten, dem schwer zu bändigenden Haar, das sich im Nacken kräuselte und dem breiten, offenen Gesicht mit den eingekerbten Narben an Wange und Brauen. Aber offenbar war er noch längst nicht oft und schwer genug gezeichnet worden, dachte Guthrie. Es steckte noch immer ein gutes Maß an Hoffnung in ihm. Wieso war er gekommen, um Fragen zu stellen, wenn nicht in dem Glauben, daß jemand sie beantworten konnte? Er würde es noch lernen, wenn er lange genug lebte. Es gab keine Antworten. Jedenfalls keine, die Sinn ergaben.

Der Wind schlug heftig gegen die Fenster und lockerte das Stück Pappe, das Guthrie mit Klebeband vor einer gesprungenen Scheibe befestigt hatte. Er erhob sich aus der Höhle des Sessels, holte das Band und ging zum Fenster. Bevor er den Karton wieder fixierte, warf er einen Blick durch das schmierige Glas. Der Tag stand kurz vor seinem Abschied, das Wasser der Bucht, das am Abend dicker zu werden schien, hatte die Farbe von Schiefer angenommen, die Felsen wirkten schwarz. Er sah hinaus, und es war nicht die Aussicht, die ihn von seinem Vorhaben ablenkte, sondern die Erinnerung, die sich in seinen Kopf drängte, lautlos, unaufgefordert, unerwünscht, aber nicht abweisbar.

Zuerst Worte. Kaum hörbar, nur ein Flüstern, aber mehr brauchte es nicht.

Diese werden nie wiederkommen ...

Steep sprach mit majestätischer Stimme.

... und weder diese noch diese ...

Und während er sprach, tauchten die Seiten vor Guthries traurigen Augen auf, die Seiten von Steeps schrecklichem Buch. Dort, die perfekte Wiedergabe eines Vogelflügels, fein koloriert ...

... weder diese ...

Dann hier, auf der folgenden Seite, ein Käfer, im Tode kopiert; jedes einzelne Teil für die Nachwelt dokumentiert: Kiefer, Deckflügel, Körpersegmente.

... noch diese ...

»Mein Gott.« Er begann zu schluchzen, und das Klebeband rutschte ihm aus den zitternden Fingern. Hätte ihn Rabjohns nicht in Ruhe lassen können? Gab es denn keinen Winkel auf der Welt, wo ein Mann dem Klagen des Windes lauschen konnte, ohne entdeckt und an seine Verbrechen erinnert zu werden?

Die Antwort, so schien es, lautete nein. Zumindest für eine Seele wie die seine, der nicht vergeben worden war. Er durfte nie darauf hoffen zu vergessen, nicht bis Gott ihm Leben und Erinnerung nahm, und diese Aussicht schien ihm zu diesem Zeitpunkt weniger furchtbar, als weiterzuleben und Tag und Nacht fürchten zu müssen, daß ein anderer Will an seine Tür kam und Namen nannte.

»Noch diese ...«

»Gebt Ruhe«, murmelte er seinen Erinnerungen zu. Aber die Seiten in seinem Kopf wurden weitergeblättert, Bild für Bild. Ein Bestiarium des Todes. Was für ein Fisch war das, der nie mehr silbern durchs Meer gleiten würde? Was für ein Vogel, dessen Gesang nie mehr zum Himmel aufsteigen konnte?

Die Seiten flogen dahin, während er ihnen mit Blicken folgte, und er wußte, daß Steeps Finger bald an eine Seite kommen würden, die er selbst markiert hatte, nicht mit einem Pinsel oder einem Stift, sondern mit einem glitzernden kleinen Messer.

Und dann würden die Tränen in Sturzbächen fließen, und egal wie hart der Nordostwind blies, er konnte die Vergangenheit nicht davontragen.

2

Die Bären straften Adrianna nicht Lügen. Als sie zur Müllkippe kamen – vom Tag waren nur noch ein paar Reste übrig –, schlugen die Tiere in all ihrer geschändeten Herrlichkeit Kapriolen für sie. Eines von den jüngeren Tieren war das bestproportionierte Weibchen, das sie je gesehen hatten; ein perfektes Exemplar ihres Clans, das im Müll herumwühlte. Das ältere Weibchen untersuchte das rostige Skelett eines Lastwagens, während das Männchen, das Adrianna unbedingt hatte Will zeigen wollen, sein malades Königreich vom Gipfel eines der Dutzend Hügel der Müllkippe aus beobachtete.

Will stieg aus dem Jeep und schlich sich heran. Adrianna, die sich unter solchen Umständen stets mit einem Gewehr bewaffnete, folgte ihm in einem Abstand von zwei oder drei Schritten. Sie kannte Wills Vorgehensweise mittlerweile. Er verschwendete kein Filmmaterial für Weitaufnahmen; er ging so nahe heran, wie es möglich war, ohne die Tiere aufzuschrecken, und wartete dann. Er wartete und wartete. Selbst unter seinen Kollegen – Tierfotografen, denen es nichts ausmachte, eine Woche für ein einziges Bild dranzugeben – war seine Geduld legendär. Darin, wie in so vielen anderen Dingen, stellte er einen wandelnden Widerspruch dar. Adrianna hatte ihn auf Verlagspartys erlebt,

35

wo er nach fünf Minuten Plauderei mit einem Bewunderer vor Langeweile mit den Zähnen knirschte. Aber hier konnte er wie gebannt vier Eisbären auf einem Stück Ödland so lange beobachten, bis er den Augenblick fand, den er festhalten wollte.

Es war klar, daß er weder an den jüngeren noch an dem älteren Weibchen interessiert war. Er wollte das alte Männchen fotografieren. Er warf Adrianna einen Blick zu und zeigte ihr mit Gesten den Weg, den er zwischen den anderen Tieren nehmen wollte, um so nahe wie möglich an sein Ziel heranzukommen. Kaum hatte sie zustimmend genickt, als er sich bereits vorpirschte. Der Frost hatte den mit Unrat bedeckten Boden glatt gemacht, aber Will bewegte sich geschickt und sicher. Die Jüngeren nahmen keine Notiz von ihm, aber das Weibchen, das groß genug war, Will oder Adrianna mit einem Schlag zu töten, wenn ihr danach sein sollte, hörte auf, den Truck zu untersuchen und hob witternd den Kopf. Will verharrte; Adrianna ebenso, das Gewehr schußbereit, falls die Bärin eine aggressive Bewegung machen sollte. Die aber schien an ihrem besonderen Geruch nicht interessiert, vielleicht weil sie in der Umgebung der Müllkippe so viele Menschen roch. Sie widmete sich wieder dem Innenleben des Lasters, und Will setzte seinen Weg fort, auf das Männchen zu. Adrianna wußte nun, was für ein Foto Will machen wollte: mit spitzem Winkel, den Hügel hinauf, um den Bären vor dem Hintergrund des Himmels abzulichten, ein Narrenkönig, der auf einem Thron aus Müll hockte. Mit dieser Art von Bildern hatte Will seinen Ruhm begründet; mit paradoxen Situationen, die er in Bildern einfing, die so schlüssig und unvermeidlich aussahen, daß sie wie Beweise eines Zusammentreffens mit Gott wirkten. Oft waren diese glücklichen Zufälle natürlich das Ergebnis seiner obsessiven Geduld und seiner Beobachtungsgabe. Aber manchmal, so wie jetzt, boten sie sich wie Geschenke dar. Er brauchte sie lediglich annehmen.

Typisch für ihn (und wie oft hatte sie seinen *machismo* schon verflucht), ging er so dicht an den Fuß des Hügels heran, daß er in große Schwierigkeiten geraten würde, falls das Tier auf ihn losginge. Auf dem Boden kriechend, suchte er die ideale Schußposition. Der Bär merkte entweder nicht, wie nah er war, oder es war ihm egal. Er hatte sich ihm halb zugewandt und leckte scheinbar desinteressiert Dreck von den Pfoten. Aber Adrianna wußte aus Erfahrung, daß solche Eindrücke äußerst trügerisch sein konnten. Wilde Tiere mochten es nicht, aus der Nähe beobachtet zu werden, und sei es noch so behutsam. Weit weniger waghalsige Fotografen als Will hatten Gesundheit oder Leben verloren, weil sie dem scheinbaren Desinteresse der Tiere vertraut hatten. Und von allen Wesen, die Will fotografiert hatte, besaß keines einen schlimmeren Ruf als der Eisbär. Wenn das Männchen Will anfiel, mußte Adrianna es mit einem Schuß erledigen, sonst war alles vorbei.

Will hatte mittlerweile eine Nische am Fuß des Hügels gefunden, die ideal für ihn war. Der Bär leckte noch immer die Pfoten, den Kopf nun fast gänzlich von der Kamera abgewandt. Adrianna sah zu den anderen drei Tieren hinüber. Alle drei schienen sich fröhlich ihren Beschäftigungen zu widmen, aber das mußte nichts heißen. Zwischen den Hügeln der Müllhalde konnten sich außerdem noch andere Tiere ganz in der Nähe aufhalten, ohne gesehen zu werden. Nicht zum erstenmal wünschte sie sich, mit den Augen eines Chamäleons geboren zu sein: nach den Seiten schwenkbar und unabhängig voneinander zu bewegen.

Sie sah wieder zu Will hinüber. Er war den Hügel ein kleines Stück hinaufgeklettert und hielt die Kamera bereit. Mittlerweile hatte der Bär es aufgegeben, die Pfoten zu säubern und ließ den Blick träge über sein verrottendes Reich gleiten. Adrianna hätte ihn gerne dazu gebracht, sich zu bewegen: *Dreh dich zwanzig Grad im Uhrzeigersinn und setz dich für Will in Position.* Aber der Bär hob lediglich die vernarbte Schnauze in die Luft und gähnte. Dabei zogen sich die samtfarbenen Lefzen nach hinten und gaben Zähne frei, die wie sein Fell von den Schlachten zeugten, die er geschlagen hatte. Viele waren zersplittert, andere fehlten ganz. Der Gaumen war wund und von Abszessen übersät.

Zweifellos litt er ständige Schmerzen, was ihn sicherlich keineswegs sanftmütiger machte.

Als das Tier gähnte, nutzte Will die Gelegenheit, sich drei, vier Meter nach links zu schieben, so daß der Bär ihm direkt gegenüber stand. Man merkte es Wills Bewegungen an, daß er sich des Risikos, das er einging, durchaus bewußt war. Wenn das Tier in diesem Augenblick den Kopf senkte, um nicht mehr den Himmel, sondern den Boden zu studieren, hatte er bestenfalls zwei Sekunden, um zu entkommen.

Aber er hatte Glück. Über ihm flog lärmend ein Schwarm Gänse nach Hause. Der Bär sah ihnen nach, und Will nutzte die Gelegenheit, sich zu dem von ihm ins Auge gefaßten Fleck zu schleichen und sich dort hinzukauern, bevor der Bär den Kopf wieder senkte und erneut träge die Müllberge anstarrte.

Schließlich hörte Adrianna das kaum wahrnehmbare Klicken des Verschlusses und das sirrende Geräusch, als sich der Film bewegte. Ein Dutzend Aufnahmen in schneller Reihenfolge. Der Bär senkte den Kopf. Hatte er Will gehört? Der Verschluß klickte erneut, vier, fünf, sechs Mal. Der Bär stieß einen zischenden Laut aus. Eine unmißverständliche Warnung. Adrianna hob das Gewehr. Will fotografierte weiter. Der Bär bewegte sich nicht. Noch zwei Aufnahmen, dann erhob sich Will ganz langsam. Der Bär machte einen Schritt in seine Richtung, aber als der Müll unter seinem massiven Körper zu rutschen begann, zögerte das Tier.

Will schaute zu Adrianna hinunter. Als er das erhobene Gewehr sah, bedeutete er ihr, es zu senken und tastete sich vorsichtig abwärts. Erst als er die Hälfte der Strecke zwischen dem Hügel und Adrianna hinter sich gebracht hatte, murmelte er: »Er ist blind.«

Sie sah sich das Tier genauer an. Es hockte noch immer auf der Spitze des Hügels, und sein vernarbter Kopf bewegte sich hin und her. Sie zweifelt nicht daran, daß Will recht hatte: Das Tier war entweder teilweise oder völlig erblindet. Daher die Vorsicht, das Zögern, einen Angriff zu starten, da es sich nicht sicher sein konnte, wie fest der Grund unter seinen Pfoten war.

Will hatte sie erreicht. »Willst du von den anderen auch Aufnahmen machen?« fragte sie. Die jüngeren Tiere hatten sich entfernt, aber das alte Weibchen schnüffelte noch immer um den Truck herum. Er verneinte; er hatte, was er wollte. Dann drehte er sich um, warf noch einmal einen Blick auf den Bären und sagte: »Er erinnert mich an jemanden, ich weiß nur nicht an wen.«

»Wer immer es auch ist, sag ihm nichts davon.«

»Wieso nicht?« fragte Will und schaute das Tier an. »Ich würde mich geschmeichelt fühlen.«

V

Als sie zur Main Street zurückkamen, sahen sie Peter Tegelstrom, der auf einer Leiter stand und eine Kette mit Halloweenlampions an der Dachrinne seines niedrigen Hauses befestigte. Seine Kinder, ein fünfjähriges Mädchen und ein nur ein Jahr älterer Sohn, liefen aufgeregt umher, klatschten in die Hände und juchzten, als die Kürbisse und Totenschädel zu baumeln begannen. Will ging hinüber, um mit Peter zu plaudern. Adrianna folgte ihm. Sie hatte sich in den letzten anderthalb Wochen mit den Kindern angefreundet und Will vorgeschlagen, die Familie zu fotografieren. Tegelstroms Frau war eine Inuit, und die Kinder hatten ihre Schönheit geerbt. Ein Bild dieser gesunden und zufriedenen Familie, die in zweihundert Meter Entfernung von der Müllkippe lebte, ergäbe, so argumentierte Adrianna, einen beeindruckenden Gegensatz zu Wills Aufnahmen von den Bären. Die Frau war jedoch zu schüchtern, um auch nur mit den Besuchern zu sprechen, ganz im Gegensatz zu Tegelstrom selbst, der nach Konversation geradezu gierte, wie es Will schien.

»Sind Sie mit Ihren Fotos fertig?« fragte er neugierig.

»So gut wie.«

»Sie hätten runter nach Churchill gehen sollen. Dort gibt es viel mehr Bären ...«

»Und viel mehr Touristen, die sie fotografieren.«

»Sie könnten die Touristen fotografieren, wie sie die Bären fotografieren.«

»Nur falls einer von ihnen gefressen würde.«

Das schien Peter sehr zu amüsieren. Nachdem er die Lampions angebracht hatte, stieg er von der Leiter herunter und schaltete die elektrische Beleuchtung an. Die Kinder klatschten Beifall. »Viel Unterhaltung finden sie hier nicht«, sagte er. »Manchmal habe ich deswegen ein schlechtes Gewissen. Im Frühjahr ziehen wir nach Prince Albert um.« Er nickte in Richtung Haus. »Meine Frau will nicht, aber die Babys haben ein besseres Leben verdient.«

Die Babys, wie er sie nannte, hatten mit Adrianna gespielt, und auf ihre Bitte waren sie ins Haus gegangen und hatten sich ihre Halloweenmasken übergezogen. Jetzt kamen sie zurück und johlten furchterregend. Die Masken, schätzte Will, hatte die schüchterne Frau selbst gefertigt. Keine blutrünstigen Vampire oder Geister, sondern leidende Seelen, konstruiert aus Seelöwenhaut, Fell und Pappe, mit roter und blauer Farbe grob bemalt. Über den kleinen Körpern wirkten sie merkwürdig beunruhigend.

»Kommt, stellt euch da mal für mich auf!« rief Will sie zu sich, und postierte sie dann in der Tür.

»Komm ich auch mit drauf?« fragte Tegelstrom.

»Nein«, sagte Will unverblümt.

Tegelstrom nahm es nicht übel. Er verließ das Bildarrangement, und Will ging vor den Kindern in die Hocke. Sie hatten aufgehört herumzuschreien und standen Hand in Hand im Türrahmen, plötzlich ernst geworden. Dies war nicht das Familienporträt, das Adrianna hatte arrangieren wollen. Es war ein Schnappschuß zweier trauernder Seelen, die im Zwielicht unter einem Bündel baumelnder Plastiklampen verharrten. Will dagegen gefiel die Aufnahme besser als alle Bilder, die er auf der Müllkippe gemacht hatte.

Daß Cornelius noch nicht zu Hause war, überraschte sie nicht.

»Wahrscheinlich ist er bei den Brüdern Grimm und raucht Hasch«, sagte Will, womit er sich auf die beiden Deutschen bezog, zu denen Cornelius eine auf Dope und Bier beruhende Freundschaft entwickelt hatte. Sie lebten im unbestreitbar luxuriösesten Haus der Gemeinschaft, das außerdem über einen Fernseher von beträchtlicher Größe verfügte. Abgesehen vom Dope, hatte Cornelius ihnen verraten, verfügten sie über eine solch umfangreiche Sammlung von Damenringkampf-Videos, daß man damit eine Doktorarbeit hätte inspirieren können.

»War's das jetzt?« fragte Adrianna, während sie sich dranmachte, die Wodka Martinis zu mixen, die sie immer um diese Zeit tranken. Es handelte sich um ein Ritual, das in einem Schlammloch in Botswana entstanden war, als sie einen Flachmann mit Wodka hatten herumgehen lassen und dabei so taten, als schlürften sie extra trockene Martinis im Savoy.

»Das war's«, sagte Will.

»Du bist enttäuscht.«

»Ich bin immer enttäuscht. Es ist nie so, wie ich es haben will.«

»Vielleicht willst du zuviel.«

»Dieses Gespräch hatten wir schon.«

»Dann eben noch mal.«

»Nun, nicht mit mir«, sagte Will mit einer Müdigkeit in der Stimme, die Adrianna von früher her kannte. Sie ließ das Thema fallen und wechselte zu einem neuen über.

»Kann ich ein, zwei Wochen frei nehmen? Ich möchte nach Tallahassee, meine Mutter besuchen.«

»Kein Problem. Ich gehe nach San Francisco und arbeite an den Bildern, fange an, die Verbindungen herzustellen.«

Das war eine seiner Lieblingswendungen, mit denen er einen Prozeß beschrieb, den Adrianna nie ganz verstanden, bei dem sie ihn aber oft schon beobachtet hatte. Er legte dann vielleicht zwei- oder auch dreihundert Fotos auf dem Boden aus und verbrachte mehrere Tage damit, zwischen ihnen umherzugehen, wobei er sie immer wieder neu arrangierte und unwahrscheinliche Kombinationen zusammenstellte, um zu sehen, ob dabei Funken flogen. Wenn es nicht klappte, wurde er mürrisch. Manchmal blieb er nächtelang auf, leicht high, und meditierte über seine Arbeit. Waren die Verbindungen dann erst einmal hergestellt und lagen die Bilder in der richtigen Reihenfolge, so wie er sie sah, wiesen sie unbestreitbar eine Energie auf, die vorher nicht dagewesen war. Aber der Vorgang an sich war so schmerzhaft, daß er Adrianna in keinem Verhältnis zu der erzielten Verbesserung zu stehen schien. Sie war zu der Überzeugung gekommen, daß es etwas Masochistisches an sich hatte: der letzte verzweifelte Versuch, Sinn in das Sinnlose zu bringen, bevor die Bilder seiner Obhut entglitten.

»Ihr Cocktail, Sir«, sagte Adrianna und stellte das Glas neben Will ab. Er dankte ihr, nahm das Glas und stieß mit ihr an.

»Es sieht Cornelius gar nicht ähnlich, den Wodka zu verpassen«, bemerkte Adrianna.

»Du suchst nur eine Entschuldigung, um bei den Brüdern Grimm vorbeizuschauen.«

Adrianna widersprach nicht. »Gert sieht so aus, als könnte man im Bett Spaß mit ihm haben.«

»Ist das der mit dem Bierbauch?«

»Genau.«

»Er gehört dir. Aber ich fürchte, du kriegst sie nur im Paket. Entweder beide oder keinen.«

Will nahm seine Zigaretten und seinen Martini und ging zur Haustür. Er schaltete das Verandalicht ein, öffnete die Tür, lehnte sich gegen den Rahmen und zündete sich eine Zigarette an. Die Kinder von Tegelstroms waren im Haus verschwunden, wahrscheinlich lagen sie schon im Bett. Doch die Lampions, die Peter zu ihrer Belustigung aufgehängt hatte, leuchteten immer noch hell. Eine Reihe orangefarbener Kürbisse und weißer Totenschädel rankte sich um das Haus. Sachte schaukelten sie im stärker werdenden Wind.

»Ich muß dir was sagen«, begann Will. »Eigentlich wollte ich warten, bis Cornelius kommt, aber … Nun, ich glaube nicht, daß nach diesem Buch hier noch eins kommen wird.«

»Ich wußte, daß du über irgend etwas nachgrübelst. Ich dachte, es hätte mit mir zu tun …«

»Um Himmels willen, nein«, sagte Will. »Du bist die Beste. Ohne dich und Cornelius hätte ich diese Scheiße schon längst aufgegeben.«

»Also warum jetzt?«

»Mit fehlt inzwischen die richtige Liebe für die ganze Sache«, sagte er. »Es hat doch alles gar keinen Sinn. Wir zeigen die Fotos dieser Bären – und was wird passieren? Es werden nur noch mehr Menschen hierher kommen und zusehen, wie sie ihre Schnauzen in Mayonnaisegläser stecken. Es ist eine beschissene Zeitverschwendung.«

»Und was willst du statt dessen tun?«

»Ich weiß nicht. Gute Frage. Ich habe das Gefühl, daß … ich weiß nicht …«

»Was für ein Gefühl?«

»Daß alles irgendwie den Bach runter geht. Ich bin einundvierzig, und ich fühle mich, als hätte ich schon zu viel gesehen und wäre an zu vielen Orten gewesen. Alles verschwimmt. Der Zauber ist fort. Ich habe meine Drogen genommen, ich hatte meine Liebschaften. Wagner fasziniert mich nicht mehr. Besser wird es nicht. Und es war nicht einmal sehr aufregend.«

Adrianna trat zu ihm und legte ihr Kinn auf seine Schulter. »Oh, mein armer Will«, sagte sie mit ihrer besten Cocktail-Stimme. »So berühmt, so gefeiert und so sehr gelangweilt.«

»Machst du dich über meinen Weltschmerz lustig?«

»Ja.«

»Das habe ich mir gedacht.«

»Du bist müde. Du solltest dir ein Jahr freinehmen. Such dir einen netten Jungen, und leg dich mit ihm in die Sonne. Das rät dir Dr. Adrianna.«

»Suchst du den Jungen für mich?«

»Oje. Bist du so müde?«

»Ich könnte in keine Bar mehr gehen, selbst wenn mein Leben davon abhinge.«

»Dann laß es. Trink noch einen Martini.«

»Nein, ich habe eine bessere Idee«, sagte Will. »Du machst die Drinks, und ich hole Cornelius. Dann können wir zusammen Trübsal blasen.«

VI

Cornelius hatte den letzten Rest des Nachmittags mit den Lauterbach-Brüdern verbracht und sich ausgesprochen gut dabei unterhalten, ihre Ringkampf-Videos anzusehen und ihr Dope zu rauchen. Als es dunkel wurde, machte er sich auf den Heimweg, vor allem wegen des Wodkas, aber in der Main Street fiel ihm ein, daß zu Hause die Auseinandersetzung mit Adrianna auf ihn wartete. Er war nicht in der Stimmung für Entschuldigungen und Rechtfertigungen; das würde ihn nur wieder runterziehen. Anstatt seinen Weg fortzusetzen, fischte er also den dicken Joint, den er Gert abgeschwatzt hatte, aus seiner Jacke, und schlenderte hinunter zum Wasser, um ihn dort zu rauchen.

Während er sich seinen Weg zwischen den Häusern hindurch suchte, trug der Wind Schneeflocken über die Bucht, die sein Gesicht benetzten. Er blieb unter einer der Lampen stehen, die das Gelände zwischen den letzten Häusern und dem Rand des Wassers erhellten und blickte ins Licht, um dort die Flocken tanzen zu sehen. »Hübsch …«, murmelte er. So viel hübscher als Bären. Wenn er zurückkam, würde er Will sagen, er solle aufhören, Bären zu fotografieren und sich statt dessen auf Schneeflocken verlegen. Auch sie waren als Spezies ständig gefährdet, kam ihm in seinem angenehm angetörnten Zustand in den Sinn. Sobald die Sonne aufging, waren sie dahin, oder?

Perfekt in ihrer Form – und einfach dahingeschmolzen. Es war tragisch.

Will kam nicht bis zum Haus der Lauterbachs. Er war vielleicht hundert Meter die Main Street hinuntergegangen – der Wind wurde mit jeder Böe stärker, der Schnee dichter –, als er Cornelius entdeckte, der sich im Kreise drehte, den Blick zum Himmel gerichtet. Offensichtlich war er high, was Will keineswegs überraschte. Das war schon immer Cornelius' Art gewesen, mit dem Leben fertig zu werden, und Will kannte seine eigenen Schwächen zu gut, um ihn deswegen zu verurteilen. Aber auch für solche Exzesse gab es die richtige Zeit und den richtigen Ort, und die Main Street von Balthazar während der Bärensaison war weder das eine noch das andere.

»Cornelius!« rief Will. »Cornelius! Hörst du mich?«

Die Antwort lautete offensichtlich nein. Cornelius setzte seinen Derwischtanz unter der Lampe fort, und Will eilte auf den Mann zu und fluchte dabei ausgiebig. Um seinen Atem zu sparen und weil der Wind so laut war, rief er nicht mehr nach ihm, aber auf halbem Weg bedauerte er die Entscheidung, denn Cornelius beendete seinen Tanz ohne Vorwarnung und verschwand zwischen den Häusern. Will beschleunigte seinen Schritt, obwohl er lieber nach Hause gegangen wäre und ein Gewehr geholt hätte, bevor er Cornelius weiter hinterher lief. Aber wenn er das tat, riskierte er, Cornelius nicht mehr wiederzufinden, dessen schwankende Schritte verrieten, daß er eigentlich nicht in der Verfassung war, in der Dunkelheit umherzulaufen. Dabei waren es nicht nur Bären, wegen denen sich Will so große Sorgen machte, es war die Bucht. Cornelius war in Richtung Ufer gegangen. Er brauchte nur einmal auf den eisigen Felsen auszurutschen – dann fiel er ins Wasser, das so kalt war, daß ihn ein Herzschlag umbringen konnte.

Er erreichte die Stelle, wo Cornelius getanzt hatte, und folgte seinen Spuren aus dem tröstenden Lampenschein hinaus in das schummrige Niemandsland zwischen Häusern und Bucht. Zu seiner Erleichterung entdeckte er Cornelius sofort etwa fünfzig Meter vor ihm. Er tanzte nicht mehr, reckte auch den Kopf nicht mehr zum Himmel, sondern stand unbeweglich da und starrte in die Dunkelheit des Ufers.

»He, Kumpel!« rief Will. »Du holst dir 'ne Lungenentzündung!«

Cornelius drehte sich nicht um. Er bewegte nicht einmal den kleinen Finger. Was für Pillen hat er wohl diesmal geschluckt? fragte sich Will.

»Con!« rief er, jetzt nicht mehr als zwanzig Meter von ihm entfernt. »Ich bin's, Will. Alles in Ordnung? Rede mit mir, Mann!«

Dann endlich sagte Cornelius etwas. Ein einziges undeutliches Wort, das Will festnagelte.

»Bär...«

Vor Wills Lippen wehte eine Atemwolke. Er wartete, ebenso unbeweglich wie Cornelius, während sich die Wolke verzog, und suchte das Gelände ab. Zuerst links. Das Ufer war leer, soweit er sehen konnte. Dann rechts. Das gleiche.

Er wagte eine Frage, ein Wort nur.

»Wo?«

»Vor ... mir«, antwortete Cornelius.

Will machte einen vorsichtigen Schritt zur Seite. Cornelius' drogenumnebelte Sinne hatten ihn nicht getäuscht. In der Tat stand ein Bär vor ihm, fünfzehn, siebzehn Meter entfernt. Im verschneiten Zwielicht waren seine Umrisse für Will kaum auszumachen.

»Bist du noch da, Will?« fragte Cornelius.

»Ich bin hier.«

»Was, zum Teufel, soll ich jetzt tun?«

»Geh zurück. Aber, Con – ganz, ganz langsam.«

Cornelius sah ihn über die Schulter an. Er schien schlagartig nüchtern geworden zu sein.

»Schau nicht mich an«, sagte Will. »Behalte den Bär im Auge.«

Cornelius beobachtete wieder den Bär, der sich in einem durch nichts aufzuhaltenden Trott näherte. Es handelte sich um keinen der verspielten Jungbären von der Müllkippe; auch nicht um den blinden alten Krieger, den Will fotografiert hatte. Dies war ein ausgewachsenes Weibchen, das bestimmt sechs Zentner wog.

»Scheiße …«, murmelte Cornelius.

»Geh nur weiter«, beruhigte ihn Will. »Es klappt schon. Bring sie bloß nicht auf den Gedanken, daß es sich lohnt, dich zu jagen.«

Cornelius gelangen drei vorsichtige Schritte nach hinten, aber der Derwischtanz hatte ihn schwindelig gemacht, und beim vierten Schritt rutschte er auf dem glatten Untergrund aus. Er ruderte einen Augenblick mit den Armen, bevor er sich wieder fing, aber der Schaden war schon angerichtet. Mit einem scharfen Schnauben, das ihre Absicht verriet, wechselte die Bärin von ihrem Schlenderschritt in den Galopp. Cornelius drehte sich um und rannte. Die Bärin verfolgte ihn brüllend, so schnell, daß ihr Körper in der Dunkelheit verschwamm. Unbewaffnet wie er war, konnte sich Will vor Cornelius lediglich zur Seite werfen und dabei einen Schrei ausstoßen, um das Tier vielleicht abzulenken. Aber sie schien nur hinter Cornelius her zu sein. Mit zwei Sätzen hatte sie die Entfernung zwischen ihm und ihr halbiert. Ihr Rachen war weit aufgerissen, bereit …

»Runter!«

Will sah in die Richtung, aus der der Schrei gekommen war – und dort stand Adrianna, Gott segne sie, mit erhobenem Gewehr.

»Con!« rief sie. »Nimm deinen verdammten Kopf runter!«

Er hatte verstanden und warf sich in den Dreck; der Bär war nicht weiter als eine Körperlänge von ihm entfernt. Adrianna schoß und erwischte die Bärin an der Schulter, noch bevor diese ihr Opfer erreicht hatte. Brüllend vor Schmerz richtete sich das Tier auf. Sein Fell war blutgetränkt, aber noch konnte sie Cornelius erwischen, der vor ihr sitzengeblieben war. Will machte sich so klein wie möglich und kroch auf ihn zu. Er packte den zitternden Mann, der nach Scheiße stank, und schleppte ihn fort.

Dann schaute er sich wieder nach der Bärin um. Sie war weit davon entfernt, sich geschlagen zu geben. Mit einem Brüllen, das so laut war, daß es den Boden erschütterte, stürzte sie sich auf Adrianna, die das Gewehr hob und ein zweitesmal schoß, aus weniger als zehn Meter Entfernung. Das Brüllen des Tieres endete abrupt, und es richtete sich auf, weiß und rot und riesig. Einen Moment lang schwankte es. Dann machte es kehrt und verschwand humpelnd in der Dunkelheit, wie eine weiße Woge, die ins Meer zurückrollt.

Das ganze Zusammentreffen – von dem Augenblick an, da Cornelius seine Nemesis beim Namen genannt hatte – war in der Zeitspanne von kaum einer Minute abgelaufen, aber es hatte gereicht, um Will in eine Art Delirium zu versetzen. Er erhob sich, während die Schneeflocken wie benommene Sterne um ihn tanzten, und ging zu der Stelle, wo das Blut des Bären auf das Eis geflossen war.

»Bist du okay?« fragte Adrianna ihn.

»Ja«, sagte er.

Es war nur die halbe Wahrheit. Er war nicht verletzt, aber er war auch nicht unversehrt. Es kam ihm vor, als sei ihm durch das, was er gerade beobachtet hatte, etwas aus der Brust gerissen worden und habe sich auf die Verfolgung des Bären hinein in die Dunkelheit gemacht. Er mußte dem hinterher.

»Warte!« schrie Adrianna.

Er sah zu ihr zurück und versuchte, so gut es ging, die Bilder auszublenden: Cornelius, der schluchzend Entschuldigungen stammelte, die Leute, die laut schreiend die Main Street herunterkamen, weil sie das Blutbad rochen. Adrianna sah ihn an, und er wußte, daß sie seine Gedanken in seinem Gesicht lesen konnte.

»Sei kein Idiot, Will«, sagte sie.

»Ich habe keine Wahl.«

»Nimm wenigstens das Gewehr mit.«

Er sah es an, als sei er selbst von den Kugeln getroffen worden. »Ich brauche es nicht«, sagte er.

»Will ...«

Er wandte ihr den Rücken zu. Ihr, den Lichtern, den Leuten und ihren törichten Fragen. Dann ging er auf das Ufer zu, der roten Spur der Bärin folgend.

VII

Wenn er an all die Jahre dachte, die er gewartet hatte! Mit leidenschaftslosem Blick hatte er gewartet und beobachtet, während etwas in seiner Nähe starb. Ganz der wahrhaftige Zeuge, hatte er das Dahinscheiden der Kreatur aufgezeichnet. Immer hatte er dabei Distanz bewahrt, und Ruhe. Genug davon. Die Bärin starb, doch auch er würde sterben, wenn er sie jetzt einfach verschwinden ließe. Irgend etwas in ihm war zerbrochen. Er wußte nicht, warum. Vielleicht durch das Gespräch mit Guthrie, das so viel Schmerzen aufgewirbelt hatte, vielleicht durch die Begegnung mit dem blinden Bären auf der Müllkippe. Vielleicht einfach nur, weil die Zeit dafür gekommen war. Er hatte lange genug an seinem Zweig gehangen, jetzt war er überreif. Zeit auf den Boden zu fallen, zu verfaulen und zu etwas Neuem zu werden.

Er folgte der Spur der Bärin den Strand entlang, parallel zur Straße. Völlige Verzweiflung hatte von ihm Besitz ergriffen. Er hatte keine Ahnung, was er tun sollte, wenn er auf das Tier traf. Er wußte nur, daß er in seinem Schmerz bei ihm sein mußte, da er in gewisser Weise die Verantwortung dafür trug. Schließlich hatte er Cornelius mitsamt seiner Sucht hierher gebracht. Die Bärin hatte nur das getan, was sie auch in der Wildnis tat, wenn sie sich durch etwas Unbekanntes bedroht fühlte. Doch obwohl sie sich nur ihrer Natur entsprechend verhielt, war sie bestraft worden. Ein Schwuler, der diese Parallele erkannte, konnte kaum glücklich darüber sein, als Auslöser fungiert zu haben.

Wills Mitgefühl für das Tier hatte seinen Selbsterhaltungstrieb nicht völlig ausgeschaltet. Auch wenn er der

Spur dicht folgte, so hielt er doch etwas Abstand, als er sich den Felsen näherte. Dort konnten auch andere Bären lauern. Das Licht, das die Lampen der Main Street spendeten, reichte längst nicht mehr bis hierher. Es wurde immer schwieriger, den Blutspuren zu folgen. Manchmal mußte er stehenbleiben und den Boden untersuchen, und war für diese Pause im Grunde recht dankbar. Die eisige Luft rauhte ihm Kehle und Brust auf. Seine Zähne schmerzten, als würden sie mit einem Bohrer behandelt, die Beine zitterten.

Wenn er sich auch schwach fühlte, dachte er, so fühlte sich die Bärin wohl noch viel schwächer. Sie hatte eine Menge Blut verloren und stand sicher kurz vor dem Zusammenbruch.

Irgendwo in der Nähe bellte ein Hund. Die warnenden Laute kamen ihm bekannt vor.

»Lucy ...«, sagte Will zu sich, und als er aufblickte, sah er, daß ihn seine Verfolgungsjagd bis auf zwanzig Meter an die Rückseite von Guthries Hütte herangebracht hatte. Er hörte den alten Mann rufen, der Hund solle still sein. Dann das Geräusch der Hintertür, die geöffnet wurde.

Licht strömte aus der Hütte über den Schnee. Ein ärmliches Licht, verglichen mit den Straßenlaternen in einer halben Meile Entfernung, aber hell genug, um Will das zu zeigen, was er verfolgt hatte.

Das Tier hielt sich näher beim Ufer als bei der Hütte auf und war am nächsten bei Will. Es stand auf allen vieren, schwankend. Der Boden um die Bärin war dunkel von dem Blut, das aus ihren Wunden strömte.

»Was, zum Teufel, ist hier los?« fragte Guthrie.

Will sah ihn nicht an. Er richtete den Blick auf die Bärin – so wie sie ihren Blick auf Will gerichtet hatte –, während er Guthrie zurief, ins Haus zurückzugehen.

»Rabjohns? Sind Sie das?«

»Hier draußen ist ein verwundeter Bär!« rief Will.

»Ich sehe ihn«, entgegnete Guthrie. »Haben Sie auf ihn geschossen?«

»Nein!« Will erkannte aus den Augenwinkeln, daß Guthrie aus der Hütte kam. »Gehen Sie bloß wieder rein!«

»Sind Sie verletzt?« rief Guthrie.

Noch bevor Will antworten konnte, setzte sich die Bärin in Bewegung und griff Guthrie an. Während sie brüllend auf den alten Mann zustürmte, hatte Will noch die Zeit, sich darüber zu wundern, warum sie Guthrie und nicht ihn ausgesucht hatte. Ob ihr in den Sekunden, die sie einander angesehen hatten, klargeworden war, daß er keine Gefahr für sie bedeutete? Daß er auch nur ein verwundetes Tier war, gestrandet zwischen Straße und See? Dann stürzte sie sich mit einem wilden Satz auf Guthrie und holte aus. Der Schlag schleuderte ihn fast fünf Meter nach hinten. Er schlug hart auf dem Boden auf, aber das Adrenalin, das sofort durch seinen Körper schoß, brachte ihn einen Herzschlag später wieder auf die Beine. Er brüllte der Angreiferin irgend etwas entgegen, und erst dann schien sein Körper zu begreifen, welch schwere Wunde ihm zugefügt worden war. Er griff sich an die Brust, das Blut lief zwischen den Fingern herunter. Seine Schreie verstummten, und er starrte die Bärin an, so daß sie für einen kurzen Augenblick einander gegenüber standen, beide blutverschmiert, beide schwankend. Dann zerstörte Guthrie die Symmetrie des Bildes, indem er mit dem Gesicht nach unten in den Schnee fiel.

Lucy, die noch immer an der Schwelle stand, begann verzweifelt zu heulen, aber ganz gleich wie schockiert sie war, sie machte keinerlei Anstalten, sich ihrem Herrn zu nähern. Guthrie lebte noch. Es schien, als wolle er sich umdrehen, aber seine Hand fand keinen Halt im Eis.

Will sah den Weg zurück, den er gekommen war, in der Hoffnung, jemanden zu sehen, der Hilfe brachte. Am Ufer war niemand. Vielleicht kamen die Leute über die Straße. Er konnte sowieso nicht auf sie warten; Guthrie brauchte Hilfe und zwar sofort. Die Bärin war wieder auf alle viere gefallen, und so wie sie schwankte würde sie jeden Augenblick zusammenbrechen. Während er sie im Auge behielt, näherte er sich vorsichtig der Stelle, an der Guthrie lag. Die Wahnvorstellungen, die ihn heimgesucht hatten, waren vorbei. Er spürte nur noch bitteren Schmerz tief im Innern.

Als er Guthrie erreicht hatte, war es dem alten Mann gelungen, sich herumzudrehen. Man sah deutlich, daß es für ihn keine Hoffnung auf Heilung mehr gab. Die Brust war nur mehr eine feuchte Grube, die Augen starrten blind. Aber er schien Will oder zumindest seine Nähe zu spüren. Als Will sich über ihn beugte, packte er ihn an der Jacke.

»Wo ist Lucy?« keuchte er.

Will sah auf. Der Hund stand noch immer auf der Schwelle. Er bellte nicht mehr.

»Sie ist okay.«

Guthrie hörte die Antwort nicht, so schien es, denn er zog ihn dichter an sich heran, wobei sein Griff bemerkenswert fest war.

»Sie ist in Sicherheit«, wiederholte Will lauter, aber noch während er sprach, hörte er das warnende Fauchen der Bärin. Er sah nach hinten. Durch ihren ganzen Körper liefen Wellen, als würde er, wie der Guthries, sehr bald kapitulieren. Aber dort, wo sie stand, wollte sie wohl nicht sterben. Sie machte einen vorsichtigen Schritt auf Will zu. Ihre Zähne waren entblößt.

Guthrie packte mit der anderen Hand Wills Schulter. Er konnte wieder sprechen, doch nichts von dem, was er sagte, ergab Sinn für Will; zumindest nicht in diesem Augenblick.

»*Auch dies wird ... nicht wieder... kommen*«, sagte er.

Der Bär machte einen zweiten Schritt nach vorn. Sein Körper schaukelte hin und her. Will versuchte vorsichtig, sich aus Guthries Umklammerung zu lösen, aber der Griff des Mannes erwies sich als zu kräftig.

»Der Bär ...«, sagte Will.

»*Und dies auch nicht ...*«, murmelte Guthrie. »*... oder dieses ...*« Der Hauch eines Lächelns erschien auf seinen blutigen Lippen. Wußte er auch in seinem Todesschmerz noch genau, was er tat? Wollte er den Mann, der mit solch bitteren Erinnerungen zu ihm gekommen war, festhalten, damit der Bär ihn erwischen konnte?

Will hatte keine andere Wahl. Wenn er außer Reichweite der Bärin gelangen wollte, mußte er Guthrie mit sich fortziehen. Er begann sich aufzurichten, hievte den nicht gerade leichten Körper des alten Mannes hoch. Guthrie brüllte vor Schmerzen, und sein Griff an Wills Schulter lockerte sich etwas. Will machte einen Schritt auf die Hütte zu, Guthrie umklammernd, als sei er sein Partner bei einem Totentanz. Der Bär war stehengeblieben und beobachtete die makabre Szene mit schwarz glänzenden Augen. Will machte einen zweiten Schritt, und Guthrie schrie erneut auf, viel schwächer als beim erstenmal. Dann ließ er abrupt los. Will hatte nicht mehr genug Kraft in den Armen, um ihn zu halten. Der alte Mann sackte zu Boden, als sei jeder Knochen in seinem Körper zu Wasser geworden. In diesem Augenblick griff die Bärin an. Will blieb keine Zeit, auszuweichen, geschweige denn davonzurennen. Mit einem Satz war das Tier auf ihm, rammte ihn wie ein rasender Lastwagen. Knochen brachen bei dem Aufprall; die Welt verwischte sich zu einem Inferno aus Schmerz und Schnee, beides grell und weiß.

Dann schlug sein Kopf auf den eisigen Boden. Für einige Sekunden verließ ihn das Bewußtsein; als es wiederkehrte, hob er die Hand, sah, wie sich der Schnee unter ihm rot gefärbt hatte. Wo war die Bärin? Er wandte den Blick nach links und rechts, suchte nach ihr, sah aber nichts. Einer seiner Arme lag eingeklemmt unter seinem Körper, zu nichts zu gebrauchen, aber im anderen fand er noch genug Kraft, um sich hochzustemmen. Bei der Bewegung wurde ihm vor Schmerzen schlecht, und er fürchtete, erneut das Bewußtsein zu verlieren, aber dann wuchtete und schob er seinen Körper nach und nach in eine kniende Stellung.

Zu seiner Linken hörte er schnüffelnde Geräusche. Schwankend wandte er sich um. Die Bärin schnüffelte an Guthries Leiche, sog keuchend den Blutgeruch ein. Dann hob sie ihren riesigen Kopf mit der blutigen Schnauze.

So sieht der Tod aus, dachte Will. *So sieht für uns alle der Tod aus.* Das hast du so oft fotografiert. Der Delphin, der im Netz ertrinkt, so unglaublich still; der Affe, der zwischen seinen toten Artgenossen zuckt und dessen Blick nur durch die Kameralinse zu ertragen ist. Er und der Bär. Vergängliche Wesen im Strom der Zeit.

Und dann war die Bärin wieder auf ihm. Ihre Klauen rissen ihm die Schulter auf und den Rücken. Ihre Zähne näherten sich seinem Hals. Irgendwo in der Ferne, von einem Ort, an den er nicht mehr hingehörte, rief eine Frau seinen Namen, und sein träges Hirn dachte: *Adrianna ist da, die süße Adrianna ...*

Er hörte einen Schuß, sofort danach einen zweiten. Wieder spürte er das Gewicht der Bärin auf sich. Es drückte ihn zu Boden, während ihr Blut auf sein Gesicht strömte.

War er gerettet? dachte er vage. Aber noch während er diesen Gedanken formte, verließ ein anderer Teil von ihm diesen Platz des Todes, ein Teil, der weder Augen zum Sehen noch Ohren zum Hören hatte und auch nicht haben wollte. Sinne, von denen er nie gewußt hatte, daß er sie besaß, durchbrachen die Sturmwolken über ihm und näherten sich den Sternen. Es schien ihm, als könne er ihre Glut spüren, als seien ihre flammenden Herzen von seinem Geist nur einen Gedanken weit entfernt. Und er wußte, daß er in ihnen aufgehen konnte, wenn er es nur fertigbrachte, seinen Geist dorthin zu wenden.

Doch irgend etwas behinderte den Aufstieg. Eine Stimme in seinem Kopf, die ihm bekannt vorkam, die er jedoch nicht einordnen konnte.

»*Was glaubst du eigentlich, wohin du gehst?*« fragte die Stimme. Sie klang spöttisch. Er versuchte, ihr ein Gesicht zuzuordnen, aber er sah nur Fragmente. Seidenweiches rotes Haar; eine scharfgeschnittene Nase, einen seltsamen Schnurrbart. »*Du kannst noch nicht gehen*«, sagte der Störenfried.

»Aber ich möchte«, erwiderte er. »Es tut so weh, hierzubleiben. Nicht das Sterben, sondern das Leben.«

Sein Begleiter hörte die Klagen, ließ sich aber nicht darauf ein. »*Schweig*«, sagte er. »*Glaubst du, du bist der erste Mensch auf diesem Planeten, der den Glauben verloren hat? Das gehört dazu. Wir werden uns mal ernsthaft unterhalten müssen, du und ich. Von Angesicht zu Angesicht, von Mann zu ...*«

54

»Mann zu was?«

»*Dazu kommen wir noch*«, antwortete die Stimme, die schwächer wurde.

»Wohin gehst du?« fragte Will.

»*Wenn die Zeit kommt, wirst du mich schon finden*«, entgegnete der Fremde. »*Und sie wird kommen, mein treuloser Freund. So sicher wie Gott den Bäumen Titten gab.*«

Und mit dieser Absurdität verstummte er.

Einen Augenblick lang herrschte friedliches Schweigen, und Will kam der Gedanke, daß er vielleicht schon tot war und in die Ewigkeit schwebte. Doch dann hörte er Lucy – die arme, verwaiste Lucy –, die sich irgendwo in der Nähe die Seele aus dem Leib heulte. Und dicht hinter ihrem Klagelied menschliche Stimmen, die ihn beschwichtigten – *ruhig, ruhig, es kommt alles wieder in Ordnung*.

»Kannst du mich hören, Will?« fragte ihn Adrianna.

Er spürte die Schneeflocken, die wie kalte Federn auf sein Gesicht fielen, auf die Brauen, die Wimpern, die Lippen, die Zähne. Und spürte – weit weniger willkommen als der kitzelnde Schnee – einen Schmerz, der in seinem Oberkörper und seinem Kopf aufwallte.

»Will«, sagte Adrianna, »sprich mit mir!«

»J...a«, sagte er.

Der Schmerz wurde immer unerträglicher, immer schlimmer.

»Das wird schon wieder«, sagte Adrianna. »Bald kommt Hilfe, und alles wird gut.«

»Mein Gott, was für ein Gemetzel«, sagte jemand. Er erkannte den Akzent. Bestimmt einer der Lauterbach-Brüder; wahrscheinlich Gert, der Arzt, dem man wegen ungesetzlicher Verschreibung von Narkotika die Approbation entzogen hatte. Er gab Befehle wie ein Feldwebel: Decken, Verbände, hier, jetzt, aber schnell!

»Will?« Eine dritte Stimme, nahe an seinem Ohr. Es war der schluchzende Cornelius. »Ich hab' Scheiße gebaut, Mann. O Gott, es tut mir so leid ...«

Will wollte die Selbstbezichtigungen des Mannes unterbinden – wem nützten sie jetzt noch –, aber die Zunge

55

konnte die Worte nicht formen. Seine Augen öffneten sich jedoch einen Spalt, und die Lider schoben die Schneeschicht aus den Höhlen. Er sah weder Cornelius noch Adrianna, noch Gert Lauterbach. Nur den Schnee, der herabrieselte.

»Er ist noch bei uns«, sagte Adrianna.

»O Mann, o Mann«, wimmerte Cornelius. »Gott sei Dank, verdammt noch mal.«

»Bleib hier«, sagte Adrianna zu Will. »Wir halten dich fest. Hörst du mich? Du darfst nicht sterben, Will. Ich lasse es nicht zu, okay?«

Er dagegen ließ es zu, daß seine Augen sich schlossen. Der Schnee fiel noch immer auf ihn, legte einen Mantel des Schweigens wie eine sanfte Decke über seine Wunden. Und nach und nach verebbte der Schmerz, und die Stimmen wurden leiser, und er schlief unter dem Schnee und träumte von einer anderen Zeit.

TEIL ZWEI

Er träumt, er wird geliebt

I

Einige wenige kostbare Monate nach dem Tod seines Bruders war Will der glücklichste Junge von ganz Manchester. Natürlich nicht nach außen hin. Er hatte schnell gelernt, wie man traurig dreinschaut. Manchmal, wenn ihn ein mitfühlender Verwandter fragte, wie es ihm ginge, sah er aus, als würden ihm gleich die Tränen kommen. Aber das war alles nur Schwindel. Nathaniel war tot, und er war froh darüber. Der Goldjunge beherrschte ihn nicht mehr. Jetzt gab es nur noch einen Menschen, der ihn so herablassend behandelte wie Papa, und das war Papa selbst.

Papa hatte Grund dazu: er war ein großer Mann. Ein Philosoph. Die anderen Dreizehnjährigen hatten Klempner oder Busfahrer als Väter, aber Wills Vater, Hugo Rabjohns, hatte sechs Bücher geschrieben; Bücher, die ein Klempner oder Busfahrer höchstwahrscheinlich gar nicht verstehen würde. »Die Welt«, hatte Hugo einmal zu Nathaniel gesagt, als Will dabeistand, »wird von vielen Menschen gemacht, aber nur von wenigen gestaltet.« Es ging darum, einer dieser wenigen zu sein; einen Platz zu finden, von dem aus man die ewig gleichen Verhaltensmuster der Masse verändern konnte, entweder durch politische Einflußnahme oder durch intellektuellen Diskurs; und falls das nicht möglich war, durch wohlmeinenden Zwang.

Will bewunderte seinen Vater, wenn er ihn so reden hörte, auch wenn vieles davon über seinen Horizont ging. Und der Vater liebte es, sich über seine Theorien auszulassen. Einmal jedoch, als Eleanor, Wills Mutter, ihn einen Lehrer genannt hatte, war er vor Wut außer sich geraten.

»Ich bin kein Lehrer!« hatte er gebrüllt. »Ich war nie einer, und ich werde auch nie einer sein!« Sein stets gerötetes Gesicht war dabei noch dunkler geworden. »Warum versuchst du dauernd, mich herabzusetzen?«

Was hatte seine Mutter darauf geantwortet? Irgend etwas Ausweichendes. Sie wich immer aus. Wahrscheinlich hatte sie an ihm vorbei aus dem Fenster gesehen. Oder mit kritischem Blick die Blumen betrachtet, mit denen sie sich gerade beschäftigte.

»Philosophie kann man nicht lehren«, hatte Hugo gedröhnt. »Man kann nur Impulse geben.«

Vielleicht hatte der Streit noch länger gedauert, aber Will bezweifelte es. Eine kurze Explosion, danach Frieden; so verlief das Ritual. Manchmal tauschten sie auch freundliche Worte aus, die aber ebenso schnell verklangen. Und egal, worum es ging, um Philosophie oder um Zuneigung, auf dem Gesicht seiner Mutter zeigte sich stets der gleiche abwesende Ausdruck.

Aber dann war Nathaniel gestorben, und mit ihm endeten selbst diese knappen Wortwechsel.

Er war an einem Donnerstagmorgen angefahren worden, während er über die Straße ging; von einem Taxifahrer, dessen Fahrgast unbedingt den von der Manchester Piccadilly Station abgehenden Mittagszug erreichen wollte. Nathaniel hatte es bei dem Frontalzusammenstoß durch das Fenster eines Schuhgeschäfts geschleudert, wobei er zahlreiche Schnittwunden und schwerste innere Verletzungen erlitt. Er war nicht sofort gestorben. Zweieinhalb Tage lang hatte er sich auf der Intensivstation des Royal Infirmary ans Leben geklammert, ohne das Bewußtsein wiederzuerlangen. In den frühen Stunden des dritten Tages gab sein Körper den Kampf auf, und er starb.

Nach Wills mythologisierter Version der Ereignisse hatte sein Bruder, irgendwo tief im Koma, die Entscheidung getroffen, nicht in die Welt zurückzukehren. Er war erst fünfzehn gewesen, als er starb, aber er hatte bereits mehr Zuneigung erfahren, als den meisten Menschen vergönnt ist, die ihre biblische Lebensspanne auskosten dürfen. Seine Erzeuger vergötterten ihn geradezu, und er war außerdem mit einem Gesicht beschenkt worden, bei dessen Anblick sich jeder in ihn verliebte. Nathaniel hatte beschlossen, sich von der Welt zu verabschieden, solange sie ihn anbetete. Er war genug bewundert und umschmeichelt worden. Es hatte bereits begonnen, ihn zu langweilen. Das Beste war, zu verschwinden, ohne sich umzuschauen.

Nach der Beerdigung verließ Eleanor das Haus nicht mehr. Sie war stets gerne spazieren gegangen, liebte das Schaufensterbummeln. Jetzt tat sie es nicht mehr. Sie hatte einen Kreis von Freundinnen gehabt, mit denen sie zweimal in der Woche essen gegangen war. Jetzt weigerte sie sich, auch nur am Telefon mit ihnen zu sprechen. Ihr Gesicht verlor jeglichen Glanz. Ihr abwesendes Benehmen verwandelte sich in eine Art Dämmerzustand, und sie wurde mit jedem Tag exzentrischer. Sie erlaubte niemand, die Vorhänge im Wohnzimmer aufzuziehen, aus Angst, sie könne ein vorbeifahrendes Taxi erblicken. Sie konnte nur noch von weißen Tellern essen. Sie schlief nicht ein, bevor nicht jede Tür und jedes Fenster im Haus dreifach gesichert worden war. Sie gab sich dem Beten hin, meistens sehr leise, und stets in Französisch, ihrer Muttersprache. Will hörte, wie sie eines Abends zu Papa sagte, daß Nathaniels Geist immer bei ihr sei. Ob denn Hugo ihn nicht in ihrem Gesicht sehe? Sie hätten doch dieselben zarten Schädelknochen, nicht wahr? Französische Schädelknochen.

Schon mit dreizehn war Wills Weltsicht eine völlig unsentimentale. Er machte sich nichts vor, was seine Mutter betraf. Sie wurde wahnsinnig. Das war die simple, traurige Wahrheit. Im Mai ertrug sie es nicht mehr, allein im Haus zu sein. Will wurde gestattet, der Schule fernzubleiben (kein großes Opfer für ihn) und bei ihr zu Hause zu bleiben. Sie schickte ihn stets fort (vielleicht, weil sie es nicht aushalten konnte, ein Gesicht um sich zu haben, das nur eine schlechte Kopie von Nathaniels perfekten Zügen zu bieten hatte); nur um ihn dann unter Tränen und Versprechungen zurückzurufen, wenn sie hörte, wie er die Haustür öffnete, um zu gehen. Schließlich, es war Mitte August, rief Hugo Will zu sich und eröffnete ihm, das Leben in Manchester sei für sie alle unerträglich geworden. Daher habe er beschlossen, mit ihnen fortzuziehen. »Deine Mutter braucht frische Luft«, sagte er. Die Belastungen der Monate seit dem Unfall hatten

61

sich in sein Gesicht eingegraben. Er hatte, wie er von sich selbst sagte, das Gesicht eines Faustkämpfers, dessen monolithische Härte kaum darauf hindeutete, daß Worte und Gedanken diesem felsigen Untergrund entsprossen. Und doch taten sie es. Selbst die relativ einfache Aufgabe, seinem Sohn den Wegzug aus Manchester zu erklären, wurde zu einem sprachlichen Abenteuer.

»Mir ist durchaus klar, daß die zurückliegenden Monate auch dir viel Kummer bereitet haben«, sagte Papa zu Will. »Die Manifestationen der Trauer können für uns alle verwirrend sein, und ich kann nicht behaupten, gänzlich zu verstehen, warum der Kummer deiner Mutter solche Formen der Idiosynkrasie angenommen hat. Aber du darfst nicht über sie richten. Wir können nicht fühlen, was sie fühlt. Niemand kann jemals fühlen, was ein anderer fühlt. Wir können es erahnen. Wir können Hypothesen aufstellen. Aber mehr nicht. Was hier oben geschieht« – er tippte sich mit dem Finger an die Schläfe –, »das gehört nur ihr allein.«

»Aber vielleicht, wenn sie darüber reden würde ...«, schlug Will zögerlich vor.

»Wörter sind nicht absolut. Das habe ich dir bereits erklärt, oder? Was deine Mutter sagt und was du hörst, sind zwei verschiedene Dinge. Das verstehst du doch, wie?« Will nickte, auch wenn er nur eine ganz verschwommene Ahnung von dem hatte, was er da erfuhr. »Also ziehen wir um«, schloß Hugo, offensichtlich recht zufrieden damit, daß er seinem Sohn den theoretischen Unterbau der Angelegenheit vermittelt hatte.

»Wohin ziehen wir?«

»In ein Dorf in Yorkshire, das Burnt Yarley heißt. Du wirst die Schule wechseln müssen, aber das dürfte kein großes Problem sein, nicht wahr?« Will murmelte zustimmend. Er haßte St. Margaret's. »Und dir wird es auch nicht schaden, mal etwas an die frische Luft zu kommen. Du siehst immer so blaß aus.«

»Wann fahren wir?«

»In etwa drei Wochen.«

II

1

Der Umzug ging nicht ganz wie geplant vonstatten. Zwei Tage, nachdem Hugo mit Will gesprochen hatte, brach Eleanor ohne Vorwarnung ihre eigenen Regeln und verließ mitten am Vormittag das Haus. Am späten Abend brachte man sie zurück, nachdem man sie weinend in der Straße aufgefunden hatte, wo Nathaniel überfahren worden war. Der Umzug wurde verschoben, und in den folgenden zwei Wochen wurde sie von Krankenschwestern betreut und von einem Psychiater behandelt. Seine Medikamente taten ihr gut. Nach ein paar Tagen hellte sich ihre Stimmung auf – ja, sie wurde auffallend fröhlich und stürzte sich mit Eifer auf die Arbeit, alles für den Umzug vorzubereiten. Am zweiten Septemberwochenende verließen sie die Stadt.

Die Fahrt von Manchester dauerte weniger als eine Stunde, aber genausogut hätten sie mit ihrem aus zwei Fahrzeugen bestehenden Konvoi in ein anderes Land reisen können. Nachdem sie die öden Straßen von Oldham und Rochdale hinter sich gelassen hatten, fuhren sie auf kurvigen Wegen durch das offene Land. Weite Moorlandschaften wichen nach einiger Zeit steil aufragenden Hügeln, deren üppiggrüne Flanken hier und dort den Blick auf düsteren, grauen Kalkstein freigaben. Auf den Hügeln blies kräftiger Wind und schaukelte den hohen Lastwagen, in dem Will als Beifahrer saß, kräftig hin und her. Er hielt eine Straßenkarte vor sich und folgte der Strecke, so gut er konnte. Seine Augen wanderten von dem Weg, den sie nahmen, zu den Orten in der Nähe, Orten mit seltsamen Namen: Kirby Malzeard, Gammersgill, Horton-in-Ribblesdale, Yockentwaite und Garthwaite und Rottenstone Hill. Eine vielversprechende Welt verbarg sich wohl hinter diesen Bezeichnungen.

Ihr Zielort, das Dorf Burnt Yarley, unterschied sich in Wills Augen durch nichts von dem Dutzend anderen Dörfer, die sie auf ihrer Reise durchquert hatten; es bot sich ihren Blicken als eine Ansammlung von einfachen, rechteckigen Häusern und Cottages dar, aus dem hier üblichen Kalkstein erbaut, mit Dächern aus Schiefer. Weniger als ein halbes Dutzend Geschäfte war zu sehen (ein Lebensmittelladen, ein Metzger, ein Schreibwarenladen, eine Post, ein Pub), dann eine Kirche mit einem kleinen Friedhof und eine kühn geschwungene Brücke, die über einen Fluß führte, der nicht breiter war als eine Landstraße. Am Rande des Dorfes lagen jedoch drei oder vier beeindruckendere Anwesen. Eines davon würde ihr neues Zuhause werden, soviel wußte Will bereits. Es war das größte Haus in Burnt Yarley, und es war so schön, daß Eleanor bei der Aussicht, darin zu wohnen, vor Glück die Tränen gekommen waren; so hatte es Wills Vater zumindest erzählt. »Wir werden dort sehr glücklich sein«, hatte Hugo gesagt, und so wie er es sagte, klang es nicht wie der Ausdruck einer großen Hoffnung, sondern wie ein Befehl.

2

Das erste Zeichen dieses Glücks erwartete sie am Eingangstor in Gestalt einer fülligen, lächelnden Frau mittleren Alters, die sich ihnen als Adele Bottrall vorstellte und die sie mit offenbar echt empfundener Freude begrüßte. Umgehend kümmerte sie sich um das Entladen des Umzuglasters und des Autos. Die Arbeit erledigten ihr Ehemann Donald und ihr Sohn Craig, ein schweigsamer, stiernackiger Sechzehnjähriger von der Sorte, die Will auf dem Schulhof von St. Margaret's stets gefürchtet hatte; Jungen, die aus heiterem Himmel heraus wütend werden und einen verprügeln konnten. Dieser hier war allerdings ein Arbeitspferd. Mit auf den Boden gerichtetem Blick schleppte er Kartons und Möbel ins Haus. Mrs. Bottrall gab Will ein Glas Limonade, und er begann das Haus zu inspizieren, wobei er immer wieder einen Blick auf den schuftenden Craig warf. Der Nachmittag war schwül – später würde es ein reinigendes

64

Gewitter geben, kündigte Adele an –, und Craig zog sich das Hemd aus. Darunter trug er ein etwas fadenscheiniges Leibchen. Der Schweiß rann ihm den Hals und die niedrige Stirn hinunter. Dort, wo er zuviel Sonne abbekommen hatte, pellte sich die Haut von Nacken und Armen. Will beneidete ihn wegen seiner Muskeln, wegen der krausen Achselhaare und wegen der dünnen Koteletten, die er sich wachsen ließ. Er tat so, als sei er darum besorgt, daß Craig mit Tischen und Lampen auch behutsam genug umging und folgte dem Jungen von Zimmer zu Zimmer, um ihm bei der Arbeit zuzusehen. Gelegentlich machte Craig eine Bewegung, die Will das Gefühl gab, er sollte ihn besser nicht beobachten. Dabei tat Craig gar nichts Besonderes: Er fuhr sich mit der Zunge über den Flaum auf der Oberlippe, streckte die Arme über den Kopf oder beugte sich über die Spüle in der Küche und klatschte sich Wasser ins Gesicht. Ein- oder zweimal warf er Will einen Blick zu; er schien amüsiert darüber, wieviel Aufmerksamkeit ihm zuteil wurde. Dann bemühte sich Will, die unbeteiligte Miene nachzuahmen, die er so oft auf dem Gesicht seiner Mutter gesehen hatte.

Das Ausladen dauerte bis in die frühen Abendstunden. Es schien, als wehre sich das Haus, das zwei Jahre lang leer gestanden hatte, gegen eine neue Invasion. Viele Türen erwiesen sich als zu schmal für die Umzugskisten, einige der Räume als zu klein für die wuchtigen Möbel aus der Stadt. Mit der Zeit wurde die Laune der Beteiligten immer schlechter. Sie holten sich blutige Knöchel, schürften sich Schienbeine auf, quetschten sich Zehen. Währenddessen bewahrte Eleanor eine fast kaiserliche Ruhe. Sie saß an einem Erkerfenster, von dem aus man eine herrliche Sicht auf das Tal hatte, und trank Kräutertee, während ihr Ehemann sich bemühte, die Möbel auf die einzelnen Zimmer zu verteilen, eine Aufgabe, die sie ihm früher niemals übertragen hätte. Als Craig sich die Finger zwischen einer besonders schweren Kiste und der Wand einklemmte, entlud sich sein Zorn in einer Reihe derber Flüche, aber sogleich brachte ihn Adele durch einen ordentlichen Klaps auf den Hinterkopf zum Verstummen. Will sah den Schlag, und er sah auch, wie sich Craigs Augen mit Tränen füllten. Er ist eben doch nur ein Junge, dachte Will, trotz all der Muskeln und all dem Schweiß, und sein Interesse, Craig beim Arbeiten zu beobachten, verschwand sofort.

3

Das war der Samstag. Das Gewitter, das Adele für den Abend vorausgesagt hatte, blieb aus, und am nächsten Morgen war die Luft bereits schwül und klebrig, noch ehe die einsame Glocke von St. Luke's die Gläubigen zum Gottesdienst rief. Adele zählte zu diesen Gläubigen, ihr Mann und ihr Sohn nicht. Als ihre Aufseherin schließlich zurückkehrte, hatten die beiden schon zwei Stunden schwer gearbeitet, jedoch so nachlässig, daß bereits einiges an Geschirr und eine chinesische Vase zu Bruch gegangen waren.

Will spürte das allgemeine Unbehagen und beschloß, all dem eine Weile aus dem Weg zu gehen. Während der Bottrall-Clan unten im Haus herumpolterte, blieb er oben in seinem neuen Zimmer mit den leicht gewölbten Deckenbalken. Es lag an der Rückseite des Hauses, aber das machte ihm nichts aus, im Gegenteil. Von dem großen Fenster aus blickte er auf einen kargen Hügel, auf dessen Hang kein Haus stand. Er sah nur ein paar windgebeugte Bäume und einige kräftige Schafe.

Gerade als er eine Weltkarte an der Wand befestigte, hörte er das Summen einer Wespe, die um seinen Kopf kreiste. Ihre Tage waren zu dieser Jahreszeit bereits gezählt. Will schlug mit einem Buch nach ihr, aber sie kam zurück. Ihr Summen war lauter geworden. Wieder schlug er nach ihr, aber sie wich erneut aus, flog um ihn herum und stach ihn plötzlich dicht unter das linke Ohr. Er schrie auf und wich zur Tür zurück, während das Insekt eine Siegesrunde um seinen Kopf drehte. Will unternahm keinen Versuch, ein drittesmal nach ihm zu schlagen; er riß die Tür auf und stolperte schluchzend nach unten.

Dort erwartete ihn kein Mitleid. Sein Vater befand sich mitten in einer hitzigen Auseinandersetzung mit Donald Bottrall und warf ihm einen derart drohenden Blick zu, daß Will nicht näher trat und kein Wort sagte. Er schluckte die Tränen hinunter und suchte seine Mutter. Sie saß wieder am Fenster. Auf der Lehne ihres Sessels stand eine Flasche mit Pillen; eine zweite hielt sie in der Hand. Den Inhalt hatte sie auf ihre Handfläche geschüttet und zählte ihn.

»Mum?« sagte er.

Sie wandte ihren Blick von den Tabletten ab und bedachte ihn mit einem Ausdruck milder Verzweiflung. »Was gibt es?« fragte sie. Er erzählte es ihr. »Du bist so unachtsam«, sagte sie. »Im Herbst werden die Wespen böse. Du darfst sie nicht ärgern.«

Er wandte ein, daß er sie nicht geärgert habe, nichts dafür könne, sah aber an ihrem Gesichtsausdruck, daß sie ihn schon längst nicht mehr wahrnahm. Kurz darauf begann sie wieder damit, ihre Tabletten zu zählen. Er lief davon, voller Wut darüber, daß sich niemand um ihn kümmerte.

Der Stich pochte heiß unter seinem Ohr, und der Schmerz vergrößerte seinen Zorn. Er ging wieder nach oben ins Badezimmer, fand dort eine Salbe gegen Insektenstiche im Arzneischrank und strich vorsichtig etwas davon auf die schmerzende Stelle. Dann wusch er sich das Gesicht, bis von den Tränen nichts mehr zu sehen war. Er würde nie wieder weinen, sagte er zu seinem Spiegelbild. Tränen waren dumm. Sie veranlaßten niemanden, zuzuhören.

Keineswegs glücklicher, stieg er wieder nach unten. Dort hatte sich wenig verändert. Craig hockte am Küchentisch und stopfte sich mit irgendeiner Mahlzeit voll, die Adele gekocht hatte. Eleanor saß mit ihren Tabletten am Fenster, und sein Vater und Donald hatten ihren Streit in den Garten verlagert, wo sie sich gegenüberstanden und in heiligem Zorn aufeinander einschrien. Dabei schien Donald durchaus in der Lage, mit gleicher Münze zurückzuzahlen. Niemand bemerkte, wie Will in Richtung Dorf davonstapfte. Zumindest kümmerte es niemanden so sehr, daß er ihn aufgehalten hätte.

III

Die Straßen von Burnt Yarley waren fast menschenleer, alle Geschäfte hatten geschlossen. Auch der kleine Laden, in dem Will gehofft hatte, ein Eis kaufen zu können, um seine Wut und seine trockene Kehle zu kühlen, war zugesperrt. Er schirmte das Gesicht mit den Händen ab und schaute durch die Fensterscheibe. Das Innere war so klein wie die Fassade vermuten ließ, aber bis zur Decke mit Waren vollgestopft. Einige davon waren offensichtlich für die Reisenden und Wanderer bestimmt, die durch das Dorf kamen: Postkarten, Wanderkarten, sogar Rucksäcke. Nachdem er seine Neugier befriedigt hatte, ging Will zur Brücke. Sie war nicht besonders groß – ihre Spanne betrug vielleicht vier Meter – und aus dem gleichen grauen Stein gebaut wie die niedrigen Häuser, die sie umgaben. Er setzte sich auf die Mauer und sah hinunter aufs Wasser. Der Sommer war trocken gewesen, und so schlängelte sich nur ein Rinnsal zwischen den Steinen hindurch. Die Ufer jedoch waren von üppigen Ringelblumen und saftigem Springkraut gesäumt. Dutzende von Bienen umschwärmten die Blüten, und Will beobachtete sie mißtrauisch, zur Flucht bereit, falls eine in seine Richtung fliegen sollte.

»Ist doch alles blöd«, murmelte er.

»Was ist blöd?« fragte eine Stimme hinter ihm.

Er drehte sich um und sah nicht eines, sondern zwei Augenpaare auf sich gerichtet. Die Sprecherin, ein Mädchen, nur wenig älter als er selbst, mit hellem Haar, heller Haut und einer Menge Sommersprossen, stand an der Brückenschwelle, während ihr Begleiter an der gegenüberliegenden Mauer lehnte und in der Nase bohrte. Es handelte sich ganz eindeutig um Geschwister. Beide hatten die gleichen breiten, einfachen Gesichter und ernste graue Augen. Aber während das Mädchen offenbar ihr Sonntagskleid trug, sah ihr Bruder katastrophal aus. Seine Kleider waren zerknittert und verdreckt, der Mund mit Beerensaft verschmiert. Er starrte Will verächtlich an.

»Was ist blöd?« wiederholte das Mädchen.

»Alles. Das hier.«

»Ist es nicht«, sagte der Junge. »*Du* bist blöd.«

»Psst, Sherwood«, sagte das Mädchen.

»*Sherwood?*« fragte Will.

»Ja, Sherwood«, entgegnete der Junge trotzig. Er richtete sich auf, als mache er sich für einen Kampf bereit, doch die Kampfeslust währte nur Sekunden. Seine Schienbeine waren mit altem Schorf bedeckt. »Ich will woanders spielen«, sagte er unvermittelt. Offenbar hatte er bereits das Interesse an dem Fremden verloren. »Komm schon, Frannie.«

»Das ist nicht mein wirklicher Name«, warf das Mädchen ein, bevor Will auch dazu einen Kommentar abgeben konnte. »Ich heiße Frances.«

»Sherwood ist jedenfalls ein bescheuerter Name«, erklärte Will.

»Ach ja?« sagte Sherwood.

»Ja.«

»Und wer bist du?« fragte Frannie.

»Das ist der Rabjohns-Junge«, sagte Sherwood mit den schorfigen Knien.

»Woher weißt du das?« erkundigte sich Will.

Sherwood zuckte mit den Schultern. »Ich hab's gehört«, meinte er mit einem verschlagenen Grinsen. »Weil ich überall lausche.«

Frannie lachte. »Was du so alles hörst.«

Sherwood kicherte. Es gefiel ihm, im Mittelpunkt zu stehen. »Was ich so alles hö-re«, wiederholte er im Singsang. »Was ich so alles hö-re, was ich so alles hö-re …«

»Den Namen von jemanden zu kennen, ist so schlau nun auch wieder nicht«, sagte Will.

»Ich weiß aber noch mehr.«

»Was denn?«

»Daß du aus Manchester kommst und einen Bruder hattest, aber der ist *tot*.« Er sprach das bewußte Wort geradezu genüßlich aus. »Und dein Vater ist Lehrer.« Er sah zu seiner Schwester hinüber. »Frannie sagt, sie haßt Lehrer.«

»Nun, er ist schon mal kein Lehrer«, gab Will zurück.

»Und was ist er?« fragte Frannie.

»Er ist ... er ist Doktor der Philosophie.«

Das klang einigermaßen pompös und brachte sie für einige Sekunden zum Schweigen. Dann fragte Frannie: »Ist er wirklich ein Doktor?«

Damit hatte sie genau den wunden Punkt getroffen, denn Will war sich über den Titel seines Vaters und besonders über den ›Doktor‹ nie so recht im klaren. Er versuchte, die Unsicherheit zu verbergen. »Irgendwie schon«, sagte er. »Er hilft den Leuten, indem ... er Bücher schreibt.«

»Das ist *blöd*«, krähte Sherwood, voller Freude das Wort wiederholend, mit dem ihr Gespräch begonnen hatte. Er begann zu lachen.

»Ist mir doch egal, was du denkst«, gab Will zurück und versuchte so hämisch dreinzuschauen, wie er nur konnte. »Jeder, der in diesem Nest wohnt, muß besonders blöd sein. Und vor allem du ...«

Aber Sherwood hatte sich bereits umgedreht und spuckte in den Fluß. Will hatte genug von ihm und machte sich auf den Weg zurück zum Haus.

»Warte ...!« hörte er Frannie rufen.

»Frannie«, quengelte Sherwood. »Laß ihn.«

Aber Frannie hatte Will bereits eingeholt. »Manchmal ist Sherwood ein bißchen komisch«, sagte sie fast schüchtern. »Aber er ist mein Bruder, also muß ich auf ihn aufpassen.«

»Irgend jemand wird ihm mal eins überziehen. Und zwar kräftig. Und vielleicht werde ich derjenige sein.«

»Er kriegt schon dauernd eins übergezogen«, entgegnete Frannie. »Weil die Leute glauben, daß er nicht ganz ...« sie zögerte kurz, holte Atem und fuhr fort: »... nicht ganz richtig im Kopf ist.«

»Fraaannnie ...«, greinte Sherwood.

»Du gehst besser wieder zu ihm, sonst fällt er noch von der Brücke.«

Frannie warf ihrem Bruder über die Schulter einen mahnenden Blick zu. »Sonst ist er ganz okay. Weißt du, es ist gar nicht so schlimm hier.«

»Mir egal«, antwortete Will. »Ich hau sowieso ab.«

»Wirklich?«

»Wenn ich's sage.«

»Und wohin?«

»Das weiß ich noch nicht genau.«

Das Gespräch stockte, und Will hoffte, daß Frannie endlich zu ihrem rotznäsigen Bruder zurückginge, aber sie blieb bei ihm und sprach weiter. »Stimmt es, was Sherwood gesagt hat?« fragte sie, und ihre Stimme wurde weicher. »Das von deinem Bruder?«

»Ja. Er ist von einem Taxi erwischt worden.«

»Das muß schrecklich für dich sein«, sagte Frannie.

»Ich hab' ihn nicht sehr gemocht.«

»Trotzdem ... wenn Sherwood jemals so etwas zustoßen würde ...«

Sie waren an einer Abzweigung angelangt. Nach links ging es zurück zum Haus, nach rechts zog sich ein kurviger, weniger gut befestigter Weg hin, der bald zwischen Hecken verschwand. Will zögerte und überlegte.

»Ich sollte zurückgehen«, sagte Frannie.

»Ich halte dich nicht auf«, entgegnete Will.

Frannie rührte sich nicht. Er wandte sich zu ihr um und sah einen solchen Schmerz in ihren Augen, daß er den Blick abwenden mußte. Verlegen schaute er um sich, bis er ein Gebäude entdeckte, das einzige, das in der Nähe des nach rechts führenden Wegs zu liegen schien. Mehr aus Scham über seine Ablehnung als aus Neugier fragte er Frannie nach dem Haus.

»Alle nennen es den Gerichtshof«, sagte sie. »Aber es ist eigentlich keiner. Es wurde von irgendeinem Mann gebaut, der Pferde schützen wollte oder so etwas. Ich kenne die Geschichte nicht genau.«

»Wer wohnt dort?« fragte Will. Aus der Ferne wirkte der Bau sehr beeindruckend, fast wie einer dieser Tempel, die er in seinen Geschichtsbüchern gesehen hatte, nur daß dieser aus dunklem Stein gebaut war.

»Niemand wohnt dort«, antwortete Frannie. »Da drinnen ist es furchtbar.«

»Du bist schon mal drin gewesen?«

»Sherwood hat sich mal dort versteckt. Er weiß mehr darüber als ich. Du solltest ihn fragen.«

Will rümpfte die Nase. »Na ja«, sagte er. Er hatte das Gefühl, daß er sich jetzt ohne schlechtes Gewissen verabschieden konnte.

»Fraaaannnie!« rief Sherwood erneut. Er war auf die Mauerbrüstung gestiegen und balancierte darauf wie ein Zirkusartist auf dem Seil.

»Komm da runter!« rief Frannie ihm zu. Eilig rief sie »Auf Wiedersehen!« und rannte zur Brücke zurück, um dafür zu sorgen, daß Sherwood gehorchte.

Will atmete erleichtert auf und überlegte, was er nun tun sollte. Er konnte nach Hause gehen, seinen Durst stillen und das größer werdende Loch in seinem Magen stopfen. Aber dort mußte er auch die schlechte Laune ertragen, die über dem ganzen Haus hing. Ich gehe lieber nach rechts, dachte er, und finde heraus, was hinter dieser Biegung liegt und hinter den Hecken.

Er sah noch einmal zur Brücke zurück, wo Frannie ihren Bruder bereits von der Brüstung gezogen hatte. Sherwood saß auf dem Boden und umklammerte seine Knie, während Frannie in seine Richtung schaute. Er winkte ihr etwas halbherzig zu und ging den unbekannten Weg hinunter. Dabei stellte er sich vor, daß ihm hier so viel Verlockendes begegnen würde, daß er die Prahlerei gegenüber dem Mädchen wahr machen und weitergehen könne, bis Burnt Yarley nur noch eine Erinnerung war.

IV

Der Gerichtshof lag weiter entfernt, als er gedacht hatte. Der Weg zog sich immer länger hin, jede Biegung führte zur nächsten Biegung, und jede Hecke, über die er schaute, ermöglichte den Blick auf eine weitere Hecke, bis ihm schließlich dämmerte, daß er die Größe des Gebäudes völlig falsch eingeschätzt hatte. Es lag weder in der Nähe, noch war es klein, es war weit entfernt und riesig. Als er endlich auf gleicher Höhe angelangt war und nach einer Lücke in den Hecken suchte, um das Feld zu überqueren, in dessen Mitte das Haus stand, war mehr als eine halbe Stunde vergangen. Das Wetter hatte sich ständig verschlechtert; jetzt hingen schwere Wolken über den Hügeln im Nordosten. Zu guter Letzt warf Adele Bottralls reinigender Sturm also doch noch dunkle Schatten über die Höhen. Vielleicht sollte er das Abenteuer auf einen anderen Tag verschieben. Der Stich unter seinem Ohr schmerzte wieder, und in seinem Schädel pochte es. Es wurde Zeit, nach Hause zu gehen, wie sehr er vorher auch geprahlt haben mochte.

Andererseits wollte er nicht den ganzen Weg umsonst gemacht haben, ohne etwas erzählen zu können. In fünf Minuten hätte er das Feld überquert und das geheimnisvolle Haus erreicht. Noch einmal fünf Minuten, und er hätte sich in den modrigen Räumen umgesehen. Dann konnte er den Rückweg über die Felder abkürzen, mit der Gewißheit, daß seine Mühe nicht umsonst gewesen war.

Also suchte er nach einer Lücke in dem dichten Weißdorn, und als er eine Stelle fand, an der die Zweige etwas lockerer schienen, zwängte er sich hindurch. Er kam nicht ganz ungeschoren auf der anderen Seite wieder heraus, aber das Bild, das sich ihm dann bot, war die Kratzer wert. Das Gras auf der Wiese, die den Gerichtshof umgab, reichte ihm fast bis zur Brust, und überall um ihn herum wimmelte es von Leben. Kiebitze flatterten vor ihm auf, und er hörte die Hasen, die bei seiner Ankunft das Weite suchten. Sofort hatte er seinen schmerzenden Kopf vergessen. Er streifte durch das Gras und den Kerbel wie ein Mann auf einer Safari. Sein Magen schmerzte vor Aufregung. Vielleicht, dachte er, ist es hier doch gar nicht so schlimm, fernab von den schmutzigen Straßen und den Taxis. Ein Ort, an dem er jemand anders sein konnte. Ein neuer Mensch.

Er war nur noch ein paar Schritte von dem Gebäude entfernt, und falls er vorher noch irgendwelche Zweifel gehabt hatte, ob es sehr klug war, hineinzugehen, so waren sie jetzt verflogen. Entschlossen stieg er die überwucherten Stufen hinauf, ging durch die Säulen hindurch (die etwa den gleichen Umfang wie Donald Bottrall hatten), drückte die morsche Holztür auf und trat ein.

Drinnen war es kälter, als er erwartet hatte, und dunkler. Auch wenn es in diesem Jahr nur so wenig geregnet hatte, daß der Fluß zu einem Bächlein geschrumpft war, so schien sich hier eine beständige Feuchtigkeit zu halten – als ziehe das Haus Wasser aus der Erde und nähme dadurch auch den Geruch nach Fäulnis und Gewürm an.

Der Raum, den er betreten hatte, war höchst eigenartig: eine Art halbrundes Vestibül, mit einer Reihe von Alkoven, die aussahen, als seien sie einmal für Statuen gedacht gewesen. Der Boden wurde von einem ausladenden Mosaik bedeckt, das eine merkwürdige Zusammenstellung von Dingen zeigte, von denen Will einige kannte, andere nicht. Da waren Trauben und Zitronen, Blumen und Knoblauchzehen; daneben etwas, das wie ein Stück Fleisch aussah, aus dem Maden krochen. Darauf konnte er sich keinen rechten Reim machen. Niemand, der bei Verstand war, würde ein solch prachtvolles Gebäude errichten und den Boden mit dem Bild eines verfaulten Steaks verunzieren. Lange dachte er jedoch nicht darüber nach. Ein fernes Donnergrollen, das bereits durch die Wände hallte, erinnerte ihn an das aufziehende Gewitter. Wenn er noch vor dem Regen zu Hause sein wollte, mußte er bald loslaufen. Er ging weiter, ins Innere des Gebäudes hinein, einen breiten Flur mit hohen Wänden entlang (es kam ihm vor, als habe man die Türen und Gänge für Riesen entworfen). Dann betrat er durch eine noch recht gut erhaltene Tür den Hauptraum.

Plötzlich hörte er in den Schatten vor sich ein Geräusch, und sein Herz begann laut zu klopfen. Er wich zurück und wäre schon fast wieder durch die Tür davongelaufen – die Abenteuerlust war dahin –, hätte er nicht in diesem Augenblick das jammernde Blöken eines Schafes vernommen. Er sah sich um. In der Mitte des kuppelförmigen Daches war ein runder Lichtschacht eingebaut, durch den ein Sonnenstrahl auf den staubbedeckten Boden fiel, wie eine Säule aus Licht, die aussah, als hielte sie allein die ganze prächtige Konstruktion im Gleichgewicht.

An den Wänden liefen, stufenförmig angeordnet, steinerne Sitzbänke entlang. Das Licht reichte gerade aus, um die Zeichnungen auf den Mauern dahinter erkennen zu können. Aber was zeigten sie? Jagdszenen vielleicht. Er sah Pferde auf einem Bild, Hunde, die an ihren Leinen zerrten, auf einem anderen.

Das Blöken ertönte erneut, und als Will dem Geräusch folgte, bot sich ihm ein trauriger Anblick. Ein ausgewachsenes Schaf, durch mangelnde Ernährung bemitleidenswert abgemagert und mit einem Fell, das in filzigen Lumpen an ihm herabhing, kauerte in einer Nische zwischen zwei Sitzreihen, wohin es sich bei Wills Auftauchen geflüchtet hatte.

»Du siehst ja furchtbar aus«, sagte er zu dem Tier, um mit sanfterer Stimme hinzuzufügen: »Ist schon gut … ich tu' dir nichts.« Er ging näher heran. Das Schaf sah ihn aus geschlitzten Augen ängstlich an, bewegte sich aber nicht. »Du sitzt hier fest, was?« sagte er. »Du großes Dummchen. Du bist hier reingelaufen, und jetzt findest du nicht mehr raus.«

Je näher er an das Tier herankam, desto deutlicher sah er, in welch erbärmlichem Zustand es sich befand. Beine, Kopf und Flanken waren mit verschorften Wunden bedeckt, die es sich wahrscheinlich bei seinen Versuchen geholt hatte, irgendwie nach draußen zu entkommen. Am Kiefer zeigte sich eine besonders üble Wunde, die noch nicht verheilt war und von Fliegen umschwärmt wurde.

Will hatte nicht die Absicht, das Tier zu berühren, aber wenn er es ins Licht scheuchen konnte, so dachte er, würde es vielleicht von selbst den Ausgang finden. Die Theorie war nicht schlecht. Als er auf eine der Sitzreihen stieg, stolperte das arme Wesen, vor Angst fast um den bescheidenen Verstand gebracht, sofort aus seinem Schlupfloch. Die Hufe klapperten über den Steinboden. Er trieb es in Richtung Tür und überholte es kurz davor. Voller Schrecken drehte sich das Schaf um und blökte herzzerreißend. Will preßte die Schulter gegen die Tür und drückte sie auf. Das Tier war unter die Lichtsäule in der Mitte des Raumes zurückgewichen und beobachtete Will mit zitternden Flanken. Er blickte den Gang hinab, bis zur Eingangstür, die er offen gelassen hatte. Diesen Ausweg mußte das Tier doch finden. Die Sonne schien noch immer. Das Gras schaukelte im auffrischenden Wind verführerisch und sanft, ganz im Gegensatz zu der düsteren Kühle des Hauses.

»Los!« rief Will. »Schau nur! Futter!«

Das Schaf starrte ihn nur glubschäugig an. Will sah, daß die Wand des Flurs an einigen Stellen eingefallen war und daß sich einige Steine aus dem Mauerwerk gelöst hatten. Er ließ die Tür los und suchte einen Stein, den er dann zurückrollte und so hinlegte, daß die Tür nicht mehr zufallen konnte. Nun scheuchte er das Schaf langsam zum Ausgang hin. Als er das geschafft hatte, begriff das Tier mit seinem unterernährten Hirn endlich. Es lief den Flur hinunter und durch die Eingangstür in die Freiheit hinaus.

Will war recht zufrieden mit sich selbst. Es war sicher nicht das große Abenteuer gewesen, das er an diesem bizarren Ort eigentlich erwartet hatte, aber irgendwie hatte es ein Bedürfnis in ihm befriedigt. »Vielleicht werde ich Bauer«, sagte er zu sich. Dann eilte auch er hinaus, in das, was vom Tag übriggeblieben war.

V

Das Schaf hatte ihn länger in dem Gebäude aufgehalten, als er beabsichtigt hatte. Kaum war er ins Freie getreten, als die Wolken die Sonne verdunkelten, ein Windstoß das Gras beugte und die ersten Tropfen fielen. Jetzt würde er einen Regenguß abbekommen, aber auf keinen Fall wollte er den Weg zurückgehen, den er gekommen war. Statt dessen würde er die Abkürzung über die Felder nehmen. Er ging zur Ecke des Gebäudes und versuchte, sich zu orientieren, ohne viel Erfolg. Nun, er wußte ja ungefähr, in welche Richtung er gehen mußte, und würde einfach seiner Nase folgen.

Mit jedem Augenblick wurde der Regen heftiger, aber das machte ihm nichts aus. Die Luft brachte den metallenen Hauch der Blitze mit sich, vermischt mit dem süßen Duft nassen Grases. Die Hitze war bereits spürbar zurückgegangen. Auf den Hügeln über ihm zwängten sich ein paar letzte Sonnenstrahlen durch die dickbäuchigen Wolken und trafen wie glänzende Speere auf die Anhöhen.

So wie der Sturm das Tal erfaßte, so schien er auch Wills Sinne zu erfassen – mit den Geräuschen des Regens, dem Geruch von Gras, den zuckenden Blitzen, dem Licht der Sonne und dem Grollen des Donners. Er konnte sich nicht daran erinnern, irgend etwas jemals so intensiv empfunden zu haben. Will und die Welt schienen gänzlich miteinander vereint. Er hätte vor Glück schreien können, so erfüllt, so angenommen fühlte er sich. Es war, als gäbe es zum ersten Mal in seinem Leben etwas nicht Menschliches, das seine Existenz anerkannte.

Juchzend und schreiend vor Seligkeit rannte er wie ein Verrückter durch das wogende Gras, während die Wolken die Sonne endgültig verdeckten und die Blitze über den Hügeln zuckten.

Er tat sein Bestes, um die Richtung einzuhalten, aber der Regen wandelte sich schnell von einem erfrischenden Schauer zu einem Wolkenbruch, und bald machten es ihm Schleier aus Wolken und Wasser unmöglich, Abhänge zu finden, die er kurz zuvor noch deutlich ausgemacht hatte. Aber das blieb nicht sein einziges Problem. Schon in der ersten Hecke, vor der er stand, fand er keinen Durchgang, und zudem war sie zu hoch, um irgendwie darüber hinwegzuklettern. Er mußte nach einem Tor suchen, und beim Marsch am Feldrain entlang verlor er gänzlich die Orientierung. Es dauerte lange, bis er einen Durchgang fand, kein Tor, sondern einen Zauntritt, über den er sich schwang. Als er sich nach dem Gerichtsgebäude umschaute, stellte er verblüfft fest, daß er das Haus überhaupt nicht mehr sehen konnte.

Deswegen geriet er aber keineswegs in Panik. Überall im Tal verstreut lagen Bauernhöfe, und wenn er sich tatsächlich verirrte, würde er einfach das nächste Gehöft ansteuern und nach dem Weg fragen. Zunächst einmal überlegte er sich jedoch, in welche Richtung er nun gehen sollte. Als erstes bahnte er sich einen Weg durch ein Rapsfeld; danach durchquerte er eine Wiese, auf der Kühe standen, von denen einige unter einem riesigen Bergahornbaum Schutz gesucht hatten. Fast war er versucht, sich zu ihnen zu gesellen, aber irgendwo hatte er mal gelesen, daß es gefährlich war, sich bei einem Unwetter unter einen Baum zu stellen. Also lief er weiter, durch ein Tor einen Weg entlang, der sich langsam in ein kleines Rinnsal verwandelte, und über einen zweiten Zauntritt in ein leeres, matschiges Feld hinein. Der Regen hatte kein bißchen nachgelassen, und er war inzwischen bis auf die Haut durchnäßt. Es wurde Zeit, Hilfe zu suchen. Dem nächsten Weg wollte er folgen, bis er irgendein Gehöft entdeckte. Vielleicht fand sich ja eine mitleidige Seele, die ihn nach Hause fuhr.

Aber nachdem er eine weitere Viertelstunde gelaufen war, ohne auf einen Weg zu stoßen, begann der Boden auf einmal anzusteigen, so daß er bald richtig klettern mußte. Er blieb stehen. Das brachte ihn ganz gewiß nicht weiter. Während ihm der Regen in die Augen lief, drehte er sich im Kreis, in der Hoffnung, irgendeinen Orientierungspunkt zu entdecken. Doch er fand sich von allen Seiten von grauen Regenmauern umgeben, so daß er beschloß, wieder hangabwärts zu steigen und seinen Spuren zu folgen. Zumindest hatte er das beabsichtigt. Irgendwie schlug er jedoch einen Bogen, denn nach einigen Minuten begann das Terrain erneut steil anzusteigen. Weiter oben liefen kleine Wasserfälle über die Steine. Daß er fror und sich verirrt hatte, war schlimm genug, aber was ihm nun wirklich Sorgen bereitete, war ein sich verfinsternder Himmel. Und es waren nicht die Regenwolken, die das Licht schluckten, es war die Dämmerung. In ein paar Minuten würde es dunkel sein, und zwar weitaus dunkler, als es auf den Straßen Manchesters jemals wurde.

Er zitterte heftig, und seine Zähne klapperten. Die Beine taten weh, und das Gesicht war vom niederprasselnden Regen ganz taub. Er versuchte, um Hilfe zu rufen, merkte aber schnell, daß seine dünne Stimme gegen den tobenden Sturm nicht ankam. Außerdem mußte er seine Kräfte sparen, auch wenn er nicht mehr viel davon in sich spürte. Am besten wartete er, bis der Sturm sich verzog, um dann herauszufinden, wo er eigentlich war. Das sollte nicht allzu schwierig sein, sobald die Lichter des Dorfes in der Dunkelheit auftauchten. Denn das mußten sie doch, früher oder später.

Plötzlich ein Schrei, irgendwo im Sturm, und ein kleines Wesen huschte aus seinem Versteck und rannte ihm über den Weg.

»Halt ihn fest!« rief eine dunkle Stimme, und instinktiv warf er sich nach dem, was da fliehen wollte, was immer es war. Seine Beute mußte noch erschöpfter und orientierungsloser sein als er, denn tatsächlich erwischte er sie und spürte etwas Sehniges, Felliges in den Händen, das sich unter seinem Griff wand und hin und her zuckte.

»Halt ihn, mein Junge, halt ihn!«

Die Frau, die gerufen hatte, tauchte nun über ihm am Hang auf. Sie war ganz in Schwarz gekleidet und hielt eine flackernde Lampe in der Hand, die ein sattes weißgelbes Licht verströmte. Die Flamme erhellte ein Gesicht, das schöner war als alles, was Will je gesehen hatte. Die vollkommenen blassen Züge wurden von einem dichten dunkelroten Schopf eingerahmt.

»Du bist ein Schatz«, sagte sie zu Will und hielt die Lampe tiefer. Ihr Akzent klang so, als komme sie eher aus London als aus der Gegend. »Halt den verdammten Hasen noch ein bißchen fest. Ich hol nur schnell meinen Sack heraus.«

Sie stellte die Lampe ab, kramte in den Taschen ihres schimmernden Mantels und zog einen Beutel hervor. Dann

kniete sie sich neben Will hin und nahm ihm mit einer blitz-
schnellen Bewegung den zuckenden Hasen aus dem Arm.
Kurz darauf verschwand er im Beutel, der zugebunden
wurde.

»Bist wirklich ein Goldstück«, sagte sie. »Wir hätten
hungern müssen, Mr. Steep und ich, wenn du nicht so
schnell gewesen wärst.« Sie legte den Beutel auf den Boden. »Aber wie siehst du um Himmels willen nur aus!« Sie
beugte sich herab, um Will näher zu betrachten. »Wie heißt
du?«

»William.«

»Ich hatte auch einmal einen William«, sagte die Frau.
»Ein hübscher Name.« Ihr Gesicht war so nah, daß William
ihren warmen Atem spürte. Er tat ihm gut. »Ich glaube, ich
hatte sogar zwei. Süße Kinder, alle beide.« Sie berührte
Williams Wange. »Warum bist du so kalt?«

»Ich habe mich verirrt.«

»Das ist ja schrecklich, ganz schrecklich«, meinte sie und
streichelte sein Gesicht. »Wie kann denn eine gute Mutter
ihr Kind so in der Gegend herumlaufen lassen. Sie sollte
sich schämen, wirklich. Schämen!« Will hätte ihr sofort zu-
gestimmt, hätte ihn die Wärme, die von den Händen der
Frau ausging, nicht so schläfrig gemacht.

»Rosa?« rief jemand.

»Ja«, antwortete die Frau. Ihre Stimme hatte nun etwas
Kokettes. »Ich bin hier unten, Jacob.«

»Was hast du da gefunden?«

»Ich habe mich gerade bei diesem Burschen hier be-
dankt«, sagte Rosa und nahm ihre Hand von Wills Wange.
Sofort wurde ihm wieder kalt. »Er hat uns unser Abendes-
sen gefangen.«

»Hat er das?« sagte Jacob. »Warum trittst du nicht mal
beiseite, Mrs. McGee, und läßt mich einen Blick auf den
Jungen werfen?«

»Gesagt, getan«, antwortete Rosa. Sie erhob sich, nahm
den Sack und ging ein paar Schritte den Abhang hinunter.

In den zwei oder drei Minuten seit Will den Hasen gefangen hatte, war der Himmel noch finsterer geworden,

80

und als Will zu Jacob Steep hinaufblickte, fiel es ihm schwer, den Mann genau zu erkennen. Er war groß, soviel stand fest, und er trug einen langen Mantel mit glänzenden Knöpfen. Will fiel auf, daß er einen Bart hatte und daß sein Haar länger war als das Mrs. McGees. Sein Gesicht dagegen konnte er kaum ausmachen.

»Was treibst du dich hier herum«, sagte er. Will lief ein Schauder über den Rücken, aber der Grund dafür war nicht die Kälte, sondern irgend etwas in der warmen Stimme des Mannes. »Einem Jungen wie dir könnte etwas zustoßen, so ganz allein hier draußen.«

»Er ist vom Weg abgekommen«, sagte Mrs. McGee fast zärtlich.

»In einer Nacht wie dieser kommen wir alle leicht vom Weg ab«, sagte Mr. Steep. »Dafür kann man ihn nicht tadeln.«

»Vielleicht sollte er mit uns nach Hause kommen«, schlug Rosa vor. »Du könntest eines deiner Feuer für ihn entfachen.«

»Schweig«, sagte Jacob streng. »Was redest du von Feuer, wo dieser Junge so bitterlich friert. Wo hast du deinen Verstand?«

»Wie du meinst«, entgegnete die Frau. »Mir ist es einerlei. Aber du hättest sehen sollen, wie er den Hasen schnappte. Wie ein Tiger, sage ich dir.«

»Ich hatte Glück«, sagte Will. »Das war alles.«

Mr. Steep holte tief Atem, und Will spürte eine seltsam intensive Freude, als er näher kam. »Kannst du aufstehen?« fragte er Will.

»Natürlich«, sagte Will und tat es.

Obwohl Mr. Steep näher gekommen war, konnte er sein Gesicht noch immer nicht sehen, da die Dunkelheit schnell zunahm. »Wenn ich dich so anschaue, frage ich mich, ob es nicht vorherbestimmt ist, daß wir uns auf diesem Hügel treffen«, sagte Steep sanft. »Ich frage mich, ob wir darin nicht das Glück dieser Nacht erkennen sollten – ein Glück, das uns alle betrifft.« Will versuchte noch immer zu erkunden, wie Steep wirklich aussah. Er wollte der Stimme, die

81

ihn so tief bewegte, ein Gesicht zuordnen. Aber seine Augen taten ihm den Gefallen nicht. »Der Hase, Mrs. McGee«, sagte der Mann.

»Was ist damit?«

»Wir sollten ihn freilassen.«

»Nachdem ich so lange hinter ihm her war?« entgegnete Rosa. »Du bist nicht bei Trost.«

»Das schulden wir ihm, denn er hat uns zu Will geführt.«

»Ich werde ihm danken, wenn ich ihm das Fell abziehe, Jacob, und das ist mein letztes Wort in dieser Sache. Mein Gott, wie weltfremd du doch bist.« Und noch bevor Steep etwas einwenden konnte, hatte sie den Sack genommen und stieg den Hügel hinab.

Erst jetzt, als er ihr hinterhersah, merkte Will, daß das Unwetter nachgelassen hatte. Der Wolkenbruch hatte sich in einen sanften Nieselregen verwandelt, und der Nebel verzog sich. Er konnte sogar Lichter im Tal erkennen. Zwar fühlte er sich erleichtert, schon, aber nicht so sehr, wie er gedacht hatte. Der Gedanke, nach Hause zurückzukehren, war beruhigend, aber er bedeutete auch, die Gesellschaft des dunklen Mannes hinter ihm zu verlassen, der ihm in diesem Augenblick eine schwere, in einem Lederhandschuh steckende Hand auf die Schulter legte.

»Kannst du dein Haus von hier aus sehen?« fragte er Will.

»Nein ... noch nicht.«

»Es wird aufklaren, nach und nach.«

»Ja«, sagte Will. Erst jetzt merkte er, wo er war. Auf seinem Irrweg war er halb um das Tal herumgelaufen und blickte nun aus einem völlig unerwarteten Winkel auf das Dorf hinunter. Nicht mehr als dreißig Meter entfernt von dem Kamm, auf dem er stand, sah er einen Weg, und wahrscheinlich würde ihn dieser Weg auf den bringen, der zum Gerichtsgebäude führte. Wenn er sich dann an der Gabelung links hielt, mußte ihn der Weg zurück nach Burnt Yarley bringen, und von dort waren es nur noch ein paar Schritte bis nach Hause.

82

»Du solltest gehen, mein Junge«, sagte Jacob. »Zweifellos warten auf einen feinen Burschen wie dich deine liebenden Beschützer.« Sanft drückte er Wills Schulter. »Ich beneide dich. Ich kann mich an meine Eltern nicht erinnern.«

»Das ... tut mir leid«, sagte Will unsicher. Ein solch eindrucksvoller Mann wie Jacob Steep brauchte kein Mitleid. Er nahm es jedoch wohlwollend entgegen.

»Danke, Will. Es ist wichtig, daß ein Mann Mitgefühl zeigt. Das ist eine Eigenschaft, an der es unserem Geschlecht nur allzu oft mangelt.« Will folgte dem weichen Rhythmus von Steeps Atem und versuchte in dessen Takt einzufallen. »Du solltest gehen«, sagte Jacob. »Deine Eltern werden sich Sorgen um dich machen.«

»Nein, das werden sie nicht«, entgegnete Will.

»Aber ja.«

»Nein, wirklich nicht. Es ist ihnen egal.«

»Das kann ich nicht glauben.«

»Aber es stimmt.«

»Trotzdem solltest du ein liebevoller Sohn sein«, sagte Steep. »Sei dankbar, daß du ihre Gesichter vor deinem geistigen Auge sehen kannst. Und daß ihre Stimmen dir antworten, wenn du rufst. Das ist besser als die Leere, glaube mir. Besser als Schweigen.«

Er nahm die Hand von Wills Schulter und stieß ihn sachte in den Rücken. »Geh jetzt«, sagte er leise. »Du frierst dich zu Tode, wenn du jetzt nicht gehst. Und dann könnten wir uns nicht wiedersehen.«

»Werden wir das denn?« fragte Will hoffnungsvoll.

»Aber ja, wenn du schlau genug bist, mich zu finden. Aber, Will ... eines solltest du verstehen ... Ich suche kein Schoßhündchen, das sich auf meinem Schoß zusammenrollt. Ich brauche einen Wolf.«

»Ich kann ein Wolf werden«, sagte Will. Er hätte sich gerne umgedreht und Steep ins Gesicht gesehen, aber dann überlegte er sich, daß ein angehender Wolf so etwas nicht tun würde.

»Dann soll es so sein – finde mich«, sagte Steep. »Ich

83

werde nicht weit weg sein.« Mit diesen Worten gab er Will einen letzten Schubs und schickte ihn den Hügel hinab.

Will blickte sich nicht um, bis er den Weg erreichte, und als er es dann tat, sah er nichts mehr. Zumindest nichts Lebendiges. Er sah den Hügel, der sich schwarz vom aufklarenden Himmel abhob. Er sah die Sterne, die zwischen den Wolken auftauchten. Aber ihr Glanz war nichts im Vergleich zu dem Glanz, den Jacob Steeps Gesicht verbreitet hatte. Ein Gesicht, das er noch gar nicht betrachtet hatte, von dem er sich jedoch auf dem Heimweg die verschiedensten Versionen ausmalte, eine grandioser als die andere: Steep als Kavalier, feingliedrig und charmant. Steep als Soldat, mit Narben aus unzähligen Schlachten. Steep der Zauberer, dessen Blick willenlos machte. Vielleicht war er all das, vielleicht nichts davon. Will war es egal. Was zählte war nur, bald wieder bei ihm zu sein und ihn besser kennenlernen zu können. Aus den Fenstern seines Hauses strömte warmes Licht, und ein Feuer brannte im Kamin. Selbst ein Wolf sucht ab und zu die Wärme des Feuers, dachte Will, klopfte an die Tür und wurde eingelassen.

VI

1

Doch er ging weder am folgenden Tag den Hügel hinauf, um nach Jacob zu suchen, noch am Tag danach. Als er nach Hause kam, war ein solcher Hagelsturm der Vorwürfe auf ihn niedergegangen – die Mutter in Tränen aufgelöst, überzeugt, er sei tot, der Vater, bleich vor Zorn, ebensosehr vom Gegenteil überzeugt –, daß er es nicht wagte, einen Fuß über die Schwelle zu setzen. Hugo war kein gewalttätiger Mann, ja, er bildete sich sogar einiges auf seine Friedfertigkeit ein. Doch in diesem Fall ließ er sich hinreißen und schlug seinen Sohn so heftig – ausgerechnet mit einem

Buch –, bis beide in Tränen ausbrachen: Will vor Schmerzen, sein Vater vor Scham, daß er so sehr die Beherrschung verloren hatte.

Er interessierte sich nicht für Wills Erklärungen. Er teilte seinem Sohn lediglich mit, daß es ihm, Hugo, nicht das geringste ausmache, wenn Will für den Rest seines verdammten Lebens auf Wanderschaft ginge. Eleanor jedoch litt wirklich, und hatte sie nicht bereits genug für ein Leben gelitten?

Also blieb Will zu Hause und pflegte seine blauen Flecken und seine Wut. Nach achtundvierzig Stunden versuchte seine Mutter, so etwas wie einen Frieden zu schließen. Sie erzählte ihm, daß sie sich große Sorgen gemacht habe, ihm könnte etwas zugestoßen sein.

»Warum?« fragte er sie düster.

»Was meinst du damit?«

»Ich meine, warum solltest du dir Sorgen machen, daß mir etwas passiert? Das hast du doch auch sonst nie getan …«

»O William …«, sagte sie sanft. In ihrer Stimme klang nur ein Hauch von Vorwurf mit. Trauer herrschte vor.

»Du tust es nicht«, sagte er tonlos. »Du weißt, daß du es nicht tust. Du denkst doch nur an ihn.« Er brauchte denjenigen, den er meinte, nicht beim Namen zu nennen. »Ich bin nicht wichtig für dich. Das hast du selbst gesagt.« Natürlich stimmte das nicht ganz. So wörtlich hatte sie es nie gesagt. Aber die Lüge klang glaubhaft.

»Ich habe es bestimmt nicht so gemeint«, seufzte sie. »Aber es ist nicht leicht für mich gewesen, seit Nathaniels Tod …« Während sie sprach, hob sie ihre Hand und strich ihm zärtlich über die Wange. »Er war so … so …«

Er hörte ihr kaum zu. Statt dessen dachte er an Rosa McGee und daran, wie sie sein Gesicht berührt und mit warmer Stimme mit ihm gesprochen hatte. Ohne dabei gleichzeitig einen anderen Jungen zu loben. Sie hatte gesagt, was für ein Schatz er sei, wie geschickt, wie brauchbar. Diese Frau, die gerade einmal seinen Namen kannte, hatte Qualitäten an ihm entdeckt, von denen seine eigene

Mutter nichts wußte. Das machte ihn zugleich traurig und wütend.

»Warum redest du immer nur über ihn?« sagte Will. »Er ist tot.«

Eleanor nahm die Hand von Wills Gesicht und sah ihn mit Tränen in den Augen an. »Nein«, sagte sie. »Er wird niemals tot sein. Nicht für mich. Ich erwarte nicht von dir, daß du das verstehst. Wie könntest du auch. Aber dein Bruder war etwas ganz Besonderes für mich. Etwas sehr Wertvolles. Was mich betrifft, wird er nie tot sein.«

In diesem Augenblick passierte etwas mit Will. Das zarte Pflänzchen Hoffnung, das er in den Monaten seit dem Unfall gehegt hatte, starb ab und zerfiel zu Staub. Er sagte nichts, er stand einfach nur auf und überließ sie ihren Tränen.

2

Nach zwei Tagen der verordneten häuslichen Reue ging er zur Schule. Sie war kleiner als St. Margaret's, was ihm zunächst einmal zusagte, und die Gebäude waren älter. Der Schulhof war von Bäumen umsäumt, nicht von Eisenzäunen. In der ersten Wochen zog er sich ganz zurück und sprach kaum einmal mit jemandem. Aber zu Beginn der zweiten Woche, als er sich in der Mittagspause wieder einmal abgesondert hatte, tauchte unerwartet ein bekanntes Gesicht vor ihm auf. Es war Frannie.

»Hier bist du ja«, sagte sie, als hätte sie nach ihm gesucht.

»Hallo«, sagte er und schaute sich nach dem lästigen Sherwood um, der aber nicht in der Nähe zu sein schien.

»Ich dachte, du wärst schon auf deine Reise gegangen.«

»Das werde ich auch noch«, sagte er. »Bestimmt.«

»Ich weiß«, meinte Frannie ohne Ironie. »Nachdem du weg warst, habe ich auch daran gedacht, fortzulaufen. Nicht mit dir ...«, fügte sie eilig hinzu, »aber eines Tages gehe ich einfach weg.«

»So weit weg, wie es nur geht?« sagte Will.

»So weit weg, wie es nur geht«, wiederholte Frannie die Worte wie einen Pakt. »Hier gibt es ja nichts, was einen hält«, fuhr sie fort. »Es sei denn, du gehst nach … du weißt schon …«

»Du kannst ruhig über Manchester reden«, sagte Will. »Nur weil mein Bruder dort getötet wurde … das macht mir nicht viel aus. Ich meine, er war ja gar nicht wirklich mein Bruder.« Will setzte innerlich jauchzend eine Lüge in die Welt. »Ich bin nämlich adoptiert.«

»Was?«

»Niemand weiß, wer meine richtigen Eltern sind.«

»Oh – wirklich! Ist das ein Geheimnis?« Will nickte. »Dann darf ich nicht mal Sherwood davon erzählen?«

»Lieber nicht«, sagte Will und tat überzeugend ernst. »Er erzählt es vielleicht überall rum.«

Die Klingel schellte und rief sie zurück in ihre Klassen. Die strenge Miß Hartley, eine vollbusige Frau, die ihre Schützlinge mit einem bloßen Flüstern einschüchtern konnte, sah zu Will und Frannie hinüber.

»Frances Cunningham!« donnerte sie. »Mach endlich voran!« Frannie verzog das Gesicht und lief davon. Nun konnte sich Miß Hartley auf Will konzentrieren. »Und du bist …?«

»William Rabjohns.«

»Ach ja«, sagte sie finster, als habe sie schon von ihm gehört, und zwar nichts Gutes.

Er wich nicht zurück und fühlte sich ganz ruhig, was ungewöhnlich für ihn war. In St. Margaret's hatte er vor einigen Lehrern regelrecht Angst gehabt, weil er glaubte, daß sie irgendwie mit seinem Vater gemeinsame Sache machten. Aber diese Frau mit ihrem ekelhaft süßen Parfüm und dem fetten Hals kam ihm einfach nur absurd vor. Es gab nichts, wovor er sich fürchten mußte.

Möglicherweise spürte sie, wie unbeeindruckt er blieb, denn sie starrte ihn mit einem gut eingeübten Kräuseln der Lippen an.

»Weswegen lächelst du?« fragte sie ihn.

Will hatte nicht gewußt, daß er lächelte, bevor sie ihn

darauf angesprochen hatte. Er spürte, wie sich in seinem Magen eine seltsame Erregung breitmachte. Dann sagte er.

»Wegen Ihnen.«

»Wie bitte?«

Sein Lächeln wurde breiter. »Wegen Ihnen«, wiederholte er. »Ich freue mich, daß Sie meine Lehrerin sind.«

Sie sah ihn stirnrunzelnd an. Er lächelte noch immer und stellte sich vor, daß er dabei die Zähne fletschte wie ein Wolf.

»Wo hast ... du jetzt Unterricht?« fragte sie.

»In der Turnhalle«, antwortete er. Er sah ihr weiterhin grinsend ins Gesicht. Schließlich war sie es, die den Blick abwandte.

»Dann machst du dich mal besser auf den Weg, nicht wahr?«

»Wenn unser Gespräch beendet ist«, sagte er in der Hoffnung, ihr eine weitere Reaktion zu entlocken.

Dem war nicht so. »Es ist beendet«, entgegnete sie.

Er konnte kaum die Augen von ihr abwenden. Wenn er sie weiterhin anstarrte, dachte er, könnte er ein Loch in sie hineinbrennen, so wie es möglich war, mit einem Vergrößerungsglas ein Loch in ein Stück Papier zu brennen.

»Ich dulde keine Frechheiten«, sagte sie. »Am wenigsten von einem neuen Schüler. Jetzt ab in deinen Unterricht.«

Er hatte keine große Wahl und trottete davon. Aber als er an ihr vorbeiging, sagte er mit sanfter Stimme: »Danke, Miß Hartley.« Und er glaubte zu sehen, wie sie zusammenzuckte.

VII

Irgend etwas geschah mit ihm. Jeden Tag gab es kleinere Zeichen dafür. Er sah zum Himmel hinauf und spürte eine seltsame Erregung, als erhöbe sich ein Teil von ihm zum Fluge und stiege aus seinem Kopf empor. Lange nach Mitternacht wachte er auf, und auch wenn es bitterkalt war, öffnete er das Fenster und lauschte der Welt in der Dunkelheit dort draußen, stellte sich vor, wie es jetzt auf den Hügeln sein mochte. Zweimal ging er mitten in der Nacht hinaus und stieg die Böschung hinter dem Haus hinauf, in der Hoffnung, er könne Jacob irgendwo dort oben treffen, wenn er die Sterne beobachtete; oder Mrs. McGee bei der Hasenjagd sehen. Aber er entdeckte keine Spur von den beiden, und obwohl er versuchte, jedes bißchen Klatsch mitzubekommen, wenn er ins Dorf ging – um Schweinekoteletts für Adele Bottrall zu kaufen, die sie mit Äpfeln für Papa briet, oder einen Stapel Magazine, damit seine Mutter etwas zum Durchblättern hatte –, nie hörte er, daß jemand Jacob oder Rosa erwähnte. Sie mußten an einem geheimen Ort leben, schloß er daraus, wo ihnen die Alltagswelt nichts anhaben konnte. Er bezweifelte, daß außer ihm sonst noch jemand im Tal von ihrer Existenz wußte.

Will verzehrte sich nicht vor Sehnsucht nach ihnen. Er würde sie schon finden – oder sie ihn, wenn die Zeit gekommen war. Das wußte er genau. Währenddessen begegnete er überall seltsamen Erscheinungen. Die Welt um ihn herum setzte geheimnisvolle Zeichen, die er lesen konnte. In den Eisblumen am Fenster, wenn er erwachte; in den Mustern, die die Schafe hinterließen, wenn sie einen Hügel hinauftrotteten. In einem Flußbett, das die Herbstregen mit sehr viel mehr Wasser als sonst gefüllt hatten.

Schließlich mußte er das Geheimnis aber doch mit jemandem teilen. Er wählte Frannie aus, nicht weil er annahm, daß sie ihn verstehen würde, sondern weil sie die einzige war, der er vertraute.

Sie saßen im Wohnzimmer der Cunninghams. Neben dem Haus lag der Schrottplatz, der Frannies Vater gehörte. Das Haus war klein, aber gemütlich, so aufgeräumt und ordentlich, wie der Schrottplatz chaotisch war. Ein gerahmtes Gebet als Häkelbild über dem Kaminsims, Segen für den häuslichen Herd und alle, die sich darum versammelten. Ein Porzellanschrank aus Teakholz, in dem das geerbte Teeservice stolz, aber keineswegs protzig präsentiert wurde. Eine schlichte Kupferuhr auf dem Tisch, daneben eine Glasschüssel mit Birnen und Orangen. Hier, in diesem Schoß der Beständigkeit, erzählte Will von den Gefühlen, die ihn beschäftigten. Er erzählt Frannie, wie alles begonnen hatte, an dem Tag ihres Kennenlernens. Zunächst erwähnt er Jacob und Rosa nicht – diesen Teil des Geheimnisses wollte er am allerwenigsten teilen, und er war sich durchaus nicht sicher, ob er es je tun würde –, aber er erzählte ihr von seinem Erlebnis im Gerichtshof.

»Oh, ich habe meine Mum danach gefragt«, meinte Frannie. »Und sie hat mir die Geschichte erzählt.«

»Und?«

»Da war so ein Mann, er hieß Bartholomeus«, sagte sie. »Er lebte im Tal, damals, als es noch Bleiminen gab.«

»Ich wußte nicht, daß hier Minen waren.«

»Nun, jetzt weißt du es. Er hat viel Geld damit verdient. Aber er war nicht ganz richtig im Kopf, zumindest sagt Mum das, denn er hatte die komische Vorstellung, daß die Menschen die Tiere nicht ordentlich behandelten. Und der einzige Weg, die Leute davon abzuhalten, grausam zu ihnen zu sein, sei ein Gerichtshof für Tiere.«

»Wer war der Richter?«

»Er. Und wohl auch die Geschworenen.« Sie zuckte mit den Schultern. »Mehr weiß ich auch nicht ...«

»Also er hat den Gerichtshof erbaut?«

»Das hat er, aber er wurde nie beendet.«

»Ist ihm das Geld ausgegangen?«

»Meine Mum sagt, daß sie ihn wahrscheinlich ins Irrenhaus gesteckt haben, wegen dem, was er tat. Ich meine, kein Mensch wollte, daß er Tiere in den Gerichtshof brachte und Gesetze machte, die den Menschen vorschreiben sollten, wie sie Tiere zu behandeln hätten.«

»Das wollte er?« fragte Will mit einem verhaltenen Lächeln.

»Irgendwas in der Art. So richtig sicher ist sich keiner. Er ist schon seit hundertfünfzig Jahren tot.«

»Eine traurige Geschichte«, sagte Will, aber gleichzeitig bewunderte er die Besessenheit von Bartholomeus.

»Es war bestimmt richtig, ihn einzusperren. Besser für alle. Ich meine, er wollte hingehen und Leute anklagen, die Tieren etwas getan hatten. Aber das tun wir doch alle. Das ist doch ganz natürlich.«

Wenn sie so sprach, klang sie wie ihre Mutter. Freundlich, aber unbeirrbar. Dies war ihre festgefügte Meinung, und niemand würde sie davon abbringen. Während er ihr zuhörte, schwand sein Enthusiasmus, sie in das Geheimnis einzuweihen, immer mehr. Vielleicht war sie nicht die Richtige, um seine Gefühle zu verstehen. Vielleicht dachte sie, er wäre wie Mr. Bartholomeus und man solle auch ihn lieber einsperren.

Aber nun, da ihre Geschichte vom Gerichtshof beendet war, fragte sie: »Was wolltest du mir eben sagen?«

»Gar nichts«, antwortete Will.

»O doch, du warst gerade dabei, mir …«

»Nun, es wird schon nichts Wichtiges gewesen sein«, entgegnete Will. »Sonst würde ich mich ja daran erinnern.« Er stand auf. »Ich gehe jetzt besser.«

Frannie sah ihn verwirrt an, aber er tat so, als bemerke er den Ausdruck auf ihrem Gesicht gar nicht.

»Bis morgen«, sagte er.

»Manchmal bist du richtig komisch«, meinte sie. »Weißt du das?«

»Nein.«

»Du weißt, daß du es bist«, sagte sie mit einem leicht anklagenden Ton. »Und ich glaube, das gefällt dir.«

Will mußte lächeln. »Vielleicht tut es das«, sagte er.

Plötzlich flog die Tür auf, und Sherwood marschierte herein. Er hatte sich Federn ins Haar gesteckt.

»Wißt ihr, wer ich bin?«

»Ein Huhn«, sagte Will.

»Nein, kein *Huhn*«, entgegnete Sherwood zutiefst beleidigt.

»Du siehst aber so aus.«

»Ich bin Geronimo.«

»Ja, Geronimo das Huhn«, sagte Will lachend.

»Ich hasse dich«, sagte Sherwood. »Und jeder in der Schule auch.«

»Sei still, Sherwood!« schrie Frannie ihn an.

»Aber es stimmt«, fuhr Sherwood fort. »Sie sagen alle, du wärst blöd, und sie reden hinter deinem Rücken und nennen dich William Blödmann.« Jetzt lachte Sherwood. »William Blödmann! William Blödmann!« Frannie versuchte ihn zur Ruhe zu bringen, aber es hatte keinen Sinn. Er würde schreien, bis er nicht mehr konnte.

»Das ist mir ganz egal!« übertönte Will den Singsang. »Du jedenfalls bist eine Mißgeburt, und deshalb ist es mir ganz egal.«

Mit diesen Worten griff er nach seiner Jacke und stürmte an Sherwood vorbei – der mittlerweile begonnen hatte, im Rhythmus seines Gesangs zu tanzen – zur Tür. Frannie versuchte verzweifelt, ihren Bruder zur Vernunft zu bringen, aber Sherwood schaukelte sich selbst immer höher, brüllte immer lauter und sprang immer wilder umher.

In Wahrheit war Will froh über die Unterbrechung. Sie bot ihm die perfekte Entschuldigung für den Abgang, den er so schnell hinter sich brachte, daß Frannie keine Chance blieb, ihn festzuhalten. Er hätte sich nicht beeilen brauchen. Noch am Ende der Samson Road, als er das Haus und den Schrottplatz schon weit hinter sich gelassen hatte, hörte er Sherwoods Toben.

VIII

1

»Wir sind hierher gezogen, weil *du* fort wolltest, Eleanor, vergiß das nicht. Wir sind nur wegen dir hier.«

»Ich weiß, Hugo.«

»Also, was willst du mir sagen? Daß wir schon wieder umziehen sollen?« Die von Tränen erstickte, leise, verzweifelte Antwort seiner Mutter konnte Will nicht hören. Aber er hörte die Entgegnung seines Vaters. »Mein Gott, Eleanor, hör bitte auf zu weinen. Wir können kein vernünftiges Gespräch führen, wenn du jedesmal in Tränen ausbrichst, sobald der Name Manchester fällt. Falls du wieder dorthin zurück willst, von mir aus. Aber ich brauche Antworten von dir. So kann es nicht weitergehen. Du nimmst so viele Tabletten, daß du sie nicht mehr zählen kannst. Das ist kein Leben, Eleanor.« Sagte sie – »*ich weiß?*« Will glaubte es gehört zu haben, auch wenn er sie durch die Tür kaum verstehen konnte. »Ich will das Beste für dich, das Beste für uns alle.«

Jetzt verstand Will sie gut. »Ich kann hier nicht bleiben«, sagte sie.

»Na schön, ein für allemal: Willst du zurück nach Manchester?«

Ihre Antwort war lediglich eine Wiederholung. »Ich kann hier nicht bleiben.«

»Gut«, sagte Hugo. »Dann ziehen wir wieder zurück. Macht ja nichts, daß wir das Haus verkauft und Tausende von Pfund in den Umzug gesteckt haben. Wir gehen einfach zurück.« Seine Stimme wurde lauter, im gleichem Maße wie Eleanors Weinen. Will hatte genug gehört. Er drehte sich um, schlich nach oben und verschwand gerade in dem Augenblick, als die Wohnzimmertür aufgerissen wurde und sein Vater herausstürmte.

2

Das Gespräch hatte William in höchste Panik versetzt. Sie durften nicht fort, nicht jetzt, da er zum ersten Mal im Leben das Gefühl hatte, daß so vieles klarer wurde. Wenn er nach Manchester zurückging, war das wie eine Gefängnisstrafe. Er würde verkümmern und sterben.

Was war die Alternative? Es gab nur eine. Er mußte davonlaufen, wie er Frannie prahlerisch verkündet hatte, am Tag, an dem sie sich begegnet waren. Er mußte alles sorgfältig planen, damit nichts dem Zufall überlassen blieb. Geld und Kleidung brauchte er; und natürlich ein Ziel. Von diesen drei Vorgaben war die dritte am problematischsten. Das Geld konnte er stehlen (er wußte, wo seine Mutter ihr Haushaltsgeld aufbewahrte), Kleider brauchte er nur zusammenzupacken – aber wohin sollte er gehen?

Er befragte die Landkarte, die in seinem Zimmer an der Wand hing, und ordnete den pastellfarbenen Flächen Bilder zu, die er im Fernsehen oder in Magazinen gesehen hatte. Skandinavien? Zu kalt und zu dunkel. Italien? Vielleicht. Aber er sprach kein Italienisch und lernte auch nicht schnell. Er konnte etwas Französisch, hatte ja auch französisches Blut in den Adern, doch Frankreich war nicht weit genug weg. Wenn er schon auf Reisen gehen wollte, sollte es mehr als eine Tour mit der Fähre werden. Amerika vielleicht? Ah, das war eine Idee. Er fuhr mit dem Finger über die Staaten des Landes und ließ die Namen auf der Zunge zergehen. Mississippi; Wyoming; New Mexico; Kalifornien. Die Aussicht verbesserte seine Laune. Jetzt brauchte er nur ein paar Ratschläge, wie er das Land verlassen konnte, und er wußte genau, von wem er sie bekommen würde: von Jacob Steep.

Schon am nächsten Tag machte er sich auf die Suche nach Steep und Rosa McGee. Mittlerweile war es Mitte November, und es dunkelte rasch. Doch er nützte das Tageslicht, so gut es ging, und schwänzte an drei aufeinanderfolgenden Tagen die Schule, um die Hügel zu erklimmen, auf der Suche nach irgendeinem Hinweis auf den Aufenthaltsort des Paares. Es waren kalte, ungemütliche Ausflüge. Auch wenn die Hügel noch nicht von Schnee bedeckt waren, so lag doch der Frost wie ein nicht ganz sauberes weißes Tuch auf den Abhängen, und die Sonne schien nie lange genug, um es wegzuwischen.

Die Schafe waren bereits auf die niedrigeren Weiden hinabgestiegen, um dort zu grasen, aber dennoch war er auf den Höhen nicht ganz allein. Hasen und Füchse, sogar das eine oder andere Wild hatten ihre Spuren im gefrorenen Gras hinterlassen. Aber dies blieben die einzigen Lebenszeichen, die er fand. Von Jacob und Rosa sah er nicht einmal einen Stiefelabdruck.

Am Abend des dritten Tages bekam er Besuch von Frannie.

»Du siehst nicht aus, als hättest du dich erkältet«, sagte sie zu Will. (Er hatte eine dementsprechende Entschuldigung für die Schule gefälscht.)

»Bist du deshalb gekommen?« fragte er. »Um mir nachzuspionieren?«

»Sei nicht dumm«, sagte sie. »Ich bin gekommen, weil ich dir was erzählen muß. Etwas ganz Seltsames.«

»Was?«

»Du erinnerst dich doch, daß wir über das Gerichtsgebäude gesprochen haben?«

»Na klar.«

»Nun, ich bin hingegangen. Und weißt du was?«

»Was?«

»Da wohnt jemand.«

»Im Gerichtshof?«

Sie nickte. Will sah ihr an, wie sehr sie das Gesehene beunruhigte.

»Bist du reingegangen?« fragte er.

Sie schüttelte den Kopf. »Ich hab' nur diese Frau an der Tür gesehen.«

»Wie hat sie ausgesehen?« Will wagte kaum zu hoffen.

»Sie war ganz in Schwarz.«

Sie ist es, dachte er. *Es ist Rosa McGee.* Und wo sich Rosa aufhielt, konnte Jacob nicht weit entfernt sein.

Frannie hatte bemerkt, wie aufgeregt er war. »Was ist da?« fragte sie.

»Wer«, sagte er. »Nicht was.«

»Also schön – wer? Jemand, den du kennst?«

»Allerdings«, antwortete er. »Sie heißt Rosa.«

»Ich habe sie noch nie gesehen«, sagte Frannie. »Und ich wohne schon immer hier.«

»Sie leben sehr zurückgezogen.«

»Gibt's da noch jemand?«

Er war so stolz auf sein Wissen, daß er beinahe nichts

verraten hätte. Aber andererseits hatte sie ihm diese wunderbare Nachricht gebracht, nicht wahr? Er schuldete ihr eine Art Dank. »Es sind zwei«, sagte er. »Der Name der Frau lautet Rosa McGee. Der Mann heißt Jacob Steep.«

»Kenne ich beide nicht. Sind es Zigeuner oder Obdachlose?«

»Wenn sie kein Obdach haben, dann nur, weil sie es so wollen«, sagte Will.

»Aber es muß kalt in diesem Gebäude sein. Du hast doch gesagt, daß es leer ist.«

»Das ist es auch.«

»Und sie verstecken sich in diesem leeren Haus?« Sie schüttelte den Kopf. »Seltsam. Woher kennst du sie eigentlich?«

»Ich habe sie auf einem Spaziergang getroffen«, sagte er, was von der Wahrheit nicht sehr weit entfernt war.

»Danke, daß du mir das von der Frau erzählt hast. Ich werde ... ich habe noch eine Menge Dinge zu erledigen.«

»Du wirst sie besuchen, nicht wahr?« sagte Frannie. »Ich will mitkommen.«

»Nein!«

»Warum nicht?«

»Weil es nicht deine Freunde sind.«

»Deine sind es auch nicht«, entgegnete Frannie. »Du hast selbst gesagt, daß du sie nur einmal gesehen hast.«

»Ich will dich aber nicht dabeihaben«, sagte Will.

Frannie preßte die Lippen zusammen. »Weißt du, deswegen brauchst du dich nicht so ekelhaft benehmen.«

Will sagte nichts. Sie sah ihn eindringlich an, als wolle sie ihn so dazu bewegen, seinen Entschluß zu ändern. Aber er sagte immer noch nichts und rührte sich nicht. Nach einer Weile gab sie auf und marschierte wortlos zur Vordertür.

»Gehst du schon?« fragte Adele.

Frannie öffnete die Tür. Ihr Fahrrad lehnte draußen. Ohne Adele eine Antwort zu geben, stieg sie auf das Rad und fuhr davon.

»Was hat sie denn?« fragte Adele.

»Ist nicht so wichtig«, antwortete Will.

Es war schon fast dunkel, und es war kalt. Er wußte aus eigener bitterer Erfahrung, daß man sich draußen aufs Schlimmste gefaßt machen mußte, aber es fiel ihm schwer, vernünftig zu sein und an Stiefel und Handschuhe und Pullover zu denken, während sein Herz laut pochte und er nur an das Eine denken konnte: *Ich habe sie gefunden, ich habe sie gefunden.*

Sein Vater war noch nicht aus Manchester zurückgekehrt, und seine Mutter hielt sich heute in Halifax auf und konsultierte ihren Arzt. Die einzige Person, die er von seinem Weggang unterrichten mußte, war Adele. Sie war mit Kochen beschäftigt und machte sich nicht die Mühe zu fragen, wohin er ging. Erst als er die Tür zuschlug, rief sie ihm nach, daß er um sieben wieder zurück sein solle. Will antwortete nicht. Er machte sich auf den Weg, die dunkler werdende Straße hinab auf den Gerichtshof zu, wo Jacob bestimmt schon auf ihn wartete.

IX

Die Seele, die den Namen Jacob Steep angenommen hatte, stand auf der Schwelle des Gerichtshofs und klammerte sich an den Türrahmen. Die Abenddämmerung war stets eine Zeit der Schwäche, sowohl für ihn als auch für Mrs. McGee. Dieser Abend stellte keine Ausnahme dar. Sein Magen drehte sich um, die Glieder zitterten, die Schläfen pochten. Der bloße Anblick des Himmels, und mochte er noch so malerisch sein – wie heute – machte einen hilflosen Säugling aus ihm.

In der Morgendämmerung war es das gleiche. In diesen Stunden überfiel sie beide eine solche Erschöpfung, daß sie kaum aufrecht stehen konnten. Selbst das hatte sich heute nacht für Rosa als unmöglich erwiesen. Sie hatte sich in das Gebäude zurückgezogen und lag stöhnend auf dem Boden. Von Zeit zu Zeit rief sie nach ihm. Er ging nicht zu ihr. Er blieb an der Tür stehen und wartete auf ein Zeichen.

Das war das Paradoxe dieser Stunde: Im Augenblick der Schwäche würde er wahrscheinlich einen Auftrag erhalten. Sein Attentäterherz schlug heftig, sein Attentäterblut geriet in Wallung. Und heute abend sehnte er sich nach einer Nachricht. Schon zu lange lungerten sie hier herum. Es wurde Zeit, weiterzuziehen. Aber zunächst brauchte er ein Ziel, eine Botschaft, und das bedeutete, sich dem ekelerregenden Anblick des Zwielichts auszusetzen.

Er wußte nicht einmal, warum diese Stunden ihren Körpern so zusetzten, aber es war ein weiterer Beweis dafür – wenn er denn nötig war –, daß man sie nicht aus üblichem Holz geschnitzt hatte. In der Tiefe der Nacht, wenn die menschliche Welt schlief und ihre lächerlichen Träume träumte, war er aktiv und lebendig wie ein Kind, von Rastlosigkeit getrieben. In dieser Stunde konnte er sein Schlimmstes vollbringen, schneller als der schnellste Scharfrichter mit seinem Messer, oder besser noch mit den Händen. Dann raubte er Leben. Und auch in Ländern, in denen die Mittagshitze unerträglich war, trieb ihn diese Unruhe voran. Er war der vollkommene Todesbote, schnell und geschickt. Eigentlich bevorzugte er den Tag, denn dann hatte er das richtige Licht für seine Skizzen, und sowohl als Zeichner als auch als Mörder achtete er sehr auf Details. Der Schwung einer Feder, die Rundung einer Schnauze; das Timbre eines Schluchzers, das Keuchen einer zugedrückten Kehle ... All das verlangte nach Genauigkeit.

Egal ob Licht oder Dunkelheit die Welt beherrschten, er hatte die Energie eines Mannes, der zehnmal jünger war als er. Doch in den grauen Stunden schien ihn die Schwäche fast zu verzehren, und er mußte sich an etwas festhalten, wollte er nicht zu Boden sinken. Er haßte diesen Zustand, aber er weigerte sich zu klagen. Das Klagen stand Frauen und Kindern an, nicht den Soldaten. Allerdings hatte er beizeiten auch Soldaten klagen hören. Er hatte lang genug gelebt, um schon viele Kriege gesehen zu haben, große und kleine, und obwohl er nie bewußt ein Schlachtfeld aufgesucht hatte, hatte ihn seine Arbeit durch Zufall mehr als einmal auf einen solchen Schauplatz geführt. Er hatte gesehen, wie verwundete Männer mit ihren Schmerzen kämpften, wie sie weinten, wie sie um Gnade flehten und nach ihren Müttern riefen.

Jacob hatte kein Interesse an Gnade; weder daran, sie zu gewähren, noch sie zu erlangen. Er stand gegen die sentimentale Welt, wie es einer reinen Kraft zukam, machte weder Freundlichkeit noch Grausamkeit zum Maßstab seines Handelns. Er verabscheute die Geborgenheit des Gebets und die Ablenkungen der Launen. Er verspottete die Trauer, er verspottete die Hoffnung. Er verspottete auch die Verzweiflung. Die einzige Tugend, die er bewunderte, war die Geduld – sowie das Wissen, daß alles vergänglich ist. Bald würde die Sonne verschwinden, und die Schwäche in seinen Gliedern dahinschmelzen. Er brauchte nur zu warten.

Er hörte, wie sich drinnen etwas bewegte. Dann Rosas seufzende Stimme: »Ich habe mich erinnert ...«

»Das hast du nicht«, sagte er. Manchmal veranlaßten sie die Schmerzen dieser Stunden, irre daherzureden.

»Doch, ich schwöre«, sagte sie. »An eine Insel. Erinnerst du dich an eine Insel? Mit weiten, weißen Stränden? Keine Bäume. Ich habe nach Bäumen gesucht, aber es gab keine. Oh ...« Ihre Worte gingen wieder in ein Stöhnen über, das Stöhnen in ein Schluchzen. »Oh, ich wäre froh, jetzt sterben zu können.«

»Das wärst du nicht.«

»Komm und tröste mich.«

»Ich habe keine Lust ...«

»Du mußt, Jacob. Oh ... oh, Herr im Himmel ... Warum müssen wir so leiden?«

So sehr er sich von ihr fernhalten wollte, ihr Schluchzen war zu laut, als daß er es ignorieren konnte. Er wandte dem sterbenden Tag den Rücken zu und ging den Flur entlang, in den Gerichtssaal. Rosa McGee lag auf dem Boden, inmitten ihrer Schleier. Sie hatte einen Kreis von Kerzen um sich aufgestellt, als könne das Licht die Grausamkeit der Stunde mildern.

»Leg dich zu mir«, sagte sie und schaute zu ihm auf.

»Dabei kommt nichts Gutes heraus.«

»Vielleicht bekommen wir ein Kind.«

»Ich sagte doch, dabei kommt nichts Gutes heraus«, erwiderte er. »Wie du sehr wohl weißt.«

»Dann leg dich einfach so zu mir – nur weil es schön ist«, sagte sie und sah ihn liebevoll an. »Es schmerzt so sehr, von dir getrennt zu sein, Jacob.«

»Ich bin doch hier«, sagte er nachgebend.

»Nicht nahe genug.« Sie lächelte zu ihm hinauf.

Er ging auf sie zu und blieb vor ihren Füßen stehen.

»Noch immer ... nicht nah genug«, sagte sie. »Ich fühle mich so schwach, Jacob.«

»Es geht vorbei. Du weißt, daß es vorbeigeht.«

»In diesen Augenblicken weiß ich nichts«, entgegnete sie. »Außer wie sehr ich dich brauche.« Sie griff nach unten und zupfte an ihrem Rock. Dabei beobachtete sie sein Gesicht. »Du sollst bei mir sein«, murmelte sie. »In mir.«

Er sagte nichts. »Bist du zu schwach?« fragte sie und zog den Rock höher. »Ist mein Geheimnis zu viel für dich?«

»Es ist kein Geheimnis mehr«, sagte er. »Nicht nach all den Jahren.«

Jetzt lächelte sie und schob den Rock bis zu den Oberschenkeln hoch. Sie hatte schöne Beine; wohlgeformt, fest. Ihre Haut glänzte im Kerzenschein wie Perlmutt. Seufzend schob sie ihre Hand unter den Rock. Sie spielte an sich herum, und ihre Hüften hoben sich.

»Es ist tief, mein Liebster«, sagte sie. »Es ist dunkel und feucht. Für dich.« Sie zog den Rock über die Hüften. »Sieh nur.« Sie spreizte die Beine. »Sag nicht, daß es nicht hübsch anzusehen ist. Eine perfekte kleine Muschel.« Ihr Blick wanderte von seinem Gesicht zu seinen Lenden. »Und dir gefällt, was du siehst. Du brauchst gar nicht erst so zu tun, als wäre es nicht so.«

Natürlich hatte sie recht. Sobald sie begonnen hatte, ihren Rock zu heben, war sein dummes Glied angeschwollen und verlangte nach seinem Recht. Als ob sein Körper nicht schon geschwächt genug war, sollte er nun auch noch diesem Ansinnen nachkommen.

»Ich bin eng, Mr. Steep.«

»Ich weiß.«

»Wie eine Jungfrau in ihrer Hochzeitsnacht. Sieh nur, ich bekomme kaum meinen kleinen Finger rein. Ich fürchte, du wirst mir ein wenig Gewalt antun müssen.«

Sie wußte, welche Wirkung solche Worte auf ihn hatten. Ein Schauder der Vorfreude lief durch seinen Körper, und er zog den Mantel aus.

»Knöpf dir die Hose auf«, sagte Mrs. McGee. »Laß mich sehen, was du zu bieten hast.«

Er warf den Mantel beiseite und fingerte an den Knöpfen der schlammbespritzten Hose herum. Lächelnd sah sie zu, wie er sein Glied herausholte.

»Oh, wen haben wir denn da«, meinte sie anerkennend. »Ich glaube, er möchte einen Blick auf meine Möse werfen.«

»Er will mehr als nur einen Blick.«

»Tatsächlich?«

Hastig kniete er sich zwischen ihre Beine und schob ihre Hand beiseite, um besser hinschauen zu können. Sein Blick wurde starr.

»Woran denkst du?« fragte sie.

Er befingerte sie kurz, schob sich dann vor und ließ sein feuchtes Glied zwischen ihre Pobacken gleiten. »Ich denke …«, sagte er, »…daß ich heute lieber dies hier hätte.«

»Ach ja? Auf diese Weise bekommt man aber keine Kinder«, sagte sie.

»Und wenn schon«, entgegnete er. »Ich will es so.«

»Nun, ich nicht«, erwiderte sie.

Er lächelte sie an. »Rosa«, sagte er sanft. »Du kannst mir doch nichts abschlagen.«

Er schob die Hände unter ihre Kniekehlen und drückte ihre Beine nach oben. »Wir sollten jegliche Hoffnung auf Kinder fahren lassen«, keuchte er und starrte auf die dunkle Knospe. »Es ist nie etwas aus ihnen geworden.« Sie erwiderte nichts. »Hörst du mir zu, meine Liebe?« Er sah sie an. Sie begegnete traurig seinem Blick.

»Keine Kinder mehr?« fragte sie.

»Keine Kinder mehr«, sagte er und schob sich näher an sie heran. »Es ist doch nur eine Vergeudung von Liebe an Wesen, die nicht einmal den Verstand haben, diese Liebe zu erwidern.«

Dies war die Wahrheit. Obwohl sie Kinder gezeugt hatten, deren Zahl in die Dutzende ging, hatte er ihr jedes einzelne unmittelbar nach der Geburt weggenommen, zu ihrem Besten, und hatte die Wesen von ihrem Elend erlöst, wenn die Kretins denn so etwas wie Elend gespürt hatten. Nachdem sie zerstückelt und die Teile weggeschafft waren, kehrte er getreu zurück, jedesmal mit der gleichen düsteren Nachricht. Ihr wohlgeformtes Äußeres täuschte nicht darüber hinweg – ihre Schädel enthielten nichts als blutige Flüssigkeit. Nicht einmal den groben Entwurf eines Gehirns, nichts.

Er stieß tief in sie hinein. »Es ist besser so«, sagte er.

Sie gab einen leisen Schluchzer von sich. Er wußte nicht, ob aus Trauer oder aus Lust, und in diesem Augenblick war ihm das auch egal. Hingegeben preßte er sich in ihre Wärme, die ihn so völlig umschloß. Oh, das war gut.

»Also ... keine ... Kinder mehr«, keuchte Mrs. McGee.

»Keine Kinder.«

»Nie mehr?«

»Nie mehr.«

Sie packte sein Hemd und zog ihn zu sich herab.

»Küß mich«, sagte sie.

»Achte darauf, um was du mich bittest ...«

»Küß mich«, sagte sie und hob den Kopf.

Er schlug ihr die Bitte nicht ab, preßte seine Lippen auf ihren Mund und ließ zu, daß sie mit ihrer flinken Zunge zwischen seinen schmerzenden Zähnen spielte. Sein Mund war stets trockener als ihrer, so daß sein rauher Gaumen und seine Kehle gern von ihr tranken. Dankbar murmelte er gegen ihre Lippen und schob sich härter in sie hinein. Plötzlich wurden ihre Bewegungen heftiger. Ihre Hände fuhren über seinen Hals, über das Gesicht, sie umklammerte seinen Rücken und zog ihn weiter in sich hinein. Er öffnete die Knöpfe ihrer Bluse, wollte ihre Brüste sehen.

»Wer bist du?« fragte sie ihn.

»Jedermann«, antwortete er stöhnend.

»Wer?«

»Pieter, Martin, Laurent, Paolo …«

»Laurent, ich mochte Laurent so gern.«

»Er ist hier.«

»Wer noch?«

»Ich habe die Namen vergessen«, gestand Jacob.

Rosa legte ihre Hände um sein Gesicht. »Erinnere dich – für mich«, verlangte sie.

»Ein Zimmermann namens Bernard …«

»O ja. Er ging sehr grob mit mir um.«

»Und Darlington …«

»Der Tuchmacher. Sehr zärtlich.« Sie lachte. »Hat nicht einer von ihnen mich in Seide eingehüllt?«

»So?«

»Und Sahne in meinen Schoß fließen lassen? Du könntest dieser eine sein, wer immer es war.«

»Wir haben keine Sahne.«

»Und keine Seide. Denk dir etwas aus.«

»Ich könnte Jacob sein«, stöhnte er.

»Ich schätze, das könntest du«, sagte sie. »Aber das wäre nicht sehr lustig. Denk dir jemand anderen aus.«

»Vielleicht Josiah? Oder Michael? Und Stewart. Und Roberto …« Sie bewegte ihre Hüften im Takt seiner Litanei. Zahllose Männer, deren Namen und Berufe er sich ausgeliehen hatte, um sie zu unterhalten. Für eine Stunde oder einen Tag war er in ihre Identität geschlüpft; selten länger.

»Früher mochte ich dieses Spiel«, sagte er.

»Jetzt nicht mehr?«

»Wenn ich wüßte, was wir waren …«

»Schweig.«

»… würde es vielleicht nicht so weh tun.«

»Es spielt doch keine Rolle«, sagte sie. »Nicht solange wir zusammen sind. Solange du in mir bist.«

Wie ineinandergefügt lagen sie eng umschlungen beisammen. Ihre Körper und ihre Küsse verbanden sie, als wollten sie sich nie mehr trennen.

Sie begann erneut zu schluchzen, und mit jedem seiner Stöße atmete sie heftig aus. Namen lagen ihr auf der Zunge, aber es waren nur Fragmente, Teile von Teilen.

»Sil... Be... Han...«

Jetzt gab sie sich ganz ihren Gefühlen hin. Seinem Schwanz, seinen Lippen. Was ihn betraf, er schien alle Worte vergessen zu haben. Nur sein Atem fuhr zwischen ihre Lippen, als wolle er sie wiederbeleben. Seine Augen waren weit geöffnet, aber er sah weder ihr Gesicht, noch die Kerzen, die sie umringten. Statt dessen pulsierten vage Formen vor ihm, Partikel aus Licht und Dunkelheit. Dunkelheit oben, Licht unten.

Beim Anblick dieses wilden Panoramas stöhnte er auf.

»Was ist?« fragte Rosa.

»Ich ... weiß ... nicht«, sagte er. Es schmerzte ihn, diese Formen vor sich zu sehen, ohne zu verstehen, was sie bedeuteten. Wie Teile einer alten Melodie, die einem im Kopf herumgeht, deren Namen einem aber nicht einfällt. Doch trotz des Kummers, den er spürte, wollte er den Anblick nicht missen. Irgend etwas daran erinnerte ihn an einen geheimen Ort, einen Ort, von dem er niemals sprach, nicht einmal mit Rosa. Er war zu fragil, dieser Ort; zu zart.

»Jacob?«

»Ja ...?«

Er sah zu ihr herunter, und sein Phantombild löste sich auf.

»Sind wir schon fertig?«

Ihre Hand glitt zwischen ihre Beine und umfaßte seinen Schwanz, der bereits schlaffer wurde. Sie sah ihn verächtlich an.

»War's das?« fragte sie.

Er löste sich von ihr und erhob sich. »Für den Augenblick«, sagte er.

»Oh, werde ich ab jetzt in Raten gevögelt?« fragte sie spöttisch, zog ihren Rock herunter und setzte sich auf. »Ich halte dir gegen meine Überzeugung den Arsch hin, und du hast noch nicht mal den Anstand, fertig zu werden.«

»Ich wurde abgelenkt«, sagte er, hob den Mantel auf und zog ihn an.

»Von was?«

»Ich weiß es nicht genau«, fuhr er sie an. »Mein Gott, Rosa, es war nur ein Fick. Es wird andere geben.«

»Das glaube ich nicht«, erwiderte sie verärgert.

»So?«

»Ich denke, es wird höchste Zeit, daß wir die Hände voneinander lassen. Wenn wir nicht mehr darauf aus sind, Kinder zu zeugen, welchen Sinn hat es dann, he?«

Er sah sie durchdringend an. »Ist das dein Ernst?«

»Aber ja, durchaus.«

»Weißt du, was du da sagst?«

»Selbstverständlich.«

»Du wirst es bedauern.«

»Das glaube ich nicht.«

»Du wirst um einen Fick betteln.«

»Denkst du wirklich, daß ich mich so verzweifelt nach deinen Anstrengungen sehne?« sagte sie. »Mein Gott, wie sehr du dich selbst betrügst. Ich mache nur dein Spiel mit, Jacob, ich tue so, als sei ich erregt, aber ich sehne mich nicht nach dir.«

»Das stimmt nicht«, entgegnete er.

Sie hörte, wie verletzt er klang, und war erstaunt. Das war selten, und wie alle seltenen Dinge wertvoll. Sie tat so, als bemerke sie es nicht, erhob sich, ging zu ihrem zerschlissenen Lederbeutel und holte ihren Spiegel hervor. Dann setzte sie sich wegen des besseren Lichts neben die Kerzen und betrachtete ihr Spiegelbild. »Es ist so«, sagte sie nach einer Weile. »Was immer zwischen uns war, Jacob, es stirbt. Wenn ich dich je geliebt habe, dann habe ich es vergessen. Und, ehrlich gesagt, möchte ich auch nicht daran erinnert werden.«

»Na schön«, sagte er. Sie sah sein Gesicht im Spiegel, sah den Anflug von Schmerz. Noch seltener als selten, dieser Blick ...

»Wie du meinst«, murmelte sie.

»Ich glaube …«

»Ja?«

»Ich … ich würde gerne eine Weile allein sein.«

»Hier?«

»Wenn du nichts dagegen hast.«

Er schnippte mit den Fingern und zwischen den Fingerspitzen stieg eine Flamme empor, die über seinem Kopf verlosch. Sie hatte nicht vor, ihm bei der Ausübung dieses besonderen Talents zuzusehen. Sie besaß eigene Fähigkeiten, die sie sich im Laufe der Zeit angeeignet hatte, so wie andere Leute Witze sammeln oder eine Neigung zu Hautausschlägen entwickeln. Soll Steep seinen Platz zum Sinnieren haben, dachte sie.

»Willst du nachher etwas essen?« fragte sie und klang sehr zu ihrem eigenen perversen Vergnügen wie die Parodie einer Hausfrau.

»Ich glaube kaum.«

»Ich habe eine Pastete, wenn du so etwas möchtest.«

»Ja«? sagte er.

»Wir können doch noch immer vernünftig miteinander umgehen, nicht wahr?«

Er ließ eine weitere Flamme zwischen den Fingerspitzen lodern. »Ich weiß nicht«, sagte er. »Vielleicht.«

Sie überließ ihn seinen Gedanken.

X

Auf der Hälfte des Weges von der Kreuzung zum Gerichtshof hörte Will das Quietschen schlecht geölter Fahrräder hinter sich. Er sah über die Schulter und erblickte zwei Fahrradlampen, die hinter ihm aufleuchteten. Will stieß einen leisen, höchst fantasievollen Fluch aus und wartete, bis Frannie und Sherwood ihn eingeholt hatten.

»Haut ab«, begrüßte er sie.

»Nein«, sagte Frannie atemlos. »Wir wollen mit dir kommen.«

»Ich will aber nicht, daß ihr mit mir kommt.«

»Das hier ist ein freies Land«, meinte Sherwood. »Wir können gehen, wohin wir wollen. Stimmt's, Frannie?«

»Sei still«, sagte Frannie. Sie wandte sich an Will. »Ich wollte nur wissen, ob alles okay ist.«

»Und warum hast du ihn mitgebracht?« fragte Will.

»Weil … na ja, er hat mich eben gefragt. Er wird uns bestimmt nicht stören.«

Will schüttelte den Kopf. »Ich möchte nicht, daß ihr mit hineinkommt.«

»Dies ist ein freies …«, begann Sherwood, aber Frannie stieß ihn an, und er schwieg.

»Also gut, wir bleiben draußen und warten«, sagte Frannie.

Will wußte, daß er nicht mehr heraushandeln konnte, und so setzte er den Weg zum Gerichtshof fort, mit Frannie und Sherwood im Schlepptau. Er beachtete sie nicht weiter, bis sie zu der Hecke kamen, die das Gebäude umgab. Erst hier wandte er sich an sie und flüsterte ihnen zu, daß sie auf gar keinen Fall einen Laut von sich geben sollten; sonst würden sie alles verderben, und er würde nie wieder ein Wort mit ihnen reden. Nach dieser Warnung zwängte er sich durch den Weißdorn und ging über die sanft ansteigende Wiese auf den Gerichtshof zu. Im Dunkeln wirkte das Haus noch größer als bei Tag; wie ein riesiges Mausoleum ragte es in den Himmel. Er sah, daß drinnen ein Licht flackerte. Während er durch den Flur darauf zuging, spürte er nichts als Erregung im Herzen.

Jacob saß im Richterstuhl. Auf dem Tisch vor ihm brannte ein kleines Feuer. Er schaute auf, als die Tür knarrte, und im Licht der Flamme sah Will zum ersten Mal dieses Gesicht, das er sich so oft vorgestellt hatte. Doch war er keinem einzigen Detail gerecht geworden. Er hatte weder die hohe glatte Stirn so gesehen, noch die unergründlich tiefen Augen. Steeps Haar, das ihm in der Silhouette lockig herabfallend vorgekommen war, zeigte sich jetzt glatt wie ein

Schatten nach hinten gekämmt. Er hatte nicht gesehen, wie
Bart und Schnurrbart glänzten oder wie sinnlich seine Lippen waren, über die er nun mit der Zunge fuhr, ein-, zweimal, bevor er sagte: »Sei gegrüßt, Will. Du kommst zu einer seltsamen Zeit.«

»Soll ich wieder gehen?«

»Natürlich nicht.« Er legte etwas in das Feuer, das vor
ihm brannte, und es zischte und knisterte. »Es ist, wie ich
weiß, Sitte, den Kummer mit einem Lächeln zu übertün-
chen. So zu tun, als sei Freude in einem, auch wenn es nicht
so ist. Aber ich hasse es, wenn man sich verstellt und heu-
chelt. Die Wahrheit ist – ich fühle mich heute abend recht
melancholisch.«

»Was heißt das … melancholisch?« fragte Will.

»Du bist ehrlich«, meinte Jacob anerkennend. »Melancholie ist eine Form von Traurigkeit, aber sie ist mehr als
das. Es ist das, was wir fühlen, wenn wir über die Welt
nachdenken und ahnen, wie wenig wir davon verstehen.
Und wenn wir daran denken, was uns schließlich erwartet.«

»Sie meinen den Tod und so?«

»Tod reicht«, sagte Jacob. »Aber er ist es nicht, der mich
heute beschäftigt.« Er winkte Will zu sich. »Komm näher.
Am Feuer ist es behaglicher.«

Die kleine Flamme auf dem Tisch verhieß zwar nur wenig Wärme, aber dennoch trat Will freudig näher. »Warum
sind Sie denn traurig?« fragte er.

Jacob lehnte sich in dem alten Sessel zurück und betrachtete die Flamme. »Es geht um die Dinge zwischen
Mann und Frau«, antwortete er. »Du hast noch eine Weile
Zeit, bevor du dich damit beschäftigen mußt, und du solltest dankbar dafür sein. Halt dir diese Probleme vom Leib,
solange du kannst.« Mit diesen Worten griff er in die Tasche und holte noch mehr Nahrung für sein Freudenfeuer
hervor. Will stand nahe genug bei ihm, um zu sehen, daß
das, was er für Rindenstücke hielt, sich bewegte. Sich noch
weiter vorbeugend, erkannte er gleichermaßen angeekelt
wie fasziniert, daß Steep eine Motte in den Fingern hielt,

die er zwischen Daumen und Zeigefinger an den Flügeln gepackt hatte. Als er sie in die Flamme warf, ruderte sie mit den Beinen und den Fühlern, und für den Bruchteil einer Sekunde sah es so aus, als würde der Luftzug der Flamme sie davonwehen, nach oben und in Sicherheit, doch bevor sie an Höhe gewinnen konnte, fingen die Flügel Feuer, und die Motte verbrannte. »Lebend und sterbend nähren wir die Flamme«, sagte Steep sanft. »Das ist die melancholische Wahrheit, die allem zueigen ist.«

»Aber sie nähren die Flamme gerade mit etwas anderem«, sagte Will, erstaunt über seine eigene Schlagfertigkeit.

»Das müssen wir«, entgegnete Jacob. »Denn sonst wäre es hier dunkel. Und wie sollten wir einander dann sehen? Ich wette, du würdest dich behaglicher fühlen, wenn wir die Flamme mit etwas nährten, das sich nicht windet und zuckt.«

»Ja ...«, sagte Will. »... Bestimmt.«

»Ißt du Würstchen, Will?«

»Ja.«

»Ich bin sicher, du magst sie. Eine schöne, knusprige Bratwurst? Oder eine herzhafte Fleischpastete?«

»Ja, ich mag Fleischpastete.«

»Aber denkst du an das Tier, das sich in blankem Entsetzen vollscheißt, während es zur Schlachtbank gezerrt wird? Wie es an einem Bein in der Luft hängt, strampelnd, während das Blut aus seinem Hals schießt? Denkst du daran?«

Will hatte oft genug seinen Vater debattieren hören und ahnte, daß hier irgendwo eine Falle lauerte. »Das ist nicht das gleiche«, wandte er ein.

»Oh, das ist es schon.«

»Nein, ist es nicht. Ich muß essen, um zu leben.«

»Dann iß Rüben.«

»Aber ich mag Würstchen.«

»Du magst auch das Licht, Will.«

»Es gibt Kerzen«, sagte Will. »Dort drüben stehen welche.«

»Und zu ihrer Herstellung nahmen wir uns Wachs und Docht von der lebendigen Erde«, sagte Steep. »Alles wird verzehrt, Will, früher oder später. Lebend und sterbend nähren wir die Flamme.« Er lächelte fast unmerklich. »Setz dich«, sagte er leise. »Mach schon. Dann ähneln wir einander. Beide ein bißchen melancholisch.«

Will setzte sich. »Ich bin nicht melancholisch«, sagte er. Das Wort gefiel ihm. »Ich bin fröhlich.«

»Wirklich? Nun, es freut mich, das zu hören. Und warum bist du so fröhlich?«

Es war Will peinlich, mit der Wahrheit herauszurücken, aber Jacob war ehrlich zu ihm gewesen, also sollte er es auch sein. »Weil ich Sie hier gefunden habe«, sagte er.

»Und das freut dich?«

»Ja.«

»Aber schon in einer Stunde wirst du dich mit mir langweilen ...«

»Nein, bestimmt nicht.«

»Und die Traurigkeit wird noch immer da sein und auf dich warten.« Während er sprach, begann die Flamme zu schwinden. »Willst du das Feuer nähren, Will?« fragte Steep.

Die Worte hatten eine unheimliche Macht. Es schien, als bedeute dieses flackernde Dahinschwinden mehr als das Verlöschen einer Flamme. Das Feuer war mit einemmal das einzige Licht in einer kalten Welt ohne Sonne, und wenn es nicht jemand nährte, würden die Folgen erschreckend sein.

»Nun, Will?« Jacob faßte in die Tasche und holte eine neue Motte hervor. »Hier«, sagte er und bot sie Will an.

Will zögerte. Er hörte das weiche Flattern, fühlte die Panik des Wesens und sah an ihm vorbei zu seinem Fänger. Jacobs Gesicht war vollkommen ausdruckslos.

»Nun?« sagte Jacob.

Das Feuer war fast erloschen. In ein paar Sekunden schon konnte es zu spät sein. Der Raum würde der Dunkelheit anheimfallen, und das Gesicht Steeps, seine feingliedrige Symmetrie und sein forschender Blick würden verschwinden.

Diesen Gedanken konnte Will nicht ertragen. Er betrach-

110

tete die Motte, ihre zuckenden Beine und flatternden Fühler. Dann, mit einem wunderbaren Schauder des Entsetzens, nahm er sie Jacob aus den Fingern.

XI

»Mir ist kalt«, quengelte Sherwood wohl zum zehntenmal.

»Dann fahr nach Hause«, entgegnete Frannie.

»Allein? Im Dunkeln? Das will ich nicht.«

»Vielleicht sollte ich hineingehen und schauen, wo Will bleibt«, sagte Frannie. »Vielleicht ist er ausgerutscht oder ...«

»Warum lassen wir ihn nicht einfach hier?«

»Weil er unser Freund ist.«

»Meiner ist er nicht.«

»Dann kannst du auch draußen auf uns warten«, sagte Frannie und suchte nach dem Durchbruch in der Hecke. Plötzlich spürte sie Sherwoods Hand in ihrer.

»Ich möchte nicht hier draußen bleiben«, sagte er leise.

Eigentlich war sie ganz froh darüber, daß er mit ihr kommen wollte. Sie hatte selbst ein bißchen Angst und freute sich daher über seine Gesellschaft. Vorsichtig schoben sie sich durch das Weißdorngeflecht und stiegen Hand in Hand die Anhöhe zum Gerichtshof hinauf. Nur einmal spürte sie, wie ein kleiner Angstschauder durch den Körper ihres Bruders lief, und als sie ihn ansah und seinen ängstlichen, schutzbedürftigen Blick bemerkte, wurde ihr bewußt, wie sehr sie ihn liebte.

Die Motte war groß, und obwohl Will ihre Flügel fest zusammenhielt, zuckte ihr fetter, madenförmiger Körper wild hin und her. Es ekelte ihn an, und das machte das, was er vorhatte, etwas leichter.

»Du hast doch keine Angst?« fragte Jacob.

»Nein ...«, antwortete Will. Seine Stimme klang weit entfernt, als gehöre sie jemand anderem.

»Du hast doch bestimmt schon Insekten getötet?«

Natürlich hatte er das. Er hatte Ameisen unter einer Lupe gebraten, er hatte Käfer aufgeknackt und Spinnen zertreten, er hatte Schnecken mit Salz bestreut und Fliegen mit Haarspray eingesprüht. Dies war nur eine Motte und ein Licht, in das Motten so gerne flogen. Sie gehörten praktisch zusammen.

Und dieser Gedanke half ihm. Einen Augenblick lang bereute er es, als die Flamme die Beine der Motte erfaßte, dann ließ er das Insekt in die Hitze fallen, und während er zusah, wie die Flamme die Motte verzehrte, verwandelte sich seine Reue in Faszination.

»Was habe ich dir gesagt«, meinte Jacob.

»Lebend und sterbend ...«, murmelte Will, »... nähren wir die Flamme ...«

Frannie stand an der Tür des Gerichtssaals. Sie konnte nicht richtig erkennen, was dort drinnen vor sich ging, sie sah nur, daß sich Will über einen Tisch beugte und in irgend etwas Helles starrte. In diesem hellen Licht sah sie auch das Gesicht eines Mannes, der ihm gegenüber saß. Doch das war alles.

Sie ließ Sherwoods Hand los und legte den Finger auf die Lippen. Er nickte, und ihr fiel auf, daß er längst nicht mehr so verängstigt aussah wie noch eben in der Dunkelheit. Wieder schaute sie in den Saal und hörte, wie der Mann am anderen Ende des Tisches fragte: »Willst du noch eine?«

Will sah Steep nicht einmal an. Er beobachtete noch immer, wie die Flamme den Körper der Motte verschlang.

»Ist es immer so?« murmelte er.

»Wie denn?«

»Zuerst die Kälte und die Dunkelheit, dann das Feuer, das alles vertreibt, und dann wieder Kälte und Dunkelheit ...«

»Warum fragst du?«

»Weil ich es verstehen will«, sagte Will.

Und Sie sind der einzige, der mir antworten kann, hätte er am liebsten hinzugefügt. Schließlich war das die Wahrheit. Er war sicher, daß sein Vater auf solche Fragen keine Antworten gewußt hätte, genauso wenig wie seine Mutter, seine Lehrer oder irgend jemand, den er im Fernsehen hatte predigen hören. Es handelte sich um geheimes Wissen, und er fühlte sich geehrt, in der Gesellschaft eines Menschen zu sein, der dieses Wissen besaß, auch wenn er es nicht mit ihm teilen würde.

»Willst du noch eine oder nicht?« fragte Jacob.

Will nickte und nahm ihm die Motte aus den Fingern. »Werden uns eines Tages nicht die Dinge ausgehen, die wir verbrennen können?« fragte er.

»Lieber Himmel«, sagte Mrs. McGee und trat aus dem Schatten. »Hör sich einer den an.«

Will sah sie nicht an. Er war viel zu sehr damit beschäftigt, die Einäscherung der zweiten Motte zu studieren.

»Ja, so wird es kommen«, sagte Jacob sanft. »Und wenn alles verschwunden ist, wird eine Dunkelheit über die Welt kommen, die wir uns nicht vorstellen können. Doch es wird nicht die Dunkelheit des Todes sein, denn der Tod ist nicht endgültig.«

»Ein Spiel mit Knochen«, sagte die Frau.

»Ganz genau«, meinte Jacob. »Der Tod ist ein Spiel mit Knochen.«

»Wir verstehen etwas vom Tod, Mr. Steep und ich.«

»In der Tat.«

»All die Kinder, die ich ausgetragen und verloren habe …« Während sie sprach, trat sie hinter Will und berührte sanft sein Haar. »Ich sehe dich an, Will, und ich schwöre, ich würde jeden Zahn in meinem Mund hergeben, wenn ich dich mein nennen könnte. So klug …«

»Es wird dunkel«, sagte Steep.

»Dann geben Sie mir noch eine Motte«, verlangte Will.

»Und so eifrig«, meinte Mrs. McGee.

»Schnell«, drängte Will. »Bevor die Flamme verlischt.«

Jacob griff in die Tasche und holte noch ein Motte hervor. Will nahm sie ihm aus der Hand, aber in seiner Hast verfehlte er die Flügel, und das Tier erhob sich in die Luft.

»Verdammt!« rief Will, schob den Stuhl zurück, stand auf und griff zusammen mit Mrs. McGee nach oben. Zweimal schnappte er nach der Motte, zweimal blieben seine Hände leer. Aufgebracht lief er herum und angelte nach dem Tier.

Er hörte, wie Jacob sagte: »Laß sie. Ich gebe dir eine andere.«

»Nein!« Will sprang hoch, um das Insekt zu fangen. »Ich will diese.«

Seine Anstrengungen wurden belohnt. Beim dritten Sprung schlossen sich seine Hände um die Motte.

»Ich hab' sie!« rief er und wollte sie gerade der Flamme übergeben, als er Frannies Stimme hinter sich hörte:

»Was tust du da, Will?«

»Wer ist das?« fragte Jacob.

»Verschwinde«, sagte Will. Er fühlte sich zittrig. Es durfte nicht sein, daß die verschiedenen Teile seines Lebens gleichzeitig zu ihm sprachen. Das machte ihn ganz wirr. »Bitte«, sagte er in der Hoffnung, daß sie auf Höflichkeit reagieren würde. »Ich möchte nicht, daß du hier bist.«

Das Licht hinter ihm wurde schwächer. Wenn er sich nicht beeilte, würde es völlig verlöschen. Er mußte es nähren, bevor es ausging. Aber er wollte nicht, daß Frannie dabei zusah. Jacob würde niemals sein Wissen mit ihm teilen – jenes Wissen, über das nur die Weisesten der Weisen verfügten –, solange sie anwesend war.

»Verschwinde!« schrie Will, doch sie rührte sich nicht vom Fleck. Statt dessen versetzte der Schrei Sherwood in Panik, und er rannte davon, einen der Flure hinab, die vom Gerichtsaal abgingen.

Frannie war wütend. »Sherwood hatte recht«, sagte sie zu Will. »Du bist nicht unser Freund. Wir sind dir nachgegangen, für den Fall, daß dir etwas passiert sein könnte ...«

»Rosa ...« Will hörte, wie Jacob hinter ihm flüsterte. »Der andere Junge ...« Aus den Augenwinkeln sah er, wie Mrs. McGee in der Dunkelheit verschwand, auf der Suche nach Sherwood.

In Wills Kopf drehte sich alles. Frannies Schreien, Sherwoods Schluchzen, Jacobs Flüstern und – am schlimmsten von allem – die Flamme, die erstarb; und mit ihr das Licht.

Das war das Wichtigste für ihn, und wandte er Frannie den Rücken zu und wollte die Motte in das Feuer halten. Doch Jacob kam ihm zuvor. Er hatte die Hände zu einer Höhle geformt, hielt sie in die ersterbende Flamme, und in der Höhle seiner Hände schwirrten plötzlich mehrere Motten umher, die sofort Feuer fingen. Mit ihren panischen Flügelschlägen fachten sie gegenseitig das Feuer ihrer Leiber an. Ein unheimliches Licht floß durch Jacobs Finger, und Will wußte, daß er hier etwas sehr Seltsames sah, eine Art Magie. Das Licht verlieh Jacobs Gesicht eine unglaubliche Schönheit. Er sah nicht aus wie ein Filmstar oder ein Mann auf dem Cover eines Magazins, es war nicht seine Haut oder seine Zähne oder sein Grübchen. Doch brannte er heller als die Motten, so als könne er selbst eine Flamme sein, wenn er nur wollte. Einen Augenblick lang (mehr war nicht nötig) sah sich Will an Jacobs Seite. Sie gingen durch die Straßen einer Stadt. Jacob leuchtete aus jeder Pore seiner Haut, und die Leute weinten vor Dankbarkeit, daß er gekommen war, Licht in ihre Dunkelheit zu bringen. Dann wurde es zu viel für ihn. Seine Beine gaben nach, und er stürzte zu Boden, als habe man ihn niedergeschlagen.

XII

Sherwood wollte in den Vorraum fliehen, fort vom Gerichtssaal und dem Geruch nach Verbranntem, bei dem sich sein Magen umdrehte. Doch in der grauschwarzen Dunkelheit verlief er sich, und anstatt den vorderen Teil des Gebäudes zu erreichen, fand er sich in einem Labyrinth von Gängen wieder, aus dem er nicht herausfand. Er versuchte den Weg, den er gekommen war, zurückzugehen, war aber zu verwirrt, um klar zu denken und stolperte weiter in die Dunkelheit hinein, während ihm die Tränen in den Augen brannten.

Dann sah er einen Lichtschein. Kein Sternenlicht – dazu

leuchtete es zu warm –, aber er ging trotzdem darauf zu und fand sich in einer Kammer wieder, in der offenbar jemand gearbeitet hatte. Er sah einen Stuhl und einen kleinen Tisch. Auf dem Tisch brannte eine Sturmlampe, deren Licht verschiedene Gegenstände beleuchtete. Sherwood wischte sich die Tränen aus den Augen, trat näher und erkannte etwa ein Dutzend Flaschen mit Tinte, daneben lagen Pinsel und Bleistifte. Zwischen diesen Dingen lag ein Buch, etwa so groß wie eines von Sherwoods Schulbüchern, aber dicker. Der Umschlag war fleckig und der Rücken eingerissen, als sei es seit Jahren benutzt worden. Sherwood wollte es gerade aufschlagen, als eine sanfte Stimme sagte:

»Wie heißt du?«

Er schreckte hoch. Aus der Tür am anderen Ende der Kammer trat die Frau aus dem Gerichtssaal herein. Als er sie sah, spürte Sherwood, wie ein erregender Schauder durch seinen Körper rieselte. Ihr Bluse war aufgeknöpft, und ihre Haut glänzte matt.

»Ich heiße Rosa«, sagte sie.

»Und ich Sherwood.«

»Du bist ein großer Junge. Wie alt bist du?«

»Fast elf.«

»Komm doch mal ein bißchen näher, damit ich dich besser sehen kann.«

Sherwood zögerte. Die Art, wie ihn die Frau ansah, ihn anlächelte, hatte auf alle Fälle etwas Erregendes an sich, und wenn er ihr näher kam, konnte er bestimmt einen Blick in ihre offene Bluse werfen. Der Gedanke war verlockend. Natürlich kannte er die ganzen schmutzigen Ausdrücke aus der Schule, und er hatte auch schon mal einen Blick auf die abgegriffenen Hefte geworfen, die dort kursierten. Aber an den wirklich aufregenden Gesprächen seiner Schulkameraden durfte er nicht teilhaben, weil er ein bißchen dumm war, wie sie sagten. Wie sie staunen würden, wenn er ihnen erzählen konnte, daß er eine Frau mit nackten Brüsten gesehen hatte, und zwar nicht auf einem Foto.

»Na, was starrst du denn so hierhin«, sagte Rosa. Sherwood errötete. »Oh, das ist schon in Ordnung«, meinte sie.

»Jungen sollten alles sehen, was sie sehen wollen. Solange sie es zu schätzen wissen.« Mit diesen Worten öffnete sie ihre Bluse noch etwas mehr. Sherwood schnürte es die Kehle zu. Jetzt war die Wölbung ihrer Brüste schon sehr gut zu sehen, und wenn er etwas näher herantrat, konnte er bestimmt ihre Brustwarzen erkennen; bei der einladenden Art, wie sie ihn anlächelte, würde sie das bestimmt nicht verbieten.

Er ging auf sie zu. »Ich frage mich, was du alles tun würdest«, sagte sie, »wenn ich es zuließe.« Er verstand eigentlich nicht genau, wovon sie redete, konnte es sich aber ungefähr vorstellen. »Willst du meine Titten lecken?« fragte sie.

In seinem Kopf pochte etwas, und er spürte eine solche Spannung in der Hose, daß er fürchtete, sich naßzumachen. Und als ob ihre Worte noch nicht aufregend genug wären, öffnete sie ihre Bluse noch weiter, und nun sah er ihre Brustwarzen, groß und dunkel. Sie rieb mit der Hand darüber, und dabei lächelte sie ihn die ganze Zeit an.

»Zeig mir doch mal deine Zunge«, sagte sie.

Er streckte die Zunge heraus.

»Du wirst dich anstrengen müssen«, sagte sie. »Deine Zunge ist klein, und ich habe große Titten, nicht wahr?«

Er nickte. Nur noch drei Schritte stand er vor ihr und konnte ihren Körper riechen. Es war ein kräftiger Geruch, anders als alles andere, was er bisher gerochen hatte, aber selbst wenn sie nach Jauche gestunken hätte, wäre ihm das egal gewesen. Er streckte die Arme aus und legte die Hände auf ihre Brüste. Sie seufzte. Noch ein Schritt, dann drückte er sein Gesicht auf ihren Busen und begann zu lecken.

»Will …«

»Es geht ihm gut«, sagte der Mann in dem staubigen schwarzen Mantel. »Die Aufregung war nur etwas zuviel für ihn. Warum läßt du ihn nicht einfach in Ruhe und gehst wieder nach Hause?«

»Ich werde nicht ohne Will gehen«, sagte Frannie und klang dabei wesentlich zuversichtlicher, als ihr zumute war.

117

»Er braucht deine Hilfe nicht«, entgegnete der Mann. Seine Stimme klang drohend. »Es gefällt ihm hier ausgezeichnet.« Er sah auf Will hinab. »Im Augenblick ist er einfach ein wenig überwältigt.«

Frannie ging in die Hocke und schüttelte Will heftig, ohne den Mann aus dem Auge zu lassen. Will stöhnte auf, und sie sah ihn ängstlich an. »Steh auf«, sagte sie. Verwirrt öffnete er die Augen. »Aufstehen!«

Der Mann in Schwarz hatte sich mittlerweile wieder in seinem Stuhl zurückgelehnt und schüttelte den Inhalt seiner Hand auf dem Tisch aus. Helle, brennende Teile flatterten herab. Will wandte sich bereits wieder dem Mann zu, obwohl er noch nicht einmal aufrecht stehen konnte.

»Komm wieder her«, sagte der Mann.

»Tu's nicht«, bat Frannie. Die Flammen auf dem Tisch erloschen langsam, und das Licht machte der Dunkelheit Platz. Sie spürte eine Angst, die sie sonst nur in Träumen gespürt hatte. »Sherwood!« rief sie. »Sherwood!«

»Hör nicht hin«, sagte die Frau und drückte Sherwood an ihre Brüste.

»Sherwood!«

Er konnte die Rufe seiner Schwester nicht verdrängen; nicht wenn soviel Angst darin mitschwang. Stöhnend riß er sich von Rosas warmem Busen los. Der Schweiß lief ihm übers Gesicht.

»Das ist Frannie«, sagte er und löste sich von der Frau. Er sah den seltsamen Ausdruck in ihrem Gesicht – sie keuchte mit offenem Mund, ihre Augenlider zitterten. Das machte ihm angst.

»Ich muß gehen«, sagte er, aber sie nestelte an ihrem Kleid herum, als wolle sie ihm noch mehr zeigen.

»Ich weiß, was du sehen willst«, sagte sie.

Er wich vor ihr zurück und streckte dabei tastend die Hände nach hinten.

»Du willst sehen, was hier drunter ist«, flüsterte sie und lüftete den Saum ihres Rockes.

»Nein«, stieß er hervor.

Sie lächelte ihn an und hob ihren Rock immer weiter hoch. Voller Panik und verwirrt von dem Durcheinander der Gefühle, die ihn überwältigten, stolperte er nach hinten und prallte gegen den Tisch, der umfiel. Das Buch, die Tinte, die Stifte und – am schlimmsten von allem – die Lampe fielen auf den Boden. Zunächst schien es, als würde die Flamme schnell verlöschen, doch dann blühte sie auf, und das Durcheinander fing Feuer.

Mrs. McGee ließ ihre Röcke sinken. »Jacob!« schrie sie. »O mein Gott, Jacob!«

Sherwood hatte mehr Grund zur Panik als sie, war er doch von züngelnden Flammen umgeben. Selbst in seinem verwirrten Zustand wurde ihm klar, daß er schleunigst aus diesem Zimmer mußte, wenn er nicht verbrennen wollte. Der beste Weg war sicher der durch die Tür, durch die er gekommen war.

»Jacob! Komm endlich!« schrie Rosa, und ohne Sherwood auch nur noch eines Blickes zu würdigen, lief sie aus der Kammer, um ihren Gefährten zu holen.

Das Feuer loderte immer stärker. Rauch und Hitze erfüllten den Raum und trieben Sherwood zurück. Aber als er sich umdrehte – sein Körper zitterte von den Anstrengungen der letzten Minuten –, entdeckte er das Buch, das vor ihm auf dem Boden lag.

Er hatte keine Ahnung, wovon es handelte, aber es war ein Beweis. Wenn sich seine Schulkameraden über ihn lustig machten, konnte er es ihnen zeigen und sagen: »Ich war dort. Ich habe alles getan, was ich erzählt habe, und mehr.«

Trotz der Flammen bückte er sich und hob das Buch vom Boden auf.

Es war ein wenig angesengt, aber nicht schlimm. Er rannte davon, zurück durch das Labyrinth der Gänge, der Stimme seiner Schwester entgegen.

»Sherwood!«

Frannie und Will standen an der Tür des Gerichtssaals.

»Ich will nicht gehen«, jammerte Will und versuchte, sich von Frannie freizumachen. Aber sie hörte ihm gar nicht zu, hielt seinen Arm mit festem Griff umklammert und rief dabei nach ihrem Bruder.

Jacob hatte sich mittlerweile von seinem Platz am Tisch erhoben, aufgeschreckt durch die Unruhe und den Anblick von Mrs. McGee, die gerade völlig aufgelöst in den Saal stürzte und verlangte, daß er mit ihr käme, jetzt sofort.

Er folgte ihr, sah aber noch einmal zu Will zurück und nickte ihm fast unmerklich zu, als wolle er sagen, *geh besser mit ihr. Jetzt ist nicht der richtige Augenblick.* Dann eilte er mit Rosa davon, um das Feuer zu löschen.

Kaum war er verschwunden, als Will eine seltsame Ruhe in sich verspürte. Es bestand kein Grund mehr, sich mit Frannie zu streiten. Er konnte einfach mit ihr gehen, nach draußen, denn schließlich wußte er, daß seine Zeit kommen würde – eine bessere Zeit. Nicht mehr lange, dann wären Jacob und er vereint. »Ich bin okay«, sagte er zu Frannie. »Ich brauche keinen, der mich stützt.«

»Ich muß Sherwood finden«, jammerte sie.

»Hier!« erklang ein Ruf aus der rauchigen Dunkelheit, und schon tauchte Sherwood vor ihnen auf. Sein Gesicht war von Schweiß und Dreck verschmiert.

Weiterer Worte bedurfte es nicht. Sie rannten den Gang hinunter zur Haupttür hinaus, an den Säulen vorbei und durch das kalte Gras. Erst als sie sich durch die Hecke gezwängt und den Weg erreicht hatten, blieben sie stehen, um Atem zu schöpfen.

»Erzählt keinem davon, was wir dort drinnen gesehen haben, okay?« keuchte Will.

»Warum nicht?« fragte Frannie.

»Weil ihr damit alles verderbt«, antwortete Will.

»Sie sind böse, Will …«

»Du weißt nichts über sie.«

»Du auch nicht.«

»Doch, ich habe sie schon vorher getroffen. Sie wollen, daß ich mit ihnen fortgehe.«

»Stimmt das?« meldete sich Sherwood.

»Halt den Mund, Sherwood«, sagte Frannie. »Wir werden über diese Sache keinen Ton mehr reden. Das ist mir viel zu dumm. Sie sind böse, und ich weiß, daß sie böse sind.« Wieder wandte sie sich an ihren Bruder. »Will kann machen, wozu er Lust hat«, sagte sie. »Ich kann ihn nicht daran hindern. Aber du gehst nie mehr hierher, Sherwood, und ich auch nicht.« Mit diesen Worten nahm sie ihr Fahrrad, stieg auf und befahl ihrem Bruder, sich zu beeilen. Widerwillig gehorchte er ihr.

»Ihr werdet also nichts sagen?« fragte Will ängstlich.

»Ich habe mich noch nicht entschieden«, erwiderte Frannie in einem so abschätzigen Tonfall, daß er wütend wurde. »Ich muß mal sehen.« Dann fuhr sie mit Sherwood den Weg hinab.

»Wenn du jemand was erzählst, spreche ich nie mehr mit dir!« rief Will ihr hinterher. Erst als er sie nicht mehr sehen konnte, wurde ihm klar, daß dies eine ziemlich leere Drohung war, wenn man bedachte, daß er den Entschluß geäußert hatte, sehr bald für immer verschwinden zu wollen.

TEIL DREI

Er verirrt sich; er wird gefunden

I

1

»Träumt er?« fragte Adrianna den behandelnden Arzt Dr. Koppelman an einem Tag zu Beginn des Frühlings, als ihr Besuch an Wills Bett mit der Arztvisite zusammenfiel.

Seit den Ereignissen in Balthazar waren fast vier Monate vergangen, und auf seine eigene, fast wundersame Weise kümmerte sich Wills geschundener und gebrochener Körper um sich selbst. Aber das Koma war so tief wie zuvor. Keine Bewegung störte die eisige Oberfläche seines Zustands. Die Schwestern drehten ihn regelmäßig, damit er sich nicht wundlag. Seine körperlichen Bedürfnisse wurden mit Tropf und Katheter befriedigt. Aber eines tat, eines wollte er nicht: aufwachen. Und oft, wenn ihn Adrianna während dieses trüben Winnipeg-Winters besucht und in sein teilnahmsloses Gesicht gesehen hatte, fragte sie sich: Was macht er eigentlich?

Daher ihre Frage. Normalerweise reagierte sie allergisch auf Ärzte, aber Koppelman, der darauf bestand, Bernie genannt zu werden, stellte eine Ausnahme dar. Er war Anfang Fünfzig, übergewichtig, und nach den gelben Fingern (und dem Pfefferminzatem) zu urteilen, ein starker Raucher. Außerdem tat er nicht so, als wüßte er alles, was Adrianna imponierte, auch wenn es bedeutete, daß er ihr keine zufriedenstellenden Antworten geben konnte.

»Wir tappen genauso im dunkeln, wie Will das im Augenblick tut«, sagte er. »Was sein Bewußtsein betrifft, so ist es momentan wohl völlig abgeschaltet. Andererseits ist es ihm vielleicht möglich, Erinnerung auf einer solch tiefen Ebene anzuzapfen, daß wir das auf dem Monitor nicht registrieren können. Ich weiß es einfach nicht.«

»Aber er kann wieder aus dem Koma auftauchen?« sagte sie und sah Will an.

»Oh, selbstverständlich«, erwiderte Koppelman. »Jeder-zeit. Aber ich kann Ihnen keine Garantien geben. In seinem Hirn laufen derzeit Prozesse ab, die wir einfach noch nicht verstehen.«

»Glauben Sie, daß es irgendeinen Unterschied macht, ob ich hier bin oder nicht?«

»Standen Sie sich sehr nahe?«

»Ob wir ein Verhältnis hatten? Nein. Wir haben zusam-men gearbeitet.«

Koppelman knabberte an seinem Daumennagel. »Mir sind Fälle bekannt, wo die Anwesenheit einer bekannten Person am Krankenbett geholfen zu haben schien. Aber ...«

»Sie glauben, in diesem Fall nicht?«

Koppelman sah sie bekümmert an. »Wollen Sie meine ehrliche Meinung hören?« fragte er mit leiser Stimme.

»Ja.«

»Ich finde, man muß sein Leben weiterleben. Sie haben mehr getan, als die meisten anderen tun würden. Sie kom-men hierher, tagein, tagaus. Dabei wohnen Sie nicht in der Stadt, nicht wahr?«

»Nein, ich wohne in San Francisco.«

»Richtig. Man hat davon gesprochen, Will nach dort zu verlegen, stimmt's?«

»In San Francisco sterben heutzutage viele Menschen.«

Koppelman sah sie ernst an. »Was soll ich Ihnen sagen? Sie könnten hier noch sechs Monate länger sitzen, oder ein Jahr, und er läge vielleicht noch immer im Koma. Damit würden Sie Ihr eigenes Leben vergeuden. Ich weiß, daß Sie alles für ihn tun wollen, aber ... Verstehen Sie, was ich da-mit sagen will?«

»Sicher.«

»Es klingt nicht sehr aufmunternd, ich weiß.«

»Aber es macht Sinn«, sagte sie. »Es ist nur ... ich kom-me nicht damit klar, ihn hier zurückzulassen.«

»Er merkt es nicht, Adrianna.«

»Warum flüstern Sie dann?«

Koppelman grinste etwas dümmlich, als habe sie ihn ge-rade auf frischer Tat ertappt. »Ich sage nur: Wo immer er sich jetzt auch aufhält, es besteht die Möglichkeit, daß die Welt hier draußen ihn nicht interessiert.« Er sah zum Bett hinüber. »Und wissen Sie was? Vielleicht ist er sogar glücklich.«

2

Vielleicht ist er glücklich. Die Worte verfolgten Adrianna, erinnerten sie daran, wie oft sie mit Will lange und leidenschaftlich über das Glück geredet hatte. Sie vermißte diese Gespräche.

Er hatte manchmal gesagt, daß er für das Glück nicht geschaffen sei. Es ähnelte zu sehr der Zufriedenheit, und Zufriedenheit bedeutete Schlaf. Er mochte es ungemütlich, ja er suchte das Ungemütliche geradezu. (Wie oft hatten sie in irgendeinem unwirtlichen kleinen Versteck gehockt, wo es entweder zu warm oder zu kalt war, und wenn sie zu ihm herübergesehen hatte, war er höchst vergnügt gewesen. Körperliche Widrigkeiten hatten ihn daran erinnert, daß er lebte, und das Leben, wie oft hatte er sie darauf aufmerksam gemacht, war seine Leidenschaft.)

Nicht jeder hatte die Bestätigung dessen in seinem Werk entdecken können. Die kritische Reaktion auf seine Bücher war oft genug gespalten ausgefallen. Kaum ein Kritiker zweifelte Wills Begabung an – er besaß das Temperament, die Visionen und die technischen Fähigkeiten eines großen Fotografen. Aber warum, fragten sie, mußten seine Bilder so durchgängig düster sein? Warum bevorzugte er Bilder, die Verzweiflung und Tod heraufbeschworen, wo es doch in der Welt der Natur so viel Schönheit gab?

»*Auch wenn man Will Rabjohns unbestechlichen Blick bewundern muß*«, schrieb ein Kritiker der *Times* über ›Das Nähren der Flamme‹, »*so wirken seine Bestandsaufnahmen der Art und Weise, wie der Mensch die Natur drangsaliert und zerstört, auf ihre Weise doch brutal und destruktiv. Sie sensibilisieren den Betrachter nicht so, daß er Mitleid empfindet oder etwas dagegen tun möchte, sondern verleiten ihn, angesichts dieser Bil-*

der jegliche Hoffnung aufzugeben. Wir sehen der Vernichtung zu und verzweifeln. Und was nun, Mr. Rabjohns, was folgt der Verzweiflung?«

Es war die gleiche Frage, die Adrianna sich stellte, wenn Dr. Koppelman seine Visite machte. Was nun? Sie hatte geweint, und sie hatte geflucht, sie hatte sogar noch genug Überreste ihrer verhaßten katholischen Erziehung entdeckt, um zu beten, aber nichts davon veranlaßte Will, die Augen zu öffnen. Und währenddessen tickte die Uhr ihres eigenen Lebens weiter.

Es gab noch ein anderes Problem. Sie hatte in Winnipeg einen Liebhaber gefunden (ausgerechnet einen Krankenwagenfahrer), einen Typ namens Neil, der von ihrem Männlichkeitsideal weit entfernt war, der sie aber einfach liebte. Sie schuldete ihm Antworten auf die Fragen, die er ihr jeden Abend stellte: Warum ziehen wir nicht zusammen? Wir könnten es ausprobieren, ein, zwei Monate nur, vielleicht funktioniert es.

Adrianna setzte sich neben Will auf das Bett, nahm seine Hand und erzählte ihm, was ihr durch den Kopf ging:

»Ich weiß, daß ich mich in dieser halbherzigen Beziehung mit Neil verzettele, wenn ich noch länger hier herumhänge. Wahrscheinlich ist er noch eher dein Typ als meiner. Er ist ein richtiger Bär, weißt du. Er hat aber keinen behaarten Rücken«, fügte sie eilig hinzu. »Ich weiß, du kannst Männer mit behaartem Rücken nicht leiden. Er ist groß – nun ja, so ein bißchen sexy auf eine treudoofe Art. Aber Zusammenleben kann ich mit ihm nicht, Will, das kann ich einfach nicht. Und hier leben kann ich auch nicht mehr. Ich meine, ich bin wegen dir hiergeblieben und seinetwegen. Allerdings kümmerst du dich in letzter Zeit nicht viel um mich, während er sich zu viel um mich kümmert, also komme ich bei diesem Deal ziemlich schlecht weg. Das Leben ist keine Kostümprobe, stimmt's? Ist das nicht eine von Cornelius' Perlen der Weisheit? Er ist übrigens zurück nach Baltimore. Ich hab' lange nichts mehr von ihm gehört, was ganz in Ordnung ist, weil ich mich immer nur tierisch über ihn geärgert habe. Egal, jedenfalls hatte er diesen Spruch mit der Probe drauf, und damit zumindest hat er recht. Wenn ich weiter hier herumhänge, kommt es noch so weit, daß ich zu Neil ziehe. Dann haben wir es uns gerade gemütlich gemacht, wenn du wieder die Augen öffnest – und, Will, du wirst die Augen öffnen –, und dann sagst du, laß uns in die Antarktis gehen. Und Neil wird sagen, nein, du gehst nicht, und ich werde sagen, doch ich gehe. Und dann werden Tränen fließen, aber nicht meine. Ich kann ihm das nicht antun. Er hat was Besseres verdient.

Also ... was will ich damit sagen? Ich will sagen, daß ich Neil auf ein Bier einladen und ihm erklären werde, daß es nicht funktioniert. Ich muß meinen Arsch wieder nach San Francisco bewegen und meine Angelegenheiten wieder auf die Reihe kriegen, denn so wenig auf der Reihe waren sie in meinem ganzen verdammten Leben noch nicht – dank dir, mein Junge.«

Sie senkte ihre Stimme zu einem Flüstern: »Du weißt, warum. Wir haben allerdings noch nie darüber gesprochen, und wenn du deine Augen jetzt geöffnet hättest, würde ich es auch nicht sagen, denn es hat ja doch keinen Sinn. Trotzdem, Will – ich liebe dich. Ich liebe dich sehr, und meistens komme ich auch damit klar, denn wir arbeiten ja zusammen, und ich denke, du liebst mich auch, auf deine Weise. Na schön, es ist nicht die Weise, die ich mir wünschen würde, wenn ich die Wahl hätte, aber die habe ich nicht, also nehme ich, was ich kriegen kann. Und das ist auch alles, was du kriegst. Und wenn du mich jetzt hören kannst, sollst du eines wissen, Kumpel: Sobald du aufwachst, leugne ich jedes verdammte Wort, okay? Jedes verdammte Wort.« Sie stand auf, den Tränen nahe. »Will, du Idiot«, sagte sie. »Du brauchst doch nur die Augen aufzumachen. Das kann doch so schwer nicht sein. Es gibt so viel zu sehen, Will. Draußen ist es arschkalt, aber das Licht ist großartig, so klar und rein, und alles leuchtet. Es würde dir gefallen. Mach einfach die Augen auf.« Sie stand neben ihm und sah ihn an, als könne sie ihn durch bloße Willenskraft hochschrecken. Aber er reagierte nicht. Nur seine Brust hob und senkte sich.

»Okay, ich verstehe einen Wink. Also geh' ich jetzt besser. Bevor ich abfahre, besuche ich dich noch mal.« Sie beugte sich über ihn und küßte ihn sanft auf die Stirn. »Eines sage ich dir: Wo, zum Teufel, du auch sein magst, dort kann es gar nicht so schön sein wie hier. Komm zurück und schau mich wieder an, schau dir die Welt an, okay? Wir vermissen dich.«

II

Als Will am Morgen nach dem Zwischenfall im Gerichtshof erwachte, befand er sich in einem üblen Zustand. Von Kopf bis Fuß tat ihm alles weh. Er versuchte, aus dem Bett zu steigen, aber seine Beine boten das gleiche lächerliche Schauspiel wie am Abend zuvor, und er brach mit einem solchen Schrei zusammen (wenn auch mehr aus Überraschung als vor Schmerzen), daß seine Mutter herbeigelaufen kam. Sie fand ihn zähneklappernd auf dem Boden. Die Diagnose lautete Erkältung, und er wurde wieder ins Bett gesteckt, wo man ihn mit Aspirin und Rührei versorgte.

In der Nacht war Schneeregen gekommen und schlug den Tag über gegen das Fenster. Er wollte dort draußen sein, weil er fest daran glaubte, daß sich der eisige Niederschlag in Dampf verwandeln würde, wenn er ihn berührte. Er wollte zum Gerichtshof zurückgehen, wie eines der Kinder aus der Bibel, die im Feuerofen verbrannt wurden, aber unversehrt herauskamen. Dampfend würde er den schlammigen Weg zurückgehen, dorthin, wo Jacob und Rosa ihr seltsames Zuhause hatten. Er würde nackt gehen, jawohl nackt, er würde sich durch den Weißdorn zwängen, und er würde zerkratzt und blutig vor die Tür treten, wo Jacob darauf wartete, ihn seine Weisheiten zu lehren, und wo Rosa darauf wartete, ihm zu sagen, was für ein außergewöhnlicher Junge er sei. Er würde den Gerichtshof betreten, mitten ins Herz ihrer geheimen Welt gehen, dorthin, wo alles Liebe und Feuer war, Feuer und Liebe.

All das würde er tun, wenn er nur aus dem Bett herauskäme. Aber sein Körper spielte ihm Streiche. Als er auf die Toilette wollte, mußte er sich mit der einen Hand am Waschbecken festhalten, um nicht umzufallen, so sehr dröhnte sein Kopf; mit der anderen hielt er seinen Penis, der klein und verschrumpelt aussah. Am frühen Nachmittag kam eine Ärztin, eine Frau mit sanfter Stimme und weißem Haar, auch wenn sie sonst gar nicht so alt aussah. Sie lächelte ihn freundlich an und sagte zu ihm, daß es ihm bald wieder besserginge, wenn er im Bett bliebe und die Medizin nehme, die sie ihm verschrieben habe. Seiner Mutter versicherte sie, daß er in einer Woche wieder gesund und munter wäre.

In einer Woche? dachte Will. Er konnte nicht eine Woche lang warten, um wieder mit Jacob und Rosa zusammenzusein. Sobald die Ärztin und seine Mutter gegangen waren, stand er auf und schlurfte mit unsicherem Schritt zum Fenster. Der Schneeregen verdichtete sich zu Schnee, der auf den Hügeln bereits liegenblieb. Er beobachtete, wie sein Atem gegen die Fensterscheibe schlug und beschloß, aus eigener Kraft gesund zu werden. Er brauchte es sich nur zu befehlen.

Sofort fing er damit an: »Ich will gesund sein und stark. Gesund und stark. Gesund …«

Mitten im Satz brach er ab, als er Papas Stimme von unten hörte. Dann kamen Schritte die Treppe herauf. Er eilte zum Bett zurück und hatte sich gerade unter den Decken verkrochen, als die Tür aufging und sein Vater hereinkam, mit einem Gesicht, das düsterer aussah als der Himmel draußen.

»Also«, sagte er ohne ein Wort des Grußes, »ich will eine Erklärung von dir, mein Freund, und ich will keine von deinen Lügen hören. Ich will die Wahrheit wissen.« Will schwieg. »Weißt du, warum ich so früh zu Hause bin?« fragte sein Vater. »Nun?«

»Nein.«

»Ich habe einen Anruf von Mr. Cunningham erhalten. Was für ein verdammter Narr, stört mich mitten in der Arbeit. Er sagte, er habe mich aufgespürt – so hat er es formuliert, aufgespürt –, weil sein Sohn sich in einem schrecklichen Zustand befände. Offenbar weint der Junge die ganze Zeit und läßt sich nicht mehr beruhigen, und irgendwie hast du irgendeinen verdammten Unsinn mit ihm angestellt.« Hugo trat an Wills Bett. »Und jetzt will ich wissen, welchen verdammten Floh du diesem Lausebengel ins Ohr gesetzt hast, und schüttele bloß nicht den Kopf, junger Mann, du hast es jetzt nicht mehr mit deiner Mutter zu tun. Ich will Antworten hören, und ich will die Wahrheit wissen, verstanden?«

»Sherwood ... ist nicht ganz richtig im Kopf«, sagte Will.

»Was, zum Teufel, soll das denn heißen?« fragte Hugo, auf dessen Lippen Speicheltröpfchen glänzten.

»Er sagt Dinge, die er nicht so meint.«

»Es ist mir egal, was mit diesem kleinen Tropf nicht stimmt. Ich will nur nicht, daß sein Vater zu mir kommt und mich beschuldigt, ich hätte einen totalen Schwachkopf herangezogen. So hat er dich genannt. Einen Schwachkopf! Was du vielleicht auch bist. Hast du denn keinen Verstand?«

Will kamen die Tränen. »Sherwood ist mein Freund«, stotterte er.

»Du hast gesagt, er wäre nicht ganz richtig.«

»Das stimmt auch.«

»Und was sagt das über dich aus? Wenn du sein Freund bist, was beweist das? Hast du keinen Verstand? Was habt ihr getrieben?«

»Wir sind nur ein bißchen durch die Gegend gelaufen ... und er hat Angst bekommen ... das ist alles.«

»Und das macht dir Spaß? Einem kleinen Jungen irgendwelchen Unsinn einzutrichtern?« Er schüttelte den Kopf. »Wo hast du das alles nur her?« sagte er, als habe er seinen Sohn bereits aufgegeben. Offenbar wollte er gar keine Antwort erhalten, auch wenn Will ihm nur allzu gerne eine gegeben hätte, nur allzu gerne gesagt hätte: *Ich habe nichts erfunden, du blinder alter Mann. Du weißt nicht, was ich weiß, du siehst nicht, was ich sehe, du verstehst nichts davon ...*

Aber natürlich sagte er das nicht. Er schlug die Augen nieder und ließ die verächtlichen Worte seines Vaters auf sich niederprasseln, bis sie versiegten.

Später kam seine Mutter und brachte ihm die Tabletten, die er einnehmen sollte. »Ich habe gehört, wie dein Vater mit dir gesprochen hat«, sagte sie. »Weißt du, manchmal benimmt er sich etwas grob, aber er meint es nicht so.«

»Ich weiß.«

»Es rutscht ihm schon mal was raus.«

»Ich weiß, was er sagt, und ich weiß, wie er es meint«, entgegnete Will. »Er wünscht, ich wäre tot, und Nathaniel wäre es nicht. Genau wie du.« Die Gewißheit, wie sehr er ihr mit diesen Worten weh tat, erregte ihn. »Aber das ist nicht weiter schlimm«, fuhr er fort. »Natürlich tut es mir leid, daß ich nicht so gut bin wie Nathaniel, aber ich kann nichts dafür.« Während er redete, sah er seine Mutter an, auch wenn er sie gar nicht wirklich wahrnahm. Statt ihrer sah er Jacob, der ihm eine Motte reichte, die er verbrennen sollte, und Jacob lächelte ihm zu.

»Hör auf«, sagte seine Mutter. »Ich dulde nicht, daß du so sprichst. Wie führst du dich nur auf? Nimm deine Tabletten.« Sie sah ihn an, als erkenne sie den Jungen nicht mehr, der vor ihr im Bett lag. »Bist du hungrig?« fragte sie abwesend.

»Ja.«

»Ich sage Adele, sie soll dir etwas Suppe warm machen. Bleib nur brav unter der Decke. Und nimm die Tabletten.«

Als sie hinausging, warf sie ihrem Sohn einen fast ängstlichen Blick zu, so wie es Miß Hartley in der Schule getan hatte. Will schluckte die Tabletten. Sein Körper tat noch immer weh, und er fühlte sich schwindelig. Dennoch konnte er nicht mehr lange warten. Er wollte noch die Suppe essen (das würde ihn etwas stärken), und dann würde er sich anziehen und zum Gerichtshof laufen. Nachdem er das beschlossen hatte, stieg er wieder aus dem Bett, um seine Beine zu testen. Sie fühlten sich nicht mehr ganz so unzu-

133

verlässig an wie kurz zuvor. Wenn er ihnen etwas Mut zusprach, würden sie ihn überallhin tragen.

III

Auch wenn Frannie nicht krank war, so litt sie unter den Ereignissen im Gerichtshof doch weitaus mehr als Will. Sie hatte es geschafft, Sherwood unbemerkt ins Haus zu schmuggeln, ihn nach oben zu bringen und zu waschen, bevor ihre Eltern ihn sahen. Sie hoffte darauf, daß ihnen keine unangenehmen Fragen gestellt würden, aber dann hatte Sherwood aus heiterem Himmel zu schluchzen begonnen. Glücklicherweise zeigte er sich äußerst verschlossen im Hinblick auf das, was geschehen war, und obwohl ihr Vater und ihre Mutter auf sie eindrangen, hielt Frannie ihre Antworten so vage wie möglich. Sie log nicht gerne, hauptsächlich deshalb, weil sie es nicht gut konnte, aber sie wußte, daß Will ihr niemals verzeihen würde, wenn sie irgend etwas verriet. Nachdem der erste Zorn verraucht war, zog sich ihr Vater schmollend zurück, aber ihre Mutter erwies sich als hartnäckiger. Immer wieder formulierte sie ihren Verdacht, und anderthalb Stunden lang mußte Frannie sich befragen lassen, warum sich Sherwood so merkwürdig benahm. Sie sagte, daß sie mit Will herumgelaufen seien und gespielt hätten. Dann sei es dunkel geworden, und sie hätten Angst bekommen. Es war offensichtlich, daß ihre Mutter sich damit nicht zufriedengeben wollte, aber Mutter und Tochter glichen sich in ihrer beharrlichen Art. Je öfter Mrs. Cunningham ihre Fragen wiederholte, desto mehr versteifte sich Frannie auf ihre Antworten. Schließlich hatte ihre Mutter genug.

»Ich will nicht, daß du dich noch einmal mit diesem Rabjohns-Jungen triffst«, sagte sie. »Ich glaube, er macht nichts als Ärger. Er gehört nicht hierher, und er übt einen schlechten Einfluß aus. Ich muß mich über dich wundern, Frances.

Und ich bin enttäuscht. Du weißt, wie schnell man deinen Bruder verwirren kann. Und jetzt ist er in einem schrecklichen Zustand. So habe ich ihn noch nie erlebt. Er weint ja nur noch. Und das ist deine Schuld, Frannie.«

Mit dieser kleinen Ansprache war die Angelegenheit für den Abend beendet. Doch kurz bevor es hell wurde, wachte Frannie auf und hörte erneut das erbärmliche Schluchzen ihres Bruders. Kurz darauf ging ihre Mutter in sein Zimmer, und das Schluchzen ebbte langsam ab, während leise Worte zwischen den beiden ausgetauscht wurden. Dann hörte sie das Schluchzen wieder lauter, während die Mutter versuchte – offenbar vergeblich –, Sherwood erneut zu beruhigen. Frannie lag im Dunkel ihres Zimmers und kämpfte nun selbst gegen die Tränen. Doch sie verlor die Schlacht. Sie krochen salzig und heiß unter ihren Lidern hervor und strömten ihre Wangen herab. Sie weinte um Sherwood, von dem sie wußte, daß er am wenigsten dafür geschaffen war, mit den Alpträumen fertig zu werden, die ihrer Begegnung im Gerichtshof noch folgen konnten. Und sie weinte um sich selbst, weil sie gelogen und sich dadurch von ihrer Mutter entfremdet hatte, die sie so sehr liebte. Sie weinte auch um Will, allerdings Tränen anderer Art. Will, der zunächst wie der Freund erschienen war, den sie an diesem langweiligen Ort so sehr gebraucht hätte, den sie aber bereits jetzt, so schien es, verloren hatte.

Schließlich geschah das Unausweichliche. Sie hörte, wie der Knauf ihrer Zimmertür mit einem leisen Quietschen gedreht wurde. Dann sagte ihre Mutter: »Frannie, bist du wach?«

Sie tat gar nicht erst so, als ob sie schliefe, sondern richtete sich auf und fragte: »Was gibt's?«

»Sherwood hat mir eben ein paar sehr, sehr merkwürdige Dinge erzählt.«

Er hatte alles erzählt: Wie sie Will zum Gerichtshof hinterher gefahren waren, von dem Mann in Schwarz und der Frau mit den Schleiern. Und noch mehr. Daß die Frau nackt gewesen sei und daß es gebrannt habe. War irgend etwas

135

Wahres an diesen Geschichten, wollte Frannies Mutter wissen, und falls ja, warum hatte sie ihr nichts davon gesagt?

Trotz Wills Drohung blieb ihr nun nichts anderes übrig, als die Wahrheit zu gestehen. Ja, im Gerichtshof waren zwei Leute gewesen, so wie Sherwood gesagt hatte. Nein, sie wußte nicht, um wen es sich handelte. Nein, sie hatte nicht gesehen, daß die Frau sich entkleidet hatte, und nein, sie war sich nicht sicher, ob sie die beiden wiedererkennen würde (dieser Teil entsprach nicht ganz der Wahrheit, kam ihr jedoch nahe genug). Es wäre dunkel gewesen, sagte sie, und sie habe Angst gehabt, auch wegen der anderen.

»Haben sie euch bedroht?« fragte die Mutter.

»Eigentlich nicht.«

»Aber du hast gesagt, du hattest Angst.«

»Das stimmt auch. Solche Leute habe ich noch nie gesehen.«

»Und wie waren sie?«

Sie fand keine Worte und fand sie auch dann nicht, als ihr Vater hinzukam und die gleichen Fragen stellte.

»Wie oft habe ich dir gesagt, daß du dich nicht mit Leuten einlassen sollst, die du nicht kennst!« rief ihr Vater.

»Ich bin Will gefolgt. Ich hatte Angst, daß ihm etwas zugestoßen sein könnte.«

»Wenn, wäre es sein Problem gewesen und nicht deins. Er würde so etwas für dich nicht tun, da bin ich mir verdammt sicher.«

»Du kennst ihn nicht. Er ...«

»Keine Widerworte«, fuhr ihr Vater sie an. »Morgen werde ich mit seinen Eltern sprechen. Ich will, daß sie erfahren, was für einen Schwachkopf sie als Sohn haben.«

Und damit überließ er sie ihren Gedanken.

Die Ereignisse der Nacht waren jedoch noch nicht vorüber. Als alles im Haus schließlich still geworden war, hörte Frannie ein leises Klopfen an ihrer Zimmertür, und Sherwood schlich sich herein. Er drückte etwas an die Brust. Das stete Schluchzen hatte seine Stimme ganz brüchig gemacht.

»Ich muß dir etwas zeigen«, sagte er, ging zum Fenster

und zog die Vorhänge zurück. Vor dem Haus brannte eine Straßenlaterne, deren Licht durch die regennasse Scheibe auf Sherwoods bleiches, aufgedunsenes Gesicht fiel.

»Ich weiß nicht, warum ich es getan habe«, sagte er.

»Was?«

»Es lag einfach da, weißt du, und als ich es sah, wollte ich es haben.« Er zeigte Frannie, wovon er sprach.

»Es ist nur ein altes Buch«, sagte sie. »Du hast es gestohlen?« Er nickte. »Woher? Aus dem Gerichtshof?« Er nickte erneut und sah sie so ängstlich an, daß sie befürchtete, er würde gleich wieder in Tränen ausbrechen. »Es ist schon gut«, sagte sie. »Ich bin nicht böse. Nur überrascht. Ich habe es gar nicht bei dir gesehen.«

»Ich hab's in meine Jacke gesteckt.«

»Wo hast du es gefunden?«

Er erzählte ihr von dem Tischchen, von den Tinten und den Stiften, und während er sprach, nahm sie ihm das Buch aus der Hand und ging damit zum Fenster. Es duftete seltsam. Sie hielt es sich unter die Nase – nicht zu nah – und atmete den Duft ein. Es roch nach kaltem Feuer, nach Glutasche, die man im Regen zurückgelassen hat, aber auch nach einem scharfen Gewürz, von dem sie wußte, daß man es in keinem Supermarktregal finden würde. Der Geruch veranlaßte sie, zu zögern … Sollte sie das Buch öffnen? Aber wie konnte sie widerstehen, da sie wußte, woher es kam. Sie schob ihren Daumen unter den Deckel und schlug es auf. Auf der Titelseite befand sich ein Kreis, mit schwarzer oder vielleicht dunkelbrauner Tinte gezogen. Kein Name. Kein Buchtitel. Nur dieser eine, perfekt gezeichnete Ring.

»Es ist *seins*, nicht wahr?« sagte sie zu Sherwood.

»Bestimmt.«

»Weiß jemand, daß du es genommen hast?«

»Nein, ich glaube nicht.«

Dafür zumindest konnte man dankbar sein. Sie blätterte die nächste Seite um. War die vorhergehende fast leer gewesen, so war diese vollgeschrieben, Zeile auf Zeile, winzige Buchstaben, die sich so eng aneinanderschmiegten, daß es fast aussah, als fließe ein einziges Wort dahin. Sie blätterte weiter. Das gleiche, links wie rechts. Und auf den nächsten beiden Seiten ebenso. Und auf den nächsten. Sie starrte auf die Schrift, versuchte sie zu lesen, aber die Wörter waren nicht englisch. Die Buchstaben stammten nicht einmal aus dem Alphabet. Aber sie sahen hübsch aus, kleine, komplizierte Zeichen, die jemand mit obsessiver Sorgfalt nebeneinander gesetzt hatte.

»Was bedeutet das?« fragte Sherwood und schaute ihr über die Schulter.

»Ich weiß es nicht, ich habe so etwas noch nie gesehen.«

»Glaubst du, es ist eine Geschichte?«

»Nein, glaube ich nicht. Es ist nicht gedruckt, so wie ein richtiges Buch.« Sie feuchtete ihren Zeigefinger an und tippte auf die Schrift, die einen dunklen Fleck auf ihrer Haut hinterließ. »Er hat es geschrieben«, sagte sie.

»Jacob?« hauchte Sherwood.

»Ja.« Sie blätterte ein paar Seiten weiter, bis sie auf ein Bild stieß. Es zeigte ein Insekt – eine Art Käfer –, und wie die Schrift auf den Seiten zuvor war auch diese Zeichnung mit äußerster Sorgfalt ausgeführt. Jedes Detail des Kopfes, der Beine und der durchsichtigen Flügel so gewissenhaft gemalt, daß der Käfer im wäßrigen Licht der Dämmerung beunruhigend lebensecht aussah; so als könne er sirrend aus dem Buch aufsteigen, wenn sie ihn berührte.

»Ich weiß, ich hätte das Buch nicht nehmen dürfen«, sagte Sherwood. »Aber jetzt kann ich es auch nicht mehr zurückbringen, weil ich sie nie mehr wiedersehen will.«

»Das mußt du auch nicht«, versicherte Frannie.

»Versprochen?«

»Versprochen. Du brauchst dich vor nichts mehr zu fürchten, Sher. Hier sind wir sicher, und Mum und Dad passen auf uns auf.«

Sherwood hatte sich bei ihr untergehakt, und sie spürte, wie sein dünner Körper zitterte. »Aber sie werden nicht immer hier sein, nicht wahr?« sagte er. Seine Stimme klang auf unheimliche Weise tonlos, als könne man die schrecklichste aller Möglichkeiten nur aussprechen, wenn man es möglichst emotionslos tat.

»Nein«, sagte sie. »Nicht immer.«

»Was wird dann aus uns werden?«

»Ich werde auf uns aufpassen«, antwortete Frannie.

»Versprochen?«

»Versprochen. Aber jetzt ist es Zeit, wieder ins Bett zu gehen.«

Sie nahm ihren Bruder an der Hand und führte ihn auf Zehenspitzen zu seinem Zimmer zurück. Dann packte sie ihn ins Bett und sagte zu ihm, er solle jetzt schlafen und nicht mehr an den Gerichtshof denken und an das, was dort geschehen war. Nach getaner Pflicht kehrte sie in ihr eigenes Zimmer zurück, schloß die Tür, zog die Vorhänge vor und legte das Buch in den Schrank unter die Pullover. Der Kleiderschrank konnte nicht verschlossen werden, aber wenn ein Schlüssel dagewesen wäre, hätte sie ihn umgedreht. Dann schlüpfte sie unter die mittlerweile kühle Decke und machte die Nachttischlampe an, nur für den Fall, daß der Käfer aus dem Buch über den Boden gekrabbelt kam, um sie vor dem Morgengrauen zu finden. Nach den Eskapaden des Abends wollte sie diese Möglichkeit nicht strikt in das Reich des Absurden verbannen.

IV

1

Will aß brav seine Suppe, aber nachdem Adele seine Temperatur gemessen, das Tablett genommen hatte und wieder nach unten gegangen war, stand er auf und zog sich hastig an. Es war mittlerweile später Nachmittag, und der regengraue Tag verlor bereits an Licht, aber er hatte nicht vor, seine Reise bis morgen zu verschieben.

Im Wohnzimmer lief der Fernseher – er hörte die ruhige, gleichmäßige Stimme eines Nachrichtensprechers und kurz darauf, als seine Mutter den Sender wechselte, Applaus und Gelächter. Die lauteren Geräusche kamen ihm zupaß, da sie das Ächzen der einen oder anderen Stufe übertönten, als er die Treppe zum Flur hinabschlich. Dort unten, wo er sich Schal, Anorak, Handschuhe und Stiefel anzog, wäre er fast entdeckt worden, als sein Vater aus seinem Arbeitszimmer nach Adele rief und fragte, wo denn der Tee bliebe. Mußte sie noch die Blätter pflücken, um Himmels willen? Adele antwortete nicht, und sein Vater stürmte in die Küche, um eine Antwort zu fordern. Seinen Sohn, der im unbeleuchteten Flur stand, sah er jedoch nicht, und während er sich bei Adele über ihre Langsamkeit beklagte, öffnete Will die Haustür, nur gerade so weit, daß er hindurchschlüpfen konnte – er wollte sie nicht durch einen kräftigen Schwall kalter Luft alarmieren –, und machte sich auf seine Nachtreise.

2

Rosa verbarg die Befriedigung, die sie über den Verlust des Buches empfand, nicht. Es war im Feuer verbrannt, mehr gab es dazu nicht zu sagen. »Nun hast du also eines deiner kostbaren Tagebücher verloren«, sagte sie. »Vielleicht zeigst du in Zukunft etwas mehr Verständnis, wenn ich die Kinder beweine.«

»Das kann man nicht vergleichen«, sagte Steep, der noch immer in der Asche des Vorzimmers herumstocherte. Sein Tisch war nur noch ein Haufen verkohltes Holz, Stifte und Pinsel verbrannt, die Schachtel mit den Wasserfarben kaum noch erkennbar, die Tinten eingekocht. Glücklicherweise hatte seine Tasche mit den früheren Bänden des Tagebuchs außerhalb der Reichweite des Feuers gelegen; alles war also nicht verloren. Aber sein gegenwärtiges Projekt, der Bericht über die letzten achtzehn Jahre seiner Arbeit, war verschwunden. Und Rosas Versuch, den Verlust mit dem zu vergleichen, was sie gefühlt hatte, wenn er einen ihrer Brut von seinem Leid erlöste, machte ihn wütend. »Es handelt sich um mein Lebenswerk«, teilte er ihr mit.

»Dann war dein Leben armselig«, sagte sie. »Bücher machen! Das ist armselig.« Sie beugte sich zu ihm. »Für wen machst du sie überhaupt? Für mich nicht. Ich bin nicht interessiert daran. Nicht im mindesten.«

»Du weißt, warum ich sie mache«, sagte Jacob beleidigt. »Um Zeugnis abzulegen. Wenn Gott kommt und verlangt, daß wir unser Tun darlegen, Stück um Stück, Kapitel um Kapitel, brauchen wir einen Beweis. Jedes Detail. Nur dann wird er uns … O Gott, warum mache ich mir die Mühe, dir das zu erklären?«

»Du kannst das Wort ruhig sagen. Los, sag es! *Vergeben*. Das hast du doch immer gehofft. Man wird uns vergeben.« Sie trat zu ihm. »Aber du glaubst nicht mehr so recht daran, was?« Sanft legte sie ihre Hände auf seine Wangen. »Sei ehrlich, mein Lieber«, sagte sie leise.

»Ich … glaube immer noch daran, daß unser Leben einen Sinn hat«, entgegnete Jacob. »Ich will daran glauben.«

»Nun, ich nicht«, entgegnete Rosa schlicht. »Nach unserem lächerlichen Versuch von gestern ist mir klar geworden, daß ich keine wahre Sehnsucht mehr in mir spüre. Keine. Nichts. Es wird keine Kinder mehr geben. Es ist vorbei mit Heim und Herd. Und es wird auch kein Tag des Vergebens kommen, Jacob, soviel steht fest. Wir sind allein mit unserer Macht, tun zu können, was immer wir wollen.« Sie lächelte. »Dieser Junge …«

»Will?«

»Nein, der jüngere, Sherwood. Er hing an meinen Titten und leckte sie, und ich dachte: Oh, wie schlimm, dabei Vergnügen zu empfinden, aber weißt du, dieser Gedanke hat es nur noch schöner gemacht, bei Gott. Und als das Kind fort war, überlegte ich mir, was mir noch mehr Vergnügen bereiten könnte, das Schlimmste wäre, was zu tun mir einfiele …«

»Und?«

»In meinem Kopf drehte sich alles, als ich mir die Möglichkeiten ausmalte«, sagte sie lächelnd. »Wirklich. Wenn mir sowieso nicht vergeben wird, warum dann versuchen, etwas zu sein, das ich nicht bin?« Sie sah ihm ins Gesicht. »Warum sollte ich meinen Atem damit vergeuden, auf etwas zu hoffen, das wir nie erlangen werden?«

Jacob schüttelte ihre Hände ab. »Du kannst mich nicht in Versuchung führen«, sagte er. »Also spar dir die Mühe. Ich habe meine Pläne ...«

»Das Buch ist verbrannt«, fuhr Rosa ihn an.

»Ich schreibe ein neues.«

»Und wenn auch das verbrennt?«

»Wieder ein neues! Immer wieder! Die anderen werden dann um so besser.«

»Oh, auch ich werde immer besser sein«, sagte Rosa. Jegliche Wärme wich aus ihren Zügen, so daß sie trotz ihrer vollkommenen Schönheit einer Leiche ähnelte. »Von nun an werde ich eine andere Frau sein. Ich werde mich vergnügen, wann immer ich kann, und mit was auch immer. Und wenn mir jemand oder etwas ein Kind macht, hole ich es selbst mit einem spitzen Stock heraus.« Diese Vorstellung gefiel ihr. Sie lachte rauh, wandte Jacob den Rücken zu und spuckte in die Asche. »Das ist für dein Buch«, sagte sie. Sie spuckte erneut. »Und das ist fürs Vergeben.« Noch einmal spuckte sie. »Und das ist für Gott. Er wird keine Freude an mir haben.«

Dann schwieg sie. Ohne sich darum zu kümmern, welche Wirkung sie bei ihrem Gefährten erzielt hatte (sie wäre enttäuscht gewesen, sein Gesicht war wie versteinert), ging sie hinaus. Erst als sie fort war, erlaubte sich Jacob Tränen. Männliche Tränen: die Tränen eines Generals angesichts seiner vernichteten Armee, oder die eines Vaters am Grab seines Sohnes. Er trauerte nicht nur um das Buch – auch wenn das seinen Kummer vergrößerte –, sondern auch um sich selbst. Von nun an würde er allein sein. Rosa – seine einst so geliebte Rosa, mit der er die kühnsten Träume geteilt hatte – ging ihren eigenen hedonistischen Weg, und auch er würde seine eigene Straße gehen, mit Messer und Stift und einem neuen Tagebuch voller leerer Seiten. Es würde schwer werden, nach so vielen gemeinsamen Jahren, und im Hinblick auf die Schwere der Arbeit, die vor ihm lag, und darauf, wie weit entfernt der Himmel war.

Dann kam ihm ein ungebetener Gedanke: Warum sie nicht töten? Das würde ihn befriedigen, keine Frage. Ein schneller Schnitt durch ihre pochende Kehle, und sie fiele nieder wie eine Kuh, die geschlachtet wird. In ihren letzten Augenblicken würde er ihr Trost spenden, ihr sagen, wie sehr er sie geliebt habe, auf seine Art. Er würde ihr seine Arbeit widmen, bis zum Ende. Bei jedem Nest, in das er griff, bei jedem Bau, den er ausräucherte, würde er sagen: Dies ist für dich, meine Rosa, und dies, und dies, so lange, bis seine Hände, voller Blut und Eidotter, ihre mühsame Arbeit erledigt hatten.

Er zog das Messer aus dem Gürtel, hörte bereits das zischende Geräusch, mit dem es über ihren Hals fuhr; das Pfeifen des Atems aus ihrer Kehle, das Sprudeln des Blutes. Dann ging er ihr hinterher, auf den Gerichtssaal zu.

Sie wartete auf ihn. Als sie sich ihm zuwandte, hielt sie ihre Seile in den Händen – sie nannte sie ihre Rosenkränze –, die sich wie Vipern wanden. Kaum hatte er sich ihr genähert, schoß eines der Seile auf ihn zu, gelenkt durch ihren Willen, fand sein Handgelenk und wickelte sich so fest darum, daß er nach Luft schnappte.

»Wie kannst du es wagen?« fuhr sie ihn an. Ein zweites Seil schnellte aus ihren Händen, wickelte sich um seinen Hals und packte von hinten die Hand, in der er das Messer hielt. Sie blinzelte, und es zog sich zusammen, riß die Klinge hoch, bis sie dicht vor seinem Gesicht blitzte. »Du hättest mich umgebracht.«

»Ich hätte es versucht.«

»Da ich deine Lust nicht mehr befriedigen will, soll ich also Futter für die Krähen werden?«

»Nein, ich wollte die Dinge nur … vereinfachen.«

»Das ist ja eine ganz neue Entschuldigung«, sagte sie fast bewundernd. »Welches Auge soll es denn sein?«

»Was meinst du?«

»Ich werde dir eines deiner Augen ausstechen, Jacob. Mit deinem eigenen kleinen Messer.« Die Seile zogen sich noch enger zusammen. »Welches soll es denn sein?«

»Wenn du mich verstümmelst, herrscht Krieg zwischen uns.«

»Und da Krieg Männersache ist, würde ich verlieren. Ist das so üblich?«

»Du weißt es.«

»Ich weiß gar nichts über mich, Jacob, genauso wenig wie du. Ich habe alles gelernt, indem ich Frauen beobachtet habe, die taten, was Frauen tun. Vielleicht würde ich ein sehr guter Soldat werden. Vielleicht sollte es Krieg geben zwischen uns, vielleicht wäre es wie Liebe, nur blutiger.« Sie hob den Kopf. »Welches Auge soll es sein?«

»Keines«, sagte Jacob mit einem leichten Zittern in der Stimme. »Ich brauche meine Augen, Rosa, beide, um meine Arbeit tun zu können. Nimm mir eines, und du könntest mir genausogut das Leben nehmen.«

»Ich will Genugtuung«, zischte sie durch ihre schimmernden Zähne. »Ich will, daß du für das, was du gerade tun wolltest, leidest.«

»Alles, nur kein Auge.«

»Alles?«

»Ja.«

»Dann knöpf die Hose auf.«

»Was?«

»Du hast mich verstanden. Aufknöpfen!«

»Nein, Rosa.«

»Ich will eins von deinen Eiern, Jacob. Entweder das oder ein Auge. Entscheide dich.«

»Hör auf damit«, sagte er leise.

»Soll ich jetzt etwa dahinschmelzen?« fragte sie. »Vor Mitleid schwach werden?« Sie schüttelte den Kopf. »Aufknöpfen!«

Er langte mit der freien Hand nach unten.

»Du kannst es selbst machen, wenn du dich dabei besser fühlst. Nun, wie steht's damit?«

Er nickte, und sie lockerte den Druck der Seile etwas.

»Ich werde nicht einmal zusehen«, sagte sie. »Das ist doch freundlich von mir, nicht wahr? Wenn dich kurz der Mut verläßt, merkt es niemand außer dir.«

Die Seile hatten sich nun gänzlich gelockert. Sie kehrten zu Rosa zurück und schlängelten sich um ihren Hals.

»Also los.«

»Rosa ...?«

»Jacob?«

»Wenn ich es tu' ...«

»Ja?«

»Du erzählst es doch niemandem?«

»Was?«

»Daß ich ... nicht mehr vollkommen bin.«

Rosa zuckte mit den Schultern. »Wen würde es denn interessieren.«

»Versprich es einfach.«

»Also gut.« Sie kehrte ihm den Rücken zu. »Nimm das linke«, sagte sie. »Es hängt etwas tiefer, ist also wahrscheinlich das reifere.«

Nachdem sie gegangen war, stand er im Gang und spürte das Messer in seiner Hand. Er hatte es in Damaskus fertigen lassen, ein Jahr nach dem Tod Thomas Simeons, und hatte es seitdem unzählige Male benutzt. Auch wenn sein Hersteller nicht im Besitz magischer Kräfte gewesen war, so war es im Laufe der Jahre doch unter einen gewissen Einfluß geraten, denn es schien ihm, als würde es mit jedem seiner Atemzüge schärfer. Es würde kein Problem sein, sich das herauszuschneiden, was das Biest forderte. Und letzten Endes – worüber machte er sich Gedanken? Was er nun in der Hand hielt, dafür hatte er keinen Nutzen mehr. Zwei Eier in einem Nest aus Haut. Mehr war es nicht. Er setzte das Messer an und holte tief Luft. Im Gerichtssaal, nicht weit entfernt, sang Rosa eines ihrer verdammten Wiegenlieder. Er wartete auf einen hohen Ton. Und schnitt.

V

Will versuchte nicht, den Weg zum Gerichtshof abzukürzen, sondern ging die Straße hinunter, die zum Dorf führte. An der Kreuzung stand eine Telefonzelle. Ich sollte Frannie auf Wiedersehen sagen, dachte er. Er wollte es nicht so sehr der Freundschaft wegen tun, sondern um zu prahlen. Ich gehe, konnte er ihr endlich mitteilen, so wie ich es angekündigt habe. Ich gehe fort, für immer.

Er betrat die Zelle, holte mühsam Kleingeld aus der Hosentasche und blätterte ebenso mühsam (seine Finger waren steif vor Kälte, trotz der Handschuhe) das alte Telefonbuch nach der Nummer der Cunninghams durch. Er fand sie, wählte und bereitete sich darauf vor, die Stimme zu verstellen, falls Frannies Vater den Hörer abnehmen würde. Es war jedoch die Mutter, die antwortete und Frannie mit einer etwas frostigen Stimme an den Apparat rief. Will kam direkt zur Sache. Er ließ Frannie schwören, nichts zu verraten, und teilte ihr dann mit, daß er fortgehe.

»Mit ihnen?« fragte sie. Ihre Stimme war kaum mehr als ein Flüstern.

Er sagte, das ginge sie nichts an. Er verschwinde einfach.

»Ich habe übrigens etwas, das Steep gehört«, sagte sie.

»Was?«

»Das geht *dich* nichts an«, konterte sie.

»Na schön«, sagte Will. »Ja, ich gehe mit ihnen.« In seinem fiebrigen Kopf gab es keinen Zweifel daran. »Also ... was hast du?«

»Du darfst ihnen nichts sagen. Ich will nicht, daß sie hierher kommen.«

»Das werden sie nicht.«

Sie zögerte kurz. Dann erklärte sie: »Sherwood hat ein Buch gefunden. Ich glaube, es gehört Steep.«

»Ist das alles?« sagte er. Ein Buch? Wen kümmerte schon ein Buch. Er nahm an, daß sie eine Erinnerung an ihr Abenteuer brauchte, mochte sie noch so ärmlich sein.

»Es ist nicht irgendein Buch«, beteuerte sie. »Es ...«

Doch Will hielt ihr Gespräch bereits für beendet. »Ich muß gehen«, sagte er.

»Will, warte ...«

»Ich habe keine Zeit. Alles Gute, Frannie. Alles Gute auch für Sherwood, ja?«

Er legte den Hörer auf und fühlte sich außerordentlich zufrieden mit sich selbst. Dann verließ er die relativ behagliche Telefonzelle und machte sich auf den Weg zum Gerichtshof von Bartholomeus.

Der Schnee war gefroren und bedeckte glitzernd die Straße, die vor ihm lag. Als der Sturm zunahm, wurde neuer Schnee darüber geweht. Nur er allein wußte diese Schönheit zu würdigen. Die Einwohner Burnt Yarleys saßen an diesem Abend in ihren Häusern vor dem Kamin. Ihr Vieh stand in den Ställen und Gattern, und ihre Hühner waren gefüttert und für die Nacht in den Stall gesperrt.

Der heftige Schneesturm verwandelte die Landschaft vor ihm in etwas weiß Verschwommenes, aber er strengte sich an, um nicht die Stelle in der Hecke zu verpassen, durch die er zuvor auf das Feld gelangt war. Er fand sie und zwängte sich hindurch. Den Gerichtshof konnte er noch nicht sehen, aber er wußte, daß er ihn sehr bald erreichen würde, wenn er direkt nach oben stapfte. Das fiel ihm jedoch schwerer als auf der Straße, und trotz seines Willens zeigte sein Körper Zeichen der Erschöpfung. Seine Glieder begannen zu zittern, und der Wunsch, sich in den Schnee zu legen und ein wenig auszuruhen, wurde immer stärker. Doch dann tauchte das Gebäude im Schneesturm vor ihm auf. Freudig erregt wischte er sich den Schnee aus dem tauben Gesicht, damit der Glanz, der aus ihm strahlte – aus seinen Augen, aus seiner Haut –, auch richtig wahrgenommen werden konnte. Er stieg die Treppe hinauf. Kurz bevor er die oberste Stufe erreicht hatte, sah er, daß Jacob in der Tür stand. Seine Silhouette zeichnete sich vor einem Feuer ab, das im Vorraum brannte. Verglichen mit diesem Feuer war die Flamme, die Will vor kurzem genährt hatte, geradezu ärmlich gewesen. Es war ein Freudenfeuer, und er zweifelte keinen Augenblick daran, daß es von etwas Lebendigem zum Lodern gebracht wurde. Er konnte nicht sehen, was es war, aber das kümmerte ihn auch nicht. Er wollte sein Idol sehen, wollte von ihm gesehen werden. Mehr noch als gesehen, umarmt. Aber Jacob bewegte sich nicht, und Will wurde von der schrecklichen Ahnung gepackt, daß er vielleicht alles miß-

verstanden hatte. Vielleicht war er hier genauso wenig er-
wünscht wie in dem Haus, das er verlassen hatte. Auf der
vorletzten Stufe blieb er stehen und erwartete sein Urteil.
Es kam nicht. Er war sich nicht einmal sicher, ob Jacob ihn
überhaupt erkannte.

Und dann erklang aus dem Dunkel eine leise, rauhe
Stimme.

»Ich bin nach draußen gegangen und wußte nicht einmal genau, weshalb. Jetzt weiß ich es.«

Will wagte es, zu sprechen: »Wegen mir?«

Jacob nickte: »Ich habe dich gesucht«, sagte er und breitete die Arme aus.

Will wollte auf Jacob zulaufen, hinein in seine Arme,
aber er war zu schwach dazu. Als er auf die letzte Stufe
trat, stolperte er und reagierte so langsam, daß er mit dem
Kopf zuerst auf die Steine schlug. Er hörte, wie Jacob aufschrie, als er fiel, und hörte das Knirschen seiner Stiefel, als
er auf ihn zukam, um ihm zu helfen.

»Alles in Ordnung?« fragte er.

Will glaubte geantwortet zu haben, aber er wußte es
nicht genau. Er spürte Jacobs Arm unter sich. Dann wurde
er hochgehoben, und der warme Atem des Mannes strich
über sein eisiges Gesicht. Ich bin zu Hause, dachte er, bevor er ohnmächtig wurde.

VI

1

Bei den Cunninghams gab es im Winter jeden Donnerstag-
abend ein herzhaftes Lamm-Stew, Stampfkartoffeln und
Buttermöhren, begleitet von dem Gebet, das die Familie
vor jeder Mahlzeit sprach: »Herr, für die Gaben, die du uns
schenkst, danken wir dir.« An diesem Abend wurde wenig geredet, aber das war nicht ungewöhnlich. George
Cunningham glaubte fest daran, daß jedes Ding seine Zeit

und seinen Platz hatte. Der Eßtisch war zum Essen da, nicht zum Reden. Es gab nur eine kurze Unterhaltung, als George bemerkte, daß Frannie mit ihrem Essen herumspielte und als er sie energisch aufforderte, ihren Teller zu leeren.

»Ich hab' keinen richtigen Hunger«, erwiderte Frannie.

»Wirst du vielleicht krank?« sagte er. »Nach den gestrigen Ereignissen würde mich das nicht wundern.«

»George«, meinte seine Frau und warf einen besorgten Blick auf Sherwood, der ebenfalls wenig Appetit zu haben schien.

»Nun sieh dir die beiden an«, sagte George etwas freundlicher. »Ihr seht aus wie zwei begossene Pudel, wirklich.« Er streichelte die Hand seiner Tochter. »Ein Fehler ist ein Fehler, und du hast einen gemacht, aber damit ist die Sache für deine Mutter und mich auch erledigt. Falls du deine Lektion gelernt hast. Und jetzt iß auf. Und schenk deinem Dad ein Lächeln.« Frannie versuchte es. »Besser kannst du es nicht?« fragte ihr Vater schmunzelnd. »Nun, schlaf dich mal richtig aus, dann geht es dir wieder besser. Mußt du viel Hausaufgaben machen?«

»Nicht so schlimm.«

»Dann geh nach oben und mach sie. Deine Mutter und Sherwood werden mit dem Abwasch schon fertig.«

Erleichtert darüber, daß sie den Tisch verlassen durfte, lief Frannie nach oben. Sie hatte wirklich vor, für den anstehenden Geschichtstest zu lernen, aber das Buch, das vor ihr lag, kam ihr so unverständlich vor wie das Tagebuch Jacobs, und weit weniger faszinierend. Schließlich gab sie es auf, etwas über das Leben Anne Boleyns zu erfahren und zog mit schlechtem Gewissen das Tagebuch aus seinem Versteck, um sich erneut mit seinen Rätseln zu beschäftigen. Kaum hatte sie es jedoch geöffnet, als sie hörte, wie das Telefon klingelte. Nachdem ihre Mutter kurze Zeit gesprochen hatte, rief sie nach ihr. Sie schob das Tagebuch unter ihre Schulbücher und ging auf den Flur zur Treppe.

»Wills Vater ist am Telefon«, sagte ihre Mutter.

»Was möchte er?« fragte Frannie. Sie wußte genau, was er wollte.

»Will ist verschwunden«, antwortete ihre Mutter. »Weißt du vielleicht, wo er hingegangen sein könnte?«

Frannie tat so, als würde sie nachdenken. Sie hörte, wie der Sturm Schnee gegen das Flurfenster trieb und dachte an Will, der jetzt irgendwo dort draußen war, in der eisigen Kälte. Sie wußte natürlich, wo er hingegangen war, aber sie hatte ihm ein Versprechen gegeben und beabsichtigte, es zu halten.

»Ich weiß auch nicht«, sagte sie.

»Hat er nicht gesagt, wo er hin will, als er angerufen hat?« fragte ihre Mutter.

»Nein«, erwiderte sie ohne zu zögern.

Die Nachricht wurde pflichtschuldig Wills Vater übermittelt, und Frannie zog sich in ihr Zimmer zurück. Aber nun konnte sie sich auf überhaupt nichts mehr konzentrieren, weder auf Jacobs Buch noch auf die Schule. Immer wieder kehrten ihre Gedanken zu Will zurück, der sie in seine Fluchtpläne eingeweiht und zur Mitverschworenen gemacht hatte. Wenn ihm etwas zustieß, dann war sie zu einem gewissen Teil mit dafür verantwortlich. Zumindest würde sie sich so fühlen, was auf dasselbe hinauslief. Die Versuchung, das wenige, das sie wußte, zu beichten und sich die Last von den Schultern zu laden, war fast überwältigend. Aber ein Versprechen war ein Versprechen. Will hatte seine Entscheidung getroffen. Er wollte hinaus in die Welt, weit weg von hier, und war es nicht so, daß sie ihn teilweise darum beneidete, wie leicht ihm das fiel? Ihr wäre das nicht möglich, nicht solange Sherwood lebte. Wenn ihre Eltern zu alt oder tot waren, dann brauchte er jemanden, der auf ihn aufpaßte, und sie hatte ihm versprochen, daß sie dieser Jemand sein würde.

Sie ging zum Fenster und wischte mit dem Handballen eine Stelle der beschlagenen Scheibe frei. Die Schneeflocken stoben durch den Lichtschein der Straßenlaterne wie Funken aus weißem Feuer, getrieben von dem Wind, der in den Telegrafendrähten heulte und an den Dachrinnen rüttelte. Ihr Vater hatte schon vor einem Monat erzählt, daß die Bauern im »Plough« vor einem sehr strengen Winter gewarnt hätten. Heute zeigte sich der erste Beweis für ihre Prophezeiung. Will hatte sich nicht die beste Zeit zum Davonlaufen ausgesucht, aber nun war es geschehen. Er war irgendwo dort draußen in dem Schneesturm. Er hatte seine Wahl getroffen. Sie hoffte nur, daß sich die Konsequenzen nicht als gar zu schlimm erweisen würden.

2

Sherwood lag hellwach in seinem schmalen Bett in dem schmalen Zimmer, das sich neben dem von Frannie befand. Es war nicht der Schneesturm, der ihn vom Schlafen abhielt. Es waren Bilder von Rosa McGee. Helle, leuchtende Bilder, gegen die alle anderen in seinem Kopf verblaßten. Mehrere Male schon hatte er geglaubt, sie sei bei ihm, in seinem Zimmer, so überwältigte ihn die Erinnerung an sie. Er sah sie deutlich vor sich, sah ihre Brüste, die von seinem Speichel glänzten. Und auch wenn sie ihm am Ende angst gemacht hatte, als sie den Rock nach oben schob, war dies doch das Bild, das er sich öfter als alle anderen vor Augen holte. Jedesmal wünschte er sich, daß sie den Rock noch höher hob, bis über den Bauchnabel, und daß er dann sah, was sie ihm hatte zeigen wollen. Er hatte gewisse Vorstellungen davon: vielleicht sah es aus wie ein senkrechter Mund, mit einem Büschel Haare darum herum, oder wie ein kleiner Busch mit einem Loch in der Mitte. Aber wie auch immer, es war naß. Da war er sich sicher, und manchmal kam es ihm vor, als hätte er gesehen, wie Tropfen an der Innenseite ihrer Schenkel hinabgelaufen wären.

Natürlich konnte er niemandem von diesen Erinnerungen erzählen. Er konnte nicht vor seinen Schulkameraden von seinen Erlebnissen mit Rosa prahlen, und Erwachsenen gegenüber durfte er schon gar nicht davon reden. Die Leuten fanden ihn so schon seltsam genug. Wenn er mit seiner Mum einkaufen ging, dann sahen sie ihm hinterher, auch wenn sie es nur heimlich taten, und tuschelten über ihn. Aber er bekam alles mit. Sie sagten, er sei komisch, nicht ganz richtig im Kopf. Sie sagten, es sei ein Kreuz mit ihm und nur gut, daß seine Mutter eine so gläubige Frau wäre. Auch das bekam er mit. Er mußte seine Erinnerungen verstecken, dort, wo die Leute sie nicht finden konnten, sonst gäbe es nur noch mehr Getuschel, mehr Kopfschütteln.

Aber warum auch nicht? Eigentlich gefiel ihm der Gedanke, die Bilder von Rosa in seinem Kopf zu verschließen und nur dann herauszuholen, wenn er es wollte. Vielleicht fand er einen Weg, mit ihr zu reden, sie mit der Zeit zu überreden, ihren Rock ein wenig höher zu heben – und noch ein wenig, bis er dieses Geheimnis zwischen ihren Beinen sehen konnte.

In der Zwischenzeit rieb er seinen Bauch und seine Hüften gegen die Laken und Decken. Er preßte seine Lippen gegen seinen Handrücken und stellte sich dabei vor, daß er ihre Brüste leckte. Und obwohl er in der letzten Zeit so viel geweint hatte, waren plötzlich alle Tränen vergessen im Widerschein der Erinnerung und als er die seltsame Hitze in seinem Unterleib spürte.

»Rosa«, murmelte er, die Hand auf den Lippen. »Rosa, Rosa, Rosa …«

VII

Als Will die Augen wieder öffnete, war das Feuer, das bei seiner Ankunft lichterloh gebrannt hatte, nur noch ein Schatten seiner selbst. Aber Jacob hatte seinen Gast daneben gelegt, und die schwindende Flamme verströmte noch genug Wärme, um auch die letzten Reste der Kälte aus Wills Gliedern zu vertreiben. Er setzte sich auf und bemerkte, daß er Jacobs Militärmantel trug. Darunter war er nackt.

»Das war tapfer«, sagte jemand auf der anderen Seite des Feuers.

Will blinzelte, um den Sprecher besser sehen zu können. Es handelte sich natürlich um Jacob. Er hockte an der Wand und sah durch die Flammen zu Will hinüber. Auch er wirkte etwas kränklich, dachte Will – fast so, als wolle er damit sein Mitgefühl für Wills Zustand ausdrücken. Aber während Wills Krankheit ihn schwach und müde zurückgelassen hatte, schien von Jacobs Schmerz ein Strahlen auszugehen: seine bleiche Haut glitzerte, das gelockte Haar klebte glänzend am muskulösen Nacken. Sein grobes graues Hemd war bis zum Nabel aufgeknöpft, und das dichte dunkle Haar, das seine Brust über den Bauch bis hinunter zum Gürtel bedeckte, wurde sichtbar. Er lächelte, und seine Augen und seine Zähne glühten, als seien sie aus demselben unzerstörbar mystischen Material geschaffen.

»Du bist krank, und doch du hast deinen Weg durch diesen Schneesturm gefunden. Das zeugt von Mut.«

»Ich bin nicht krank«, widersprach Will. »Ich meine … ich war es, ein bißchen vielleicht … aber jetzt geht es mir wieder gut.«

»Du siehst gut aus.«

»Ich fühle mich auch gut. Und ich bin bereit, jederzeit mit Ihnen zu gehen.«

»Wohin?«

»Wohin Sie wollen«, sagte Will. »Es ist mir egal. Ich habe keine Angst vor der Kälte.«

»Oh, es ist gar nicht so kalt«, erwiderte Jacob. »Wir haben schon härtere Winter erdulden müssen, die alte Hexe und ich.« Er warf einen Blick zum Gerichtssaal, und Will erkannte den verächtlichen Ausdruck in seinem Gesicht. Einen Herzschlag später wanderte der Blick zu ihm, von einer neuen Intensität erfüllt. »Vielleicht hat dich jemand zu mir gesandt, Will, irgendein freundlicher Gott oder sonst wer, damit du mein Begleiter wirst. Denn nach dem heutigen Abend werde ich nicht mehr mit Mrs. McGee reisen. Wir haben beschlossen, uns zu trennen.«

»Sind Sie … lange mit ihr gereist?«

Jacob beugte sich aus der Hocke nach vorn und stocherte mit einem Stecken im Feuer. In der Asche war noch immer Glut, und sie flammte auf, als er darin herumharkte. »Länger, als ich mich erinnern mag«, sagte er.

»Und warum hören Sie dann jetzt damit auf?«

Im Licht der prasselnden Flamme (was immer hier eingeäschert worden war, es hatte Fett enthalten) sah Will, wie sich Jacobs Gesicht verzog. »Weil ich sie hasse«, antwortete er. »Und sie haßt mich. Ich hätte sie heute getötet, wenn ich schneller gewesen wäre. Und dann hätten wir ein schönes Feuer machen können, nicht wahr? Halb Yorkshire wäre davon warm geworden.«

»Hätten Sie sie wirklich getötet?«

Jacob hielt seine linke Hand in das Licht. Irgend etwas wie Blut klebte an ihr, vermischt mit Teilchen von Silberbronze. »Das ist mein Blut«, murmelte er. »Vergossen, weil es mir nicht gelang, ihres zu vergießen.« Seine Stimme verebbte zu einem Murmeln. »Ja, ich hätte sie getötet, aber dann hätte ich es sicherlich bedauert. Sie und ich sind auf eine Weise miteinander verbunden, die ich nie verstanden habe. Wenn ich ihr etwas angetan hätte …«

»Hätten Sie sich selbst etwas angetan?«

»Du verstehst das?« sagte er, fast verblüfft. Dann fügte er leiser hinzu: »Mein Gott, was habe ich da gefunden.«

»Ich hatte einen Bruder«, sagte Will, als wolle er damit etwas erklären. »Als er starb, habe ich mich gefreut. Nein, nicht gefreut. Das klingt schrecklich …«

»Wenn du dich gefreut hast, dann sag es ruhig«, forderte Jacob ihn auf.

»Ja, es stimmt«, sagte Will. »Als er starb, war ich glücklich. Aber seit seinem Tod bin ich anders. Irgendwie ist es so wie bei Ihnen und Mrs. McGee, nicht wahr? Wenn sie sterben würde, wären Sie ein anderer. Und vielleicht wären Sie nicht mehr so, wie Sie sein möchten.«

»Ich weiß es nicht«, sagte Jacob leise. »Wie alt war dein Bruder?«

»Fünfzehneinhalb.«

»Und du hast ihn nicht geliebt?« Will schüttelte den Kopf.

»Nun, ganz klar.«

»Haben Sie Brüder?« fragte Will. Nun schüttelte Jacob den Kopf. »Schwestern?«

»Keine«, sagte er. »Und wenn ich welche hatte, dann habe ich sie vergessen, was durchaus möglich ist.«

»Brüder und Schwestern zu haben und sich nicht an sie zu erinnern?«

»Eine Kindheit zu haben. Und Eltern. Geboren zu werden ...«

»Ich erinnere mich auch nicht an meine Geburt«, sagte Will.

»O doch, das tust du«, sagte Jacob. »Tief, tief in dir ...«, er klopfte sich auf die Brust, »... ist die Erinnerung daran lebendig. Du mußt nur wissen, wie man sie aufspürt.«

»Vielleicht lebt sie auch in Ihnen«, sagte Will.

»Ich habe in mich hineingeschaut«, entgegnete Jacob. »So tief, wie ich es wagte. Manchmal glaubte ich, ich bekäme eine Ahnung davon – aber es war nur ein Augenblick der Epiphanie, der sich schnell verflüchtigte.«

»Was ist eine Epiphanie?« fragte Will.

Jacob lächelte wie ein Lehrer, der gerne gefragt wird. »Ein kleines Stück Wonne«, sagte er. »Ein Moment, in dem du plötzlich glaubst, alles zu verstehen, ohne daß es einen Grund dafür gibt. Dann weißt du, daß Verstehen möglich ist.«

»Ich glaube, so etwas habe ich noch nie gespürt.«

»Man erinnert sich nicht immer daran. Sie sind schwer festzuhalten, diese Momente. Und wenn es einem gelingt, dann ist es manchmal schlimmer, als sie völlig zu vergessen.«

»Warum?«

»Weil sie dich quälen. Sie erinnern dich daran, daß es etwas gibt, für das es sich lohnt zuzuhören, zu beobachten.«

»Erzählen Sie mir von einer«, sagte Will. »Erzählen Sie mir von einer Epiphanie.«

Jacob grinste. »Klingt wie ein Befehl.«

»Ich wollte nicht ...«

»Sag mir nicht, du wolltest nicht, wenn du doch wolltest.«

»Ja, ich wollte«, gab Will zu, der langsam ein Muster in dem zu erkennen glaubte, was Jacob zu ihm sagte. »Ich will, daß Sie mir von einer Epiphanie erzählen.«

Jacob stocherte ein letztes Mal im Feuer herum und lehnte sich an die Wand.

»Du erinnerst dich ... ich sagte, ich hätte schon kältere Winter als diesen erduldet.«

Will nickte.

»Es gab einen, der war schlimmer als alle anderen. Der Winter 1739. Mrs. McGee und ich hielten uns in Rußland auf ...«

»1739?«

»Keine Fragen«, verbat sich Jacob. »Oder ich erzähle gar nichts mehr. Es war der bitterste Winter, den wir je erlebt haben. Die Vögel erfroren mitten im Flug und fielen wie Steine vom Himmel. Die Menschen starben zu Millionen und lagen aufgestapelt da, weil die Erde zu hart war, um Gräber zu schaufeln. Du kannst es dir nicht vorstellen ... nun, vielleicht doch.« Er lächelte Will auf eine seltsame Weise an. »Kannst du es vor deinem geistigen Auge sehen?«

Will nickte. »Bis jetzt schon.«

»Gut. Nun, ich war in Sankt Petersburg, Mit Mrs. McGee im Schlepptau. Wenn ich mich recht entsinne, hatte sie gar nicht mitkommen wollen, aber es gab dort einen gelehrten Arzt namens Khruschlow, der die Theorie hatte, daß diese tödliche Kälte der Beginn einer neuen Eiszeit sei. Acker für Acker, Seele für Seele, Spezies für Spezies würde sie die Erde verschlingen ...« Während er sprach, ballte Jacob seine befleckte Hand zu einer Faust, bis die Knöchel weiß glänzten. »Bis es nichts Lebendiges mehr gäbe.« Jetzt öffnete er die Hand und blies den silbernen Staub getrockneten Blutes aus seiner Handfläche in das erlöschende Feuer. »Ich wollte natürlich hören, was der Mann zu sagen hatte. Unglücklicherweise war er gestorben, als ich eintraf.«

»An der Kälte?«

»An der Kälte«, bestätigte Jacob, der sich trotz seiner vorherigen Abwehr über die Frage zu freuen schien. »Ich hätte die Stadt sofort verlassen«, fuhr er fort, »aber Mrs. McGee wollte bleiben. Die Zarin Anna, die kurz zuvor eine ganze Reihe beliebter Männer hatte hinrichten lassen, befahl die Erbauung eines Eispalastes, um ihre murrenden Untertanen abzulenken. Und wenn es etwas gibt, was Mrs. McGee liebt, dann ist es das Künstliche. Seidenblumen, Wachsobst, Porzellankatzen. Und dieser Palast sollte die größte Fälschung werden, die Menschen aus Eis erschaffen konnten. Der Architekt hieß Eropkin. Ich habe ihn kurz kennengelernt. Im nächsten Sommer ließ ihn die Zarin als Verräter hinrichten. Also war es zwar nicht der letzte Winter für die Welt, aber für ihn schon. Doch in den Monaten, in denen sein Eispalast dort am Flußufer zwischen der Admiralität und dem Winterpalast stand, war er der bewundertste, der verehrteste und beliebteste Mann in ganz Sankt Petersburg.

»Warum?« fragte Will.

»Weil er ein Meisterwerk geschaffen hatte. Will, ich nehme an, du hast noch nie einen Eispalast gesehen. Stimmt's? Aber ich bin sicher, du verstehst das Prinzip. Aus dem Fluß wurden die Eisblöcke herausgeschnitten. In diesem Winter hätten ganze Armeen darüber marschieren können. Dann wurden sie bearbeitet und zusammengesetzt, ganz so, als würde man einen richtigen Palast bauen. Vor allem aber offenbarte sich in diesen Monaten ein Genie in Eropkin. Es schien, als habe er sich seine ganze Schaffenskraft für diesen einen Augenblick des Triumphs aufgespart. Er erlaubte den Steinmetzen nur das beste, klarste Eis zu verwenden, blau und weiß schimmernd. Für die Gärten um den Palast herum ließ er Eisbäume formen, mit Eisvögeln in den Zweigen und dazwischen herumstreifenden Eiswölfen. Eisdelphine, die aus schaumgekrönten Wellen zu springen schienen, flankierten die Eingangstore, und Eishunde spielten auf den Stufen. Ich erinnere mich, daß auf der Türschwelle eine Hündin lag und ihre Welpen säugte. Und innen ...«

»Man konnte hineingehen?« fragte Will erstaunt.

»Oh, gewiß. Es gab einen Ballsaal mit Kristallüstern, einen Empfangssaal mit einem riesigen Kamin, in dem ein Eisfeuer brannte. Es gab ein Schlafzimmer – mit einem beeindruckenden Himmelbett. Die Leute strömten zu Zehntausenden herbei. Nachts wurde alles noch schöner, denn dann zündeten sie Tausende von Laternen und Lagerfeuern um den Palast herum an, und man konnte durch die Wände hindurchsehen, erkannte die Schichten, die Struktur des gesamten Gebäudes ...«

»Als hätte man Röntgenaugen.«

»Genau.«

»Hatten Sie in diesem Augenblick die ... die ...«

»Die Epiphanie? Nein, das kam später.«

»Und was geschah mit dem Palast?«

»Nun, was glaubst du?«

»Er ist einfach geschmolzen.«

Jacob nickte. »Im Frühjahr fuhr ich erneut nach Sankt Petersburg, da ich erfahren hatte, daß einige Schriften des Dr. Khruschlow aufgetaucht waren. Leider kam ich zu spät, denn inzwischen hatte seine Frau sie verbrannt, weil sie die Papiere für die Briefe einer Geliebten hielt. Nun, jedenfalls war es inzwischen Anfang Mai, und jede Spur des Palastes war verschwunden.

Ich ging ans Ufer der Newa – um eine Zigarette zu rauchen oder zu pinkeln, ich weiß es nicht mehr – und als ich auf den Fluß blickte, da fühlte ich, wie sich etwas meiner bemächtigte – meiner Seele, würde ich sagen, wenn ich eine hätte –, und ich dachte an all die Wunder, die Wölfe und die Delphine, die Türme, die Leuchter und die Vögel und die Bäume, die irgendwie im Wasser *warteten.* Sie waren da, dort im Wasser, wenn ich nur gewußt hätte, wie man sie sichtbar hätte machen können ...« Er sah Will nicht länger an, sondern starrte mit weit geöffneten Augen in die Überreste des Feuers. »Bereit, zum Leben zu erwachen.

Und ich dachte, wenn ich hineinspringe und im Wasser ertrinke und mich darin auflöse, und wenn dann im Winter der Fluß wieder zufriert und die Zarin Anna einen neuen Eispalast bauen läßt, dann wäre ich in jedem der Kunstwerke enthalten. Jacob in den Vögeln. Jacob in den Bäumen. Jacob in den Wölfen.«

»Aber nichts davon wäre lebendig.«

Jacob lächelte. »Das war doch das Grandiose daran, Will, nicht lebendig zu sein. Ich stand dort am Flußufer, und ich spürte diese Freude in mir, Will, dieses reine … summende … Glück. Ich meine, in diesem Augenblick hätte auch Gott nicht glücklicher sein können. Und das, um deine Frage zu beantworten, war meine russische Epiphanie.«

Seine Stimme verlor sich, er gab sich der Erinnerung hin, und man hörte nur noch das leise Knistern des Feuers. Will machte die Stille nichts aus. Er brauchte Zeit, all das zu verarbeiten, was er gerade gehört hatte. Jacobs Geschichte hatte so viele Bilder in seinem Kopf ausgelöst. Bilder von kunstvoll geformten Eisvögeln, die auf kunstvollen Eiszäunen hockten, lebendiger als die vielen Vögel, die erfroren vom Himmel gefallen waren. Bilder von den Menschen – den murrenden Untertanen der Zarin –, die sich von den Türmen und dem Licht so hatten verzaubern lassen, daß sie die Hinrichtung der großen Männer vergaßen. Und dann das Bild des Flusses im folgenden Frühjahr, an dessen Ufer Jacob saß, der in das reißende Wasser starrte und das vor sich sah, was er reines Glück nannte.

Wenn ihn jemand gefragt hätte, was das alles bedeutete, dann hätte er keine Antwort gewußt. Aber das bekümmerte ihn nicht. Jacob hatte mit diesen Bildern eine Leere in ihm gefüllt, und er dankte ihm dieses Geschenk.

Schließlich riß sich Jacob aus seiner Nachdenklichkeit und stocherte ein letztes, vergebliches Mal im Feuer herum. Dann sagte er: »Du mußt etwas für mich tun.«

»Was Sie wollen.«

»Wie stark fühlst du dich?«

»Es geht mir gut.«

»Kannst du stehen?«

»Natürlich«, antwortete Will und erhob sich mitsamt dem Mantel. Er war schwerer und klobiger, als er gedacht hatte, und als er sich aufrichtete, rutschte er ihm von den Schultern. Er machte sich nicht die Mühe, ihn aufzuheben. Das Licht war so schwach, daß Jacob seine Blöße kaum erkennen konnte. Und selbst wenn – hatte Jacob ihm nicht bereits die Kleider ausgezogen, vor Stunden schon, und ihn neben das Feuer gelegt? Sie hatten keine Geheimnisse voreinander, er und Jacob.

»Es geht mir gut«, bekräftigte Will und schüttelte seine tauben Glieder.

»Hier«, sagte Jacob. Er deutete auf Wills Kleider, die zum Trocknen in der Nähe des Feuers lagen. »Zieh dich an. Wir haben einen schweren Anstieg vor uns.«

»Was ist mit Mrs. McGee?«

»Sie hat nichts mit uns zu tun«, antwortete Jacob. »Nicht heute nacht – und auch sonst nicht mehr.«

»Warum nicht?« fragte Will.

»Weil ich ihre Gesellschaft nicht mehr brauche, nicht wahr? Ich habe doch dich.«

VIII

1

Burnt Yarley war zu klein, um einen eigenen Polizisten zu beschäftigen. Bei den wenigen Anlässen, bei denen polizeiliche Hilfe im Tal gebraucht wurde, schickte man einen Streifenwagen aus Skripton. An diesem Abend kam der Anruf kurz vor acht – ein dreizehnjähriger Junge wurde vermißt –, und um halb neun hielt der Wagen mit den Constables Maynard und Hemp vor dem Anwesen der Rabjohns. Es gab nur sehr wenig Informationen. Der kranke Junge war irgendwann zwischen sechs und sieben aus seinem Zimmer verschwunden. Weder sein Fieber noch seine

Medikamente konnten ihn so verwirrt haben, und da es auch keinerlei Anzeichen für eine Entführung gab, mußte man annehmen, daß er aus freien Stücken davongelaufen war, bei vollem Verstand. Wohin er gegangen sein könnte, wußten seine Eltern nicht. Er hatte wenig Freunde, und die wenigen waren ahnungslos. Der Vater, dessen herablassende Art ihn bei den Beamten nicht gerade beliebt machte, war der Meinung, daß der Junge sich auf den Weg nach Manchester gemacht hatte.

»Warum, zum Teufel, sollte er das tun?« fragte Doug Maynard, der bereits eine starke Abneigung gegen Rabjohns entwickelt hatte.

»Er fühlte sich in letzter Zeit nicht sehr glücklich hier«, erwiderte Hugo. »Es fielen ein paar harte Worte zwischen uns.«

»Wie hart?«

»Was wollen Sie damit andeuten?« fragte Hugo verschnupft.

»Ich will gar nichts andeuten. Ich stelle nur eine Frage. Aber lassen Sie es mich deutlicher sagen: Haben Sie dem Burschen mal eine Tracht Prügel verpaßt?«

»Du meine Güte, nein. Und ich möchte mein Mißfallen zum Ausdruck bringen, daß Sie …«

»Lassen Sie Ihr Mißfallen für den Augenblick ruhig aus dem Spiel«, sagte Maynard. »Davon können Sie immer noch reden, wenn wir Ihren Jungen gefunden haben. Läuft er nämlich dort draußen herum, dann haben wir nicht sehr viel Zeit. Das Thermometer sinkt ständig.«

»Würden Sie bitte etwas leiser sprechen«, zischte Hugo mit einem Blick zur offenen Tür. »Meiner Frau geht es auch so schlecht genug.«

Maynard nickte seinem Partner zu. »Unterhalte dich mal mit ihr, Phil.«

»Sie weiß nichts, was ich nicht auch wüßte«, sagte Hugo.

»Oh, Sie wären überrascht, wenn Ihnen klar wäre, was ein Kind dem einen Elternteil sagt und dem anderen nicht«, entgegnete Maynard. »Phil wird sehr behutsam vorgehen, stimmt's, Phil?«

»Mit Samthandschuhen.« Er verschwand nach neben-an.

»Sie haben ihn also nicht geschlagen«, sagte Maynard zu Hugo. »Aber es gab Streit.«

»Er hat sich benommen wie ein verdammter Narr.«

»Inwiefern?«

»Oh, nichts von Bedeutung«, knurrte Hugo und wischte die Frage fort. »Er ging eines Nachmittags weg ...«

»Er ist also schon mal davongelaufen?«

»Da wollte er nicht weglaufen.«

»Das hat er Ihnen gesagt?«

»Er lügt mich nicht an«, zischte Hugo.

»Woher wissen Sie das?«

»Weil ich den Jungen kenne«, antwortete Hugo und bedachte Maynard mit dem gelangweilten Blick, den er ansonsten für schwerfällige Studenten reservierte.

»Dann können Sie mir doch sicher auch sagen, wohin er an diesem Nachmittag ging?«

Hugo zuckte mit den Schultern. »Irgendwohin, was weiß ich.«

»Wenn Sie mit Ihrem Sohn genauso kommunikativ umgehen wie mit mir, ist es kein Wunder, daß er ab und zu wegläuft«, sagte Maynard. »Wohin ist er gegangen?«

»Von jemandem wie Ihnen brauche ich keine Lektion in punkto Erziehung«, entgegnete Hugo. »Der Junge ist dreizehn. Wenn er auf den Hügeln herumklettern will, dann ist das seine Sache. Ich habe nicht nach Einzelheiten gefragt. Ich war nur wütend, weil Eleanor sich so aufgeregt hat.«

»Sie glauben, daß er auf die Hügel gestiegen ist?«

»Diesen Eindruck hatte ich.«

»Dorthin könnte er heute abend also auch gegangen sein?«

»Nun, dann müßte er allerdings völlig den Verstand verloren haben, wenn er in einer Nacht wie dieser dorthin rennt.«

»Das hängt sicher davon ab, wie verzweifelt er ist, nicht wahr?« erwiderte Maynard. »Ehrlich gesagt, wenn ich einen Vater wie Sie hätte, würde ich öfter mal an Selbstmord denken.«

Hugo setzte zu einer empörten Replik an, doch Maynard drehte sich einfach um und verließ den Raum. Er fand Phil in der Küche, der sich dort eine Tasse Tee einschenkte. »Sieht ganz danach aus, als müßten wir die Hügel durchkämmen. Kümmere dich um Hilfe aus dem Dorf.« Er sah aus dem Fenster. »Da draußen wird's immer schlimmer. In welchem Zustand befindet sich die Frau?«

Phil verzog das Gesicht. »Völlig wirr. Sie hat genug Tabletten bei sich, um das ganze verdammte Dorf zu betäuben. Aber sie sieht nicht schlecht aus.«

»Deshalb machst du ihr also Tee«, meinte Doug und boxte ihn in die Rippen. »Warte, bis ich Kathy davon erzähle.«

»Macht einen doch nachdenklich, was?«

»Was?«

»Rabjohns und sie und der Junge.« Er gab einen Löffel Zucker in den Tee und rührte um. »Sehr glücklich scheinen sie alle nicht zu sein.«

»Was willst du damit sagen?«

»Nichts«, sagte Phil und warf den Löffel in die Spüle. »Nur, daß sie wohl nicht sehr glücklich sind.«

2

Es war nicht das erstemal, daß man im Dorf einen Suchtrupp zusammengestellt hatte. Das geschah ein- oder zweimal im Jahr, meistens Anfang Frühjahr oder Ende Herbst, wenn ein Wanderer nicht rechtzeitig aus den Hügeln zurückkehrte. Lag genügend Grund zur Besorgnis vor, dann wurde ein Team von Freiwilligen zusammengetrommelt, um bei der Suche zu helfen. Zu diesen Jahreszeiten konnten die Hügel heimtückisch sein. Plötzliche Nebel nahmen dem Wanderer die Sicht, Geröll und Steine wurden zu gefährlichen Rutschbahnen. Meistens endeten diese Zwischenfälle glücklich. Aber nicht immer. Manchmal wurde

163

eine Leiche auf einer Bahre ins Tal gebracht. Manchmal –
sehr selten, aber es kam vor – fand sich nie mehr eine Spur
des Vermißten. Dann war das Opfer in eine Höhle oder
Spalte gestiegen, aus der es kein Entkommen gab.

Kurz nach zehn hörte Frannie Autos auf der Straße und
stieg aus dem Bett, um nachzusehen, was los war. Es war
nicht schwer zu erraten. Eine Gruppe von etwa zwölf Männern, die in einem engen Kreis beisammen standen, berie-
ten sich mitten auf der Straße. Trotz der Entfernung und
des Schneegestöbers erkannte sie ein paar von ihnen. Mr.
Donnelly, der Besitzer der Fleischerei war dabei (niemand
im Dorf hatte einen dickeren Bauch als er, und sein Sohn
Neville, der mit Frannie in die Schule ging, eiferte seinem
Vater bereits nach). Sie erkannte auch Mr. Sutton, den Gast-
wirt, dessen roter Bart ebenso unverwechselbar war wie
Mr. Donnellys Bauch. Ihren Vater entdeckte sie nicht. Er
hatte sich im vorigen August beim Fußballspielen den Knöchel gebrochen und hatte noch immer Schwierigkeiten damit. Frannie nahm an, daß er deshalb nicht an der Suche
teilnahm (vielleicht hatte Mum ihn auch überredet, da-
heimzubleiben).
   Die Männer teilten sich auf. Vier Gruppen zu dritt und
eine Gruppe zu zweit. Sie sah zu, während sie zu ihren
Wagen stapften und mit einigem Lärm einstiegen. Als einige der Fahrzeuge wendeten und andere ihnen entgegenka-
men, entstand für kurze Zeit sogar ein kleiner Verkehrsstau, der den Fahrern die Gelegenheit gab, sich noch ein
paar Hinweise zuzurufen. Dann leerte sich die Straße
rasch, und die Motorengeräusche verklangen, während die
Wagen in verschiedenen Richtungen davonfuhren.
   Frannie stand am Fenster und sah zu, wie der Schnee
langsam die gezackten Reifenspuren ausradierte. Sie fühlte sich schlecht. Angenommen, einem der Männer passierte etwas? Wie würde sie sich dann fühlen, nachdem sie zugesehen hatte, wie sie sich auf den Weg in den Sturm
machten, obwohl sie genau wußte, wo sich Will aufhielt?

»Du bist ein Mistkerl, Will Rabjohns«, sagte sie. Ihre Lippen berührten das eisige Glas. »Wenn ich dich je wiedersehe, wird es dir leid tun.« Natürlich handelte es sich um eine leere Drohung, aber sie half ihr ein wenig, mit der Wut fertig zu werden, die sie empfand, weil er sie in diese unmögliche Lage gebracht hatte. Und weil er sie im Stich gelassen hatte; das war irgendwie noch schlimmer. Die Verantwortung des Schweigens konnte sie vielleicht ertragen, aber daß er hinaus in die Welt gegangen war und daß sie hier zurückblieb, obwohl sie sich so große Mühe gegeben hatte, sich mit ihm anzufreunden – keine leichte Sache –, das war unverzeihlich.

Als sie wieder ins Bett stieg, hörte sie unten die Stimme ihres Vaters. Er war nicht mitgegangen. Das zumindest beruhigte sie etwas. Sie verstand nicht, was er sagte, aber der langsame, vertraute Rhythmus seiner Stimme tröstete sie und lullte sie in den Schlaf wie ein Wiegenlied, bis sie ihren Kummer vergaß und einschlief.

IX

1

Der Aufstieg fiel Will nicht schwer; Jacob war ja bei ihm. Wenn der Weg zu steil oder zu glatt wurde, brauchte der Mann seine Hand nur ganz leicht auf Williams Nacken legen, und ein Teil der Kraft Steeps floß in Will und ermöglichte es ihm, Schritt zu halten. Manchmal schien es ihm nach einer solchen Berührung, daß er nicht kletterte, sondern mühelos über Schnee und Felsen glitt.

Der heftige Wind machte es unmöglich, sich zu unterhalten, aber mehr als einmal spürte Will, wie sich Jacobs Gedanken den seinen näherten. Dann wanderten Wills Gedanken, wohin sie gelenkt wurden: den Anstieg hinauf, wo man manchmal ihren Zielort erkennen konnte, und hinunter in das Tal, dem sie entkommen waren und das in seiner ganzen armseligen Idylle auftauchte, wenn der Sturm einmal nachließ. Will schockierte dieses intime Geschehen – Geist an Geist – keineswegs. Steep war nicht wie die anderen. Das hatte Will vom ersten Augenblick an erkannt. *Lebend und sterbend nähren wir die Flamme*, das war keine Lektion, die irgendeiner lehren konnte. Er hatte sich mit einem bemerkenswerten Mann zusammengetan, dessen Geheimnisse sich erst enthüllen würden, wenn sie einander in den nächsten Jahren besser kennenlernen konnten. Und dann würde es keinerlei Grenzen für ihr Wissen geben. Dieser Gedanke formte sich klarer in seinem Kopf als alle anderen, und er war sicher, daß Steep ihn lesen konnte. Was immer dieser Mann von ihm verlangte, er würde es erfüllen. So sollte es von nun an zwischen ihnen sein. Es war das mindeste, was er für jemanden tun konnte, der ihm bereits jetzt mehr gegeben hatte als jede andere lebende Seele.

2

Unten im Gerichtshof saß Rosa im Dunkeln und lauschte. Ihr Gehörsinn war stets besonders gut ausgeprägt gewesen, so gut, daß sie manchmal darunter litt. Es gab Zeiten – Tage, Wochen sogar –, in denen sie sich bewußt einen leichten Rausch antrank (meistens mit Gin, aber Scotch tat es auch), um die Geräusche zu dämpfen, die aus allen Richtungen auf sie eindrangen. Es funktionierte nicht immer. Schon oft hatte es sich gegen sie gewandt, und anstatt den Lärm der Welt zu dämpfen, hatte sie der Gin nur der Fähigkeit beraubt, ihre Sinne zu kontrollieren. Das waren dann schreckliche Zeiten, Zeiten, die sie krank machten. Sie wütete umher, drohte damit, sich etwas anzutun – sich die Ohren abzuschneiden oder die Augen auszustechen – und hätte es vielleicht sogar getan, wenn nicht Jacob dagewesen wäre, um sie mit einem schnellen Akt zu besänftigen. Das funktionierte meistens. In Zukunft mußte sie mit dem Trinken aufpassen, so lange, bis sie jemanden fand, der sich an Steeps Stelle mit ihr vereinigte. Schade, daß der Junge noch so klein war, sonst hätte sie eine Weile mit ihm spielen können. Natürlich hätte sie ihn nur allzu schnell ausgelaugt. Wenn sie bei Gelegenheit andere Männer als Steep mit ins Bett genommen hatte, war sie jedesmal enttäuscht worden. Wie männlich und wie erhitzt sie auch gewirkt hatten, keiner von ihnen hatte auch nur über einen Bruchteil von Jacobs Ausdauer verfügt. Verdammt, sie würde ihn doch vermissen. Er war mehr als ein Ehemann für sie gewesen, mehr als ein Geliebter. Er hatte sie zu Exzessen angetrieben, zu Formen des Verhaltens, die sie in anderer Gesellschaft, sei es Mensch oder Tier, weder ausgeübt noch genossen hätte.

Oder Tier. Ihr kam ein Gedanke. Vielleicht war es klüger, wenn sie sich einen Partner außerhalb ihrer eigenen Spezies suchte. Sie hatte schon vorher mit dieser Möglichkeit gespielt. Ein Hengst namens Tallis war der Glückliche gewesen. Allerdings hatte sie in dieser Affäre die Zügel nie wirklich locker gelassen. Es kam ihr bald wie eine recht problematische Art vor, es sich besorgen zu lassen, wenn nicht sogar eine unhygienische. Aber nun, da Jacob fort war, mußte sie ihre Palette zweifellos erweitern. Vielleicht würde sie mit etwas Geduld ein Wesen finden, das ihrer Leidenschaft entsprach; vielleicht in der Wildnis.

Währenddessen lauschte sie: dem Schnee, der auf das Dach des Gerichtshof fiel und auf die Stufen, auf das Gras, auf die Straße, auf die Häuser, auf die Hügel. Einem bellenden Hund. Dem Vieh, das im Stall muhte. Dem Geplapper des Fernsehens, dem Geschrei von Kindern. Einem greisen und müden Menschen (ob Mann oder Frau wußte sie nicht; das Alter verwischte die Unterschiede), der oder die im Schlaf unsinniges Zeug murmelte.

Dann hörte sie, wie jemand näher kam. Schritte auf der eisigen Straße. Ein Atemzug zwischen aufgerissenen Lippen. Nein, es waren zwei Menschen, die dort atmeten, zwei Männer. Einer der beiden sagte etwas: »Was ist mit dem Gerichtshof?« Sie schätzte, daß es sich um die Stimme eines ziemlich dicken Mannes handelte.

»Ich denke, wir sollten mal reinsehen«, sagte der andere ohne allzu großen Enthusiasmus. »Wenn der Junge etwas Verstand hat, sieht er zu, daß er Schutz vor der Kälte findet.«

»Wenn er Verstand hätte, wäre der kleine Lauser erst gar nicht weggelaufen.«

Sie kommen her, dachte Mrs. McGee und erhob sich vom Richterstuhl. Sie suchen nach dem Kind – mitfühlende Männer, ach, wie sehr liebte sie mitfühlende Männer! –, und sie glauben, daß sie es vielleicht hier finden.

Sie schob sich das Haar aus der Stirn und zwickte sich etwas Farbe in die Wangen. Das war das mindeste, was sie tun konnte. Dann knöpfte sie ihr Kleid auf, um ihre Aufmerksamkeit zu erregen, wenn sie eintraten. Vielleicht mußte sie sich gar nicht auf das Niveau von Stallpaarungen herablassen. Vielleicht würden zwei den verflossenen Einen ersetzen, zumindest heute nacht.

3

Als Will und Jacob sich dem Gipfel bis auf Sichtweite genähert hatten, war der Sturm zum großen Teil nach Südwesten abgezogen. Durch das schwächer werdende Schneetreiben sah Will eine Reihe von – natürlich – kahlen Bäumen (was die Jahreszeit noch nicht genommen hatte, war zweifellos vom Sturm weggefegt worden). Sie standen so dicht beieinander und waren zahlreich genug, daß jeder den anderen in jungen Jahren hatte schützen können, bis es ihnen gelungen war, sich zu einem dichten kleinen Wald zu entwickeln.

Jetzt, da der Wind etwas nachließ, stellte Will eine laute Frage.

»Wollen wir dorthin?«

»Ja«, sagte Jacob, ohne ihn anzusehen.

»Warum?«

»Weil wir eine Arbeit erledigen müssen.«

»Welche?« fragte Will. Die Wolken trieben auseinandergerissen über die Hügel, und kaum hatte er seine Frage gestellt, erschien ein Flecken schwarzen, sternengesprenkelten Himmels hinter den Bäumen. Es war, als öffnete sich auf der anderen Seite des Waldes eine Tür. Die Sicht war so klar, daß Will fast glaubte, Jacob habe das Bild inszeniert. Aber wahrscheinlicher war es – und vielleicht noch wunderbarer –, daß sie die Spitze des Hügels zufällig in diesem Augenblick erreicht hatten, er und Jacob, die gesegneten Wanderer.

»In diesen Bäumen wohnt ein Vogel«, sagte Jacob. »Genaugenommen ein Vogelpaar. Ich möchte, daß du sie für mich tötest.« Er sagte das ohne eine besondere Betonung, als sei die Sache an sich relativ bedeutungslos. »Ich habe ein Messer, das du für diesen Job benutzen solltest.« Jetzt erst sah er Will eindringlich an. »Da du ein Stadtjunge bist, hast du wahrscheinlich weniger Erfahrung mit Vögeln als mit Motten und dergleichen.«

»Das stimmt ...«, gab Will zu und hoffte, daß er nicht unsicher oder zweifelnd klang. »Aber sicher ist es ganz einfach.«

»Ich nehme an, du ißt Geflügel«, sagte Jacob.

Natürlich. Will mochte gebratenes Huhn und freute sich Weihnachten auf den Truthahn. Er hatte sogar ein Stück von der Taubenpastete probiert, nachdem Adele ihm erklärt hatte, daß es sich nicht um die ekelhaften Tiere handelte, die er aus Manchester kannte. »Sehr gerne«, sagte er. Wenn er sich einen gebratenen Hühnerschenkel vorstellte, würde ihm die Tat bestimmt leichter fallen. »Woher weiß ich, welche Vögel ich für Sie ...«

»Du kannst es ruhig sagen.«

»... töten soll.«

»Ich zeige sie dir, keine Sorge. Es ist so, wie du sagst – einfach.« Er hatte es tatsächlich gesagt, nicht wahr? Jetzt mußte er seinen prahlerischen Worten Taten folgen lassen. »Sei vorsichtig damit«, sagte Jacob, als er ihm das Messer reichte. »Es ist ungewöhnlich scharf.«

Behutsam nahm er die Waffe entgegen. Ging eine Kraft von der Klinge in seine Glieder über? Bestimmt. Er spürte kaum etwas, aber als sich seine Hand um den Griff schloß, hatte er das Gefühl, als kenne er das Messer wie einen Freund. Es war, als ob sie eine Menge voneinander wüßten.

»Gut«, sagte Jacob, als er sah, wie furchtlos Will die Waffe hielt. »Du siehst aus, als meintest du es ernst.«

Will lächelte. Natürlich meinte er es ernst. Wie ernst dieses Messer auch werden konnte, er stand ihm nicht nach.

Sie verharrten am Rand des Waldes, und nun, nachdem die Wolken aufgerissen waren, tauchten die Sterne jeden schneebeladenen Zweig in glitzerndes Licht. Ein Hauch von Zweifel nagte an Will, wenn er an die Tat dachte – oder besser an seine Fähigkeit, die Tat zu begehen, auch wenn ihm der Akt des Tötens selbst keine Angst machte. Jacob jedoch sollte nichts davon merken. Er ging einen Schritt vor seinem Gefährten zwischen den Bäumen hindurch und fand sich plötzlich in eine Stille eingehüllt, die so allumfassend war, daß er den Atem anhielt, aus Furcht, er könne sie stören.

Hinter ihm sagte Jacob: »Laß dir Zeit. Genieße den Augenblick.«

In der Hand, die das Messer hielt, spürte Will jedoch eine seltsame Erregung. Die Waffe wollte keine Verzögerung, sie wollte zur Tat schreiten, jetzt.

»Wo sind sie?« flüsterte Will.

Jacob legte die Hand auf Wills Nacken. »Schau nur hin«, murmelte er, und obgleich sich eigentlich an dem Bild vor ihm nichts geändert hatte, sah Will nun deutlicher. Es war ganz einfach. Sein Blick drang durch das Gitter der Zweige und das Dickicht des Gestrüpps, durch das Glitzern des Frosts und der sternenhellen Luft bis hinein in das Herz des Ortes, oder das, was ihm das Herz des Ortes schien: zwei Vögel, die in einer Astgabel saßen. Ihre großen Augen leuchteten hell (er sah, wie sie blinzelten, obwohl er zehn Meter entfernt stand), und sie neigten ihre Köpfe.

»Sie sehen mich«, hauchte Will.

»Schau zurück.«

»Ich tu's.«

170

»Hefte deinen Blick auf sie.«

»Das tue ich.«

»Dann bring es jetzt zu Ende. Los.«

Jacob schubste ihn leicht, und Will schwebte fast wie ein Phantom über den frostgeschmückten Boden. Bei jedem Schritt behielt er die Vögel im Auge. Es waren einfache Geschöpfe. Zwei Bündel zerzauster brauner Federn, mit glänzenden blauen Streifen auf den Schwingen. Kaum bemerkenswerter als die Motten, die er im Gerichtshof getötet hatte, dachte er. Er rannte nicht auf sie zu, sondern ließ sich Zeit, trotz der Ungeduld in seinen Händen. Es fühlte sich an, als gleite er einen Tunnel hinunter auf sein Ziel zu. Dies war das einzige, was er deutlich vor sich sah. Selbst wenn sie jetzt versuchten zu fliehen, würden sie ihm nicht entkommen, dessen war er sich sicher. Sie waren mit ihm in diesem Tunnel, vom Willen des Jägers gefangen. Sollten sie ruhig mit den Flügeln schlagen, mit den Schnäbeln hakken. Was immer sie taten, er würde ihnen das Leben nehmen.

Er war vielleicht noch drei Schritte von dem Baum entfernt – den Arm bereits erhoben, um ihnen die Kehlen durchzuschneiden, als sich einer der beiden Vögel plötzlich in die Luft erhob. Seine Messerhand verblüffte ihn. Sie fuhr so schnell nach oben, daß er die Bewegung nur verschwommen wahrnahm, und noch bevor seine Augen den Vogel gefunden hatten, hatte ihn das Messer bereits durchbohrt. Auch wenn Will es genaugenommen gar nicht selbst getan hatte, so war er doch stolz auf seine Tat.

Sieh mich an! dachte er. Er wußte, daß Jacob ihn beobachtete. War ich nicht schnell? War das nicht wunderschön?

Jetzt flog auch der zweite Vogel auf, während der erste mit den Flügeln schlug wie ein Spielzeug auf einem Stock. Er hatte keine Zeit, das Tier von der Klinge zu streifen. Er ließ lediglich die linke Hand das tun, was zuvor die rechte getan hatte. Wie ein fünffingriger Blitz schoß sie empor und erwischte das Tier im Flug. Der Vogel taumelte herab und landete mit dem Bauch nach oben vor Wills Füßen. Der

Schlag hatte ihm das Genick gebrochen. Er zuckte mit den Flügeln und entleerte sich. Dann starb er.

Will betrachtete seinen Gefährten. Auch er war in der Zwischenzeit verschieden. Sein Blut, das die Klinge hinunterlief, klebte warm an Wills Hand.

Einfach, dachte er, genau wie er es vorausgesagt hatte. Noch eben hatten sie mit schlagenden Herzen dagesessen, geblinzelt und den Kopf geneigt. Nun waren sie tot, alle beide. Ausgeblutet und verendet. Einfach.

»Was du eben getan hast, ist nicht umkehrbar«, sagte Jacob und legte von hinten die Hände auf Wills Schultern. »Denk daran.« Sein Griff wurde fester. »Dies ist keine Welt der Wiedergeburt. Sie sind fort. Für immer.«

»Ich weiß.«

»Nein, das weißt du nicht«, sagte Jacob. In seinen Worten steckte genausoviel Kraft wie in seinen Händen. »Noch nicht. Du siehst zwar, wie sie tot vor uns liegen, aber es dauert einige Zeit, bis man weiß, was das bedeutet.« Er nahm die linke Hand von Wills Schulter und schob sie an seinem Körper vorbei. »Dürfte ich mein Messer wiederhaben? Nur, wenn du es nicht mehr brauchst.«

Will streifte den Vogel von der Klinge, wobei auch seine andere Hand blutig wurde, und warf den Leichnam auf den Boden neben seinen Gefährten. Dann wischte er die Klinge am Ärmel seiner Jacke sauber – eine beeindruckend beiläufige Geste, dachte er – und gab sie in Jacobs Obhut zurück, so behutsam, wie sie ihm überreicht worden war.

»Was wäre, wenn ich dir verraten würde«, sagte Jacob sanft, fast traurig, »daß diese beiden leblosen Dinger zu deinen Füßen – derer du dich so effizient entledigt hast – die Letzten ihrer Art gewesen sind?«

»Die letzten Vögel?«

»Nein«, erwiderte Jacob belustigt. »Nicht ganz so schlimm. Nur die letzten dieser Vogelart.«

»Sind sie das?«

»Nehmen wir an, sie wären es«, sagte Jacob. »Was würdest du empfinden?«

»Ich weiß es nicht«, sagte Will ehrlich. »Ich meine, es sind ja nur Vögel.«

»Jetzt aber«, schalt ihn Jacob. »Denk noch mal nach.«

Will gehorchte. Und wie es schon zuvor in Steeps Gegenwart geschehen war, so entfremdete sich auch dieses Mal sein Geist von ihm, füllte sich mit Gedanken, die zu denken er nie gewagt hatte. Er blickte auf seine schuldigen Hände hinab, und das Blut, das an ihnen klebte, schien sie zum Pulsieren zu bringen, als lebe die Erinnerung an die Vögel jetzt in ihnen weiter. Und während er sie ansah, bedachte er, was Jacob gesagt hatte.

Was, wenn sie die letzten gewesen wären, die allerletzten – und die Tat, die er gerade begangen hatte, nicht mehr umkehrbar wäre? Keine Wiederauferstehung, nicht heute, nie mehr. Was, wenn sie die letzten wären, die letzten in diesem Blau und Braun? Die letzten, die je auf eine bestimmte Weise hüpften und sangen, balzten und sich paarten und mehr Vögel hervorbrachten, die auf diese Weise hüpften und sangen und balzten?

»Oh …«, murmelte er. Er begann langsam zu begreifen. »Dann … dann habe ich die Welt ein wenig verändert. Ist es nicht so?« Er sah Jacob an. »Genau das ist es, nicht wahr? Das habe ich getan! Ich habe die Welt verändert!«

»Vielleicht«, sagte Jacob. Ein leises zufriedenes Lächeln zeigte sich auf seinem Gesicht. Sein Schüler verstand schnell. »Wenn dies die letzten wären, hättest du vielleicht mehr als nur ein wenig verändert.«

»Und, sind sie es?« fragte Will. »Die letzten, meine ich?«

»Wünschtest du dir, es wäre so?

Will wollte es mehr, als Worte ausdrücken konnten.

Er brachte es nur fertig, zu nicken.

»Vielleicht ein anderes Mal«, sagte Jacob. »Heute nacht nicht. Es tut mir leid, dich zu enttäuschen, aber diese hier« – er sah auf die Kadaver im Gras hinab – »sind so gewöhnlich wie Motten.« Jetzt fühlte sich Will, als habe er soeben ein Geschenk erhalten und beim Auspacken festgestellt, daß die Schachtel leer war. »Ich weiß, wie das ist, Will. Wie du dich fühlst. Deine Hände sagen dir, daß du etwas Wundervolles getan hast, aber du schaust dich um, und nichts scheint sich verändert zu haben, stimmt's?«

»Ja«, sagte er. Plötzlich wollte er das wertlose Blut von den Händen wischen, die so schnell und geschickt gewesen waren: sie hatten etwas Besseres verdient. Das Blut einer seltenen Spezies. Etwas, dessen Dahinscheiden Konsequenzen hätte. Er bückte sich, riß ein Büschel harten Grases aus dem Boden und versuchte, die Hände sauber zu reiben.

»Was machen wir jetzt?« fragte er, während er sich abmühte. »Hier möchte ich nicht länger bleiben. Ich möchte …«

Er beendete den Satz nicht, denn in diesem Augenblick wehte ein Luftzug um sie herum, als habe die Erde selbst ganz sachte ausgeatmet. Langsam erhob er sich und ließ das Gras fallen.

»Was war das?« flüsterte er.

»Das hast du getan, nicht ich«, antwortete Jacob. In seiner Stimme klang etwas mit, das Will noch nie gehört hatte, und es war keineswegs beruhigend.

»Was habe ich getan?« fragte Will und sah sich um, nach einer Erklärung suchend. Aber nichts hatte sich verändert, alles war so wie eben noch; die Bäume, der Schnee und die Sterne.

»Ich will das nicht«, murmelte Jacob. »Hörst du mich? Ich will es nicht.« Jegliche Kraft war aus seiner Stimme gewichen, jegliche Selbstsicherheit.

Will sah ihn an, sah sein entsetztes Gesicht. »Was wollen Sie nicht?« fragte er.

Jacob bedachte Will mit einem finsteren Blick. »In dir steckt mehr Kraft, als du ahnst, Junge«, sagte er. »Viel mehr.«

»Aber ich habe gar nichts getan«, protestierte Will.

»Du bist ein Medium.«

»Ein was?«

»Verdammt, warum habe ich das nicht gesehen? Warum nicht?« Er wich vor Will zurück, während die Erde erneut bebte, stärker als zuvor. »O Gott im Himmel. Ich will es nicht.«

174

Seine Angst versetzte Will in Panik. Solche Worte wollte er von seinem Idol nicht hören. Er hatte alles getan, was Jacob von ihm verlangt hatte. Er hatte die Vögel getötet, das Messer gesäubert und zurückgegeben – und hatte sich nicht einmal seine Enttäuschung anmerken lassen. Warum schreckte sein Erlöser nun vor ihm zurück wie vor einem tollwütigen Hund?

»Bitte …«, sagte er zu Steep. »Ich habe es nicht so gemeint, was immer es war. Es tut mir leid …«

Doch Jacob wich weiter zurück. »*Es* bist nicht du. *Es* sind wir. Ich will nicht, daß deine Augen dorthin gehen, wo ich gewesen bin. Zumindest nicht zu ihm. Nicht zu Thomas …«

Er murmelte abwesend vor sich hin. Will fürchtete, daß sein Retter vor ihm davonlaufen könne und daß es dann aus zwischen ihnen sei. Er packte Jacob am Ärmel. Der Mann schrie auf und versuchte sich loszureißen, und bei dem Versuch, ihn festzuhalten, erwischte Will seine Finger. Ihre Berührung hatte ihn auf dem Weg stark gemacht. Er war den Hügel leichtfüßig hinaufgestiegen, weil er Jacobs Haut auf seiner Haut gespürt hatte. Aber das Messer schien Will verändert zu haben. Er war nicht länger passiver Empfänger dieser Kraft, seinen blutigen Fingern waren eigene Talente verliehen worden, die er nicht unter Kontrolle hatte. Er hörte, wie Jacob ein zweitesmal aufschrie. Oder war es seine eigene Stimme? Nein, es waren sie beide zusammen, zwei schluchzende Schreie, die aus einer Kehle aufzusteigen schienen.

Jacob hatte zurecht Angst gehabt. Der murmelnde Atem, der Will davon abgelenkt hatte, seine Hände zu säubern, erklang erneut, hundertfach verstärkt, und dieses Mal sog er die Welt ein, in der sie standen. Erde und Himmel erzitterten, veränderten sich in einer Sekunde und ließen sie in Schrecken zurück: Will schrie, weil er nicht wußte, was geschah; Jacob, weil er es wußte.

X

1

Später, nach dem Tod des braven Metzgers Delbert Donnelly, sollte Geoffrey Sauls, der ihn in jener Nacht in den Gerichtshof begleitet hatte, eine von ihm selbst zensierte Version der Ereignisse vortragen, die sich dort abgespielt hatten. Er tat es, um das Andenken des Verstorbenen zu schützen, der siebzehn Jahre lang sein Sauf- und Dartspartner gewesen war, und um dessen Witwe zu schonen, deren Trauer er durch die Schilderung der Wahrheit auf grausame Weise vertieft hätte.

Die Wahrheit lautete: Sie waren die Stufen des Gerichtshofs hinaufgestiegen in der Hoffnung, vielleicht die Helden der Nacht zu werden. Dort drinnen hielt sich jemand auf, ohne Zweifel, und höchstwahrscheinlich handelte es sich dabei um den Ausreißer. Wer sollte es sonst sein? Donnelly war Sauls ein paar Schritte vorausgeeilt und hatte daher als erster den Gerichtssaal betreten. Sauls hatte seinen überraschten Ruf gehört, und als er an seine Seite trat, sah er nicht den vermißten Jungen, sondern eine Frau, die in der Mitte des Raumes stand. Neben ihr auf dem Boden standen zwei oder drei dicke Kerzen, und ihrem flackernden Licht erkannten sie, daß die Frau teilweise unbekleidet war. Sie hatte ihre Brüste, die von Schweiß glänzten, entblößt, ihren Rock hochgeschoben und spielte mit der Hand zwischen ihren Schenkeln. Auf ihrem Gesicht lag ein lüsternes Lächeln. Auch wenn ihr Körper straff schien (ihr Busen war so fest wie der einer Achtzehnjährigen), trugen ihre Züge den Stempel der Erfahrung. Etwas um ihre Lippen und Augen verriet eine Abgeklärtheit, die ihre makellosen Züge Lügen strafte. Kurzum, kaum daß Sauls die Frau gesehen hatte, wußte er, daß es Ärger geben würde. Die Sache gefiel ihm gar nicht.

Donnelly wiederum gefiel sie. Er hatte ein paar doppelte Brandys zu sich genommen, bevor sie aufgebrochen waren, und die hatten seine Zunge gelöst. »Du bist ja eine Hübsche«, sagte er grinsend. »Ist dir nicht kalt?«

Die Frau gab ihm die Antwort, auf die er gehofft hatte. »Und du siehst aus, als wäre eine Menge an dir dran«, sagte sie und erntete dafür das beifällige Glucksen des Metzgers. »Warum kommst du nicht her und wärmst mich ein bißchen?«

»Del«, sagte Sauls warnend und faßte den Freund beim Arm. »Wir sind hier nicht zum Vergnügen. Wir sind hier, um den Jungen zu finden.«

»Der arme Will«, gurrte die Frau. »Wenn ich je ein verlorenes Lämmchen gesehen habe, dann ihn.«

»Wissen Sie, wo er ist?« fragte Geoffrey.

»Vielleicht und vielleicht auch nicht«, antwortete die Frau. Ihre Augen blieben auf Donnelly gerichtet, während sie noch immer an sich herumspielte.

»Ist er hier irgendwo?« fragte Sauls.

»Vielleicht, vielleicht auch nicht.«

Die Antwort beunruhigte Sauls noch mehr. Sollte das heißen, daß man den Jungen hier irgendwo gefangen hielt? Wenn dem so war, dann helfe ihm Gott. In den Augen der Frau lag ein nahezu wahnsinniges Glitzern, das ihre hurenhafte Zurschaustellung unheimlich machte. Auch wenn er Delbert mochte: keine Frau, die bei Verstand war, würde ihn auf eine solche Weise einladen, sie zu berühren: Sie hatte den Rock so weit hochgehoben, daß man ihre Scham sehen konnte, und sie hatte ihre Finger tief zwischen die Schenkel geschoben.

»An deiner Stelle würde ich mich fernhalten, Delbert«, warnte Sauls.

»Sie will doch nur ein bißchen Spaß«, entgegnete Delbert und ging leicht schwankend auf die Frau zu.

»Der Junge ist hier irgendwo«, sagte Sauls.

»Dann such ihn«, antwortete Donnelly benommen und betastete mit seinen Wurstfingern die Brüste der Frau. »Ich lenke sie solange ab.«

»Ich kann mir euch beide vorknöpfen, wenn ihr mögt«, schlug die Frau vor.

Aber Delbert war nicht nach teilen zumute. »Geh schon, Geoffrey«, sagte er mit drohender Stimme. »Ich kann mit ihr allein fertig werden, besten Dank.«

Geoffrey hatte sich nur einmal mit Delbert geprügelt (es ging – natürlich – um ein strittiges Dartsspiel), und er hatte nicht gut dabei ausgesehen. Der Metzger hatte mehr Fett als Muskeln, aber Geoffrey war ein Fliegengewicht, und im Handumdrehen hatte er sich im Rinnstein wiedergefunden, flach auf dem Rücken. Da er Del kaum mit Gewalt vom Objekt seiner Begierde fortzerren konnte, folgte er also der Aufforderung seines Freundes und machte sich auf die Suche nach dem Kind. Er beeilte sich, denn er ließ Delbert nicht gern mit dieser Frau allein. Während er mit seiner Taschenlampe vor sich her leuchtete, suchte er systematisch die Gänge und Zimmer ab und rief dabei nach dem Jungen wie nach einem Hund.

»Will? Wo bist du? Komm schon, alles ist okay. Will?«

In einem der Zimmer stieß er auf einige Gegenstände, von denen er annahm, daß sie der Hure gehörten. Zwei oder drei Taschen, ein paar verstreut herumliegende Kleidungsstücke, zusammen mit einer Reihe Gegenständen, die er irgendwie mit Erotik in Verbindung brachte; (er hatte keine Zeit, um sie sich genauer anzusehen. Doch viele Monate später, als die traumatischen Erlebnisse dieser Nacht sich langsam verflüchtigten, kehrte er im Geiste und mit einem schlechten Gewissen zu diesen Dingen zurück, dachte darüber nach und stellte sich vor, was sie mit diesen mit Stacheln bewehrten Stäben und den seidenen Tüchern wohl gemacht hatte). In einer zweiten Kammer bot sich ihm ein noch verstörenderer Anblick. Umgeworfene Möbel, Asche auf dem Boden, verkohlte Überreste. Doch den Jungen fand er nicht. Alle anderen Räume, von denen es zahlreiche gab, waren leer. Die Architektur des Gebäudes war kompliziert, und nervös wie er war, hätte er sich in dem Irrgarten aus Kammern und Fluren verlaufen, wenn er nicht bald darauf Delberts Schreie gehört hätte. Eigentlich klang es mehr wie ein Schluchzen. Er eilte die düsteren Flure zurück zum Gerichtssaal, vorbei an dem

Zimmer, in dem es gebrannt hatte, und dem unseligen Boudoir.

Und nun folgte jener Teil der Geschichte, den er später nur unvollständig wiedergab. Er zog es vor zu lügen, anstatt das Ansehen seines Freundes zu besudeln. Delbert lag nicht, wie Sauls später aussagen sollte, hilflos auf dem Boden und bat stöhnend um Hilfe. Er lag zwar auf dem Boden, auf dem Rücken, Hosen und Unterhosen bis zu den Stiefeln herabgezogen, und in gewisser Weise war er auch hilflos. Und er stöhnte auch, allerdings vor Lust, denn die Frau saß auf ihm und grub ihre Finger in seinen fetten Bauch, und wenn er um etwas bat, dann eigentlich nur darum, daß sie ihn härter, *noch* härter rannahm.

»Um Himmels willen, Del«, sagte Sauls angewidert.

Delberts kleine Augen glühten vor Begierde.

»Geh weg«, sagte er.

»Nein, nein«, keuchte die Frau, drehte sich zu Geoffrey und bot ihm ihre Brüste dar. »Ich kann ihn gut gebrauchen.«

Aber selbst auf dem Höhepunkt der Lust wollte Delbert nicht teilen. »Verpiß dich, Geoffrey«, sagte er und drehte den Kopf, um eine bessere Sicht auf seinen Rivalen zu haben. »Ich habe sie zuerst gesehen.«

»Es wird Zeit, daß du den Mund hältst!« fuhr die Frau ihn an, und jetzt erst erkannte Geoffrey, daß etwas um Delberts Hals gewickelt war. Soweit er sehen konnte, schien es nicht mehr als ein dünnes Seil zu sein, in das ein paar Perlen eingeflochten waren, aber es bewegte sich wie eine Schlange. Sein Ende zuckte zwischen Dels Fettbrüsten, und während es sich immer fester zuzog, wand es sich hin und her. Del gab einen krächzenden Laut von sich und griff sich mit den Händen an die Kehle. Sein rotes Gesicht wurde noch röter.

»Also, komm jetzt her«, befahl die Frau Geoffrey sanft. Er schüttelte den Kopf. Falls auch er den Drang verspürt hatte, diese Person zu berühren, dann hatte ihn die Angst jetzt davon geheilt. »Ich sage es dir nicht noch einmal«, warnte sie Sauls. Mit einem Blick auf Delbert hinab mur-

179

melte sie: »Möchtest du es noch etwas fester?« Ein mitleid-
erregender, gurgelnder Laut drang aus seiner Kehle, aber
das Schlangenseil schien dies als ja zu deuten und zog sich
noch fester zu.

»Hör auf!« sagte Sauls. »Du bringst ihn um.« Sie starrte
Geoffrey nur an. Ihr Gesicht war ebenso schön wie leer,
und er wiederholte die Warnung. Vielleicht merkte die gei-
le Schlampe gar nicht, was sie tat. Aber sie verstand ihn. Er
sah es an ihrem Gesicht, sah, wie sich die Freude darauf
ausbreitete, als der arme Delbert sich unter ihr aufbäumte
und zuckte. Er mußte sie aufhalten, und zwar schnell, sonst
war Del tot.

»Was willst du?« fragte er und ging auf sie zu.

»Küß mich!« erwiderte sie, und ihre Augen verengten
sich zu Schlitzen, in einem Gesicht, das ihm plötzlich fla-
cher vorkam, als würden ihre Züge vor seinen Augen von
einem unsichtbaren Bildhauer zerstört. Er hätte seinen
Mund eher auf die Lippen seiner eigenen Schwiegermutter
gedrückt als auf dieses feuchte Loch im Gesicht der Hure,
aber Dels Lebens verrann langsam, Seufzer für Seufzer.
Noch wenige Augenblicke, und es würde zu Ende sein.
Geoffrey nahm allen Mut zusammen und preßte seine Lippen auf ihren widerlichen Mund. Doch sie packte sein Haar
– was davon noch übrig war – und drückte seinen Kopf
nach unten. »Nicht dort!« sagte sie, und er spürte ihren
Atem, der so süß und sanft roch, daß er seine Furcht fast
vergessen hätte. »Hier! Hier!«

Sie preßte sein Gesicht gegen ihren Busen, aber als er ihr
gerade zu Diensten sein wollte, erwischte Delbert mit seinem wild hin und her zuckenden Arm Geoffreys rechten
Stiefel und zog daran. Geoffrey stolperte nach hinten und
hatte für einen Augenblick das Gefühl, als spiele er weniger in einer Tragödie als in einer Farce mit. Er versuchte
sich festzuhalten, riß dabei jedoch nur mit den Fingernä-
geln die makellose Haut der Frau auf. Unbeholfen fiel er
auf den Hintern und schnappte nach Luft.

Als er den Kopf hob, sah er, daß die Frau von Delbert
heruntersteig. Sie umfaßte ihre Brüste. »Schau nur, was du

180

getan hast«, sagte sie und zeigte ihm die Striemen, die seine Fingernägel hinterlassen hatten. Er keuchte, daß er es nicht absichtlich getan hätte, doch sie wiederholte »Schau!« und kam auf ihn zu. »Du hast mich gezeichnet!«

Hinter ihr gurgelte Delbert wie ein Riesenbaby. Seine Arme hatten nicht einmal mehr die Kraft zu zucken, ebenso wenig wie seine Beine. Ein weiteres Seil wand sich um seine Lenden. Geoffrey sah, daß ein großer Teil davon den Penis Dels umschlungen hatte. Es sah aus, als sei er noch fest und steif, auch wenn inzwischen das Leben langsam aus seinem Körper wich.

»Er stirbt«, schluchzte Sauls.

Sie warf einen kurzen Blick auf den am Boden liegenden Körper. »Stimmt«, meinte sie. Dann sah sie wieder Geoffrey an. »Aber er hat bekommen, was er wollte, nicht wahr? Also lautet die Frage: Was willst du?«

Er konnte nicht lügen. Er konnte ihr nicht sagen, daß er ihren Körper nicht wollte, wie verführerisch sie auch aussehen mochte. Er würde nur so enden wie Del. Also sagte er die Wahrheit.

»Ich will leben«, jammerte er. »Ich will nach Hause zu meiner Frau und meinen Kindern und so tun, als sei dies alles hier nie geschehen.«

»Das kannst du nicht«, entgegnete sie.

»Doch!« versicherte er. »Ich schwöre es!«

»Du würdest mich nicht verfolgen, weil ich deinen Freund getötet habe?«

»Sie wollten ihn doch gar nicht töten«, sagte Geoffrey. Vielleicht konnte er die Frau doch überzeugen. Schließlich hatte sie ihren Spaß gehabt. Sie hatte ihnen einen ordentlichen Schrecken eingejagt, hatte ihn zu einem bibbernden Angstbündel reduziert und Delbert zu einem menschlichen Dildo. Was wollte sie noch? »Wenn Sie uns gehen lassen, sagen wir niemandem ein Wort, ich verspreche es. Kein einziges Wort.«

»Ich fürchte, dafür ist es zu spät«, erwiderte die Frau. Sie stand zwischen Geoffreys Beinen, und er fühlte sich sehr verwundbar.

»Lassen Sie mich wenigstens Delbert helfen«, bettelte er. »Er hat niemandem etwas getan. Er ist ein guter Familienvater und ...«

»Die Welt ist voller Familienväter«, sagte sie verächtlich.

»Ich bitte Sie, er hat Ihnen doch nichts getan.«

»O Gott«, sagte sie genervt. »Hilf ihm, wenn du unbedingt willst.«

Er beobachtete sie ängstlich, während er sich aufrappelte und jederzeit einen Schlag oder Tritt befürchtete. Aber nichts geschah. Sie ließ ihn zu Delbert gehen, dessen Gesicht mittlerweile purpurrot angelaufen war. Blutiger Speichel klebte an seinen Lippen, und die Augen verdrehten sich hinter flatternden Lidern. Noch atmete er, wenn auch nur schwach. Seine Brust hob sich mühsam, denn es fiel ihm schwer, durch die eingeschnürte Luftröhre etwas Sauerstoff in die Lunge zu bekommen. Geoffrey zwängte seine Finger zwischen Seil und Hals und zog, aber die Schlacht war bereits verloren. Del holte noch einmal leise und pfeifend Atem, aber es war sein letzter Seufzer.

»Endlich ...«, sagte die Frau.

Zuerst dachte Geoffrey, daß dieses Wort sich auf Dels Tod bezog, aber als er auf den Mann herabblickte, erkannte er seinen Fehler. Im Tode ejakulierte Del in einem hohen Strahl.

»Um Himmels willen«, sagte Geoffrey entsetzt.

Die Frau kam herbei, um das Spektakel zu bewundern. »Du könntest es mit dem Kuß des Lebens versuchen«, schlug sie vor.

Geoffrey blickte auf Dels Gesicht herab, auf die schaumbedeckten Lippen, die hervorquellenden Augen. Vielleicht bestand eine winzige Chance, sein Herz wieder zum Schlagen zu bringen – und vielleicht hätte ein besserer Freund, als er einer war, es auch versucht –, aber nichts auf Gottes Erde hätte ihn in diesem Augenblick dazu bewegen können, seine Lippen auf die Lippen Delbert Donnellys zu pressen.

»Nein?« sagte die Frau.

»Nein«, sagte Geoffrey.

»Du hast ihn also sterben lassen. Du konntest nicht ertragen, ihn zu küssen, und nun ist er tot.« Sie drehte Sauls den Rücken zu. Geoffrey wußte, daß es keine Begnadigung war. Die Hinrichtung wurde lediglich aufgeschoben.

»Maria, Mutter Gottes«, betete er leise, »hilf mir in der Stunde der Not ...«

»Eine Jungfrau kannst du jetzt eigentlich nicht gebrauchen«, sagte die Frau. »Du brauchst jemanden mit ein bißchen mehr Erfahrung. Jemand, der weiß, was das Beste für dich ist.«

Geoffrey sah sich nicht zu ihr um. Sie hatte irgendeine magische Wirkung auf Del ausgeübt, dessen war er sich sicher, und wenn er ihr in die Augen sah, passierte ihm das gleiche. Irgendwie mußte er einen Fluchtweg finden, ohne sie dabei anzusehen. Außerdem galt es, auf diese verdammten Seile zu achten. Dasjenige, von dem Del stranguliert worden war, hatte sich bereits davongeschlängelt. Er wagte es nicht, einen weiteren Blick auf Dels Lenden zu werfen, um zu sehen, was mit dem anderen passiert war, aber er ging davon aus, daß auch das zweite bereits wieder frei war. Er hatte nur einen Versuch, zu entkommen, das wußte er. Wenn er nicht schnell genug war oder irgendwie die Orientierung verlor und den Ausgang verpaßte, hätte sie ihn in ihren Klauen. Egal wie gleichgültig sie jetzt wirkte, sie konnte es sich nicht leisten, ihn entkommen zu lassen; nicht nach dem, was er gesehen hatte.

»Kennst du die Geschichte dieses Ortes?« fragte sie unvermittelt. Er verneinte, in der Hoffnung, sie durch ein Gespräch ablenken zu können. »Er wurde von einem Mann erbaut, der ein besonderes Gespür für Ungerechtigkeit besaß.«

»So?«

»Wir kannten ihn, Mr. Steep und ich, vor vielen, vielen Jahren. Für kurze Zeit hatten er und ich sogar ein Verhältnis miteinander.«

»Ein beneidenswerter Mann«, sagte Geoffrey, um ihr zu schmeicheln. Ihr Geschwätz war natürlich Unsinn. Auch wenn er nur wenig über den Gerichtshof wußte, so doch soviel, daß das Gebäude mindestens hundert Jahre alt war. Die Frau konnte seinen Erbauer unmöglich kennen.

»Ich erinnere mich nicht mehr gut an ihn«, fantasierte sie. »Nur noch an seine Nase. Er hatte die größte Nase, die ich je gesehen habe. Monolithisch. Und er schwor, daß es diese Nase wäre, die ihm das Leid der Tiere so fühlbar mache ...« Während sie vor sich hin plapperte, sah sich Geoffrey vorsichtig um. Auch wenn er die Tür, die in die Freiheit führte, nicht direkt sehen konnte, so nahm er doch an, daß sie sich schräg hinter seiner linken Schulter befinden mußte. Währenddessen redete die Frau weiter: »... weil sie auf Gerüche viel sensibler reagieren als wir. Und Mr. Bartholomeus behauptete, daß er mit seiner Nase so gut riechen könne wie ein Tier. Er roch Nektar und Myrrhe und Fäulnis. Die Gerüche teilte er in Gruppen ein, und er hatte viele Namen für das, wonach sie rochen – nach Säure, nach Moschus, nach Balsam. Die anderen habe ich vergessen. Ihn habe ich eigentlich auch vergessen, bis auf seine Nase. Komisch, woran man sich bei den Leuten erinnert, nicht wahr?« Sie schwieg. Dann sagte sie: »Wie heißt du?«

»Geoffrey Sauls.« Waren das ihre Schritte, die näher kamen? Er mußte fliehen, oder sie würde sich auf ihn stürzen. Ängstlich suchte er den Boden nach ihren tödlichen Rosenkränzen ab.

»Keinen zweiten Vornamen?« fragte sie.

»O doch.« Er sah nichts, was sich bewegte, aber dennoch konnten sie da sein, in den Schatten. »Alexander.«

»Das ist viel hübscher als Geoffrey«, sagte sie. Ihre Stimme kam näher. Er sah noch einmal auf Dels totes Gesicht herab, um sich einen letzten Motivationsschub zu geben, drehte sich um und rannte zur Tür. Richtig – dort war sie, genau vor ihm. Aus dem Augenwinkel sah er die Hure, spürte, wie sich ihre Augen in ihn brannten. Er ließ ihr nicht die Möglichkeit, ihre Zauberkraft an ihm auszuüben. Er stieß einen Schrei aus, den er bei einer Wehrübung gelernt hatte (und der eigentlich einen Vorstoß mit dem Bajonett begleitete, während dies ein Rückzug war, aber zum Teufel damit) und rannte auf den Ausgang zu. Seine Sinne schienen so geschärft wie seit der Kindheit nicht mehr und registrierten, von Adrenalin überflutet, jede Nuance. Er hörte das Zischen der herbeisausenden Seile, und als er sich umblickte, sah er, daß sie auf ihn zuglitten wie perlende Blitze. Hastig duckte er sich nach rechts und beobachtete, wie sie an ihm vorbeiflogen und gegen die Tür prallten. Dort zögerten sie einen Herzschlag lang, und das reichte ihm, um den Türknauf zu packen und die Tür weit aufzureißen. Seine Kraft erstaunte ihn. Trotz der Schwere der Tür flog sie ganz auf und schlug mit ächzenden Scharnieren gegen die Wand.

»Alexander!« rief die Frau mit seidenweicher Stimme. »Komm zurück. Hörst du mich, Alexander?«

Unbeeindruckt von ihren Rufen eilte er auf den Ausgang zu. Er hatte einen sehr guten Grund dafür. Nur seine Mutter, die er von ganzem Herzen haßte, hatte ihn jemals Alexander genannt. Die Frau konnte ihn mit aller Macht ihrer Sirenenstimme locken – solange sie diesen Namen benutzte, blieb er immun.

Hinaus! Die Stufen hinunter in den Schnee. Er stapfte auf die Hecke zu, ohne sich ein einziges Mal umzusehen. Dann zwängte er sich durch das Gestrüpp und stand wieder auf der Straße. Seine Lungen brannten, sein Herz schlug wie eine Trommel, und er spürte ein solches Glücksgefühl, daß er fast froh war, es allein genießen zu können. Später, wenn er von seinen Erlebnissen berichtete, sprach er leise und mit Trauer in der Stimme davon, wie er seinen Freund verloren hatte. Jetzt jedoch stieß er Freudenschreie aus, lachte und fühlte sich großartig (ein Teil von ihm nahm ganz schwach wahr, wie pervers dies alles schien), nicht nur, weil er die Hure überlistet hatte, sondern weil Delberts Tod ihm als Beweis dafür diente, welch schrecklicher Gefahr er entronnen war.

Jauchzend stolperte er zu seinem Wagen, der etwa fünfzig Meter entfernt parkte, und ungeachtet der vereisten Straße (nichts konnte ihm noch etwas anhaben; er war un-

verwundbar) fuhr er mit leichtsinnig hoher Geschwindigkeit ins Dorf zurück, um Alarm zu schlagen.

2

Rosa fühlte sich nicht gerade glücklich. Dabei war sie ganz
zufrieden gewesen, bis Alexander und sein übergewichti-
ger Gefährte aufgetaucht waren. Sie hatte dagesessen und
von schöneren Orten und sanfteren Tagen geträumt. Aber
dann waren ihre Träume unterbrochen worden, und nun
mußte sie einige schnelle Entscheidungen treffen.

Bald würde der Mob vor der Tür stehen, soviel wußte
sie. Dafür würde Alexander schon sorgen. Sie würden
kommen, um selbstgerechte Rache zu üben, und wenn sich
Rosa nicht in acht nahm, würden sie sicherlich versuchen,
ihr etwas anzutun. Es wäre nicht das erstemal, daß man sie
auf diese Weise drangsalierte. Erst vor einem Jahr hatte es
in Marokko einen unangenehmen Zwischenfall gegeben, in
dem die Frau eines ihrer gelegentlichen Gespielen einen
kleinen *Dschihad* gegen sie angezettelt hatte, sehr zu Jacobs
Vergnügen. Der Mann war, genau wie dieser fette Bursche,
der vor ihr lag, *in flagrante delicto* verschieden, aber im Gegensatz zu Donnelly war er mit einem breiten Lächeln im
Gesicht gestorben. Es war erst das Lächeln, das seine Frau
so in Rage gebracht hatte, und daß sie dergleichen nie in
ihrem Leben gesehen hatte, versetzte sie in eine geradezu
mörderische Stimmung. Und in Mailand – ah, wie sehr
liebte sie doch Mailand – hatte es eine noch schlimmere
Szene gegeben. Sie hatte sich mehrere Wochen dort aufgehalten, während Jacob den Süden bereiste, und hatte Be-
kanntschaft mit den Transvestiten gemacht, die im Parco
Sempione ihrem gefährlichen Gewerbe nachgingen. Künstliche Dinge hatte sie immer geliebt, und diese Schönheiten,
die Mann für Mann selbst erschaffene Frauen waren (die
viados, die Schmeichler, nannten die Einheimischen sie),
hatten sie in ihren Bann gezogen. In ihrer Gesellschaft hatte sie eine seltsame Schwesternschaft empfunden, und sie

wäre vielleicht sogar in dieser Stadt geblieben, wenn nicht
einer der Zuhälter, ein Gelegenheitssadist namens Henry
Campanella, sich ihren Zorn zugezogen hätte. Als sie hörte, daß er einen aus seinem Stall besonders übel zugerichtet hatte, verlor Rosa ihre Beherrschung. Das geschah selten, aber jedesmal floß Blut, sehr viel Blut. Sie hatte den
Bastard an dem ersticken lassen, was man als seine Männlichkeit bezeichnen konnte, und hatte den Leichnam zur
öffentlichen Zurschaustellung auf der Viale Certosa abgelegt. Sein Bruder, ebenfalls ein Zuhälter, stellte eine kleine
Armee aus der kriminellen Bruderschaft zusammen, und
sie hätten Rosa abgeschlachtet, wenn sie nicht nach Sizilien
geflohen wäre, wo Steep sie tröstete. Aber sie dachte noch
oft an die Schwestern in Mailand, wie sie zusammen über
Operationen und Silikon geplaudert hatten, während sie
sich in eine möglichst weibliche Form zupften und drückten und schminkten. Und wenn sie an sie dachte, seufzte
sie.

Genug der Erinnerungen, ermahnte sie sich. Es war Zeit,
das Gelände zu verlassen, bevor die Hunde kamen und sie
jagten, die zwei- und die vierbeinigen. Sie ging mit einer
Kerze in ihr kleines Ankleidezimmer und packte ihre Sachen zusammen, alle Sinne angespannt. Schon glaubte sie,
weit entfernte Stimmen zu hören, die lauter wurden. Bestimmt erzählte Alexander jetzt seine Geschichte im Dorf,
voll der Lügen, wie Männer es gerne taten.

Sie packte schnell, sagte der Leiche Delbert Donnellys
auf Wiedersehen und machte sich davon, nachdem sie ihre
Rosenkränze herbeigerufen hatte. Zunächst wollte sie in
nordöstlicher Richtung das Tal entlanggehen, um das Dorf
und seine Idioten so weit wie möglich hinter sich zu lassen. Aber als sie im Schnee stand, kehrten ihre Gedanken
zu Jacob zurück. Sie hatte nicht übel Lust, ihn darüber im
Ungewissen zu lassen, was ihre Tat mittlerweile ausgelöst
hatte. Doch in ihrem Herzen wußte sie, daß sie ihm die
Warnung schuldete, um der alten Zeiten willen. Sie hatten
so viele Jahrzehnte zusammen verbracht, sich gestritten,
gemeinsam gelitten und sich auf ihre seltsame Weise ein-

ander hingegeben. Auch wenn seine neuesten Schwächen für sie desillusionierend gewesen waren, konnte sie ihn doch nicht verlassen, bevor sie diese letzte Pflicht erfüllt hatte.

Sie wandte sich den Hügeln zu, die aus dem sich zurückziehenden Schneesturm aufgetaucht waren, und suchte nach ihm. Dabei brauchte sie nicht einmal ihre Sinne einsetzen. In beiden von ihnen steckte ein Kompaß, für den der andere Norden war. Sie brauchte lediglich die Nadel kreisen und sich beruhigen zu lassen, dann würde sie ihn finden. Schnell nahm sie ihre Taschen und stieg den Hang hinauf in seine Richtung. Dabei ließ sie eine Spur im Schnee zurück, der ihre Jäger sicher folgen würden. Dann sei es so, dachte sie. Wenn sie kommen, kommen sie. Und wenn Blut vergossen werden muß – ich bin in der Stimmung, es zu vergießen.

XI

Mit einem Schlag war es Frühling. Der Atem aus der Erde kam und ging, und als er ging, nahm er den Winter mit. Blätter und Blüten hüllten auf wundersame Weise die Bäume ein, die gefrorene Erde machte Platz für dichtes Sommergras, für Glockenblumen, Buschwindröschen und melancholische Disteln. Überall tanzte das Sonnenlicht. In den Zweigen balzten die Vögel und bauten ihre Nester, und aus dem dichten Unterholz tauchte ein Fuchs auf, mit glänzendem Schnurrbart und Fell, der Will mit einem furchtlosen Blick bedachte, bevor er seiner Wege ging.

»Jacob?« sagte eine hohe, dünne Stimme links von Will. »Ich hätte nicht gedacht, dich so bald wiederzusehen.«

Will drehte sich zu dem Sprecher um und sah einen Mann, der ein paar Meter entfernt stand und an einer schlanken Esche lehnte. Der Baum machte einen gepflegteren Eindruck als er. Ein fleckiges Hemd, grobe Hosen und billige Sandalen schmeichelten ihm weit weniger als dem Baum sein Kleid als rauschenden Blättern. Ansonsten hatten Mann und Baum einiges gemeinsam. Beide waren schlank und gut gebaut. Der Mann jedoch hatte dem Baum eines voraus: zwei Augen von einem solch klaren Blau, daß es schien, als leuchte hinter ihnen der Himmel.

»Ich muß dir eines sagen, mein Freund«, erklärte er und sah dabei nicht Jacob, sondern Will an. »Wenn du noch immer hoffst, mich überreden zu können, mit dir zu gehen, verschwendest du deinen Atem.«

Will sah sich nach Jacob um, in der Hoffnung auf eine Erklärung, aber Jacob war verschwunden.

»Ich habe dir gestern die Wahrheit gesagt. Es gibt nichts mehr, was ich Rukenau überlassen könnte. Und ich werde mich nicht durch Geschichten über das Domus Mundi verführen lassen …«

Der Mann löste sich von dem Baum und kam auf Will zu, und wie um die Summe der Geheimnisse noch zu erhöhen, stellte Will fest, daß er dem Fremden direkt ins Gesicht sehen konnte, obwohl dieser viele Jahre älter und von hoher, schlanker Gestalt war. Das bedeutete, daß er selbst viele Zentimeter gewachsen war.

»Ich will die Welt nicht auf diese Weise sehen, Jacob«, sagte der Mann. »Ich will sie durch meine eigenen Augen beobachten.«

Jacob? dachte Will. Er sieht mir in die Augen und nennt mich Jacob. Das heißt, daß ich mich in Steeps Körper aufhalte. Ich sehe durch seine Augen. Der Gedanke ängstigte ihn nicht, im Gegenteil. Er dehnte sich etwas und glaubte, die harten, starken Muskeln des Mannes, der ihn umgab, spüren zu können. Als er einatmete, roch er dessen Schweiß. Er hob die Hand und fuhr durch die seidenen Locken seines Barts. Ein außerordentliches Gefühl. Auch wenn er derjenige war, der etwas besaß, so fühlte er sich doch eher in Besitz genommen, als sei dadurch, daß er in Steep war, Steep in ihm.

Er spürte einen Hunger in den Lenden und im Kopf, den er nicht kannte. Er wollte auf und davon, fort von diesem

melancholischen Jüngling. Er wollte den Himmel über sich
spüren und diesen geliehenen Körper ausprobieren. Rennen, bis seine Lungen zu Hochöfen wurden, sich dehnen,
bis die Gelenke knackten. Nackt in diesem herrlichen Körper, ja, wäre das nicht wunderbar? In ihm essen, mit ihm
pinkeln, die langen Gliedmaßen streicheln.

Aber er war nicht der Herr in diesem Spiel. Zwar hatte
er die Freiheit, sich den Bart zu kraulen oder zwischen den
Beinen zu kratzen, aber er konnte der Sache, die Steep zurück an diesen Ort gebracht hatte, nicht entgehen. Er konnte lediglich hinter Jacobs goldenen Augen darauf warten,
was an diesem sonnigen Tag alles geschehen würde. Es
schien, als habe er selbst dieses Zusammentreffen gegen
Steeps Willen heraufbeschworen – *Ich will es nicht*, hatte
Steep immer und immer wieder gesagt –; aber jetzt, da es
dazu gekommen war, hatte es eine Eigendynamik entwik-
kelt und er hatte nicht vor, gegen diese Autorität anzuge-
hen; schon deswegen nicht, weil er dann fürchten mußte,
das schiere Vergnügen einzubüßen, in diesem Mann zu
sein, ein Körper in einem anderen Körper.

»Thomas, manchmal siehst du mich an, als wäre ich der
Teufel persönlich«, sagte Jacob nun.

Der andere Mann schüttelte den Kopf, und sein fettiges
Haar fiel ihm in die Stirn. Er strich es sich mit einer Hand
zurück, deren lange, schmale Finger voller rot-blauer Flek-
ken waren. »Wenn du der Teufel wärst, stündest du jetzt
wohl kaum in Rukenaus Diensten«, sagte er. »Du würdest
ihm wohl kaum erlauben, dich loszuschicken, um davon-
gelaufene Maler zurückzubringen. Und wenn du mich holen wolltest, wäre ich wohl kaum in der Lage, dir zu widerstehen. Was ich aber kann, Jacob. Es ist zwar schwer, aber
ich kann.« Er hob die Hand über den Kopf, zog einen blü-
tenbeladenen Zweig herab und roch daran. »Letzte Nacht
hatte ich einen Traum, nachdem du gegangen warst. Ich
träumte, ich sei oben im Himmel, höher als die höchsten
Wolken, und sähe auf die Erde hinab. Und da war etwas
neben mir und flüsterte in mein Ohr. Eine Stimme, die weder einem Mann noch einer Frau gehörte.«

»Und was sagte sie?«

»Daß es im gesamten Universum nicht einen Planeten gebe, der so vollkommen sei wie dieser, so blau und so strahlend, so erfindungsreich in seinen Schöpfungen. Und daß dieser Glanz das Sein Gottes verkörpere.«

»Die Täuschung Gottes, Thom. Das ist es.«

»Nein, hör mir zu. Du hast zu viel Zeit mit Rukenau verbracht. Was uns umgibt, ist keinesfalls ein Taschenspielertrick Gottes.« Er ließ den Zweig, den er gehalten hatte, plötzlich los. Er schnellte hoch, und Blütenblätter regneten auf Kopf und Schultern von Thomas herab. Er merkte es nicht. Sein Traum und seine Erzählung hatten ihn zu sehr erregt. »Gott kennt die Welt durch uns, Jacob. Er lobt sie mit unseren Stimmen. Er läßt unsere Hände ihr zu Diensten sein. Und nachts sieht er durch unsere Augen, hinaus in die ungeheure Weite, und benennt die Sterne, auf daß wir beizeiten zu ihnen segeln.« Er senkte den Kopf. »Das habe ich geträumt.«

»Du solltest Rukenau davon erzählen. Er versteht sich auf Traumdeutung.«

»Aber hier gibt es nichts zu deuten«, entgegnete Thomas und blickte lächelnd auf den Boden. »Das ist doch das Geniale daran, verstehst du nicht?« Er sah Will an, und der Himmel hinter seinen Augen leuchtete hell und rein. »Armer Rukenau. Er rezitiert seine Litaneien schon so lange, daß er sie viel mehr liebt als das wahre Sakrament.«

»Und was wäre das, sag an?«

»Das hier«, antwortete Thomas und nahm ein Blütenblatt von der Schulter. »Hier halte ich das Allerheiligste, die Bundeslade, den Heiligen Gral, das Große Mysterium selbst; genau hier, auf der Spitze meines kleinen Fingers.« Er streckte die Hand mit der Blüte aus. »Wenn ich diese Perfektion malen könnte …« Während er sprach, starrte er auf die Blüte, als hypnotisiere ihn der Anblick. »Wenn ich es aufs Papier brächte, so daß es seine wahre Glorie zeigte, wäre jedes Gemälde in jeder Kapelle Roms, jede Illumination in jedem Stundenbuch, jedes Bild, das ich je für Rukenaus verfluchte Anrufungen gemalt habe, es wäre …« Er suchte nach einem Wort. »… überflüssig.« Vorsichtig blies er das Blütenblatt vom Finger, und es stieg ein wenig in die Luft, bevor es herabsank. »Aber ich bringe ein solches Bild nicht zustande. Ich arbeite und arbeite und erzeuge nichts als Fehlschläge. Mein Gott! Jacob, manchmal wünschte ich, ich wäre ohne Finger geboren.«

»Nun, wenn du so wenig Gebrauch von deinen Fähigkeiten machen kannst, leih deine Finger ruhig mir«, sagte Jacob. »Laß mich damit Bilder schaffen, die halb so gut sind wie deine, und ich wäre der glücklichste Mann der Schöpfung.«

Thomas lächelte und sah Jacob nachdenklich an. »Manchmal sagst du die seltsamsten Dinge.«

»Ich sage seltsame Dinge?« Jacob lachte. »Du solltest dich einmal hören, heute oder auch sonst.« Er lachte, und Thomas fiel in sein Lachen ein. Sein Kummer schien einen Moment lang vergessen.

»Komm mit mir zurück zur Insel«, sagte Jacob schließlich und ging vorsichtig auf Thomas zu, als fürchte er, ihn zu erschrecken. »Ich bin sicher, daß Rukenau kein Arbeitspferd aus dir macht.«

»Darum geht es nicht.«

»Ich weiß, wie dominant er ist, wie er einen bedrängen kann. Aber ich werde dich beschützen, Thom, das schwöre ich.«

»Seit wann besitzt du so große Autorität?«

»Seit ich ihm gesagt habe, daß Rosa und ich verschwinden würden, wenn er uns nicht ein bißchen spielen ließe. ›Du würdest es nicht wagen, mich zu verlassen‹, sagte er. ›Ich kenne dein Wesen, und du kennst es nicht. Wenn du mich verläßt, wirst du nie erfahren, was du bist oder woher du kommst.‹«

»Und was hast du darauf geantwortet?«

»Oh, du wirst stolz auf mich sein. Ich sagte, es ist wahr, ich weiß nicht, was mich gemacht hat. Doch ich wurde gemacht, und zwar mit Liebe. Und das mag Wissen genug sein, um im Segen zu leben.«

»O Gott, ich wünschte, ich wäre dabei gewesen und hätte sein Gesicht gesehen.«

»Er war nicht besonders froh«, sagte Jacob schmunzelnd. »Aber was sollte er entgegnen? Es war die Wahrheit.«

»Und so gut ausgedrückt. Du solltest Dichter werden.«

»Nein, ich will so malen können wie du. Ich will, daß wir zusammen arbeiten, Seite an Seite, und du lehrst mich zu sehen, wie die Dinge fließen, so wie nur du es kannst. Die Insel ist so wundervoll, und es leben nur ein paar Fische dort, die zu ängstlich sind, um zu Leuten wie uns auch nur Buh! zu sagen. Wir könnten dort leben, als wären wir im Garten Eden, du, ich und Rosa.«

»Ich muß darüber nachdenken«, sagte Thomas.

»Gestatte mir noch einen Versuch.«

»Laß es gut sein.«

»Nein, hör mich an. Ich weiß, daß du Rukenaus Lehren mißtraust, und um die Wahrheit zu sagen, auch mich verwirren sie manchmal – aber das Domus Mundi ist keine Illusion. Es ist glorreich, Thomas. Du wirst erstaunt sein, wenn du dich in ihm bewegst und spürst, wie es sich in dir bewegt. Rukenau sagt, es sei eine Vision der Welt, erlebt von innen nach außen …«

»Und wieviel Laudanum läßt er dich nehmen, damit du diese Vision hast?«

»Gar nichts, ich schwöre. Ich würde dich doch nicht anlügen, Thom. Wenn ich dächte, es handele sich nur um eine Bewußtseinsstörung, würde ich sagen, bleib hier und male Blütenblätter. Aber das ist es nicht. Es ist etwas Göttliches, etwas, das wir erfahren dürfen, wenn unsere Herzen stark genug sind. Mein Gott, Thom, stell dir die Blütenblätter vor, die du malen könntest, wenn du die Möglichkeit hättest, sie schon im Samenkorn zu studieren. Oder im Schößling. Oder in dem Sproß, der eine Knospe veranlaßt, aus einem Zweig zu wachsen.«

»Das zeigt dir das Domus Mundi?«

»Nun, um ehrlich zu sein, ich habe bislang nicht gewagt, derartig tief einzudringen. Aber Rukenau sagt, daß es so ist. Und wenn wir zusammen wären, könnten wir uns tief, sehr tief hineinwagen. Ich schwöre dir, wir könnten den Samen des Samens sehen.«

Thomas schüttelte den Kopf. »Ich weiß nicht, ob mich das eher erregt oder ängstigt«, entgegnete er. »Wenn du die Wahrheit sagst, hat Rukenau einen Weg zu Gott gefunden.«

»Ich glaube, das hat er«, sagte Jacob sanft. Er beobachtete Thomas, der sich abgewandt hatte. »Ich verlange nicht sofort eine Antwort von dir«, fuhr er fort. »Aber morgen mittag brauche ich ein Ja oder ein Nein. Ich verweile schon länger hier, als ich beabsichtigt hatte.«

»Morgen werde ich mich entscheiden.«

»Schau nicht so melancholisch drein, Thom«, sagte Jacob. »Ich wollte dich inspirieren.«

»Vielleicht bin ich für diese Offenbarung noch nicht bereit.«

»Du bist bereit«, meinte Jacob. »Sicher mehr als ich. Wahrscheinlich mehr als Rukenau. Er hat etwas herbeigerufen, das er nicht versteht, Thom. Ich sage, du könntest ihm helfen. Nun, lassen wir es für heute genug sein. Versprich mir nur, daß du dich nicht betrinkst und trübsinnig wirst, wenn du darüber nachdenkst. Ich habe Angst um dich, wenn du einer deiner düsteren Stimmungen verfällst.«

»Das wird nicht geschehen«, erwiderte Thomas. »Ich werde fröhlich daran denken, wie du und ich und Rosa den ganzen Tag nackt herumlaufen.«

»Gut«, sagte Jacob, beugte sich vor und berührte die unrasierte Wange von Thomas. »Morgen wirst du aufwachen und dich fragen, warum du so lange gewartet hast.«

Damit drehte er Thomas den Rücken zu und ging davon. Wenn dies das Ende der Erinnerung war, dachte Will, war nur schwer nachvollziehbar, warum Jacob sich so sehr dagegen gesträubt hatte, sie wiederzuerleben. Aber die Vergangenheit entwirrte sich weiter. Beim dritten Schritt spürte Will erneut, wie die Erde einatmete. Plötzlich wurde das Sonnenlicht schwächer. Er sah durch die blühenden Zweige nach oben. Der vollkommene Himmel war von Wolken verdeckt, und der Wind brachte Regen, der auf sein Gesicht schlug.

»Thomas?« sagte er, drehte sich um und schaute zu der Stelle, an der der Maler gestanden hatte. Er war nirgendwo mehr zu sehen.

Jetzt ist morgen, dachte Will. Er ist gekommen, um die Antwort zu hören.

»Thomas?« rief Jacob erneut. »Wo bist du?« In seiner Stimme klang eine unbestimmte Furcht mit, und sein Magen drehte sich um, als wüßte er bereits, daß etwas nicht stimmte.

Das Dickicht vor ihm bewegte sich, und der Fuchs erschien. Sein Fell sah noch röter aus als gestern. Er leckte sich die Lefzen, die lange graue Zunge glitt über seine Schnauze. Dann trottete er vorbei.

Jacob sah ihm nicht hinterher. Sein Blick fiel auf das Dickkicht aus Wildrosen und Haselnuß, aus dem das Tier gekommen war.

»O Gott«, murmelte eine Stimme. »Sieh nicht hin. Hörst du mich?«

Will hörte, aber dennoch suchte er weiter das Gestrüpp ab. Dort hinten lag etwas auf dem Boden, aber er konnte nicht erkennen, was es war.

»Sieh nicht hin, verdammt noch mal!« wütete Steep. »Hörst du mir zu, Junge?«

Er meint mich, dachte Will. Der Junge, mit dem er redet, bin ich.

»Schnell!« sagte Steep. »Noch ist es Zeit!« Sein Befehl milderte sich zur Bitte ab. »Wir müssen das hier nicht betrachten«, sagte er. »Laß es einfach sein, Junge, laß es sein.«

Vielleicht sollte das Betteln nur zur Ablenkung dienen, sollte den Versuch verdecken, wieder die Kontrolle zu übernehmen, denn gleichzeitig erfüllte ein Rauschen Wills Kopf, und die Szene vor ihm verzerrte sich und erlosch.

Im nächsten Augenblick befand er sich wieder im Winterwald. Seine Zähne klapperten, und im Mund spürte er den salzigen Geschmack von Blut; er hatte sich wohl auf die Lippe gebissen. Jacob stand noch immer vor ihm. Tränen strömten aus seinen Augen.

»Genug …«, sagte er. Aber die Ablenkung, war sie nun

gewollt oder ungewollt, hielt die Erinnerung nur kurz in Schranken. Dann erschauderte die Welt erneut, und Will stand wieder im Regen, in Jacobs zitterndem Körper.

Der letzte Rest von Jacobs Widerstandskraft schien dahingeschmolzen. Auch wenn der Blick des Mannes sich während ihrer kurzen Abwesenheit von dem Dickicht abgewandt hatte, so brauchte Will ihn nur dorthin zurückzulenken, und schon wanderte er gehorsam zu dem Rosenbusch. Sein erschöpftes Stöhnen hätte man als Ausdruck des Protests deuten können, doch wenn dem so war, entging es Will, und er hätte den Einwand auch kaum akzeptiert. Er war nun der Herr dieses Körpers von Augen, Füßen und allem, was dazwischenlag. Er konnte alles damit machen, was er wollte, und gerade jetzt wollte er weder laufen noch essen, noch pinkeln – er wollte nur sehen. Also befahl er Steeps Füßen, sich zu bewegen, und sie trugen ihn voran, bis er sah, was das Dickicht verborgen hatte.

Es war natürlich Thomas der Maler. Wer sonst. Er lag mit dem Gesicht nach oben im nassen Gras. Seine Sandalen, seine Hosen und sein schmutziges Hemd lagen verstreut um ihn herum, während sein Leichnam eine ganz eigene Farbpalette zeigte. Dort, wo der Maler über die Jahre hinweg seine Haut der Sonne ausgesetzt hatte – an Gesicht, Nacken, Armen und Füßen – war er in einem kräftigen Sienna-Rot gefärbt. Wo er bedeckt war, daß heißt an allen anderen Stellen, zeigte die Haut ein ungesundes Weiß. Hier und dort, auf der knochigen Fläche seiner Brust, auf der Wölbung seines Bauchs und unter den Achseln hatte er rotbraunes Haar. Aber man sah an ihm auch Farben, die weitaus schockierender waren. Ein Klecks lebhaftes Scharlachrot zwischen seinen Beinen, dort, wo der Fuchs sich an seinem Penis und seinen Hoden gütlich getan hatte. In den Farbtöpfen seiner Augenhöhlen schwamm die gleiche helle Tönung; Vögel hatten ihm die schönen Augen ausgepickt. Und an der Seite seines Körpers hatten die Zähne oder der Schnabel eines anderen Wesens ein Stück graues Fett freigelegt, um an die Leber zu gelangen, deren Gelb kräftiger leuchtete, als das einer Butterblume.

»Bist du jetzt zufrieden?« murmelte Jacob.

Will wagte nicht zu fragen, ob die Frage ihm oder der Leiche vor ihnen galt. Er hatte Jacob gezwungen, gegen seinen Willen zu diesem abstoßenden Anblick zurückzukehren, und nun schämte er sich dafür. Und er ekelte sich. Nicht vor der Leiche. Das machte ihm nicht besonders viel aus, es war nicht schlimmer als Fleisch, das im Fenster einer Metzgerei hängt. Aber was ihn wegschauen ließ, war der Gedanke, daß dieses Ding, das nun vor ihm lag, wahrscheinlich genauso aussah, wie auch Nathaniel ausgesehen hatte. Will war immer der Meinung gewesen, daß Nathaniel sich auch als Leichnam perfekt dargestellt hätte. Daß seine Verletzungen von einer freundlichen Hand retuschiert worden wären, so daß seine Mutter von einem vollkommenen Bild Abschied nehmen konnte. Jetzt wußte er es besser. Nathaniel war durch ein Schaufenster geschleudert worden. Es gab keine Möglichkeit, so schwere und tiefe Verletzungen zu kaschieren. Kein Wunder, daß Eleanor Monate lang geweint und sich eingeschlossen hatte. Kein Wunder, daß sie begonnen hatte, Tabletten zu essen statt Brot und Eier. Er hatte nicht verstanden, wie schrecklich es für sie gewesen sein mußte, neben Nathaniels Bett zu sitzen, während er ihnen entglitt. Aber nun verstand er es. Und weil er verstand, errötete er vor Scham über seine Grausamkeit.

Ihm selbst reichte es jetzt. Es war Zeit, das zu tun, was Steep von Anfang an gewollt hatte, und wegzusehen. Aber nun hatte sich das Blatt gewendet, und Steep wußte es.

»Möchtest du nicht noch etwas genauer hinsehen?« hörte Will ihn sagen, und im nächsten Augenblick hockte Steep neben Thomas' Leiche und inspizierte jede Wunde aufs genaueste. Jetzt wich Will zurück. Seine Neugier war mehr als befriedigt. Aber Jacob gab ihn nicht frei. »Sieh ihn dir an«, murmelte Steep, während sein Blick zu Thomas' verstümmelten Genitalien wanderte. »Dieser Fuchs hat ordentlich zugelangt, was?« Die Ironie klang aufgesetzt.

Steep fühlte so tief wie Will, wahrscheinlich tiefer. »Geschieht ihm recht. Er hätte mehr mit seinem Schwanz anfangen sollen, als er ihn noch hatte. Armer, lächerlicher Thomas. Rosa hat mehr als einmal versucht, ihn zu verführen, aber er bekam ihn nicht hoch. Ich habe zu ihm gesagt, wenn du nichts mit Rosa anfangen kannst, die alles hat, was sich Männer von einer Frau wünschen, kannst du gar nichts mit Frauen anfangen. Du bist ein Sodomit, Thom. Er meinte, ich sei beschränkt.«

Steep beugte sich vor und betrachtete die Wunde. Die nadelspitzen Zähne des Fuchses hatten ordentliche Arbeit geleistet. Wenn da nicht das Blut und etwas Gewebe gewesen wären, hätte man meinen können, der Mann sei ohne Geschlecht geboren worden. »Nun, mittlerweile siehst *du* etwas beschränkt aus«, sagte Steep und schaute von den entmannten Lenden zu dem geblendeten Kopf.

Noch eine andere Farbe fiel ihm auf, die Will erst jetzt entdeckte. Auf der Innenseite der Lippen des Malers, auf seinen Zähnen und seiner Zunge zeigte sich eine bläuliche Färbung.

»Du hast dich vergiftet, nicht wahr?« sagte Steep. »Warum hast du nur so etwas verdammt Närrisches gemacht? Doch nicht wegen Rukenau? Ich hätte dich vor ihm geschützt, habe ich dir das nicht versprochen?« Er strich mit der Außenseite der Finger über die Wange des Mannes, so wie er es am Tag zuvor getan hatte. »Habe ich dir nicht versprochen, daß du bei mir und Rosa sicher bist? Mein Gott, Thom. Ich hätte darauf geachtet, daß dir nichts geschieht.« Er lehnte sich zurück und sagte mit lauterer Stimme als zuvor, als gebe er eine Erklärung ab: »Rukenau ist schuld. Du hast ihm dein Genie zur Verfügung gestellt. Er hat dich mit Wahnsinn bezahlt. Das macht ihn zu einem Dieb, wenn nicht zu Schlimmerem. Ich werde ihm nun nicht mehr dienen, und ich werde ihm das hier nie verzeihen. Er kann von mir aus auf ewig in seinem vermaledeiten Haus bleiben, ich leiste ihm keine Gesellschaft mehr. Und Rosa auch nicht.« Er erhob sich. »Auf Wiedersehen, Thom«, sagte er leise. »Die Insel hätte dir gefallen.« Er wandte der Leiche den Rücken zu, so wie er am Tag zuvor dem noch Lebenden den Rücken zugewandt hatte, und ging davon.

Und während er davonging, begann die Szene zu verschwimmen, und der prasselnde Regen, die Rosen und die Leiche, die darunter lag, verschwanden im Dunkeln. Doch in diesem Augenblick sah Will noch einmal kurz den Fuchs. Er stand vor den Bäumen und schien Will ebenfalls anzusehen. Ein Sonnenstrahl hatte die Regenwolken durchbohrt und tauchte das Tier in leuchtendes Gold, seine schmalen Flanken, seinen spitzen Kopf und den wedelnden Schwanz. In dem Augenblick, bevor sich die Vision verflüchtigte, sah der Fuchs Will genau in die Augen. In seinem Blick lag nichts Schuldbewußtes, keine Scham darüber, daß er sich am Geschlecht des Malers sattgefressen hatte. Ich bin ein wildes Tier, schien sein Blick zu sagen, wage es ja nicht, über mich zu richten.

Dann waren sie beide verschwunden – der Fuchs und die Sonne, die ihn gesegnet hatte –, und Will stand wieder in dem dunklen Wäldchen über Burnt Yarley. Vor ihm stand Jacob, dessen Hand er noch immer festhielt.

»Genug?« fragte Steep.

Als Antwort ließ Will einfach die Hand des Mannes los. Ja, es war genug. Mehr als das. Er sah sich um, wollte sichergehen, daß nichts von dem, was er gesehen hatte, noch irgendwie vorhanden war. Und was er sah, beruhigte ihn. Die Bäume waren wieder kahl, der Boden gefroren. Die einzigen Leichen, die darauf lagen, waren die Vögel, der eine zerquetscht, der andere erstochen. Er war sich nicht einmal sicher, ob es der gleiche Wald gewesen war.

»Ist es … hier geschehen?« fragte er Jacob.

Das tränenüberströmte Gesicht des Mannes war ausdruckslos, die Augen glasig. Er brauchte eine Weile, bevor er sich auf die Frage konzentrieren konnte. »Nein«, sagte er schließlich. »In jenem Jahr lebte Simeon in Oxfordshire.«

»Wer ist Simeon?«

»Thomas Simeon, der Mann, den du eben kennengelernt hast.«

Will sprach den Namen aus. »Thomas Simeon ...«

»Es war im Juli 1730. Er war dreiundzwanzig. Damals hat er sich mit seinen Farbpigmenten vergiftet, hat sie selbst zusammengemischt. Arsen und Himmelblau.«

»Wenn es ganz woanders passiert ist«, sagte Will, »warum haben Sie sich gerade hier daran erinnert?«

»Wegen dir«, antwortete Jacob sanft. »Du hast mich an ihn erinnert, auf mehr als eine Weise.« Er sah an Will vorbei, durch die Bäume ins Tal hinunter. »Ich kannte ihn, seit er so alt war wie du jetzt. Er war wie ein eigener Sohn für mich. Zu sanftmütig für diese Welt der Illusionen. Es machte ihn verrückt, sich einen Weg durch die allzu großzügige Schöpfung zu bahnen.« Er sah Will wieder an, der Blick so scharf wie eine Klinge. »Gott ist ein Feigling und ein Angeber, Will. Das wirst auch du noch im Laufe der Jahre verstehen. Er verbirgt sich hinter einer prunkvollen Fassade und tut damit groß, wie wunderbar seine Schöpfungen sind. Aber Thomas hatte recht. Selbst in seinem miserablen Zustand war er klüger als Gott.« Jacob streckte den Arm aus, mit der Handfläche nach oben, den kleinen Finger ausgestreckt. Die Geste war eindeutig. Das einzige, was fehlte, war das Blütenblatt. »Wenn die Welt einfacher konstruiert wäre, kämen wir uns nicht so verloren darin vor«, sagte er. »Wir würden nicht dauernd nach dem Neuen dürsten. Wir würden nicht immer wieder etwas Neues wollen, immer etwas Neues! Wir würden so leben, wie Thomas leben wollte, voller Ehrfurcht vor dem Mysterium eines Blütenblattes.« Noch während er sprach, schien Steep die Sehnsucht in der eigenen Stimme zu hören, denn plötzlich wurde sie eiskalt. »Du hast einen Fehler gemacht, Junge«, sagte er und ballte die Hand zur Faust. »Du hast dort getrunken, wo es nicht klug war zu trinken. Jetzt sind meine Erinnerungen in deinem Kopf. Thomas. Und der Fuchs. Und der Wahnsinn.«

Will gefiel das nicht. »Welcher Wahnsinn?« fragte er.

»Du kannst nicht all das sehen, was du gesehen hast, kannst nicht das wissen, was wir beide jetzt wissen, ohne daß dort oben etwas krank wird.« Er legte seinen Daumen auf die Stirn. »Du hast hieraus getrunken, Wunderkind, und keiner von uns beiden ist noch der gleiche. Sieh mich nicht so ängstlich an. Du warst tapfer genug, bis hierhin mitzugehen ...«

»Aber nur, weil Sie bei mir waren ...«

»Glaubst du, wir könnten jetzt jemals wieder getrennt werden?«

»Sie meinen also, daß es uns möglich sein wird, zusammenzubleiben?«

»O nein, das wäre nicht möglich. Ich muß dich auf Distanz halten – auf große Distanz, um unser beider willen.«

»Aber gerade haben Sie gesagt ...«

»Daß wir nie getrennt sein werden? Doch das heißt nicht, daß du an meiner Seite sein mußt. Das würde für uns beide zu großen Schmerz bedeuten, und das wünsche ich dir genauso wenig wie du mir.«

Will merkte, daß Steep zu ihm wie zu einem Erwachsenen sprach, und das machte die Enttäuschung etwas leichter. Diese Rede von zuviel Schmerz zwischen ihnen und von äußerer Distanz, das war die Sprache, in der ein Mann mit einem anderen redete.

Er würde in Jacobs Achtung sinken, wenn er wie ein trotziges Kind widersprach. Und wozu auch? Jacob würde seine Meinung doch nicht ändern.

»Und ... wohin gehen Sie jetzt?« fragte Will und tat gelassen.

»Ich mache mich an meine Arbeit.«

»Und was ist das für eine Arbeit?« Jacob hatte schon oft von seinem Werk gesprochen, aber er hatte sich nie näher dazu geäußert.

»Du weißt bereits mehr, als gut für uns beide ist«, antwortete Jacob.

»Ich kann ein Geheimnis für mich behalten.«

»Dann behalte für dich, was du weißt«, sagte Jacob. »Dort« – er legte die Faust auf seine Brust –, »wo nur du es berühren kannst.«

Will ballte seine tauben Finger zur Faust, imitierte Steeps Geste und verdiente sich ein flüchtiges Lächeln damit.

201

»Gut«, sagte er. »Jetzt geh … geh heim.«

Will hatte inständig gehofft, gerade diese Worte nicht zu hören. Jetzt schossen ihm Tränen in die Augen. Aber er schwor sich, nicht zu weinen – nicht hier, nicht jetzt –, und sie versiegten. Vielleicht hatte Steep seine Anstrengung bemerkt, denn sein eben noch so strenges Gesicht wurde sanfter.

»Vielleicht treffen wir einander wieder, irgendwo unterwegs.«

»Glauben Sie?«

»Es ist möglich«, sagte er. »Aber jetzt ab nach Hause. Ich muß allein darüber nachdenken, was ich verloren habe.« Er seufzte. »Zuerst das Buch. Dann Rosa. Jetzt dich.« Er hob seine Stimme. »Geh jetzt!«

»Sie vermissen ein Buch?« fragte Will. »Sherwood hat es.« Gespannt wartete Will auf die Reaktion, die vielleicht einen Aufschub für ihn bedeutete, vielleicht die Möglichkeit bot, noch eine Stunde länger, mindestens, in der Gesellschaft dieses Mannes zu verweilen.

»Bist du sicher?«

»Ganz sicher!« sagte Will. »Machen Sie sich keine Sorgen, ich nehme es ihm wieder ab. Ich weiß, wo er wohnt. Es ist ganz einfach.«

»Lüge mich ja nicht an«, warnte Jacob.

»Das würde ich niemals tun«, sagte Will entrüstet. »Ich schwöre.«

Jacob nickte. »Ich glaube dir«, sagte er. »Du würdest mir wirklich einen großen Dienst erweisen, wenn du mir das Buch wiederbringst.«

Will strahlte. »Genau das will ich. Ihnen einen Dienst erweisen.«

XII

1

Der Abstieg barg keinerlei Zauber mehr in sich, keine Vorfreude mehr. Keine helfende Hand legte sich auf Wills Schulter, um ihn über die vom Schnee rutschigen Steine zu geleiten. Jacob hatte ihn jetzt wohl lange genug tief berührt. Zweimal schlitterte Will mehrere Meter auf dem Hosenboden herunter und holte sich an den Steinen blaue Flecken und Abschürfungen, während er versuchte, seinen Rutsch zum Halt zu bringen. Es war eine kalte, schmerzhafte und erniedrigende Reise. Er sehnte sich nach ihrem baldigen Ende.

Auf halbem Weg den Hügel herab wurde sein Elend durch das Auftauchen Rosa McGees noch vollständiger. Sie tauchte plötzlich aus dem Nebel auf und rief nach Jacob. Die Unruhe in ihrer Stimme veranlaßte Steep, Will zum Warten aufzufordern, während er mit ihr sprach. Rosa war sehr aufgeregt. Auch wenn Will nichts von ihrem Gespräch mitbekam, so sah er doch, daß Jacob seine Hand beruhigend auf ihre Schulter legte, nickte, zuhörte und ihr antwortete, den Kopf an ihr Ohr gebeugt. Nach etwa einer Minute kehrte er zu Will zurück und sagte: »Rosa hatte ein wenig Ärger. Wir müssen vorsichtig sein.«

»Warum?«

»Stell keine Fragen«, entgegnete Jacob. »Glaub mir einfach. Jetzt« – er deutete den Hügel hinab – »müssen wir uns beeilen.«

Will tat, wie ihm geheißen, und stieg vorsichtig den Abhang hinunter. Vorher warf er Rosa einen Blick über die Schulter zu. Sie hatte sich auf einen flachen Felsen gesetzt und schien den Gerichtshof zu beobachten. Er fragte sich, ob man sie von dort vertrieben hatte. Wieso war sie so aufgeregt? Er würde es wahrscheinlich nie erfahren. Müde und entmutigt setzte er den Abstieg fort.

Wie er bald erkannte, ging im Dorf einiges an Aktivitäten vor sich. Autos mit eingeschalteten Scheinwerfern

parkten auf der Straße, die Leute bildeten kleinere Gruppen. Viele Haustüren standen offen, und die Bewohner
hielten sich in ihren Schlafanzügen vor der Tür auf und
beobachteten die Ereignisse.

»Was geht da vor?« fragte sich Will laut.

»Nichts, womit wir uns beschäftigen müßten«, antwortete Jacob.

»Sie suchen doch nicht nach mir, oder?«

»Nein, das tun sie nicht«, sagte Jacob.

»Es hat mit ihr zu tun, nicht wahr?« Das Geheimnis um
Rosas Unruhe schien gelüftet. »Sie sind hinter Rosa her.«

»Ich fürchte, ja«, sagte Jacob. »Sie hat sich in Schwierigkeiten gebracht. Aber sie kann sehr gut auf sich selbst aufpassen. Warum bleiben wir nicht einen Augenblick stehen
und überlegen, was wir als nächstes tun?« Gehorsam hielt
Will an, und Jacob stieg den Abhang ein oder zwei Schritte
hinunter, so daß sie dicht nebeneinander standen, so dicht
wie seit den Erlebnissen im Wald nicht mehr. »Kannst du
von hier aus sehen, wo deine Freunde wohnen?«

»Ja.«

»Zeig's mir bitte.«

»Sehen Sie den Polizeiwagen? Dahinter macht die Straße eine Biegung.«

»Ich sehe es.«

»Und hinter dieser Kurve führt eine Straße nach links.«

»Das sehe ich auch.«

»Das ist die Samson Road«, sagte Will. »Sie wohnen in
dem Haus neben dem Schrottplatz.«

Jacob schwieg einige Sekunden, während er die Gegend
studierte.

»Ich kann das Buch für Sie holen«, erinnerte Will ihn,
nur für den Fall, daß er daran dachte, sich allein auf den
Weg zu machen.

»Ich weiß«, sagte Jacob. »Und ich brauche dich auch.
Aber es wäre nicht sehr klug, jetzt einfach mitten durchs
Dorf zu marschieren.«

»Wir können hintenrum gehen«, sagte Will. Er zeigte auf
einen Weg, für den sie sicher eine weitere halbe Stunde

brauchen würden, der sie aber von möglichen Zeugen fernhielt.

»Das ist wohl das Gescheiteste«, sagte Jacob. Er streifte den rechten Handschuh ab, griff in den Mantel und holte sein Messer hervor. »Keine Sorge«, sagte er, als er Wills ängstlichen Blick bemerkte. »Ich werde kein menschliches Blut vergießen, es sei denn, es ist unbedingt nötig.«

Will lief es kalt den Rücken herunter. Noch vor einer Stunde, als er mit Jacob den Hügel hinaufgestiegen war, hatte er sich so glücklich gefühlt wie noch nie in seinem Leben. Das Gefühl der Klinge in seiner Hand hatte ihm unendliches Vergnügen bereitet und seine kleinen mörderischen Taten hatten ihn mit Stolz erfüllt. Das alles schien jetzt eine andere Welt, mit einem anderen Will. Er sah auf seine Hände herab. Er hatte sie nicht ganz sauber gerieben, und selbst im trüben Licht sah er, daß sie noch immer mit dem Blut der Vögel befleckt waren. Eine Welle des Selbstekels überflutete ihn, und wenn er hätte fliehen können, er hätte es auf der Stelle getan. Aber dann wäre Jacob gezwungen gewesen, allein nach dem Buch zu suchen, und das wagte Will nicht zu riskieren. Nicht solange Steep dieses Messer bei sich trug. Will wußte aus Erfahrung, wie selbstherrlich es sein konnte. Es richtete gerne Schaden an.

Er drehte dem Mann und seinem Messer den Rücken zu und setzte den Abstieg wieder fort, der ihn nicht länger direkt auf das Dorf zuführte, sondern zu einem Weg, der sie unentdeckt bis vor Cunninghams Türschwelle bringen würde.

2

Als Frannie erwachte, zeigte die Uhr neben dem Bett fünf vor halb sechs. Sie stieg trotzdem aus den Federn, weil sie wußte, daß ihr Vater, ein Frühaufsteher, innerhalb der nächsten Viertelstunde ebenfalls nach unten käme.

Doch heute saß er bereits angezogen in der Küche, goß sich eine Tasse Tee ein und rauchte eine Zigarette. Er lächelte ihr grimmig zu. »Da draußen geht etwas vor sich«, sagte er und rührte Zucker in seinen Tee. »Ich werde mal nachsehen.«

»Iß vorher einen Toast«, sagte sie. Sie wartete seine Antwort nicht ab, nahm einen Laib Brot aus dem Brotkasten, ging zur Schublade und holte das Brotmesser heraus. Am Herd schaltete sie den Grill ein und ging zurück, um das Brot zu schneiden. Während sie das alles tat, dachte sie die ganz Zeit daran, wie seltsam es war, sich so zu verhalten, als sei die Welt an diesem Morgen genau wie sonst, auch wenn sie in ihrem Herzen wußte, daß dem nicht so war.

Es war ihr Vater, der das Schweigen schließlich unterbrach. Er saß mit dem Rücken zu ihr und sah aus dem Küchenfenster. »Ich weiß nicht«, sagte er. »Was heutzutage so alles passiert …« Er schüttelte den Kopf. »Früher war man hier doch sicher.«

Frannie legte zwei dicke Scheiben Brot unter den Grill, holte sich ihre Lieblingstasse aus dem Schrank und goß sich auch etwas Tee ein. Wie ihr Dad tat auch sie reichlich Zucker hinein. Sie waren die beiden Leckermäuler der Familie.

»Manchmal habe ich Angst um dich«, sagte ihr Vater und drehte sich zu ihr um. »So wie es auf der Welt zugeht.«

»Mir passiert schon nichts, Dad«, sagte sie.

»Ich weiß«, entgegnete er, aber sein Gesichtsausdruck sagte etwas anderes. »Uns allen passiert nichts.« Er breitete die Arme aus, und sie ging zu ihm und umarmte ihn liebevoll. »Aber wenn du älter wirst«, sagte er, »wirst du sehen, daß es da draußen mehr Böses als Gutes gibt. Deshalb arbeitet man schwer, um den Menschen, die man liebt, einen sicheren Ort bieten zu können, wo man die Tür hinter sich abschließen kann.« Er schaukelte mit ihr hin und her. »Du bist meine Prinzessin, weißt du das?«

»Ich weiß«, sagte sie und lächelte ihn an.

Ein Polizeiwagen raste mit heulender Sirene am Haus vorbei, und das Lächeln auf George Cunninghams Gesicht verschwand.

»Ich mach uns jetzt einen schönen gebutterten Toast«,

sagte Frannie und klopfte ihm auf die Brust. »Dann geht es uns gleich besser.« Sie zog die Scheiben unter dem Grill hervor und drehte sie um. »Willst du Marmelade?«

»Nein danke«, sagte er und beobachtete, wie sie sich in der Küche zu schaffen machte. Sie lief zum Kühlschrank, holte die Butter, ging zurück zum Herd, wo sie den heißen Toast herausholte und auf einen Teller legte. So wie ihr Vater es mochte, bestrich sie ihn dick mit Butter.

»Hier«, sagte sie und reichte ihm den Teller mit dem Toast. Er verschlang ihn, zustimmend murmelnd.

Jetzt brauchte sie nur noch Milch für ihren Tee. Die Pakkung war leer, aber mittlerweile mußte der Milchmann gekommen sein. Leise tappte sie zur Vordertür, um die Lieferung hereinzuholen.

Die Haustür war oben und unten verriegelt, was ungewöhnlich war. Offensichtlich waren ihre Eltern sehr besorgt ins Bett gegangen. Frannie schob den oberen Riegel zurück, bückte sich und tat das gleiche mit dem unteren. Dann öffnete sie vorsichtig die Tür.

Noch sah man kein Zeichen des kommenden Tages; kein Schimmern der Morgendämmerung. Es würde einer jener Wintertage werden, an denen das Licht kaum die Welt berührte, bevor es wieder verschwand. Aber es hatte aufgehört zu schneien, und im Licht der Laternen sah die Straße aus wie ein ordentlich gemachtes Bett. Bauschige weiße Kissen lehnten an den Hauswänden, Federbetten lagen auf Dächern und Gehwegen. Der hübsche Anblick beruhigte sie etwas. Es erinnerte sie daran, daß bald Weihnachten vor der Tür stand und daß es wieder Grund zum Lachen und Singen geben würde.

Die Stufe war leer. Der Milchmann verspätete sich heute. Na ja, dachte sie, trinke ich meinen Tee eben ohne Milch.

Plötzlich hörte sie knirschende Schritte im Schnee. Sie schaute auf und sah, daß jemand auf der anderen Straßenseite stand. Eine Weile blieb die Gestalt hinter der Straßenlaterne stehen, aber sobald sie bemerkt hatte, daß Frannie aufmerksam geworden war, trat sie aus dem grauen Schatten ins Licht. Es war Will.

XIII

1

Rosa saß wartend auf dem Felsen und lauschte. Bald würden ihre Verfolger sie erreichen. Sie hörte das Knirschen ihrer schneeverklebten Stiefel, während sie ihrer Spur den Hügel hinauf folgten. Einer von ihnen – es waren vier – rauchte, während er höherstieg (sie sah den leuchtenden Stecknadelkopf der Zigarette, der heller wurde, wenn er an ihr zog); ein anderer war jung, sein Atem ging leichter als der seiner Begleiter; der dritte holte regelmäßig einen Flachmann mit Brandy hervor, und als er den anderen einen Schluck anbot, sprach er bereits undeutlich. Der vierte war ruhiger als die anderen, aber wenn sie konzentriert lauschte, hörte sie, wie er vor sich hin murmelte. Sie konnte die einzelnen Worte nicht verstehen, nahm jedoch an, daß es sich um ein Gebet handelte.

Ihr Gespräch mit Jacob war sehr offen verlaufen. Sie hatte ihm gestanden, was sie im Gerichtshof getan hatte und ihm geraten, zu verschwinden, bevor der Mob sie erwischte. Er sagte, er könne die Gegend nicht sofort verlassen, weil er noch etwas im Dorf zu erledigen habe. Als sie ihn fragte, um was es sich dabei handele, antwortete er, daß er nicht vorhabe, einer Frau Geheimnisse anzuvertrauen, die man vielleicht noch vor dem Morgengrauen verhören würde.

»Willst du mich herausfordern, Mr. Steep?« fragte sie.

»Ich schätze, so könnte man es auffassen«, entgegnete er.

»Willst du mein Gewissen mit ihrem Tod belasten?« fragte sie, worauf er antwortete:

»Welches Gewissen meinst du?«

Das hatte sie köstlich amüsiert, und wie sie so mit Jacob auf dem Hügel stand, schien es für einige Augenblicke wieder so zu sein wie in den alten Zeiten.

»Nun«, sagte sie, »du bist jetzt gewarnt.«

»Ist das alles, was du tun willst?« hatte Jacob gefragt. »Mich warnen und verschwinden?«

208

»Was hättest du denn gern?« fragte sie mit einem verschlagenen Lächeln.

»Du könntest dafür sorgen, daß sie mich nicht verfolgen.«

»Sag es«, flüsterte sie. »Sag: Töte sie für mich, Rosa.« Sie beugte sich zu ihm. Sein Herz schlug schneller. Sie hörte es laut und deutlich. »Wenn du willst, daß sie sterben, Jacob, mußt du es mir nur sagen.« Ihre Lippen berührten fast sein Ohr. »Niemand außer uns wird etwas davon erfahren.«

Ein paar Sekunden lang schwieg er; dann murmelte er ergeben die Worte, die sie hören wollte: »Töte sie für mich.« Gleich darauf ging er mit dem Jungen weiter.

Jetzt wartete sie. Sie fühlte sich weitaus besser als zuvor. Auch wenn er sie vor ein paar Stunden noch hatte umbringen wollen, so kam sie doch mehr und mehr zu der Überzeugung, daß es für sie beide besser wäre, wenn sie Frieden miteinander schlössen. Sie hatte sich für den Anschlag auf ihr Leben gerächt und war nun gewillt, den Zwischenfall zu vergessen, wenn ihre Beziehung dadurch gerettet werden konnte. Ganz bestimmt war das möglich – mit etwas Mühe, mit etwas Geduld. Vielleicht konnte ihre Beziehung nie mehr so sein wie früher – es würde keine Versuche mehr geben, Kinder zu zeugen, damit hatte sie sich abgefunden –, aber eine gesunde Ehe war nie unveränderlich. Sie wurde bei allen Schwankungen mit ihren Jahren tiefer und reifer. So konnte es auch zwischen Jacob und ihr sein. Sie würden wieder lernen, einander zu respektieren, und neue Wege finden, ihre Hingabe zu zeigen.

Das brachte sie zu dem Grund, warum sie auf diesem Felsen Wache hielt. Gab es eine vollkommenere Art, ihre Liebe zu bezeugen, als für ihn zu morden?

Sie hielt den Atem an und lauschte konzentriert. Der Mann mit der undeutlichen Stimme lamentierte über den Aufstieg. Er konnte nicht mehr und sagte, die anderen sollten ohne ihn weitergehen.

»Nein, nein …«, flüsterte sie. Sie hatte sich darauf einge-

209

stellt, vier Leben zu nehmen, und vier Leben sollten es auch werden. Keine Ausflüchte.

Während die Männer debattierten, traf sie ihre eigene Entscheidung. Sie würde nicht länger warten. Wenn ihre Feinde zauderten, mußte sie die Dinge in die Hand nehmen und zu ihnen kommen. Tief Luft holend, erhob sie sich von ihrem Sitzplatz und stieg die Felsen hinunter. Aufgeregt wie ein kleines Mädchen verfolgte sie ihre Spur zurück, bis sie auf ihre Opfer traf.

2

Will sah furchtbar aus. Sein Gesicht war grau, die Kleider durchnäßt und zerrissen, und er konnte sich kaum auf den Beinen halten. Er sah so aus, wie Frannie sich einen Toten vorstellte. Ein Toter, der mitten in der Nacht vorbeischaute, um auf Wiedersehen zu sagen.

Schnell verdrängte sie diesen dummen Gedanken aus ihrem Kopf. Will brauchte Hilfe. Das allein zählte jetzt. Obwohl sie barfuß war, trat sie über die Schwelle und eilte auf ihn zu, wobei sie bis über die Knöchel im Schnee versank. »Komm ins warme Haus«, sagte sie.

Er schüttelte den Kopf. »Keine Zeit«, entgegnete er. Seine Stimme klang so schwach, wie er aussah. »Ich bin nur gekommen, um das Buch zu holen.«

»Du hast ihm davon erzählt?«

»Ja … ich mußte es …«, sagte Will. »Es ist sein Buch, Frannie, und er will es zurück.«

Abrupt blieb sie stehen, sich plötzlich ihrer Naivität bewußt werdend. Will war nicht allein. Jacob Steep war bei ihm. Außerhalb der Sichtweite, irgendwo in der Dunkelheit hinter dem Laternenlicht, aber in der Nähe. Sah Will deshalb so krank aus? fragte sie sich. Hatte Steep ihm irgend etwas angetan? Sie behielt Will im Auge, während sie die Schatten hinter ihm beobachtete. Irgendwie mußte sie Will von der Straße weg in die Sicherheit des Hauses schaffen, ohne Steeps Verdacht zu erregen.

»Das Buch ist oben«, sagte sie so beiläufig wie nur möglich. »Komm so lange rein, während ich es dir hole.«

Will schüttelte den Kopf, zögerte aber ein wenig, so daß sie die Hoffnung hatte, er werde ihr Angebot doch noch annehmen, wenn sie ihn ein bißchen bedrängte.

»Komm schon«, sagte sie. »Es dauert nur ein, zwei Minuten. In der Küche gibt's Tee. Und Toast mit Butter ...« (Ihr war klar, daß es sich bei diesen häuslichen Annehmlichkeiten um lächerliche Gaben handelte, lächerlich im Vergleich zu der Macht, die Steep über Will auszuüben schien.) Aber mehr hatte sie nicht anzubieten.

»Ich will nicht ... reinkommen«, sagte er.

Sie zuckte mit den Schultern. »Na schön«, meinte sie leichthin. »Ich hole das Buch.« Sie drehte sich um und ging zum Haus zurück, während sie bereits überlegte, was sie tun sollte, wenn sie wieder drinnen wäre. Sollte sie die Tür offenlassen, um Will so vielleicht doch noch über die Schwelle zu locken, oder sollte sie sie schließen, um das Haus und die Familie vor dem Mann zu schützen, der sie aus den Schatten heraus beobachtete?

Ein Kompromiß schien ihr das Beste, und so ließ sie die Tür einen Spaltbreit offen, falls Will es sich anders überlegte. Dann lief sie zähneklappernd nach oben. Aus der Küche fragte ihr Vater: »Hast du die Milch?«

»In einer Minute, Dad!« rief sie und eilte in ihr Zimmer. Sie holte das Buch aus seinem Versteck und war schon auf halbem Weg zurück zum Flur, als sie Sherwoods Stimme hörte.

»Was machst du da?«

Sie sah zum Treppenabsatz hinauf und versuchte das Buch vor seinem Blick zu verbergen, war aber nicht schnell genug.

»Wohin bringst du es?« fragte er und kam zum oberen Ende der Treppe, um ihr zu folgen.

»*Bleib oben!*« rief sie so streng, wie es sonst nur ihre Mutter tat. »Ich meine es ernst, Sherwood.«

Ihre Anweisung hielt ihn keine Sekunde auf. Schlimmer noch, sie lockte damit ihren Vater aus der Küche. »Du weckst deine Mutter auf, Frannie ...« Sein Blick wanderte von der Treppe zur Tür, die der Wind weit aufgestoßen hatte. »Kein Wunder, daß es so zieht!« sagte er und ging in den Flur, um sie zu schließen.

Voller Panik rannte Frannie die restlichen Stufen hinab, um ihm zuvorzukommen. »Ich mach sie gleich zu! Schon gut!« Aber sie kam zu spät. Ihr Vater stand bereits in der Tür, sah in den Schnee hinaus und hatte Will entdeckt.

»Was, zum Teufel, ist hier los?« fragte er und sah Frannie an, die nur einen Schritt hinter ihm stand. »Wußtest du, daß er hier ist?«

»Ja, Dad ...«

»Gütiger Gott!« sagte er mit erhobener Stimme. »Habt ihr Kinder denn keinen Verstand? William! Komm sofort her! Hörst du mich?«

Frannie sah an ihrem Vater vorbei zu Will hinüber und hoffte, daß er ihrem Vater vielleicht gehorchen würde. Doch statt dessen trat er ein paar Schritte zurück.

»Komm her!« rief George und trat vor das Haus, um seinem Befehl Gewicht zu verleihen.

»Dad, nicht!« rief Frannie.

»Halt den Mund!« fuhr ihr Vater sie an.

»Er ist nicht allein, Dad«, sagte Frannie.

Das reichte, um ihren Vater aufzuhalten. »Wovon sprichst du?«

Frannie war ebenfalls vor die Tür getreten. »Bitte, laß ihn in Ruhe.«

Ihr Vater verlor die Geduld. »Ins Haus!« rief er. »Aber sofort, Frannie!« Wahrscheinlich hörte ihn die gesamte Nachbarschaft. Es war nur eine Frage der Zeit, bis alle auf der Straße waren und Fragen stellten. Das beste war, das Buch in Wills Hände zu legen, damit er es an Steep weitergeben konnte. Letzten Endes gehörte es ihm schließlich.

Aber noch bevor sie den Befehl ihres Vaters mißachten und hinausgehen konnte, tauchte Sherwood hinter ihr auf und hielt sie am Arm fest.

»Wer ist da draußen?« fragte er. Sein Atem roch muffig, seine Hand fühlte sich klamm an.

212

»Es ist nur Will«, sagte sie.

»Du schwindelst, Frannie«, entgegnete er. »Sie sind es, nicht wahr?« Er sah an ihr vorbei in die Dunkelheit hinaus. »Rosa?« sagte er leise. »Ich nehme das Buch!« rief er plötzlich und versuchte, es Frannie zu entreißen. Sie gab es jedoch nicht so einfach her. Mit aller Kraft stieß sie ihren Bruder vor die Brust, und er stolperte in den Flur zurück. In diesem Augenblick kam Mrs. Cunningham die Treppe herunter und wollte wissen, was da vor sich ging, aber Frannie ignorierte sie und lief nach draußen in den Schnee. Sie sah, wie ihr Vater auf Will zuging, der nicht mehr die Kraft zu haben schien, davonlaufen zu können. Er schwankte, und sein aschfahles Gesicht wirkte vollkommen leer.

»Nicht …«, sagte er, als Frannies Vater ihn packen wollte. Kaum hatte Mr. Cunningham ihn berührt, als er zusammenbrach und seine Augen sich unter den flatternden Lidern verdrehten.

Frannie kümmerte sich nicht um ihn. Sie lief an ihrem Vater vorbei, der genug Schwierigkeiten damit hatte, nicht zusammen mit Will in den Schnee zu sinken. Schon stand sie mitten auf der Straße, wo sie das Buch hoch über den Kopf hielt, damit Steep es sehen konnte.

»Hier habe ich, was Sie wollen«, sagte sie fast flüsternd. »Kommen Sie und holen Sie es sich.«

Sie wartete darauf, daß er sich zeigte. Ihre Mutter stand in der Tür und forderte sie auf, sofort wieder ins Haus zu kommen. Die Nachbarin Mrs. Davies war zusammen mit ihrem kläffenden Terrier Benny an der Gartenpforte erschienen. Der Milchmann, Arthur Rathbone, stieg mit verblüfftem Gesicht aus seinem Wagen.

Und plötzlich war Steep da. Er ging mit schnellen Schritten auf sie zu und hatte die behandschuhte Hand bereits ausgestreckt, um seinen Preis in Empfang zu nehmen. Sie wollte die Entfernung zwischen dem Feind und ihrem Haus so groß wie möglich halten und wartete deshalb nicht, bis er sie erreicht hatte, sondern kam ihm mitten auf der Straße entgegen. Seltsamerweise spürte sie nicht den leisesten Hauch von Furcht. Diese Straße war ihre Welt,

samt scheltender Mutter, kläffendem Hund und Milchmann. Steep hatte hier wenig Macht, selbst im Dunkeln.

Sie waren nur noch wenige Schritte voneinander entfernt, und sie konnte ihn jetzt besser erkennen. Er sah vergnügt aus. Seine Blicke richteten sich auf das Buch in ihrer
Hand.

»Gutes Mädchen«, murmelte er und hatte ihr das Buch
aus der Hand gerissen, noch ehe sie sich dessen bewußt
wurde.

»Er wollte es nicht stehlen«, sagte sie, für den Fall, daß
er Sherwood die Sache übelnahm. »Er wußte nicht, daß es
wichtig ist.« Steep nickte. »Es ist doch wichtig, nicht
wahr?« Vage hoffte sie, er würde ihr irgendeinen Hinweis
über den Inhalt des Buches geben. Aber natürlich hatte er
keineswegs vor, irgend etwas zu verraten. Statt dessen erwiderte er:

»Sag Will, er soll sich vor Lord Fuchs in acht nehmen.«

»Lord Fuchs?«

»Er wird es verstehen«, sagte Steep. »Er ist nun ein Teil
des Wahnsinns.«

Mit diesen Worten drehte er sich um und ging die Straße hinunter, am Schrottplatz ihres Vaters vorbei, vorbei an
Arthur Rathbone, der ihm klugerweise aus dem Weg ging,
und vorbei am Briefkasten an der Ecke, bis er verschwunden war.

Noch Sekunden, nachdem er um die Ecke gebogen war,
starrte Frannie ihm hinterher. Das Schluchzen, Bellen und
Rufen hinter sich hörte sie nicht. Plötzlich fühlte sie sich
beraubt. Ein Geheimnis war ihr aus den Händen genommen worden, und sie würde es nie mehr lösen können. Jetzt
konnte sie nur noch ihre Erinnerung quälen, die Erinnerung an die vielen Seiten mit den winzigen Hieroglyphen,
die wie ein Mauer aufgeschichtet worden waren, um sie
davon abzuhalten, das zu verstehen, was auf der anderen
Seite lag.

»Frannie?«

Die Stimme ihrer Mutter.

»Kommst du jetzt herein?«

Selbst jetzt, nachdem Steep schon längst fort war, fiel es Frannie schwer, den Blick abzuwenden.

»Sofort, Frannie!«

Schließlich blickte sie zögernd zum Haus. Es war ihrem Vater gelungen, Will halb tragend, halb ziehend über die Türschwelle zu bugsieren, wo ihre Mutter mit Sherwood wartete.

Jetzt mußte sie teuer für alles bezahlen, das war Frannie klar. Fragen über Fragen und keine Chance mehr, irgend etwas zu verbergen. Nicht daß es noch eine Rolle gespielt hätte. Will war wieder zurück, und seine Abenteuer beendet, noch bevor sie richtig begonnen hatten. Sie brauchte ihn jetzt nicht mehr mit Lügen schützen. Es blieb ihr nur noch übrig, die Wahrheit zu erzählen, wie seltsam sie den anderen auch erscheinen mußte, und die Konsequenzen zu akzeptieren. Mit schwerem Herzen und leeren Händen stapfte sie auf das Haus zu, wo Sherwood schluchzend an der Brust seiner Mutter lehnte. Er weinte, als wolle er nie mehr damit aufhören.

XIV

Drei Stunden später, ein düsterer Tag dämmerte heran und schon wieder zog ein Schneesturm auf, fanden Jacob und Rosa einander auf der Skipton Road, ein paar Meilen nördlich des Tals. Sie hatten sich nicht dort verabredet, waren jedoch in einem Abstand von nur fünf Minuten an dem Ort eingetroffen (aus verschiedenen Richtungen: Jacob aus dem Tal, Rosa von ihrem Fels in den Hügeln), als hätten sie dieses Rendezvous geplant.

Rosa hatte etwas verschwommene Erinnerungen im Hinblick auf das, was sie ihren Verfolgern tatsächlich angetan hatte, aber sie wußte, daß eine regelrechte Verfolgungsjagd entstanden war.

»Einer von ihnen rannte und rannte«, sagte sie. »Und

ich war so wütend, als ich ihn endlich eingeholt hatte, daß ich … ich …« Sie zögerte und runzelte die Stirn. »Ich weiß, es war furchtbar, weil er wie ein kleines Kind weinte, weißt du?« Sie lachte. »Männer sind alle kleine Kinder. Na ja, nicht alle. Du nicht, Jacob.«

Ein schneegesprenkelter Windstoß wehte das Heulen von Polizeisirenen in ihre Richtung.

»Wir sollten uns auf den Weg machen«, sagte Jacob und sah die Straße hinauf und hinunter. »Welchen willst du nehmen?«

»Den gleichen, den du nimmst«, antwortete sie.

»Du willst, daß wir zusammen gehen?«

»Du nicht?«

Jacob wischte sich seine laufende Nase mit dem Handschuhrücken ab. »Ich schätze schon«, sagte er. »Zumindest bis sie nicht mehr nach uns suchen.«

»Oh, laß sie nur kommen«, erwiderte Rosa mit einem säuerlichen Lächeln. »Ich reiße jedem einzeln gerne die Kehle auf.«

»Du kannst sie nicht alle töten« sagte Jacob.

Ihr Lächeln wurde süßer. »Wirklich nicht?« sagte sie wie ein verwöhntes Kind, dem man etwas abschlagen will. Jacob lachte unwillkürlich auch. Rosa hatte ihm immer irgendein Schauspiel geboten, um ihn zu unterhalten: Rosa das Schulmädchen, Rosa das Fischweib, Rosa die Dichterin. Jetzt stellte Rosa die Mörderin dar, die so in ihrem Abschlachten aufging, daß sie sich gar nicht mehr erinnern konnte, was sie mit wem gemacht hatte. Wenn er nicht allein reisen wollte – wer wäre ein besserer Begleiter als diese Frau, die ihn so gut kannte?

Erst am nächsten Tag, als sie in einem Café in Aberdeen den *Daily Telegraph* lasen, bekamen sie eine Vorstellung davon, was Rosa wirklich getan hatte, und selbst die Zeitungen wahrten untypischerweise in einigen Details Diskretion. Zwei der Leichen, die man auf dem Hügel gefunden hatte, waren verstümmelt worden. Einige Leichenteile schienen zu fehlen. Jacob fragte nicht nach, ob Rosa sie gegessen, vergraben oder auf ihrem Rückzug verstreut hatte, damit sich das Wild daran erfreue. Er las den Bericht und reichte ihn Rosa.

»Sie haben gute Beschreibungen von uns beiden«, sagte er.

»Sie stammen von den Kindern«, entgegnete sie.

»Ja.«

»Ich sollte zurückgehen und sie töten«, knurrte Rosa und fügte giftig hinzu. »In ihren Betten.«

»Wir sind selbst schuld«, meinte Jacob. »Und es bedeutet nicht das Ende der Welt.« Er grinste in sein Guinness. »Oder vielleicht doch.«

»Ich schlage vor, wir gehen nach Süden.«

»Ich habe nichts dagegen.«

»Sizilien.«

»Irgendein bestimmter Grund?«

Sie zuckte mit den Schultern. »Witwen. Staub. Ich weiß es nicht. Es scheint mir jedenfalls ein guter Ort zu sein, um sich zu verkriechen, wenn es das ist, was du willst.«

»Es wäre nur für kurze Zeit«, sagte Jacob und setzte sein leeres Glas ab.

»Wie kommst du darauf?«

»Ich habe so ein Gefühl.«

Sie lachte. »Ich liebe es, wenn du so ein Gefühl hast«, meinte sie und umschloß sanft seine Hand. »Ich weiß, daß wir in letzter Zeit einige Dinge zueinander gesagt haben …«

»Rosa …«

»Ich frage mich, ob du weißt, wie sehr ich dich liebe«, unterbrach sie ihn und beugte sich etwas näher zu ihm. »Denn ich weiß es nicht.« Er sah sie zweifelnd an. »Was ich für dich empfinde, liegt so tief in mir – tief in meiner Seele, Jacob, in meinem innersten Herzen. Ich kann es kaum benennen.« Sie sah ihm in die Augen, und er erwiderte ihren Blick. »Verstehst du, was ich dir begreiflich machen will?«

»Es gilt auch für mich.«

»Sag es nicht, wenn es nicht stimmt.«

»Ich schwöre, daß es stimmt«, erwiderte Jacob. »Ich verstehe es genauso wenig wie du, aber wir gehören zusam-

men; das muß ich einsehen.« Er küßte sie auf die unge-
schminkten Lippen. Sie roch nach Gin, aber hinter dem Alkohol verbarg sich jener andere Geruch, den kein anderer
Mund als der seiner Rosa verströmte. Wenn irgend jemand
in diesem Augenblick zu ihm gesagt hätte, daß sie nicht
vollkommen sei, hätte er den Bastard auf der Stelle getötet.
Sah er sie so vor sich wie jetzt, mit klaren Augen, erschien
sie ihm wie ein Wunder. Und er war der glücklichste Mann
auf der Welt, weil er bei ihr sein durfte. Egal, ob es noch
ein Jahrhundert dauerte, bis er sein Werk vollendet hatte.
Mit Rosa an seiner Seite war er sich dessen bewußt, welcher Lohn ihn am Ende seiner Mühen erwartete.

Er küßte sie heftiger, und sie erwiderte seine Küsse leidenschaftlich. Bald waren sie so miteinander beschäftigt,
daß niemand im Lokal zu ihnen herübersehen konnte, ohne
vor Scham zu erröten.

Später zogen sich sie sich auf ein Stück Brachland neben
den Eisenbahngleisen zurück. Während sich die Dämmerung herabsenkte und es wieder zu schneien begann, setzten sie die wilde Vereinigung fort, die sie damals im Gerichtshof begonnen hatten. Sie waren so heftig ineinander
verschlungen, daß ein Passagier in einem der vielen Züge,
der im Vorbeirasen einen Blick von ihnen dort unten im
frostigen Gras erhascht hätte, der Meinung gewesen wäre,
nicht zwei, sondern nur ein Wesen gesehen zu haben: ein
einzelnes namenloses Tier, das neben den Gleisen hockte
und darauf wartete, sie überqueren zu können.

XV

1

Will wußte, daß er nicht aufgewacht war. Auch wenn er in
seinem Bett lag, offensichtlich in seinem eigenen Zimmer –
er hörte sogar die Stimme seiner Mutter von unten –, träum-

te er all dies nur. Der sichere Beweis dafür? Seine Mutter redete nicht, sie sang. Sie sang auf französisch, und ihre Stimme klang dünn, aber lieblich. Das war absurd. Seine Mutter konnte den Klang ihrer eigenen Singstimme nicht leiden. Wenn in der Kirche Lieder gesungen wurden, hatte sie stets nur die Lippen bewegt. Und es gab noch einen anderen, noch überzeugenderen Beweis. Das Licht, das durch die Spalten des Vorhangs drang, hatte eine Farbe, die er noch nie zuvor gesehen hatte. Ein goldenes Mauve, das alles, worauf es fiel, vibrieren ließ, als singe es ein Lied in der Sprache des Lichts. Dort, wo es nicht hinfiel, herrschte eine drückende Stille, und die Schatten wirkten unnatürlich leblos.

»Das sind die seltsamsten Träume«, sagte jemand.

Er richtete sich in seinem Bett auf. »Wer ist da?«

»Stimmt doch, oder? Träume in Träumen, das sind immer die seltsamsten.«

Will versuchte die Dunkelheit am Fuß seines Bettes zu durchdringen. Von dort kam die Stimme. Er kniff die Augen zusammen, um den Sprecher deutlicher sehen zu können. Der Mann trug etwas Rotes; vielleicht einen Pelzmantel? Einen spitzen Hut?

»Aber ich schätze, es ist so wie mit diesen russischen Püppchen«, fuhr der Mann in dem Mantel fort. »Die kennst du doch sicher? Eine Puppe steckt in einer Puppe, die wiederum in einer anderen – natürlich kennst du die. Ein Mann von Welt wie du! Du hast schon so viel gesehen. Ich, ich kenne nur ein Stück Moorland, kaum fünf Quadratmeilen.« Er schwieg und kaute an etwas. »Entschuldige mein Schmatzen«, sagte er. »Aber ich bin so verdammt hungrig ... wovon habe ich gesprochen?«

»Puppen.«

»O ja, die Puppen. Verstehst du die Metapher? Diese Träume sind wie die russischen Puppen – sie passen ineinander.« Er hielt inne und kaute weiter. »Aber jetzt kommt der Knacks«, sagte er. »Es funktioniert in beide Richtungen ...«

»Wer sind Sie?« fragte Will.

»Unterbrich mich nicht. Ich schätze, es ist nicht ganz einfach, aber stell dir vor, daß wir in einem Paralleluniversum wären, in dem ich alle Gesetze der Physik umgeschrieben hätte ...«

»Ich möchte sehen, mit wem ich spreche«, beharrte Will.

»Du sprichst mit niemandem. Du träumst. Ich habe also alle Gesetze der Physik umgeschrieben, und jede Puppe paßt in jede Puppe, ganz egal, wie groß sie sind.«

»Das ist doch dumm.«

»Wen nennst du hier dumm?« sagte der Fremde ärgerlich und trat aus dem Schatten heraus.

Es war kein Mann in einem Pelzmantel und einem spitzen Hut: es war ein Fuchs. Ein Traum von einem Fuchs, mit glänzendem Fell, nadeldünnen Schnurrbarthaaren, einem eleganten länglichen Kopf und Augen, die wie schwarze Sterne glitzerten. Er stand mühelos auf den Hinterläufen; seine Vorderpfoten waren etwas verlängert, so daß sie aussahen wie kurze Finger.

»Jetzt siehst du mich also«, sagte der Fuchs. Will entdeckte jedoch nur eines, was ihn an das wilde Tier erinnerte, das er im Wald gesehen hatte – einen Flecken Blut auf dem weißen Brustfell. »Mach dir keine Sorgen«, sagte der Fuchs und sah auf die dunkle Stelle hinab. »Ich habe schon gegessen. Aber du denkst sicher an Thomas.«

Thomas ...

Tot im Gras, mit abgebissenen Genitalien.

»Kein Grund, über mich zu richten«, schalt ihn der Fuchs. »Wir tun nur, was wir tun müssen. Wenn es etwas zu essen gibt, ißt man. Und mit dem zartesten Teil fängt man an. Ach, wie er mich anschaut! Glaub mir, du wirst auch noch einige Schwänze in den Mund nehmen, wenn du älter bist.« Wieder dieses Lachen. »Das ist das Wunderbare am Leben – alles fließt, verstehst du? Ich rede mit dem Jungen, aber der Mann hört mir zu. Beinahe frage ich mich, ob du dies wirklich und wahrhaftig geträumt hast, vor all den Jahren. Hast du im Alter von elf gelogen und von mir geträumt, wie ich zu dir komme und dir von dem Mann erzähle, der du als Erwachsener sein wirst, der eines Tages im Koma liegen und von dir träumen würde, wie du im

Bett liegst und von einem Fuchs träumst … und so weiter. Kannst du mir überhaupt folgen?«

»Nein.«

»Es sind nur Gedankenspiele. Dein Vater fände es wahrscheinlich interessant, abgesehen davon, daß er dabei mit einem Fuchs debattieren müßte, und das wiederum paßt wahrscheinlich nicht ganz in seine Vorstellungswelt. Nun … Pech für ihn.«

Der Fuchs trat an die Seite des Bettes und suchte sich eine Stelle aus, wo das Licht schmeichlerisch sein Fell umspielte. »Ich wundere mich über dich«, sagte er und betrachtete Will näher. »Du siehst gar nicht wie ein Feigling aus.«

»Ich war auch keiner«, protestierte Will. »Ich hätte ihm das Buch selbst gegeben, aber meine Beine …«

»Ich rede nicht mit dem Jungen, der du warst«, sagte der Fuchs und sah ihn streng an. »Ich rede mit dem Mann, der du bist.«

»Ich bin … kein Mann«, protestierte Will leise. »Noch nicht.«

»Oh, hör bitte auf damit. Das ist ermüdend. Du weißt sehr wohl, daß du ein erwachsener Mann bist. Du kannst dich nicht ewig in der Vergangenheit verstecken. Eine Weile mag es dir ganz bequem vorkommen, aber letzten Endes wird es dich ersticken. Zeit, daß du aufwachst, mein Lieber.«

»Ich weiß nicht, wovon du sprichst.«

»Gott, wie kann man nur so störrisch sein«, zischte der Fuchs und vergaß seine Umgangsformen. »Was glaubst du, wohin dich diese ganze Nostalgie bringen wird? Auf die Zukunft kommt es an.« Er beugte sich über Will und sah ihm tief in die Augen. »Hörst du mich da drinnen?« rief er. Sein Atem stank und erinnerte Will daran, was das Wesen gefressen hatte und wie zufrieden es ausgesehen hatte, als es von Thomas' Leichnam davongetrottet war. Auch wenn er wußte, daß er alles nur träumte, fühlte er sich deswegen nicht weniger verängstigt. Wenn der Fuchs an dem schnüffelte, was der kleine Will zwischen den Beinen hatte, wollte er sich wehren, aber er fürchtete, zu verlieren. In seinem eigenen Bett zu verbluten, während der Fuchs ihn bei lebendigem Leibe auffraß ...

»O Gott«, seufzte der Fuchs. »Ich sehe schon, daß ich hier mit erzieherischen Maßnahmen nicht weiterkomme.« Er trat ein, zwei Schritte zurück und sagte: »Darf ich dir eine Geschichte erzählen? Egal, ich werde sie sowieso erzählen. Ich ging so vor mich hin, dort, wo ich immer jage, als ich zufällig einem Hund begegnete. Normalerweise gebe ich mich mit domestizierten Arten nicht ab, aber wir kamen ins Gespräch, so wie ihr es auch manchmal macht, und er sagte zu mir: ›Lord Fuchs‹ – er nannte mich Lord Fuchs – ›manchmal denke ich, daß wir Hunde einen großen Fehler gemacht haben, *ihnen* zu trauen.‹ Womit er eure Spezies meinte, mein Junge. Ich fragte: ›Warum? Du mußt nicht wie ich nach Aas suchen. Du brauchst nicht im Regen zu schlafen.‹ Er sagte, das spiele im großen Weltenplan keine Rolle. Nun, ich mußte lachen, denn seit wann macht sich ein Hund Gedanken über den großen Weltenplan. Aber, das muß man diesem Hund lassen, er hatte was von einem Denker an sich.

›Wir haben uns entschieden‹, sagte er. ›Wir jagten für sie, wir hüteten ihre Herden, wir beschützten ihre Bälger. Weiß Gott, wir haben ihnen geholfen, eine Kultur aufzubauen. Und warum?‹ Ich erwiderte, ich wisse es nicht. ›Weil‹, sagte er, ›wir glaubten, daß sie wüßten, wie man sich um die Dinge kümmert. Wie man dafür sorgt, daß es auf der Welt immer Fleisch und Blumen gibt.‹

›Blumen?‹ sagte ich. Solche Angebereien lasse ich mir von einem Hund doch nicht bieten. ›Erzähl nicht so was Absurdes. Fleisch, gut, darum sollen sie sich kümmern, aber seit wann interessiert ihr Hunde euch für den Duft von Kirschblüten?‹

Na ja, an dieser Stelle wurde er schnippisch. ›Unser Gespräch ist beendet‹, erklärte er hochnäsig und stolzierte davon.«

Mittlerweile stand der Fuchs wieder am Fußende von Wills Bett.

»Die Botschaft verstanden?« fragte er Will.

»So in etwa.«

»Jetzt ist nicht die Zeit zum Schlafen, Will. Die Welt dort draußen braucht Hilfe. Tu es für die Hunde, wenn du mußt, aber tu es. Gib das an den Mann da drinnen weiter. Sag ihm, daß er aufwachen soll. Und wenn du das nicht tust« – Lord Fuchs beugte sich über die Bettkante und kniff seine glitzernden Augen zusammen –, »komme ich mitten in der Nacht zurück und hole mir deine zartesten Teile. Verstehst du mich? Ich komme wieder, so sicher wie Gott Titten auf Bäumen wachsen läßt.« Sein Maul öffnete sich etwas weiter, und Will roch den Fleischgestank in seinem Atem. »Verstanden?«

»Ja«, sagte Will und versuchte, den Blick von dem Tier abzuwenden. »Ja! Ja! Ja!«

»Will!«

»Ja! Ja!«

»Will, du hast einen Alptraum. Wach auf. Wach auf.«

Er öffnete die Augen. Natürlich lag er in seinem Zimmer in seinem Bett, aber Lord Fuchs war verschwunden, und mit ihm das seltsame Licht. Statt dessen saß ein Mensch an seiner Seite, Frau Dr. Johnson, die ihn soeben wachgerüttelt hatte. Und an der Tür stand seine Mutter, die weit weniger besorgt aussah als die Ärztin.

»Wovon um alles in der Welt hast du nur geträumt?« wollte Frau Dr. Johnson wissen. Ihre Hand ruhte auf seiner Stirn. »Erinnerst du dich daran?« Will schüttelte den Kopf. »Nun, du hast ganz schön Fieber, mein Junge; kein Wunder, daß dich seltsame Träume quälen. Aber du wirst dich wieder erholen.« Sie zog einen Rezeptblock aus ihrer Tasche und kritzelte etwas darauf. »Er muß im Bett bleiben«, sagte sie, als sie aufstand. »Mindestens drei Tage.«

2

Dieses Mal hatte Will keine Schwierigkeiten damit, zu gehorchen. Er fühlte sich so schwach, daß er selbst dann nicht aus dem Haus hätte fliehen können, wenn er es gewollt hätte; aber er wollte auch gar nicht. Jetzt, wo Jacob fort war, hatte er keinen Grund mehr, irgendwo hinzugehen. Er wollte sich nur noch eine Decke über den Kopf ziehen und die Welt vergessen. Und wenn er dabei keine Luft mehr bekam, was machte das schon aus. Es gab nichts mehr, wofür sich das Leben lohnte, nur noch Tabletten, Ermahnungen und Lord Fuchs.

Sahen die Dinge schon schlecht aus, als er erwachte, so sahen sie zwei Stunden später noch weitaus schlimmer aus, als zwei Polizisten erschienen, um ihm Fragen zu stellen. Einer trug Uniform, der andere setzte sich in eine Ecke des Zimmers und schlürfte den Tee, mit dem Adele ihn versorgt hatte. Der in Uniform – ein müde wirkender Mann, der nach Schweiß roch – hockte sich auf die Kante von Wills Bett, stellte sich als Detective Faraday vor und begann, Will mit Fragen zu löchern.

»Ich möchte, daß du sehr gut nachdenkst, bevor du antwortest, mein Junge. Bitte keine Lügen und keine Erfindungen. Ich will die Wahrheit, in einfachen Worten. Dies ist kein Spiel, mein Junge. Fünf Männer sind tot.«

Das war eine Neuigkeit für Will. »Sie meinen ... sie sind getötet worden?«

»Ich meine, sie sind ermordet worden, von der Frau, die bei dem Mann war, der dich entführt hat.« Will hätte fast gesagt, er hat mich nicht entführt. Ich bin mit ihm gegangen, weil ich es so wollte. Aber er hielt seine Zunge im Zaum und ließ Faraday weiterreden. »Ich möchte, daß du mir alles erzählst, was er zu dir gesagt hat, auch wenn er dir eingeredet hat, daß es ein Geheimnis zwischen euch bleiben soll. Auch wenn ... du über einiges, was er gesagt hat, vielleicht nur schwer reden kannst.« Faraday senkte die Stimme, als wolle er Will versichern, daß auch dies ein Geheimnis sei, eine Sache zwischen ihnen beiden und sonst niemandem. Will war keine Sekunde lang davon überzeugt, aber er versprach Faraday, jede Frage zu beantworten, die er ihm stellen würde.

Und das tat er auch in den nächsten fünfundsiebzig Minuten, während Faraday und der Constable aufschrieben, was er ihnen mitteilte. Er wußte, daß einiges davon sehr seltsam klang, um es milde auszudrücken, und anderes, zum Beispiel die Sache mit den Motten, ihm Grausamkeit bescheinigte. Aber er erzählte dennoch alles, weil er in seinem Herzen wußte, daß nichts von dem, was er diesen tumben Männern mitteilte, ihnen die Möglichkeit geben würde, Jacob und Rosa zu finden. Er wußte nicht, wo Steep und die Frau sich jetzt aufhielten oder wohin sie wollten. Er wußte nur eines und dachte nur an eines – daß er nicht bei ihnen war.

Zwei Tage später folgte eine weitere Befragung, dieses Mal durch einen Mann, der mit Will über einige der Geschichten sprechen wollte, die er Faraday erzählt hatte, besonders den Teil mit Thomas, den er lebendig und tot gesehen hatte. Der Frager hieß Parsons und forderte Will auf, ihn doch bitte Tim zu nennen, was Will konsequent verweigerte. Seine Fragen kreisten immer wieder darum, wie und wo Jacob ihn berührt hatte. Will berichtete so offen wie möglich, er sagte, daß Jacob ihm die Hand auf den Rücken gelegt hätte, als sie auf den Hügel gestiegen waren, und daß er sich danach stärker gefühlt hätte. Später, erklärte er, in dem Wäldchen, sei er derjenige gewesen, der den Mann berührt hätte.

»Und dort hast du dich gefühlt, als stecktest du in Jacobs Haut, das stimmt doch so?«

»Ich wußte, daß es nicht wirklich war«, entgegnete Will. »Wahrscheinlich hatte ich einen Traum, nur daß ich dabei nicht schlief.«

»Eine Vision …«, sagte Parsons mehr zu sich selbst.

Will gefiel der Klang des Wortes. »Ja«, sagte er, »es war eine Vision.« Parsons schrieb etwas auf. »Sie sollten auf den Hügel steigen und nachsehen«, sagte Will.

»Glaubst du, ich könnte auch eine Vision haben?«

»Nein«, sagte Will. »Aber Sie würden die Vögel finden, wenn sie nicht von … Füchsen oder was auch immer … aufgefressen worden sind.«

Er bemerkte den ängstlichen Blick des Mannes und dachte sich, daß der nicht den Hügel hinaufsteigen und nach den Vögeln suchen würde, weder heute noch irgendwann. Auch wenn er so verständnisvoll tat und so freundlich fragte, wollte er die Wahrheit weder sehen noch wissen. Und warum? Weil er Angst hatte. Faraday war genau wie der Constable. Sie alle hatten Angst.

Am nächsten Tag verkündete die Ärztin, daß er gesund genug sei, um aufstehen und im Haus herumlaufen zu können. Er saß vor dem Fernseher und verfolgte die neuesten Nachrichten über die Morde in Burnt Yarley. Ein Reporter stand auf der Straße, vor Donnellys Metzgerei. Aus dem ganzen Land waren Schaulustige gekommen, die es sich trotz des schlechten Wetters nicht nehmen lassen wollten, den Schauplatz der Scheußlichkeiten zu besichtigen.

»Dieser kleine Weiler«, sagte der Reporter, »hat in den letzten vier Tagen mehr Besucher auf seinen vereisten Straßen gesehen, als in einem halben Jahrhundert zuvor in allen Sommern.«

»Und je eher sie wieder nach Hause gehen«, meinte Adele, die mit einem Tablett mit Gemüsesuppe und Käse-Chutney-Sandwiches für Will aus der Küche aufgetaucht war, »desto eher kehrt hier wieder der Alltag ein.« Sie stellte das Tablett auf Wills Schoß ab, nicht ohne ihn zu warnen, daß die Suppe sehr heiß sei. »Das ist widerlich«, sagte sie, während der Reporter einen der Besucher interviewte. »Hierher zu kommen, um sich so etwas anzusehen. Haben die Menschen keinen Anstand?« Mit dieser Frage kehrte sie zu ihrer Fleischpastete in die Küche zurück. Will sah weiter zu, in der Hoffnung, daß man auch ihn erwähnen würde, aber schon wurde die Live-Reportage aus dem Dorf beendet, und es folgte ein Bericht darüber, daß die Suche nach Jacob und Rosa mittlerweile auf Europa ausgedehnt worden wäre. Es gab Hinweise darauf, daß Personen, deren Beschreibung auf die beiden paßte, in den vergangenen Jahren in Verbrechen in Mailand und Rotterdam verwickelt waren. Der neueste Bericht stammte aus dem Norden

226

Frankreichs, wo Rosa McGee für den Tod von drei Menschen, darunter ein halbwüchsiges Mädchen, verantwortlich gemacht wurde.

Will wußte, daß er sich schämen müßte, weil er ein gewisses Vergnügen empfand, als er diesen Katalog der Untaten hörte. Aber von Jacob hatte er gelernt, die Dinge der Wahrheit gemäß bei Namen zu nennen, auch wenn er es in diesem Fall nur vor sich selbst tat. Und was war die Wahrheit? Selbst wenn sich Jacob und Rosa als das blutrünstigste Pärchen in der Geschichte erweisen sollten, würde er nicht bedauern, ihren Weg gekreuzt zu haben. Sie stellten die Verbindung zu etwas her, das größer war als das Leben, das er bislang geführt hatte, also wollte er die Erinnerung an sie bewahren wie ein Geschenk.

Von all den Menschen, die während seiner Genesung mit ihm sprachen, stellte sich erstaunlicherweise seine Mutter als diejenige heraus, die seine Gedanken am besten zu kennen schien. Einen verbalen Beweis dafür hatte er nicht. Ihre Gespräche mit ihm blieben knapp und funktional. Aber ihre Augen, die zuvor nichts als eine unbestimmte Müdigkeit ausgedrückt hatten, waren wachsamer geworden. Sie schien nicht länger durch ihn hindurch zu sehen, wie er es gewohnt war. Sie betrachtete ihn (manchmal erwischte er sie dabei, wenn sie sich unbeobachtet glaubte) mit einem seltsamen Ausdruck im Gesicht. Er wußte auch, warum. Faraday und Parsons hatten Angst vor den Geheimnissen gehabt, über die er gesprochen hatte. Seine Mutter hatte Angst vor ihm.

»Ich fürchte, es hat all ihre bösen Erinnerungen wieder hochgespült«, erklärte ihm sein Vater. »Es ging uns so gut, und nun das.« Er hatte Will in sein Arbeitszimmer gebeten, um sich mit ihm zu unterhalten. Natürlich wurde ein Monolog daraus. »Sicher ist das alles vollkommen irrational, aber du mußt verstehen, daß deine Mutter einen mediterranen Zug in sich hat.« Dabei hatte er Will kaum einmal angesehen, sondern meist gedankenverloren aus dem Fenster in den Schneeregen hinausgestarrt. Wie Lord Fuchs, dachte Will und mußte lächeln. »Aber sie glaubt, daß uns irgendwie ... oh, ich weiß auch nicht ... der Tod hierher gefolgt ist.« Unwillig warf er den Stift, den er in seinen Fingern gedreht hatte, auf seinen wohlgeordneten Schreibtisch. »Es ist natürlich Unsinn«, schnaubte er, »aber sie sieht dich an, und sie ...«

»Gibt mir die Schuld.«

»Nein, nein«, sagte Hugo. »Sie gibt dir nicht die Schuld. Sie verbindet dich nur damit, verstehst du? Sie schafft diese ... Verbindungen.« Er schüttelte mit verdrießlich verzogenem Mund den Kopf. »Irgendwann kommt sie da wieder raus«, sagte er. »Aber bis dahin müssen wir damit leben. Weiß Gott.« Schließlich drehte er sich in seinem Schreibsessel herum und sah Will zwischen Stapeln von Papieren hindurch an. »Und so lange gib dir bitte Mühe und tu nichts, was sie aufregen könnte.«

»Aber ich tu' doch ...«

»Nichts. Ich weiß. Nun, wenn dieser ganze tragische Unsinn wieder vorbei ist, geht es ihr bestimmt besser. Aber augenblicklich ist sie sehr sensibel.«

»Ich bin vorsichtig.«

»Gut«, sagte Hugo. Er sah wieder in die Finsternis hinaus. Will nahm an, daß ihr Gespräch beendet war, und erhob sich. »Wir sollten wirklich noch miteinander darüber reden, was dir zugestoßen ist«, sagte Hugo, aber sein abwesender Ton verriet, daß er es damit nicht eilig hatte. Will zögerte. »Wenn du wieder ganz gesund bist«, fügte Hugo hinzu. »Dann reden wir.«

3

Das Gespräch fand nie statt. Wills Kräfte kehrten zurück, die Befragungen hörten auf, die Fernsehcrews zogen in irgendeine andere Ecke Englands, und kurz darauf auch die Schaulustigen. Weihnachten gehörte Burnt Yarley wieder sich selbst, und Wills Augenblick der Berühmtheit war vorbei. In der Schule mußte er das übliche Spießrutenlaufen von Witzen und kleinen Gehässigkeiten über sich ergehen lassen, aber er fühlte sich seltsam unberührt davon. Und als seine Mitschüler merkten, daß ihn die Spitznamen und das Geflüster kaum berührten, ließen sie ihn in Ruhe.

Nur eines bereitete ihm echten Kummer: Frannie blieb auf Distanz zu ihm. In der Zeit vor Weihnachten sprach sie nur einmal mit ihm, und dieses Gespräch dauerte nicht lange.

»Ich habe eine Nachricht für dich«, sagte sie. Er fragte, woher, aber sie weigerte sich, die Quelle zu nennen. Doch als sie ihm die Nachricht mitteilte, brauchte er den Namen nicht mehr zu wissen. Er brauchte nicht einmal die Information. Schließlich hatte er bereits Besuch von Lord Fuchs erhalten. Eine weitere Bestätigung dafür, daß er ein Teil des Wahnsinns sein würde, solange er lebte.

Sherwood erschien nicht vor der dritten Januarwoche wieder in der Schule, und als er kam, wirkte er bedrückt. Es war, als sei etwas in ihm zerbrochen, jener Teil, der ihn trotz seines mangelnden Auffassungsvermögens fröhlich und munter hatte agieren lassen. Er war blaß und träge, und wenn Will ihn ansprach, zog er sich in sich zurück oder begann zu weinen. Will hatte seine Lektion schnell gelernt und ließ ihn zufrieden, damit er in Ruhe gesunden konnte. Er war froh, daß Frannie auf den Jungen aufpaßte. Sie verteidigte Sherwood vehement, wenn jemand auf ihm herumhackte, und bald hatten alle verstanden. Sie ließen Bruder und Schwester in Ruhe, so wie sie Will nicht mehr beachteten.

Dieses lange Nachspiel war in gewisser Weise ebenso merkwürdig wie die Ereignisse, die ihm vorausgegangen waren. Nachdem die Aufregung sich gelegt hatte (selbst die Presse in Yorkshire hatte den Fall Mitte Februar aufgegeben, weil es nichts mehr zu berichten gab), kehrte das Leben wieder zu seinen alten Normen zurück, und fast schien es, als sei nichts von Bedeutung geschehen. Natürlich wurde manchmal darauf angespielt (hauptsächlich in Form grausamer Witze, die in der Schule kursierten), und es gab einige kleinere Veränderungen im Dorf (so blieb die Metzgerei geschlossen, und sonntags gingen wieder mehr

Leute in die Kirche), aber die Wintermonate, die in diesem Jahr von brutaler Kälte geprägt waren, ließen den Leuten Zeit, ihre Ängste entweder zu begraben, oder über sie zu sprechen – hinter Türen, die nicht selten von Schneewehen blockiert wurden. Als sich die Stürme langsam verzogen, dachten die Leute nicht mehr nach, sondern waren bereit, von vorne anzufangen.

Am 26. Februar änderte sich das Wetter so unvermittelt, daß es fast wie ein Zeichen schien. Ein seltsam lauer Wind kam auf, und zum erstenmal seit neunzig Nächten fror es nicht. Das hält nicht an, sagten die Unker in den Pubs voraus. Jede Pflanze, die dumm genug wäre, die Nase bereits jetzt aus der Erde zu stecken, würde sie bald verlieren. Aber der nächste Tag war genauso warm, ebenso wie der folgende und der darauf folgende. Der Himmel klärte sich beständig auf, und am Ende der ersten Maiwoche spannte sich ein strahlendblauer Himmel voller Vögel über dem Tal aus, und die Unker schwiegen.

Der Frühling war gekommen. Die Zeit für Sportler, Zeit für Muskeltraining und viel Bewegung. Will hatte elfmal den Frühling in der Stadt gesehen, aber im Vergleich zu dem, was er in diesem Monat erlebte, hatte es sich um bläßliche Imitationen gehandelt. Er erlebte es nicht nur, er fühlte es. Seine Sinne glühten, so wie sie an jenem ersten Tag vor dem Gerichtshof geglüht hatten, als er eins mit der ganzen Welt gewesen war. Sein Lebensmut, der monatelang daniedergelegen hatte, regte sich endlich und flog mit ihm davon.

Nicht alles war verloren. In seinem Kopf kreisten viele Erinnerungen, und irgendwo dazwischen steckten Hinweise darauf, wie er jetzt weitermachen mußte. Dinge, von denen er wußte, daß niemand auf der Welt sie ihm hätte beibringen können und die vielleicht niemand auf der Welt verstehen würde.

Lebend und sterbend nähren wir das Feuer.
Stell dir vor, diese Motten wären die letzten.
Jacob im Vogel. Jacob im Baum. Jacob im Wolf.

Alles Hinweise auf Epiphanien.

Von nun an würde er selbst nach Epiphanien suchen müssen. Er selbst würde die Augenblicke aufspüren, an denen die Welt sich drehte und er stillstand. An denen es so war, als sehe er durch die Augen Gottes. Und bis dahin würde er der rücksichtsvolle Sohn sein, den Hugo sich gewünscht hatte. Er würde nichts sagen, was seine Mutter aufregte. Nichts, das sie daran erinnern konnte, daß der Tod ihnen gefolgt war. Aber sein Wohlverhalten würde nur Täuschung sein. Er gehörte nicht zu ihnen; nicht im entferntesten. Von nun an durften sie lediglich seine Hüter auf Zeit sein, von deren Seite er flüchten würde, sobald er seinen Weg durch die Welt allein gehen konnte.

4

Am Ostersonntag tat er etwas, das er vor sich hergeschoben hatte, seit das Wetter milder geworden war. Er wiederholte die Wanderung, die er mit Jacob unternommen hatte, vom Gerichtshof bis zu dem Wäldchen, wo die Vögel gestorben waren. Der Gerichtshof selbst hatte in den Monaten zuvor das morbide Interesse vieler Schaulustiger erregt und war deswegen mit einem Drahtzaun umgeben worden, an dem Schilder hingen, die unbefugtes Eindringen unter Strafe stellten. Will war versucht, unter dem Zaun durchzukriechen und sich das Haus anzusehen, aber der Tag war zu schön, um ihn drinnen zu vergeuden, so daß er den Aufstieg vorzog. Ein heftiger warmer Wind wehte und schob weiße Wolken, die von Regen nichts wußten, über dem Tal entlang. Die Schafe auf den Abhängen hatte der Frühling verrückt gemacht. Sie betrachteten ihn sorglos und sprangen erst davon, wenn er sie anschrie. Das Klettern fiel ihm schwer (er vermißte Jacobs Hand auf seinem Rücken), aber jedesmal wenn er stehenblieb, hatte sich die Sicht erweitert, und die Hügel wogten bis zum Horizont um ihn herum.

Er erinnerte sich beängstigend genau an den Wald, als wäre sein Blick in jener Nacht – trotz Krankheit und Erschöpfung – übernatürlich scharf gewesen. Die Bäume trugen nun natürlich Knospen, und jeder Zweig schien ein Pfeil, der in den Himmel zielte. Der Boden zeigte sich in wuchernd leuchtendem Grün, dort wo er zuvor auf einem gefrorenen Teppich gestanden hatte.

Sehr schnell fand er die Stelle, an der er die beiden Vögel getötet hatte. Keine Spur von ihnen. Nicht einmal ein Knochen. Aber als er dort stand, schwappte eine solche Welle der Sehnsucht und der Trauer über ihn, daß er nach Luft schnappte. Er war so stolz auf das gewesen, was er hier getan hatte. (War ich nicht geschickt? Habe ich das nicht gut gemacht?) Doch nun kamen ihm leise Zweifel. Motten zu verbrennen, um die Dunkelheit in Schach zu halten, war eine Sache, aber Vögel zu töten, nur weil es Spaß machte? Es kam ihm nicht mehr so bewundernswert vor, besonders heute nicht, angesichts der blühenden Bäume und des weiten Himmels. Heute fühlte er sich bei dem Gedanken daran schmutzig, und er schwor sich auf der Stelle, daß er die Geschichte nie mehr jemandem erzählen würde. Wenn Faraday und Parsons ihre Notizen abgelegt und vergessen hatten, würde es sein, als wäre es nie geschehen.

Er ging in die Hocke, um noch einmal nach Überresten seiner Opfer zu suchen, aber kaum hatte er das getan, wußte er auch schon, daß er sich Ärger eingeladen hatte. Ein winziges Beben zog sich durch die Luft, als hole jemand Atem, und als er aufschaute, sah er, daß die Umgebung sich in einem Detail verändert hatte. Nicht weit von ihm stand ein Fuchs und sah ihn eindringlich an. Er stand auf allen vieren wie jeder Fuchs, aber etwas in seinem Blick machte Will mißtrauisch.

»Verschwinde!« rief er. Der Fuchs sah ihn unverwandt an und bewegte sich nicht. »Hast du mich gehört?« schrie Will, so laut er konnte. »Kssschh!« Aber was bei den Schafen wie ein Zauber gewirkt hatte, wirkte bei Füchsen nicht. Zumindest nicht bei diesem Fuchs.

»Hör zu«, sagte Will. »Mich im Traum zu belästigen kann ich verstehen, aber hier gehörst du nicht hin. Das hier ist die Wirklichkeit.«

232

Der Fuchs schüttelte den Kopf und tat weiterhin so, als sei er echt. Jeder andere, der ihn in diesem Augenblick gesehen hätte, wäre der Meinung gewesen, daß er einen Floh aus dem Ohr schüttelte. Für Will stand fest, daß er ihm widersprach.

»Willst du damit sagen, daß ich schon wieder träume?« fragte er.

Das Tier machte sich nicht die Mühe, zu nicken. Es sah Will lediglich eindringlich, wenn auch friedlich an. Und während der über diese seltsame Wendung der Ereignisse grübelte, kam ihm etwas in den Sinn, das Lord Fuchs während seines Vortrags gesagt hatte. Was war es noch gleich? Er hatte von russischen Puppen gesprochen ... nein das war es nicht. Eine Geschichte über ein Gespräch mit einem Hund – das auch nicht. Der Besucher hatte noch etwas anderes erwähnt. Irgendeine Botschaft, die weitergegeben werden sollte. Aber was? Was?

Der Fuchs verlor offenbar das Interesse an ihm. Er sah ihn nicht länger an, sondern schnüffelte in der Luft, auf der Suche nach seiner nächsten Mahlzeit.

»Warte noch«, sagte Will. Eben noch hatte er das Tier davonjagen wollen, jetzt hatte er Angst, daß es seinem Wunsch entsprechen würde und seinen Geschäften nachging, bevor er das Rätsel seines Auftauchens gelöst hatte.

»Geh noch nicht«, sagte er. »Es fällt mir ein. Gib mir nur noch eine Chance ...«

Zu spät. Das Tier beachtete ihn nicht mehr. Es trottete mit wedelndem Schwanz davon.

»Oh, komm schon!« Will erhob sich und folgte ihm. »Ich strenge mich wirklich an.«

Die Bäume standen dicht zusammen, und bei seiner Verfolgung des Fuchses schlugen ihm die Zweige ins Gesicht, und er schrammte sich die Haut an der Borke auf. Es war ihm egal. Je schneller er lief, desto lauter schlug sein Herz, und je lauter sein Herz schlug, desto klarer wurde seine Erinnerung.

»Es fällt mir gleich ein!« schrie er dem Fuchs hinterher. »Warte auf mich!«

Die Botschaft lag ihm auf der Zunge, aber der Fuchs rannte davon, schlängelte sich mit der ihm eigenen Behendigkeit durch die Bäume. Will kamen zwei Ideen. Erstens – es war nicht Lord Fuchs, dem er folgte, nur ein Tier, das um sein flohzerbissenes Leben rannte. Und zweitens – die Botschaft lautete, aufzuwachen aus dem Traum von Füchsen, trugen sie nun den Titel Lord oder nicht, aufzuwachen, in die Welt hinauszugehen ...

Mittlerweile rannte er so schnell, daß die Bäume um ihn herum verschwammen; vor ihm, dort wo sie sich lichteten, lag aber nicht die Spitze des Hügels, sondern etwas Helles, das immer heller wurde. Er wollte gar nicht dorthin, war jedoch zu schnell, um seinen Lauf verlangsamen, geschweige denn stoppen zu können. Die Bäume verwischten sich auch deshalb, weil es gar keine Bäume mehr waren, sondern die Wände eines Tunnels, durch den er rannte, heraus aus der Erinnerung, heraus aus der Kindheit.

Jemand sprach am anderen Ende des Tunnels. Er konnte nicht genau verstehen, was gesagt wurde, aber es waren Worte der Ermutigung, als sei er ein Marathonläufer, der noch bis zur Ziellinie gebracht werden sollte.

Doch bevor er sie erreichte – bevor er an den Ort des Wachseins zurückkehrte –, wollte er noch einen Blick in die Vergangenheit werfen. Er riß sich von der Helligkeit vor ihm los und sah über die Schulter, und für einige wenige kostbare Sekunden erblickte er noch einmal die Welt, die er verließ. Dort war der Wald, der im Licht des Frühlings glitzerte, jede Knospe ein Versprechen des kommenden Grüns. Und der Fuchs! Er lief davon, um den Geschäften dieses Morgens nachzugehen. Will sah ganz genau hin, denn er wußte, daß ihm nur noch wenige Augenblicke blieben. Er richtete seinen Blick auf den Weg, den er gekommen war, den Hügel hinab auf das Dorf. Ein letzter heroischer Blick, der das Bild in seinen Myriaden von Details fixierte. Der glitzernde Fluß. Der vermodernde Gerichtshof. Die Dächer des Dorfes, deren Schieferschindeln sanft schimmerten. Die Brücke, das Postamt, die Telefonzelle,

aus der er in jener Nacht, vor langer Zeit, Frannie angerufen hatte, um ihr zu sagen, daß er davonlaufen wolle.

Und nun tat er es. Er lief zurück in sein Leben, dorthin,
wo er diesen Anblick nie mehr würde genießen können, so
vollkommen ...

Sie riefen nach ihm, aus der Gegenwart. »Willkommen
daheim, Will ...«, sagte jemand leise zu ihm.

Wartet, wollte er sagen. Begrüßt mich noch nicht. Laßt
mir noch eine Sekunde, um diesen Traum zu träumen. Die
Glocken läuten zum Ende der Sonntagsmesse. Ich will die
Leute sehen. Ich will ihre Gesichter sehen, wenn sie aus der
Kirche in die Sonne treten. Ich will ...

Wieder die Stimme, dieses Mal etwas eindringlicher.
»Will. Öffnen Sie die Augen!«

Er hatte keine Zeit mehr, er hatte die Ziellinie erreicht.
Die Vergangenheit wurde von der Helligkeit verschlungen.
Fluß, Brücke, Kirche, Häuser, Hügel, Bäume und Fuchs, all
das war verschwunden, und die Augen, die so viel gesehen hatten und die im Laufe der Jahre etwas schwächer,
aber nicht weniger hungrig geworden waren, öffneten sich,
um festzustellen, was aus ihm geworden war.

TEIL VIER

Er trifft den Fremden in seiner Haut

I

1

»Es wird einige Zeit dauern, bis Sie wieder aufstehen und herumlaufen können«, erklärte Dr. Koppelman Will ein paar Tage nach dessen Erwachen. »Aber Sie sind noch relativ jung, relativ widerstandsfähig … Und Sie waren fit. Sie werden das Spiel schon gewinnen.«

»Wird es denn eins werden?« fragte Will. Er saß aufrecht im Bett und trank gesüßten Tee.

»Ein Spiel? Oh, entschuldigen Sie, aber ich fürchte, das allerdings nicht. Es wird manchmal brutal sein.«

»Und ansonsten?«

»Ansonsten nur schrecklich.«

»Ihr Benehmen einem Kranken gegenüber ist beschissen, wissen Sie das?«

Koppelman lachte. »Es wird Ihnen schon gefallen.«

»Wer sagt das?«

»Adrianna. Sie hat mir erzählt, daß Sie eine ausgeprägt masochistische Ader haben. Hat es gern ungemütlich, sagte sie, ist nur glücklich, wenn er bis zum Hals im Sumpfwasser steckt.«

»Hat sie Ihnen sonst noch was verraten?«

Koppelman lächelte Will verschmitzt zu. »Nichts, auf das Sie nicht stolz sein könnten«, sagte er. »Sie ist eine wirkliche Dame.«

»Eine Dame?«

»Ich fürchte, ich bin ein altmodischer Chauvinist. Übrigens habe ich ihr die gute Nachricht noch nicht mitgeteilt. Ich dachte, das würden Sie gerne selbst tun.«

»Sicher«, sagte Will ohne allzu große Begeisterung.

»Wollen Sie es ihr heute noch sagen?«

»Nein, aber lassen Sie mir die Nummer da. Ich mach es schon.«

»Würden Sie mir einen Gefallen tun?« Koppelman sah ihn leicht verlegen an. »Natürlich erst, wenn es Ihnen besser geht. Die Schwester meiner Frau, Laura, arbeitet in einem Buchladen. Sie ist ein großer Fan Ihrer Fotos. Als sie erfuhr, daß Sie in meiner Obhut sind, hat Sie mir praktisch unter Mordandrohung das Versprechen abgenommen, daß ich Sie wieder hinkriege, gesund, munter und arbeitsbereit. Wenn ich ein Buch mitbrächte, würden Sie es für sie signieren?«

»Mit Vergnügen.«

»Das sehe ich gerne.«

»Was?«

»Dieses Lächeln. Sie haben allen Grund, froh zu sein, Mr. Rabjohns. Ich hätte nicht darauf gewettet, daß Sie aufwachen. Sie haben sich wirklich Zeit gelassen.«

»Ich bin … umhergewandert«, entgegnete Will.

»Erinnern Sie sich, wo?«

»An vielen Orten.«

»Wenn Sie irgendwann mit einem Therapeuten darüber sprechen wollen, mache ich einen Termin für Sie.«

»Ich mißtraue Therapeuten.«

»Aus irgendeinem bestimmten Grund?«

»Ich hatte mal eine Affäre mit einem. In meinem ganzen Leben habe ich keinen so kaputten Typen kennengelernt. Außerdem, sind sie nicht dazu da, einem den Schmerz zu nehmen? Warum, zum Teufel, sollte ich das wollen?«

Nachdem Koppelman gegangen war, rekapitulierte Will das Gespräch, besonders den letzten Teil. Er hatte lange nicht mehr an Eliot Cameron, den Therapeuten, mit dem er eine Affäre gehabt hatte, gedacht. Es hatte nicht lange gedauert und hatte sich auf Drängen Eliots hin stets hinter verschlossenen Türen in einem unter falschem Namen gebuchten Hotelzimmer abgespielt. Zunächst hatten die Heimlichkeiten Wills Sinn fürs Spielerische angesprochen, aber bald hatte das Versteckspielen seinen Reiz verloren, auch weil dahinter Eliots Scham hinsichtlich seiner Neigung stand. Sie hatten sich oft gestritten, manchmal handgreiflich, und stets folgte den Raufereien sensationeller Sex.

Kurz darauf erschien Wills erstes Buch, *Überschreitungen*, eine Sammlung von Fotografien, die Vergehen gegen das Tierreich und deren Folgen für die Menschheit als Thema hatten. Der Veröffentlichung folgte nicht eine einzige Kritik, und es schien, als sei das Buch dazu bestimmt, in völliger Obskurität zu versinken, bis ein Kommentar in der *Washington Post* sich an dem Thema stieß und es als Anschauungsbeispiel dafür präsentierte, wie schwule Künstler den öffentlichen Diskurs mißbrauchten.

Es ist geschmacklos genug, schrieb der Mann, *daß ökologische Tragödien für politische Metaphern herhalten müssen, um so mehr, wenn man den Kern des Anliegens betrachtet. Mr. Rabjohns sollte sich schämen. Er hat versucht, seine Fotos in eine irrationale und selbstmitleidige Metapher für die Stellung der Homosexuellen in Amerika umzusetzen. Indem er das tat, hat er nicht nur sein Können und seine Sexualität herabgesetzt, sondern – am unverzeihlichsten – auch die Tiere, deren letzte Zuckungen und verfaulende Kadaver er so besessen dokumentiert.*

Der Artikel löste eine hitzige Kontroverse aus, und innerhalb von achtundvierzig Stunden befand sich Will inmitten einer erbittert geführten Debatte zwischen Ökologen, Schwulenaktivisten, Kunstkritikern und Politikern, die Schlagzeilen brauchten. Schnell offenbarte sich ein seltsames Phänomen. Jeder konnte in Will sehen, was er sehen wollte. Einige entdeckten in ihm den Rebellen mit der Kamera, der den zimperlichen Ästheten an den Karren fuhr. Für andere war er einfach ein böser Junge mit hübschen Wangenknochen und einem seltsamen Ausdruck in den Augen. Für eine weitere Fraktion wiederum war er der sexuelle Außenseiter, dessen Fotos kaum Bedeutung hatten gegenüber seiner Funktion als Tabuverletzer. Obwohl er die Motive, derentwegen er in der *Post* angegriffen worden war, nie intendiert hatte, wurde er durch die Kontroverse ironischerweise genau zu dem, von dem die *Post* behauptet hatte, daß er seine Motive dazu mache: zu einer Metapher.

Auf der verzweifelten Suche nach schlichter Zuneigung war er an Eliot geraten. Aber Eliot fürchtete, das Licht der Scheinwerfer könne auch ihn erfassen, und war nach Vermont geflüchtet. Als Will sich schließlich den Weg durch den Irrgarten gebahnt hatte, den der Mann inszeniert hatte, um seinen Fluchtweg unkenntlich zu machen, erklärte ihm Eliot geradeheraus, daß es besser wäre, wenn Will ihn für eine Weile in Ruhe ließe. Schließlich, machte er ihm auf seine unnachahmliche Weise klar, seien sie ja kein Liebespaar gewesen, nicht wahr? Sexpartner vielleicht, aber kein Liebespaar.

Sechs Monate später bereiste Will das Ruwenzori-Massiv, um dort Aufnahmen zu machen. Irgendwie gelangte dort eine quälende Einladung zu Eliots Hochzeit in seine Hände. Sie wurde von einer handschriftlichen Notiz des zukünftigen Bräutigams begleitet, in der es hieß, er könne vollkommen verstehen, wenn Will nicht kommen würde, aber er wolle auch nicht, daß er sich ausgeschlossen fühle. Von einem perversen Stolz getrieben, hatte er die Aufnahmen frühzeitig abgebrochen und war zur Hochzeit nach Boston geflogen. Die Feier endete damit, daß er sich betrunken mit Eliots Schwager stritt, der ebenfalls Therapeut war. Laut und kategorisch hatte er den gesamten Berufsstand niedergemacht. Sie seien die Proktologen der Seele, sagte er, und interessierten sich auf krankhafte Weise für die Scheiße anderer Leute. Eine Woche später hatte Will einen kurzen Anruf von Eliot erhalten, der ihn aufforderte, sich in Zukunft von ihm fernzuhalten, und das war das Ende von Wills Erfahrungen mit Therapeuten gewesen. Nun, nicht ganz. Er hatte noch eine kurze Affäre mit dem Schwager gehabt, aber das gehörte wieder zu einem anderen Abenteuer. Seitdem war er nicht mehr mit Eliot zusammengetroffen, hatte aber von gemeinsamen Freunden erfahren, daß die Ehe intakt sei. Keine Kinder, aber mehrere Häuser.

2

»Wie lange wird es dauern?« fragte Will, als Koppelman das nächstemal zu ihm kam.

»Was, bis Sie aufstehen und laufen können?«

»Bis ich hier raus kann.«

»Das hängt von Ihnen ab, hängt davon ab, wie hart Sie daran arbeiten.«

»Reden wir von Tagen, Wochen oder …?«

»Mindestens sechs Wochen«, antwortete Koppelman.

»Ich schaff's in der Hälfte«, sagte Will. »In drei Wochen bin ich weg.«

»Erzählen Sie das Ihren Beinen.«

»Das habe ich bereits. Wir hatten ein hervorragendes Gespräch.«

»Übrigens, ich habe einen Anruf von Adrianna erhalten.«

»Mist. Was haben Sie ihr gesagt?«

»Ich hatte keine andere Wahl, als ihr die Wahrheit mitzuteilen. Ich sagte, daß Sie sich noch immer ziemlich schwach fühlten und daß Ihnen noch nicht danach wäre, Ihre Freunde anzurufen, aber sie schien nicht sehr überzeugt. Sie schließen besser selbst Frieden mit ihr.«

»Zuerst sind Sie mein Arzt, und jetzt mein Gewissen?«

»In der Tat«, antwortete Koppelman ernst.

»Ich rufe sie noch heute an.«

Sie ließ ihn zappeln.

»Ich laufe hier mit einer beschissenen Depression durch die Gegend, weil du im Koma liegst, und es stellt sich heraus, der Kerl liegt gar nicht mehr im beschissenen Koma! Du bist wach, und du hast nicht mal Zeit gefunden, mich anzurufen und es mir zu sagen?«

»Es tut mir leid.«

»Nein, das tut es nicht. Dir hat in deinem ganzen Leben noch nichts leid getan.«

»Ich habe mich beschissen gefühlt. Ich habe mit niemandem gesprochen.« Schweigen. »Frieden?« Noch immer Schweigen. »Bist du noch dran?«

»Noch dran.«

»Frieden!«

»Ich hab' schon beim erstenmal verstanden. Du bist ein egoistisches Schwein, weißt du das, du verdammter Hurensohn?«

»Koppelman meint, du hieltest mich für ein Genie.«

»Genie habe ich nie gesagt. Vielleicht habe ich das Wort talentiert benutzt, aber ich dachte auch, du würdest sterben, also war ich großzügig.«

»Du hast geweint.«

»So großzügig nun auch wieder nicht.«

»Mein Gott, bist du eine harte Frau.«

»Na schön, ich habe geweint. Ein bißchen. Aber den Fehler mache ich nicht noch mal, selbst wenn du dich einem ganzen verdammten Rudel von Eisbären zum Fraß vorwirfst.«

»Da fällt mir ein – was ist mit Guthrie?«

»Tot und begraben. Es gab sogar einen Nachruf in der *Times*, ob du's glaubst oder nicht.«

»Für Guthrie?«

»Er hatte ein ziemlich interessantes Leben. Also ... wann kommst du zurück?«

»Koppelman will sich nicht so richtig festlegen. Ein paar Wochen wird es dauern, sagt er.«

»Aber du fliegst doch sofort nach San Francisco?«

»Ich habe mich noch nicht entschieden.«

»Eine Menge Leute machen sich Sorgen um dich. Patrick, zum Beispiel. Er fragt dauernd nach dir. Und ich, und Glenn ...«

»Du bist wieder mit Glenn zusammen?«

»Wechsle nicht das Thema. Ja, ich bin wieder bei Glenn. Ich schließe dein Haus auf und bereite alles für dich vor, damit wir richtig Heimkehr feiern können.«

»Heimkehrfeiern sind was für Leute, die ein Heim haben«, sagte Will. Er hatte das Haus in der Sanchez Street nie sehr gemocht; eigentlich hatte er Häuser im allgemeinen nie gemocht.

»Dann tu so, als ob«, sagte Adrianna. »Laß dir Zeit und erhole dich.«

»Ich werde drüber nachdenken. Wie geht's Patrick denn so?«

»Ich habe ihn letzte Woche getroffen. Er hat zugenommen.«

244

»Wirst du ihn für mich anrufen?«

»Nein.«

»Adrianna ...«

»Du rufst ihn an. Es würde ihm viel bedeuten. Genau, damit kannst du es bei mir wieder gutmachen, indem du Patrick anrufst und ihm sagst, daß du okay bist.«

»Das ist eine ziemlich bescheuerte Logik.«

»Es geht nicht um Logik. Es ist eine Schuld-Sache. Hab' ich von meiner Mutter gelernt. Hast du Patricks Nummer?«

»Wahrscheinlich.«

»Keine Ausflüchte. Schreib sie dir auf. Hast du einen Stift?« Er suchte auf dem Tisch neben seinem Bett nach einem und notierte sich gehorsam die Nummer, die sie ihm nannte. »Morgen werde ich mit ihm sprechen, Will«, sagte Adrianna. »Und wenn er bis dahin nichts von dir gehört hat, gibt es Ärger.«

»Ich rufe ihn an, ich rufe ihn an, mein Gott.«

»Rafael hat ihn verlassen, also erwähn den Namen dieses kleinen Scheißers besser nicht.«

»Ich dachte, du mochtest ihn.«

»Oh, er weiß, wie man seinen Charme einsetzt«, sagte Adrianna. »Aber im Grunde ist er nur ein Party Boy.«

»Er ist jung, das entschuldigt ihn.«

»Während wir ...«

»Alt und weise und voller Blähungen sind.«

Adrianna kicherte. »Ich habe dich vermißt.«

»Mit Recht.«

»Übrigens hat Patrick jetzt einen Guru. Bethlynn Reichle. Sie bringt ihm bei, wie man meditiert. Ist irgendwie altmodisch. Wenn ich Patrick besuche, sitzen wir im Schneidersitz auf dem Boden, rauchen Hasch und machen abwechselnd das Peace-Zeichen.«

»Was immer er dir erzählt, Patrick war nie ein Blumenkind. Bis Minneapolis ist der Sommer der Liebe nicht vorgedrungen.«

»Er kommt aus Minneapolis?«

»Aus einem Vorort. Sein Vater ist Schweinezüchter.«

»Was?« sagte Adrianna in gespielten Entsetzen. »Er hat

mir erzählt, sein Vater sei ein Künstler gewesen, der Land
Art gemacht hätte ...«

»Und an einem Gehirntumor gestorben ist? Das erzählt
er jedem. Es stimmt nicht. Sein Vater stapft quicklebendig
mitten in Minnesota durch Schweinemist. Und macht ein
Vermögen mit Speck, sollte ich hinzufügen.«

»Pat, dieser verdammte Lügner! Warte, bis ich ihn mir
vorknöpfe.«

Will lachte. »Erwarte nicht, daß er auf zerknirscht
macht«, sagte er. »Zerknirscht liegt ihm nicht. Wie läuft's
mit Glenn?«

»Es plätschert so dahin«, sagte sie ohne Begeisterung.
»Aber immer noch besser als das, was viele andere haben.
Es ist nur nicht sehr inspirierend. Ich wollte immer eine
große Romanze in meinem Leben. Ich meine, eine, die mir
auch etwas bringt. Jetzt ist es, glaube ich, dafür zu spät.«
Sie seufzte. »O Gott, wenn man mich so hört.«

»Du brauchst einen Cocktail, das ist alles.«

»Darfst du schon trinken?«

»Ich frage Bernie. Ich weiß nicht. Nebenbei – hat er eigentlich versucht, sich an dich ranzumachen?«

»Wer, Koppelman? Nein. Warum?«

»Kommt mir nur so vor, als sei er verknallt in dich, so
wie er von dir redet.«

»Warum, zum Teufel, hat er mir nichts gesagt?«

»Wahrscheinlich hast du ihn eingeschüchtert.«

»Was, ich, die kleine Adrianna? Nein, ich bin ein Mieze-
kätzchen, das weißt du doch. Nicht, daß ich einverstanden
gewesen wäre, wenn er mir einen Antrag gemacht hätte.
Ich meine, ich habe einen gewissen Standard. Sicher, er ist
nicht hoch, aber es ist meiner, und ich bin stolz darauf.«

»Hast du schon mal daran gedacht, Komikerin zu werden?« fragte Will schmunzelnd. »Du könntest bestimmt
Karriere machen.«

»Sag mir lieber, ob du es ernst meinst mit dem, was du
in Balthazar verkündet hast? Daß du alles aufgeben
willst?«

»Ich glaube, es läuft andersrum«, sagte Will. »Die Foto-

246

grafie gibt mich auf, Adie. Und wir beide haben für unser Leben schon genug Tierfriedhöfe gesehen.«

»Und was passiert jetzt?«

»Ich beende das Buch. Ich gebe das Buch ab. Ich warte, was passiert. Du weißt, wie gerne ich warte – beobachte.«

»Auf was wartest du, Will?«

»Ich weiß nicht. Auf etwas Wildes.«

II

Am nächsten Tag, inspiriert durch das Gespräch mit Adrianna, strengte er sich bei seiner Physiotherapie mehr an, als seinem Körper guttat, und das endete damit, daß er sich schlechter fühlte als in der ganzen Zeit, seit er aus dem Koma erwacht war. Koppelman verschrieb Schmerztabletten, die stark genug waren, um das Gefühl angenehmer Leichtigkeit zu vermitteln. In diesem Zustand rief er, wie versprochen, Patrick an. Es war aber nicht Patrick, der den Hörer abnahm, sondern Jack Fisher, ein Schwarzer, der während der letzten fünf Jahre immer wieder mal in Patricks Freundeskreis aufgetaucht war. Ein ehemaliger Tänzer, wenn Will sich richtig erinnerte. Schlank, langgliedrig und von sprühender Intelligenz. Er klang müde, freute sich jedoch über Wills Anruf.

»Ich weiß, daß er mit dir sprechen will, aber im Moment schläft er gerade.«

»Macht nichts, Jack. Ich rufe ein andermal an. Wie geht's ihm?«

»Er hat gerade eine Lungenentzündung hinter sich«, antwortete Fisher. »Aber es geht ihm schon besser. Kann schon wieder ein bißchen rumlaufen. Ich hab' gehört, du hast auch eine harte Zeit hinter dir.«

»Ich gesunde«, sagte Will. Ich fliege, hätte er sagen sollen. Die Schmerztabletten hatten mittlerweile eine mehr als milde Euphorie erzeugt. Er schloß die Augen und stellte sich den Mann am anderen Ende der Leitung vor. »In ein paar Wochen komme ich rüber. Vielleicht können wir mal ein Bier zusammen trinken.«

»Klar«, sagte Jack, hörbar verwundert über diese Einladung. »Können wir machen.«

»Kümmerst du dich jetzt um Patrick?«

»Nein, ich bin nur zu Besuch. Du weißt, wie Patrick ist. Er hat gerne Leute um sich. Und ich bin bekannt für meine Fußmassagen. Warte mal, jetzt höre ich Patrick gerade. Ich bring' ihm das Telefon. War gut, mit dir zu sprechen, Mann. Melde dich, wenn du wieder in der Stadt bist ... He, Patrick, was glaubst du, wer dran ist?« Will hörte ein paar gedämpfte Sätze, dann meldete sich Jack noch einmal. »Hier ist er, Mann.«

Das Telefon wurde weitergereicht, und Patrick sagte: »Will? Bist du's wirklich?«

»Ich bin es wirklich.«

»Mein Gott, das ist so seltsam. Ich saß am Fenster und machte Siesta, und ich schwöre, ich habe von dir geträumt.«

»Hatten wir Spaß?«

»Wir haben eigentlich gar nichts gemacht. Du warst einfach nur da ... mit mir im Zimmer. Und es gefiel mir.«

»Nun, bald bin ich in voller Lebensgröße da. Ich hab's gerade schon Jack erzählt – bin fast wieder auf den Beinen.«

»Ich hab' alle Artikel über diese Sache gelesen. Meine Mutter hat sie ausgeschnitten und mir geschickt. Trau keinem Eisbären, was?«

»Er konnte nicht anders«, sagte Will. »Und wie geht es dir?«

»Es geht so. Ich habe viel abgenommen, aber das lege ich jetzt nach und nach wieder zu. Aber es ist schwer, weißt du. Manchmal bin ich so erschöpft, daß ich glaube, es ist die Mühe einfach nicht wert.«

»Daran darfst du nicht mal denken.«

»Aber was anderes kommt mir gar nicht mehr in den Sinn. Schlafen und denken. Wann kommst du?«

»Bald.«

248

»Lieber früher. Wir machen eine Party. Wie in den alten Zeiten. Mal sehen, wer noch dabei ist ...«

»Wir sind noch dabei, Patrick«, entgegnete Will. Die Trauer, die in ihrem Gespräch mitklang, verwandelte seine Euphorie in eine träumerisch-elegische Melancholie. Sie befanden sich in einer Welt, in der vieles endete. Es gab frühe und unerwartete Abschiede. Er spürte, wie sich etwas in seiner Brust zusammenzog, und fürchtete, daß er gleich anfangen würde zu weinen. »Ich mach' besser Schluß«, sagte er, da er Patrick nicht aufregen wollte. »Ich melde mich, wenn ich komme.«

Patrick gab ihn jedoch nicht so schnell frei. »Du würdest dich wirklich über eine Party freuen?« fragte er.

»Klar ...«

»Gut. Ich werde alles organisieren. Es ist schön, wenn man sich auf etwas freuen kann.«

»So ist es«, sagte Will, dessen Kehle so zugeschnürt war, daß er keinen längeren Satz mehr herausbekam.

»Okay, dann laß ich dich jetzt mal allein, Kumpel«, sagte Patrick. »Danke für deinen Anruf. Muß dich während meiner Siesta gerufen haben, was?«

»Bestimmt.«

An dem Schweigen, das folgte, merkte Will, daß Patrick die unterdrückten Tränen in seiner Stimme gespürt hatte.

»Es ist schon gut«, sagte Patrick leise. »Die Tatsache, daß wir miteinander sprechen, macht es gut. Bis bald.«

Er legte auf und ließ Will mit dem Summen der Leitung allein. Langsam ließ er den Hörer von seinem Ohr gleiten. Sein Körper wurde so plötzlich und so vollkommen von den Tränen überwältigt, daß er keine Kontrolle mehr über sich hatte. Aber es tat gut, es reinigte ihn. Zehn, fünfzehn Minuten saß er da und schluchzte wie ein Kind. Schließlich beruhigte er sich und dachte, es sei vorbei, nur um sofort wieder loszuheulen. Er weinte nicht nur wegen Patrick oder wegen dessen Bemerkung, daß man schauen müsse, wer noch da wäre, wen man überhaupt noch zur Party einladen konnte. Er weinte um sich selbst. Um den Jungen, den er im Koma wiedergefunden

249

hatte, den Will, der noch immer irgendwo in ihm steckte, umherirrend.

Die Himmel, die der Junge gesehen hatte, waren auch jetzt noch da, so wie die Hügel und der Fuchs, abgelegt in seiner Erinnerung. Was für ein verwirrendes Rätsel: In diesem Zeitalter der Auslöschung, das er stückweise dokumentierte, hatte sein Gedächtnis ein Tagebuch verfaßt, das so genau war, daß er lediglich träumen mußte, um alles zum Leben zu erwecken, so als wäre es nie an ihm vorbeigeglitten. So als ob – wagte er es, das zu glauben? – das Vergehen von Dingen und Tagen, von Tieren und Menschen, die er geliebt hatte, nichts als grausame Täuschung wäre, der er mit Hilfe der Erinnerung die Maske herunterreißen konnte.

Am nächsten Tag ging er mit seinem Körper noch härter um als am Tag zuvor. Lord Fuchs hatte recht. Dort draußen gab es Arbeit für ihn – Menschen, die man sehen, Geheimnisse, die man ergründen mußte –, und je eher er seinen Körper wieder in Form gequält hatte, desto eher konnte er loslegen.

Nach kurzer Zeit zeigte seine Beharrlichkeit Wirkung. Mit jedem Tag, mit jeder Übung erstarkten seine Glieder, und seine Widerstandskraft kehrte zurück. Er fühlte sich gesünder und jünger. Trotz Koppelmans ironischer Kommentare ließ er sich einige homöopathische Medikamente besorgen, die seine Ernährung unterstützen sollten, und war davon überzeugt, daß sie nicht unwesentlich zu seiner schnelleren Genesung beitrugen. Koppelman mußte zugeben, daß er so etwas noch nicht erlebt hatte. Nach zehn Tagen schmiedete Will bereits Pläne für seine Reise nach San Francisco. Er rief Adrianna an und bat sie, das Haus in der Sanchez Street aufzuschließen und die Räume zu lüften (was sie bereits getan hatte). Er telefonierte mit seinem Verleger in New York und teilte ihm seinen bevorstehenden Umzug mit. Natürlich rief er auch Patrick an. Dieses Mal meldete sich der verlorene Sohn Rafael, der offenbar zurückgekehrt war und dem man alles verziehen hatte. Nein,

Patrick sei nicht zu Hause, teilte er Will mit, er sei zur Blut-
untersuchung im Krankenhaus. Er wisse nicht genau,
wann er zurückkäme, würde die Nachricht aber weitergeben. Er muß sie auf jeden Fall bekommen, sagte Will, worauf Rafael patzig entgegnete: »Ich bin ja nicht blöd« und
den Hörer aufknallte.

»Sie haben sich bemerkenswert gut erholt, aber Sie sollten
immer noch sehr auf sich aufpassen.« Es handelte sich um
Koppelmans Abschiedsrede. »Keine Reise in die Antarktis
in den nächsten Monaten. Kein Bis-zum-Hals-im-Sumpf-
wasser-Herumstehen.«

»Und was soll ich machen, wenn ich mich amüsieren
will?«

»Denken Sie darüber nach, wieviel Glück Sie hatten«,
sagte Koppelman. »Ach ja, beinahe hätte ich es vergessen ...
meine Schwägerin ...«

»Laura.«

Koppelman strahlte. »Sie erinnern sich? Ich habe das
Buch dabei, das Sie signieren wollten.« Er faßte in einen
Beutel, den er mitgebracht hatte, und holte eine Ausgabe
von *Grenzen* hervor. »Gestern abend habe ich mal reinge-
schaut. Ganz schön hart.«

»Oh, seitdem ist es noch viel schlimmer geworden«, sagte Will, nahm einen Kugelschreiber aus Koppelmans Brust-
tasche und ließ sich das Buch reichen. »Ein paar Arten haben den Kampf verloren.«

»Sie sind ausgestorben?«

»So wie der Dodo.« Er öffnete das Buch auf der Titelseite und schrieb etwas hinein.

»Was, zum Teufel, soll das heißen?«

»Für Laura. Mit besten Wünschen.«

»Und das Gekritzel darunter ist Ihre Unterschrift?«

»Genau.«

»Nur falls sie fragt.«

Zwei Tage später reiste er ab. Es gab keinen Direktflug
nach San Francisco, er mußte in Chicago umsteigen. Es war

nur eine kleinere Unannehmlichkeit, und er freute sich so darüber, wieder im Strom der Menschen mitzuschwimmen, daß das Gedränge auf dem O'Hare ihm regelrecht Vergnügen bereitete. Am späten Nachmittag saß er in dem Flugzeug, das ihn nach Westen bringen würde. Er hatte einen Fensterplatz und bestellte zur Feier des Tages Whisky. Da er seit mehreren Monaten keinen Alkohol getrunken hatte, stieg er ihm sofort in den Kopf. Wohlig und gut gelaunt ließ er sich vom Schlaf übermannen, während der Himmel sich verdunkelte.

Als er erwachte, war der Tag längst vergangen, und die Lichter der Stadt an der Bucht glitzerten in der Ferne.

III

1

San Francisco war nicht der erste Anlaufhafen Wills gewesen, als er nach Amerika kam. Diese Ehre war Boston zugefallen. Mit neunzehn traf er dort ein, nachdem er erkannt hatte, daß er das, was er suchte – was immer es sein mochte –, in England nicht finden würde. In Boston fand er es auch nicht. Aber während der vierzehn Monate, die er dort verbrachte, kam ein neuer Will zum Vorschein, zunächst noch zögernd, aber bald immer offener und furchtloser. Schon lange bevor er England verlassen hatte, war er sich über seine sexuellen Vorlieben im klaren gewesen. Er hatte seinen Sehnsüchten ein paarmal nachgegeben, wenn auch nie ganz nüchtern. In Boston lernte er jedoch, ein fröhlicher Schwuler zu werden und sich nach seiner eigenen idiosynkratischen Art neu zu erfinden. Er war kein properer amerikanischer Naturbursche, kein Macho-Mann im karierten Hemd, keine aufgedonnerte Tunte und kein Ledertyp. Er galt als ein etwas seltsamer Individualist, der aus genau diesem Grunde begehrt und umschwärmt wurde. Eigenschaften, die in einer Bar in Manchester völlig unbemerkt geblieben wären (einige davon so offensichtlich wie sein Akzent, andere so subtil, daß er sie nicht einmal hätte benennen können), waren hier rar und begehrt. Sehr schnell erkannte er das Wesen seines Vorteils und beutete ihn schamlos aus. Er verzichtete auf die angesagte Uniform (Joggingschuhe, enge Jeans, T-Shirt) und kleidete sich wie der verarmte Neffe aus England, der er schließlich auch war. Und genau das wirkte wie ein Zauber. Er ging selten allein ins Bett, es sei denn, er wollte es so. Innerhalb weniger Monate hatte er drei Liebesaffären absolviert, von denen er zwei von sich aus beendete. Die letzte verschaffte ihm dann erstmals den bitteren Geschmack unerwiderter Liebe. Das Objekt hieß Laurence Mueller, ein Fernsehproduzent, der neun Jahre älter war als Will. Larry war blond, schlank und in sexuellen Dingen sehr geschickt; er hatte Will in eine stürmische Romanze gelockt, nur um ihn nach sechs Wochen eiskalt abzuservieren, ein Verhaltensmuster, für dessen Wiederholung er bekannt war. Einen halben Sommer lang hatte Will mit gebrochenem Herzen den Verlust betrauert und versucht, den Schmerz mit Aktivitäten zu verdrängen, die ihn fünf Jahre später wohl das Leben gekostet hätten. Im Sex-Schuppen »Combat Zone« und in der Dunkelheit des »Fenways«, wo am Wochenende nächtliche Orgien stattfanden; spielte er jedes sexuelle Szenario durch, das sein Trieb heraufbeschwören konnte, nur um die Zurückweisung durch Larry zu vergessen.

Im September hatte der Schmerz nachgelassen, aber nicht bevor er eine durch Hasch herbeigeführte Klärung seines Bewußtseins erlebt hatte. Er saß in einer Sauna und dachte über sein Elend nach, als er erkannte, daß Larrys Zurückweisung in ihm den gleichen Schmerz geweckt hatte wie Steeps Verschwinden. Über diese Erkenntnis grübelnd, hatte er länger schwitzend in dem gekachelten Raum gesessen, als gesund war, wobei er die Hände und Blicke ignorierte, die sich ihm näherten. Was bedeutete das? Daß seine Annäherung an Jacob auch ein sexuelles Element enthalten hatte? Oder daß in seinen mitternächtlichen Treffen in den Büschen irgendwo die Hoffnung lag,

253

einen Mann zu finden, der die Versprechungen Steeps ein-
löste und ihn aus dieser Welt an einen Ort der Visionen
brachte? Schließlich überließ er die Sauna den Sexbesesse-
nen. Sein Kopf dröhnte so laut, daß er nicht mehr klar denken konnte. Doch die Frage begleitete ihn seitdem und
machte ihm Sorgen. Er begegnete ihr auf die einfachste Art,
die ihm einfiel. Wenn sich ihm ein Mann näherte, der auch
nur die entfernteste Ähnlichkeit mit Steep hatte – wie er
sich an ihn erinnerte, an seine Haarfarbe, seinen Mund –,
wies er ihn mit abergläubischer Furcht zurück.

2

Aber es war nicht die Larry Mueller-Geschichte, die ihn aus
Boston vertrieb, es war letztendlich ein eisiger Dezember.
Nachdem er mitten in einem Massachusetts-Blizzard aus
dem Lokal gekommen war, in dem er als Kellner arbeitete,
hatte er endgültig die Nase voll davon, zu frieren. Es wurde Zeit, sich dorthin zu begeben, wo mildere Temperatu-
ren herrschten. Sein erster Gedanke galt Florida, aber als er
an diesem Abend die Möglichkeiten mit dem Barmann bei
»Buddies« durchgegangen war, hörte er den Sirenengesang
von San Francisco.

»Ich war nur einmal in Kalifornien«, sagte der Barmann,
dessen Name, Danny, auf seinen Arm tätowiert war, wahrscheinlich damit er ihn nicht vergaß, »aber Mann, ich wäre
fast geblieben. Das ist ein Schwulenparadies, ehrlich.«

»Solange es warm ist.«

»Es gibt Orte, an denen es noch wärmer ist«, räumte
Danny ein. »Aber Scheiße, Mann, wenn du's noch heißer
haben willst, mußt du im beschissenen Death Valley leben.« Er beugte sich zu Will und senkte die Stimme. »Wenn
ich meine andere Hälfte nicht hätte (Dannys langjähriger
Liebhaber Frederico – die andere Hälfte – saß drei Meter
weiter an der Bar), würde ich dorthin gehen und mein Leben leben. Keine Frage.«

Es sollte ein folgenreiches Gespräch sein. Keine zwei

Wochen später hatte Will seine Taschen gepackt und machte sich auf den Weg. Er verließ Boston an einem solch frostfunkelnden Tag, daß er seine Entscheidung fast bereute, weil die Stadt so schön aussah. Aber am anderen Ende seiner Reise wartete eine andere Art von Schönheit auf ihn, eine Stadt, die ihn auf eine Weise bezauberte, die weit über seine Erwartungen hinausging. Er bekam einen Job bei einer der Stadtteilzeitungen, und als eines denkwürdigen Tages kein Fotograf zur Stelle war, um Wills Bericht über seine Adoptivstadt zu illustrieren, borgte er sich eine Kamera und machte die Aufnahmen selbst. Es war keine Liebe auf den ersten Blick. Die ersten Fotos, die er machte, waren so armselig, daß er sie kaum verwenden konnte. Aber er mochte das Gefühl der Kamera in seinen Händen, und es gefiel ihm, die Welt durch eine Linse zu erfassen. Seine Motive kamen aus dem bunten Gemisch, in dessen Urland er lebte: die Tunten, die Cowboys, die Lesben, die Models, die Sexfanatiker, die Transvestiten und die Lederfetischisten in ihren Wohnungen, Bars, Clubs, Lebensmittelgeschäften und Waschsalons zwischen der Kreuzung Castro und Achtzehnte, nach Norden bis Market, nach Süden bis Collingwood Park.

Während er sein Handwerk lernte, lernte er auch, wie man es zwischen den Laken treibt. Bald hatte er sich einen Ruf als ziemlich wilder Liebhaber erworben. Er spielte nur noch selten anonyme Spiele, auch wenn es genügend Plätze dafür gab. Statt dessen suchte er nach neuen Erfahrungen und fand sie in den Betten und den Herzen vieler verschiedener Männer, die alle auf ihre Weise aufregend waren, auch wenn keiner von ihnen ihn ganz für sich gewinnen konnte. Da war Lorenzo, ein vierzigjähriger Italiener, der Frau und Kind in Portland zurückgelassen hatte, um die Neigung auszuleben, von der er schon an seinem Hochzeitstag wußte. Da war Drew Dunwoody, ein Muskelboy, der Will eine Zeitlang mindestens ebenso inbrünstig verehrte wie sein eigenes Spiegelbild. Da war Sanders, ein älterer Mann, der dem, was man einen Sugar Daddy nannte, recht nahe kam. Er gab sein Alter mit 49 an (und zwar fünf Jahre lang) und lieh Will die ersten drei Monatsmieten für ein Apartment am Collingwood Park und später die Anzahlung für eine gebrauchte Harley. Da war Lewis, der Versicherungsmann, der in Gesellschaft kein Wort sprach, aber Will hinter verschlossenen Türen seine Seele ausschüttete und später dann zu einem recht bekannten Dichter erblühte. Da war Gregory, der schöne Gregory. Tot, gestorben an einer zufälligen Überdosis, mit vierundzwanzig. Und Joel. Und Meskalin-Mike. Und ein Junge, der sagte, er hieße Derrick, bis sich später herausstellte, daß es sich um einen desertierten Marinesoldaten namens Dupont handelte.

In diesem verzauberten Kreis entwickelte sich Will; und er wurde stark. Die Pest war noch nicht über sie gekommen, und in der Rückschau sollte dies als das Goldene Zeitalter von Exzeß und Hedonismus gelten, das Will – dank seines Talents zu genießen und gleichzeitig Distanz zu wahren – unbeschadet überstand. Er hatte selbst oft darüber gestaunt. Damals wußte er es noch nicht, aber bald würde der Tod kommen und seine kalten Finger auf viele der Männer legen, die er fotografiert hatte; eine wahllose Auslöschung von Schönheit, Intelligenz und liebenden Seelen. Doch sieben außerordentliche Jahre lang, bevor der Schatten fiel, badete er täglich in diesem Fluß, von dem er annahm, daß er auf ewig strömen würde.

3

Es war Lewis, der zum Dichter mutierte Versicherungsagent, der zum erstenmal mit ihm über Tiere gesprochen hatte. Sie saßen auf der hinteren Veranda von Lewis' Haus auf der Cumberland, beobachteten, wie ein Waschbär die Mülltonnen durchstöberte und sprachen davon, wie es wohl wäre, wenn man für eine gewisse Zeit den Körper und die Seele eines Tieres bewohnen könnte. Lewis hatte über Robben geschrieben, und das Thema hatte so von ihm Besitz ergriffen, daß sie, wie er erzählte, jede Nacht seine Träume bevölkerten.

256

»Große, glatte, schwarze Robben«, sagte er, »die einfach nur so rumhängen.«

»An einem Strand?«

»Nein, nein, in der Market Street«, entgegnete Lewis kichernd. »Ich weiß, es klingt blöd, aber wenn ich das träume, sieht es so aus, als gehörten sie dorthin. Ich habe eine von ihnen gefragt, was sie da machten, und sie sagte, daß sie sich die Topografie des Landes ansehen würden, für den Fall, daß die Stadt in den Ozean stürzt.«

Will sah zu, wie der Waschbär den Müll durchstöberte. »Als Kind habe ich von diesem sprechenden Fuchs geträumt ...«, sagte er versonnen. Vielleicht war es das Haschisch – Lewis besorgte immer guten Stoff –, aber die Erinnerung daran war kristallklar. »... Lord Fuchs«, sagte er.

»*Lord* Fuchs?«

»Lord Fuchs«, wiederholte Will. »Er hat mich zu Tode geängstigt, aber gleichzeitig war er sehr komisch.«

»Warum hattest du Angst vor ihm?« Will hatte noch nie mit jemandem über Lord Fuchs gesprochen, und selbst jetzt – obwohl er Lewis mochte und ihm vertraute – fühlte er sich etwas gehemmt. Lord Fuchs war Teil eines größeren Geheimnisses (das große Geheimnis seines Lebens), das er für sich behalten wollte. Doch Lewis verlangte auf seine freundliche Art weitere Erklärungen. »Erzähl mir davon«, sagte er.

»Er hatte jemanden gefressen«, entgegnete Will. »Deshalb machte er mir angst. Aber dann hat er mir diese Geschichte erzählt.«

»Was für eine Geschichte?«

»Es war nicht mal eine richtige Geschichte. Es ging nur um ein Gespräch, das er mit einem Hund geführt hatte.«

»So?« Lewis lachte interessiert.

Will wiederholte, worum es in dem Gespräch mit dem Hund gegangen war. Er wunderte sich selbst, wie leicht es ihm fiel, sich daran zu erinnern, obwohl es anderthalb Jahrzehnte her war, seit er den Traum geträumt hatte.

»Wir haben für sie gejagt, wir haben ihre Herden bewacht und ihre Bälger geschützt. Und warum? Weil wir dachten, daß sie wüßten, wie man sich um die Dinge kümmert. Wie man dafür sorgt, daß es auf der Welt immer Fleisch und Blumen gibt.«

Das gefiel Lewis. »Ich könnte ein Gedicht daraus machen«, sagte er.

»Das würde ich nicht riskieren.«

»Warum nicht?«

»Vielleicht kommt Lord Fuchs und verlangt einen Anteil an den Einnahmen.«

»Welche Einnahmen?« fragte Lewis. »Wir sprechen von Poesie.«

Will schwieg. Er beobachtete den Waschbär, der seine Inspektion der Mülltonne beendet hatte und mit seiner Beute davonhoppelte. Und während er ihm zusah, dachte er an Lord Fuchs. Und an Thomas den Maler, lebend und tot.

»Willst du noch?« fragte Lewis und reichte Will den Joint. »He, Will? Hörst du überhaupt zu?«

Will starrte in die Dunkelheit, und seine Gedanken schlichen sich so heimlich davon wie der Waschbär. Lewis hatte recht. In der Geschichte, die Lord Fuchs erzählt hatte, steckte etwas Poetisches. Aber Will war kein Poet. Er konnte die Geschichte nicht mit Worten erzählen. Er hatte nur seine Augen; und natürlich die Kamera.

Schließlich nahm er den erloschenen Joint aus Lewis' Fingern und zündete ihn wieder an, um den stechenden Rauch tief in seine Lungen zu saugen. Es war starkes Ganja, und er hatte schon mehr davon geraucht als üblich. An diesem Abend gab er seiner Gier nach.

»Denkst du an den Fuchs?« fragte Lewis.

Will richtete seinen verschwommenen Blick auf Lewis.

»Ich denke über den Rest meines Lebens nach«, antwortete er.

In Wills privater Mythologie begann die Reise in die Wildnis – dorthin, wo Tiere deshalb sterben mußten, weil sie das Verbrechen begangen hatten, in ihrer natürlichen Umgebung zu leben – an jenem Abend auf Lewis' Veranda, mit dem Joint, dem Waschbär und der Geschichte von Lord Fuchs. Natürlich war es komplizierter. Es langweilte ihn schon geraume Zeit, dauernd nur die Hippies zu dokumentieren, und er war schon lange vor diesem Abend für einen Wechsel bereit gewesen. In welche Richtung diese Sehnsucht führen würde, hatte das Gespräch zuvor noch nicht ergeben, aber in den folgenden Wochen richtete er seine Kamera immer weniger auf das Treiben auf der Castro und immer mehr auf das Leben der Tiere, die in der Stadt mit den Menschen koexistierten. Seine ersten Experimente waren wenig ambitioniert; späte Jugendwerke, bestenfalls. Er fotografierte die Seelöwen, die sich an Pier 39 versammelten, die Eichhörnchen im Dolores Park und den Hund seines Nachbarn, der regelmäßig einen Verkehrsstau verursachte, weil er sich zum Scheißen mitten auf der Sanchez Street niederließ.

Trotzdem hatte damit die Reise begonnen, die ihn bald sehr weit fort von der Castro führen sollte, fort von Seelöwen, Eichhörnchen und scheißenden Hunden.

Überschreitungen, seinen ersten Fotoband, widmete er Lord Fuchs. Es war das mindeste, was er tun konnte.

IV

1

Adrianna kam am Morgen nach seiner Rückkehr in die Stadt unangemeldet zu Besuch. Sie brachte ein Pfund kalten Braten aus der Castro Cheesery mit und Zuccotto und St. Honore's Kuchen von Peverelli's in North Beach, wo sie mit Glenn wohnte. Sie umarmten und küßten sich im Flur, und beide machte das Wiedersehen ein bißchen tränenselig.

»O Gott, ich habe dich so vermißt«, sagte Will und legte seine Hände um ihr Gesicht. »Und du siehst so schön aus.«

»Ich habe mir die Haare gefärbt. Kein Grau mehr. Diese

Farbe werde ich noch mit hundertundeins haben. Wie geht's dir?«

»Jeden Tag besser«, antwortete Will und ging in die Küche voraus, um Kaffee zu kochen. »Ich ächze noch ein bißchen, wenn ich morgens aufstehe, und nach dem Duschen jucken die Narben wie die Hölle, aber ansonsten bin ich wieder in bester Ordnung.«

»Ich hatte meine Zweifel. Bernie übrigens auch.«

»Dachtet ihr, ich würde mich still und heimlich verziehen?«

»Der Gedanke ist mir gekommen. Du sahst so friedlich aus. Ich habe Bernie gefragt, ob du träumen würdest. Er sagte, er wüßte es nicht.«

»Es war nicht wie ein Traum. Es war, als würde ich in die Vergangenheit zurückkehren. Ich war wieder ein Junge.«

»Hat es Spaß gemacht?«

Er schüttelte den Kopf. »Ich bin sehr froh, wieder zurück zu sein.«

»Und dies hier ist auch ein schöner Ort, um zurückzukommen«, sagte sie, ging zur Küchentür und sah den Flur entlang. Sie hatte dieses Haus schon immer geliebt, mehr als Will. Die Weitläufigkeit, verbunden mit der verschachtelten Architektur (ganz zu schweigen von den Exzessen, die die modisch karg möblierten Räume gesehen hatten), verlieh dem Haus in ihren Augen etwas Herrschaftliches. In den meisten Häusern in der Nachbarschaft war es früher hoch hergegangen, aber in diesen Mauern hier war nicht nur die Erinnerung an hektische Betriebsamkeit existent. Sie dachte an Wills Wutanfälle, wenn es mit geplanten Kontakten nicht klappte; an seine Freudenschreie, wenn ihm etwas gelang. An begeisterte Gespräche über Landkarten, auf denen sich ein aufregender Mangel an Straßen zeigte. An Abende mit Debatten über den Verlust der Sicherheit und an trunkene Monologe über Schicksal, Tod und Liebe. Es gab schönere Häuser in der Stadt, sicher, aber keines, und darauf hätte sie gewettet, in dem so viele mitternächtliche Weisheiten ausgetauscht worden waren.

»Ich komme mir vor wie ein Einbrecher«, sagte Will,

während er den Kaffee eingoß. »Als sei ich bei jemandem eingestiegen und spiele seine Rolle.«

»In ein paar Tagen hast du dich dran gewöhnt«, meinte Adrianna, nahm ihre Tasse und ging in das geräumige Ablagezimmer, in dem Will seine Fotos auslegte. An einer Wand hatte Will die Fotos aufgehängt, die er aufgrund von Belichtungs- oder Entwicklungsfehlern ausgesondert hatte. Bilder, die zu dunkel oder zu hell waren, um verwendet zu werden, und die er trotzdem faszinierend fand. Seine Schwindsuchtbilder nannte er sie, und mehr als einmal hatte er gesagt – meistens wenn er betrunken war –, daß sie seiner Vorstellung von dem entsprächen, wie die Welt einmal enden würde: Verschwommene oder nicht erkennbare Formen in einem körnigen Halbdunkel, bar jeder Identität und jeden Sinns.

Sie betrachtete diese Bilder, während sie ihren Kaffee trank. Viele davon hingen schon seit Jahren an der Wand, wo sie im Licht noch weiter verblaßten.

»Wirst du jemals was damit machen?« fragte sie.

»Wie zum Beispiel verbrennen? Oder was meinst du?« sagte er und stellte sich neben sie.

»Nein, wie zum Beispiel veröffentlichen.«

»Das ist mißlungene Scheiße, Adie.«

»Genau deshalb.«

»Ein dekonstruktivistisches Tierbuch?«

»Es könnte eine Menge Aufsehen erregen.«

»Scheiß auf das Aufsehen«, sagte Will. »Ich habe genug Aufsehen erregt. Ich habe der ganzen Welt gesagt: *Schau, was ich getan habe, Daddy*. Mein Ego ist offiziell zufriedengestellt.« Er trat an die Wand und begann die Fotos so heftig abzureißen, daß die Reißzwecken flogen.

»He, sei vorsichtig, du machst sie noch kaputt!«

»So?« sagte er und fegte die Bilder herunter. »Weißt du was? Das macht Spaß!« Bald war der Boden mit Fotos bedeckt. »Das ist schon besser«, knurrte er und trat zurück, um die nun leere Wand zu bewundern.

»Darf ich eins als Souvenir haben?«

»Nur eins.«

Sie beugte sich über die Bilder und suchte nach einem, das ihr ins Auge stach. Schließlich hob sie ein altes, fleckiges Foto auf.

»Was hast du dir ausgesucht?« fragte er. »Laß sehen.«

Sie zeigte es ihm. Es ähnelte einem spiritualistischen Bild aus dem 19. Jahrhundert, mit jenen hellen Ektoplasmablasen, in denen Gläubige die Formen der Toten zu erkennen geglaubt hatten. Will konnte sofort die Herkunft benennen.

»Begemder, Äthiopien. Abessinischer Steinbock.«

Adrianna drehte das Foto um.

»Wie, zum Teufel, weißt du das?«

Will lächelte. »Ich vergesse nie ein Gesicht.«

2

Am nächsten Tag besuchte er Patrick, dessen Apartment am Anfang der Castro lag. Auch wenn das Paar von den sechs gemeinsam verbrachten Jahren vier in dem Haus in der Sanchez Street gewohnt hatte, war Patrick seinem Apartment immer treu geblieben, und Will hatte ihn auch nie dazu gedrängt, es aufzugeben. Das Haus in seiner kargen, funktionalen Art war ein Ausdruck von Wills nüchternem Wesen. Im Gegensatz dazu interpretierte das Apartment so sehr den Charakter Patricks – warm, überschwenglich, überschäumend –, daß ein Auszug der Amputation eines Körperteils geglichen hätte. Dort oben auf dem Hügel hatte er einen großen Teil des Geldes ausgegeben, das er unten in der Stadt verdient hatte (wo er bis vor kurzem als Anlageberater tätig gewesen war). Er hatte sich ein Refugium geschaffen, wo er und einige wenige auserwählte Lotusesser das Kommen und Gehen des Nebels beobachten konnten. Patrick war ein großer, breiter, gut aussehender Mann, in dessen Zügen sowohl die griechischen als auch die irischen Vorfahren ihre Spuren hinterlassen hatten. Schwere Lider und dunkle Augen, eine Boxernase, ein sinnlicher Mund unter einem breiten schwarzen

Schnurrbart zeichneten ihn aus. Wenn er einen Anzug trug, sah er aus wie ein Bodyguard; in Frauenkleidern, auf dem Mardi Gras, wie der Alptraum jedes Fundamentalisten; in Leder – einfach nur großartig.

An diesem Tag, als Rafael (der offenbar bereut hatte und nach Hause zurückgekehrt war) ihn ins Wohnzimmer führte, fand er Patrick am Fenster sitzend vor, in einem weiten T-Shirt und einer Leinenhose mit Kordel. Er sah gut aus. Sein leicht ergrautes Haar war streichholzkurz geschnitten, und obwohl er längst nicht mehr so massig wirkte wie früher, war seine Umarmung so kraftvoll wie immer.

»Mein Gott, laß dich anschauen«, sagte er und trat einen Schritt zurück. »Langsam fängst du an auszusehen wie dein Foto.« (Es handelte sich um ein etwas zweifelhaftes Kompliment und um einen ständigen Witz zwischen den beiden, seit Will für die Umschlagklappe seines zweiten Buches ein besonders unschmeichelhaftes Foto ausgesucht hatte, um kompetenter zu wirken.) »Komm und setz dich«, sagte er und deutete auf einen Stuhl, den er gegenüber seinem am Fenster aufgestellt hatte. »Wo, zum Teufel, ist Rafael jetzt schon wieder? Möchtest du Tee?«

»Nein, danke. Kümmert er sich gut um dich?«

»Es wird besser«, sagte Patrick und ließ sich auf seinen Stuhl gleiten. Erst jetzt bemerkte Will an seinen vorsichtigen Bewegungen, daß er behutsam mit sich umgehen mußte. »Weißt du, wir streiten uns ...«

»Habe ich schon gehört.«

»Von Adrianna?«

»Ja, sie hat gesagt ...«

»Ich erzähle ihr nur die pikanten Sachen«, unterbrach ihn Patrick. »Darüber, was für ein Engel er die meiste Zeit ist, erfährt sie gar nichts. Davon abgesehen habe ich so viele Engel, die über mich wachen, daß es mir fast schon peinlich ist.«

Will sah sich im Zimmer um. »Du hast ein paar neue Sachen«, sagte er.

»Ich habe einige Hinterlassenschaften toter Tunten geerbt«, erklärte Patrick. »Obwohl die meisten Dinge nicht viel von sich hermachen, wenn man die Geschichten dahinter nicht kennt, was schade ist, denn wenn ich nicht mehr bin, weiß sie keiner mehr.«

»Rafael ist nicht interessiert?«

Patrick schüttelte den Kopf. »Was ihn betrifft, ist es das Gesabber alter Männer. Dieser kleiner Tisch dort hat die seltsamste Geschichte. Chris Powell hat ihn gemacht. Erinnerst du dich an Chris?«

»Der geniale Handwerker mit dem hübschen Arsch?«

»Ja, er ist letztes Jahr gestorben, und als sie seine Garage öffneten, stellte sich heraus, daß er die ganze Zeit diese Tischlerarbeiten gefertigt hatte. Tische, Stühle, Schaukelstühle.«

»Auftragsarbeiten?«

»Offenbar nicht. Er hat sie in seiner Freizeit gemacht, nur zu seinem Vergnügen.«

»Und hat nie etwas verkauft?«

»Nein. Er hat sie gezimmert, angestrichen und in seine Garage eingeschlossen.«

»Hatte er einen Freund?«

»Ein Blaumann-Schönling wie Chris? Machst du Witze? Er hatte hunderte.« Bevor Will protestieren konnte, fuhr Patrick fort: »Ich weiß, was du sagen willst. Nein, einen festen hatte er nicht. Seine Schwester hat all diese herrlichen Sachen entdeckt, als sie das Haus aufräumte. Jedenfalls hat sie mich gefragt, ob ich etwas davon haben wolle, als Erinnerung an ihn, und natürlich sagte ich ja. Eigentlich wollte ich ein Schaukelpferd, aber ich habe mich nicht getraut, danach zu fragen. Sie ist eine ziemlich naive kleine Seele, irgendwo aus Idaho. Den Nachlaß ihres süßen schwulen Bruders zu durchstöbern war wohl ungefähr das letzte, was ihr eingefallen wäre. Wer weiß, was sie unter dem Bett gefunden hat. Kannst du dir das vorstellen?« Er sah auf die Stadtlandschaft hinaus. »Ich habe gehört, daß so etwas jetzt sehr häufig passiert. Eltern kommen und besuchen zum erstenmal ihr weggelaufenes Kind, weil es im Sterben liegt, und landen plötzlich in der Hauptstadt der Schwulen, der einzig überlebenden Phallokratie.« Er dachte einen Augenblick nach. »Wie sich diese Leute wohl fühlen? Ich meine, wir machen hier Sachen am hellichten Tag, von denen sie in Idaho noch nicht einmal träumen.«

»Glaubst du?«

»Na ja, denk doch zurück an Manchester oder dieses Dorf in Yorkshire, wie hieß es noch?«

»Burnt Yarley.«

»Wunderbar. Genau. Burnt Yarley. Du warst bestimmt der einzige Schwule in Burnt Yarley. Und du bist so schnell wie möglich abgehauen. Wir hauen alle ab. Wir hauen ab, damit wir uns zu Hause fühlen können.«

»Und du fühlst dich hier zu Hause?«

»Vom allerersten Tag an. Ich bin die Folsom entlangge-gangen und habe gedacht: Genau hier will ich sein. Dann bin ich ins ›Slot‹ getaumelt und wurde von Jack Fisher auf-gegabelt.«

»Das stimmt nicht«, sagte Will. »Du hast Jack Fisher bei einer Kunstausstellung in Berkeley kennengelernt. Ich war dabei.«

»Mist. Dich kann man einfach nicht anlügen.«

»Du kannst ruhig lügen«, sagte Will großzügig. »Ich glaube dir einfach nicht. Da fällt mir ein; Adrianna hat ge-glaubt, dein Vater sei …«

»Tot, ja, ja. Sie hat mir die Hölle heiß gemacht, vielen Dank.« Er schürzte die Lippen. »Vielleicht sollte ich mir das mit dieser Party noch mal überlegen«, grollte er. »Wenn du herumläufst und jedem die Wahrheit erzählst, werde ich mich auf dieser Party nicht sehr amüsieren. Ich weiß, es soll deine Party werden, aber wenn ich keinen Spaß habe, soll auch kein anderer Spaß haben.«

»Das sehe ich natürlich ein. Wie wär's, wenn ich ver-spreche, niemanden über deine Lügen aufzuklären, solan-ge es sich nicht um persönliche Diffamierung handelt?«

»Will, *dich* würde ich niemals schlechtmachen«, sagte Pa-trick mit stark übertriebenem Ernst. »Ich könnte vielleicht jedem erzählen, daß du ein nichtsnutziger, egoistischer Hundesohn bist, der mich im Stich gelassen hat. Aber dich schlechtmachen, die Liebe meines Lebens? Verbanne jeden

Gedanken daran.« Nachdem die Vorstellung vorbei war, beugte er sich vor und legte seine Hand auf Wills Knie. »Wir haben diese Phase durchgemacht, erinnerst du dich? Zumindest ich – als wir dachten, wir seien die ersten Schwulen in der Geschichte, die nie altern würden. Nein, so stimmt es nicht ganz. Wir würden zwar altern, aber ganz, ganz langsam, so daß wir bei günstigem Licht noch mit sechzig für zweiunddreißig durchgehen könnten. Es steckt in den Knochen, hat Jack immer gesagt. Aber Schwarze sehen in jedem Alter gut aus, also zählt er nicht.«

»Willst du mir irgendwas sagen?« fragte Will lächelnd.

»Ja, ich rede von uns. Wir sitzen hier und sehen aus wie zwei Kerle, mit denen die Welt nicht gerade sanft umgesprungen ist.«

»Ich ...«

»Ich weiß, was du sagen willst: Du denkst nie darüber nach. Aber warte, bis du cruisen gehst. Du wirst eine Menge kleiner Muskel-Boys finden, die gerne Daddy zu dir sagen. Ich spreche aus Erfahrung. Muß wohl ein schwuler Übergangsritus sein. Heteros fühlen sich alt, wenn sie ihre Kids aufs College schicken. Schwule fühlen sich alt, wenn diese College-Kids in einer Bar auf sie zukommen und sich den Arsch versohlen lassen wollen. Wo wir gerade davon sprechen ...«

»Arsch versohlen oder College?«

»Heteros.«

»Oh.«

»Adrianna bringt am Samstag Glenn mit, und du darfst nicht lachen, aber er hat sich seine Ohren anlegen lassen, durch eine Operation, und jetzt sieht er irgendwie komisch aus. Es ist mir vorher noch nie aufgefallen, aber irgendwie hat er einen spitzen Kopf. Ich glaube, die abstehenden Ohren haben davon abgelenkt. Also, bitte nicht lachen.«

»Ich werde nicht lachen«, versicherte Will, der genau wußte, daß Patrick ihn nur aus Hinterlist überhaupt darauf aufmerksam gemacht hatte. »Kann ich irgendwas für Samstag tun?«

»Sei einfach nur da und du selbst.«

»Das schaffe ich«, sagte er. »Also, ich muß los.« Er beugte sich vor und küßte Patrick sanft auf den Mund.

»Findest du allein raus?«

»Mit verbundenen Augen.«

»Würdest du Rafael bitte sagen, daß es Zeit für die Tabletten ist? Er hängt bestimmt in seinem Zimmer rum und telefoniert.«

Patrick hatte recht. Rafael räkelte sich auf dem Bett, den Telefonhörer ans Ohr geklebt, und redete auf Spanisch. Als er Will an der Tür sah, richtete er sich errötend auf.

»Tut mir leid«, sagte Will. »Die Tür war offen.«

»Schon gut, ist nur ein Freund«, sagte Rafael.

»Patrick meint, es wäre Pillen-Zeit.«

»Ich weiß«, entgegnete Rafael. »Ich komme gleich. Verabschiede mich nur eben von meinem Freund.«

»Ich lasse euch beide allein«, sagte Will. Noch bevor er die Tür ganz geschlossen hatte, hörte er, wie Rafael das erotische Geplauder wieder aufnahm, solange die Leitung noch heiß war. Will ging noch einmal ins Wohnzimmer, um Patrick mitzuteilen, daß er seine Botschaft übermittelt hatte, aber Patrick war mittlerweile eingeschlafen und schnarchte leise in seinem Stuhl. Das weiche Licht des Nachmittags machte seine Züge sanfter, aber die Spuren der Zeit, der Krankheit und der Trauer ließen sich nicht verwischen. Wenn es ein Durchgangsritus war, daß man Daddy genannt wurde, dachte Will, ist dies auch einer: einen Mann anzusehen, in den ich mich in einem anderen Leben verliebt habe, und zu wissen, daß die Liebe noch immer da ist, so groß wie früher, aber durch Zeit und Umstände in etwas Flüchtigeres verwandelt.

Er hätte Patrick gerne noch länger angeschaut. Die Vertrautheit seines Gesichts beruhigte ihn, aber er wollte nicht so lange bleiben, bis Rafael auftauchte. So überließ er den Schläfer seinem Schlummer und verließ die Wohnung, ging die Treppe hinunter, auf die Straße.

Warum, fragte er sich, war um kein anderes Thema mehr literarische Tinte vergossen worden als um die Liebe – Freiheit, Tod und Gott der Allmächtige eingeschlossen –, ohne daß er selbst auch nur ansatzweise verstand, wie komplex seine Liebe zu Patrick war? Es gab viele Narben, auf beiden Seiten. Grausame Dinge waren in Zorn und Frustration gesagt und getan worden. Sie hatten sich mehrere Male betrogen – wenn auch nie ernsthaft – und voneinander getrennt. Sie teilten Erinnerungen an wilden Sex und Momente häuslichen Glücks und Zeiten zärtlicher Liebe, in denen schon eine Berührung oder ein bestimmtes Lied den Himmel auf Erden bedeutet hatte. Und es gab das Jetzt, Gefühle, die aus der Vergangenheit entwirrt worden waren und sich zu einem neuen Muster entwickelt hatten, das keiner von ihnen ganz erahnte. Oh, sie wußten, daß sie alt geworden waren, was immer Patrick auch sagte. Früher hatten sie, halb im Scherz, darüber gesprochen, ihren Lebensabend als fröhliche Alkoholiker in Key West zu verbringen oder in der Toskana als Besitzer eines Olivenhains. Worüber sie nie geredet hatten, weil es ihnen so unwahrscheinlich schien, war, daß sie in der Mitte ihres Lebens noch in San Francisco sein und wie alte Männer miteinander umgehen würden. Sich an ihre toten Freunde erinnerten und auf die Uhr schauten, bis es Zeit für die Tabletten wurde.

V

1

»Hast du auch die geheimnisvolle Bethlynn Reichle kennengelernt?« fragte Adrianna, als Will ihr von Patrick erzählte. Sie brunchten am folgenden Tag im Café Flore in der Market Street, Spinattortilla, Bratkartoffeln und Kaffee. Will verneinte, er hatte die Frau weder gesehen, noch war sie erwähnt worden.

»Wenn man Jack glaubt, trifft Patrick sie praktisch jeden Tag. Jack hält das alles für ziemlichen Humbug. Und natürlich verlangt sie für eine Stunde ihrer kostbaren Zeit eine Unsumme.«

»Ich kann mir gar nicht vorstellen, daß Pat auf solchen Feenzauber reinfällt.«

»Ich weiß nicht. Er hat eben eine mystische irische Ader. Jedenfalls hat sie ihn dazu gebracht, viermal am Tag diese Gesänge anzustimmen. Jack schwört, daß es Zulu ist.«

»Was weiß denn Jack von Zulu? Er ist in Detroit geboren und aufgewachsen.«

»Er sagt, es sei eine kollektive Erinnerung.« Will verdrehte die Augen. »Glenn hat übrigens ein tolles neues Wort erfunden, das hier ganz gut paßt«, fuhr Adrianna fort. »Luzidioten. So nennt er Leute, die unentwegt und viel zu schnell reden, die sehr luzid wirken, aber in Wahrheit ...«

»... Idioten sind. Das gefällt mir. Wo hat er es her?«

»Er hat es selbst erfunden. Es ist seine Schöpfung. Wörter zeugen Wörter, das ist der letzte Schrei.«

»Luzidioten«, sagte Will amüsiert. »Und sie ist so ein Luzidiot?«

»Bethlynn? Bestimmt. Ich kenne sie nicht, aber ich wette, sie ist einer. Oh, da fällt mir ein ... Ich sollte es dir eigentlich nicht erzählen, aber Pat hat mich gefragt, ob es wohl allzu geschmacklos wäre, wenn er für die Party einen Kuchen in Form eines Eisbären bestellen würde.«

»Und was hast du darauf geantwortet?«

»Daß es wirklich sehr geschmacklos wäre.«

»Und daraufhin hat er gesagt: *Sehr gut.*«

»Genau.«

»Danke für die Warnung.«

2

Am Abend, gegen elf, beschloß er, keine Schlaftablette zu nehmen, sondern auf einen Drink auszugehen. Freitagabend pulsierten die Straßen wie immer, und während des fünfminütigen Spaziergangs die Sanchez hinauf zur Sechzehnten sahen ihn so viele Typen anerkennend an, daß er davon ausgehen konnte, heute nacht Glück zu haben, wenn er den Drang danach verspürte. Ein Teil seiner Selbstsicherheit verging ihm jedoch, als er »The Gestalt« betrat, eine Bar, die laut Jack (der mit Insidernews dienlich gewesen war) vor zwei Monaten aufgemacht hatte und in diesem Sommer als angesagter Club galt. Sie war äußerst gut besucht. Einige der Gäste kamen aus der Nachbarschaft, nur um ein Bier mit Freunden zu trinken, andere hatten sich fürs Wochenende gestylt und aufgetakelt. In den alten Zeiten hatte es auf der Castro ziemlich strenge Stammesgrenzen gegeben. Die Lederfraktion hatte ihre Weidegründe, die Drogenfreaks andere. Die Internatszöglinge waren an anderen Orten anzutreffen gewesen als die Stricher, und die Tunten, besonders die älteren, wären nie in eine schwarze Bar gegangen. Umgekehrt war es genauso. Hier jedoch sah man Vertreter der verschiedenen Clans und noch mehr. War das da ein Mann in einem Gummianzug, der an der Bar lehnte und an seinem Bourbon nippte? Tatsächlich. Und der Typ, der am Billardtisch stand und wartete, daß er drankam, der mit der gepiercten Nase und dem in konzentrischen Kreisen geschorenen Haar, war er der Freund des Latinos in dem gutgeschnittenen Anzug, der gerade auf ihn zusteuerte? Dem Lächeln und den Küssen nach schon. In der Menge befand sich auch eine erstaunliche Anzahl Frauen. Ein paar davon, dachte Will, waren normale, die mit ihrem Freund gekommen waren, um sich mal ein paar Schwule anzusehen (eine riskante Sache; der Freund, der so etwas mitmachte, kam vielleicht in der vagen Hoffnung mit, von den Schwulen auf dem Billardtisch vergewaltigt zu werden). Die anderen waren Lesben (auch hier schienen alle Richtungen vertreten, von den Kätzchen bis zu denen mit Schnurrbart). Auch wenn ihn die Vielfalt der Szene ein wenig irritierte, so hatte er doch viel zu viel von einem Voyeur, als daß er gegangen wäre. Er wand sich durch die Menge und fand einen Platz am hinteren Ende der Bar, von wo aus er den ganzen Laden überblicken konnte. Nach zwei Bier fühlte er sich etwas entspannter. Ab und zu warf jemand einen Blick in seine Richtung, aber ansonsten schien sich niemand besonders für ihn zu interessieren, was völlig in Ordnung war, sagte er zu sich selbst, völlig in Ordnung. Als er ein drittes Bier bestellte (sein letztes für heute abend, nahm er sich vor), stellte sich jemand neben ihn an die Bar und sagte: »Für mich das gleiche – nein, doch nicht. Ich nehm einen Tequila. Und er zahlt.«

»Tatsächlich?« meinte Will und sah einen Mann neben sich, der etwa fünf Jahre jünger war als er und dessen etwas unsichere Züge ihm irgendwie bekannt vorkamen. Eng zusammenstehende Augen unter hochgezogenen Brauen, ein erwartungsvolles Lächeln, Grübchen. Will sagte: »Drew?«

»Verdammt! Ich hätte die Wette annehmen sollen. Ich bin mit diesem Typ hier …« Er blickte die Bar entlang zu einem stämmigen Kerl in einer Lederjacke. Der Mann winkte ihnen zu und brannte offenbar auf die Einladung rüberzukommen. Drew sah Will an. »Er meinte, du würdest mich nach all dieser Zeit nicht mehr wiedererkennen. Ich sagte, wetten wir? Und du hast mich wiedererkannt.«

»Es hat eine Sekunde gedauert.«

»Ja, na ja … mein Haar ist nicht mehr so dicht wie früher«, entgegnete Drew. Vor anderthalb Jahrzehnten, als sie sich begegnet waren, hatte Drew noch wirre blonde Lokken gehabt, die ihm tief in die Stirn hingen, die vorwitzigsten sogar bis auf den Nasenrücken. Davon war nichts mehr übrig. »Du nimmst es mir doch nicht krumm?« fragte er. »Den Tequila, meine ich. Ich war mir zuerst nicht mal ganz sicher, daß du es bist. Ich meine, ich hatte gehört … nun, du kannst dir schon denken, was ich gehört hatte. Meistens weiß man ja doch nicht, was man glauben soll und was nicht.«

»Du hast gehört, ich sei tot?«

»Ja.«

»Nun«, entgegnete Will und stieß mit seiner Bierdose an Drews randvolles Tequilaglas, »ich bin es nicht.«

»Gut«, sagte Drew und prostete ihm ebenfalls zu. »Wohnst du noch in der Stadt?«

»Ich bin eben erst zurückgekehrt.«

»Du hast ein Haus auf der Sanchez gekauft, stimmt's?« Ihre Affäre war dem Hauskauf vorausgegangen, und nach ihrer Trennung waren sie keine Freunde geblieben. »Hast du's noch?«

»Ich hab's noch.«

»Ich bin mal mit jemandem gegangen, der auf der Sanchez wohnte, und er hat es mir gezeigt. ›Hier wohnt der berühmte Fotograf.‹« Drews Augen weiteten sich, als er den Ausspruch wiedergab. »Natürlich wußte ich nicht, um wen es sich handelte. Dann hat er es mir erzählt, und ich sagte ...«

»Du sagtest: ›Ach, der?‹«

»Nein, ich war echt stolz«, erwiderte Drew mit rührendem Ernst. »Ich kenn' mich mit Kunst nicht so aus, und ich habe zwei und zwei nicht zusammengezählt. Ich meine, ich wußte natürlich, daß du Fotos gemacht hast, aber ich erinnerte mich nur an Seelöwen.«

Will mußte laut lachen. »Mein Gott, die Seelöwen.«

»Du erinnerst dich? Wir sind zusammen zum Pier 39 gegangen. Ich dachte, wir ziehen uns einen rein und schauen auf den Ozean, aber du warst ganz versessen auf diese Seelöwen. Und ich war richtig sauer.« Er leerte die Hälfte des Tequilas in einem Zug. »Komisch, was einem so im Kopf bleibt.«

»Übrigens, dein Kumpel winkt dir zu«, sagte Will.

»O Gott, ein trauriger Fall. Ich bin mal mit ihm ausgegangen, und jedesmal, wenn ich hierher komme, stürzt er sich auf mich.«

»Mußt du wieder zu ihm zurück?«

»Bestimmt nicht. Es sei denn, du möchtest lieber allein sein. Ich meine, du kannst dir hier alles aussuchen.«

»Schön wär's.«

»Du siehst noch immer großartig aus«, sagte Drew. »Ich dagegen gehe langsam aus dem Leim.« Er sah auf einen Bauch hinab, der nicht mehr die Waschbrettform von einst aufwies. »Es hat eine Stunde gedauert, bis ich diese Jeans anhatte, und es wird doppelt so lange dauern, sie wieder auszuziehen.« Er sah Will an. »Es sei denn, jemand hilft mir.« Er klopfte sich auf den Bauch. »Du hast damals Bilder von mir gemacht, erinnerst du dich noch?«

Will erinnerte sich. Ein Nachmittag, der von mit Babyöl eingeriebenen Muskeln nur so klebte. Damals war Drew ein echter Muskelmann gewesen, auf Wettbewerbsniveau, und er war stolz darauf. Ein wenig zu stolz vielleicht. Sie hatten sich Halloween getrennt, als Will in einem Haus an der Hancock in den Garten ging und Drew dort vorfand, splitternackt und von Kopf bis Fuß mit goldener Farbe angemalt, von Bewunderern umringt wie ein unzüchtiges Idol.

»Hast du die Bilder noch?« fragte Drew.

»Oh, bestimmt. Irgendwo.«

»Ich würde sie gerne mal wieder anschauen ... irgendwann.« Er zuckte mit den Schultern, als sei ihm die Sache nicht besonders wichtig, auch wenn beide wußten, daß er Will gemeint hatte, als er von jemandem sprach, der ihm aus seiner Jeans helfen könnte.

Als sie zum Haus gingen, fragte sich Will, ob er nicht doch einen Fehler gemacht hatte. Drew hielt einen praktisch ununterbrochenen Monolog, nichts davon besonders erhellend, über seinen Job als Anzeigenverkäufer beim *Chronicle*, die unerwünschten Aufmerksamkeiten Als und die Abenteuer seines unzulänglich kastrierten Katers. Ein paar Meter vor der Haustür stoppte er jedoch mitten im Satz und sagte: »Ich rede mich hier um Kopf und Kragen, habe ich das Gefühl. Tut mir leid. Ich glaube, ich bin einfach nervös.«

»Wenn es dich beruhigt«, sagte Will, »das bin ich auch.«

»Wirklich?« Drew schien nicht überzeugt.

»Es ist acht oder neun Monate her, seit ich Sex mit jemandem hatte.«

»O Mann«, seufzte Drew sichtbar erleichtert. »Nun, wir können es ganz langsam angehen lassen.«

Sie standen vor der Tür. »Das ist gut«, sagte Will und schloß auf. »Langsam ist gut.«

In den alten Zeiten war Sex mit Drew immer eine ziemliche Show gewesen; eine Menge Posieren, Großtun und

Herumalbern. An diesem Abend war alles sanfter, keine akrobatischen Übungen, nichts Riskantes. Im Grunde geschah wenig, außer daß sie zusammen nackt in Wills Bett einander in den Armen hielten, während das blasse Licht von der Straße ihre Körper ausbleichte. Die Gier nach dem Sinnlichen, die Will in einer solchen Situation früher verspürt hätte, die Gier, jedes Gefühl ganz auszukosten, schien sehr weit entfernt. Sie war noch nicht ganz verschwunden; eine andere Nacht, ein anderer Körper – an dessen beste Tage er sich momentan nicht erinnerte –, und vielleicht würde er wieder genauso besessen sein wie früher. Aber heute reichten sanfte Freude und bescheidene Befriedigungen. Es gab nur einen Augenblick, in dem es etwas heißer zu werden schien, als sie sich nämlich auszogen und Drew die Narben auf Wills Körper entdeckte.

»O mein Gott«, hauchte Drew bewundernd. »Darf ich sie berühren?«

»Wenn du wirklich willst ...«

Drew wollte; nicht mit seinen Fingern, sondern mit seinen Lippen folgte er dem glänzenden Pfad, den die Klauen der Bärin auf Wills Brust und Unterleib gezogen hatten. Er ging dabei auf die Knie, preßte sein Gesicht gegen Wills Bauch und sagte: »Ich könnte die ganze Nacht so bleiben.« Dabei verschränkte er die Arme hinter dem Nacken. Offenbar hätte er nichts dagegen gehabt, sich fesseln zu lassen, falls Will danach war. Will fuhr durch das Haar des Mannes, halb versucht, das Spiel zu spielen. Fessele ihn; er soll deine Narben küssen und dich Sir nennen. Aber er entschied sich dagegen.

»Ein anderes Mal«, sagte er und zog Drew hoch und in seine Arme, um mit ihm zum Bett zu gehen.

3

Will erwachte vom Klang des Regens, der auf das Dachfenster prasselte. Es war noch dunkel. Er sah auf seine Armbanduhr – es war Viertel nach vier – und zu Drew hinüber, der auf dem Rücken lag und leise schnarchte. Will wußte nicht genau, was ihn geweckt hatte, aber da er nun schon einmal wach war, entschloß er sich aufzustehen und die Blase zu entleeren. Aber als er sich aufrichtete, glaubte er zu sehen, wie sich etwas am anderen Ende des Raumes bewegte. Er rührte sich nicht. Ein Einbrecher? Oder was sonst hatte ihn aufgeweckt? Er starrte in die Dunkelheit und lauschte nach weiteren Zeichen eines Eindringlings. Doch nun schien dort nichts mehr zu sein, die Schatten blieben leer. Er sah zu seinem Bettgenossen hinüber. Drew lächelte im Schlaf und rieb sich sanft über seinen nackten Bauch. Voller Neugier beobachtete ihn Will eine Weile. Ausgerechnet mit ihm hatte er seine sexuelle Fastenzeit beendet, dachte Will. Mit Drew, dem Muskelboy, den die Zeit weich gemacht hatte.

Der Regen wurde plötzlich stärker und trommelte auf das Dach. Das veranlaßte ihn, zum Badezimmer zu gehen, einen Weg, den er im Schlaf gefunden hätte. Zur Schlafzimmertür hinaus, nach links auf die kalten Fliesen. Drei Schritte vorwärts, sich nach rechts umdrehen, und dann konnte er in der ziemlichen Gewißheit pinkeln, sein Ziel nicht zu verfehlen. Als er seine Blase entleert hatte, machte er sich zufrieden zurück auf den Weg zum Schlafzimmer. Er freute sich darauf, seinen Arm um Drew zu legen.

Aber zwei Schritte vor der Tür nahm er aus dem Augenwinkel eine Bewegung wahr. Dieses Mal sah er den Schatten des Eindringlings, als der Mann die Stufen hinab flüchtete.

»He ...«, stieß er hervor und folgte ihm, aber es kam ihm vor, als habe die Szene etwas verdächtig Spielerisches an sich. Zum einen fühlte er sich von der Gegenwart des Einbrechers nicht im geringsten bedroht. Es schien, als wüßte er bereits, daß ihm nichts geschehen könne. Als er das Ende der Stufen erreicht hatte und den Schatten durch den Flur in Richtung Ablagezimmer verfolgte, merkte er, warum: er träumte. Und welch besseren Beweis gab es dafür als den Anblick, der ihn in dem Zimmer erwartete? Eine Gestalt, deren Silhouette sich gegen das regenglänzende Glas abzeichnete, lehnte lässig am Fensterbrett, sechs Meter von ihm entfernt: Lord Fuchs.

»Du bist nackt«, bemerkte das Tier.

»Du auch«, entgegnete Will.

»Für Tiere ist das etwas anderes. Wir fühlen uns in unserer Haut wohler als ihr.« Er neigte den Kopf. »Die Narben stehen dir gut.«

»Das habe ich schon gehört.«

»Von dem Burschen im Bett.«

»Genau.«

»Dir ist doch wohl klar, daß er hier nicht rumhängen darf? Nicht so, wie die Dinge laufen. Du mußt ihn loswerden.«

»Dieses Gespräch ist lächerlich«, entgegnete Will und wandte sich um. »Ich gehe wieder ins Bett.« Dort war er natürlich schon und schlief, aber selbst in seiner Traumgestalt wollte er nicht länger hier unten bleiben und mit dem Fuchs plaudern. Das Tier gehörte zu einem anderen Teil seiner Psyche, einem Teil, zu dem er seit heute eine etwas gesündere Distanz halten wollte; und mit Drews Hilfe hatte er schon damit begonnen.

»Warte einen Augenblick«, sagte der Fuchs. »Sieh dir das an.«

In den Worten des Tieres klang ein solch eifriger Enthusiasmus mit, daß Will einfach hinschauen mußte. Der Raum wirkte heller als noch kurz zuvor, doch das Licht kam nicht von einer der Straßenlaternen, sondern von den Bildern, seinen armen Zeitvergeudungen, die dort auf dem Boden verstreut lagen, wo er sie gestern hingeworfen hatte. Lord Fuchs verließ seinen Platz am Fenster und trat zwischen die Bilder in die Mitte des Zimmers. In dem seltsamen Licht, das seine Fotos ausstrahlten, sah Will, wie sich ein sinnliches Lächeln auf dem Gesicht des Tieres ausbreitete.

»Es lohnt sich, sie einen Augenblick zu betrachten, meinst du nicht auch?« sagte der Fuchs.

Will betrachtete sie. Das Licht, das von den Bildern ausging, flackerte, und das aus gutem Grund. Die hellen, verschwommenen Formen auf den Fotos bewegten sich: züngelnd, aufleuchtend, als würden sie von einem langsamen Feuer verzehrt. Will erkannte, was im fahlen Licht zuckte. Ein abgehäuteter Löwe, an einem Baum befestigt. Ein erbärmliches Zelt aus Elefantenhaut, die in verwesenden Fetzen über dem Knochengerüst hing. Eine Gruppe wahnsinniger Paviane, die ihre Kinder mit Steinen totschlugen. Bilder der korrumpierten Welt, nicht länger fixiert und in sicherem Abstand, sondern mitten in seinem Zimmer, wirbelnd und glühend und zuckend.

»Würdest du dir nicht wünschen, daß sie eine solche Wirkung auf die Menschen hätten?« fragte der Fuchs. »Würde es nicht die Welt verändern, wenn die Welt diesen Schrecken auf diese Weise sehen könnte?«

Will sah den Fuchs an. »Nein«, sagte er. »Es würde überhaupt nichts ändern.«

»Selbst das nicht?« sagte der Fuchs und deutete auf ein Bild, das zwischen ihnen lag. Es war dunkler als die anderen, und zuerst konnte er nicht erkennen, was darauf zu sehen war.

»Was ist es?«

»Sag du's mir.«

Will hockte sich nieder und betrachtete das Foto genauer. Auch darauf bewegte sich etwas: Ein flackernder Lichtschauer fiel auf eine Gestalt, die in der Mitte des Bildes saß.

»Patrick?« murmelte er.

»Könnte sein«, antwortete der Fuchs. Es handelte sich in der Tat um Patrick. Er saß in seinem Stuhl neben dem Fenster, aber irgendwie war das Dach seines Hauses abgetragen worden, und es regnete hinein. Der Regen lief über seinen Kopf und seinen Körper, glitzerte auf seiner Stirn und seiner Nase und seinen Lippen, die leicht nach hinten gezogen waren, so daß man seine Zähne sah. Er war tot, erkannte Will. Tot im Regen. Und je länger der Regen auf ihn einprasselte, desto stärker verfärbte sich sein aufgedunsener Körper. Will wollte sich abwenden. Dies war kein Affe, kein Löwe, dies war Patrick, sein geliebter Patrick. Aber er hatte seine Augen zu gut trainiert. Als gute Zeugen woll-

277

ten sie beobachten, während Patricks Gesicht unter der Attacke des Regens langsam zerlief und jede Spur dessen, wer oder was er gewesen war, ausradiert wurde.

»O Gott …«, murmelte Will.

»Er spürt nichts, wenn das ein Trost ist«, sagte der Fuchs.

»Ich glaube dir nicht.«

»Dann sieh weg.«

»Ich kann nicht. Es ist in meinem Kopf.« Er ging auf das Tier zu, in plötzlichem Zorn. »Womit habe ich das verdient?«

»Das ist die Mutter aller Fragen, nicht wahr?« sagte der Fuchs, den Wills Zorn völlig ungerührt ließ.

»Und?«

Das Tier zuckte mit den Schultern. »Gott will, daß du siehst. Frag mich nicht warum. Das ist eine Sache zwischen dir und Gott. Ich bin nur der Vermittler.« Verwirrt sah Will wieder auf Patricks Bild. Der Körper war verschwunden, vom Regen aufgelöst. »Manchmal ist es zuviel für die Menschen«, fuhr der Fuchs auf seine nüchterne Art fort. »Gott sagt: ›Seht euch das an‹, und die Menschen verlieren einfach den Verstand. Ich hoffe, dir passiert das nicht, obwohl es keine Garantien gibt.«

»Ich will ihn nicht verlieren …«, murmelte Will.

»Da kann ich dir nicht helfen«, sagte das Tier. »Ich bin nur der Vermittler.«

»Nun, richte Gott von mir aus …«, begann Will.

»Will?«

Eine andere Stimme hinter ihm. Er sah über die Schulter zurück. Drew stand in der Tür, ein Laken um die Hüfte gewickelt.

»Mit wem redest du da?« fragte er.

Will sah in den Raum, und eine Sekunde lang – obwohl er nun wach war – glaubte er den Schatten des Tieres vor dem Fenster zu sehen. Doch dann war die Vision verschwunden, und er stand nackt in der Kälte. Drew warf ihm das Laken über die Schultern.

»Du bist ganz klamm«, sagte er.

Er hatte recht. Klebriger Schweiß lief Will den Körper hinab. Drew legte seine Arme um Wills Brust, verhakte die Finger und legte seinen Kopf an Wills Nacken. »Schlafwandelst du öfter?«

»Ab und zu«, antwortete Will und starrte auf den mit Fotos übersäten Boden. Fast glaubte er, noch einen flackernden Lichtschein auf einem der Bilder zu erkennen. Aber nein – da war nichts.

»Laß uns wieder ins Bett gehen«, sagte Drew.

»Nein, ich würde lieber noch eine Weile aufbleiben«, entgegnete Will. Er hatte für eine Nacht genug geträumt. »Geh nur zurück. Ich mache mir eine Tasse Tee.«

»Ich kann bei dir bleiben, wenn du willst.«

»Mir geht's gut«, sagte Will. »Ich komme bald rauf.«

Drew überließ Will das Laken und ging wieder nach oben. Will brühte sich eine Kanne Earl Grey auf. Er hatte eigentlich nicht den Wunsch, die Bilder von eben noch einmal zu sehen, aber während er dasaß und den Tee trank, mußte er an das unheimliche Leben denken, zu dem seine Fotos erwacht waren, während er geträumt hatte. Es war, als enthielten sie ein Bündel an Bedeutung, das er bislang nicht gesehen oder ignoriert hatte. Nun hatten sie mit ihm in seinem Schlaf gesprochen. Aber was wollten sie ihm sagen? Daß der Tod schrecklich war? Das wußte er besser als die meisten anderen. Daß Patrick sterben würde und daß er, Will, nichts dagegen tun konnte? Auch das wußte er. Er grübelte darüber nach, konnte aber keinen Sinn in dem Erlebnis erkennen. Vielleicht suchte er nach Bedeutung, wo es keine gab. Wieviel Glaubwürdigkeit sollte er einem Traum zubilligen, der einen sprechenden Fuchs präsentierte, der von sich behauptete, Gottes Bote zu sein? Wahrscheinlich sehr wenig.

Und doch, hatte es nicht diesen winzigen Augenblick gegeben – nach dem Ende des Traums, als Drew seinen Namen rief –, in dem der Fuchs noch verweilt hatte, als teste er die Grenzen seines Verweilens, bereit, auf Gebiete vorzudringen, wo er nichts zu suchen hatte?

Schließlich ging er doch wieder ins Bett. Der Regen war über die Stadt hinweggefegt, und das einzige Geräusch im Zimmer war Drews friedliches Atmen. Will schlüpfte so vorsichtig wie möglich unter die Decke, um ihn nicht zu stören, aber irgendwo in seinem Schlummer merkte Drew, daß sein Bettgenosse zurückgekehrt war. Ohne aufzuwachen, drehte er sich mit gleichmäßigem Atem um und fand einen Platz dicht an Wills Körper, doch so, daß sie bequem nebeneinander liegen konnten. Will war überzeugt, daß es ihm gar nicht möglich wäre zu schlafen, aber er tat es und schlief sehr tief dazu. Es gab keine weiteren Besuche. Gott und sein Botschafter ließen ihn für den Rest der Nacht in Frieden, und als er erwachte, warteten die Sonne und Zärtlichkeit auf ihn.

VI

Patrick machte seine Drohung wahr: mitten auf dem Buffettisch stand eine riesige Torte in Form eines stattlichen Eisbären mit ebenso stattlichen Fängen und einer obszönen pinkfarbenen Zunge. Natürlich erregte das Gebilde allgemeine Neugier, und Patrick verwies alle Frager an Will, dem nichts anderes übrigblieb, als die Geschichte, wie er von einem Bären angefallen worden war, ein dutzendmal zu erzählen. Mit jeder Erzählung wurde die Geschichte kürzer, bis sie schließlich auf einen Satz zusammengeschrumpft war, auf ein beeindruckend beiläufiges: »Ja, stimmt, ein Bär hat mich angeknabbert.«

»Warum hast du mir nichts davon erzählt?« fragte Drew, als die Nachricht schließlich auch bis zu ihm durchgedrungen war. »Ich dachte, die Narben seien von einem Autounfall – aber mein Gott, ein Bär!« Er grinste bewundernd. »Das ist wirklich stark.«

Will nahm Drew das Stück Huhn und Artischocken-Pizza ab, das dieser gerade verschlingen wollte, und aß es auf.

»Willst du mir damit etwas zu verstehen geben?« fragte Drew. »Wie zum Beispiel, hör auf zu fressen?«

»Nein.«

»Du hältst mich für zu dick, stimmt's? Gib's zu.«

»Du bist prima so, wie du bist«, sagte Will geduldig. »Von mir aus hast du die Erlaubnis, jedes Stück Pizza zu essen, das du in deine fettigen Finger kriegen kannst.«

»Du bist göttlich«, sagte Drew und kehrte an das Buffet zurück.

»Fangt ihr beide wieder dort an, wo ihr aufgehört habt?«

Will drehte sich um und sah Jack Fisher, elegant wie eh und je, mit einem düster vor sich hin starrenden bleichen Jungen im Schlepptau. Nach dem üblichen Austausch von Begrüßungsritualen stellte Jack schließlich seinen neuen Freund vor. »Das ist Casper. Er wollte mir nicht glauben, daß ich dich kenne.«

Casper schüttelte Will heftig die Hand und haspelte einige bewundernde Worte herunter. »Du warst einer meiner Helden, als ich jünger war«, sagte er. »Ich meine, Scheiße, dein Zeug ist so echt, du verstehst, was ich meine. Ich meine, so sieht es doch aus, oder? Alles geht kaputt!«

»Casper ist Maler«, erklärte Jack. »Ich habe eine seiner kleinen Erektionen gekauft. Er malt ausschließlich Schwänze, stimmt's, Casper?« Der Junge schaute etwas verlegen drein. »Die Käuferschicht ist begrenzt, aber treu.«

»Vielleicht ... kann ich dir mal ein paar von meinen Arbeiten zeigen«, sagte Casper.

»Warum holst du uns nicht was zu trinken?« fragte Jack. Casper runzelte die Stirn. Offensichtlich hatte er keine Lust, den Kellner zu spielen. »Und ich überrede Will inzwischen, ein Bild von dir zu kaufen.« Widerwillig verschwand Casper.

»Sie sind wirklich ziemlich gut«, sagte Jack. »Und er meint es wirklich ernst, das mit dem Helden und so. Er ist süß, nicht? Ich überlege mir ernsthaft, mit ihm nach Louisiana zu ziehen und mich dort niederzulassen.«

»Das machst du ja doch nie.«

»Nun, mit dieser beschissenen Stadt bin ich jedenfalls

281

fertig«, sagte Jack niedergeschlagen. Er senkte die Stimme.
»Um die Wahrheit zu sagen – all diese Kranken machen
mich krank. Ich weiß, wie sich das anhört, aber du kennst
mich. Ich sage es so, wie ich es sehe. Und in meinem Notiz-
buch stehen mehr ausgestrichene Adressen, als ich zählen
möchte.«

»Wie alt ist Casper?« Will beobachtete den jungen Mann,
der sich mit zwei Gläsern Scotch einen Weg durch die Gäste bahnte.

»Zwanzig. Aber er weiß alles, was er wissen muß.«
Fisher grinste verschwörerisch, aber Will wandte sich ab.
Er wollte sich nicht über diesen Jungen lustig machen, der
ungeachtet Jacks Geschwätz von Zusammenziehen in einem Monat auf dem Arsch sitzen würde, gefickt und vergessen.

»Du mußt mal im Atelier vorbeischauen«, meinte Jack
und nahm seine Schmeicheleien wieder auf, sobald Casper
in Hörweite war. »Als nächstes wird er eine ganze Serie
Sperma-Bilder malen …« Er hielt inne. »Oh, oh«, murmelte
er und schaute zur Tür, wo eine beeindruckend aussehende Frau Mitte Fünfzig in einem fließenden grauen Kleid
soeben ihren Auftritt genoß. Sie ließ den Blick auf eine etwas hochmütige Weise über die etwa dreißig Gäste gleiten, und nachdem sie Patrick entdeckt hatte, steuerte sie
direkt auf ihn zu. Patrick unterbrach sein Gespräch mit Lewis, der die Party dazu benutzte, einen äußerst dünnen
Band mit seinen Gedichten herumgehen zu lassen, und begrüßte sie. Als er sie umarmte, blieb von ihrer pompösen
Art nicht mehr viel übrig. Sie küßte ihn auf die Wange und
lachte schallend über eine seiner Bemerkungen.

»Ist das Bethlynn?« fragte Will.

»Genau«, antwortete Jack. »Und ich bin nicht in der
Stimmung für sie, also mußt du dich jetzt allein durchschla-
gen. Paß nur auf, daß dir die böse Hexe nicht die roten Zau-
berschuhe wegnimmt.« Mit diesen Worten und einem viel-
sagenden Lächeln verzog er sich, Casper im Schlepptau.

Fasziniert beobachtete Will, wie Bethlynn sich mit Patrick unterhielt. Er hing förmlich an ihren Lippen, und sei-

ne Körpersprache verriet eine für ihn untypische Unterwürfigkeit. Immer wieder nickte er zustimmend, wobei er den Blick meistens auf den Boden richtete, während er ihren Weisheiten lauschte.

»Das ist sie also«, sagte Adrianna, die neben Will aufgetaucht war und so tat, als sei sie mit einem Stück Eisbärkuchen beschäftigt, während sie das Paar aufs genaueste inspizierte. »Unsere Dame von den Kristallen.«

»Gibt es eigentlich jemanden, der sie mag?« fragte Will.

»Es ist das erste Mal, daß jemand sie überhaupt zu Gesicht bekommt. Ich glaube nicht, daß sie allzu häufig auf die Ebene der Sterblichen hinabsteigt, obwohl Lewis behauptet, daß er gesehen habe, wie sie in einem Geschäft eine Aubergine gestohlen hat.« Sie kicherte hinter vorgehaltener Hand über diese unpassende Vorstellung. »Aber da er ein Dichter ist, zählt die Aussage von Lewis natürlich nicht so ganz.«

»Wo ist Glenn?«

»Kotzen.«

»Zuviel Kuchen?«

»Nein, er wird nervös, wenn zu viele Leute um ihn herum sind. Er glaubt, daß sie ihn alle anstarren. Früher hat er geglaubt, die Leute glotzen seine Ohren an, aber jetzt, wo er sie hat regulieren lassen, glaubt er, sie starren ihn an, um herauszufinden, was anders an ihm ist.« Will versuchte, sich das Lachen zu verkneifen, schaffte es aber nicht. Er lachte sogar so laut, daß Patrick zu ihm herüberschaute. Schon führte er Bethlynn durch den Raum. Adrianna drängte sich etwas näher an Will, um bei der Vorstellung auch ja nicht übergangen zu werden.

»Will«, sagte Patrick, »darf ich dich mit Bethlynn bekannt machen.« Er strahlte wie ein Schuljunge. »Ich freue mich so«, sagte er. »Die beiden wichtigsten Menschen in meinem Leben …«

»Ich bin übrigens Adrianna.«

»Oh, tut mir leid«, sagte Patrick. »Bethlynn, das ist Adrianna. Sie arbeitet mit Will.«

Von nahem sah Bethlynn weitaus älter aus, als es zuerst

den Anschein gehabt hatte. Die von hohen Wangenknochen geprägten, fast slawischen Züge waren von dünnen
Falten durchzogen. Ihre Hand fühlte sich kühl an, als Will
sie schüttelte, und ihre Stimme war so dunkel und heiser,
daß er sich vorbeugen mußte, um sie zu verstehen, und
selbst dann hörte er nur noch: »... für Sie.«

»Die Party«, half Patrick.

»O ja. Pat war schon immer ein Meister, was Feten betrifft«, sagte Will.

»Das kommt daher, daß er eine natürlich Gabe hat zu
feiern«, meinte Bethlynn. »Das ist eine heilige Eigenschaft.«

»Oh, sind Partys neuerdings heilig?« mischte sich Adrianna ein. »Das wußte ich nicht.«

Bethlynn ignorierte sie einfach. »Patricks Talente leuchten mit jedem Tag heller«, fuhr die Frau fort. »Ich sehe es.
Ein Manifest.« Sie sah ihn an. »Wie lange arbeiten wir jetzt
miteinander?«

»Fünf Monate«, antwortete Patrick, der noch immer
strahlte wie ein geweihter Klosterschüler.

»Fünf Monate, und jeder Tag leuchtet heller«, erklärte
Bethlynn.

Wie aus dem Nichts hörte sich Will plötzlich sagen: »Lebend und sterbend nähren wir die Flamme.«

Bethlynn runzelte die Stirn und sah Will mit schmalen
Augen an, als warte sie auf ein Echo, um sich davon zu
überzeugen, daß sie ihn richtig verstanden hatte. Dann
fragte sie: »Was für ein Feuer meinen Sie?«

Will hatte nicht übel Lust, die Bemerkung zurückzuneh-
men, aber wenn der Mann, der sie geprägt hatte, ihm etwas beigebracht hatte, dann das Verlangen, für seine Überzeugungen einzustehen. Das Problem war nur, daß er
eigentlich keine Antwort wußte. Dieser Satz, der ihn nun
schon seit drei Jahrzehnten verfolgte, war nicht sofort er-
klärbar, was wahrscheinlich mit ein Grund dafür war, warum er sich so hartnäckig gehalten hatte. Bethlynn verlangte jedoch offenbar eine Antwort. Sie sah den zaudernden
Will mit großen grauen Augen an.

»Es ist nur ein Satz ...«, stammelte er. »Ich weiß selbst

nicht. Ich denke, es bedeutet ... na ja, Feuer ist Feuer, nicht wahr?«

»Sie sollen es mir sagen.«

Hinter ihrer Beharrlichkeit steckte eine gewisse Überheblichkeit, die ihn wütend machte. Doch anstatt die Herausforderung zurückzuweisen, sagte er: »Nein, Sie sind doch die Expertin für das helle Leuchten. Wahrscheinlich haben Sie eine bessere Theorie als ich.«

»Ich habe keine Theorien. Ich brauche sie nicht«, entgegnete Bethlynn. »Ich bin im Besitz der Wahrheit.«

»Oh, Verzeihung, mein Irrtum«, entgegnete Will. »Ich dachte, sie krebsen auch nur so herum wie alle anderen.«

»Sie sind sehr zynisch, nicht wahr?« sagte sie. »Sehr enttäuscht.«

»Danke für die Analyse, aber ...«

»Sehr verletzt. Es ist keine Schande, das zuzugeben.«

»Ich brauche gar nichts zuzugeben«, entgegnete Will.

Sie hatte etwas in ihm berührt, und das wußte sie. Ein seliges Lächeln breitete sich auf ihrem Gesicht aus. »Warum denken Sie so negativ?«

Will hob die Hände. »Sie verwenden doch nur alles, was ich sage, gegen mich ...«

»Es geht nicht darum, gegen etwas zu sein«, erwiderte sie. Patrick war endlich von seiner rosaroten Wolke heruntergefallen und versuchte zu vermitteln, aber Bethlynn beachtete ihn gar nicht. Sie beugte sich etwas vor, als wolle sie Will den Trost ihrer Nähe spenden, und sagte: »Sie werden sich Schaden zufügen, wenn Sie nicht lernen zu vergeben.« Dabei legte sie die Hand auf seinen Arm. »Auf wen sind Sie so wütend?«

»Ich werde es Ihnen sagen.« Sie lächelte in Erwartung seines Bekenntnisses. »Es geht um diesen Fuchs ...«

»Fuchs?«

»Er treibt mich in den Wahnsinn. Ich weiß, daß ich ihm den flohzerbissenen Hintern küssen und ihm seine Sünden vergeben sollte.« Sofort warf Bethlynn Patrick einen schneidenden Blick zu, den dieser als Signal verstand, umgehend ihren Abschied in die Wege zu leiten. »Aber das fällt mir bei Füchsen nicht leicht«, fuhr Will fort. »Denn ich hasse diese Scheißviecher, ich hasse sie!« Bethlynn wich bereits zurück. »Ich hasse sie, hasse sie, hasse sie ...«

Fort war sie und wurde von Patrick durch die Menge begleitet.

»Das ist ja prima gelaufen«, meinte Adrianna. »Subtil und gesittet. Wirklich nett.«

»Ich brauche was zu trinken«, sagte Will.

»Und ich werde mal Glenn suchen. Wenn ihm immer noch schlecht ist, bringe ich ihn nach Hause. Also, falls wir uns nicht mehr sehen, viel Spaß für den Rest der Party.«

»Was, zum Teufel, hast du zu ihr gesagt?« fragte Jack neugierig, als er Will und die Whiskyflasche gefunden hatte.

»Ich weiß nicht mehr.«

»Der Ausdruck auf ihrem Gesicht – herrlich.«

»Du hast es mitgekriegt?«

»Alle haben es mitgekriegt.

»Ich sollte mich entschuldigen.«

»Zu spät. Sie ist gerade gegangen.«

»Nicht bei ihr, bei Patrick.«

Er fand Pat im hinteren Teil der Wohnung, in einem Raum, den sie das Konservatorium getauft hatten, vollgestopft mit alten Möbeln und altmodischen Dekorationen sowie mehreren üppigen Marihuanapflanzen. Pat stand in der Mitte, rauchte einen fetten Joint und starrte an die Wand.

»Das war dumm von mir«, gestand Will. »Ich hab' Scheiße gebaut, und es tut mir wirklich leid.«

»Nein, das tut es dir nicht«, erwiderte Patrick. »Du hältst sie für eine große alte Schwindlerin und wolltest ihr zeigen, was du von ihr denkst.« Seine Stimme klang belegt. Sie beinhaltete keinen Zorn, nicht einmal Verärgerung; nur Müdigkeit. »Willst du was?« fragte er und sah Will kurz an, als er ihm den Joint reichte. Seine Augen waren rot.

»O mein Gott, Pat.« Als er sah, wie unglücklich sein Freund war, hätte Will seinerseits weinen können.

»Willst du was oder nicht?« fragte Patrick mit stockender Stimme. Will nahm den Joint und machte einen tiefen Lungenzug. »Gerade jetzt brauche ich Bethlynn«, fuhr Patrick fort. »Ich kann mir vorstellen, was du über sie denkst, und wenn ich in an deiner Stelle wäre, würde ich wahrscheinlich das gleiche denken. Aber so ist es eben. Ich stehe hier. Du dort. Dazwischen liegen verdammt viele Meilen, Will.« Er holte kurz, fast panisch Luft. »Ich sterbe, und es gefällt mir nicht. Ich habe meinen Frieden nicht gefunden, ich bin nicht mit allem im reinen.« Er nahm Will den Joint aus der Hand. »Ich bin … ich bin noch nicht fertig mit allem. Nicht annähernd.« Hastig nahm er einen Zug und reichte den Joint wieder Will, der ihn bis auf den letzten Krümel rauchte. Sie sahen einander an, den Rauch in den Lungen, und keiner mußte dem Blick des anderen ausweichen. Dann sagte Patrick, während er den Rauch ausstieß: »Ich habe mich eigentlich nie besonders dafür interessiert, was außerhalb dieser vier Wände vorgeht. Mit etwas Hasch und der großartigen Aussicht war ich immer zufrieden. Du kamst mit deinen Fotos zurück, und jedesmal dachte ich, scheiß drauf, ich will nichts von der Welt sehen, wenn sie so aussieht. Ich will nichts über die beschissene Ausrottung von Tieren wissen. Es ist deprimierend. Der Tod ist deprimierend, das sagen alle. Ich wollte ihn einfach aussperren. Aber ich konnte es nicht. Er war die ganze Zeit da. Genau hier, in mir selbst. Ich habe ihn nicht ausgesperrt, ich habe ihn eingesperrt.«

Will ging auf ihn zu, bis sie sich ganz dicht gegenüberstanden.

»Ich möchte mich bei Bethlynn entschuldigen«, sagte er. »Egal was ich von ihr halte, ich habe mich wie ein Arsch benommen.«

»Stimmt.«

»Wird sie mich empfangen, wenn ich mich ausreichend zerknirscht zeige?«

»Wahrscheinlich nicht. Aber du könntest es trotzdem versuchen.« Er lächelte. »Darüber würde ich mich sehr freuen.«

»Das ist das Wichtigste.«

»Du meinst es ernst?«

»Du weißt, daß ich es ernst meine.«

»Wenn du gerade in Geberlaune bist, kann ich dich bitten, noch etwas für mich zu tun? Du mußt es nicht sofort machen. Es ist eher was für die Zukunft.«

»Sag's mir.«

Patrick bedachte ihn mit dem leicht schielenden Blick, der stets verriet, daß er high war, und ergriff Wills Hände. »Ich möchte, daß du bei mir bist«, sagte er, »wenn es Zeit wird … zu gehen. Ich meine, für immer. Rafael ist wunderbar, genau wie Jack und Adrianna. Aber sie sind nicht wie du. Niemand konnte dich je ersetzen, Will.« Trauer glänzte in seinen Augen. »Versprichst du mir das?«

»Ich verspreche es«, antwortete Will und hielt die eigenen Tränen nicht länger zurück.

»Ich liebe dich, Will.«

»Ich liebe dich auch. Das wird sich nicht ändern. Nie. Das weißt du.«

»Ja. Aber ich höre es trotzdem gerne.« Tapfer bemühte er sich um ein Lächeln. »Ich glaube, jetzt sollten wir Joints an die Bedürftigen verteilen.« Er nahm die Keksdose, die auf dem Tisch stand. »Ich habe etwa zwanzig gerollt. Meinst du, das reicht?«

»Mann, du hast alles perfekt geplant«, sagte Will.

»Ich habe eine natürlich Gabe zu feiern«, erklärte Patrick, während sie hinausgingen, um die Ladung auszuliefern. »Schon vergessen?«

VII

Fast alle wurden high, außer Jack, der seit dem letzten Jahr auf eine ziemlich selbstgerechte Weise abstinent war (nach zwei Jahrzehnten von Drogenexzessen aller Art), und Casper, der deshalb nicht rauchen durfte, weil Jack nicht mehr wollte. Drew begann mit allen zu flirten, aber nachdem ihm klargeworden war, wo er die meisten Chancen hatte, folgte er Will in die Küche und beschrieb ihm in allen Details, was er mit ihm anstellen würde, wenn sie in das Haus an der Sanchez zurückkehrten.

Aber als die Party sich schließlich dem Ende näherte, hatten Bier und Gras Drew müde gemacht, und er sagte, er müsse nach Hause, seinen Rausch ausschlafen. Will lud ihn zu sich ein, aber er lehnte ab. Er wolle nicht, daß ihm jemand dabei zusehe, wie er in die Toilette kotzte, schon gar nicht Will. Das sei ein rein privates Ritual. Will fuhr ihn nach Hause, brachte ihn bis in seine Wohnung und machte sich dann auf den Heimweg. Drews verbales Vorspiel hatte ihn scharf gemacht, und er spielte mit dem Gedanken, dem ›Penitent‹ einen Besuch abzustatten und sich noch etwas Action zu gönnen. Aber die Vorstellung, sich zu dieser Stunde noch einmal für die Piste zurechtmachen zu müssen, schreckte ihn schließlich ab. Er hatte den Schlaf nötiger als die Hand eines Fremden. Und morgen würde Drew ja wieder nüchtern sein.

Erneut schien es ihm, als sei er aufgewacht, vielleicht durch das Hupen eines Autos auf der Market oder Geschrei von der Straße. Er schien aufrecht im Bett zu sitzen und in das schattendurchwirkte Zimmer zu blicken, so wie zwei Nächte zuvor. Dieses Mal jedoch durchschaute er den Streich, den ihm sein schlafender Geist spielte. Er widerstand dem Drang, ins Badezimmer zu schlafwandeln, blieb im Bett und wartete darauf, daß sich die Wach-Illusion verzog.

Aber nachdem Minuten verstrichen waren – so kam es ihm jedenfalls vor –, begann er sich zu langweilen. Er erkannte, daß sein Unterbewußtsein von ihm verlangte, ein bestimmtes Ritual zu vollziehen. Bevor er das nicht tat, durfte er nicht in Frieden träumen. Also fügte er sich dem Spiel, stand auf und ging zur Treppe. Heute lockten ihn keine Schatten an der Wand die Stufen hinab, aber er ging dennoch nach unten, der gleichen Route folgend, an deren Ende er Lord Fuchs das letztemal getroffen hatte. Durch den Flur gelangte er ins Ablagezimmer. Diesmal strömte jedoch kein Lichtschein von den Fotos auf dem Boden aus. Offensichtlich wollte das Tier die Traumdebatte im Dunkeln führen.

»Bringen wir's so schnell wie möglich hinter uns, ja?« sagte Will und trat in die Finsternis. »Es muß einen besseren Traum geben als ...«

Er blieb stehen. Ein Lufthauch glitt durch den Raum. Etwas hatte sich bewegt. Es kam auf ihn zu, und es war viel größer als ein Fuchs. Er wich zurück, als er ein Schnauben hörte. Dann sah er, wie sich ein riesiger grauer Leib vor ihm erhob, ein mächtiger Kopf, dessen aufgerissener Schlund so finster war, daß der dunkle Raum fast hell wirkte ...

Ein Bär! Großer Gott! Und es war nicht nur irgendein Bär, es war das Tier, das ihn verwundet hatte. Es kam auf ihn zu. Seine Wunden bluteten noch, und sein Atem strich heiß und stinkend über sein Gesicht.

Instinktiv tat er das, was er auch in der Wildnis getan hätte. Er fiel auf die Knie, senkte den Kopf und bot ein so kleines Ziel wie nur möglich. Das Gewicht und die Wut der Bärin schienen die Dielenbretter unter ihm vibrieren zu lassen. Seine Narben fingen an zu brennen, vielleicht weil sie die Nähe des Tieres spürten, das sie ihm zugefügt hatte. Fast hätte er laut aufgeschrien, obwohl er wußte, daß es sich nur um einen idiotischen Traum handelte; fast hätte er gebettelt, daß die Bestie aufhören und ihn in Frieden lassen solle. Aber er bewahrte die Ruhe und wartete, die Hände auf dem Boden. Nach einiger Zeit verlor sich das Vibrieren. Noch immer bewegte er sich nicht. Erst nachdem er bis zehn gezählt hatte, wagte er es, den Kopf ein kleines Stück zu heben. Der Bär war verschwunden. Dafür lehnte am anderen Ende des Zimmers Lord Fuchs so lässig wie immer am Fenster.

»Aus dieser Sache lassen sich wahrscheinlich eine Vielzahl von Lektionen lernen«, sagte das Wesen. »Aber zwei fallen mir zuerst ein.« Will erhob sich langsam, während der Fuchs seine Weisheiten preisgab. »Wenn du es mit den Geistern von Tieren zu tun hast – und das hast du nun mal, Will, ob du magst oder nicht –, vergiß nie, daß wir alle eine große, glückliche Familie sind. Also bin ich wahrscheinlich in Gesellschaft, wenn ich hier bin. Das ist die erste Lektion.«

»Und ... welches ist die zweite?«

»Erweise mir gefälligst Respekt!« bellte der Fuchs. Dann fügte er besänftigend hinzu: »Du kamst herein und sagtest, daß du alles so schnell wie möglich hinter dich bringen wolltest. Das ist beleidigend, Willy.«

»Nenn mich nicht Willy.«

»Dann bitte mich höflich.«

»O Scheiße. Bitte, nenn mich nicht Willy.«

»Besser.«

»Ich brauche was zu trinken. Meine Kehle ist völlig ausgetrocknet.«

»Dann hol dir was«, sagte der Fuchs. »Ich komme mit.«

Will ging in die Küche. Der Fuchs tappte hinter ihm her, nachdem er ihn angewiesen hatte, kein Licht anzumachen. »Das schärft meine Sinne.«

Will öffnete den Kühlschrank und holte einen Karton Milch heraus. »Willst du auch was?«

»Ich bin nicht durstig«, sagte der Fuchs. »Trotzdem danke.«

»Was zu essen?«

»Du weißt, was ich mag«, entgegnete der Fuchs, und mit bedrückender Klarheit sah Will das Bild des tot im Gras liegenden Thomas Simeon vor sich.

»O Gott«, sagte Will und schlug die Kühlschranktür zu.

»Komm schon«, sagte der Fuchs. »Wo bleibt dein Sinn für Humor?« Er trat aus den Schatten in einen Streifen hellgrauen Lichts. Will kam es vor, als sehe er irgendwie bösartiger aus als bei ihrer letzten Begegnung. »Weißt du, mein Lieber, du solltest dich wirklich fragen«, sagte der Fuchs, »ob du nicht langsam aus der Haut fährst und was das für Konsequenzen für deine nähere Umgebung haben könnte. Besonders für deinen neuen Liebhaber. Ich meine, er hat nicht den allerstabilsten Charakter, oder?«

»Sprichst du von Drew?«

»Genau, von Drew. Aus irgendeinem Grund dachte ich, er hieße Brad. Du solltest ihn wirklich gehen lassen, der Fairneß halber, bevor du ihn noch mit dir herunterziehst. Er wird entweder wegen dir durchdrehen oder versuchen, sich die Pulsadern aufzuschneiden. Und dafür bist dann du verantwortlich. Das möchtest du doch sicher nicht auf dich nehmen, nicht bei all dem anderen Scheiß, mit dem du fertig werden mußt.«

»Könntest du dich etwas genauer ausdrücken?«

»Es ist nicht sein Krieg, Will, es ist deiner, und nur deiner. Du hast dich an dem Tag zur Front gemeldet, als du Steep erlaubt hast, dich mit auf den Hügel zu nehmen.«

Will stellte den Milchkarton ab und legte die Hände um den Kopf. »Ich wünschte, ich wüßte, was, zum Teufel, du willst.«

»Auf lange Sicht«, sagte der Fuchs, »möchte ich, was insgeheim jedes Tier möchte, außer den Hunden vielleicht – ich möchte, daß deine Spezies verschwindet. Hin zu den Sternen, wenn ihr es schafft. Aber wahrscheinlich endet ihr in Schutt und Asche. Uns ist es egal. Wir wollen nur, daß ihr uns nicht mehr ans Fell geht.«

»Und dann?«

»Nichts«, antwortete der Fuchs mit einem Schulterzucken. Seine Stimme senkte sich zu einem traurigen Flüstern. »Die Erde dreht sich weiter, und wenn es hell wird, ist es Tag, und wenn nicht, Nacht, und der einfache Segen der Dinge hat kein Ende.«

»Der einfache Segen der Dinge«, sagte Will.

»Ein hübscher Ausdruck, nicht wahr? Ich glaube, ich habe ihn von Steep«, sagte der Fuchs.

»Einiges würde euch fehlen, wenn wir fort sind.«

»Was meinst du, die Sprache? Vielleicht, einen Tag oder zwei. Aber nicht lange. Nach einer Woche hätte ich vergessen, was ein gutes Gespräch ist und wäre wieder ein fröhliches Geschöpf. So wie ich war, bevor Steep ein Auge auf mich geworfen hatte.«

»Ich weiß, ich träume dies alles, aber wo du schon mal da bist ... Was weißt du über Steep?«

»Nichts, was du nicht weißt«, antwortete der Fuchs. »Schließlich steckt ein Teil von ihm in dir. Du wirst dich eines Tages sehr genau beobachten müssen.« Der Fuchs trat an den Tisch und flüsterte vielsagend: »Glaubst du wirklich, daß du den größten Teil deines Lebens damit verschwendet hättest, wilde Tiere zu fotografieren, wenn dir von ihm nicht dieses Messer in die Hand gelegt worden wäre? Er hat dich geformt, Will. Er hat die Hoffnungen und die Enttäuschungen gesät. Und die Sehnsucht.«

»Und auch dich zu mir geschickt?«

»Zu welchem Zweck auch immer. Du mußt wissen, ich bin wirklich nicht wichtig. Ich bin nur der unschuldige Fuchs, der Thomas Simeons Geschlechtsteile gefressen hat. Steep sah mich davontrotten und erklärte mich zum Bösewicht. Was, nebenbei bemerkt, sehr ungerecht von ihm war. Ich habe nur das getan, was jeder Fuchs mit einem leeren Magen tun würde, der eine Mahlzeit sieht. Ich wußte nicht, daß ich an jemand Wichtigem knabberte.«

»War Simeon denn so wichtig?«

»Nun, zumindest für Steep. Ich meine, Jacob hat sich diese Sache mit dem Schwanzfressen wirklich zu Herzen genommen. Er war hinter mir her, als wollte er mir den Kopf abreißen. Also rannte ich los, so schnell ich konnte …« Das gehörte nicht mehr zu Wills Erinnerung, der die Dinge nur durch Steeps Augen gesehen hatte. Doch der Fuchs erzählte seine Geschichte, und Will wagte es nicht, ihn zu unterbrechen. »Und er ließ sich nicht abschütteln. Es gab kein Entkommen. Schließlich war ich in seinem Kopf, verstehst du? Vor seinem geistigen Auge. Und laß dir gesagt sein, sein Geist gleicht einem Fangeisen. Nachdem er mich erst einmal dort hatte, konnte ich mich nicht mehr hinaustricksen. Selbst der Tod löste mich nicht mehr aus seinem Kopf.« Ein rauher Seufzer entfuhr dem Tier. »Eines kann ich dir sagen! Es ist völlig anders, als in deinem Kopf zu sein. Ich meine, deine Psyche ist ganz schön kaputt, keine Frage, aber das ist nichts im Vergleich mit seiner. Nichts!«

Will sah, daß ein Köder vor ihm baumelte. Trotzdem

konnte er nicht anders. Er schnappte zu. »Verrate es mir«, sagte er.

»Wie es in Steeps Kopf aussieht? Nun, wenn es in meinem aussieht wie in einem Loch unter der Erde und in deinem wie in einer Hütte – nichts für ungut –, dann sieht es in seinem aus wie in einer verdammten Kathedrale. Ich meine, überall Chöre und spitze Giebel und hoch aufragende Strebepfeiler. Unglaublich.«

»So viel zu dem einfachen Segen der Dinge.«

»Du bist schnell, nicht wahr?« sagte der Fuchs anerkennend. »Kaum entdeckst du eine kleine Schwäche in der Argumentation, hakst du ein.«

»Also in seinem Kopf sieht es aus wie in einer Kathedrale?«

»Na ja, das hört sich ein bißchen zu großartig an. So ist es nun auch wieder nicht. Denn sie verkommt – jedes Jahr, jeden Tag ein bißchen mehr. Es wird dunkler und kälter dort drinnen, und Steep weiß nicht, wie er ein wenig Wärme hereinbringen kann, es sei denn, er tötet etwas, und auch das funktioniert nicht mehr wie früher.«

Will erinnerte sich an das samtene Gefühl der Mottenflügel zwischen seinen Fingern und an die Hitze des Feuers, das sie kurz darauf verzehrt hatte. Obwohl er den Gedanken nicht aussprach, hörte ihn der Fuchs dennoch. »Natürlich, du hast ja Erfahrung mit seinen Methoden, das hatte ich fast vergessen. Du hast seinen Wahnsinn aus erster Hand miterlebt. Das sollte dich vor ihm schützen, zumindest etwas.«

»Und was geschieht, wenn er stirbt?«

»Ich entfliehe seinem Kopf«, antwortete der Fuchs. »Und bin dann frei.«

»Verfolgst du mich deshalb?«

»Ich verfolge dich gar nicht. Verfolgen ist etwas für Geister, und ich bin kein Geist. Ich bin … ja, was bin ich eigentlich? Ich bin eine Erinnerung, die Steep in einen kleinen Mythos verwandelt hat. Das Tier, das Menschen fraß. Das bin ich. Als gewöhnlicher Fuchs oder als Gartenfuchs war ich nicht interessant genug. Also hat er mir eine Stimme gegeben. Er stellte mich auf die Hinterbeine und nannte mich Lord Fuchs. Er hat mich gemacht, genauso, wie er dich gemacht hat.« Die Erkenntnis klang bitter. »Wir sind beide seine Kinder.«

»Und wenn er dich gehen läßt?«

»Ich hab's dir gesagt – dann bin ich weg.«

»Aber in der wirklichen Welt bist du schon seit Jahrhunderten tot.«

»So? Ich hatte Kinder, als ich noch lebte. Drei Kleine, von denen ich mit Sicherheit weiß, daß es meine waren. Und sie hatten ebenfalls Kinder, und deren Kinder hatten Kinder. Ich bin also immer noch irgendwo da draußen, in der einen oder anderen Form. Übrigens, du solltest selbst noch ein paar Samen einpflanzen, auch wenn es dir gegen den Strich geht. Die Gerätschaften dazu hast du ja.« Er sah auf Wills Geschlecht hinab. »Damit könnte ich eine fünfköpfige Familie ernähren.«

»Ich glaube, unser Gespräch neigt sich langsam dem Ende zu, meinst du nicht auch?«

»Mir ist jetzt jedenfalls wesentlich wohler«, sagte der Fuchs, als seien sie zwei streitsüchtige Nachbarn, die sich gerade so richtig ausgesprochen hätten.

Will erhob sich. »Heißt das, ich kann jetzt aufhören zu träumen?« fragte er.

»Du träumst nicht«, antwortete der Fuchs. »Du bist seit einer halben Stunde hellwach.«

»Stimmt nicht«, entgegnete Will beherrscht.

»Ich fürchte schon«, sagte der Fuchs. »In jener Nacht mit Steep hast du ein kleines Loch in deinem Kopf geöffnet, und nun kann der Wind dort hinein wehen. Der gleiche Wind, der durch seinen Kopf bläst, pfeift auch durch deine kleine Hütte.«

Will hatte genug. »Jetzt reicht es«, sagte er und ging auf die Tür zu. »*Du* wirst keine Kopfspiele mehr mit mir spielen.«

Lord Fuchs tat so, als gebe er auf, hob die Pfoten und trat beiseite. Will ging auf den Flur hinaus. Der Fuchs folgte ihm. Seine Krallen klickten über den Parkettboden.

»Ach Will«, jammerte er. »Wir waren schon so weit ...«

»Ich träume.«

»Nein, das tust du nicht.«

»Ich träume.«

»Nein. »

Will wirbelte herum, den Fuß auf der ersten Treppenstufe, und schrie: »Also gut, ich träume nicht! Ich bin verrückt! Ich bin komplett gaga!«

»Gut«, meinte der Fuchs ruhig. »Das ist doch schon was.«

»Du willst, daß ich gegen Steep in einer Zwangsjacke angehe, ist es das?«

»Nein. Ich möchte nur, daß du einige deiner vernünftigeren Ansichten über Bord wirfst.«

»Zum Beispiel?«

»Ich möchte, daß du den Gedanken akzeptierst, daß du, William Rabjohns, und ich, ein semi-mythischer Fuchs, gleichzeitig existieren können und es auch tun.«

»Wenn ich das akzeptieren würde, könnte man mich einweisen.«

»Also gut, versuchen wir es anders: Du erinnerst dich an die russischen Püppchen?«

»Fang nicht damit an.«

»Oh, es ist ganz einfach. Alles paßt in alles andere ...«

»Lieber Himmel«, murmelte Will. Langsam beschlich ihn ein schrecklicher Gedanke: wenn dies wirklich ein Traum war – und es war ein Traum, mußte einer sein –, vielleicht war dann alles andere, bis hin zu seinem Aufwachen, auch nur ein Traum. Dann war er vielleicht *gar nicht aufgewacht* und lag noch immer im Koma in einem Bett in Winnipeg.

Er begann am ganzen Körper zu zittern.

»Was ist los?« fragte der Fuchs.

»Ach, sei still!« rief Will und stolperte die Stufen hinauf.

Das Tier lief hinter ihm her. »Du bist auf einmal so blaß. Ist dir schlecht? Mach dir einen Pfefferminztee. Das beruhigt den Magen.«

Sagte er dem Tier noch einmal, es solle das Maul halten?

Er wußte es nicht. Seine Sinne kamen und gingen. Eben noch rannte er die Stufen hinauf, nun kroch er durch den Flur und fand sich im Badezimmer wieder, wo er sich erbrach, während der Fuchs hinter ihm stand und davon plauderte, daß er auf sich achtgeben solle, da sein Geisteszustand äußerst labil sei (als ob er das nicht wüßte) und sich so alle möglichen Formen des Wahnsinns an ihn heranschleichen könnten.

Wenig später stand er unter der Dusche und tastete mit einer Hand, die ihm lächerlich weit entfernt vorkam, nach dem Wasserhahn. Seine Finger waren schwach wie die eines Säuglings. Aber plötzlich drehte sich der Hahn, und eine Flut eiskalten Wassers stürzte auf ihn herab. Zumindest seine Nervenenden funktionierten also noch, im Gegensatz zu seinem Verstand. Einen Herzschlag später überrieselte ihn Gänsehaut, und die Kopfhaut pochte vor Kälte.

Trotz seiner Panik, oder gerade deswegen, war sein Geist äußerst agil und versetzte ihn sofort an Orte, an denen er ebenfalls solch eisige Kälte gespürt hatte. Nach Balthazar natürlich, als er verwundet auf dem Eis lag; auf den Hügel in Burnt Yarley, als er sich im bitteren Regen verlaufen hatte. Und ans Ufer der Newa, im Winter des Eispalastes ...

Moment, dachte er. Das sind nicht meine Erinnerungen.

Die Vögel, die tot vom Himmel fielen.

Das ist ein Teil von Steeps Leben, nicht meines.

Der Fluß wie ein Felsen, und Eropkin, der arme, verdammte Eropkin, der sein Meisterwerk aus Eis und Licht erbaut hatte.

Er schüttelte heftig den Kopf, um die Eindringlinge zu vertreiben. Aber sie wollten nicht gehen. Unfähig, sich zu bewegen – so eiskalt war das Wasser – stand er da, während Steeps Erinnerungen seinen Kopf durchfluteten, ohne daß er es verhindern konnte.

VIII

Er stand zwischen den Menschen auf einer Straße in Sankt Petersburg, und wenn ihm nicht schon die Kälte den Atem genommen hätte, hätte es der Anblick, der sich ihm bot, getan: Eropkins Palast, dessen Mauern über zehn Meter in die Höhe ragten und der im Licht der Fackeln und Lagerfeuer glitzerte, die auf allen Seiten brannten. So warm diese Feuer auch waren, den Palast kosteten sie nicht einen Tropfen Wasser, denn die Hitze kam gegen diese eisige Luft nicht an.

Er sah über die Massen, die gegen die Barrieren drückten und die Husaren provozierten, die sie mit Stiefeltritten und Drohungen in Schach hielten. Mein Gott, wie sie heute abend wieder stanken! Stinkende Leiber in stinkenden Kleidern.

»Pöbel …«, murmelte er.

Zu Steeps Linker kreischte ein rotgesichtiges Gör an der Schulter seines Vaters. An der Nase des Kindes klebte gefrorener Rotz. Rechts von ihm schwankte ein Säufer mit einem von Fett triefenden Bart vorbei, mit einer Frau im Arm, die noch berauschter schien als er.

»Ich hasse diese Leute«, sagte jemand in sein Ohr. »Kommen wir lieber später wieder, wenn es ruhig ist.«

Er drehte sich um. Rosa stand vor ihm. Ihr herrliches Gesicht, das die Kälte gerötet hatte, wurde von einer Pelzkapuze umrahmt. Wie schön sie heute abend war! Das Licht der Fackeln leuchtete in ihren Augen.

»Bitte, Jacob«, sagte sie, zog an seinem Ärmel und spielte das kleine Mädchen, das sich verlaufen hat – eine Masche, die bei ihm immer funktionierte. »Wir könnten heute nacht ein Baby machen, wirklich, Jacob.« Sie drückte sich an ihn, und er spürte den Wohlgeruch ihres Atems, ein Duft, den keine Pariser Parfümerie je würde übertreffen können. Selbst hier, im eisernen Griff des Winters, trug sie den Hauch des Frühlings mit sich. »Leg deine Hand auf meinen Bauch, Jacob«, sagte sie, nahm seine Hand und legte sie dorthin. »Ist er nicht warm?« Sie hatte recht. »Glaubst du nicht auch, daß wir heute nacht ein Leben zeugen könnten?«

»Vielleicht«, sagte er.

»Dann laß uns fortgehen, weg von diesen Tieren hier. Bitte, Jacob, bitte.«

Oh, sie konnte ihn sehr gut überreden, wenn sie in dieser koketten Stimmung war. Und, um die Wahrheit zu sagen, er spielte gerne mit.

»Tiere, sagst du?«

»Keinen Deut besser«, erwiderte sie verächtlich.

»Wäre es dir lieber, sie wären tot?«

»Jeder einzelne.«

»Jeder?«

»Außer dir und mir. Und aus unserer Liebe soll ein Geschlecht vollkommener Wesen entstehen, damit die Welt so wird, wie Gott sie beabsichtigt hat.«

Als er das hörte, mußte er sie einfach küssen, auch wenn die Straßen Sankt Petersburgs nicht die von Paris oder London waren. Jeder öffentliche Beweis von Zuneigung, besonders wenn er so leidenschaftlich war wie der seine, mußte unweigerlich die Obrigkeit auf den Plan rufen. Er störte sich nicht daran. Sie war sein anderer Teil, seine Ergänzung, seine Vervollkommnung. Er umschloß ihr herrliches Gesicht mit den Händen und drückte seine Lippen auf die ihren. Wie ein flüchtiges Phantom stieg ihr Atem zwischen ihnen auf. Die Worte, die er mit sich trug, erstaunten ihn immer wieder, auch wenn er sie schon unzählige Male gehört hatte.

»Ich liebe dich«, sagte sie. »Und ich werde dich lieben, solange ich Leben in mir spüre.«

Er küßte sie noch einmal, heftiger, im Bewußtsein, daß mißgünstige Augen sie anstarrten, aber es war ihm egal. Sollte die Menge schauen und den Mund verziehen und den Kopf schütteln. In ihrem armseligen Dasein würden sie nicht ein einziges Mal das erleben, was er und Rosa jetzt erlebten: die höhere Verbindung zweier Seelen.

Und dann, mitten während ihres Kusses, löste sich die Menge auf und verschwand. Er öffnete die Augen. Sie standen nicht mehr vor den Barrieren, sondern unmittelbar an der Schwelle des Palastes. Die Hauptstraße lag verlassen hinter ihnen. Seit er Atem geholt hatte, waren Stunden vergangen. Es war weit nach Mitternacht.

»Wird uns auch niemand beobachten?«fragte Rosa.

»Ich habe den Wachen Geld gegeben, damit sie verschwinden und sich vollaufen lassen«, sagte er. »Wir haben vier Stunden, bevor am Morgen die ersten Besucher kommen und gaffen. Bis dahin können wir hier machen, was wir wollen.«

Sie schob die Kapuze nach hinten und strich sich mit den Fingern durchs Haar, so daß es gleichmäßig auf die Schultern fiel. »Gibt es auch ein Schlafzimmer?« fragte sie.

Er lächelte. »O ja, es gibt ein Schlafzimmer. Und ein großes Himmelbett, alles aus Eis gehauen.«

»Dann bring mich hin«, sagte sie und nahm seine Hand.

Sie betraten den Palast und gingen durch das Empfangszimmer, das mit einem riesigen Kamin und prachtvollem Mobiliar ausgestattet war. Sie schritten durch den riesigen Ballsaal mit dem Lüster aus glitzernden Stalaktiten; durch das Ankleidezimmer, wo es eine Garderobe mit Mänteln, Hüten und Schuhen gab, allesamt in vollkommener Form aus Eis geschaffen.

»Es ist direkt unheimlich«, sagte Jacob und sah zum Eingangsportal zurück, »wie das Licht sich widerspiegelt.« Auch wenn sie bereits tief in das Herz des Gebäudes vorgedrungen waren, so leuchteten die Fackeln, die den Palast umgaben, noch immer hell, und ihr Schein drang durch die gläsernen Wände. Ein anderer Besucher hätte bei diesem Spektakel sicher nichts als Staunen empfunden; doch Jacob fühlte sich unbehaglich. Etwas an diesem Ort weckte in ihm eine Erinnerung, die er nicht benennen konnte.

»Ich bin schon einmal an einem ähnlichen Ort gewesen«, sagte er zu Rosa.

»In einem anderen Eispalast?«

»Nein, an einem Ort, der im Inneren genauso hell ist wie draußen.«

Sie dachte eine Weile darüber nach. »Ja, auch ich habe einen solchen Ort gesehen« sagte sie. Sie ließ ihn stehen und fuhr mit der Hand über eine der kristallklaren Wände. »Aber er war nicht aus Eis gemacht«, sagte sie. »Bestimmt nicht ...«

»Aus was dann?«

Sie runzelte die Stirn. »Ich weiß es nicht«, sagte sie. »Wenn ich mich an Dinge erinnere, passiert es mir manchmal, daß ich die Orientierung verliere.«

»So geht es mir auch.«

»Warum wohl?«

»Vielleicht weil wir mit Rukenau verkehrt haben.«

Als sie den Namen hörte, spuckte sie auf den Boden. »Erwähne ihn nicht«, sagte sie.

»Aber es gibt eine Verbindung, meine Liebe«, sagte er. »Ich schwöre es.«

»Ich möchte nicht, daß du von ihm sprichst, Jacob«, sagte sie und eilte davon. Ihre Röcke glitten raschelnd über den eisigen Boden.

Er folgte ihr und versprach, nicht mehr von Rukenau zu reden, wenn es sie so sehr aufregte. Sie war wütend – ihre Wutanfälle kamen stets unvermittelt und waren oft brutal, aber jetzt wollte er sie unbedingt besänftigen, wollte die Harmonie zwischen ihnen bewahren. Hatte er sie erst einmal auf dem Bett, würde er die Wut davonküssen, mit Leichtigkeit. Er würde ihren warmen Körper der Kälte preisgeben und mit der Zunge über ihre Haut fahren, bis sie vor Lust schluchzte. Die Kälte machte ihr nichts aus, auch wenn sie nackt war. Sie würde sich natürlich beklagen und von ihm verlangen, ihr Pelze zu kaufen, um sie vor der Kälte zu schützen, aber das war nur Theater. Sie hatte gehört, wie andere Frauen solche Dinge von ihren Männern verlangten und spielte das gleiche launische Spiel. Und so wie es ihre weibliche Pflicht schien, in gespielter Wut einen Schmollmund zu ziehen, mit dem Fuß aufzustampfen und davonzulaufen, so war es die seine, sie zu verfolgen und zu züchtigen und sie schließlich zu nehmen – mit Gewalt, wenn es sein mußte –, bis sie ihm versicherte, daß seine Fehler allesamt nur Fehler aus Liebe wären und daß sie ihn deswegen bewundern würde. Es war ein absurdes Rollenspiel, das wußten sie beide. Aber wenn sie Mann und Frau sein wollten, mußten sie die Eherituale nachvollziehen, als wären sie ganz natürlich für sie. Und einige waren es auch. Zum Beispiel der Teil, wenn er sie eingeholt hatte und sie fest an sich drückte, ihr sagte, sie solle sich nicht so anstellen, sonst würde er es ihr um so härter besorgen. Dann wand sie sich in seinen Armen, machte aber keine Anstalten, sich ernsthaft zu befreien. Sie sagte nur, er solle das Schlimmste mit ihr machen, das Schlimmste ...

»Ich habe weder Angst vor dir, Jacob Steep«, sagte sie, »noch vor deinen Ficks.«

»Nun, das ist gut«, erwiderte er, hob sie hoch und trug sie ins Schlafzimmer. Das Bett selbst war die perfekte Replik eines echten, bis hin zu dem Knick in den Kissen, als wäre gerade ein unterkühlter Schläfer aufgestanden. Sachte legte er sie hin und begann, ihre Kleider aufzuknöpfen. Ihr Haar breitete sich über dem schneeweißen Linnen aus. Es schien, als habe sie ihm bereits die Erwähnung Rukenaus verziehen, vielleicht auch vergessen, vor lauter Hunger, Steep in sich zu spüren, ein Verlangen, das oft so plötzlich kam wie ihre Wutanfälle und oft auch genauso brutal war.

Er hatte ihre Brüste entblößt und sog die Brustwarzen in die heiße Öffnung seines Mundes. Sie zitterte vor Lust, drückte seinen Kopf fester an ihren Busen und riß an seinem Hemd. Sein Schwanz war so hart wie das Bett, auf dem sie lag. Alle Zärtlichkeit über Bord werfend, schob er ihr Kleid hoch und fand den Platz, den er erobern wollte. Er fuhr mit den Fingern hinein und flüsterte in ihr Ohr, daß sie die schönste Schlampe der gesamten Christenheit sei und daß sie es verdiene, dementsprechend behandelt zu werden. Sie packte seinen Kopf und befahl ihm, sein Schlimmstes zu geben, worauf er die Finger herauszog und seinen Schwanz hineinsteckte, so abrupt, daß ihr Aufschrei durch die Eishallen echote.

Er nahm sich Zeit, so wie sie es verlangte, und legte sich mit seinem ganzen Gewicht auf sie, während er sich dem Höhepunkt näherte. Und während ihre Lustschreie von den Wänden und Decken hallten, überkam ihn wieder das

Gefühl, das er am Eingang verspürt hatte – daß er an einem Ort gewesen war, dem dieser Palast, trotz all seines Glanzes, nichts entgegenzusetzen hatte.

»So hell …«, murmelte er, die Helligkeit dieses Ortes vor Augen.

»Was ist hell?« japste Rosa.

»Je tiefer wir gehen …«, sagte er, »… desto heller wird es …«

»Sieh mich an!« verlangte sie. »Jacob! Sieh mich an!«

Mechanisch stieß er weiter, doch seine Lust diente nicht länger ihrem Vergnügen, nicht einmal seinem eigenen, sondern trieb vor allem die Vision an. Je näher er dem Höhepunkt kam, desto heller wurde es, als würde ihn das Verspritzen seines Spermas in das Herz dieser Glorie bringen. Die Frau wand sich unter seiner Attacke, aber er kümmerte sich nicht um sie. Stieß nur weiter zu, immer weiter, während die Helligkeit zunahm und mit ihr die Hoffnung, daß er sich an diesen Ort nach und nach wieder erinnern würde, ihn benennen und verstehen könnte.

Der Augenblick war fast da, der Glanz der Erkenntnis nahezu vollkommen. Ein paar Sekunden noch, ein paar Stöße, und die Erkenntnis würde ihn überwältigen.

Doch dann stieß sie ihn von sich fort, stieß seinen Körper mit aller Kraft von sich. Er kämpfte gegen sie, wollte sich seine Vision nicht rauben lassen, aber sie wollte ihm nicht zu Diensten sein. Trotz all ihres Schluchzens und Jammerns spielte sie die Unterwürfige nur – so wie sie das kleine Mädchen spielte, das sich verlaufen hatte, oder die anspruchsvolle Gattin –, und jetzt, da sie ihn loshaben wollte, brauchte sie nur ihre Kraft einsetzen. Fast beiläufig stieß sie ihn aus sich und von sich, auf das kalte Bett. Und anstatt seinen Samen auf dem Höhepunkt der Erkenntnis zu vergießen, ejakulierte er nur halbherzig, in zaghaften Spritzern, zu abgelenkt von ihrem Angriff, um sich auf die Vision zu konzentrieren, die er so dicht vor Augen gehabt hatte.

»Du hast schon wieder an Rukenau gedacht!« kreischte sie, glitt vom Bett und bedeckte ihre Brüste. »Ich habe dich gewarnt! Ich mache das nicht mit, ich habe es dir gesagt!«

Jacob bedeckte die Augen, in der Hoffnung, noch einen Funken von dem zu sehen, was ihm gerade entglitten war. Aber es war fort, fort wie ein Feuerwerk, das am Himmel verglüht.

Er hörte im Dunkeln den Klang des Wassers, das auf ihn niederprasselte, öffnete die Augen – und fand sich in der Dusche liegend wieder, während das eisige Wasser noch immer seinen Schädel massierte.

»O Gott ...«, murmelte er, griff mit zitternder Hand nach oben und drehte den Strahl ab. Bibbernd und nach Luft schnappend, blieb er in dem ablaufenden Naß liegen. Was, zum Teufel, passierte mit ihm? Zuerst Träume in Träumen. Und jetzt Visionen in Visionen? Entweder hatte er gerade die Mutter aller Nervenzusammenbrüche erlebt, was an sich kein angenehmer Gedanke war, oder ... oder was? Hatte Lord Fuchs etwa recht? War das überhaupt möglich? War es auch nur im entferntesten denkbar, daß dieses Tier, was immer es auch war – Krankheitssymptom oder Geist –, ihm eine Art metaphysischer Wahrheit vermittelte und daß alles, was sich in seinem Kopf abspielte, in sich selbst verschachtelt war, wie die russischen Puppen? Oder war das, was er vor seinem geistigen Auge sah, einschließlich der Erinnerungen an Steep und einen Fuchs mit blutiger Schnauze, auf paradoxe Weise von genau dem umschlossen, was er da sah? Indoktrinierte ihn Steep mit seiner eigenen Mythologie, im Rahmen derer eben jener Fuchs mit der blutigen Schnauze zum Lord geadelt worden war?

»Also schön«, sagte er zu dem Tier. Er war zu erschöpft, um sich noch weiter mit ihm zu streiten. »Nehmen wir um des lieben Friedens und der Ruhe willen einmal an, daß ich das, was du mir erzählst, glaube. Wäre ich dann nicht mehr gezwungen, es mit Rosa zu treiben? Denn, so leid es mir tut, das ist nicht meine Vorstellung von einem angenehmen Abend. Hörst du mir überhaupt zu?«

Er bekam keine Antwort. Mühsam rappelte er sich hoch, nahm ein Handtuch und wickelte es um seinen zitternden Körper. Dann stolperte er, noch immer triefend naß, auf

den Flur hinaus. Nichts. Er ging nach unten. Das Ablagezimmer, die Dunkelkammer, die Küche. Nichts. Der Fuchs
war verschwunden.

Er setzte sich an den Küchentisch, auf dem noch der Karton mit Milch stand, aus dem er getrunken hatte. Ein leises,
unerklärliches Lachen rieselte durch ihn hindurch. Seine Situation war absurd. Er hatte die Nacht damit verbracht, metaphysische Weisheiten mit einem Fuchs auszutauschen,
dessen einzige Daseinsberechtigung darin zu bestehen
schien, Will davon zu überzeugen, daß er existierte. Nun, es
war ihm gelungen. Ob er nun träumte oder geträumt wurde; ob nun Steep in seinem Kopf war oder er in dem von
Steep, ob der Fuchs nun ein Mythos war, eine Täuschung
oder ein flohzerbissener Beweis für seinen Wahnsinn – es
war alles Teil einer Reise, die er nicht abbrechen konnte. Daß
er diese Tatsache erkannte und akzeptierte, hatte etwas seltsam Beruhigendes. Er hatte in seinem Leben so viele Orte in
der Wildnis aufgesucht und schließlich den Glauben an den
Sinn solcher Reisen verloren. Aber vielleicht hatte er sie alle
nur unternommen, damit sie ihn irgendwann nach Hause
zurückführten, auf eine Reise, die er erst antreten konnte,
nachdem er an allen anderen verzweifelt war.

Er trank die Milch aus, wobei er noch immer darüber
lächeln mußte, wie absurd und gleichzeitig einfach das alles war, und ging wieder ins Bett. Nach dem kalten Lager
in Eropkins Palast kam ihm seine Decke luxuriös vor, und
kaum hatte er sie sich bis ans Kinn gezogen, fiel er auch
schon in einen zufriedenen Schlaf.

IX

Von der Veranda der ehemaligen Residenz des portugiesi-
schen Kommandanten in Suhar in Oman hatte Jacob eine
herrliche Aussicht über den Golf nach Jask und die Küste
hinauf zur Straße von Hormus. Die Besatzer hatten das

Land schon vor vielen Jahrhunderten verlassen, und das bescheidene Herrenhaus war einem bedauernswerten Verfall anheimgefallen. Dennoch hatten er und Rosa hier in den vergangenen einundzwanzig Tagen äußerst komfortabel gelebt. Die Stadt, die seit den imperialistischen Zeiten in staubige Obskurität versunken war, hatte eine Besonderheit zu bieten. In den Straßen trieb sich eine Gruppe von Transvestiten herum, in der Gegend als die *Xanith* bekannt, die behaupteten, von den Geistern kleinerer weiblicher Gottheiten besessen zu sein. Da Rosa sich in der Gesellschaft von Männern, die so taten, als seien sie vom anderen Geschlecht, am glücklichsten fühlte, verlangte sie von Steep, daß er sie auf der Suche nach diesem außergewöhnlichen Clan begleiten solle. Sie erinnerte ihn an die Tatsache, daß sie ihm in letzter Zeit bei seinen Aktionen häufig als Assistentin dienlich gewesen war. Er hatte gerade viel an seinen Tagebüchern zu arbeiten und brachte die Notizen, die er im Zusammenhang mit der Ausrottung einiger Arten gemacht hatte, in die endgültige Form. Trotzdem ging er mit ihr, wobei er betonte, daß er nach Beendigung seiner Arbeiten wieder voll in sein eigentliches Geschäft einsteigen würde und dabei ihre uneingeschränkte Hilfe erwartete. In letzter Zeit war alles bestens gelaufen. Ein Dutzend so gut wie sicherer Ausrottungen in den vergangenen sieben Monaten. Zugegeben, bei einigen Spezies handelte es sich lediglich um niedere Formen südamerikanischer Insekten, aber auch sie waren Mahlgut für die Todesmühle, von seiner achtsamen Hand ins Reich der Legende befördert.

Heute jedoch kamen ihm diese Triumphe sehr weit entfernt vor. Heute lagen Tinte und Feder unberührt da, weil seine Hände zu sehr zitterten. Heute konnte er nur an einen denken: an Will Rabjohns.

»Warum in aller Welt grübelst du über ihn nach?« fragte Rosa, als sie Jacob tief in Gedanken versunken auf der Veranda antraf.

»Es ist genau andersherum«, antwortete er. »Ich hatte schon sehr lange keinen Gedanken mehr an ihn verschwendet, aber es sieht so aus, als beschäftigte er sich sehr viel mit mir.«

»Ich dachte, du hättest gelesen, daß er ermordet wurde?« sagte sie, nahm eine Mandarine von dem abgestellten Teller und kaute auf der bitteren Schale herum.

»O nein, nicht ermordet. Von einem Bären angefallen.«

»Ach ja«, sagte sie. »Er macht Fotos von toten Tieren, nicht wahr? Du hattest doch ein Buch von ihm.« Sie warf die abgeknabberte Schale fort und nahm eine neue Frucht. »Ich wette, das ist dein Einfluß.«

»Sicherlich«, meinte Jacob. Offenbar bereitete ihm der Gedanke kein Vergnügen. »Das Problem ist nur, man beeinflußt sich immer gegenseitig.«

»Oh, du möchtest also Fotograf werden?« fragte Rosa kichernd.

Verglichen mit dem Blick, mit dem Jacob sie bedachte, schmeckte die Mandarinenschale süß. »Ich will nicht, daß er meine Gedanken kreuzt«, sagte er. »Und glaube mir, das tut er.«

»Ich glaube dir«, sagte sie. Dann fügte sie hinzu: »Darf ich ... dich fragen, wie er dort hineingeraten ist?«

»Es sind Dinge zwischen ihm und mir passiert, von denen ich dir nie erzählt habe«, antwortete Steep.

»Die Nacht auf dem Hügel«, sagte sie tonlos.

»Ja.«

»Was hast du mit ihm gemacht?«

»Frag lieber, was er mit mir gemacht hat.«

»Und was hat er mit dir gemacht? Sag es mir.«

»Er ist ein Medium, Rosa. Er hat tief in mich hinein gesehen. Tiefer, als ich selbst es wage. Und er brachte mich zu Thomas ...«

»O Gott«, sagte Rosa höhnisch.

»Hör auf, deine verdammten Augen zu verdrehen!«

»Schon gut, schon gut, beruhige dich. Wir werden mit dem Jungen leicht fertig ...«

»Er ist längst kein Junge mehr.«

»Nach unseren Maßstäben ist er ein Säugling«, sagte Rosa und gab sich alle Mühe, besänftigend zu klingen. Sie ging zu Jacob, schob sanft seine Knie auseinander, hockte sich dazwischen und sah liebevoll zu ihm auf. »Manchmal übertreibst du maßlos«, sagte sie. »Also gut, er hat in deinen Gedanken herumgeschnüffelt ...«

»Sankt Petersburg«, erwiderte Jacob. »Er hat sich an Sankt Petersburg erinnert. Wir beide im Palast. Und es war mehr als eine Erinnerung, es war, als suche er eine Schwäche in mir.«

»Ich erinnere mich nicht daran, daß du in dieser Nacht irgendeine Schwäche gezeigt hast«, gurrte Rosa.

Jacob konnte sich für ihre Schmeicheleien nicht erwärmen. »Ich will nicht, daß er noch länger in mir herumstöbert«, sagte er.

»Dann werden wir ihn töten«, sagte Rosa. »Weißt du, wo er ist?« Jacob schüttelte den Kopf, mit einem fast abwesenden Ausdruck im Gesicht. »Nun, er sollte nicht schwer zu finden sein, verdammt noch mal. Wir gehen einfach nach England und fangen dort zu suchen an, wo wir ihn zum erstenmal getroffen haben. Wie hieß dieses Nest gleich noch?«

»Burnt Yarley.«

»O ja, natürlich. Dort hat Bartholomeus seinen lächerlichen Gerichtshof gebaut.« Sie starrte abwesend ins Nichts. »Mein Gott, seine Hakennase.«

»Sie war grotesk«, meinte Jacob.

»Aber er war zu allen Lebewesen sehr freundlich. Zärtlich. Wie der Junge.«

»An Will Rabjohns ist gar nichts Zärtliches«, murmelte Steep.

»Wirklich? Was ist mit den Bildern in seinem Buch?«

»Das ist keine Zärtlichkeit, das ist Schuld. Und ein Hauch Morbidität. In diesem Mann schlägt ein Herz aus Stein. Und ich will, daß es aufhört zu schlagen.«

»Ich tue es«, schlug Rosa vor. »Nur allzu gerne.«

»Nein, mir fällt die Tat zu.«

»Wie du willst, mein Lieber. Tun wir es und vergessen wir ihn. Du kannst ihn in eins deiner Werke aufnehmen, wenn er heimgegangen ist.« Sie nahm das aktuelle Tage-

buch zur Hand und blätterte darin, bis sie eine leere Seite
fand. »Genau hier«, sagte sie. »Will Rabjohns. Ausgestorben.«

»Ausgestorben«, murmelte Steep. »Ausgestorben, ausgestorben, ausgestorben.« Es klang wie ein Mantra. Das
Nichts, dort, wo der Gedanke gewesen war und das Leben.

»Ich verabschiede mich besser«, sagte Rosa, ließ ihn auf
der Veranda zurück und ging hinunter in die Stadt, um
wenigstens noch eine Stunde in der Gesellschaft der *Xanith*
zu verbringen.

Als sie zum Herrenhaus zurückkehrte, erwartete sie,
daß Jacob noch immer vor sich hinbrütend auf seinem
Stuhl saß. Aber dem war nicht so. In ihrer Abwesenheit
hatte er nicht nur all ihre Besitztümer zusammengepackt,
er hatte auch einen Wagen bestellt, der bereits am Haupt-
tor auf sie wartete, um sie die Küste hinunter nach Mas-
quat zu bringen, der ersten Station ihrer Reise nach Burnt
Yarley.

X

1

Will wachte erst kurz nach neun auf, fühlte sich aber erstaunlich klar. Er stand auf und dachte kurz daran zu duschen, doch schien es ihm fast zu gefährlich, unter die
Brause zu treten. Schließlich drehte er trotzig den Kaltwas-
serhahn auf und ließ das Naß auf sich niederprasseln.
Aber dieses Mal kamen keine Visionen, und nachdem er
sich eine Minute so gequält hatte, stellte er auf warmes
Wasser um und schrubbte sich sauber.

Er trocknete sich ab und zog sich an. Erst als er die zweite Tasse Kaffee vor sich stehen hatte, wählte er die Nummer von Adrianna. Ein verschnupft klingender Glenn
nahm den Hörer ab. »Ich hab' eine Allergie oder so was«,

sagte er. »Meine Nase hört gar nicht mehr auf zu laufen. Du willst sicher mit Adrianna sprechen?«

»Wenn's geht.«

»Leider nicht. Sie stellt sich für einen neuen Job vor.«

»Wo?«

»Beim Stadtplanungsamt. Ich habe auf Patricks Party eine Frau kennengelernt, die dort arbeitet und jemanden suchte, und jetzt erkundigt sie sich mal.«

»Dann ruf ich später wieder an«, sagte Will. »Kümmer dich um deine Allergien.«

Wills nächster Anruf galt Patrick, dessen erste Frage lautete: »Wie geht's dir heute morgen?«

»Ganz gut, danke.«

»Keine Reue? Mist, das hatte ich befürchtet. Die ganze Sache war ein Fiasko.«

Es dauerte eine Weile, bis Will ihn davon überzeugt hatte, daß die Party durchaus in die Annalen eingehen würde, auch wenn sich niemand in ein Liebesabenteuer oder aus dem Fenster gestürzt hatte. Zögernd räumte Patrick ein, daß er sich an diesem Morgen vielleicht etwas nostalgisch fühle, inmitten der Überreste. In den alten Zeiten hätte eine Party nur dann als gelungen gegolten, wenn irgendwann jemand im Badezimmer gevögelt wurde und die Gäste dazu eine Arie aus Aida schmetterten. »Die Party muß ich verpaßt haben«, sagte Will, aber Patrick behauptete, sie seien beide da gewesen. Wills Hirn sei lediglich zusammengeschnurrt, weil er so oft in der brütenden Hitze gestanden und Familienportraits von Wasserbüffeln aufgenommen habe.

»Um auf etwas anderes zu kommen ...«, sagte Will.

»Du willst Bethlynns Adresse«, erriet Patrick.

»Ja, bitte.«

»Sie wohnt in Berkeley, in der Spruce Street.« Will schrieb sich eine Wegbeschreibung auf und wurde davor gewarnt, sie vorher anzurufen, weil sie garantiert auflegen würde, sobald sie seine Stimme hörte. »Sie mag es überhaupt nicht, wenn jemand eine Aura des Negativen verbreitet«, erklärte Patrick.

»Und ich bin Mr. Negativ?«

»Na ja, ich meine, niemand sieht sich deine Bücher an und denkt, oh, was für ein schöner Planet, auf dem wir leben. Und um dir die Wahrheit zu sagen – und reg dich jetzt bitte nicht darüber auf –, als Bethlynn einen Blick in eines deiner Bücher geworfen hatte, riet sie mir, es aus der Wohnung zu entfernen.«

»Sie hat *was* getan?«

»Ich sagte dir, reg dich nicht auf. So denkt sie eben. Sie teilt alles nach guten und nach schlechten Schwingungen ein. »

»Dann gab es also eine Bücherverbrennung auf der Castro?«

»Will, nein …«

»Was habt ihr sonst noch den Flammen übergeben? *Naked Lunch? König Lear?* Ganz schlechte Schwingungen im Lear, Mann, schnell weg damit!«

»Hör endlich auf, Will«, entgegnete Patrick gelassen. »Ich habe nicht gesagt, daß ich mit ihr einer Meinung bin, ich habe dir nur mitgeteilt, wie sie denkt. Und wenn du wirklich ernsthaft Frieden mit ihr schließen willst, mußt du damit zurechtkommen.«

»Okay«, sagte Will, der sich langsam etwas beruhigte. »Ich mache auf nett, so gut ich kann. Vielleicht schlage ich ihr vor, ein Buch mit Fotos von Sonnenblumen herauszubringen, als Entschuldigung für die schlechten Schwingungen. Große gelbe Sonnenblumen auf jeder Seite, und darunter ein Zitat aus dem Bhagavadgita.«

»Wäre gar nicht so schlecht, mein Bester«, meinte Patrick. »In diesen Tagen können die Leute ein wenig Licht im Leben gebrauchen.«

Oh, in meinen Bildern leuchtet das Licht, dachte Will und erinnerte sich daran, wie die Fotos zu Füßen des Fuchses geflackert, wie die Augen der Gejagten und die Skelette der Umgekommenen geleuchtet hatten. Es gab genug Licht. Nur war es eben nicht die Art Illumination, über die Bethlynn gern meditierte.

2

Später, als er im Taxi über die Brücke fuhr, blickte er zurück auf den Nebel und die sonnenumhüllten Hügel und dachte zum erstenmal seit vielen Jahren wieder, wie schön es war, in dieser Stadt zu leben; einem der wenigen Orte auf der Welt, wo das Experiment Mensch noch immer mit Leidenschaft und Zivilcourage angegangen wurde.

»Sind Sie zu Besuch hier?« fragte der Taxifahrer.

»Nein, warum?«

»Sie schauen sich immer wieder um, als hätten Sie das hier noch nie gesehen.«

»So kommt es mir heute auch vor«, entgegnete Will, und diese Antwort verblüffte den Mann offensichtlich so sehr, daß er für den Rest der Strecke schwieg.

Will hatte es ernst gemeint. Er fühlte sich, als sehe er so klar wie seit Jahren nicht mehr, sowohl bildlich als auch wörtlich. Nicht nur, daß alles um ihn herum kristallklar schien, sein Blick erfreute sich an Dingen, die er nie zuvor beachtet hatte. Wo auch immer er hinschaute, entdeckte er Nuancen von Farbe und Licht, die ihn begeisterten. In den Zedern, den Auslagen der Geschäfte, in dem abgewetzten Leder des Sitzes vor ihm. Auf dem Bürgersteig in den Gesichtern von Menschen, die er nie mehr wiedersehen würde, jedes einzelne von einem persönlichen Glorienschein umgeben. Er hatte keine Ahnung, woher diese neu entdeckte Klarheit kam, aber es kam ihm vor, als habe er Zeit seines Lebens eine Brille mit dreckigen Gläsern getragen und sich so sehr an den Schmutz gewöhnt, daß nun, da das Glas auf wundersame Weise sauber geworden war, alles wie eine Enthüllung auf ihn wirkte. War es das, was der Fuchs mit dem Segen der einfachen Dinge gemeint hatte?

Er stieg zwei Blocks vor Bethlynns Haus aus dem Taxi, teils, um dieses neue Gefühl noch etwas länger zu genießen, teils, um eine Versöhnungsansprache vorzubereiten. Diese zweite Absicht gab er jedoch auf, kaum daß er auf dem Bürgersteig stand. Das Innere des Taxis hatte seinen hungrigen Augen zu wenig geboten. Jetzt rauschte die Welt in allen Richtungen an ihm vorbei und kam im gleichen Augenblick wieder zurück, um ihm ihre Wunder zu zeigen. Am Himmel zogen Wolken dahin, die der Wind in Rüschen und Tüll zerpflückt hatte. Die verrottenden Balken eines Hauses auf der anderen Seite der Straße zeigten prächtige Muster abblätternder Farbe. Ein Schwarm Tauben, der sich an den Resten eines weggeworfenen Donuts gütlich tat, führte einen herrlichen Tanz auf, flatterte hoch und ließ sich nieder, um schließlich mit wildem Schwung in die Lüfte zu steigen und davonzuschweben.

Er hatte eigentlich nicht erwartet, sich so zu fühlen, wenn er Bethlynn gegenübertrat, aber solange sie das Lächeln, das nicht von seinem Gesicht weichen wollte, nicht mißverstand, war es vielleicht nicht das falscheste Gefühl. War sie wirklich so sensibel, wie Patrick behauptete, würde sie spüren, daß seine Euphorie echt war. Fast fiel es Will schwer, sich auf die einfache Aufgabe zu konzentrieren, zwei Blocks bis zu ihrem Haus zu gehen. Überall lenkte ihn etwas ab. Eine Mauer, ein Dach, ein Lichtreflex in einem Fenster. All das verlangte, daß er sich Zeit nahm und staunte. Wie viele Tage, Wochen, Monate seines Lebens hatte er damit verbracht, in einem Schlammloch oder auf einem Baum in irgendeinem fernen Kontinent zu sitzen, um einen Blick auf etwas zu erhaschen, das er auf Film bannen wollte, und wie oft war er enttäuscht abgezogen, während die ganze Zeit hier auf dieser Straße, zehn Kilometer von seinem Haus entfernt, sich die herrlichsten Dinge darboten? Wenn er jene Zeit damit verbracht hätte, seine Kamera zu lehren, mit den Augen zu sehen, mit denen er jetzt alles sah, hätte er dann nicht jede Seele, die seine Bilder betrachtete, zum Guten bekehrt? Hätten sie nicht staunend gesagt, *das also ist die Welt?* Und sie als das erkannt, was sie war? Und hätten sie dann nicht ihr Beschützer werden wollen?

Gott, warum hatte ihm der Fuchs nicht fünfzehn Jahre früher die Augen geöffnet und ihm all die vergeudete Zeit erspart!

Er brauchte fast zwei Stunden für die zwei Blocks, bis

313

er vor der Pforte von Bethlynns bescheidenem Bungalow stand. Zu diesem Zeitpunkt hatte er sich wieder einigermaßen im Griff und war bereit, sich das Lächeln aus dem Gesicht zu wischen und den reuigen Sünder zu spielen. Sie ließ sich jedoch etwas Zeit damit, auf sein Klopfen zu reagieren, und schon faszinierten ihn die Feinheiten der Risse in den Treppenstufen. Als sie schließlich die Tür öffnete, sah er mit einem fast dümmlichen Grinsen zu ihr hinauf.

»Was wollen Sie?« fragte Bethlynn.

Er murmelte nur das Nötigste: »Ich bin gekommen, um mich zu entschuldigen.«

»Wirklich?« sagte sie. Ihr abschätziger Blick war alles andere als ermutigend.

»Ich ... habe mir die Risse in Ihren Stufen angesehen«, entgegnete er in der Hoffnung, sein Lächeln zu erklären.

Sie sah ihn etwas genauer an. »Geht es Ihnen gut?« fragte sie.

»Ja ... und ... nein«, antwortete er.

Er wurde aus dem Blick, mit dem sie ihn bedachte, nicht recht schlau. Offenbar nahm sie an ihm nicht nur wahr, daß er sich am Morgen die Zähne geputzt hatte. Und was immer es sein mochte – seine Aura, seine Schwingungen –, sie schien dem zu vertrauen, was sie spürte, denn sie sagte: »Unterhalten wir uns drinnen«, trat zur Seite und bat ihn in ihr Haus.

XI

Im Inneren des Hauses sah es ganz anders aus, als er erwartet hatte. Es gab keine astrologischen Sternkarten, keine Weihrauchstäbchen und keine heilenden Kristalle auf dem Tisch. Der große Raum, in den sie ihn führte, war spärlich, aber gemütlich möbliert, ein beruhigender Beigeton herrschte vor. An den Wänden hing nichts außer einem

314

Familienfoto. Ansonsten gab es nichts Schmückendes, nur eine Vase mit Kamelien, die auf dem Fensterbrett stand. Das Fenster war halb geöffnet, und der Wind trug den Duft der Blüten herein.

»Bitte setzen Sie sich«, sagte Bethlynn. »Möchten Sie etwas trinken?«

»Oh, ein Glas Wasser vielleicht. Danke.«

Sie ging hinaus, und er machte es sich auf dem Sofa bequem. Kaum hatte er das getan, als eine riesiger getigerter Kater auf die Lehne sprang – mit einer für seinen massigen Körper erstaunlichen Behendigkeit – und schnurrend auf ihn zukam. »Mein Gott, du bist ja ein gewaltiger Kerl.«

Der Kater drückte seinen Kopf gegen eine von Wills Händen.

»Dschingis, sei nicht so aufdringlich«, sagte Bethlynn, die mit dem Wasser zurückkam.

»Dschingis? Wie Dschingis Khan?«

Bethlynn nickte. »Der Schrecken der Christenheit.« Sie stellte Wills Glas auf dem Tisch ab und trank einen Schluck aus ihrem. »Durch und durch ein Heide.«

»Der Kater oder der Khan?«

»Beide«, sagte sie. »Aber fühlen Sie sich nicht allzu geschmeichelt. Er mag jeden.«

»Gut für ihn«, sagte Will. »Also, wegen Pats Party – es war meine Schuld. Ich war mal wieder in etwas aufsässiger Stimmung, und es tut mir leid.«

»*Eine* Entschuldigung reicht durchaus«, sagte Bethlynn recht freundlich. »Wir machen uns alle ein Bild von Leuten, noch bevor wir sie kennen. Ich hatte mir eins von Ihnen gemacht, und ich muß zugeben, daß es nicht schmeichelhafter war als das, was Sie von mir hatten.«

»Wegen meiner Fotos?«

»Und wegen einiger Artikel, die ich gelesen hatte. Vielleicht hat man Sie mißverstanden, aber ich hielt Sie einfach für einen berufsmäßigen Pessimisten.«

»Ich bin nicht mißverstanden worden, es handelte sich lediglich um eine … Konsequenz dessen, was ich gesehen hatte …« Noch während er sprach, spürte er, wie das gleiche idiotische Lächeln zurückkehrte, das ihn schon vor Bethlynns Tür heimgesucht hatte. Er konnte nichts dagegen tun. Selbst in diesem fast asketisch einfachen Zimmer sah er Enthüllungen um sich herum. Das Sonnenlicht an der Wand, die Blumen auf dem Fensterbrett, die Katze auf seinem Schoß. Überall bewegten, glänzten und verschoben sich die Farben. Er mußte sich Mühe geben, die Fäden dieses nüchternen Gesprächs mit Bethlynn nicht endgültig aus der Hand zu geben und wie ein Kind davon zu plappern, was er gerade sah, im Überfluß sah.

»Ich weiß, daß Sie vieles, was ich mit Patrick teile, für rührseligen Unsinn halten« sagte Bethlynn. »Aber Heilen ist für mich kein Geschäft, es ist eine Berufung. Ich tue es, weil ich den Menschen helfen will.«

»Sie glauben, Sie könnten ihn heilen?«

»Nicht im medizinischen Sinn, nein. Er hat ein Virus, und ich kann nicht bewirken, daß es abstirbt. Aber ich kann Patrick mit dem Teil seiner Persönlichkeit verbinden, der nicht krank ist. Dem Patrick, der nie krank sein kann, weil er Teil von etwas ist, das Krankheit ins Transzendentale transportiert.«

»Ein Teil von Gott?«

»Wenn Sie dieses Wort benutzen wollen«, meinte Bethlynn. »Mir klingt es ein bißchen zu alttestamentarisch.«

»Aber Gott ist das, was Sie meinen?«

»Ja, Gott ist das, was ich meine.«

»Weiß Patrick das auch? Oder glaubt er einfach daran, daß es ihm mit Ihrer Hilfe bessergehen wird?«

»Diese Fragen hätten Sie sich sparen können. Sie kennen ihn viel genauer als ich. Er ist sehr intelligent. Nur weil er krank ist, belügt er sich nicht selbst.«

»Bei allem Respekt«, sagte Will, »aber danach habe ich nicht gefragt.«

»Wenn Sie mich fragen, ob ich ihn angelogen habe, lautet die Antwort nein. Ich habe ihm nie versprochen, daß er aus dieser Sache lebendig herauskommt. Aber er *kann* herauskommen, und das wird er auch.«

»Was meinen Sie damit?«

316

»Ich meine damit: Wenn er sich erst im Ewigen gefunden hat, braucht er keine Angst mehr vor dem Tod zu haben. Er wird ihn als das sehen, was er ist. Ein Teil des Prozesses. Nicht mehr und nicht weniger.«

»Wenn es ein Teil des Prozesses ist, warum spielte es dann eine Rolle, ob er sich meine Bilder ansah oder nicht?«

»Ich habe mich schon gefragt, wann wir auf diesen Punkt kommen werden«, sagte Bethlynn und lehnte sich in ihren Sessel zurück. »Ich hatte ... einfach das Gefühl, daß sie keinen positiven Einfluß auf ihn ausüben, das ist alles. Er ist in einem sehr kritischen Zustand, und er reagiert sehr heftig auf äußere Einflüsse, seien sie nun gut oder schlecht. Ihre Bilder sind außerordentlich beeindruckend, Will, daran besteht kein Zweifel. Sie haben mich regelrecht in ihren Bann gezogen, als ich sie das erstemal sah. Ich würde sogar so weit gehen und behaupten, daß eine besondere Magie von ihnen ausgeht.«

»Es sind nur Bilder von Tieren«, entgegnete Will.

»Sie sind weit mehr als das. Und gleichzeitig – ich hoffe, Sie vergeben mir das, aber vielleicht auch nicht – weitaus weniger.« An einem anderen Tag, in anderer Verfassung, hätte sich Will sicher dazu aufgeschwungen, seine Arbeit zu verteidigen. Heute hörte er mit einer gewissen Distanziertheit zu. »Sie stimmen nicht mit mir überein?« fragte Beth nach.

»Was diese Magie angeht, auf keinen Fall.«

»Wenn ich von Magie spreche, meine ich nicht etwas Märchenhaftes. Ich spreche davon, wie man die Welt verändern kann. Darum geht es in Ihrer Kunst, nicht wahr? Es ist ein Versuch, ein fehlgeleiteter, wie ich glaube, aber dennoch ein ernsthafter Versuch, Dinge zu verändern. Jetzt könnten Sie sagen, das gilt für jede Form von Kunst, und sicher hätten Sie recht damit, aber Sie kennen ja die Kräfte, mit denen Ihre Arbeiten spielen. Hier geht es um etwas weitaus Wichtigeres als bei einer schönen Aufnahme der Golden-Gate-Brücke. Mit anderen Worten – Sie haben die Instinkte eines Schamanen. Sie möchten ein Mittelsmann sein, ein Kanal, durch den eine Vision, die das menschliche

Vorstellungsvermögen übersteigt, an die Stammesangehörigen übermittelt wird. Ob diese Vision eine göttliche oder eine teuflische ist, wissen Sie wohl selbst nicht genau. Klingt das irgendwie plausibel, oder sitzen Sie nur da und denken, ich rede zuviel?«

»Das denke ich keineswegs«, sagte Will.

»Hat jemand schon mal mit Ihnen über diese Sache gesprochen?«

»Ja, ein Mann, als ich ein Kind war. Er ...«

»Nicht«, sagte Bethlynn rasch und hob abwehrend die Hände, als fürchte sie weitere Informationen. »Ich würde es vorziehen, wenn Sie mir nichts davon erzählen.«

»Warum nicht?«

Sie erhob sich, ging zum Fenster und entfernte vorsichtig ein totes Blatt von den Kamelien. »Je weniger wir darüber wissen, was Sie antreibt, desto besser ist es für alle Beteiligten«, sagte sie. Ihre Stimme klang etwas zu gelassen. »In meinem Leben gibt es schon genug Schatten, ich muß Ihre nicht auch noch sehen. Diese Dinge überfallen einen. Wie das Virus.«

Kein schöner Vergleich. »Ist es so schlimm?« fragte Will.

»Ich glaube, Sie sind in einer ganz außergewöhnlichen Verfassung«, sagte sie. »Wenn ich Sie anschaue, sehe ich einen Mann vor mir, der die Fähigkeit besitzt, Gutes zu tun oder ...« Sie zuckte mit den Schultern. »Vielleicht sehe ich es auch zu einfach«, fuhr sie fort. »Vielleicht ist es gar keine Frage von Gut und Böse.« Sie drehte sich zu ihm um und sah ihn mit einem völlig passiven Ausdruck an, so als wolle sie auf keinen Fall, daß er ihre Gefühle erraten könne. »Sie stecken voller Widersprüche, Will, und das geht, glaube ich, vielen schwulen Männern so. Sie erwarten etwas anderes vom Leben als das, was man Ihnen beigebracht hat. Und deswegen sind Sie ... mir fällt kein richtiges Wort dafür ein ... irgendwie *betrübt.*« Sie betrachtete Will, immer noch mit unbeweglicher Miene. »Aber darum geht es bei Ihnen eigentlich gar nicht«, sagte sie. »Die Wahrheit ist, ich weiß nicht, was ich sehe, wenn ich Sie ansehe, und das macht mich nervös. Sie mögen ein Heiliger sein, Will, aber letztlich bezweifle ich das. Was immer Sie antreibt, was immer es ist ... um ganz ehrlich zu sein, es macht mir angst.«

»Dann sollten wir dieses Gespräch lieber beenden«, meinte Will, beförderte Dschingis sanft vom Schoß und erhob sich, »bevor Sie einen Exorzismus an mir durchführen.«

Sie lachte verhalten, aber nicht sehr überzeugend. »Es hat mir auf alle Fälle Spaß gemacht, mit Ihnen zu reden«, sagte sie, und ihre plötzliche Reserviertheit war sicherlich als Zeichen dafür zu deuten, daß sie sich nichts mehr entlocken lassen wollte.

»Sie werden aber weiterhin mit Patrick arbeiten?«

»Natürlich«, erwiderte sie und begleitete ihn zur Tür. »Sie haben doch nicht etwa geglaubt, ich lasse ihn im Stich, nur weil zwischen *uns* ein paar weniger nette Worte gefallen sind. Ich muß alles tun, was in meinen Kräften steht. Nicht nur für ihn, sondern auch für mich. Ich befinde mich auf meiner eigenen Reise. Deshalb ist es oft ein wenig verwirrend, wenn man unterwegs jemanden trifft wie Sie.« Sie standen an der Tür. »Viel Glück, jedenfalls«, sagte sie und gab Will die Hand. »Vielleicht treffen wir uns irgendwann wieder.«

Mit diesen Worten schob sie ihn hinaus und schloß die Tür.

XII

1

Will ging fast den ganzen Weg nach Hause zu Fuß. Er brauchte nahezu fünf Stunden dafür und tankte unterwegs mit Hershey-Riegeln und Donuts auf, die er im Gehen mit Milch aus einem Karton hinunterspülte. Entweder gewöhnte er sich mit der Zeit an den Anblick, den ihm seine Augen boten, oder sein Hirn (vielleicht zu seinem eigenen

Schutz) hatte den Trick raus, wie es die Menge der Informationen, die er aufnahm, herunterschrauben konnte. Was immer auch der Grund sein mochte, er spürte nicht länger den unwiderstehlichen Drang, alles so genau zu beobachten. Wenn er an etwas vorbeikam, das seine Aufmerksamkeit erregte, machte er davon einen mentalen Schnappschuß und ging weiter. Das Gespräch mit Bethlynn war erhellender gewesen, als er gedacht hatte, und während er weiterging und seine Aufnahmen machte, dachte er über einzelne Stellen nach. Ob es nun tatsächlich einen gottgleichen Teil in Patrick gab, der nie erkranken oder sterben würde ... Sie jedenfalls schien ernsthaft daran zu glauben, und wenn die Möglichkeit Patrick Trost spendete (während er Futter in den Katzennapf füllte), konnte es nicht schaden. Wie Will von ihr eingeschätzt wurde, war jedoch eine ganz andere Sache. Es schien, als habe sie ein instinktives Urteil über ihn abgegeben, das sich zum Teil auf das gründete, was sie von Patrick gehört hatte, zum Teil auf Artikel über ihn und zum Teil auf seine Fotos. Sie war zu dem Ergebnis gekommen, daß er ein Mann mit einem dunklen Herz war, der die anderen mit dieser Dunkelheit konfrontieren wollte. So weit, so simpel. Ob sie nun recht hatte oder nicht, jeder intelligente Mensch mit etwas Fantasie hätte zu dem gleichen Urteil kommen können. Aber an ihrer Theorie war noch mehr dran. Mehr, hatte er den Verdacht, als sie ihm hatte mitteilen wollen. Er war also, ohne es zu wissen, ein Schamane; zumindest das hatte sie ihm verraten. Er bewirkte Veränderungen, vermittelte Visionen. Und warum? Weil jemand in seiner Vergangenheit (dessen Namen er nicht einmal *erwähnen* sollte) einen Samen gepflanzt hatte?

Dieser jemand konnte nur Jacob Steep sein. Was immer er auch sonst getan hatte, Gutes oder Böses, er war der erste Mensch in Wills Leben gewesen, der ihm, wenn auch nur für ein paar Stunden, das Gefühl gegeben hatte, etwas Besonderes zu sein. Kein billiges Imitat seines toten Bruders, kein ungehobelter Klotz neben Nathaniels Engelsgleichheit. Ein auserwähltes Kind. Wie oft war er in den drei Jahrzehnten seit jener Nacht auf den Hügel in den Winterwald zurückgekehrt, wie oft hatte die Waffe in seiner Hand geglüht, während er nach seinen Opfern ausholte – und ihr Blut fließen sah? Und wie oft hatte er Jacob gehört, der hinter ihm stand und flüsterte:

»Stell dir vor, sie wären die Letzten. Die Allerletzten.«

War sein Leben bis heute nichts als eine verlängerte Fußnote zu dieser Begegnung gewesen? Ein Versuch, die kleinen Morde, die er auf Steeps Weisung hin begangen hatte, auf eine idiotische Weise wieder ungeschehen zu machen? Oder war ihm eher die ungebührliche Freude wichtig gewesen, die er darüber empfunden hatte, die Welt auf diese Weise zu verändern?

Wenn es eine tief vergrabene Sehnsucht in ihm gab, mehr zu sein als ein Zeuge der Ausrottung – wenn er, wie Bethlynn gesagt hatte, Veränderung bewirken wollte, dann deshalb, weil Steep ihm diese Sehnsucht eingepflanzt hatte. Ob er das absichtlich getan hatte, war eine ganz andere Frage. War es möglich, daß diese ganze Initiation nur inszeniert worden war, um aus ihm den Mann zu formen, der er geworden war? Oder hatte Jacob vorgehabt, aus dem Kind einen Mörder zu machen und war nur zufällig dabei gestört worden, so daß ein unfertiger Will zurückblieb, der davonstolperte und sich den Sinn des Lebens selbst zusammensetzen mußte? Wahrscheinlich würde er es nie erfahren. In diesem Punkt teilte er seine Geschichte mit vielen der Männer, die an diesem Nachmittag über die Folsom, die Polk und die Market zogen. Männer, deren Mütter und Väter – wie liebevoll, wie liberal auch immer sie waren – sie nie so verstehen würden, wie sie ihre ›normalen‹ Kinder verstanden, weil diese schwulen Söhne eben genetische Sackgassen waren. Männer, die ihre eigenen Familien formen mußten: aus Freunden, aus Liebhabern, aus Sonderlingen. Männer, die sich selbst erfunden hatten, ob es nun gut war oder schlecht, und die Stile und Mythen erfanden, die sie ständig wieder abstreiften, mit der Ungeduld von Seelen, auf die nie eine Beschreibung dessen, was sie wirklich waren, zutraf.

Darin lag etwas Trauriges, aber auch eine Art unheiliger Freude.

Fast hätte er sich gewünscht, Steep wäre da. Er hätte ihm die Sehenswürdigkeiten gezeigt und ihn auf ein Bier in ›The Gestalt‹ eingeladen.

2

Als er nach Hause kam, war es fast sechs. Auf dem Anrufbeantworter erwarteten ihn drei Nachrichten von Drew, eine von Adrianna und eine von Patrick, der ihm berichtete, er habe soeben ein, wie er es nannte, interessantes Gespräch mit Bethlynn geführt.

»Ich habe nicht herausbekommen, ob sie dich nun mochte oder nicht. Aber sie hat ganz deutlich gesagt, daß es zwischen ihr und mir keinerlei Bruch geben wird. Also gut gemacht, Kumpel, ich weiß, wie schwer es dir gefallen ist, sie zu besuchen. Danke. Es bedeutet mir sehr viel.«

Nachdem er sich die Nachrichten angehört hatte, duschte er sich den Schweiß des Tages vom Körper, trocknete sich ab, ging ins Schlafzimmer und legte sich hin. Trotz seiner Müdigkeit fühlte er sich körperlich so wohl, wie seit langem nicht mehr; wie seit Monaten, ja vielleicht sogar Jahren vor den Ereignissen in Balthazar nicht. Ein sanftes Zittern lief durch seine Muskeln. In seinem Kopf herrschte eine fast andächtige Stille.

Eine solch tiefe Stille, daß ein perverser Gedanke hereingetappt kam, um sie zu stören.

»Wo bist du, Fuchs?« fragte er leise.

Das leere Haus ließ die Geräusche hören, die in leeren Häusern zu hören sind; doch zwischen dem Knarren und dem Ticken ließ nichts auf die Anwesenheit von Lord Fuchs schließen. Seine Pfoten tappten nicht über das Parkett, sein Schwanz wischte nicht an der Wand entlang.

»Ich weiß, daß du hier irgendwo bist.«

Das war keine Lüge. Er glaubte es. Der Fuchs hatte die Linie zwischen Traum und Wirklichkeit zweimal fast überschritten. Will war bereit sich ihm anzuschließen, um sich die Welt mit seinen Augen anzusehen. Aber dazu mußte das Tier erst einmal auftauchen.

»Zier dich nicht«, sagte Will. »Wir stecken zusammen in dieser Sache drin.« Er richtete sich auf. »Ich möchte bei dir sein«, flüsterte er. »Das klingt irgendwie sexuell, nicht wahr? Vielleicht ist es das ja auch.« Er schloß die Augen und versuchte, sich das Tier vorzustellen, das glänzende Fell, die blitzenden Zähne, den stolzen Gang. Es war sein Tier, nicht wahr? Der Fuchs hatte ihn gequält und ihm die Wahrheit gesagt. Er fraß Penisfleisch und ließ Bonmots fallen. »Wo, zum Teufel, bist du?« fragte er. Aber der Fuchs kam nicht.

Nun, dachte er, wenn das nicht paradox ist. Nachdem er die Weisheiten des Fuchses so lange Zeit abgelehnt hatte, war ihm endlich klargeworden, welcher Platz dem Tier in seinem Leben zukam. Und jetzt spielte die verdammte Kreatur nicht mit.

Er stieg aus dem Bett und wollte sein Glück in einem anderen Zimmer versuchen, als das Telefon klingelte. Es war Drew. »Was ist los?« fragte er aufgeregt. »Ich habe dauernd angerufen.«

»Ich bin nach Berkeley gefahren, um meinen Kotau vor Bethlynn zu machen. Dann bin ich zu Fuß zurückgegangen, was wunderbar war, und jetzt rede ich mit dir, was ebenfalls wunderbar ist.«

»Du bist gut drauf, Alter. Hast du irgendwelche Pillen eingeworfen?«

»Nein, ich fühle mich einfach nur gut.«

»Darum bist du sicher in der Stimmung, heute was Schönes zu machen?«

»Was denn, zum Beispiel?«

»Ich könnte zum Beispiel vorbeikommen, und wir könnten es ausgiebig miteinander treiben.«

»Das klingt gut.«

»Hast du schon gegessen?«

»Schokolade und Donuts.«

»Deshalb hebst du ab! Du hast einen Zuckerrausch. Ich bring was zu essen mit. Wir veranstalten ein Liebesmahl.«

323

»Das klingt dekadent.«

»Oh, das wird es, dafür garantiere ich. In einer Stunde bin ich da.«

»Das heißt in zwei.«

»Du kennst mich so gut«, sagte Drew.

»Oh, einiges muß ich noch lernen«, entgegnete Will vielsagend.

»Was denn?«

»Zum Beispiel was für ein Gesicht du machst, wenn ich dir die Seele aus dem Leib vögle.«

Adrianna rief ihn zurück, als er gerade den rituellen Martini zubereitete. Er fragte sie, wie das Vorstellungsgespräch gelaufen sei; »Scheiße«, antwortete sie. Kaum hatte sie die Planungsbüros betreten, da wußte sie, daß sie nach einer Woche Arbeit dort reif für die Klapsmühle wäre. »Wenn wir da draußen im Schlamm hockten und von irgendwelchen Insekten langsam zu Tode gebissen wurden«, sagte sie, »habe ich mir immer einen hübschen, sauberen Job in einem hübschen, sauberen Büro mit Aussicht auf die Bay Bridge gewünscht. Aber heute ist mir klargeworden – ich tauge dafür gar nicht. So einfach ist das. Es würde damit enden, daß ich jemandem mit einer Schreibmaschine einen ernsthaften Schaden zufüge. Also, ich weiß nicht ... Irgendwann werde ich sicher etwas finden, was zu mir paßt, aber nach der Arbeit mit dir ist das natürlich ziemlich schwierig ... Was klappert da so, Will?«

»Ich mixe einen Martini.«

»Da kommen mir einige Erinnerungen«, seufzte sie. »Erinnerst du dich noch daran, was du in Balthazar gesagt hast? Daß alles den Bach runtergeht? Jetzt weiß ich, wie du dich fühlst.«

»Das geht vorbei«, sagte er. »Du wirst was anderes finden.«

»Oh, der Weltschmerz ist also Schnee von gestern, was? Wer hat dich verändert? Drew?«

»Eigentlich nicht ...«

»Übrigens, er ist süß, wenn er betrunken ist, in meinen Augen immer ein gutes Zeichen. »Mist, ich bin zu spät dran!« Sie rief Glenn zu, daß sie sofort käme und flüsterte: »Wir gehen mit den anderen Mitgliedern des Streichquartetts essen. Ich schwöre dir, wenn sie bei der Suppe einen Harmoniegesang anstimmen, trenne ich mich von ihm. Bis bald, Lieber.«

Er legte auf und nahm den Drink mit in den Ablageraum. Dort ordnete er endlich die Fotos, die er auf dem Boden verstreut hatte. Seit Lord Fuchs sie zu einem illuminierten Phantomleben erweckt hatte, war er dieser Aufgabe ausgewichen. Es war eine einfache Aufgabe, fast so etwas wie Hausarbeit, aber wie alles andere, was er heute gesehen und getan hatte, schien auch das elektrisch aufgeladen, als sei es von geheimer Bedeutung erfüllt. Vielleicht auch nicht so geheim. Seine Initiation in die Geheimnisse einer neuen Existenz hatte hier begonnen, mit diesen Bildern. Sie waren so eine Art Landkarte des Gebiets, das er erkunden mußte. Jetzt konnte er die Karte wegtun. Die Reise hatte ihren Anfang genommen.

Nachdem er alle Bilder verstaut hatte, ging er nach oben, um sich zu rasieren, und dort im Spiegel sah er die Bestätigung dessen, was er unten im Zimmer geahnt hatte. Das Gesicht, das er sah, war nicht das Gesicht, das er kannte. Die Physiognomie war die gleiche – die Knochen, die Narben, die Falten –, aber was er heute sah (und was wahrscheinlich auch andere sehen konnten), zeigte auf eine subtile Weise etwas anderes. Etwas im Blick dieses Mannes hatte sich verändert, alles schien komplexer geworden. Er stand dem seltensten Wesen des Universums gegenüber, dem großen wilden Tier, das bis jetzt zu weit weg gewesen war, um es zu erkennen, verborgen hinter der nächsten Hecke, dem nächsten Hügel. In Wahrheit war es vielleicht stets leichter zu finden gewesen, als er behauptet hatte, aber die Furcht hatte ihn davon abgehalten, genau hinzusehen. Jetzt fragte er sich, warum. Er sah nichts Schreckliches, nichts Unfaßbares. Nur ein Kind, das ein Mann geworden war. Sah nur das Haar, das langsam grau wurde, und die Haut, die zuviel Mittagssonne abbekommen hatte und etwas ledrig wirkte.

325

Er dachte an den Fuchs, der die Vorzüge der Heterosexualität gepriesen hatte – Kinder zu machen, die Kinder bekamen, die Kinder machten. Will konnte sich nicht mit dem Gedanken trösten, sich fortzupflanzen. Von ihm gäbe es keine Abkömmlinge, die seine Züge in die Zukunft tragen würden. Seine Rasse bestand aus nur einer Person.

Stell dir vor, es wären die Letzten.

Nun, er war der letzte. Und dieser Gedanke hatte etwas Großartiges und Durchdringendes – in der Hitze des eigenen Feuers zu leben, zu sterben und dahinzuscheiden.

»So sei es«, sagte er und begann sich zu rasieren.

XIII

Drew verspätete sich lediglich um fünfunddreißig Minuten, was weitaus mehr im Hinblick auf seinen Enthusiasmus für die kommende Liebesnacht aussagte als die geröteten Wangen oder die engen Jeans. Er hatte nicht weniger als sechs Einkaufstüten mit Lebensmitteln vom Markt zu einem Taxi geschleppt und von dort bis vor die Haustür. Will bot Hilfe an, aber er sagte, Will würde bestimmt in die Tüten schauen und die Überraschung verderben. Mit einem erstaunlich diskreten Kuß auf die Wange legte er ihm nahe, fernzusehen, bis er alles fertig habe. Will, der es nicht gewohnt war, herumkommandiert zu werden, fühlte sich angenehm berührt und gehorchte.

Im Fernsehen lief nichts, was seine Aufmerksamkeit auch nur länger als eine halbe Minute gefesselt hätte. Er schaltete den Ton niedriger und hoffte, die Geräusche aus der Küche und aus dem Schlafzimmer irgendwie deuten zu können; ähnlich einem Kind, das seine Weihnachtsgeschenke betrachtet und anhand der Form der Pakete rät, was drin sein könnte. Endlich kam Drew wieder zum Vorschein, geduscht (das nach hinten gekämmte Haar war noch naß) und etwas verführerischer gekleidet. Er trug eine locker sitzende, aber gut geschnittene Weste, die seine muskulösen Arme und Schultern betonte, und eine Leinenhose mit Kordel, die dafür gemacht schien, sie leicht abstreifen zu können.

»Komm mit«, sagte er und führte Will die Stufen hinauf.

Es war dunkel geworden, und das Schlafzimmer wurde nur von ein paar sorgfältig plazierten Kerzen erhellt. Drew hatte die Bettdecke zurückgeschlagen und jedes im Haus vorhandene Kissen auf dem Bett arrangiert. Der Boden war mit frischen weißen Laken bedeckt, auf denen das Füllhorn, das er vom Markt mitgebracht hatte, ausgeleert worden war.

»Das ist genug Essen, um die Fünftausend zu speisen«, sagte Will. »Ohne daß ein Wunder nötig wäre.«

Drew strahlte. »Es ist gesund, ab und zu exzessiv zu sein«, sagte er und legte den Arm um Wills Taille. »Das ist gut für die Seele. Außerdem haben wir es uns verdient.«

»Ach ja?«

»Du zumindest. Ich bin nur dein Sklave. Diese Nacht gehöre ich dir.«

Will fuhr mit dem Mund über Drews Gesicht; über die Wangen, die Brauen, das Kinn, die Lippen.

»Zuerst das Essen«, protestierte der Sklave. »Ich habe Birnen, Pfirsiche, Erdbeeren, Blaubeeren, Kiwis – keine Trauben, das ist zu offensichtlich –, etwas kalten Hummer, Shrimps, Brie, Chardonnay, Brot natürlich, Schokoladenmousse und Karottenkuchen. Oh, und da ist Roastbeef, wenn du magst, und scharfer Senf. Sonst noch was?« Er ließ den Blick über die Vorräte gleiten. »Ich bin sicher, da gibt's noch andere Sachen.«

»Wir werden sie finden«, sagte Will.

Sie ließen sich nieder. Wie zwei Römer lagen sie da, von Speisen umgeben. Sie aßen, küßten sich und aßen noch etwas mehr. Der Saft lief ihnen aus den vollen Mündern, und ließ der Appetit auf etwas nach, schmeckte ihnen gleich etwas anderes. Der Wein machte sie sanft, und sie redeten offen miteinander. Drew sprach über die Enttäuschungen, die ihm das Leben im letzten Jahrzehnt bereitet hatte. Er verfiel nicht in Selbstmitleid, sondern schilderte auf humorvolle und ironische Weise, wie wenig von den Hoffnungen, die er für sich selbst gehabt habe, in Erfüllung gegangen sei. Oder, um es kurz zu sagen, er sei bankrott und habe mit einem Bierbauch Schiffbruch erlitten.

»Ich glaube nicht, daß Schwule sehr gut zueinander sind«, sagte er an einem Punkt unvermittelt. »Dabei sollten wir es sein. Wir sitzen alle im selben Boot, nicht wahr? Aber Scheiße, du hörst den Leuten in Bars zu, und was sagen sie? *Ich hasse Schwarze, oder ich hasse Tunten, oder ich hasse Muskelboys*, weil sie alle hirnlose Idioten sind. Deswegen denke ich, scheiß drauf, die ganze Welt haßt uns ...«

»Nicht in San Francisco.«

»Aber San Francisco ist ein Ghetto. Das zählt nicht. Wenn ich zurück nach Colorado komme, nervt mich meine Familie ständig damit, daß Gott will, daß ich normal werde – und daß ich schnurstracks in die Hölle komme, wenn ich nicht den geraden Weg gehe.«

»Und was antwortest du ihnen?«

»Ich sage: Genausogut könntet ihr verlangen, daß ich aufhöre zu atmen, denn ich bin schwul« – er legte die Hand auf die Brust – »mit all meinem Herzen und meiner ganzen Seele. Weißt du, was ich mir wünschen würde?«

»Was denn?«

»Daß meine Leute uns jetzt so sehen könnten, entspannt, plaudernd, ganz wir selbst. Glücklich.« Er zögerte kurz und sah auf den Boden. »Bist du glücklich?«

»Jetzt?«

»Ja.«

»Sicher.«

»Ich bin es jedenfalls auch. So glücklich wie noch nie. Und ich habe ein gutes Gedächtnis.« Er lachte. »Ich kann mich noch daran erinnern, wie ich dich das erste Mal gesehen habe.«

»Das kannst du bestimmt nicht.«

Drew sah ihn mit einem trotzigen Lächeln an. »O doch«, sagte er. »Es war bei Lewis. Er gab einen Brunch, und ich kam mit Timothy. Erinnerst du dich an Timothy?«

»Vage.«

»Er war eine große alte Tunte, die mich unter ihre Fittiche genommen hatte. Er hatte mich mitgebracht, mich – den kleinen Drew Dunwoody aus Arschfick in Colorado, wahrscheinlich um mit mir anzugeben. Und ich war so verdammt nervös, weil da alle diese Szene-Tunten waren, die jeden kannten ...«

»Oder zumindest so taten.«

»Genau. Es prasselten so viele Namen auf mich herab, als wäre ich in einen beschissenen Hagelsturm geraten, und einige sahen mich von oben bis unten an, als wäre ich ein Stück Fleisch. Ich weiß noch, du kamst zu spät.

»Oh«, sagte Will. »Das hast du also von mir.«

»Ich habe alles von dir bekommen. Alles, was ich wollte. Du hast mir Aufmerksamkeit geschenkt, als wäre es das einzige, was zählte. Bis dahin war ich nicht sicher, ob ich bleiben wollte. Ich dachte, meine Szene ist das hier nicht. Ich gehöre nicht zu diesen Leuten. Tatsächlich spielte ich schon mit dem Gedanken, den nächsten Flug nach Hause zu nehmen und Melissa Mitchell zu heiraten, die mich sofort genommen hätte und hinter deren Rücken ich hätte machen können, was, zum Teufel, ich wollte. Das war mein Plan, falls es hier nicht geklappt hätte. Aber du hast meine Meinung geändert.«

Sanft strich Will über Drews Gesicht. »Nein ...«, sagte er.

»Aber ja«, erwiderte Drew. »Du erinnerst dich vielleicht nicht so gut daran, aber ich schon. Das ist genau das, was geschah. Wir haben nicht einmal sofort miteinander geschlafen. Timothy wurde sehr schnippisch und sagte, du wärst kein guter Umgang für mich.«

»Tatsächlich?«

»Er sagte ... oh, ich weiß nicht mehr genau, was ... du seist verrückt, Engländer, überdreht, angeberisch.«

»Ich war nicht überdreht. Eher die anderen.«

»Na ja, jedenfalls hast du mich nicht angerufen, und ich hatte Angst, dich anzurufen, weil Timothy sonst wütend geworden wäre. Ich war von ihm abhängig. Er hatte mir den Flug bezahlt, und ich wohnte in seinem Apartment. Dann hast du doch angerufen.«

»Und der Rest ist Geschichte.«

»Mach es nicht schlecht. Wir hatten auch gute Zeiten zusammen.«

»Daran kann ich mich erinnern.«

»Als wir uns trennten, dachte ich natürlich nicht mehr daran, nach Colorado zurückzugehen. Ich hing am Haken.«

»Was ist aus Melissa geworden?«

»Ha, das wird dir gefallen. Sie hat den Typ geheiratet, mit dem ich auf der High-School gewichst habe.«

»Mhm, sie stand also auf Schwule«, sagte Will und plazierte sich hinter Drew, der sich mit dem Rücken an ihn lehnte.

»Vielleicht. Ich sehe sie noch ab und zu, wenn ich nach Hause komme. Ihre Kinder gehen auf die gleiche Schule wie die Kinder meines Bruders, deshalb treffe ich sie manchmal, wenn ich sie abhole. Sie sieht noch immer ziemlich gut aus. Also …« Er lehnte den Kopf nach hinten und küßte Williams Kinn. »Das ist die Geschichte meines Lebens.«

Will zog ihn an sich. »Und was ist aus Timothy geworden? Wir verdanken ihm einiges.«

»Oh, er ist gestorben, schon vor sieben oder acht Jahren. Ich habe gehört, daß sein Freund ihn verlassen hat, als er krank wurde, und daß er wohl ziemlich einsam gestorben ist. Ich hab's nach Weihnachten gehört, und er starb bereits Thanksgiving. Er ist in Monterey begraben. Manchmal besuche ich sein Grab und bringe ihm ein paar Blumen. Dann sage ich ihm, daß ich ihn nicht vergessen habe.«

»Das ist gut. Du bist ein guter Mensch, weißt du das?«

»Ist das von Wichtigkeit?«

»Ja. Langsam glaube ich immer mehr daran.«

Später liebten sie sich. Nicht auf die hektische, grenzenlose Weise wie während ihrer ersten Romanze vor achtzehn Jahren, aber auch nicht auf die fast zögerliche, behutsame Art wie vor einigen Tagen. Dieses Mal trafen sie sich

nicht als Eroberer oder Spieler, sondern als Liebende. Sie
ließen sich sinnliche Zeit mit ihren Erkundungen, tauschten Küsse und Berührungen mit einer fast trägen Leichtigkeit aus. Doch mit der Zeit wurden sie aktiver, jeder auf
seine Weise fordernd und gebend. In Wellenlinien bewegten sie sich auf ein Ziel zu, das sie besprochen und geplant
hatten. Will hatte seit vier Jahren mit niemandem mehr geschlafen, und Drew, der es früher wild getrieben hatte, war
durch das damit verbundene Risiko davon abgekommen.
Es war für ihn nie ein natürlicher Akt gewesen, auch nicht
in den Tagen, als alles noch einfacher war, trotz der Erzäh-
lungen von Farmarbeitern aus dem Mittleren Westen. Es
war immer viel Spucke und wenig Lust dabei gewesen.
Nichts als ein bewußter Akt der Sehnsucht, besonders angesichts der Pest, wo Kondom und Gleitmittel stets zur
Hand sein mußten. Mit der Erektion wuchs auch beständig
eine gewisse Furcht, die sich nicht so leicht besiegen ließ.
Sie beide aber liebten sich zärtlich in ihrem Kissennest, und
hatten ihre Freude daran.

Als sie fertig waren, ging Drew unter die Dusche. Mr.
Saubermann, nannte Will ihn. Der Zwang war nicht neu.
Er hatte sich auch früher schon nach dem Akt immer
gründlich gewaschen. Es sei der Meßdiener in ihm, erklärte er Will, der entgegnete: »Gerade eben hattest du noch
einen Engländer in dir. Wie viele sind eigentlich da drin?«

Lachend ging Drew ins Bad und schloß die Tür. Will
lauschte dem gedämpften Klang des Wassers, als die Dusche angedreht wurde, dem Klatschen des Wassers auf den
Fliesen und dem veränderten Ton, als es gegen Drews
Schultern, Rücken und Hintern prasselte. Er rief etwas, aber
Will verstand nichts. Er streckte sich aus, genoß den doppel-
ten Luxus von Müdigkeit und Befriedigung, und seine Gedanken schwammen dahin. Ich sollte auch duschen, dachte
er. So verschwitzt wie ich bin. Drew legt sich bestimmt nicht
neben mich, wenn ich mich nicht wasche. Mühsam versuchte er, wach zu bleiben, aber es fiel ihm schwer. Zweimal versank er in den Tiefen des Schlafs. Als er das erstemal aufwachte, hatte Drew die Dusche bereits abgedreht und sang

331

lauthals, während er sich abtrocknete. Beim zweitenmal hörte er, wie Drew nach unten polterte. »Ich hol nur eben Wasser!« rief er. »Willst du auch welches?«

Schläfrig setzte Will sich auf. Er gähnte und blickte an sich herunter. »Viel zu tun heute nacht, was?« sagte er und spielte mit seinem Schwanz. Dann schwang er die Beine über die Bettkante und stieß dabei eine der Kerzen um. »Scheiße«, murmelte er und bückte sich, um sie wieder aufzurichten. Der Geruch des erloschenen Dochts brannte ihm in der Nase. Als er sich erhob, pulsierte das Zimmer. Er glaubte, sich zu rasch bewegt zu haben und schloß die Augen. Weiße Felder zuckten hinter den Lidern. Ihm wurde schlecht. Schwankend stand er am Ende des Bettes und wartete darauf, daß das Gefühl verging, aber es wurde nur noch stärker. Wellen der Übelkeit stiegen in ihm hoch. Mühsam öffnete er die Augen und tappte auf den Flur zu, da er sich auf keinen Fall in dem Zimmer übergeben wollte, in dem sie eine so schöne Liebesnacht genossen hatten. Doch er kam nicht einmal einen Meter weit, dann wurde der Schmerz im Magen so stark, daß er zusammenklappte. Inmitten der Überreste ihres Gelages sank er auf die Knie, und seine Sinne waren mit einemmal auf schreckliche Weise geschärft. Er roch, wie das Obst, das vor drei Stunden noch frisch gewesen war, bereits verdarb, roch Käse und Sahne, die sauer wurden, als hätte die Hitze des Raumes, oder das, was sie getan hatten, den Verwesungsprozeß beschleunigt. Der Gestank überwältigte ihn, und er mußte kotzen. Sein Magen krampfte sich zusammen, weiße Funken zuckten durch seinen Kopf, bleichten das Zimmer.

Und inmitten des fahlen Scheins Bilder der Abenteuer des Tages: Der Himmel, eine Mauer, Bethlynn; Drew angezogen, Drew nackt; die Katze, die Blumen, die Brücke – alles das entwirrte sich im Feuer seines Kopfes wie Fragmente eines Films, ging über in pochende weiße Flammen, mit denen alles endete.

Gott, hilf mir, versuchte er zu sagen. Es machte ihm nichts mehr aus, in diesem Zustand von Drew gefunden zu werden. Er sollte kommen, das Feuer zu löschen.

Erschöpft hob er den Kopf und blinzelte durch das Licht zur Tür. Nichts zu sehen von Drew. Er kroch auf die Treppe zu und stieß dabei zwei der drei verbliebenen Kerzen um. Die Feuersbrunst in seinem Kopf loderte ungehindert weiter, und in ihrer Mitte flackerten die Erinnerungen, bevor sie verlöschten wie die Flügel einer Motte, flatternd, flatternd ...

Die Wasser der Bucht, auf die der Wind einschlug; die Blumen auf Bethlynn Reichles Fensterbrett; Drews Gesicht, voller Ekstase, schwitzend ...

Dann verschwand das Feuer, in einem Herzschlag erstickt. Er kniete zwei, drei Meter vor der Tür. Alles war grau, die Dunkelheit, das Licht, das Essen, in dem er kniete, seine Hände, die Beine, sein Schwanz, der Bauch, alles grau, jeglicher Farbe beraubt. Nach dem Angriff auf seine Sinne, nach der schrecklichen Übelkeit bereitete es ihm ein seltsames Vergnügen, sich in dieser grauen Zelle wiederzufinden, wo es nichts Sinnliches mehr zu sehen gab. Sein Geist mußte einfach entschieden haben, genug ist genug, und hatte den Stecker gezogen, damit nur noch die allernötigsten Stimuli durchkamen. Der Gestank von Verwesung und saurer Milch quälte ihn nicht mehr; selbst die klebrige Struktur der Lebensmittel um ihn herum schien verfestigt.

Auch die Übelkeit war gewichen, aber er wollte sich auf keinen Fall bewegen, bevor er nicht sicher sein konnte, daß sie wirklich verschwunden war. Er blieb dort, wo er sich wiedergefunden hatte, nachdem der Anfall vorbei war, und kniete neben der einzigen noch brennenden Kerze. Gleich mußte Drew die Treppe heraufkommen. Er würde einen Blick auf Will werfen und sich seiner erbarmen. Er würde zu ihm kommen, ihn halten und trösten. Nur ein wenig Geduld ... Darin hatte er ja Übung. Er konnte stundenlang unbeweglich sitzen. Es war nicht schwer. Nur gleichmäßig atmen, den Kopf von sinnlosen Gedanken entleeren. Sie ausschwitzen und abwarten.

Und siehe! Das Warten hatte bereits ein Ende. An der Wand zeigte sich ein Schatten. Drew stieg die Treppe herauf. Noch ein paar Sekunden, und er würde vor der Tür stehen, und dann würde er Will helfen, dem Wahnsinn zu entfliehen. Dort stand er mit einem Glas Wasser in der Hand, die Hose locker um die Hüften schlackernd. Sein Körper war von den Malen gezeichnet, die Will auf ihm hinterlassen hatte. Die Haut unter den Brustwarzen hatte sich gerötet. Die Abdrücke der Zähne auf dem Hals und den Schultern leuchteten wie die Stichnaht eines Schneiders. Sein Gesicht war voll hektischer roter Flecken. Er hob den Kopf, sehr, sehr langsam (in dieser grauen Welt gab es keine Eile), und als er in das Schlafzimmer sah, machte sich ein verwirrter Ausdruck auf seinem Gesicht breit. Es schien, als könne er Wills Gesicht in der Dunkelheit nicht genau erkennen; und falls doch, schien er nicht zu wissen, was er davon halten sollte. Er roch das Erbrochene, soviel war klar. Ein Ausdruck des Ekels verzerrte sein Gesicht, das Will beunruhigte. Diesen Blick wollte er nicht von seinem Erlöser sehen – er brauchte Mitleid, Zärtlichkeit...

Drew zögerte und starrte durch die offene Tür. Sein Ekel hatte sich in Angst verwandelt. Er atmete schneller, und als er etwas sagte – »Drew?« –, war das Wort kaum zu verstehen.

Verdammt, dachte Will, bleib nicht dort draußen kleben. Komm herein. Du brauchst vor nichts Angst zu haben, verdammt noch mal. Komm herein!

Aber Drew bewegte sich nicht. Frustriert stützte sich Will in dem Brei aus Essen auf die Hände und versuchte Drews Namen zu sagen, aber aus irgendeinem Grund drang aus seiner Kehle nur ein unangenehmes Raunen, das mehr nach einem Bellen als nach Sprache klang.

Drew ließ das Glas mit Wasser fallen. Es zerbarst auf dem Boden.

»Um Himmels willen!« schrie er und wich zur Treppe zurück. Was sollte dieser Unsinn? dachte Will. Er brauchte Hilfe, und der Mann verzog sich?

Er kroch auf die Schlafzimmertür zu, und versuchte ein zweitesmal, Drews Namen zu rufen, aber erneut versagte seine Stimme. Sich mühsam aufrichtend, torkelte er auf den Flur hinaus, ins Licht, wo Drew ihn sehen konnte. Auf seine Beine konnte er sich jedoch genauso wenig verlassen wie auf seine Stimme. An der Tür stolperte er und wäre in die Scherben gefallen, wenn er sich nicht am Türrahmen festgehalten hätte. Er schwang sich herum und merkte, daß sein dummer Schwanz in diesem denkbar ungeeigneten Augenblick steif geworden war. Er schlug gegen seinen Bauch, als er auf den Flur hinausschlich.

Und jetzt, da das Licht vom unteren Flur die Treppe erleuchtete, sah Drew seinen Verfolger genauer.

»Mein Gott«, sagte er. Seine Furcht hatte sich in Unglauben verwandelt. »Will?« hauchte er.

Dieses Mal brachte Will ein Wort heraus. »Ja«, sagte er.

Drew schüttelte den Kopf. »Was soll das?« keuchte er. »Du machst mir angst.«

Will trat barfuß in die Scherben, aber das kümmerte ihn nicht. Wollte Drew ihn etwa im Stich lassen? Er packte das Geländer und zog sich daran hoch. Sein Körper fühlte sich vollkommen fremd an, als wären die Muskeln gerade dabei, sich neu zu formieren. Gern wäre er wieder auf die Knie gefallen, um sich besser bewegen zu können, um den Kerl vor sich einzuholen. Er war geduldig gewesen, oder nicht? Hatte im grauen Dunkel gewartet, bis die Beute sich zeigte. Jetzt war es Zeit, zur Jagd zu blasen.

»Hör auf damit, Will«, jammerte Drew. »Um Himmels willen, ich meine es ernst!« Die Furcht hatte seine Stimme schrill gemacht. Es klang komisch, und Will mußte lachen. Kurz und scharf, mehr ein Bellen als ein Lachen.

Das Geräusch war zuviel für Drew. Wenn er noch etwas Mut in sich gehabt hatte, war der nun endgültig gebrochen. Er stolperte rückwärts die Stufen hinab, rief Will dabei etwas Unverständliches zu und raffte am Fuß der Treppe seine Jacke auf. Obwohl er seine Weste nicht anhatte und barfuß war, schien ihn das nicht zu kümmern. Er wollte nur aus diesem Haus heraus, egal ob es draußen regnen oder stürmen würde. Will stand oben an der Treppe und begann langsam hinunterzugehen. Doch die Glasscherben in seinen Fußsohlen schmerzten höllisch, und nach zwei Schritten – er wußte, daß er in diesem Zustand seine Beute nicht einholen konnte – ließ er sich auf den Stufen nieder und sah zu, wie Drew sich mit dem Türschloß abmühte. Erst als er die Tür geöffnet hatte und auf die Straße sehen konnte, schaute er zurück und schrie:

»Fick dich ins Knie, Will Rabjohns!«

Dann war er davon, hinaus in die Nacht und fort.

Will blieb noch einige Minuten auf der Treppe sitzen und genoß den kalten Wind, der durch die Tür hereinwehte. Trotz der Gänsehaut war die Erektion nicht vergangen. Sie pulsierte zwischen seinen Beinen und erinnerte ihn daran, daß für viele die Freuden der Nacht erst begannen. Und wenn für andere, warum nicht auch für ihn?

XIV

1

Auf der Folsom gab es einen Club namens ›The Penitent‹. Während seines zweifelhaften Ruhms Mitte der Siebziger hatte er ›The Serpent's Tooth‹ geheißen und war für San Francisco das gewesen, was ›The Mineshaft‹ für New York bedeutete. Ein Club, in dem nichts *verboten* war, wenn es einen hart ankam. In den wilden Nächten hatten die Lederjungs ihre paradiesischen Treffpunkte an den Knöcheln einer gut eingeölten Hand abgezählt, und der Tooth war stets unter den ersten fünf gewesen. Chuck und Jean-Pierre, die Besitzer des Clubs, waren in den frühen Jahren der Pest innerhalb von drei Wochen gestorben, und eine Zeitlang hatte niemand das Lokal übernommen; wie es schien fast aus Ehrfurcht vor den Männern, die dort ihr Vergnügen gehabt hatten und daran gestorben waren. Von 1987 an war das Gebäude dann von den *Söhnen des Priapus,* einer Onanistengruppe, die die Masturbation wieder in den Rang eines ehrbaren Handwerks erheben wollte, für ihre montäglichen Wichsrunden genutzt worden. Die Geister hatten auf sie herabgelächelt, denn als sich herumsprach, wie verheißungsvoll die Atmosphäre dort war, schwoll die Anzahl der Söhne beträchtlich an. Sie organisierten ein zweites wöchentliches Treffen, am Donnerstag, und als auch das gut besucht wurde, ein drittes. Fast über Nacht war das Gebäude ein Tempel für die Demokratie der Hand geworden. Donnerstag und Freitag avancierten mit der Zeit zu Abenden der Fetischisten, und es dauerte nicht lange, bis einige leitende Mitglieder der Söhne ihren Geschäftssinn entdeckten; sie vermieteten das Gebäude auch und führten bald den erfolgreichsten Sexclub von San Francisco. Chuck und Jean Pierre wären stolz gewesen. So entstand ›The Penitent‹.

2

Der Club war nicht besonders voll. Dienstags war es meistens ruhiger, und heute abend bildete keine Ausnahme. Aber für die etwa dreißig Gäste, die durch die Räume mit den nackten Ziegelwänden schlenderten, die plaudernd an der Saftbar standen (im Gegensatz zum Hinterzimmer fand hier die Party ohne Alkohol statt) oder im Fernsehraum herumhingen und sich Pornofilme von rein historischem Wert ansahen, sollte dieser Abend dennoch unvergeßlich bleiben.

Kurz vor halb zwölf tauchte ein Mann im Eingang auf, der von den Leuten, die später über die Ereignisse sprachen, sehr unterschiedlich beschrieben wurde: Entweder gut aussehend, wie ein Mann von Welt; oder das Haar nach hinten gekämmt und schütter, je nachdem, wer die Geschichte erzählte. Augen dunkel oder tiefliegend, oder unsichtbar hinter einer Sonnenbrille, auch dies je nach Erzähler unterschiedlich. Niemand konnte sich genau daran erinnern, was er trug. Das einzige, worin alle übereinstimmten war, daß er etwas anhatte, im Gegensatz zu einigen eher exhibitionistisch veranlagten Gästen. Er war aber nicht entsprechend einer bestimmten Rolle gekleidet, nicht als Biker, als Cowboy, als Bauarbeiter oder als Cop. Er trug weder ein Paddel noch eine Peitsche. An dieser Stelle fragte so manch ein Zuhörer, *ja, worauf stand er denn nun?* und der Erzähler antwortete, *Sex.* Die Prätentiöseren nannten es vielleicht *die Vergnügungen des Fleisches,* die Vulgären *Frischfleisch,* aber es lief alles auf dasselbe hinaus: dieser Mann, der innerhalb von anderthalb Stunden den Laden so aufgemischt hatte, daß es nach einem Tag Legende wurde, war eine Verkörperung des Geistes des Penitent. Ein Wesen aus reiner Lust, das bereit war, es mit jedem zu treiben, der die Stärke seiner Leidenschaft ertragen konnte. Selbst in dieser tapferen Bruderschaft gab es nur drei oder vier, die sich der Herausforderung als würdig erwiesen, und es war kein Zufall, daß gerade diese Teilnehmer später nichts über ihre Erlebnisse verrieten. Sie brachen ihr Schweigen nicht, schützten so ihre Fantasien und überließen es den anderen, über das zu schwätzen, was sie gesehen und gehört hatten. Wie es früher so oft geschehen war, aber heutzutage kaum noch, hatte die Gegenwart eines maßlosen Geistes in der Menge als Signal gedient, alle Zurückhaltung über Bord zu werfen. Männer, die sonst nur zum Zuschauen in ›The Penitent‹ kamen, wagten an diesem Abend eine Berührung und mehr. Zwei Liebesgeschichten begannen an Ort und Stelle, die noch lange andauerten. Vier Leute holten sich Läuse, und einer führte seinen Tripper darauf zurück, daß er auf dem fleckigen Sofa des Fernsehraums die Kontrolle verloren hatte.

Was den Mann betraf, der diese Orgie in Gang gebracht hatte, so schien er keine Furcht vor Ansteckung zu haben, und als er ging, ließ er die anderen zurück, die noch bis zum Morgengrauen weitermachten. Mehrere behaupteten, er habe mit ihnen gesprochen, aber tatsächlich sagte er kein Wort. Einer behauptete, es handele sich um einen Ex-Pornostar, der sich aus dem Geschäft zurückgezogen habe und nach Oregon gezogen wäre. Er sei aus sentimentalen Gründen in sein altes Jagdrevier zurückgekehrt, lautete diese Version, nur um danach wieder in der Wildnis zu verschwinden, in der viele Sexprofis untertauchten.

Etwas davon stimmte auch. Der Mann verschwand und kehrte nicht zurück. Die dreißig Gäste jener Nacht kamen

338

jedoch alle wieder (die meisten schon am nächsten Abend), ungeachtet der Läuse und des Trippers, in der Hoffnung, ihn wiederzusehen. Als er nicht auftauchte, machten sich einige auf die Suche nach ihm, um ihn vielleicht an einer anderen Tränke zu finden; aber ein Mann, den man nur im schummrigen Licht einer gelblichen Lampe an einem dunklen Ort gesehen hat, ist nicht einfach zu identifizieren. Je mehr sie über ihn redeten und an ihn dachten, desto mehr verwischten sich die Bilder, so daß eine Woche später keine Erinnerung mehr der anderen glich.

Was den Mann selbst anbetraf, er konnte sich an die Ereignisse dieser Nacht kaum erinnern, und er dankte Gott dafür.

3

Nach der Begegnung auf der Treppe war Drew nach Hause geflohen, und nachdem er die Schachtel Zigaretten hervorgeholt hatte, die er für Notfälle aufbewahrte (obwohl er einen solchen Notfall weiß Gott nicht vorausgeahnt hatte), setzte er sich hin und rauchte, bis ihm schlecht wurde, während er darüber nachdachte, was er gerade erlebt hatte. Immer wieder kamen ihm dabei die Tränen, und er zitterte so stark, daß er die Knie gegen das Kinn pressen mußte, bis es vorbei ging. Er wußte, daß es keinen Sinn hatte, vor dem nächsten Tag zu einem vernünftigen Urteil über das zu kommen, was geschehen war, und dafür gab es einen sehr guten Grund: Bevor er zu Will gegangen war, hatte er eine Ecstasy Tablette eingeworfen (zumindest hielt er sie dafür), um sich in eine sinnlichere Stimmung zu bringen. Zu Beginn des Abends dann, bevor die Droge zu wirken begann, hatte er sich leicht schuldig gefühlt, weil er Will nichts davon gesagt hatte. Aber ihm war soviel daran gelegen, sich als jemand zu präsentieren, der den Drogen abgeschworen hatte, daß er befürchtete, der Abend könne eine unangenehme Wendung nehmen, wenn er die Wahrheit sagte. Dann hatte ihn das Ecstasy milder gestimmt, und das

Schuldbewußtsein war verschwunden, zusammen mit der Notwendigkeit, zu bekennen.

Was also war schiefgelaufen? Irgendein Gift in der Tablette hatte sich gegen ihn gewandt und ihn benebelt, zweifellos. Er hatte einen schlechten Trip gehabt. Aber instinktiv spürte er, daß dies nicht die ganze Wahrheit war. Er hatte schon vorher schlechte Trips gehabt, eine ganze Menge. Er hatte gesehen, wie Wände weich wurden, wie Käfer platzten und Kleidungsstücke flogen. Aber was er vorhin gesehen hatte, war auf eine Weise anders, die er nicht verstand. Morgen würde er vielleicht besser beschreiben können, warum ihm Will vorgekommen war, als habe er sich mit dem Gift in seinem Körper zusammengetan und als habe er den Wahnsinn in Drews Venen mit seinem eigenen Wahnsinn gefördert. Und morgen würde er vielleicht auch verstehen können, warum der Mann, mit dem er gerade noch geschlafen hatte, mit gesenktem Kopf und schweißüberströmt aus dem Schlafzimmer gekommen war. Es hatte einen Augenblick gegeben, nein, mehr als einen Augenblick, in dem Wills Gesicht zu verschwimmen schien, seine Augen jede Spur von Weiß verloren hatten und seine Zähne scharf wie Nägel wurden. Ein Moment, in dem, kurz gesagt, der Mann alle Ähnlichkeit mit einem Menschen einbüßte und für ein paar Herzschläge zu etwas wie einem Tier wurde. Zu wild für einen Hund, zu scheu für einen Wolf. Für einen Augenblick hatte er ausgesehen wie ein Fuchs, der vor Lachen bellte, während er Böses im Schilde führte.

XV

1

Hugo war nie ein sentimentaler Mensch gewesen. Es war eine der grundlegenden Pflichten des Philosophen, so hatte er stets behauptet, die Maske der billigen Emotionen abzustreifen und etwas Reineres zu finden, eine Möglichkeit, die Realität ohne die Vorurteile des Gefühls zu studieren und zu bewerten. Das hieß nicht, daß auch er nicht manchmal schwach wurde. Als Eleanor ihn verlassen hatte, zwölf Jahre waren es mittlerweile her, da hatte er gespürt, daß er für eine Sorte von Humbug empfänglich wurde, die ihn früher völlig unberührt gelassen hatte. Ihm wurde klar, wie sehr in der populären Kultur das Gefühl der Sehnsucht gefördert wurde. Lieder von Liebe und Verlust im Radio, Geschichten tragisch gescheiterter Ehen in den Seifenopern, die Adele am Nachmittag im Fernsehen sah. Selbst einige seiner Kollegen hatten ihre Aufmerksamkeit diesen Trivialitäten zugewandt. Männer und Frauen seines Alters und seines Rufs beschäftigten sich mit der Semiotik des romantischen Popsongs. Es widerte ihn an, diese Phänomene zu sehen, und es machte ihn krank, daß auch er ihren Schmeicheleien erlag. So hatte sich sein Herz gegen seine von ihm getrennt lebende Frau um so mehr verhärtet. Als sie ihn deshalb im folgenden Januar (sie hatte ihn im Juli verlassen) um Versöhnung bat, hatte er mit einem Haß abgelehnt, der zu einem nicht geringen Teil von dem Abscheu gegenüber der eigenen Schwäche genährt wurde. Die Liebeslieder hatten ihre Narben hinterlassen, und er haßte sich dafür. Er wollte nie mehr so verletzlich sein.

Aber die Erinnerung verschwor sich immer wieder gegen die Vernunft. Jedes Jahr, wenn gegen Ende August die ersten Boten des Herbstes auftauchten – ein kühler Hauch zur Zeit der Dämmerung, ein Geruch von Rauch in der Luft –, dann dachte er daran, wie es zu den besten Zeiten zwischen ihm und Eleanor gewesen war. Wie stolz er war, an ihrer Seite zu sein; wie glücklich darüber, daß ihre Partnerschaft Früchte trug. Er wurde Vater von Söhnen, die, so nahm er an, ihn vergöttern würden, wenn sie größer wären. Jeden Abend hatten sie zusammengesessen, er und Eleanor, und ihr Leben geplant. Er würde einen Lehrstuhl an einer der renommierteren Universitäten bekommen und zwei Tage in der Woche lehren, während er die Bücher schrieb, die den Lauf der westlichen Philosophie verändern sollten. Sie würde die Söhne erziehen, und waren die Kin-

der erst einmal unabhängig (was nicht lange dauern konnte, wenn man bedachte, was für starke Persönlichkeiten
ihre Eltern waren), würde sie zu ihren eigenen Interessen
zurückkehren, zur Ahnenforschung. Auch sie würde ein
Buch schreiben, sehr wahrscheinlich, und auch sie würde
ins Rampenlicht treten.

Das war der Traum. Dann war Nathaniel getötet worden, und alles, worauf sie gehofft hatten, erwies sich als
lächerlicher Unsinn. Eleanors Nervenkostüm, das nie das
beste gewesen war, verlangte nach immer höheren Medi-
kamentdosen. Die Bücher, die Hugo hatte schreiben wollen, weigerten sich, den Weg aus seinem Kopf auf das Papier zu finden. Und der Umzug aus Manchester, der
damals eine ausgesprochen kluge Entscheidung zu sein
schien, hatte zusätzlichen Ärger gebracht. Der erste Herbst
war zweifellos der Tiefpunkt gewesen. Auch wenn es danach noch viele Enttäuschungen gegeben hatte, so waren
es besonders die schrecklichen Ereignisse des Oktobers
und Novembers, die ihn seines früheren Optimismus' be-
raubten. Nathaniel, in dem sich die Tugenden seiner Eltern
(Eleanors Leidenschaft und Schönheit und Hugos robuster
Pragmatismus sowie seine Wahrheitsliebe) vereint hatten,
war nicht mehr. Und Will hatte sich zu einem Störenfried
entwickelt, dessen Streiche und Heimlichkeiten Eleanor
nur in dem Glauben bestärkten, die Besten seien von dieser Welt gegangen. Und warum sollte sie sich dann nicht
bis zur Bewußtlosigkeit betäuben?

Düstere Erinnerungen allesamt. Aber wenn er an Eleanor dachte (und er dachte oft an sie), sprachen die sentimentalen Lieder dennoch etwas in ihm an, und er spürte
die Sehnsucht nach ihr in der Kehle und im Bauch. Es war
nicht so, daß er sie zurückhaben wollte (er war seitdem eine
neue Verbindung eingegangen, die auf ihre unromantische
Art recht gut funktionierte). Aber die Jahre, die er mit ihr
verbracht hatte – gute, schlechte, unwichtige –, waren Geschichte geworden, und wenn er sie jetzt vor seinem geistigen Auge aufleben ließ, erschien ihm ein goldenes Zeitalter, in dem es noch möglich schien, etwas Großes zu

erreichen. Dann trauerte er, ohne es zu wollen. Nicht um die Frau oder um das Leben mit ihr, und gewiß nicht um den Sohn, der überlebt hatte, sondern um sich selbst, um Hugo, der noch genug Selbstachtung besessen hatte, die eigene Wichtigkeit über alles zu stellen.

Zu spät. Er würde die Welt der Gedanken nicht mehr mit einer brillant durchdachten Schrift aufrütteln. Er würde nicht einmal mehr den Ausdruck auf den Gesichtern der Studenten ändern können, die seine Vorlesungen besuchten: glattgesichtige Langweiler, die er nicht im mindesten zu inspirieren vermochte und bei denen er es deshalb auch gar nicht mehr versuchte. Er hatte aufgehört, die Bücher seiner Kollegen zu lesen – das meiste davon war sowieso nur Müll, die reinste Selbstbefriedigung –, und die Bücher, die einst seine Bibeln gewesen waren, besonders Heidegger und Wittgenstein, blieben unberührt. Er hatte sie ausgeschöpft. Oder vielmehr hatte sich sein Austausch mit ihnen erschöpft. Es war nicht so, daß sie ihn nichts mehr lehren konnten. Er hatte einfach das Interesse am Lernen verloren. Die Philosophie hatte ihn nicht ein Jota glücklicher gemacht. Wie so vieles in seinem Leben hatte sie ihm etwas Wertvolles versprochen – einen Schatz an Bedeutung und Erleuchtung – und sich dann als vollkommen leer erwiesen.

Das war einer der Gründe, warum er nicht nach Manchester zurückzog, nachdem Eleanor ihn verlassen hatte; er verspürte kein Interesse daran, die Gräber der akademischen Forschung zu plündern, um dann irgendeinen erbärmlichen Unsinn zu veröffentlichen. Der andere Grund war Adele. Zwei Jahre, bevor Eleanor ging, starb Adeles Mann Donald an Krebs, und als Witwe hatte sich die Frau noch intensiver um den Rabjohnsschen Haushalt gekümmert. Hugo mochte ihre einfache Art, ihre einfache Küche, ihre Offenheit, und auch wenn sie keinesfalls der reifen Schönheit Eleanors gleichkam, so hatte er doch nicht gezögert, sie zu verführen. Vielleicht war verführen nicht das richtige Wort. Sie hatte gar nicht die Geduld, lange umworben zu werden, und er bekam sie ins Bett, indem er ihr geradeheraus gestand, wie sehr er sich nach weiblicher Gesellschaft sehne, und sicher vermisse auch sie den Beistand eines Mannes. Manchmal, antwortete sie, sehne sie sich tatsächlich nach jemanden, an den sie sich kuscheln könne, besonders an kalten Abenden. In der Woche, in der ihr Gespräch stattfand, war es besonders kühl gewesen, ein Umstand, auf den Hugo sie sofort hinwies. Sie schenkte ihm ein erotisches Lächeln, soweit sie mit ihrem Grübchengesicht dazu in der Lage war, und dann suchten sie gemeinsam das Bett auf. Langsam war daraus etwas Festes geworden. Vier Nächte in der Woche schlief sie zu Hause, aber am Mittwoch, Freitag und Samstag blieb sie bei Hugo. Als die Scheidung von Eleanor rechtskräftig wurde, hatte er ihr sogar vorgeschlagen, sie zu heiraten, aber zu seiner Überraschung entgegnete sie, daß sie mit dem jetzigen Zustand sehr zufrieden sei. Sie hatte für den Rest ihres Lebens genug von Ehemännern, wie sie ihm verriet. So waren sie nicht aneinander gebunden, und so war es am besten für alle.

2

Das Leben ging dann weiter, auf recht unspektakuläre Weise, und trotz aller Enttäuschungen fühlte sich Hugo mittlerweile mehr in Burnt Yarley zu Hause, als er es je für möglich gehalten hätte. Er war kein großer Naturfreund (theoretisch war Natur eine feine Sache, in der Praxis schmutzig und beschwerlich), aber der Ablauf des bäuerlichen Jahres hatte etwas Beruhigendes, selbst für eine Stadtseele wie die seine. Felder, die gepflügt, gesät, bearbeitet und geerntet wurden; Tiere, die geboren, gefüttert, geschlachtet und gegessen wurden. Er ließ das Haus, das nun viel zu groß für ihn war, verkommen. Er kümmerte sich nicht darum, ob die Gatter repariert werden mußten oder die Fensterrahmen vermoderten. Als jemand im Plough ihn darauf ansprach, daß ein Teil der vorderen Gartenmauer eingestürzt sei, meinte er nur, er freue sich darüber. So könnten die Schafe herein und dafür sorgen, daß der Rasen kurz blieb.

Er wußte, daß er im Dorf mittlerweile als Exzentriker galt, unternahm aber nichts, um diesem Ruf entgegenzuwirken. Früher war er ein recht eitler Pfau gewesen, wenn es um Anzüge und Accessoires ging. Heute trug er, was ihm gerade in die Hände kam, oft in recht merkwürdigen Kombinationen. An Orten, an denen sich viele Menschen aufhielten, wie im Pub, sorgte seine Schwerhörigkeit (eine leichte im linken, eine weitaus gravierendere im rechten Ohr) dafür, daß er sehr laut sprach, was den Eindruck, man habe es mit einer verstörten Seele zu tun, noch verstärkte. Er saß stundenlang an der Bar, trank Brandy und gab seine Meinung zu jedem Thema, das aufkam, zum besten. Wenn man ihn so hörte, der Lauteste in einer lauten Debatte, wäre niemand darauf gekommen, daß dieser Mann den Glauben an die Welt verloren hatte. Er unterhielt sich angeregt über Politik (wobei er sich als Marxist zu erkennen gab, wenn man ihn provozierte), über Religion (Opium fürs Volk, was sonst?), Rassenprobleme, Abrüstung oder die Franzosen. Seine Debattierkünste reichten noch immer aus, um zwei von drei Runden für sich zu entscheiden, selbst wenn er eine Position verteidigte, an die er gar nicht glaubte, was meistens der Fall war.

Das einzige Thema, über das er nie sprach, war Will, wenn auch mit Wills wachsendem Ruhm die Neugier der Leute gestiegen war. Ganz selten, nach drei oder vier Brandys, antwortete er eher gleichgültig auf die eine oder andere Bemerkung, aber wer ihn kannte, kam bald dahinter, daß er sich nicht als stolzer Vater fühlte. Wer ein gutes Gedächtnis hatte, wußte warum. Der Rabjohns-Junge hatte irgend etwas mit der wohl düstersten Episode in der Geschichte Burnt Yarleys zu tun. Noch heute, nach neunundzwanzig Jahren, legte Delbert Donnellys Tochter am ersten Sonntag jeden Monats Blumen auf das Grab ihres Vaters, und die Belohnung für Informationen, die zur Ergreifung des Mörders führten (und die der Fleischbaron aus Halifax ausgelobt hatte, von dem Delbert Pasteten und Würstchen bezogen hatte) stand noch immer zur Verfügung. Zur Zeit seines Todes, so ging die Geschichte, hatte Delbert den guten Samariter gespielt und hatte im Schneesturm nach einem von zu Hause weggelaufenen Kind gesucht, einem Kind, vom dem diejenigen, die noch immer über die Lösung des Rätsels nachgrübelten, sagten, daß es in irgendeiner Komplizenschaft mit den Mördern gestanden habe. Nichts war jemals bewiesen worden, aber jedem, der Will Rabjohns Aufstieg verfolgt hatte, mußte das perverse Element in seinem Werk auffallen. Allerdings hätte niemand im Dorf dieses Wort benutzt, außer Hugo natürlich. Sie hätten es *ganz schön komisch* oder *nicht ganz koscher* genannt, oder, wenn sie etwas abergläubisch veranlagt waren, *Teufelswerk.* Auf alle Fälle war es weder erbaulich noch normal, so wie er um die Welt zu reisen, um tote Tiere zu fotografieren. Für einige war dies ein weiterer Beweis dafür, daß es sich bei den Rabjohns, sei es nun Vater oder Sohn, um eine üble Brut handelte. So übel, daß der eigene Vater nicht einmal zu seiner Vaterschaft stand.

Hugos Schweigen bedeutete jedoch keineswegs, daß er nicht an Will dachte. Auch wenn er kaum von seinem Sohn sprach – und wenn, nur kurz –, quälten ihn die Geheimnisse jenes Winters, seit dem nun fast drei Jahrzehnte vergangen waren (und die Rolle des Sohnes in diesem Geheimnis) mit den Jahren immer mehr, und zwar aus einem Grund, den er nie jemandem anvertraut hätte. Die Philosophie hatte ihn enttäuscht, die Liebe hatte ihn enttäuscht, Ehrgeiz und Ego hatten ihn enttäuscht. Nur das Unbekannte blieb ihm noch als Quell der Hoffnung. Natürlich war es überall, das Unbekannte. In der neuen Physik, in Krankheiten, im Auge des Nachbarn. Aber so nah wie vor vielen Jahren, in jener bitteren Nacht, war er ihm nie mehr gekommen. Wenn er damals gewußt hätte, daß sich etwas Außergewöhnliches anbahnte, hätte er ihm mehr Aufmerksamkeit gewidmet. Er hätte sich die Zeichen gemerkt, um später den Weg in die Gegenwart des Unbekannten zurückzufinden. Aber er war zu sehr damit beschäftigt gewesen, Hugo zu sein, um etwas zu bemerken. Erst jetzt, wo die Ablen-

346

kung durch das Ego dahindämmerte, sah er das Funkeln des Geheimnisses, kalt und weit entfernt wie ein ewig sichtbarer Stern.

Er hatte in *Newsweek* ein Interview mit seinem Sohn gelesen, in dem dieser auf die Frage, welche Tugend er am meisten an sich schätze, geantwortet hatte: Geduld. Das hat er von mir, hatte Hugo gedacht. Ich weiß, wie man wartet. Er saß im Arbeitszimmer, rauchte eine französische Zigarette und wartete. Wenn Adele mit einer Tasse Tee oder einem Sandwich kam, tat er so, als sei er in die Arbeit vertieft, als stecke er mitten in einem schwierigen Problem. Aber sobald sie wieder gegangen war, richtete sich sein Blick hinaus aus dem Fenster, und er beobachtete die Schatten der Wolken auf dem Hügel, der sich hinter dem Haus erhob. Er wußte nicht genau, worauf er eigentlich wartete, aber er vertraute seiner Intelligenz genug, um sicher zu sein, daß er es erkennen würde, wenn es vor ihm stand.

XVI

Der Sommer war naß gewesen, und heftige Regenfälle Anfang August hatten einen Großteil der Ernte niedergewalzt, so als sei ein großer Dreschflegel vorzeitig hindurchgefahren. Jetzt, eine Woche vor Septemberbeginn, stand das Wasser noch immer auf den Feldern, und das Getreide, das den Regen überstanden hatte, faulte vor sich hin.

»Für einen wie dich macht das nichts aus«, sagte Ken Middleton, dem das meiste Ackerland im Tal gehörte, am Abend im Pub zu Hugo. »Du mußt über solche Sachen nicht nachdenken wie wir, die wir mit unseren Händen arbeiten.«

»Denker sind auch Arbeiter, Kenneth«, hatte Hugo gekontert. »Nur daß wir bei unserer Tätigkeit nicht schwitzen.«

347

»Es ist ja nicht nur der Regen«, mischte sich Matthew Sauls ein. »Alles andere ist genauso beschissen.« Sauls war Middletons Saufkumpan, und das Paar neigte selbst in guten Zeiten zum Trübsinn. »Selbst mein alter Vater sagt, die Welt drehe sich verkehrt herum.«

Hugo war mit diesem Thema bereits vor einigen Wochen von Matthews altem Vater gequält worden, als er sich wider besseres Wissen bereit erklärt hatte, Adele auf die Sommerschau zu begleiten, wo sie mit ihren eingelegten Zwiebeln am jährlichen Wettbewerb teilnahm. Geoffreys Frau war ebenfalls anwesend, und während die beiden Frauen miteinander plauderten (etwas reserviert, wie es sich für Konkurrentinnen gehörte), hatte Hugo die Reden des alten Sauls über sich ergehen lassen müssen. Ohne auch nur im geringsten aufgefordert worden zu sein, hatte der Mann einen Monolog begonnen, dessen Thema Mord war. Daß vor kurzem in Newcastle ein Kind von einem anderen Kind ermordet worden war, diente ihm als Aufhänger für sein düsteres Gerede. *Die Welt sieht anders aus, heutzutage*, sagte er immer wieder. Was früher undenkbar schien, wäre jetzt allgemein üblich. *Die Welt sieht anders aus.*

»Weißt du, worin das Problem deines Vaters besteht, Matthew?« fragte Hugo.

»Er ist ein alter Spinner«, meinte Middleton.

»Nun, das zweifellos auch«, entgegnete Hugo, »aber ich dachte an etwas anderes.« Er leerte sein Glas mit Brandy und stellte es auf der Theke ab. »Er ist alt. Und alte Männer glauben, daß alles zu Ende geht. Das macht es ihnen etwas leichter, Abschied zu nehmen.«

Matthew sagte nichts. Er starrte einfach nur in sein Bier. Aber Middleton meinte:

»Da spricht einer aus Erfahrung, was?«

Hugo lächelte. »Ich glaube, ich habe noch ein paar Jahre vor mir«, meinte er. »Nun, meine Herren, das war mein letzter für heute abend. Bis morgen, vielleicht.«

Er hatte natürlich gelogen. Er brauchte keineswegs noch einige Jahre, um den Standpunkt des alten Saul zu verstehen. Zu deutlich spürte er, wie solche Ansichten in ihm selbst Wurzeln faßten, fing er doch bereits an, schlechte Neuigkeiten mit einer gewissen grimmigen Genugtuung aufzunehmen. Welcher Mann auch, so er bei Verstand war, hätte die Welt in hellen und bunten Farben gemalt, in dem Bewußtsein, daß er nicht mehr lange auf ihr wandeln würde? Vielleicht wäre ihm anders zumute gewesen, wenn er Enkel gehabt hätte. Dann hätte er vielleicht mitten in Unbill und Mord Grund zum Optimismus gefunden. Aber Nathaniel, der ihm sicherlich großartige Enkel geschenkt hätte, war seit dreißig Jahren tot, und Will war verkehrt herum. Warum also sollte er Gutes für eine Welt wünschen, auf der niemand war, den er liebte, der ihn liebte?

Zweifellos lag ein gewisses Vergnügen darin, den Propheten des Unheils zu spielen. Als er an diesem Abend nach Hause ging (immer zu Fuß, selbst mitten im Winter; er sprach zu gerne dem Brandy zu, um sich den Gefahren des Autolenkens auszusetzen), lag ein Schwung in seinen Schritten, der wohl gefehlt hätte, wäre das Gespräch am Tresen optimistischer gewesen. Er schwang seinen Stock, den er sowieso mehr aus Eitelkeit denn aus Gebrechlichkeit trug, und trat aus den Laternen des Dorfes hinaus auf die unbeleuchtete Straße, die zu seinem Tor führte. Angst, im Dunkeln zu gehen, hatte er keine. Hier gab es keine Gauner, keine Diebe, die darauf warteten, einen angeheiterten Gentleman zu berauben. Meist begegnete er überhaupt niemanden.

Heute stellte jedoch eine Ausnahme dar. Nachdem er etwa ein Drittel seines Weges außerhalb des Dorfes zurückgelegt hatte, sah er zwei Menschen, einen Mann und eine Frau, auf sich zukommen. Auch wenn kein Mond schien, so leuchteten die Sterne hell genug, und als er noch zwanzig Meter von ihnen entfernt war, wußte er, daß er sie nicht kannte. Waren es Touristen, die die Nachtluft genossen? Stadtflüchtlinge, die das Schauspiel dunkler Hügel und eines Sternenhimmels bezauberte?

Doch je näher er ihnen kam, desto stärker spürte er den

349

Wunsch, umzudrehen und dorthin zu gehen, wo er hergekommen war. Er sagte sich, hör auf, dich wie ein dummer
alter Narr zu benehmen. Er würde ihnen einen angenehmen Abend wünschen, wenn er an ihnen vorbeikam, und
damit hatte es sich. Also beschleunigte er seinen Schritt und
wollte gerade etwas sagen, als der Mann – eine imposante
Erscheinung im silbernen Licht – ihn ansprach:

»Hugo? Bist du es?«

»Ja, das bin ich«, antwortete er. »Kenne ich …?«

»Wir waren beim Haus«, unterbrach ihn die Frau, »und
haben nach dir gesucht, aber du warst nicht da.«

»Also haben wir uns hier auf die Suche gemacht«, er-
gänzte der Mann.

»Kennen wir einander?« fragte Hugo.

»Es ist schon lange her«, sagte der Mann. Er schien etwa
zweiunddreißig oder dreiunddreißig zu sein, aber dabei
konnte es sich auch um eine Täuschung des Lichts handeln.

»Sie waren nicht einer meiner Studenten?«

»Nein«, sagte der Mann. »Nicht im entferntesten.«

»Nun, ich kann mich wirklich nicht erinnern«, entgegnete Hugo. Ein beklemmendes Gefühl bemächtigte sich seiner.

»Wir kennen deinen Sohn«, sagte die Frau. »Wir kennen
Will.«

»Aha«, sagte Hugo trocken. »Nun, dann wünsche ich
Ihnen viel Glück. Einen schönen Abend noch.« Mit diesen
Worten ging er weiter.

»Wo ist er?« fragte die Frau, als er an ihr vorbeikam.

»Ich weiß es nicht«, antwortete Hugo, ohne sie anzusehen. »Er kann überall sein. Er treibt sich herum, wissen Sie.
Und wenn Sie Freunde von ihm sind, dann ist Ihnen ja bekannt, was für ein Herumtreiber er ist.«

»Warte!« rief der Mann und verließ die Seite seiner Be-
gleiterin, um ihm zu folgen. Sein Habitus hatte nichts Ag-
gressives an sich, aber Hugo umschloß dennoch den Stock
fester, für den Fall, daß er ihn schwingen mußte. »Vielleicht
könntest du mir helfen …«

»Helfen?« Hugo wandte sich dem lästigen Frager zu. Er

350

zog es vor, seinen Mann zu stehen und den Burschen abzuweisen, statt sich von ihm verfolgen zu lassen.

»… Will zu finden«, fuhr der Mann fort und setzte ein freundliches Lächeln auf.

Wie abscheulich, dachte Hugo, daß sich die Menschen heutzutage so plump-vertraulich benehmen. Zweifellos eine aus Amerika importierte Unart. Kaum hatte man eine halbe Minute miteinander gesprochen, war man angeblich schon aufs innigste befreundet. Absolut ekelerregend. »Wenn Sie ihm eine Nachricht zukommen lassen wollen«, sagte Hugo, »sollten Sie es bei seinem Verleger versuchen.«

»Du bist sein Vater …«

»Das ist mein Schicksal«, erwiderte Hugo brüsk. »Aber wenn Sie Bewunderer von ihm sind …«

»Das sind wir«, sagte die Frau.

»Dann muß ich Sie warnen. Es ist außerordentlich enttäuschend, ihn persönlich kennenzulernen.«

»Wir wissen, wie er ist«, sagte der Mann. »Wir alle wissen, wie er ist, Hugo. Du und ich ganz besonders.«

Daß seine Vaterschaft angesprochen wurde, war zuviel für Hugo. Er fuchtelte mit dem Stock in der Luft herum. »Wir haben einander absolut nichts mehr zu sagen. Lassen Sie mich jetzt in Ruhe.« Er wich vor dem Mann zurück und erwartete eigentlich, daß der ihm folgen würde. Aber der Mann stand einfach nur da, mit den Händen in den Hosentaschen, und beobachtete ihn.

»Wovor hast du Angst?« fragte er.

»Vor gar nichts«, antwortete Hugo.

»Das glaube ich nicht«, sagte der Mann. »Du bist Philosoph. Du solltest es besser wissen.«

»Ich bin kein Philosoph«, entgegnete Hugo ungeachtet der Schmeichelei. »Ich bin ein drittklassiger Lehrer drittklassiger Schüler, die absolut kein Interesse an dem aufbringen, was ich ihnen mitzuteilen habe. Das ist mein Los, und wenn man bedenkt, daß es schlimmer hätte kommen können, bin ich sogar stolz darauf. Meine Frau lebt in Paris, mit einem Mann, der halb so alt ist wie ich, mein geliebter Sohn liegt seit dreißig Jahren tot unter der Erde, und der andere ist ein publicity-süchtiger Homo, dessen hohe Meinung von sich selbst in keinem Verhältnis zu seinen Leistungen steht. Nun, sind Sie jetzt zufrieden? War das deutlich genug? Mit anderen Worten: *Darf ich jetzt gehen?*«

»Oh«, sagte die Frau sanft. »Das tut mir so leid.«

»Was?«

»Sie haben ein Kind verloren«, sagte sie. »Wir haben mehrere verloren, Jacob und ich. Man kommt nie darüber hinweg.«

»Jacob ...?« murmelte Hugo, und schlagartig wurde ihm klar, mit wem er hier sprach. Er spürte etwas, das er nicht genau benennen konnte.

»Ja, wir sind es«, sagte der Mann leise. Er sah, daß Hugo nun wußte, wer sie waren.

Erleichterung, dachte Hugo. Ich spüre Erleichterung. Das Warten ist vorbei. Das Geheimnis steht vor mir; oder zumindest ein Zugang dazu.

»Und das ist natürlich Rosa«, sagte Steep, und Rosa machte einen komischen kleinen Knicks. »Sollten ... wir nicht alle Freunde sein, Hugo?«

»Ich ... weiß ... nicht.«

»Oh, mir ist klar, woran du denkst. Du denkst an Delbert Donnelly. Ja, dafür war sie verantwortlich, und ich will dich in dieser Sache keineswegs täuschen. Sie kann grausam sein, sogar gefährlich, wenn sie gereizt wird. Aber wir haben den Preis dafür bezahlt. Wir haben dreißig Jahre in der Wildnis verbracht, ohne an einem Tag zu wissen, wo wir am nächsten unser müdes Haupt betten würden.«

»Und warum sind Sie hierher zurückgekehrt?« fragte Hugo.

»Wir haben unsere Gründe«, antwortete Jacob.

»Sag es ihm«, forderte Rosa ihn auf.

»Wir sind wegen Will hier.«

»Ich kann Ihnen nicht ...«

»Ja, ja, das wissen wir. Du sprichst nicht mit ihm, und du willst auch nicht.«

»Das stimmt.«

352

»Nun ... wollen wir hoffen, daß er mehr für dich übrig hat als du für ihn.«

»Was soll das nun heißen?«

»Hoffen wir, daß er angelaufen kommt, wenn er hört, daß du Probleme hast.«

»Ich hoffe, Sie wollen mir nicht drohen«, sagte Hugo. »Denn falls ...«

Er sah den Schlag nicht. Es gab kein Flackern in Steeps Augen, kein noch so geringes Anzeichen dafür, daß die höfliche Plauderei vorüber war. Eben noch lächelte er, ganz der freundliche Fremde, und im nächsten Augenblick versetzte er Hugo einen Hieb, der ihn fünf Schritte nach hinten schleuderte.

»Tu das nicht«, sagte Rosa.

»Halt den Mund.« Jacob ging auf den am Boden liegenden Hugo zu und hob den Stock auf, den der alte Mann noch vor zwei Minuten geschwungen hatte. Hugo lag stöhnend zu seinen Füßen, während Steep den Stock prüfte, mit der Hand von oben nach unten an ihm entlangfuhr, um das richtige Gefühl für ihn zu bekommen. Dann hob er ihn hoch über den Kopf und ließ ihn auf Hugo herabsausen, zweimal, dreimal. Dem ersten Schlag folgte ein Schmerzensschrei, dem zweiten ein Wimmern. Dem dritten Schweigen.

»Du hast ihn doch nicht getötet?« sagte Rosa, die an Jacobs Seite getreten war.

»Nein, natürlich habe ich ihn nicht getötet«, entgegnete Jacob und warf den Stock neben seinem Besitzer auf den Boden. »Ich will, daß er noch eine Weile durchhält.« Er kniete sich neben den verletzten Mann. Mit einer Besorgnis, die einem Arzt alle Ehre gemacht hätte, legte er die Finger auf Hugos Wange. »Hörst du mich, mein Freund?« sagte er und strich mit der Hand über die Wange. »Hugo? Hörst du mich?« Hugo stöhnte auf. »Ich nehme das als ein ja, okay?« Erneut stöhnte er. »Also, hier ist mein Plan, Hugo«, begann Jacob. »Wir werden sehr bald von hier verschwinden, und wenn wir niemanden anrufen und sagen, wo man dich finden kann, stehen die Chancen mehr als

353

schlecht, daß du bis zum Morgengrauen überlebst. Verstehst du, was ich dir sage? Nicke, wenn du es verstehst.«
Hugo nickte kaum wahrnehmbar. »Gut, gut. Also, die Sache liegt ganz bei dir. Möchtest du hier unter den Sternen sterben? Ich denke mal, hier kommt heute nacht niemand mehr vorbei, du hast den Ort also ganz für dich allein.«
Hugo versuchte zu sprechen. »Das habe ich leider nicht verstanden. Was hast du gesagt?« Hugo schluchzte leise. »Aber, aber ... du weinst ja. Rosa, er weint.«

»Er möchte nicht allein gelassen werden«, sagte Rosa. »Darin seid ihr Männer ganz eigen. Meistens seid ihr wie die Kinder.«

Jacob wandte seine Aufmerksamkeit wieder Hugo zu. »Hast du das gehört?« sagte er. »Sie hält uns für Kinder. Aber sie hat keine Ahnung, nicht wahr? Sie weiß nicht, was wir durchmachen. Aber ich schätze, sie hat recht. Du möchtest nicht allein gelassen werden. Du möchtest, daß wir ein Telefon suchen und jemanden holen, der sich um dich kümmert, stimmt's?« Hugo nickte. »Das werde ich tun, mein Freund«, sagte er. »Aber nun kommt dein Anteil am Handel. Ich will, daß du Will kein Wort verrätst. Verstehst du mich? Wenn er dich besuchen kommt und wenn du irgend etwas über uns sagst, wird das, was du jetzt gerade spürst – den Schmerz, die Panik, die Einsamkeit – nichts sein im Vergleich zu dem, was wir dann mit dir machen. Hörst du mich? Nichts! Nicke, wenn du mich verstehst.« Hugo nickte. »Das ist gut. Du solltest dir keine Sorgen machen. Er ist ja nur ein – wie hast du ihn genannt? – publicity-süchtiger Homo. Du bist nicht sein größter Fan, soviel steht fest. Ich dagegen ... ich verehre ihn, auf meine Weise. Ist das nicht seltsam? Natürlich habe ich ihn dreißig Jahre nicht gesehen, und die Gefühle mögen nicht mehr dieselben sein ...« Seine Stimme verlor sich. Er seufzte und stand auf.

»Bleib ruhig liegen«, riet Rosa. »Wenn deine Rippen gebrochen sind, kann es leicht zu einem Lungenriß kommen.« Sie wandte sich an Jacob. »Kommst du?«

»Ja.« Er sah Hugo ins Gesicht. »Genieße die Sterne.«

354

XVII

1

Am Morgen nach dem Liebesfest wachte Will auf dem Boden im Wohnzimmer auf. Er war von dem Sofa gerutscht, auf dem er in einem Nest aus den Kleidern gelegen war, die er sich am Abend zuvor ausgezogen hatte, und fühlte sich beschissen. Sein ganzer Körper schmerzte, selbst Zähne und Zunge. Die Augen brannten in den Höhlen. Unsicher erhob er sich und ging ins Badezimmer. Dort klatschte er sich kaltes Wasser ins Gesicht und betrachtete sich im Spiegel. Die Ruhe und die Klarheit vom vorigen Nachmittag waren verschwunden. Das Gesicht, das er sah, war nichts als ein Konglomerat der Müdigkeit; bleiche Haut, rotgeränderte Augen, verkniffener Mund. Was, zum Teufel, hatte er getrieben? Vage erinnerte er sich an irgendeinen Streit mit Drew, aber er hatte keine Ahnung, worum es gegangen war, geschweige denn, wie es beigelegt worden war, wenn überhaupt. Offensichtlich war er auch noch unterwegs gewesen, und dem Zustand seines Körpers nach mußte es ziemlich hoch hergegangen sein. Er hatte Kratzer auf dem Rücken und auf der Brust, Bißstellen auf den Schultern. Und zwischen seinen Beinen hing ein noch überzeugenderer Beweis. Ein Schwanz und Eier, die so wund und rot waren, als habe man sie mit Sandpapier geschmirgelt.

Nachdem er ins Schlafzimmer gewankt war, sah er sich dem Chaos gegenüber. Es stank nach verdorbenem Essen und Erbrochenem, auf dem Boden lag praktisch ein Müllberg. Er stand in der Tür und betrachtete das Durcheinander der Überreste, während sich in seinem Kopf blitzlichtartig erhellte, wie die Feier geendet hatte. Er war auf allen vieren durch diesen Müll gekrochen, war es nicht so? Dabei hatte er gekotzt wie ein übersättigter Römer im Vomitorium. Und draußen auf dem Flur, dort wo zerbrochenes, blutiges Glas lag, hatte er sich den Fuß zerschnitten, während er sich hochrappelte.

Was war danach geschehen? Sein Kopf verweigerte das Geständnis. Anstatt Antworten aus ihm herauszuholen, ließ er die Fragmente der Erinnerung zusammen mit dem Müll hinter sich, machte die Tür zu und ging unter die Dusche. Als gäbe es irgendein Muster, dachte er. Er schlief, wachte auf, hatte Visionen, duschte und wachte wieder auf. War so der Kreislauf der nächtlichen Pflichten zugunsten von Lord Fuchs geändert worden? Ein geschickter Trick. Man benutzte die sichersten Rituale seines häuslichen Lebens, um ihn dazu zu bringen, seine Überzeugungen abzustreifen. Das Waschen erwies sich als komplizierte Angelegenheit – die Seife und das Wasser drangen in Kratzer, die er nicht bemerkt hatte –, aber hinterher fühlte er sich etwas besser. Er trocknete sich gerade ab, als jemand heftig an die Haustür klopfte. Sich ein Handtuch um die Hüfte wickelnd, ging er zur Treppe, vorsichtig die Scherben vermeidend. Es klopfte erneut, und dann erkannte er Adriannas Stimme:

»He, Will? Bist du da? Will?«

»Ich bin hier«, sagte er und machte ihr auf.

»Dein Telefon ist kaputt«, sagte sie. »Ich versuche seit einer Stunde, dich zu erreichen. Kann ich reinkommen?« Sie sah ihn an. »Junge, bei dir ist es gestern aber spät geworden.« Er ging in die Küche voraus.

»Was hast du mit deinem Rücken gemacht«, fragte sie hinter ihm. »Ach, sag's mir lieber nicht.«

»Möchtest du was, Kaffee oder so?«

»Ich mach schon. Du mußt in England anrufen.«

»Wieso?«

»Irgendwas ist deinem Vater zugestoßen. Er ist nicht tot, aber irgendwas stimmt nicht. Sie wollten mir nicht sagen, was los ist.«

»*Wer* wollte nicht sagen, was los ist?«

»Deine Agenten in New York. Offensichtlich hat jemand versucht, dich zu erreichen, und derjenige hat die Agenten angerufen, die es dann bei dir versucht haben, aber da sie dich nicht erwischen konnten, haben sie es bei mir versucht, nur daß auch ich dich nicht …« Sie redete weiter, während Will ins Wohnzimmer ging. Der Telefonstecker war aus der Leitung gezogen worden, zweifellos Drews Tat, der dafür sorgen wollte, daß niemand ihre Nacht der Dekadenz störte. Will stöpselte den Stecker wieder ein.

»Weißt du, wer angerufen hat?«

»Jemand namens Adele.«

»Adele?«

»Am Apparat.«

»Hier ist Will.«

»O mein Gott, Will. O mein Gott. Ich versuche schon die ganze Zeit, dich zu erreichen.«

»Ja, ich …«

»Er ist in einem schrecklichen Zustand, schrecklich.«

»Was ist geschehen?«

»Wir wissen es nicht genau. Ich meine, jemand hat versucht, ihn zu töten, soviel wissen wir.«

»In Manchester?«

»Nein, nein, hier. Einen halben Kilometer vom Haus entfernt.«

»Um Himmels willen.«

»Er ist auf brutale Weise zusammengeschlagen worden. Er hat eine Gehirnerschütterung, drei Rippen sind gebrochen, und ein Arm.«

»Weiß die Polizei, wer es war?«

»Nein, aber ich glaube, *er* weiß es, sagt aber nichts. Es ist seltsam. Und es macht mir angst, wer immer es auch war …« Sie begann haltlos zu schluchzen. »Wer immer es getan hat … er kommt bestimmt zurück … Ich wußte nicht, an wen ich mich wenden sollte … ich weiß, ihr beide habt lange nicht miteinander geredet, aber … ich dachte, du solltest herkommen.« Es war deutlich, was sie ihm sagen wollte, auch wenn sie es nicht aussprach. Sie hatte Angst, daß sein Vater nicht überleben würde.

»Ich komme«, sagte er.

»Wirklich?«

»Natürlich.«

»Oh, wie schön.« Das klang ehrlich erfreut. »Ich weiß,

357

es klingt selbstsüchtig, aber du würdest mir eine solche Last von den Schultern nehmen.«

»Es klingt überhaupt nicht selbstsüchtig«, sagte Will. »Ich werde sofort alles vorbereiten und rufe dich an, sobald ich in London bin.«

»Soll ich's ihm sagen?«

»Daß ich komme? Nein, lieber nicht. Vielleicht will er mich gar nicht sehen. Lassen wir es besser bei der Überraschung.«

Hier endete das Gespräch. Will gab Adrianna rasch eine Zusammenfassung der Ereignisse und bat sie, einen Flug für ihn zu buchen, egal wann, egal mit welcher Fluglinie. Während sie vom unteren Büro aus telefonierte, ging er nach oben, um zu packen. Das bedeutete natürlich, dem Chaos im Schlafzimmer wieder zu begegnen, was nicht besonders angenehm war, aber dann wickelte er den Müll so gut es ging einfach in die Laken ein, auf denen das Festmahl ausgebreitet worden war, und steckte alles in Müllsäcke, die er auf den Flur stellte, um sie später nach unten zu bringen. Das Fenster öffnete er, um frische Luft hereinzulassen, dann nahm er einen Koffer aus dem Schrank und begann ihn vollzustopfen.

Adrianna hatte ihm einen Abendflug von San Francisco aus besorgt, ein Nachtflug, der ihn etwa zur Mittagszeit des folgendes Tages nach Heathrow Airport bringen würde.

»Wenn du nichts dagegen hast«, sagte Adrianna, »würde ich mir in deiner Abwesenheit gerne die Bilder anschauen, die du abgenommen hast.«

»Die mißlungenen?«

»Ja. Ich weiß, du hältst mich für verrückt, aber in diesen Bildern steckt ein Buch. Mindestens eine Ausstellung.«

»Bedien dich. Ich glaube, ich werde mir nie mehr ein Foto anschauen. Sie gehören alle dir.«

»Ist das nicht ein bißchen extrem?«

»Nun, so fühle ich mich momentan. Extrem.«

»Irgendein bestimmter Grund dafür?«

Selbst wenn er die Worte dafür gehabt hätte, was er bezweifelte, konnte er ihr nichts erklären. »Vielleicht reden wir darüber, wenn ich zurückkomme«, sagte er.

»Bleibst du lang?«

Will zuckte mit den Schultern. »Ich weiß es nicht. Wenn er im Sterben liegt, bleibe ich so lange, bis er tot ist. Das macht man doch so, oder?«

»Eine seltsame Frage.«

»Ja. Nun, es ist auch eine seltsame Beziehung. Vergiß nicht, wir haben seit zehn Jahren nicht mehr miteinander gesprochen.«

»Trotzdem sprichst du über ihn.«

»Nein, das tue ich nicht.«

»Glaub mir, Will, du sprichst über ihn. Kleinere Bemerkungen, meistens, aber sie vermitteln ein gutes Bild von ihm.«

»Weißt du, das ist eine verdammt gute Idee. Ich sollte ein Foto von ihm machen, irgendwas, das ihn festhält, für die Nachwelt.«

»Der Mann, der Will Rabjohns zeugte?«

»O nein«, sagte Will und griff nach seiner Kamera, um sie einzupacken. »Das war, genau genommen, nicht Hugo.« Und als Adrianna ihn fragte, wer, zum Teufel, wenn nicht Hugo, da antwortete er natürlich nicht.

2

Bevor er zum Flughafen fuhr, besuchte er Drew und Patrick. Drew hatte er mehrere Male anzurufen versucht, aber niemand hatte abgenommen. Er nahm ein Taxi zum Apartment auf dem Cumberland Drive und sah durch die Gitter des Sicherheitstors Drews Fahrrad im Eingang stehen, so daß er fast sicher sein konnte, daß der Eigentümer zu Hause war; aber auch nach mehrmaligem Klingen öffnete Drew nicht. Für diesen Fall hatte er sich vorbereitet und eine Nachricht auf einen Zettel geschrieben, den er zwischen Tor und Mauer klemmte und auf dem stand, daß er kurzfristig nach England müsse und sich bald wieder melden würde. Dann ging er zum wartenden Taxi zurück und ließ sich zur Castro, zu Patricks Apartment fahren. Dieses Mal reagierte jemand auf sein Klingeln, aber es war nicht Patrick, sondern Rafael. Er nieste heftig, und seine Augen waren blutunterlaufen.

»Allergie?« fragte Will.

»Nein«, antwortete Rafael. »Pat ist gerade aus dem Krankenhaus gekommen. Keine guten Nachrichten.«

»Ist das Will?« rief Patrick aus dem Wohnzimmer.

»Geh einfach rein«, sagte Rafael leise und verschwand, noch immer niesend, in der Küche.

Patrick saß am Fenster – wo sonst? –, auch wenn die Aussicht auf die Stadt heute von einer kühlen Nebelbank verdeckt wurde. »Nimm dir einen Stuhl«, sagte er zu Will. »Die Aussicht ist beschissen, aber was soll's?«

»Rafael sagte, du warst im Krankenhaus?«

»Ich habe dir auf der Party meinen Arzt vorgestellt, oder? Frank Webster? Rundlicher kleiner Mann; benutzt zu viel Kölnisch Wasser. Ich bin heute morgen bei ihm gewesen, und er hat mir rundheraus erklärt, daß er mit seinem Latein am Ende ist. Ich werde immer schwächer, und er kann mir nicht mehr helfen.« Eine neue Niessalve drang aus der Küche. »Oje, der arme Rafael. Sobald er sich wegen etwas aufregt, muß er niesen. So geht das jetzt Stunden weiter. Ich bin bei der Beerdigung seiner Mutter gewesen, und die ganze Familie – er hat drei Brüder und drei Schwestern – hat geniest. Ich habe kein Wort von dem verstanden, was der Priester sagte.« Das klang sehr nach einer von Patricks Lügengeschichten, aber immerhin zauberte sie ein Lächeln auf seine Lippen. »Erinnerst du dich an diesen wunderschönen Franzosen, mit dem Lewis mal was hatte? Marius? Du warst in ihn verknallt.«

»Das war ich nicht.«

»Nun, dann warst du der einzige. Egal, jedenfalls mußte dieser Franzose immer niesen, wenn er einen Orgasmus hatte. Er nieste und nieste. Einmal ist er bei Lewis die Treppe runtergefallen, niesend, ich schwör's.«

»Das ist schrecklich.«

»Du glaubst mir nicht?«

»Kein Wort.«

Pat sah Will verschmitzt grinsend an. »Also«, sagte er, »was verschafft mir das Vergnügen?«

»Du hast von Webster gesprochen.«

»Das hat Zeit. Aber du hast einen so entschlossenen Ausdruck im Gesicht. Was liegt an?«

»Ich muß nach England. Ich fliege noch heute abend los.«

»Das kommt plötzlich.«

»Es geht um meinen Vater. Jemand hat ihn übel zusammengeschlagen.«

»Du warst in der fraglichen Nacht hier«, sagte Patrick. »Das kann ich beschwören.«

»Ich meine wirklich übel, Pat.«

»Wie übel?«

»Das weiß ich nicht. Ich werde es wissen, wenn ich dort bin. Also, das ist meine Geschichte. Jetzt zurück zu Webster.«

Patrick seufzte. »Ich hatte heute ein Gespräch unter vier Augen mit ihm. Er ist großartig. Kriegt es immer mit, wenn jemand mit einer neuen Medizin auftaucht. Aber« – er zuckte mit den Schultern – »mittlerweile gehen ihm, oder uns, die Möglichkeiten aus.« Er sah Will an. »Es ist eine Scheiße, Will, dieses Kranksein. Wir haben schon so viel gesehen, und wir wissen alle, wie es abläuft. Na ja, sagen wir, mir wird das schon nicht passieren.« Das klang nach dem alten, nie aufgebenden Patrick, aber in seiner Stimme lag kein Trotz, nur Resignation. »Vor ein paar Nächten hatte ich einen Traum. Ich war in einem Wald, einem dunklen Wald, und ich war nackt. Nein, nichts Sexuelles, ich war einfach nur nackt. Und ich merkte, wie all diese Viecher auf mich zukrochen. Einige machten sich an meine Augen, andere an meine Haut. Alle bekamen ein Stück von mir. Als ich aufwachte, dachte ich, so weit werde ich es nicht kommen lassen. Ich werde nicht hier sitzenbleiben und mich auffressen lassen, Stück für Stück.«

»Hast du mit Bethlynn darüber gesprochen?«

»Nicht über die Unterredung mit Frank. Ich habe morgen nachmittag eine Sitzung mit ihr.« Er lehnte den Kopf an die Kopfstütze und schloß die Augen. »Wir haben viel über dich gesprochen. Du freust dich sicher, das zu hören. Sie hat dich eigentlich immer ziemlich genau beschrieben, bevor sie dich kennengelernt hat. Jetzt weiß sie nicht mehr richtig Bescheid. Wie alle anderen wird auch sie sich erfolglos damit abmühen, herauszufinden, was dich antreibt.«

»Das ist kein großes Geheimnis«, entgegnete Will.

»Eines Tages«, sagte Patrick langsam, »wird mir in einem strahlenden Blitz enthüllt werden, wer du bist, und alles wird Sinn ergeben. Warum wir uns gefunden haben. Warum wir uns getrennt haben.« Er öffnete ein Auge und sah Will blinzelnd an. »Warst du eigentlich letzte Nacht im Penitent, nebenbei gefragt?«

Will wußte es nicht genau. »Vielleicht«, sagte er. »Warum?«

»Ein Freund von Jack sagt, er habe dich herauskommen sehen, mit einem Blick, als hättest du gerade etwas ganz Schlimmes getan. Natürlich habe ich deine Ehre verteidigt. Aber du warst dort, nicht wahr?«

»Ich erinnere mich nicht, um ehrlich zu sein.«

»Mein Gott, diesen Satz hört man heutzutage nicht mehr sehr oft. Alles ist viel zu nüchtern und sauber. *Du erinnerst dich nicht mehr?* Du bist ein Relikt, Will. Homo Castro, 1975.« Will lachte. »Ein primitiver Affe mit übersteigerter Libido und permanent glasigem Blick.«

»Das waren wirklich wilde Nächte.«

»In der Tat«, sagte Pat mit leiser Wehmut. »Aber ich vermisse sie nicht.«

»Ehrlich nicht?«

»Ehrlich. Ich hab's mitgemacht, und es war großartig. Doch es ist vorbei. Zumindest für mich. Ich schaffe eine Verbindung mit etwas anderem.«

»Und wie fühlst du dich dabei?«

Patrick hatte die Augen wieder geschlossen. Seine Stimme wurde sehr ruhig. »Es ist wunderbar«, sagte er. »Manchmal spüre ich, daß Gott hier ist. Genau hier bei mir.« Er verfiel in Schweigen; die Art von Schweigen, die etwas Wichtigem vorausgeht. Will wartete. Schließlich sagte Patrick: »Ich habe einen Plan, Will.«

»Was für einen Plan?«

»Für den Fall, daß ich sehr krank werde.« Wieder das Schweigen, und wieder wartete Will. »Ich möchte, daß du dann hier bist, Will«, sagte Patrick. »Wenn ich sterbe, möchte ich dich ansehen, und du sollst mich ansehen.«

»Dann soll es auch so geschehen.«

»Aber vielleicht geschieht es ja nicht so«, sagte Patrick. Seine Stimme klang ruhig und gelassen, aber zwischen den geschlossenen Lidern strömten Tränen hervor und liefen über die Wangen. »Vielleicht bist du dann ja mitten in der Serengeti. Wer weiß. Vielleicht bist du noch in England.«

»Ich werde sicher nicht …«

»Psst«, sagte Patrick. »Ich muß das jetzt alles loswerden. Ich möchte nicht, daß dir jemand erzählt, was passiert ist oder auch was nicht passiert ist und daß du dann nicht weißt, was du glauben sollst. Deshalb sollst du es wissen: Ich habe vor, so zu sterben, wie ich gelebt habe, bequem und vernünftig. Jack macht mit. Rafael natürlich auch. Und, wie gesagt, dich möchte ich auch dabei haben.« Er wischte sich mit dem Handrücken die Tränen von der Wange und fuhr auf die gleiche beherrschte Weise fort: »Aber wenn du nicht dabei sein solltest, und es gibt ein Problem – zum Beispiel, daß Rafael oder Jack irgendwie Ärger kriegen … Gut, wir bemühen uns, alle juristischen Fallstricke zu umgehen, damit das nicht passiert, aber es könnte ja trotzdem sein … dann möchte ich wissen, daß du alles regelst. Du bist gut in solchen Sachen, Will. Dich schubst niemand herum.«

»Ich werde dafür sorgen, daß es keine Probleme gibt, verlaß dich drauf.«

»Gut. Jetzt fühle ich mich schon sehr viel besser.« Ohne die Augen zu öffnen, streckte er den Arm aus und ergriff ohne zu zögern Wills Hand. »Wie mache ich mich?«

»Großartig.«

363

»Ich mag keine Heulsusen.«

»Du darfst heulen.«

Das folgende Schweigen kam Will leichter vor, jetzt, da der Pakt besiegelt war. »Du hast recht«, sagte Patrick schließlich. »Ich darf.«

Will sah auf seine Uhr. »Zeit zu gehen«, sagte er.

»Geh nur, Baby, geh. Ich bleibe sitzen, wenn du nichts dagegen hast. Ich fühle mich etwas schwach.«

Will stand auf und umarmte ihn. »Ich liebe dich«, sagte er.

»Und ich liebe dich auch.« Patrick griff nach Wills Arm und hielt ihn fest. »Das weißt du doch, nicht wahr? Ich meine, du hörst nicht nur die Worte?«

»Ich weiß es.«

»Ich wünschte, wir hätten mehr Zeit, Will ...«

»Ich auch«, sagte Will. »Es gibt eine Menge Dinge, über die ich mit dir reden möchte, aber jetzt muß ich dieses Flugzeug erwischen.«

»Nein, Will, ich meine, ich wünschte, wir hätten mehr Zeit zusammen gehabt. Ich wünschte, wir hätten uns die Zeit genommen, einander besser kennenzulernen.«

»Wir werden noch die Zeit dazu haben«, sagte Will.

Pat hielt Wills Arm noch einen Augenblick lang fest. »Nicht genug«, sagte er. Dann löste er zögernd seinen Griff und ließ Will gehen.

TEIL FÜNF

Er gibt dem Geheimnis einen Namen

I

1

Wieder daheim in England. Der Sommer war fast vorüber. Die Sterne des Augusts waren verschwunden, und sehr bald würden die Blätter folgen. Euphorie und Verfall in rascher Folge.

»Du wirst noch merken, daß die Jahre rascher vergehen, je älter du wirst«, hatte ihm Marcello, eine kluge alte Tunte und Stammgast bei Buddies in Boston, vor Ewigkeiten einmal gesagt. Erst als er einunddreißig, vielleicht auch zweiunddreißig war, hatte er allmählich daran geglaubt, daß diese Beobachtung stimmte. Denn die Zeit war nicht mehr auf seiner Seite. Sie gewann an Geschwindigkeit, Jahreszeit nach Jahreszeit, Jahr nach Jahr. In Windeseile war er fünfunddreißig, vierzig folgte auf dem Fuß, und was er in der Jugend für einen Marathon gehalten hatte, wurde auf mysteriöse Weise zu einem Kurzstreckensprint. Da er unbedingt etwas Bedeutsames schaffen wollte, bevor seine Zeit abgelaufen war, widmete er jede Minute seines Lebens dem Fotografieren, aber diese Tätigkeit bot ihm wenig Trost. Die Bücher erschienen, die Kritiken wurden gesammelt und abgeheftet, und die Tiere, die er in ihren letzten Zuckungen beobachtet hatte, kamen in die Hände der Präparatoren. Das Leben war kein umkehrbares Gut. Alles ging dahin, um nie mehr wiederzukehren; Spezies, Hoffnungen, Jahre.

Und doch hätte er leichtfertig Stunden seines Lebens dahingegeben; immer wenn er sich langweilte. Während der elfstündigen Reise saß er auf seinem Platz in der Ersten Klasse und wünschte sich ein Dutzendmal, der Flug wäre bereits vorüber. Er hatte eine ganze Tasche voller Bücher mitgenommen, darunter auch den Gedichtband, den Lewis auf Patricks Party verteilt hatte, aber auch das konnte seine

Aufmerksamkeit nicht länger als ein oder zwei Seiten lang
fesseln. Eines von Lewis kürzeren Gedichten beschäftigte
ihn etwas länger, allerdings auch nur, weil er sich fragte,
was, zum Teufel, es bedeuten sollte:

Nun, da unsere starke Bruderschaft zerstört,
seh ich, wie vom Blitz erhellt,
den perfekten Schmerz, den wir erschaffen hätten,
wäre der Utopie unserer Liebe noch ein Tag gewährt worden.

Immerhin klang das Gedicht sehr nach Lewis. Er hatte seine Themen – Schmerz, Bruderschaft und die Unmöglich-
keit der Liebe – in diesen vier Zeilen vereint.

Mittags kam er in London an. Es war ein trüber, atemlo-
ser Tag, dessen bedrückendes Grau seinem benommenen
Ich nicht guttat. Er holte sein Gepäck ab und besorgte sich
rasch einen Leihwagen. Kaum hatte er die Autobahn erreicht, bedauerte er, nicht einen Wagen mit Chauffeur ge-
mietet zu haben. Nachdem er zwei Nächte hintereinander
alles andere als gut geschlafen hatte, schmerzte ihn sein
ganzer Körper, und er war gereizt. Innerhalb der ersten
Stunden der vierstündigen Fahrt nach Norden schlitterte
er mehrmals gefährlich knapp an einem Unfall vorbei,
durch eigene Unachtsamkeit. Schließlich hielt er an, besorgte sich Aspirin und einen Kaffee und bewegte sich, um
die steifen Glieder zu lockern. Die Schwere und die Hitze
des Tages begannen nachzulassen; »hinter Birmingham
regnet es«, hörte er jemand sagen, »und es soll noch schlimmer werden«. Ihm machte das nichts aus. Er hatte nichts
gegen einen kräftigen Schauer, der den Tag noch weiter
abkühlte.

Als er wieder in den Wagen stieg, hatte sich seine Stimmung gebessert, und der nächste Teil der Reise blieb frei
von Zwischenfällen. Der Verkehr ließ nach, der Regen kam
und ging, und obwohl die Aussicht neben der Autobahn
selten aufregend war, so zeigte sich von Zeit zu Zeit doch
eine Landschaft, die von typisch englischer Anmut war.
Sanfte Hügel erhoben sich aus dem Lehmboden, mit samti-
gem Gras bewachsen oder mit einem Muster von verstreu-

ten Baumgruppen geschmückt; Erntemaschinen wirbelten ockerfarbenen Staub auf, während sie in den Feldern mähten und droschen. Hier und dort boten sich auch großartigere Anblicke: ein Felskamm, nackt, von einem Sonnenstrahl getroffen, vor einem düsteren Himmel; ein Regenbogen, der aus einer Wasserwiese hervorsprang. Er fühlte sich an die Stunden in der Spruce Street erinnert, als er die zwei Blocks voller Wunder zu Bethlynns Haus gegangen war. Ganz so abgelenkt war er nun allerdings nicht, Gott sei Dank, aber auch jetzt kam es ihm vor, als sei sein Blick auf irgendeine Art gereinigt. Als sehe er all dies, von dem ihm nichts unbekannt war, klarer als je zuvor. Er fragte sich, ob es auch so sein würde, wenn er nach Burnt Yarley kam. Zumindest hoffte er es. Er wollte den Ort mit neuen Augen sehen, wenn das möglich war. Und damit er dort auch ankam, gab er sich nicht länger den Gedanken darüber hin, was ihn erwartete, sondern konzentrierte sich auf den Augenblick: die Straße, den Himmel, die vorbeifliegende Landschaft.

Nachdem er die Autobahn verlassen hatte und durch die Hügellandschaft fuhr, wurde das jedoch immer schwieriger. Die Wolken rissen auf, und das Sonnenlicht glitt auf den Hängen umher, als würde es dirigiert. Das Licht leuchtete so herrlich, daß es ihn fast zu Tränen rührte. Es verwunderte ihn, daß die Schönheit dieser Gegend ihn noch immer packen konnte, nachdem er so viele Reisen zwischen sein Herz und den Geist dieser Landschaft gestellt und mehr als zwei Jahrzehnte daran gearbeitet hatte, seine Gefühle zu zähmen. Doch noch immer teilten sich die Wolken, und Stück für Stück knüpfte die Sonne ihren goldenen Flickenteppich. Mittlerweile kam er durch Dörfer, die er kannte, zumindest dem Namen nach. Herricksthwaite, Raddlesmoor, Kemp's Hill. Er kannte die Kurven und die Wendungen, die die Straße nahm, und er wußte, wann sich eine Stelle näherte, von der aus man eine herrliche Aussicht auf einen Platanenwald, einen Bach und sich aneinander schmiegende Hügel haben würde.

Die Sonne ging langsam unter, und das letzte Licht des

369

Tages erwärmte die Hügelkuppen, während die Täler, durch die sich sein Weg wand, schon in das Blau und Grau der Abenddämmerung getaucht waren. Dies war die Landschaft der Erinnerung – und dies ihre Stunde. Nichts war sicher. Verschwommene Formen, die sich der Festlegung widersetzten. Dort – war das ein Schaf oder ein Felsen? Ein verlassenes Cottage oder eine Baumgruppe?

In dieser Stunde der vagen Formen machte er sich vorsichtshalber bei der Rückkehr nach Burnt Yarley auf einen Schock bereit, aber er hätte sich keine Sorgen zu machen brauchen. Im Dorf hatte sich nur wenig verändert. Das Postamt war umgebaut worden; ein paar Häuser schienen neu herausgeputzt; wo einst die Metzgerei gestanden hatte, befand sich nun eine kleine Autowerkstatt. Ansonsten sah im Schein der Lampen alles vertraut aus. Er fuhr weiter, bis er die Brücke erreicht hatte. Dort hielt er an. Das Wasser des Baches stand hoch, höher als er in Erinnerung hatte. Fast fühlte er sich versucht auszusteigen und ein paar Minuten hier zu sitzen, bevor er den letzten Kilometer in Angriff nahm. Vielleicht sollte er sogar hundert Meter zurücksetzen und sich im Pub mit einem Guinness stärken, bevor er sich dem Haus stellte ... Doch dann widersetzte er sich seiner Feigheit (denn um nichts anderes handelte es sich), und nachdem er ein oder zwei Minuten am Bach gestanden hatte, fuhr er heim.

2

Heim. Eigentlich nicht. Ein Heim war es nie gewesen. Aber welches andere Wort gab es für diesen Ort, von dem er geflohen war? Vielleicht bestand gerade darin die Definition des Wortes Heim, zumindest für Männer seines Schlags: der feste, sichere Punkt, von dem aus alle Straßen abgehen.

Adele öffnete die Tür, als er noch im Wagen saß. Sie habe ihn kommen gehört, sagte sie, und Gott sei Dank sei er jetzt da, ihre Gebete waren erhört worden. Die Art, wie sie das sagte (und wiederholte) deutete darauf hin, daß

sie es wörtlich meinte; daß sie für sein rasches und siche-
res Kommen gebetet hatte. Jetzt war er hier, und sie hatte
gute Neuigkeiten. Hugo schwebte nicht länger in Lebens-
gefahr. Er erhole sich recht gut, sagten die Ärzte, auch
wenn er noch mindestens einen Monat im Krankenhaus
bleiben müsse.

»Er ist ein zäher alter Knochen«, sagte Adele zärtlich,
während sie in der Küche herumlief und Will ein Schin-
kensandwich und Tee machte.

»Und wie wirst du mit all dem fertig?« fragte Will.

»Oh, ich hatte ein paar schlaflose Nächte«, antwortete
sie fast schuldbewußt, so als habe sie kein Recht auf diese
Schlaflosigkeit. Auf jeden Fall sah sie sehr erschöpft aus.
Sie war nicht mehr die stattliche, umtriebige Frau, die sie
vor fünfundzwanzig Jahren gewesen war. Er hielt sie
zwar für unter siebzig, aber sie sah älter aus, schlurfte unsicher durch die Küche und sprach stockend. Sie hatte
Hugo nichts von Wills Kommen erzählt (»für den Fall,
daß du es dir in der letzten Minute noch anders überlegt
hättest«, erklärte sie), aber sie hatte mit dem Arzt gesprochen, der ihr gestattet hatte, Hugo am Abend mit Will zu
besuchen, auch wenn die Besuchszeiten dann längst vorüber waren.

»Er ist auch jetzt schwierig«, sagte sie bekümmert. »Obwohl er meistens gar nicht bei sich ist. Wie immer stochert
er gerne in den Schwächen anderer Leute herum, ob er nun
krank ist oder gesund. Es macht ihm Spaß.«

»Es tut mir leid, daß du allein damit fertig werden mußtest. Ich weiß, wie schwierig er sein kann.«

»Nun, wenn er nicht schwierig wäre«, sagte sie entschul-
digend, »wäre er nicht der, der er ist, und ich würde ihn
nicht lieben. Also finde ich mich damit ab. Das ist alles, was
wir tun können, nicht wahr?«

Diese simple Weisheit hatte etwas für sich. Es gab in jeder Beziehung Schwierigkeiten, aber wenn man sich liebte,
fand man sich damit ab.

Adele bestand darauf, selbst zum Krankenhaus zu fahren. Sie kenne den Weg, sagte sie, und es ginge schneller.

Allerdings fuhr sie im Schneckentempo, und als sie endlich ankamen, war es fast halb zehn. Nach den Maßstäben der Welt dort draußen noch relativ früh, aber Krankenhäuser sind geheime Königreiche mit ihren eigenen Zeitzonen. Es hätte genausogut zwei Uhr nachts sein können; die Flure waren still und leer, die Stationen verdunkelt.

Die Krankenschwester, die Will und Adele zu Hugos Zimmer brachte, plauderte jedoch lebhaft, und ihre Stimme hallte fast unangemessen laut durch das stumme Haus.

»Das letztemal, als ich meinen Kopf reingesteckt habe, war er wach, aber vielleicht ist er jetzt wieder eingeschlafen. Die Schmerzmittel machen ihn ein bißchen groggy. Sie sind also sein Sohn?«

»Der bin ich.«

»Ah«, sagte sie mit einem fast schüchternen Lächeln. »Er hat von Ihnen gesprochen, immer wieder. Na ja, ein bißchen wirr, aber egal ... Auf alle Fälle möchte er Sie wirklich gerne sehen. Sie heißen Nathaniel, nicht wahr?« Ohne auf eine Bestätigung zu warten, plapperte sie munter weiter. Irgend etwas darüber, daß sie ihn in ein Doppelzimmer gebracht hatten, daß der andere Mann aber jetzt entlassen sei und daß er das Zimmer für sich habe – was für ein Glück, nicht wahr? Will murmelte: »Ja, sehr schön.«

»Da wären wir.« Die Tür stand einen Spalt offen. »Möchten Sie einfach hineingehen und ihn überraschen?« fragte die Schwester.

»Lieber nicht«, entgegnete Will.

Die Schwester sah ihn ungläubig an und tat so, als habe sie sich verhört. Mit einem dümmlichen Lächeln schwebte sie den Flur hinab.

»Ich warte erst mal draußen«, sagte Adele. »Ihr solltet jetzt unter euch bleiben, nur ihr beide.«

Will nickte. Nach einundzwanzig Jahren kehrte er wieder in das Leben seines Vaters zurück.

II

Neben Hugos Bett brannte eine kleine Lampe, deren gelbes Licht den Schatten des Mannes riesig vergrößert an die Wand warf. Halb aufgerichtet ruhte er mit geschlossenen Augen zwischen einem Bergmassiv aus Kissen.

Er hatte sich einen Bart wachsen lassen und auf eine beträchtliche Länge gebracht. Fast dreißig Zentimeter lang, gut geschnitten und gewachst, ähnelte er den Bärten großer toter Männer – Kant, Nietzsche, Tolstoi. An diesen Geistern hatte Hugo die Hervorbringungen zeitgenössischer Philosophie und Kunst bemessen und für mangelhaft befunden. Der Bart war mehr schwarzgrau, und von den Mundwinkeln herab zogen sich weiße Strähnen, so daß es aussah, als sei dort Sahne hinuntergelaufen. Im Gegensatz dazu lag das Haar kurz und flach auf dem Schädel und betonte so seine römische Kopfform. Will sah ihn fünfzehn oder zwanzig Sekunden an und dachte, daß sein Vater sehr erhaben aussehe. Dann öffneten sich Hugos Lippen, und er sagte:

»Du bist also zurückgekommen.«

Jetzt schlug er auch seine Augen auf und richtete sie auf Will. Obwohl seine Brille auf dem Nachttisch lag, sah er den Besucher an, als könne er ihn klar und deutlich erkennen. Sein Blick war so durchdringend wie immer; und genau so abschätzig.

»Hallo, Pa« sagte Will.

»Ins Licht«, sagte Hugo und befahl Will damit, näher ans Bett zu kommen. »Ich will dich sehen.« Gehorsam trat Will in den Schein der Lampe und ließ sich begutachten. »Die Jahre gehen auch an dir nicht vorüber«, sagte er. »Das liegt an der Sonne. Wenn du schon durch die Welt ziehen mußt, dann trage wenigstens eine Kopfbedeckung.«

»Ich werde daran denken.«

»Wo hattest du dich dieses Mal verkrochen?«

»Ich habe mich nicht verkrochen, Pa. Ich habe …«

»Ich dachte, du hättest mich für immer verlassen. Wo ist

Adele? Ist sie hier?« Er griff nach der Brille, ließ sie in seiner Hast jedoch auf den Boden fallen. »Verdammtes Ding.«

»Sie ist nicht zerbrochen«, sagte Will und hob sie auf.

Hugo setzte die Brille mit einer Hand auf. Will half ihm
lieber nicht. »Wo ist sie?«

»Sie wartet draußen. Sie wollte uns etwas Zeit zum Abchecken geben.«

Hugo sah ihn nicht einmal an, sondern betrachtete zunächst die Falten der Bettdecke und dann seine Hände, alles auf eine vollkommen abwesende Weise. »Abchecken?«
fragte er. »Ist das ein Amerikanismus?«

»Wahrscheinlich.«

»Und was genau bedeutet es?«

»Oh ...« Will seufzte. »Gibt es schon wieder Schwierigkeiten?«

»Nein, es interessiert mich nur«, sagte Hugo. »*Abchek-
ken.*« Er kräuselte die Lippen.

»Es ist ein blöder Ausdruck«, gab Will zu. »Ich weiß
auch nicht, warum ich ihn benutzt habe.«

Ungerührt sah Hugo zur Decke hinauf. »Vielleicht könntest du Adele bitten, hereinzukommen. Ich bräuchte ein
paar Toilettenartikel ...«

»Wer war es?«

»Ich brauche Zahnpasta und ...«

»Pa ... Wer hat das getan?«

Der Mann schwieg, und seine Kiefer arbeiteten, als kaue
er auf einem Stück Knorpel herum. »Wieso nimmst du an,
daß ich das weiß?« fragte er schließlich.

»Warum mußt du so spitzfindig sein? Das hier ist kein
Seminar. Und ich bin nicht dein Student. Ich bin dein Sohn.«

»Wieso bist du erst jetzt zurückgekommen?« fragte
Hugo und sah Will wieder an. »Du wußtest, wo du mich
finden konntest.«

»Wäre ich denn willkommen gewesen?«

Hugo wich dem Blick nicht aus. »Was mich betrifft, eher
nicht«, sagte er vernehmlich. »Aber deine Mutter hast du
durch dein Schweigen sehr verletzt.«

»Weiß Eleanor, daß du im Krankenhaus liegst?«

374

»Ich habe es ihr selbstverständlich nicht mitgeteilt. Und ich bezweifle, daß Adele es getan hat. Die beiden hassen einander.«

»Sollte man sie nicht benachrichtigen?«

»Warum?«

»Weil sie sich Sorgen um dich machen würde.«

»Warum sollten wir es ihr dann sagen?« meinte Hugo zufrieden. »Ich will sie nicht hier haben. Zwischen uns ist nichts mehr. Sie hat ihr Leben, ich habe meins. Das einzige, was wir gemeinsam haben, bist du.«

»Das klingt wie eine Anklage.«

»Nein. Du solltest es einfach so nehmen, wie es ist. Manche Kinder sind der Kitt einer gefährdeten Ehe. Du warst es nicht. Ich mache dir deswegen keine Vorwürfe.«

»Können wir jetzt wieder zum Thema kommen?«

»Welches lautet?«

»Wer hat das getan?«

Hugo richtete den Blick wieder auf die Decke. »Ich habe einen Artikel gelesen, den du in der *Times* geschrieben hast, vor etwa achtzehn Monaten …«

»Was, zum Teufel, hat …«

»Irgendwas über Elefanten. Hast du es selbst geschrieben?«

»Nun, mein Name stand darunter.«

»Ich dachte, jemand habe es für dich formuliert. Ich darf annehmen, daß du dein Geschreibsel für poetisch gehalten hast, aber in Gottes Namen, wie konntest du deinen Namen unter diese Selbstgefälligkeit setzen?«

»Ich habe nur meine Gefühle beschrieben.«

»Da hätten wir es«, sagte Hugo mit matter Resignation. »Wenn du es fühlst, muß es wohl wahr sein.«

»Wie ich dich enttäusche«, sagte Will.

»Nein, nein, ich habe nie Hoffnungen in dich gesetzt, wie konntest du mich also enttäuschen?« Seine Bitterkeit hatte eine solche Kraft, daß es Will fast die Luft nahm. »Nicht, daß es irgendwas bedeutet. Am Ende ist alles nur Scheiße.«

»Tatsächlich?«

»Aber ja.« Er sah Will mit gespielter Überraschung an. »Das ist es doch, worüber du all die Jahre gejammert hast.«

»Ich jammere nicht.«

»Sagen wir es so: In den Ohren der meisten Leute klingt es etwas schrill. Vielleicht hat es deshalb keine Wirkung. Vielleicht ist deine geliebte Mutter Erde aus diesem Grund ...«

»Scheiß auf Mutter Erde ...«

»Nach dir, bitte.«

Will hob die Arme. »Okay, du hast gewonnen«, sagte er. »Ich habe keine Lust auf so etwas. Also ...«

»Ach komm schon.«

»Ich hole Adele«, sagte Will und wandte sich ab.

»Warte!«

»Wozu? Ich bin nicht hergereist, um von dir beschimpft zu werden. Wenn wir kein friedliches Gespräch führen können, sprechen wir lieber gar nicht miteinander.« Er war schon an der Tür.

»Ich sagte, warte«, befahl Hugo.

Will blieb stehen, drehte sich aber nicht um.

»Er hat es getan«, sagte Hugo sehr leise. Jetzt sah Will über die Schulter. Sein Vater hatte die Brille abgenommen und starrte ins Leere.

»Wer?«

»Sei nicht so begriffsstutzig«, erwiderte Hugo tonlos. »Du weißt wer.«

Will spürte, wie sein Herz schneller schlug. »Steep?« fragte er. Hugo antwortete nicht. Will drehte sich zu ihm um. »Steep hat dir das angetan?«

Schweigen. Dann sagte Hugo leise, fast ehrfürchtig: »Dies ist deine Rache, genieße sie.«

»Warum?«

»Weil du keine zweite Gelegenheit bekommen wirst.«

»Nein, ich meine, warum hat er dich so zugerichtet?«

»Oh. Um an dich ranzukommen. Aus irgendeinem Grund ist das wichtig für ihn. Er hat seine Bewunderung zum Ausdruck gebracht. Mach daraus, was du willst.«

»Warum hast du das nicht der Polizei gesagt?« Erneut

hüllte Hugo sich in Schweigen, bis Will an das Bett trat.
»Du hättest es ihnen sagen sollen.«

»*Was* hätte ich denn sagen sollen? Ich will nichts damit
zu tun haben ... mit der Verbindung ... zwischen dir und
diesen ... diesen Gestalten.«

»Es hat nichts mit Sex zu tun, falls du das glaubst.«

»Oh, ich schere mich einen Dreck um deine Bettge-
schichten. *Humani nil a me alienum puto.* Sagt Terenz ...«

»Ich kenne das Zitat, Dad«, erwiderte Will erschöpft.
»Nichts Menschliches ist mir fremd.«

Hugo kniff die geschwollenen Augen zusammen. »Dies
ist der Augenblick, auf den du gewartet hast, nicht wahr?«
sagte er mit geschürzten Lippen. »Du kommst dir sicher
vor wie der große Zeremonienmeister. Du kamst hierher
und tatest so, als wolltest du Frieden schließen, aber in
Wirklichkeit willst du nichts als Rache.«

Will öffnete den Mund, um den Vorwurf abzuwehren,
aber er überlegte es sich anders und sagte die Wahrheit:
»Vielleicht ein bißchen.«

»Nun hast du deine Genugtuung«, sagte Hugo und
starrte zur Decke hinauf. »Du hast recht. Terenz paßt hier
nicht. Diese ... Kreaturen ... sind nicht menschlich. Gut,
jetzt habe ich es gesagt. Während ich hier lag, blieb mir viel
Zeit, darüber nachzudenken, was das bedeutet.«

»Und?«

»Letzten Endes bedeutet es nicht sehr viel.«

»Ich glaube, du irrst dich.«

»Nun, was auch sonst.«

»Es gibt etwas Großartiges in jedem von uns, etwas, das
letztendlich unserem Leben einen Sinn gibt.«

»Wenn ich als ein Mann sprechen darf, der auf das Ende
wartet – ich sehe hier nichts, außer den immer gleichen er-
müdenden Grausamkeiten und der immer gleichen scha-
len alten Furcht. Was immer sie sind, sie sind keine Engel.
Sie werden dir nichts Wunderbares zeigen. Sie werden dir
die Knochen brechen, so wie sie meine gebrochen haben.«

»Vielleicht wissen sie gar nicht, was sie sind«, meinte
Will, dem klar wurde, daß er genau das tief im Herzen

glaubte. »Mein Gott ...«, murmelte er eher zu sich selbst. »Das ist es ... sie wissen nicht mehr, wer sie sind, was sie sind, genau wie wir.«

»Soll das irgendeine Art von Erkenntnis sein?« fragte Hugo so trocken, wie er nur konnte. Will würdigte seinen Zynismus keiner Antwort. »Und?« fuhr Hugo fort. »Wie sieht es damit aus? Wenn du etwas über sie weißt, was ich nicht weiß, will ich es hören.«

»Sollte es dir nicht egal sein, wenn es sowieso keine Rolle spielt?«

»Oh, ich hoffe eine bessere Chance zu haben, ein weiteres Treffen mit ihnen zu überleben, wenn ich weiß, womit ich es zu tun habe.«

»Du wirst sie nicht wiedersehen«, sagte Will.

»Da scheinst du dir sehr sicher zu sein.«

»Sagtest du nicht, daß Steep mich treffen möchte?« erwiderte Will. »Ich werde es ihm leichtmachen. Ich gehe zu ihm.«

Ein Ausdruck echten Entsetzens erschien auf Hugos Gesicht. »Er wird dich umbringen.«

»Das dürfte ihm nicht so leicht fallen.«

»Du weißt nicht, wessen er fähig ist.«

»Doch. Glaube mir, das weiß ich genau. Wir haben die letzten dreißig Jahre miteinander verbracht.« Er berührte seine Schläfe. »Hier in meinem Kopf ist er gewesen, und ich in seinem. Wie zwei russische Puppen.«

Hugo betrachtete ihn mit neu erwachtem Abscheu. »Wie bin ich nur zu dir gekommen«, sagte er und sah Will dabei an, als sei er etwas Giftiges.

»Ich schätze, es hatte was mit ehelichen Pflichten zu tun, Dad.«

»Weiß Gott, weiß Gott, ich habe versucht, dich auf den richtigen Weg zu bringen. Aber ich hatte nie eine echte Chance, das erkenne ich heute. Du warst im Grunde deines bemitleidenswerten kleinen Herzens schon immer schwul, verrückt und krank.«

»Ich war schon im Mutterleib schwul«, sagte Will.

»Rede bitte nicht so, als wärst du stolz darauf.«

»Oh, das ist das Schlimmste, was?« entgegnete Will. »Aber so ist es nun mal. Ich bin schwul, und es gefällt mir. Ich bin verrückt, und es paßt mir. Und ich bin deshalb im Grunde meines bemitleidenswerten kleinen Herzens krank, weil ich in etwas Neues hineinsterbe. Du verstehst das nicht, und du wirst es auch nie verstehen, aber gerade das passiert im Augenblick.«

Hugo starrte ihn an, den Mund so fest zusammengekniffen, als wolle er nie mehr im Leben ein Wort sagen; jedenfalls nicht zu Will. Er brauchte es auch nicht, zumindest für den Augenblick, denn gerade jetzt klopfte jemand sacht gegen die Tür. »Darf ich stören?« fragte Adele und steckte den Kopf durch den Türspalt.

»Komm nur rein«, sagte Will und fügte mit einem Blick auf Hugo hinzu: »Die Wiedersehensfeier ist fast beendet.«

Adele trat ans Bett und küßte Hugo auf die Wange. Er nahm den Kuß ohne Kommentar oder Erwiderung entgegen, was Adele jedoch nichts auszumachen schien. Wie viele Küsse hatte sie auf diese Weise schon verteilt? fragte sich Will. Küsse, die Hugo als etwas entgegennahm, auf das er ein Recht hatte. »Ich habe dir deine Zahnpasta gebracht«, sagte sie, suchte in ihrer Handtasche und legte die Tube auf den Nachttisch. Will sah, wie der Zorn in den Augen seines Vaters aufflackerte, Zorn darüber, daß er sich vor Will als seniler Greis gezeigt hatte, der nach etwas fragte, das schon längst bestellt war. Adele merkte nichts von all dem. Sie blühte in Hugos Gegenwart förmlich auf. Es erfüllte sie offenbar mit Freude, ihn zu umsorgen – seine Decke zu glätten, sein Kissen –, auch wenn sie für ihre Bemühungen kein Dankeschön von ihm hörte.

»Ich lasse euch beide jetzt allein«, sagte Will. »Ich muß eine Zigarette rauchen. Beim Wagen warte ich dann auf dich, Adele.«

»Schön«, sagte sie und widmete sich ganz dem Objekt ihrer Zuneigung. »Es dauert nicht lange.«

»Auf Wiedersehen, Dad«, sagte Will. Er erwartete keine Antwort, und er bekam auch keine. Hugo starrte schon wieder an die Decke, mit dem glasigen Blick eines Mannes, der an Wichtigeres zu denken hat als an ein Kind, von dem er sich wünschte, es wäre nie geboren worden.

III

Nachdem er seinen Vater verlassen hatte, fühlte sich Will, als sei er soeben von einem Schlachtfeld gewankt. Das Aufeinandertreffen hatte ohne Sieger geendet. Aber so schmerzvoll das Gespräch auch gewesen sein mochte, es hatte ihn befähigt, einen Gedanken in Worte zu fassen, der vor den Ereignissen der letzten Tage wenig oder gar keinen Sinn ergeben hätte: daß nämlich Jacob und Rosa, trotz ihrer außergewöhnlichen Charaktere, sich selbst Fremde waren. Sie wußten nicht, was ihr Dasein bedeutete. Das Ich, an das ihre Taten gebunden waren, war eine Fiktion. Daraus, so glaubte er allmählich, ergab sich das eigentliche Rätsel seiner schmerzhaften Beziehung zu Steep. Jacob war nicht ein Mensch, sondern viele. Nicht viele, sondern keiner. Er war ein Wesen, das Will erfunden hatte, genauso wie Will und Lord Fuchs Steeps Geschöpfe waren. Auf unterschiedliche Weise erschaffen, aber dennoch erschaffen. Dieser Gedanke brachte ihn unweigerlich zum nächsten Rätsel: Wenn es niemanden in diesem Kreis gab, dessen Existenz nicht vom Willen eines der anderen abhing, konnte man dann noch sagen, daß es sich um unterscheidbare Einheiten handelte, oder nur um *einen* geplagten Geist? Steep der Vater, Will der Sohn und Lord Fuchs der Unheilige Geist? Damit blieb Rosa die Rolle der Jungfrau Maria, und diese recht blasphemische Vorstellung zauberte schließlich ein Lächeln auf Wills Lippen.

Während er die deprimierend einsamen Flure zum Ausgang des Gebäudes entlang ging, wurde ihm klar, daß Steep von Anfang an bekannt hatte, daß ihm sein eigenes Wesen völlig unklar war. Hatte er sich nicht als ein Mann beschrieben, der sich nicht an seine eigenen Eltern erinnern konnte? Und später, als von seiner Epiphanie die Rede gewesen war, hatte er das vollkommene Bild der eigenen Auflösung beschworen; sein Körper, der sich in den Wassern der Newa verlor. Jacob im Wolf, Jacob im Baum, Jacob im Vogel ...?

Draußen war es kalt, die Luft feucht und sauber. Will zündete sich eine Zigarette an und überlegte, was er als nächstes tun sollte. Einiges von dem, was Hugo gesagt hatte, war zweifellos richtig. Steep war gefährlich, und Will mußte sein Handeln abwägen. Aber er konnte einfach nicht glauben, daß Steep wirklich seinen Tod wollte. Dazu waren sie zu eng miteinander verbunden. Ihre Schicksale waren verknüpft. Dabei handelte es sich nicht um ein Wunschdenken Wills. Der Fuchs hatte es ihm persönlich vermittelt. Wenn das Tier in diesem merkwürdigen Kreis Steeps Bote war, und das war es bestimmt, drückte es nur Jacobs Hoffnungen aus. Und was wurde ausgesprochen, wenn das Tier Will seinen Befreier nannte, wenn nicht der Wunsch, daß er das Rätsel um die Existenz Jacobs und Rosas lösen sollte?

Er zündete sich eine zweite Zigarette an und rauchte eilig, um sich sofort eine dritte anzustecken, voller Hunger nach dem Nikotinstoß, der ihm helfen sollte, die Gedanken zu ordnen. Er wußte, daß es nur einen Weg gab, das Puzzle zusammenzusetzen; er mußte direkt mit Steep in Verbindung treten, zu ihm gehen, wie er es Hugo angekündigt hatte, und darauf hoffen, daß Steeps Wunsch nach Selbsterkenntnis stärker war als seine Mordlust. Er wußte, wie diese Lust wirkte, wie das Blutvergießen die Sinne anstachelte. Die Hand, mit der er jetzt die Zigarette zum Mund führte, war durch ein Messer inspiriert worden. Sie hatte sich daran erfreut, welchen Schaden sie anrichten konnte. Noch jetzt sah er die Vögel vor sich, wie sie mit ihren glänzenden Augen auf dem gefrorenen Zweig kauerten.

»Sie sehen mich an.«
»Dann schau zurück.«
»Das tue ich.«

»*Hefte deinen Blick auf sie.*«

»*Ja.*«

»*Dann bring es zu Ende.*«

Er spürte, wie ihm ein Schauder des Vergnügens den Rücken hinablief. Nach all diesen Jahren, nach all dem, was er gesehen hatte und was diese kleinen Morde an Umfang und Grausamkeit weit in den Schatten stellte, spürte er noch immer den süßen Geschmack des Verbotenen auf der Zunge. Aber es gab auch noch andere Erinnerungen, die auf ihre Weise genausoviel Kraft hatten. Eine davon kramte er jetzt hervor und stellte sie zwischen sich und das Messer: Thomas Simeon, der zwischen den Blüten stand und ein einziges Blütenblatt in der ausgestreckten Hand hielt.

»*Hier halte ich das Allerheiligste – die Bundeslade, den Heiligen Gral, das Große Mysterium selbst – genau hier, auf der Spitze meines kleinen Fingers. Schau her!*«

Auch das war ein Teil des Puzzles. Nicht nur Simeons metaphysische Vorstellungen, sondern der Inhalt des Gespräches zwischen den beiden Männern. Simeons Weigerung, sich von Steep wieder in die Arme Rukenaus zurückführen zu lassen; das Versprechen Steeps, den Künstler vor seinem Mäzen zu schützen. Die Erwähnung des Machtspiels zwischen Steep und Rukenau, das, so erinnerte sich Will schwach, mit einigen beeindruckenden, sorglos dahingeworfenen Bemerkungen Jacobs über Unabhängigkeit geendet hatte. Was genau hatte er gesagt? Etwas darüber, daß er nicht wisse, wer ihn erschaffen habe? Da war es wieder, dieses Eingeständnis. Wills Erinnerung an das Gespräch zwischen Steep und Simeon war viel undeutlicher als die Erinnerung an das Messer, aber er hatte das Gefühl, daß Rukenau Dinge über Jacob und Rosa wußte, von denen sie selbst keine Ahnung hatten. Oder trog ihn sein Gedächtnis in diesem Punkt?

Er wünschte sich, er könne Lord Fuchs herbeirufen und ihn befragen. Nicht so sehr, weil er glaubte, die Kreatur wisse die Antworten auf seine Fragen über Rukenau. Das war sicher nicht der Fall. Aber trotz seiner reizbaren Art und seiner obskuren Bemerkungen hatte Will in all dieser

Verwirrung keinen festeren Anhaltspunkt als Lord Fuchs. Das deutete auf eine gewisse Verzweiflung hin, dachte Will. Wenn ein Mann sich an einen imaginären Fuchs wendet, wenn er Rat braucht, steckt er in Schwierigkeiten.

»Frierst du nicht?«

Er sah sich um. Adele kam über den Parkplatz auf ihn zugelaufen. »Nein, nein«, sagte er. »Wie geht es Hugo?«

»Er hat alles, was er für die Nacht braucht«, erwiderte sie, offensichtlich sehr froh darüber, es ihm so gemütlich wie möglich gemacht zu haben.

»Zeit, nach Hause zu gehen?«

»Zeit, nach Hause zu gehen.«

Er war zu abgelenkt, um sich mit Adele zu unterhalten, während sie heimfuhren, aber es schien ihr nicht viel auszumachen. Sie plapperte in einem fort, darüber daß Hugo heute schon so viel besser ausgesehen habe als gestern, und wie kräftig er früher immer gewesen sei (wann hatte der schon mal eine Erkältung, meinte sie). Und daß er schnell wieder auf die Beine kommen würde, da sei sie sicher. Wenn sie ihn erst wieder zu Hause hätte, könne sie noch viel besser für ihn sorgen. Im Krankenhaus fühlte sich doch keiner wohl, oder? Eine Freundin von ihr, eine Krankenschwester, hätte mal gesagt, der schlimmste Ort, um krank zu sein, sei ein Krankenhaus, bei all den Bakterien und so. Nein, zu Hause hätte er es viel besser, im eigenen Bett, mit einem Glas Whisky und seinen Büchern.

Die Heimfahrt führte durch Ballard's Back, etwa drei Kilometer durch einsame Moorlandschaften. Hier gab es keine Lichter, keine Häuser, keine Bäume. Während Adele weiter von Hugo plauderte, fragte sich Will mit einem wohligen Schauder, wie nahe Jacob und Rosa wohl waren. Vielleicht hielten sie sich jetzt irgendwo draußen in der Nacht auf. Rosa jagte Hasen, und Jacob starrte in den verschlossenen Himmel. Während der dunklen Stunden brauchten sie keinen Schlaf. Die Müdigkeit gewöhnlicher Männer und Frauen kannten sie nicht. Sie alterten auch nicht und büßten nichts von ihrer seltsamen Vollkommenheit ein. Offensichtlich gehörten sie einer Rasse an oder verkörperten einen Zustand, die es beiden auf irgendeine unfaßbare Weise möglich machten, daß sie weder Krankheit noch Tod zu scheuen brauchten.

Eigentlich hätte er aus diesem Grund Angst vor ihnen haben sollen, denn wie konnte er sich gegen sie wehren? Aber er hatte keine Angst. Er spürte ein Unbehagen, ja, aber keine Angst. Und trotz der Überlegungen auf dem Parkplatz, trotz all der unbeantworteten Fragen fand er tief im Herzen einen seltsamen Trost darin, daß dieses Rätsel so komplex war. Was hatte man davon, sagte eine innere Stimme zu ihm, wenn das Rätsel, das den Quell seines Lebens betraf, sich als so banal herausstellte, daß ein so unbedeutender Geist wie seiner es leicht lösen konnte? Vielleicht war es besser, zweifelnd zu sterben mit der Gewißheit, daß es eine unbekannte Erkenntnis gab – besser, als eine traurige Sicherheit zu suchen und zu besitzen.

IV

1

Er schlief tief und fest in dem Zimmer mit den Deckenbalken, das er als Junge bewohnt hatte. An den Fenstern hingen neue Vorhänge, und auf dem Boden lag ein neuer Teppich, aber ansonsten war der Raum praktisch unverändert geblieben. Der alte Kleiderschrank stand da mit dem Spiegel auf der Innenseite der Tür, in dem er unzählige Male überprüft hatte, ob er gewachsen war, wie sein Schamhaar und sein Schwanz aussahen. Die alte Kommode, in der er seine kleine Sammlung von Bodybuilding-Magazinen versteckt hatte. (Die Hefte hatte er in Zeitungsläden in Halifax geklaut). Das alte Bett, auf dem er Leben in die Magazinfotos gehaucht und davon geträumt hatte, daß diese Männer neben ihm lagen. Kurz gesagt, der Ort seines sexuellen Erwachens.

Ein weiterer, wenn auch kleinerer Teil dieser Geschichte fand sich morgens in der Küche, als Will herunterkam. »Du erinnerst dich sicher noch an meinen Jungen, an Craig«, sagte Adele und bat den Mann, der sich unter der Spüle zu schaffen machte, hervorzukommen und Will zu begrüßen.

Natürlich erinnerte sich Will an ihn. Er hatte Craig im Komatraum heraufbeschworen: ein verschwitzter Jugendlicher, der ein paar Stunden lang in dem elfjährigen Will ein Gefühl ausgelöst hatte, das er nicht benennen konnte – Sehnsucht natürlich. Aber was früher an dem jungen Craig so attraktiv gewirkt hatte – das düstere Gesicht, der Schweiß, der schwere Körper –, ließ den Erwachsenen nur vierschrötig erscheinen. Er brummte etwas Unverständliches zur Begrüßung.

»Craig erledigt hier im Dorf viele kleinere Arbeiten«, erläuterte Adele. »Installationen hauptsächlich. Er deckt aber auch Dächer und hat ein richtiges kleines Geschäft, nicht wahr, Craig?«

Ein weiteres Brummen. Es sah seltsam aus, wie dieser erwachsene Mann (er war einen guten Kopf größer als Adele) unbeholfen und fast verschämt dastand, während seine Mutter seine Verdienste auflistete. Schließlich brummte er: »Bist du fertig?« und machte sich wieder an die Arbeit.

»Du hast sicher Hunger«, sagte Adele zu Will. »Ich richte dir ein paar Eier und Würstchen – oder sonst etwas?«

»Nein danke, ich möchte nichts. Nur einen Tee.«

»Na komm, zumindest zwei Scheiben Toast. Du mußt ein bißchen aufgepäppelt werden.« Will wußte, was kam. »Hast du keine Frau, die für dich kocht?«

»Ich komme ganz gut allein zurecht.«

»Craigs Frau Mary ist eine wunderbare Köchin, nicht wahr, Craig?« Er antwortete mit einem Brummen. »Hast du nie daran gedacht, zu heiraten? Aber bei deiner Arbeit ist es sicher schwer, ein normales Leben zu führen.« Sie plapperte weiter, während sie den Tee aufbrühte. Sie habe schon mit dem Krankenhaus gesprochen, sagte sie, und Hugo habe eine gute Nacht verbracht, die beste bis jetzt.

»Ich dachte, wir fahren heute abend zusammen wieder hin?«

»Gerne.«

»Was hast du dir für heute vorgenommen?«

»Oh, ich werde einfach mal ins Dorf spazieren.«

»Dich wieder einleben«, sagte Adele.

»So in der Richtung.«

2

Als er das Haus kurz nach zehn verließ, befand er sich in hellem inneren Aufruhr. Er kannte das Ziel: den Gerichtshof. Wenn er sich nicht irrte, hatten sie sich dort eingerichtet und warteten auf ihn. Der Gedanke daran weckte ein Bündel unterschiedlicher Gefühle in ihm. Auch ein gewisses Maß an Angst, ja Furcht. Steep hatte Hugo übel zugerichtet, und wenn er wollte, konnte er das gleiche, oder Schlimmeres, mit Will machen. Aber Neugier und Erwartung siegten über die Angst. Wie würde es sein, Steep nach all diesen Jahren wieder gegenüberzutreten? Als Mann, nicht mehr als Knabe? Ihm ins Gesicht zu sehen?

Er hatte auf seinen Reisen ab und zu eine Ahnung davon erhalten, wie es wohl sein könnte, hatte Männer und Frauen getroffen, die eine Macht in sich trugen, die auch Jacob und Rosa ausgezeichnet hatte. Eine Priesterin in Äthiopien zum Beispiel, die trotz der Vielzahl der religiösen Symbole, die sie um den Hals trug, einige davon christlich, andere nicht, einer Art poetischem Bewußtseinsstrom Ausdruck verliehen hatte, der nahelegte, daß sie ihre Inspiration aus einer nicht sofort benennbaren Quelle bezog. Dann ein Schamane in San Lazan, der schwankend und singend vor einem Altar aus Ringelblumen gesessen und Will eine ordentliche Portion heiliger Pilze – *teonanacatl*, göttliches Fleisch – gegeben hatte, die ihm auf seiner eigenen Reise helfen sollten. Beides außergewöhnliche Gestalten, aus deren Mund auch eine der bitteren Weisheiten Steeps hätte kommen können.

386

Der Tag war kühl und ruhig, die Wolkendecke dicht. Er ging zur Kreuzung, von wo aus er früher den Gerichtshof hatte sehen können. Aber jetzt nicht mehr. Bäume, die vor dreißig Jahren noch schlank gewesen waren, standen nun in ausladender Mächtigkeit da, und ihr Blattwerk versperrte die Sicht. Er blieb kurz stehen, zündete sich eine Zigarette an und ging dann weiter. Er hatte etwa die Hälfte des Weges hinter sich gebracht, als ihm ernste Zweifel kamen. Obwohl die Bäume in der Tat viel größer waren als früher, wie auch die Hecken, hätte er das Dach des Gerichtshofs längst sehen müssen. Schnell ging er weiter, und bald wurde sein Zweifel zur Gewißheit. Der Gerichtshof war niedergerissen worden.

Er brauchte sich auch nicht durch eine Lücke in der Hecke zwängen, um auf das Feld zu gelangen, in dessen Mitte er gestanden hatte. Jetzt gab es dort ein großes Tor, durch das man wahrscheinlich den Schutt abgefahren hatte. Das Feld war nicht kultiviert, sondern der Willkür von Jahreszeit und Wildwuchs überlassen worden. Er stieg über das Tor, das nach seinem Zustand zu urteilen seit vielen Jahren nicht mehr geöffnet worden war, und bahnte sich den Weg durch das hohe Gras, bis er zu den Grundmauern des Gebäudes kam, die noch sichtbar waren. Grasbüschel und wilde Blumen sprossen zwischen den Steinen hervor, aber er konnte die Abmessungen des Hauses noch nachvollziehen, als er den Mauerspuren folgte. Hier war der Flur gewesen, der in den Gerichtssaal geführt hatte. Hier hatte er das eingesperrte Schaf gefunden. Hier war der Richterstuhl, und hier – ja, hier, war die Stelle, an der Jacobs Tisch gestanden hatte.

»*Lebend und sterbend ...*«

Gott erbarme sich seiner; Gott erbarme sich ihrer.

»*... nähren wir die Flamme.*«

Es war so lange her, und doch kam er sich, während er dort stand, wieder wie ein kleiner Junge vor. Das Licht um ihn herum verdunkelte sich, als hänge sein Überleben davon ab, daß er ein paar Motten verbrannte. Tränen liefen ihm aus den Augen, aus Trauer über das, was er getan hatte, und darüber, daß ihm tief im Herzen noch immer nicht vergeben worden war. Das Gras und der steinerne Boden lösten sich vor seinen Augen auf. Wenn er den Tränen freien Lauf ließ, würde er die Herrschaft über sich verlieren.

»Hör auf damit«, sagte er und wischte sich die Tränen aus den Augen. Heute konnte er es sich nicht erlauben, seinem Schmerz nachzugeben. Vielleicht morgen, nachdem er sich mit Steep getroffen und das böse Spiel mit ihm gespielt hatte, das ihn vielleicht erwartete; dann wäre es ihm möglich, Schwäche zu zeigen. Aber nicht jetzt, auf dem freien Feld, wo jeder ihn sehen konnte.

Er blickte hinauf und suchte die Hügel und Hecken ab. Vielleicht war es schon zu spät. Vielleicht beobachtete ihn Steep bereits jetzt wie ein Geier, der den Zustand eines verwundeten Tieres abschätzt. Er wartete, so wie Will so viele Male gewartet hatte, auf den Augenblick der Wahrheit, in dem das Studienobjekt sein eigentliches Gesicht enthüllte. Als Will nach einem Titel für seinen zweiten Fotoband gesucht hatte, fertigte er eine Liste von Wörtern an, die sich auf den Tod bezogen, und lebte einen Monat lang mit ihnen, drehte sie so lange hin und her, bis er sie alle auswendig konnte. Noch immer waren sie in seinem Kopf und tauchten ungebeten auf:

Der bleiche Reiter; Der Totentanz; Der Weg allen Fleisches; Futter für die Geier; Abgang; Ein Bett aus Lehm.

Oder ›Die letzte Heimstatt‹. Das war ein Anwärter für den Titel gewesen, eine Umschreibung für die Gräber, in die seine Motive wanderten, für die Orte, von denen es keine Rückkehr gab. Der Gedanke daran deprimierte ihn, jetzt, da er wenig mehr als einen Kilometer vom Haus seines Vaters entfernt stand. Er kam sich vor, als sei er verdammt.

Genug mit dieser schleichenden Verzweiflung, sagte er sich. Er hatte genug davon, stieg über das Tor und ging ohne sich umzusehen die Straße zurück, mit dem festen Schritt eines Mannes, der mit dem Ort, den er hinter sich läßt, nichts mehr zu tun haben will. Unterwegs fiel ihm ein, daß er keine Zigaretten mehr hatte, und er bog zum Dorf ab, um sich dort welche zu kaufen. Erfreut sah er, wie belebt die Straßen waren. Der Anblick der Leute, die ihren normalen Tätigkeiten nachgingen, beruhigte ihn. Sie kauften Gemüse ein, plauderten miteinander, riefen ihre Kinder. Im Schreibwarenladen hörte er ein Gespräch, bei dem es um das Erntedankfest ging. Die Frau hinter der Theke (offensichtlich die Tochter von Mrs. Morris, die den Laden in Wills Jugend geführt hatte) vertrat die Meinung, daß es schön und gut sei, auch Leute mit ein paar cleveren neuen Ideen in der Kirche gewähren zu lassen, aber daß man beim Gottesdienst auch noch Spaß haben solle, nein, das ging nun wirklich zu weit.

»Warum darf man denn dabei keinen Spaß haben?« fragte die Kundin.

»Und wo soll das alles enden?« meinte Miß Morris. »Demnächst tanzen sie noch in den Gängen!«

»Immer noch besser als auf den Bänken zu schlafen«, entgegnete die Frau lachend, nahm ihre Schokoladenriegel und verließ den Laden. Miß Morris hatte das Gespräch offenbar weit weniger lustig gefunden als ihre Kundin, denn als sie Will fragte, was er haben wolle, schien sie noch unter Dampf zu stehen.

»Ist das hier ein großes Streitthema?« fragte er. »Das Erntedankfest, meine ich.«

»Ach nein …«, erwiderte sie und beruhigte sich langsam. »Aber Frannie schafft es immer wieder, mich auf die Palme zu bringen.«

»Frannie?«

»Ja.«

»Frannie Cunningham? Ich hole die Zigaretten später …« Schon war er aus dem Laden und sah sich links und rechts nach der Frau um, die eben an ihm vorbeigehuscht war. Sie befand sich bereits auf der anderen Straßenseite und aß einen der Schokoladenriegel.

»Frannie!« rief er und rannte hinüber. Sie hörte ihren Namen und drehte sich um. So, wie sie ihn anschaute, wußte sie nicht, wer da nach ihr rief, auch wenn er sie jetzt, als er sie von vorne sah, wiedererkannte. Sie war ein bißchen füllig geworden, und ihr Haar war mehr grau als braun.

Aber sie hatte noch immer diesen aufmerksamen Ausdruck im Gesicht, und ihre Grübchen waren auch noch da.

»Kennen wir uns?« fragte sie, als er auf dem Bürgersteig stand.

»Das tun wir«, sagte er grinsend. »Frannie, ich bin's – Will. »

»O mein Gott ...« hauchte sie. »Ich wußte nicht ... ich meine ... daß du ...«

»Ich war im Laden. Wir standen direkt nebeneinander.«

Sie breitete die Arme aus, und sie umarmten sich herzlich. »Will, Will, Will ...«, sagte sie immer wieder. »Ich freue mich so. Aber das mit deinem Vater tut mir leid.«

»Du weißt es?«

»Jeder weiß es. In Burnt Yarley gibt es keine Geheimnisse. Andererseits ... so ganz stimmt das auch nicht, oder?« Sie warf ihm einen verschwörerischen Blick zu. »Außerdem ist dein Dad hier ziemlich bekannt. Sherwood trifft ihn dauernd im Plough. Dort hält er hof. Wie geht es ihm?«

»Besser, danke.«

»Das ist gut.«

»Und Sherwood?«

»Oh ... er hat seine guten Zeiten und seine schlechten. Wir wohnen noch immer zusammen in dem Haus. In der Samson Street.«

»Was ist mit deinen Eltern?«

»Dad ist tot. Im November ist es sechs Jahre her. Letztes Jahr mußten wir Mum in ein Pflegeheim geben. Sie hat Alzheimer. Wir haben sie zwei Jahre lang hier zu Hause gepflegt, aber dann verschlechterte sich ihr Zustand rapide. Es war schrecklich mitanzusehen, und Sherwood wurde darüber noch depressiver.«

»Klingt, als hättest du ganz schön kämpfen müssen.«

»Oh, wir schlagen uns durch, so gut es geht.« Frannie zuckte mit den Schulten. »Hast du Lust mitzukommen und bei uns zu essen? Sherwood wird sich freuen, dich zu sehen.«

»Wenn es keine Umstände macht ...«

»Du bist zu lange fort gewesen«, tadelte Frannie ihn. »Wir sind hier in Yorkshire. Freunde machen nie Umstände. Obwohl ...«, fügte sie mit dem verschwörerischen Blinzeln von vorher hinzu. »Manche schon.«

V

Der Weg bis zum Haus der Cunninghams dauerte nur eine Viertelstunde, aber als sie am Tor ankamen, hatte sich ihre anfängliche Zurückhaltung gelöst, und sie redeten unbeschwert wie zwei alte Freunde miteinander. Will hatte Frannie eine Zusammenfassung der Ereignisse in Balthazar gegeben (sie hatte, wie sie sich erinnerte, von dem Unfall in einem Magazin gelesen), und Frannie hatte Will auf das Wiedersehen mit Sherwood vorbereitet, indem sie ihn über die medizinischen Befunde ihres Bruders unterrichtete. Bei ihm war eine Form akuter Depression diagnostiziert worden, an der er wohl auch schon in der Kindheit gelitten hatte; daher seine starken Schwankungen unterworfenen Emotionen, das Schmollen, die Wutanfälle, der Mangel an Konzentration. Auch wenn er mittlerweile durch Tabletten einigermaßen stabil gehalten wurde, so war er doch nicht gesund und würde es auch nie mehr werden. Es war eine Last, die sie bis ans Ende ihres Lebens tragen mußte. »Es hilft, wenn man das alles als Test ansieht«, sagte sie. »Gott will, daß wir ihm zeigen, wie stark wir sind.«

»Interessante Theorie.«

»Ich bin sicher, du gefällst ihm«, sagte sie halb scherzend. »Ich meine, wenn jemand durch die Mühle gedreht worden ist, dann du. All die schrecklichen Orte, die du aufsuchen mußtest.«

»Aber wenn man sich freiwillig meldet, ist es nicht ganz das gleiche, oder? Du und Sherwood, ihr hattet schließlich keine Wahl.«

»Ich glaube, letzten Endes haben wir alle keine große

Wahl«, sagte sie und senkte dann die Stimme. »Besonders
wir beide. Wenn du daran denkst, was passiert ist ... damals. Wir waren Kinder. Wir mußten nicht, womit wir es
zu tun hatten.«

»Wissen wir es heute?«

Sie sah ihn mit einem Blick an, den man fast zornig hätte
nennen können. »Ich habe immer gedacht – ich weiß, das
hört sich lächerlich an –, aber ich dachte immer, wir wären
dem Teufel begegnet.« Sie lachte nervös. »Das klingt nun
wirklich kindisch, nicht wahr?« Sie hörte auf zu lachen, als
sie sah, daß Will nicht einstimmte. »Oder?«

»Ich weiß nicht, was der Mann ist.«

»War«, sagte sie leise.

Er schüttelte den Kopf. »Ist«, murmelte er.

Sie hatten das Tor erreicht. »O Gott«, sagte sie. Ihre Stimme zitterte etwas.

»Vielleicht sollte ich lieber nicht mit reinkommen.«

»Doch, auf alle Fälle«, erwiderte sie. »Aber wir sollten
über diese Sache nicht mehr reden, jedenfalls nicht in Sherwoods Gegenwart. Es regt ihn zu sehr auf.«

»Ich verstehe.«

»Trotzdem denke ich oft darüber nach. Nach all den Jahren geht es mir noch immer durch den Kopf. Vor einiger
Zeit habe ich sogar mal einige Nachforschungen angestellt
und versucht, Erklärungen zu finden.«

»Und?«

Sie schüttelte den Kopf. »Ich habe aufgegeben. Sherwood
hat es nur beunruhigt, weil es alles wieder hochbrachte. Inzwischen habe ich mich entschlossen, es zu vergessen.«

Sie stieß das Tor auf und ging den Weg zum Haus entlang, der von Lavendelsträuchern gesäumt wurde. »Bevor
wir reingehen ...«, sagte Will. »Was ist mit dem Gerichtshof geschehen?«

»Er wurde abgerissen.«

»Das habe ich gesehen.«

»Marjorie Donnelly hat das veranlaßt. Ihr Vater wurde
damals ...«

»Ermordet, ich weiß.«

»Sie mußte mit Zähnen und Klauen darum kämpfen. Es gab da irgendein Denkmalsamt, das sagte, das Gebäude sei von historischem Interesse. Schließlich heuerte sie ein Dutzend Schlachthofarbeiter aus Halifax an, zumindest habe ich es so gehört, vielleicht stimmt es auch nicht, die des Nachts anrückten und soviel Schaden an dem Gebäude anrichteten, daß sie es aus Sicherheitsgründen ganz abreißen mußten.«

»Schön für Marjorie.«

»Erwähne es bitte nicht.«

»Das werde ich nicht.«

»Wenn ich so von Sherwood spreche, hört es sich schlimmer an, als es ist. Die meiste Zeit fühlt er sich ganz gut. Aber manchmal geht ihm etwas gegen den Strich, und dann versinkt er so lange in einem Sumpf der Verzweiflung, daß ich denke, er kommt dort nie mehr heraus.« Sie fand den Hausschlüssel und machte die Tür auf, wobei sie nach Sherwood rief. Keine Antwort. Will folgte ihr ins Haus, und sie suchte oben nach ihrem Bruder. »Er ist wohl spazieren gegangen«, sagte sie, als sie wieder herunterkam. »Das macht er oft.«

Sie unterhielten sich eine Stunde, während sie kaltes Huhn, Tomaten und hausgemachtes Chutney aßen. Im Laufe der Zeit wurden die Themen immer breitgefächerter. Frannies Lebhaftigkeit und ihr gutmütiges Wesen bezauberten Will auf ehrliche Weise; aus ihr war eine wortgewandte und tief mitfühlende Frau geworden. Während sie von sich sprach, spürte Will mehr denn je ein Bedauern darüber, daß sie nie die Möglichkeit gehabt hatte, das Dorf zu verlassen und ein eigenes Leben zu leben, ohne Sherwood und seine Probleme. Aber dieses Bedauern blieb unausgesprochen, und es wäre ihr peinlich gewesen, dachte Will, wenn sie gemerkt hätte, daß er so empfand. Indem sie für Sherwood sorgte, erfüllte sie ihre christliche Pflicht. Nicht mehr und nicht weniger. Wenn es in der Tat ein Test war, wie sie am Tor gesagt hatte, bestand sie ihn mit fliegenden Fahnen.

Ihr Gespräch kreiste aber nicht nur um die Ereignisse in Burnt Yarley. Sie wollte alles über Wills Leben (und sein Liebesleben) wissen, und auch wenn er sich zunächst scheute, so gab er ihrem Drängen schließlich nach. In einer leicht zensierten Fassung erstattete er Bericht von seinen privaten Abenteuern und verwob sie mit einer gekürzten Fassung seiner Karriere: Drew und Patrick und die Castro, Bücher, Bären und Balthazar.

»Weißt du noch, wie du immer gesagt hast, daß du weg wolltest?« meinte sie. »Schon am ersten Tag, an dem wir uns kennenlernten, hast du das erklärt. Und du hast es ja auch getan.«

»Es hat eine Weile gedauert.«

»Aber du bist gegangen«, erwiderte sie mit glänzenden Augen. »Wir alle haben Träume, wenn wir Kinder sind, aber die meisten von uns geben sie auf. Du nicht. Du bist in die Welt hinausgegangen, so wie du gesagt hast.«

»Bist du eigentlich mal rausgekommen?«

»So richtig nicht. Sherwood haßt das Reisen. Es macht ihn nervös. Wir waren ein paarmal in Oxford, und ab und zu fahren wir nach Skipton und besuchen Mutter im Pflegeheim, aber hier im Dorf fühlt er sich viel glücklicher.«

»Und du?«

»Wenn er glücklich ist, bin ich froh«, sagte sie schlicht.

»Und ihr sprecht nie darüber, was geschehen ist?«

»Sehr, sehr selten. Aber es ist immer zwischen uns, nicht wahr? Und das wird sich auch nie ändern.« Sie senkte die Stimme, als könnten die Wände Sherwood von diesem Gespräch erzählen, wenn er zurückkam. »Manchmal träume ich noch immer vom Gerichtshof. Es sind die lebhaftesten Träume, die ich habe. Ab und zu bin ich allein dort und suche nach seinem Tagebuch. Ich gehe von Raum zu Raum, und ich weiß, daß er bald zurückkommt, also muß ich mich beeilen.« Sie konnte an seinem Gesicht offenbar sehr gut ablesen, was er dachte, denn sie fragte: »Es ist nur ein Traum, oder?«

»Nein«, sagte er leise. »Ich glaube nicht.«

Sie legte die Hand auf den Mund. »O Gott ...«, hauchte sie.

»Es ist nicht dein Problem«, sagte er. »Ihr beide könnt euch aus allem raushalten und seid vollkommen sicher ...«

»Ist er hier?«

»Ja.«

»Woher weißt du das?«

»Seinetwegen liegt Hugo im Krankenhaus. Er war es, der ihn zusammengeschlagen hat.«

»Aber warum?«

»Er wollte mir eine Botschaft zukommen lassen. Er wollte, daß ich hierher zurückkomme, um zu beenden, was wir begonnen haben.«

»Aber er hat sein verdammtes Tagebuch doch«, sagte Frannie. »Was will er denn?«

»Trennung«, sagte Will.

»Wovon?«

»Von mir.«

»Das verstehe ich nicht.«

»Es ist schwer zu erklären. Wir sind verbunden, er und ich. Ich weiß, es klingt lächerlich – so wie ich hier sitze und Tee trinke –, aber er hat mich nie richtig losgelassen.« Dann fügte er leise hinzu. »Und vielleicht habe auch ich ihn nie losgelassen.«

»Bist du deshalb zum Gerichtshof gegangen? Hast du ihn gesucht?«

»Ja.«

»Um Himmels willen, er könnte dich töten.«

»Ich glaube, dazu sind wir zu eng verbunden.«

Frannie dachte eine Weile über diesen Satz nach. »Zu eng?«

»Wenn er mich berührt, sieht er vielleicht mehr, als er sehen will.«

»Er könnte Rosa die Sache überlassen.«

»Das stimmt«, räumte er ein. Diese Möglichkeit hatte er bislang gar nicht bedacht, aber der Gedanke war keineswegs abwegig. Nur einen Kilometer von hier entfernt hatte Rosa ihre Fertigkeiten als Mörderin bewiesen. Wenn Steep sich Will nicht nähern wollte, brauchte er ihm nur die Frau auf den Hals zu hetzen und konnte ihn auf diese Weise loswerden.

»Rosa hat damals einen tiefen Eindruck auf Sherwood gemacht«, fuhr Frannie fort. »Noch Jahre danach litt er an Alpträumen. Ich habe es nie geschafft, ihn zum Sprechen zu bringen, aber sie hat ihre Spuren hinterlassen.«

»Und du?« fragte Will.

»Was soll mit mir sein?«

»Ich hatte mit Steep zu tun. Sherwood mit Rosa.«

»Oh … nun, mir war es möglich, mich in das Tagebuch zu vertiefen.«

»Und, hast du es getan?«

Sie nickte und sah durch ihn hindurch, als stelle sie sich vor ihrem geistigen Auge etwas vor, das sie verloren hatte. »Natürlich konnte ich es nicht entschlüsseln, und das hat mir jahrelang keine Ruhe gelassen. Hast du je hineingesehen?«

»Nein.«

»Es war wunderschön.«

»So?«

»O ja«, sagte sie voller Begeisterung. »Er hatte all diese Zeichnungen von Tieren angefertigt. Sie waren perfekt. Und auf der gegenüberliegenden Seite jeder Zeichnung« – sie tat so, als öffne sie ein Buch und betrachte den Inhalt – »befand sich jeweils ein Text, ganz eng geschrieben.«

»Und was stand dort?«

»Es war kein Englisch. Ich konnte nie herausfinden, um was für eine Sprache es sich handelte. Es war kein Griechisch, kein Sanskrit, keine Hieroglyphen. Ich habe ein paar der Buchstaben kopiert, aber ich konnte sie nie entziffern.«

»Vielleicht war es nur irgendein Unsinn, den er sich ausgedacht hat.«

»Nein«, sagte sie. »Es war eine richtige Sprache.«

»Woher weißt du das?«

»Weil ich sie noch einmal woanders gefunden habe.«

»Wo?«

»Nun, das war eine seltsame Sache. Vor ungefähr sechs Jahren, kurz nach Dads Tod, begann ich die Abendschule in Halifax zu besuchen, um aus meinem alten Trott herauszukommen. Ich habe Kurse in Französisch und Italienisch belegt, ausgerechnet. Aber wahrscheinlich habe ich es wegen des Tagebuchs gemacht. Irgendwie wollte ich es wohl noch immer entziffern. Jedenfalls lernte ich dort einen Mann kennen, mit dem ich mich recht gut verstand. Er war so Mitte Fünfzig und sehr zuvorkommend, so sagt man wohl. Nach dem Unterricht haben wir uns oft stundenlang unterhalten. Er hieß Nicholas, und seine große Leidenschaft war das achtzehnte Jahrhundert. Ich habe mich eigentlich nie besonders dafür interessiert, aber er hat mich in sein Haus eingeladen, und das war wirklich interessant. Als würde man zweihundertundfünfzig Jahre in der Zeit zurückgehen. Lampen, Tapeten, Bilder, alles stammte aus dieser Epoche. Ich schätze, er war ein bißchen verrückt, aber auf eine nette Art. Meist sagte er, er sei im falschen Jahrhundert geboren worden.« Sie lachte amüsiert. »Jedenfalls habe ich ihn in seinem Haus besucht, und als ich in seiner Bibliothek herumstöberte – er hatte eine große Sammlung von Büchern, Magazinen und Pamphleten, natürlich alles von siebzehnhundertsoundsoviel – fand ich ein kleines Buch mit einem Bild darin, und auf diesem Bild entdeckte ich die gleichen Zeichen wie in Steeps Tagebuch.«

»Waren sie dort erklärt?«

»Nein«, sagte sie, und ihre Stimme gab die Enttäuschung wieder. »Es war wirklich frustrierend. Er hat mir das Buch geschenkt. Er sagte, er habe es bei einer Auktion ersteigert, interessiere sich aber eigentlich nicht besonders dafür, und ich könne es haben.«

»Hast du es noch?«

»Ja. Es ist oben.«

»Ich möchte es sehen.«

»Laß dich warnen, es ist sehr enttäuschend«, sagte sie und stand auf. »Ich habe Stunden darüber gebrütet.« Sie ging auf den Flur hinaus. »Aber am Ende wünschte ich mir, ich hätte das verdammte Ding nie zu Gesicht bekommen. Ich bin gleich wieder da.«

Sie stieg eine Treppe hinauf, und Will sah sich im Wohnzimmer um. Im Gegensatz zur Küche, die neu gestrichen worden war, sah es hier aus, als habe man in Erinnerung an die dahingegangenen Eltern nichts angerührt. Die einfachen Möbel, die jeden Gedanken an übermäßige Lebensfreude im Keim erstickten. Die gut versorgten Pflanzen (Geranien auf dem Fensterbrett, eingetopfte Hyazinthen auf dem Tisch). Teppich, Tapeten und Vorhängen taten sich zu einem katastrophalen Konglomerat von unpassenden Farben und Materialien zusammen. Auf dem Kaminsims standen zu beiden Seiten einer schweren Uhr gerahmte Fotografien der ganzen Familie, die aus einem fernen Sommer heraus lächelte. In einem der Rahmen steckte eine vergilbte Gebetskarte mit zwei Versen:

Eins mit der Erde unter mir, o Herr,
eins mit dem Himmel über mir.
Eins mit dem Samen, den ich gesät, o Herr,
eins mit denen, die ich liebe.

Mach Erde aus meinem Staub, o Herr,
mach Luft aus meinem Atem.
Mach Liebe aus meiner Lust, o Herr,
und Leben aus meinem Tod.

Auf irgendeine Weise spendete das einfache Gebet Trost. Die Hoffnung nach Einheit und Verwandlung, die es ausdrückte, rührte Will.

Er stellte das Bild zurück auf den Sims, als er hörte, wie die Haustür geöffnet und leise geschlossen wurde. Einen Augenblick später erschien ein Mann in der Wohnzimmertür und starrte ihn durch runde Brillengläser an. Er war schlecht rasiert, das Gesicht verkniffen und von Schmerz gezeichnet. Das schüttere, ungepflegte Haar hing ihm bis auf die Schultern herab.

»Will«, sagte er so bestimmt, als habe er nichts anderes

erwartet, als eben diesen Mann im Wohnzimmer anzutreffen.

»Mein Gott, du hast mich erkannt!«

»Natürlich«, sagte Sherwood und streckte die Hand aus, während er den Raum durchquerte. »Ich habe deinen Aufstieg zu zweifelhaftem Ruhm verfolgt.« Er schüttelte Will die Hand. Seine Handfläche war feucht und kalt, die Finger dünn wie Knochen. »Wo ist Frannie?«

»Sie ist oben.«

»Ich war spazieren«, sagte Sherwood, als müsse er sich rechtfertigen. »Ich gehe gerne spazieren.« Er sah aus dem Fenster. »In einer Stunde gibt es Regen.« Er ging zum Barometer neben der Wohnzimmertür und klopfte dagegen.

»Vielleicht ein Schauer«, meinte er und sah über seine Brille hinweg auf das Glas. Er wirkt wie ein Mann, der zwanzig oder dreißig Jahre älter ist als ich, dachte Will. Er war vom Jüngling zum alten Mann geworden, ohne eine Zeitspanne dazwischen. »Bleibst du lange hier?«

»Das hängt vom Zustand meines Vaters ab.«

»Wie geht es ihm?«

»Schon besser.«

»Gut. Ich sehe ihn ab und zu im Pub. Er weiß, wie man diskutiert, dein Dad. Er hat mir mal eins seiner Bücher gegeben, aber ich bin nicht hinter den Sinn gekommen. Ich hab's ihm auch gesagt, ich sagte, das geht über meinen Verstand, diese ganze Philosophie, und er sagte, nun, dann gibt es ja noch Hoffnung für dich. Stell dir vor: dann gibt es ja noch Hoffnung für dich. Ich sagte, ich würde ihm das Buch wiedergeben, aber er sagt, schmeiß es einfach weg. Das hab' ich getan.« Er grinste. »Das nächstemal, als ich ihn sah, sagte ich, ich habe Ihr Buch weggeworfen. Er hat mir einen ausgegeben. Wenn ich so was täte, würden sie mich doof nennen, oder? Aber das tun sie ja sowieso. Da kommt Doof Cunningham.« Er kicherte. »Paßt zu mir.«

»Wirklich?«

»Ja, ja. Es ist sicherer so, nicht wahr? Ich meine, die Leute lassen dich in Ruhe, wenn sie glauben, daß du nicht alle

Tassen im Schrank hast. Jedenfalls ... ich seh dich sicher noch später, was? Ich muß jetzt meine Füße in heißes Wasser stecken.«

Als er sich umdrehte, um zu gehen, tauchte Frannie hinter ihm auf. »Ist es nicht schön, Will nach all den Jahren wiederzusehen?« sagte sie zu Sherwood.

»Sehr schön«, erwiderte Sherwood ohne allzu große Begeisterung. »Bis dann.«

»Nun, ich mache mich besser auf den Weg«, sagte Will.

Verwundert sah Frannie ihn an. »Willst du nicht noch bleiben?«

Will sah auf seine Uhr. Er war tatsächlich spät dran, weil er Adele versprochen hatte, heute früher mit ihr zum Krankenhaus zu fahren.

»Hier ist das Buch«, sagte Frannie und drückte ihm ein dünnes Bändchen in die Hand.

Sherwood schlurfte unterdessen die Treppe hinauf. »Du findest selbst raus, ja, Will?« sagte Frannie. Sie machte sich offenbar Sorgen um ihren Bruder. »Ich rufe dich morgen an, und vielleicht kannst du ja noch mal vorbeischauen, wenn er ein bißchen gesprächiger ist.« Dann eilte sie die Treppe hinauf, um sich um Sherwood zu kümmern.

Will öffnete die Haustür. Die Wolkendecke hatte sich verdunkelt und war noch düsterer geworden. Der Regen, wie Sherwood vorausgesagt hatte, würde nicht lange auf sich warten lassen. Will ging schneller und blätterte beim Gehen Frannies Buch durch. Die Seiten waren steif wie Karton und die Buchstaben zu klein, um sie bei der schlechten Beleuchtung lesen zu können. Die Bilder waren in Schwarzweiß gedruckt und von schlechter Qualität. Lediglich die Titelseite konnte er entziffern, und was dort stand, veranlaßte ihn, abrupt stehenzubleiben. Der Haupttitel lautete: *Eine mystische Tragödie.* Und darunter als Untertitel: *Leben und Werk Thomas Simeons.*

400

VI

1

Kaum war er zu Hause angekommen, schlug er das Buch auf. Es handelte sich um kaum mehr als eine Monografie; 130 Seiten Text, dazu zehn Reproduktionen und sechs Tafeln. Das Werk diente, so die Autorin – eine gewisse Kathleen Dwyer – als »*eine kurze Einführung in das Leben und Werk eines fast völlig vergessenen Künstlers*«.

Thomas Simeon, der im ersten Jahrzehnt des 18. Jahrhunderts geboren wurde, war so etwas wie ein Wunderkind. Er wuchs in einfachen Verhältnissen in Suffolk auf, wo seine künstlerischen Fähigkeiten zunächst dem örtlichen Vikar auffielen, der dafür sorgte, daß die Arbeiten des jungen Simeon nach London kamen. Das Motiv des Vikars schien auf dem selbstlosen Wunsch begründet, daß dieses von Gott gegebene Talent so vielen Menschen wie möglich Freude bereiten sollte. Zwei Aquarelle des Fünfzehnjährigen wurden vom Earl of Chesterfield erworben, und Thomas Simeons Aufstieg begann. Auftragsarbeiten folgten. Eine Serie von Bildern, die Londoner Theater zeigte, fand großen Anklang. Er versuchte sich in Porträtmalerei (offenbar weniger erfolgreich), aber dann, der Künstler war noch immer einen Monat von seinem achtzehnten Geburtstag entfernt, malte er das Werk, das ihn als Visionär berühmt machte: ein Diptychon für den Altar von St. Dominic's in Bath. Die Altarbilder waren mittlerweile verschollen, aber damals sorgten sie unter den Kunstkritikern für Aufsehen.

»*Anhand der Briefe von John Galloway*«, schrieb Kathleen Dwyer, »*sind wir in der Lage, die Kontroverse zu verfolgen, die die Entstehung dieser Bilder begleitete. Die Motive waren nicht ungewöhnlich: die linke Tafel zeigte eine Szene aus dem Garten Eden, die rechte den Hügel von Golgatha.*

›*Jeder, der diese Bilder sah*‹, *schrieb Galloway in einem Brief vom 5. Februar 1721 an seinen Vater,* ›*hatte den Eindruck, als habe Thomas wirklich einen Fuß in Adams vollkommenen Paradiesgarten gesetzt und gemalt, was er gesehen hatte. Und als sei*

er danach zu dem Ort gegangen, an dem unser Herr gestorben
ist, und habe ein Bild gemalt, das so voller Verzweiflung ist wie
das erste voll des Lichtes der Gegenwart Gottes.‹

Kaum vier Monate später jedoch klang Galloway ganz anders.
Er schien nicht länger sicher, daß Simeons Visionen aus einer
reinen Quelle gespeist wurden. ›Ich habe oft geglaubt, daß Gott
aus meinem lieben Thom spricht‹, schrieb Galloway. ›Aber vielleicht ließ er die Tür, durch die Gott in sein Herz kommen konnte, zu lange unbewacht, denn manchmal scheint es mir, als sei
auch der Teufel in seine Seele gekrochen und kämpfe dort Tag
und Nacht mit dem Guten in Thom. Ich weiß nicht, wer diesen
Krieg gewinnen wird, aber ich sorge mich um Thomas' Geisteszustand.‹«

Es gab noch mehr Stellen über die Veränderungen im
Geisteszustand von Thomas zur Zeit des Diptychons, aber
Will überflog sie lediglich. Er hatte noch eine Stunde, bevor er mit Adele zum Krankenhaus fahren mußte, und
wollte das dünne Buch in dieser Zeit zu Ende bringen. Im
nächsten Kapitel wurde der Stil der Autorin immer um-
ständlicher, vielleicht auch, weil es sich um einen proble-
matischen Bereich ihrer Forschungen handelte. Wenn man
Füllwerk beiseite räumte, erfuhr man folgendes: Im Spätherbst 1722 machte Simeon offenbar eine Glaubenskrise
durch und beging möglicherweise (die Dokumente ließen
keinen endgültigen Schluß zu) einen Selbstmordversuch.
Er hatte den Kontakt zu Galloway, seinem Freund von
Kindheit an, abgebrochen und verkroch sich in einem her-
untergekommenen Atelier am Rande von Blackheath, wo
er eine zunehmende Opiumabhängigkeit entwickelte. So
weit nichts wirklich Überraschendes. Doch dann, las Will
im umständlichen Stil der Autorin, kam:

»... die Gestalt, die mit ihrer subtilen Einflußnahme auf die
mittlerweile verschütteten Instinkte des Malers ein dubioses
Spektakel aus dem glorreichen Versprechen seiner goldenen Jugend machte. Ihr Name lautete Gerard Rukenau. Er wird von
verschiedenen Zeitgenossen als ›Transzendentalist von überra-
gender Weisheit und Fähigkeiten‹ geschildert und von keinem
geringeren als Sir Robert Walpole als ›das Modell dessen, was

aus diesem Zeitalter werden sollte, während es bereits starb‹. Ihn sprechen zu hören war, wie ein Zeuge beschreibt, ›als würde ein Satyr die Bergpredigt halten. Man ist gleichzeitig fasziniert und angeekelt, als würden in einem Atemzug sowohl die niedersten Instinkte als auch das höhere Ich angesprochen.‹

»*Hier haben wir es mit einem Mann zu tun*«, schlußfolgerte Kathleen Dwyer, »*der die gegensätzlichen Impulse verstand, die Simeons fragilen Geisteszustand zersplittert hatten. Ein Beichtvater, der schnell sein einziger Förderer werden sollte und der ihn nicht nur aus der Grube der Selbstverachtung holte, in die er gefallen war, sondern auch dem mäßigenden Einfluß entzog, den seine moderateren Freunde auf ihn hätten ausüben können.*«

An diesem Punkt legte Will das Buch für ein paar Minuten beiseite, um darüber nachzudenken, was er gelesen hatte. Obwohl er nun mit mehreren Beschreibungen Rukenaus jonglieren konnte, schienen sie einander auszuschließen, was ihn auch nicht weiterbrachte. Eines war klar; Rukenau war ein mächtiger und einflußreicher Mann gewesen, der zweifellos auch großen Einfluß auf Steep ausgeübt hatte. *Lebend und sterbend nähren wir die Flamme,* waren das nicht Worte aus der Predigt eines Satyrs? Aber aus welcher Quelle sich diese Macht speiste, oder welcher Natur sein Einfluß war, darauf gab es nur wenig Hinweise.

Er kehrte zum Text zurück und überschlug die Seiten, auf denen die Autorin versuchte, Simeons Arbeiten in einen ästhetischen Kontext zu stellen. Dort, wo Rukenaus Verbindung mit dem Leben des Malers beschrieben wurde, nahm er den Faden wieder auf. Es schien, als habe Rukenau genaue Vorstellungen davon gehabt, wie Simeons gestrandetes Genie einzusetzen sei. Er wollte, daß der Maler eine Reihe von Bildern anfertigte, die, so Dwyer, »*Rukenaus transzendentale Vision der menschlichen Beziehung zur Schöpfung verdeutlichten. Es sollten vierzehn Bilder werden, die das Gebäude – von einem Wesen errichtet, das nur unter dem Namen Milot bekannt war – namens Domus Mundi illustrieren sollten. Übersetzt, das Haus der Welt. Nur eines dieser Bilder ist uns bekannt, und möglicherweise ist es in der Tat das einzig er-*

haltene. So beklagte sich im März 1723 eine Freundin Rukenaus,
Dolores Cruikshank, die eine Exegese seiner Theorien verfassen
wollte, darüber, daß:

... diese Bilder wohl in mehr Fassungen entstanden sind, als
es Menschen gibt. Der Grund liegt in Gerards peniblem Behar-
ren auf einer vollkommenen Widerspiegelung seiner Theorien
und in den ästhetischen Skrupeln Simeons. Wurde auch nur der
geringste Fehler in Konzeption oder Ausführung sichtbar, so
wurde das betreffende Bild sofort vernichtet ...«

Das einzig erhaltene Gemälde war in dem Buch wiedergegeben, wenn auch in schlechter Qualität und nur in
verwaschenem Schwarzweiß, aber Will entdeckte genug
faszinierende Details. Es schien ein frühes Stadium des
Schaffungsprozesses darzustellen. Eine nackte, geschlechts-
lose Gestalt, die auf der Reproduktion schwarzhäutig zu
sein schien, genausogut aber auch grün oder blau hätte sein
können, beugte sich zur Erde hinab, in der mehrere dünne
Stäbe steckten, wie um die Umgrenzung einer Behausung
zu bezeichnen. Hinter der Gestalt erstreckte sich ein Ödland
mit unfruchtbarem Boden. Der Himmel war leer. An drei
Stellen brannten Feuer in Erdspalten, aus denen dunkle
Rauchsäulen aufstiegen, die die Verzweiflung noch zu ver-
stärken schienen. Was die Hieroglyphen betraf, die Frannie
beschrieben hatte, so waren sie in Steine gekratzt, die überall auf dem Boden lagen, als seien sie vom Himmel gefallen,
um dem einsamen Menschen irgendwelche Hinweise zu
geben.

»*Wie sollen wir dieses merkwürdige Bild deuten?*« fragte der
Text. »*Seine Abgeschlossenheit frustriert uns. Wir suchen nach*
Lösungen und finden keine.« Auch die Autorin fand keine,
wie es schien. Sie bemühte sich einige Absätze lang, Paral-
lelen zu bestimmten Illustrationen zu ziehen, die man in
alchimistischen Texten fand, aber Will hatte das Gefühl,
daß auch sie an dieser Stelle nicht weiterkam. Er überschlug das nächste Kapitel, in dem sich ihr Amateur-Ok-
kultismus fortsetzte, und hatte gerade mit der ersten Seite
des folgenden begonnen, als ihn Adele von unten rief.

Widerwillig legte er das Buch beiseite, widerwillig vor

allem bei dem Gedanken, Hugo ein zweitesmal besuchen zu müssen. Aber je schneller er seine Pflicht erfüllt hatte, sagte er sich, desto schneller konnte er in Thomas Simeons geplagte Welt zurückkehren. Er legte das Buch auf den Sessel und ging nach unten.

2

Hugo fühlte sich abgespannt; nach dem Essen hatte er starke Schmerzen verspürt. Nichts allzu Schlimmes, versicherte die Schwester Adele, aber genug, um ihm einen Nachtisch aus Schmerztabletten zu verschaffen. Daher war er nicht ganz bei sich und sprach während des dreiviertelstündigen Besuchs undeutlich und langsam. Immer wieder verschwamm sein Blick. Meistens schien er sich gar nicht bewußt, daß Will sich im Zimmer aufhielt, was dem nicht unrecht war. Erst gegen Ende des Besuchs suchte er mit flatterndem Blick seinen Sohn.

»Und was hast du heute gemacht?« fragte er, als spräche er mit einem Neunjährigen.

»Ich war bei Frannie und Sherwood.«

»Komm etwas näher«, sagte Hugo und winkte Will schwach ans Bett. »Ich werde dich schon nicht schlagen.«

»Ich habe auch nicht angenommen, daß du mich schlagen würdest.«

»Ich habe dich nie geschlagen, nicht wahr? Vorhin war ein Polizist hier, der das behauptet hat.«

»Hier war kein Polizist, Dad.«

»Doch. Hier in diesem Zimmer. Grober Kerl. Sagte, ich hätte dich geschlagen. Ich habe dich nie geschlagen.« Er schien ehrlich entrüstet über einen solchen Vorwurf.

»Das kommt von den Tabletten, die sie dir geben, Dad«, erklärte Will. »Sie machen dich ein bißchen wirr. Niemand wirft dir irgend etwas vor.«

»Es war gar kein Polizist da?«

»Nein.«

»Ich hätte schwören können …«, sagte er und ließ einen

fast ängstlichen Blick durch den Raum gleiten. »Wo ist Adele?«

»Sie holt frisches Wasser für die Blumen.«

»Sind wir allein?«

»Ja.«

Er richtete sich etwas auf. »Mache ich ... mich zum Narren?«

»Auf welche Weise?«

»Indem ich Dinge sage ... die keinen Sinn ergeben?«

»Nein, Dad, das tust du nicht.«

»Du würdest es mir schon sagen, nicht wahr? Ja, das würdest du. Du würdest es mir sagen, weil es weh täte, und das würde dir gefallen.«

»Das stimmt nicht.«

»Du siehst gerne, wenn sich die Leute ärgern. Das hast du von mir.«

Will zuckte mit den Schultern. »Du kannst glauben, was du willst, Dad, ich werde mich mit dir nicht streiten.«

»Nein. Weil du genau weißt, daß du verlieren würdest.« Er tippte sich an die Schläfe. »Siehst du, ich bin nicht wirr. Ich durchschaue dein Spiel. Du bist nur zurückgekommen, weil du mich schwach und verstört wähntest und weil du glaubtest, dann die Oberhand gewinnen zu können. Aber das wirst du nicht. Selbst halb bei Verstand bin ich dir immer noch überlegen.« Er ließ sich wieder auf das Kissen zurücksinken. »Ich möchte nicht, daß du noch einmal hierher kommst«, sagte er leise.

»O Gott...«

»Ich meine es ernst«, sagte Hugo und drehte sich auf die Seite. »Ich werde auch ohne deine Fürsorge und Betreuung wieder gesund, vielen Dank.« Will war froh, daß sein Vater ihn nicht ansah. Um nichts in der Welt hätte er gewollt, daß es Hugo klargeworden wäre, welche Wirkung die Worte hatten. Will spürte sie in der Kehle, in der Brust und im Bauch.

»Also gut«, sagte er. »Wenn du es so willst.«

»Ja, so will ich es.«

Will sah ihn an, mit der leisen Hoffnung, daß Hugo et-

406

was sagen würde, was den Schmerz löste. Aber er hatte alles gesagt, was er zu sagen hatte.

»Ich hole Adele«, murmelte Will und wich vom Bett zurück. »Sie wird dir auf Wiedersehen sagen wollen. Gib acht auf dich, Dad.«

Hugo zeigte keinerlei Reaktion, weder mit Worten noch durch eine Geste. Erschüttert überließ Will ihn seinem Schweigen und verließ das Zimmer auf der Suche nach Adele. Er erzählte ihr nichts von dem Gespräch mit Hugo, sondern sagte nur, daß er am Empfang auf sie warten würde. Sie erzählte ihm, daß sie gerade mit den Ärzten gesprochen hätte, die Hugos Aussichten sehr optimistisch beurteilten. Noch eine Woche, hatten sie gesagt, dann könne er wahrscheinlich nach Hause; war das nicht wundervoll?

Es regnete. Nichts Monsunartiges, nur ein anhaltender Nieselregen. Will stellte sich nicht unter. Er stand draußen, legte den Kopf in den Nacken, sah zum Himmel hinauf und ließ sich von den Tropfen die heißen Augen und geröteten Wangen kühlen.

Als Adele herauskam, war sie euphorisch wie üblich nach Besuchen bei Hugo. Will bot sich als Fahrer an. Er konnte sicher schneller fahren als sie und so noch vor dem Dunkelwerden wieder in das Simeon-Buch schauen. Während der Fahrt redete sie pausenlos, hauptsächlich über Hugo.

»Du bist glücklich mit ihm, nicht wahr?« sagte Will.

»Er ist ein guter Mann«, entgegnete sie. »Und er ist all die Jahre sehr gut zu mir gewesen. Als mein Donald gestorben war, da dachte ich, ich würde nie mehr einen glücklichen Tag erleben. Ich war der Meinung, das Leben wäre für mich zu Ende. Aber du weißt ja, es muß weitergehen, nicht wahr? Zuerst fiel es mir schwer, weil ich mich schuldig fühlte, weil er tot war und ich noch lebte. Ich dachte – es ist nicht richtig. Aber nach einer Weile kommt man darüber hinweg. Hugo half mir dabei. Wir haben zusammengesessen und uns unterhalten, und er riet mir, mich wieder an den kleinen Dingen des Lebens zu erfreuen. Ich sollte nicht versuchen zu verstehen, was hinter all dem steckte, denn das sei nur Zeitverschwendung. Komisch, nicht wahr? Das von ihm. Eigentlich dachte ich, Philosophen reden immer nur über den Sinn des Lebens, und er rät mir, ich solle mir keine Gedanken machen.«

»Und das hat dir gutgetan, nicht wahr?«

»Es hat mir geholfen«, sagte sie. »Ich begann tatsächlich, die kleinen Dinge wieder zu genießen, so wie er gesagt hatte. Als Donald noch lebte, habe ich sehr hart gearbeitet ...«

»Du arbeitest immer noch hart.«

»Heute ist es anders«, sagte sie. »Wenn irgendwo Staub liegt, rege ich mich nicht darüber auf. Es ist nur Staub, irgendwann werde ich ihn schon wegwischen.«

»Hast du ihn dazu gebracht, in die Kirche zu gehen?«

»Ich gehe selbst nicht mehr.«

»Aber früher bist du sonntags sogar zweimal zur Messe gegangen.«

»Jetzt habe ich das nicht mehr nötig.«

»Hat Hugo dir das eingeredet?«

»Ich lasse mir nichts einreden«, sagte Adele ein wenig ungehalten.

»Ich meinte nicht ...«

»Nein, nein, ich weiß, was du meinst. Hugo ist ein gottloser Mann, und das wird er auch immer sein. Aber ich habe gesehen, wie sehr mein Donald leiden mußte. Es war schrecklich, schrecklich, ihn in einem solchen Zustand zu sehen. Und ich weiß, daß die Leute sagen, daß so etwas eine Glaubensprüfung ist. Nun, vielleicht wurde mein Glaube geprüft, und er war nicht stark genug, denn danach hat mir die Kirche nicht mehr soviel bedeutet wie früher.«

»Gott hat dich im Stich gelassen?«

»Donald war ein guter Mann. Nicht klug wie Hugo, aber von Herzen gut. Er hatte etwas Besseres verdient.« Sie schwieg eine Minute oder länger und fügte noch einen Gedanken hinzu: »Wir müssen uns mit dem begnügen, was wir kriegen, nicht wahr? Nichts ist sicher.«

VII

Will verbrachte den Rest des Abends mit Thomas Simeon. Er stürzte sich in dieses fremde Leben, als sei es eine Flucht vor dem eigenen. Es hatte keinen Sinn darüber zu grübeln, was im Krankenhaus geschehen war. Mit etwas Abstand (und nach ein paar Gesprächen mit Adrianna) würde es ihm möglich sei, das Geschehene aus einer rationalen Perspektive zu betrachten. Für den Augenblick verdrängte er es besser. Er rollte sich einen Joint, zog den Stuhl zum geöffneten Fenster hinüber und saß da und las, während das Geräusch des Regens auf dem Dach und der Fensterbank ihn beruhigte.

Er hatte dort aufgehört, wo die Autorin die ihr offensichtlich unbekannten Gewässer des Okkulten verlassen und sich wieder auf den sicheren Boden und die relative Verläßlichkeit der Biografie begeben hatte. An diesem Punkt tauchte auch Simeons ständiger Freund Galloway wieder auf, von »*den Geboten der Freundschaft*« angetrieben (Will fragte sich, was zwischen den beiden vorgegangen war), um Simeon von seinem Mäzen Rukenau zu trennen, »*dessen schädlicher Einfluß in jedem Aspekt von Thomas' Erscheinung und Auftreten zu erkennen war*«. Galloway hatte, so schien es, einen Plan gefaßt, Simeons Seele aus den Klauen Rukenaus zu retten. Ein Versuch, der nach Dwyers Bericht in einer tatsächlichen Entführung endete. »*Mit Hilfe zweier Komplizen, Piers Varty und Edmund Maupertius, letzterer ein enttäuschter und verbitterter Exschüler Rukenaus, plante Galloway, die, wie er es später nannte, ›Befreiung‹ Simeons auf die präzise Art und Weise durchzuführen, die seiner militärischen Erziehung entsprach. Offensichtlich lief sie ohne Zwischenfall ab. Nach Galloway wurde Simeon in einem der oberen Räume in Rukenaus Anwesen in Ludlow entdeckt: ›Wir fanden ihn in einem bemitleidenswerten Zustand vor, von seinem einst so strahlenden Wesen war kaum noch etwas übrig. Er konnte jedoch nicht überredet werden, mit uns zu kommen, sondern teilte uns mit, daß die Arbeit, die Rukenau und er zusammen zu tun* hätten, zu wichtig wäre, um sie unvollendet zu lassen. Ich fragte ihn, um was für eine Arbeit es sich handelte, und er erklärte uns, daß das Zeitalter des Domus Mundi sich nähere und daß er sein Zeuge und Chronist sein wolle. Er würde seine Glorie in Farben malen, damit Päpste und Könige die Nichtigkeit ihres Tuns erkennen könnten. Dann würden sie Kriegen und Intrigen abschwören und einen immerwährenden Frieden schließen. »Wie soll das geschehen?« fragte ich ihn. Er sagte, ich solle mir seine Bilder ansehen, dann würde mir alles klar werden.‹

Allerdings hat nur eines dieser Bilder die Zeit überdauert, und es scheint sich dabei um dasjenige zu handeln, das Galloway mitnahm, als er und seine Mitverschwörer sich davonmachten. Wie sie Simeon schließlich überredeten mit ihnen zu gehen, ist nicht überliefert, aber es scheint so, daß Rukenau einige Versuche unternahm, Simeon wieder zu sich zu holen, daß Galloway aber Vorwürfe gegen ihn erhob, so daß er sich schließlich verstecken mußte. Was immer auch geschehen sein mag, an dieser Stelle verschwindet Rukenau aus der Geschichte, und Simeons Leben – das nur noch wenige Jahre dauern sollte – nahm eine überraschende Wendung.«

Will nutzte das Ende des Kapitels als Gelegenheit, nach unten zu gehen und den Kühlschrank zu durchsuchen, aber er blieb auch dabei in der seltsamen Welt gefangen, aus der er gerade gekommen war. Nichts in der Realität – weder das Teekochen noch das Zubereiten eines Sandwichs, weder das laute Gelächter aus dem Fernseher nebenan noch der schrille Vortrag des Komikers, dem es galt – konnte ihn von den Bildern ablenken, die in seinem Kopf kreisten. Es half, daß er Simeon mit eigenen Augen gesehen hatte, lebendig und tot. Er hatte die Verzweiflung und die Schönheit des Mannes gesehen, von denen Galloway so fasziniert gewesen war, daß er sich in Gefilde vorgewagt hatte, über die sein rationaler Geist wenig Macht besaß, nur um seinen Freund vor dem Untergang zu bewahren. Die Hingabe des Mannes an Simeon, der in ganz anderen Sphären schwebte, hatte etwas Naiv-Romantisches an sich. Galloway verstand ihn nicht und würde ihn nie verstehen, aber das spielte keine Rolle. Das Band zwischen ihnen hatte nichts mit intellektueller Verbindung zu tun, und trotz aller schmutzigen Hintergedanken war dies auch keine uneingestandene homosexuelle Romanze. Galloway war Simeons Freund, und er konnte es nicht zulassen, daß jemandem, den er liebte, Schaden widerfuhr. Das war ebenso simpel wie bewegend.

Will kehrte mit seinem Mahl zum Buch zurück, unbemerkt von Adele, und machte es sich wieder am Fenster bequem, nachdem er es geschlossen hatte (Die Nachtluft war kalt). Dann las er dort weiter, wo er aufgehört hatte. Er wußte ja bereits, oder glaubte zumindest zu wissen, wie die Geschichte endete, mit einer Leiche im Wald, zerhackt und angefressen. Aber wie war sie dorthin gekommen? Davon handelten die letzten dreißig Seiten.

Bislang hatte die Autorin den Text ziemlich frei von persönlichen Kommentaren gehalten und lieber anderen Stimmen die Beurteilung Rukenaus überlassen. Selbst dabei waren sowohl Bewunderer als auch Gegner zu Wort gekommen. Jetzt aber zeigte sich ihre Handschrift, die klare christliche Züge trug.

»*In diesen letzten Jahren*«, schrieb sie, »*erholte sich Simeon von dem unheiligen Einfluß Rukenaus, und nun sehen wir die Kraft der Reue in seinem Werk. Von seiner Begegnung mit dem Wahnsinn geheilt, kehrte er mit gezügeltem Ehrgeiz an seine Arbeit zurück und entdeckte bald, daß sein Talent neu erblühte, obwohl sein Hunger nach einem großen thaumaturgischen Werk gestillt war. In seinen späteren Arbeiten, allesamt Landschaften, stellt sich die Hand des Künstlers in den Dienst einer größeren Schöpfung. Das Bild mit dem Titel ›Der fruchtbare Acker‹, das auf den ersten Blick wie eine melancholische nächtliche Pastorale wirkt, enthüllt bei näherem Hinsehen ein Spiel lebendiger Formen ...*«

Will betrachtete die Reproduktion des fraglichen Bildes. Es schien zunächst einfacher als die Arbeit für Rukenau: ein sanft ansteigendes Feld, auf dem vom Mond beschienene Weizengarben im Hintergrund verschwanden. Aber selbst in diesem schlechten Druck waren Simeons Fähig-

411

keiten zu erkennen. Überall hatte er Tiere versteckt: In den Garben und ihren Schatten, im Blattwerk der Eiche, im Umhang des Erntearbeiters, der unter dem Baum ruhte. Selbst im gefleckten Himmel versteckten sich Formen, zusammengerollt wie die schlafenden Kinder der Sterne.

»Hier«, schrieb die Autorin, »sehen wir einen sanfteren Simeon, der mit einem fast kindlichen Vergnügen das Geheimnis der Welt malt. Und so zieht er uns zu sich hinein, um sein halb verstecktes Bestiarium zu bestaunen.«

Aber Will hatte das Gefühl, als stecke in diesem Bild noch mehr als ein visuelles Spiel. Die Szene hatte die unheimliche Atmosphäre der Erwartung. Jedes lebende Ding darin (außer dem müden Erntearbeiter) versteckte sich, hielt den Atem an, als fürchte es eine kurz bevorstehende Tat.

Will kehrte zu Kathleen Dwyers Text zurück, aber sie widmete sich in den nächsten Zeilen der Jagd nach kunsthistorischen Vorläufern, und so gab er nach einigen Sätzen auf und nahm sich wieder die Reproduktion vor, um sie genauer zu studieren. Was an dem Bild faszinierte ihn so? Wenn er es ohne jeden Kontext zum ersten Mal gesehen hätte, ohne etwas über den Maler zu wissen, wäre es nicht im entferntesten nach seinem Geschmack gewesen. Es war viel zu hübsch, wie die niedlich gemalten Tiere aus ihren Schlupflöchern in die Welt hinausschauten. Hübsch und unnatürlich adrett. Der Weizen in militärischer Formation, die Blätter des Baumes in spiralförmigen Bouquets. So sah die Natur nicht aus. Selbst die friedlichste Szene zeigte dem unsentimentalen Betrachter eine zerklüftete Welt voller rauher Formen in bitterem und nie endendem Konflikt. Und dennoch fühlte er sich dem Bild verbunden, als ob er und sein Schöpfer Männer mit einer ähnlichen Sicht der Dinge seien, auch wenn äußerlich das Gegenteil der Fall schien.

Frustriert darüber, daß er seine Reaktion auf das Bild nicht besser verstand, wandte er sich wieder dem Text zu. Er überschlug die Kunstkritik, die erfreulich kurz war, und nahm ein paar Absätze weiter den biografischen Faden wieder auf. Was auch immer sie über diesen sanfteren Simeon behauptete, die Daten seines Lebens deuteten nicht auf einen Mann hin, der in Frieden mit sich selbst lebte.

»Zwischen dem August 1724 und dem März 1725 zog er nicht weniger als elfmal um. Die längste Zeit, die er an einem Ort verbrachte, waren die Monate November und Dezember, in denen er sich in einem Kloster bei Dungeness aufhielt. Es ist nicht sicher, ob er dort das Gelübde ablegen wollte. Wenn, überlegte er es sich schnell anders, Mitte Januar schreibt er an Dolores Cruikshank – die drei Jahre zuvor zu Rukenaus Mitläufern gehört hatte, nun aber nach eigener Aussage von seinem Einfluß geheilt war – und teilt ihr mit:

›Ich habe die Absicht, dieses vermaledeite Land zu verlassen und nach Europa zu gehen. Dort hoffe ich, mehr Seelen zu finden, die meinen Visionen positiver gegenüberstehen als alle, die ich je auf dieser allzu rationalistischen Insel getroffen habe. Überall habe ich nach einem Lehrer gesucht, der mich führen könnte, aber ich finde nichts als schale Geister und noch schalere Rhetorik. Ich glaube, wir müssen die Religion in jeder Sekunde neu erschaffen, so wie sich die Welt neu erschafft, denn das einzig Beständige ist das Unbeständige. Hast du jemals einen geistlichen Lehrer kennengelernt, der diese einfache Wahrheit kannte? Oder sie auszusprechen wagte? Nein. Denn dies gilt unter den gelehrten Geistern als Häresie und bedeutet, sich von dem sicheren Platz der sogenannten Wahrheiten zu erheben. Sie könnten nicht länger über uns herrschen, indem sie sagen, dies ist so, und dies ist nicht so. Mir scheint der Zweck der Religion darin zu liegen, zu behaupten: alle Dinge sind gleich. Ein erfundenes Ding und ein Ding, das wir wahr nennen; ein lebendes Ding und ein Ding, das wir tot nennen; ein sichtbares Ding und eines, das noch wird: alle sind gleich. Es gab einen, den wir beide kannten, der diese Wahrheit gelehrt hat, aber ich war zu arrogant, um von ihm zu lernen. In jeder wachen Stunde bereue ich nun meine Dummheit. Ich sitze hier in dieser winzigen Stadt, schaue nach Westen zu den Inseln hinüber und sehne mich nach ihm wie ein Hund, der sich verlaufen hat. Aber ich wage es nicht, zu ihm zu gehen. Ich glaube, er würde mich für meine Undankbarkeit töten. Nicht daß ich es ihm übelnehmen könnte. Freunde, die es gut meinten, haben mich verführt, aber das ist keine Entschuldi-

gung. Ich hätte ihnen die Finger abbeißen sollen, als sie zu mir
kamen. Ich hätte sie mit ihren Gebetbüchern ersticken sollen.
Und jetzt ist es zu spät.

Ich bitte dich, schreib mir, wenn du etwas Neues über ihn
weißt, damit ich ihn mir vorstellen kann, wenn ich zu den Inseln
schaue, und getröstet bin.‹«

Eindrucksvolle Worte, aber Will fiel es schwer, sich mit
ihnen anzufreunden. Er hatte seinen Weg in der Welt im
Grunde genommen dadurch gemacht, daß er Anleitung
stets verweigert hatte. Die Sehnsucht nach einem Lehrer,
der Simeon so leidenschaftlich Ausdruck gab, als würde er
von körperlicher Sehnsucht sprechen, schien ihm fast absurd.

Der Autorin offenbar ebenfalls.

»Es war«, so schrieb sie, »ein Zeichen dafür, daß Simeon
einen tiefgreifenden psychologischen Wandel durchmachte. Doch
da war noch mehr; viel mehr. In einem zweiten Brief an Dolores
Cruikshank, den er kaum eine Woche später aus Glasgow schrieb,
überschlugen sich Simeons Visionen:

›Ich habe von einer gewissen Quelle gehört, daß der Mann
der westlichen Inseln sich endlich einen goldenen Architekten zu
Willen gemacht hat. Er hat die Grundmauern des Himmels gelegt. Welche Quelle, fragst du? Ich werde es dir sagen, auch wenn
du dich über mich lustig machen wirst. Der Wind; er ist mein
Bote. Ich erhalte Nachrichten aus anderen Quellen, gewiß, aber
keiner vertraue ich so sehr wie dem Wind. Jede Nacht brachte er
mir Nachrichten, so daß ich aufgrund Schlafmangels krank wurde. Jetzt habe ich mich in diese ekle schottische Stadt zurückgezogen, wo mir der Wind nicht ständig solche Nachrichten zu-
trägt.

Aber was nutzt der Schlaf, wenn ich jedesmal in dem gleichen
Zustand aufwache, in dem ich mich zur Ruhe gelegt habe? Ich
muß meinen Mut zusammennehmen und zu ihm finden. Zumindest denke ich das in dieser Stunde. Zu jeder Frage gehen mir
widersprüchliche Gedanken durch den Kopf, als sei ich genauso
geteilt wie sein Architekt. Das war der Trick, mit dem er sich
dessen Begabung zu Willen gemacht hat. Ich frage mich, ob er
die gleiche Teilung in meiner Seele angelegt hat, als Strafe für

meinen Betrug. Und kann mir vorstellen, daß er das tun würde. Ich glaube, es würde ihm Vergnügen bereiten zu wissen, daß ich zu ihm kommen möchte, daß ich mich ihm aber, je näher ich ihm käme, desto weiter von mir selbst entfernen würde.‹

Hier«, schrieb die Autorin, »finden wir die erste Andeutung suizidaler Gedanken. Eine Antwort von Mrs. Cruikshank scheint er nicht mehr erhalten zu haben, daher müssen wir annehmen, daß sie Simeon für so überreizt hielt, daß sie ihm nicht mehr helfen konnte. Nur einmal, im letzten der vier Briefe, die er ihr während seines Aufenthalts in Schottland schrieb, spricht er von seiner Kunst:

›Heute habe ich einen Plan entworfen, wie ich den Verlorenen Sohn spielen kann. Ich werde ein Porträt von ihm selbst auf seiner Insel malen. Ich habe gehört, daß sie die Kornkammer genannt wird. Daher werde ich ihn auf dem Bild mit Samenkörnern umgeben. Dann werde ich es zu ihm bringen und beten, daß mein Geschenk seinen Zorn besänftigt. Wenn, dann wird er mich in sein Haus einlassen, und ich werde ihm glücklich dienen, bis ich sterbe. Wenn nicht, kannst du davon ausgehen, daß mich der Tod durch seine Hand ereilt. Aber was auch immer, du wirst nie mehr etwas von mir hören.‹

Dieser bemitleidenswerte Brief«, schrieb Dwyer, »sollte in der Tat sein letzter sein. Er ist jedoch nicht das letzte, was wir von ihm hören. Er lebte noch sieben Monate, in denen er nach Bath, Lincoln und Oxfordshire reiste, auf die Mildtätigkeit von Freunden angewiesen. Er malte sogar Bilder, von denen drei erhalten sind. Keines davon ähnelt der Beschreibung des Kornkammer-Bildes, von dem er in seinem Brief an Dolores Cruikshank spricht. Es gibt auch keinen Hinweis darauf, daß er wirklich zu den Hebriden gereist ist, um Rukenau zu suchen.

Wahrscheinlicher ist, daß er sein Vorhaben gänzlich aufgab und im Süden Glasgows eine etwas bequemere Unterkunft gesucht hat. Auf einer dieser Reisen spürt John Galloway ihn auf und beauftragt ihn, das Haus, das er und seine neue Frau (er hatte im September 1725 geheiratet) bewohnten, zu malen. Galloway berichtet in einem Brief an seinen Vater:

›Mein guter Freund Thom Simeon hat sich an die Arbeit gemacht, das Haus unsterblich zu machen, und ich bin sicher, daß

*sein Werk hervorragend wird. Ich glaube, Thomas hätte das Zeug
zu einem erfolgreichen Künstler in sich, wenn er nur einige seiner hochtrabenden Ideen vergessen würde. Wenn er könnte, würde er einen Engel malen, der jedes Blatt und jeden Grashalm segnet, denn er erzählt mir, daß er Tag und Nacht danach sucht.
Wahrscheinlich ist er ein Genie; wahrscheinlich wahnsinnig.
Aber es ist ein süßer Wahn, der Louisa nicht im mindesten stört.
Sie sagte sogar zu mir, als ich ihr erzählte, daß er nach Engeln
suche: »Ich wundere mich nicht, daß er sie nicht findet, denn er
strahlt ein helleres Licht aus als sie und beschämt sie so sehr, daß
sie sich verstecken.«‹«*

Ein Engel, der jedes Blatt und jeden Grashalm segnet –
auch dieses Bild gab Rätsel auf. Er hatte von Kathleen
Dwyers Prosa genug und wandte sich wieder dem ›Frucht-
baren Acker‹ zu, um ihn erneut zu studieren. Und dieses
Mal erkannte er die Verbindung zwischen dem Bild und
seinen Fotografien. Es waren Szenen des Davor und Danach. Buchstützen für den Text der Vernichtung, der dazwischen lag. Und der Autor dieses Textes? Jacob Steep,
natürlich. Simeon hatte den Augenblick gemalt, bevor
Steep erschienen war. Alles Leben im Zustand des Schrek-
kens vor Jacobs Kommen. Will hatte den Augenblick danach eingefangen; das Leben *in extremis*. Der fruchtbare
Acker war ein Feld der Verzweiflung geworden. Auf ihre
Weise schufen sie dasselbe gemeinsam; deshalb zog es ihn
immer wieder zu diesem Bild hin. Es war von einem Bruder gemalt worden, mit nichts als Blut.

Es klopfte leise an der Tür, und Adele schaute herein.
Sie sagte, sie ginge jetzt zu Bett. Er sah auf seine Uhr. Zu
seiner Überraschung war es bereits zwanzig vor elf.

»Gute Nacht«, sagte er zu ihr. »Schlaf gut.«

»Das werde ich«, sagte sie. »Du auch.« Sie ging und ließ
ihn mit den letzten drei oder vier Seiten von Simeons Le-
bensbeschreibung allein. Etwa zwei Monate vor Simeons
Tod ging der Biografin die Luft aus.

»*Er starb um den 18. Juli 1730 herum*«, schrieb sie. »*Angeblich hatte er sich mit seinen eigenen Farben vergiftet, die er
herunterschluckte. Zumindest wird das angenommen. Es gibt*

in dieser Angelegenheit aber auch andere Stimmen. In einem anonymen Nachruf beispielsweise, der vier Monate nach Simeons Tod in ›The Review‹ veröffentlicht wurde, wird dunkel angedeutet, daß ›der Künstler weniger Gründe hatte sich umzubringen als andere, ihn zum Schweigen zu bringen‹. Und Dolores Cruikshank schreibt ungefähr zur selben Zeit an Galloway: ›Ich habe versucht, den Arzt zu finden, der Thomas' Leiche untersucht hat, denn ich hörte ein Gerücht, daß er an dem Körper leichte, aber merkwürdige Stauchungen entdeckt habe, so als sei er vor seinem Tod angegriffen worden. Ich dachte an die »Unsichtbaren«, vor denen er so viel Angst hatte, als sie ihn aus Rukenaus Haus holten. Haben sie ihn vielleicht überfallen? Aber der Arzt, ein Doktor Shaw, ist offenbar verschwunden. Niemand weiß wohin oder warum.‹

Es gab noch eine letzte Merkwürdigkeit. John Galloway hatte den Auftrag erteilt, die Leiche abzuholen und nach Cambridge bringen zu lassen, wo sie mit allen Ehren bestattet werden sollte. Doch als seine Männer ankamen, war der Leichnam bereits fortgeschafft worden. Thomas Simeons letzte Ruhestätte ist daher unbekannt, aber die Autorin nimmt an, daß seine Leiche auf dem Land- und Seeweg auf die Hebriden gebracht wurde, wohin Rukenau sich zurückgezogen hatte. Angesichts Rukenaus ikonoklastischer Vorstellungen scheint es unwahrscheinlich, daß Simeon in geheiligter Erde begraben wurde. Eher liegt er an irgendeinem anonymen Fleck. Man kann nur hoffen, daß er dort in Frieden ruht. Die Mühsal seines Lebens war vorüber, bevor er tieferen Eindruck in der Kunstwelt seiner Zeit hinterlassen konnte.

John Galloway kam 1734 bei einem Unfall während einer Militärübung in Dartmoor um. Er wurde versehentlich erschossen. Piers Varty und Edmund Maupertius, die Galloway bei der Entführung Simeons geholfen hatten, starben beide jung. Varty an Schwindsucht und Maupertius an einem Herzschlag in einem Gefängnis in Paris, nachdem er wegen Opiumschmuggels verhaftet worden war. Nur Dolores Cruikshank lebte eine biblische Zeitspanne. Sie starb im Alter von einundneunzig Jahren. Ein Großteil der zitierten Korrespondenz stammt aus ihrem Besitz.

Was Gerard Rukenau betrifft: Trotz vierjährigem Bemühen der Autorin, die Wahrheit hinter dieser legendären Gestalt zu

*enthüllen, konnte nur wenig gefunden werden, was über die In-
formationen in diesem Buch hinausgeht. In dem Haus in Ludlow,
in dem Simeon angeblich festgehalten wurde, findet sich keine
Spur von ihm. Es gibt auch keinerlei Briefe, Pamphlete, Testa-
mente oder andere juristische Dokumente mit seinem Namen.*

*In gewisser Weise spielt es auch keine Rolle. Denn Simeons
Erbe ...«*

Wills Konzentration ließ wieder nach, als die Autorin
versuchte, Simeons Arbeiten in einen ästhetischen Kontext
zu stellen. Simeon, der prophetische Surrealist; Simeon, der
Naturmaler. Dann versandete der Text einfach, als habe sie
keinen persönlichen Abschluß gefunden, der ihr gefallen
hätte, und habe das Buch einfach beendet.

Er legte es beiseite und sah auf seine Uhr. Es war Viertel
nach eins. Trotz allem, was der Tag gebracht hatte, fühlte
er sich nicht besonders müde. Er ging nach unten, schaute
noch einmal in den Kühlschrank und entdeckte eine Schüssel mit Reispudding, schon früher eine der Meisterleistun-
gen Adeles. Mit Schüssel und Löffel ging er ins Wohnzimmer und stellte fest, daß das Rezept sich in all den Jahren
nicht verändert hatte. Der Pudding war so üppig und sah-
nig, wie er ihm in Erinnerung geblieben war. Patrick würde sich danach die Finger lecken, dachte er, und mit diesem Gedanken griff er zum Telefon und rief ihn an.
Allerdings nahm nicht Patrick den Hörer ab, sondern Jack.

»Hi, Will«, sagte er. »Wie geht's?«

»Ganz gut.«

»Du hast genau zur richtigen Zeit angerufen. Wir haben
hier gerade eine kleine Versammlung.«

»Worum geht's?«

»Ach, weißt du ... dies und das. Adrianna ist auch hier.
Möchtest du mit ihr sprechen?« Mit seltsamer Eile holte er
Adrianna an den Apparat. Sie hatte auch schon besser ge-
klungen.

»Geht's dir gut?« fragte er.

»Klar. Wir führen hier gerade sehr ernste Gespräche. Wie
geht's dir? Hast du Frieden mit deinem Dad geschlossen?«

»Nein, und das wird auch nicht mehr geschehen. Er hat

mir ins Gesicht gesagt, daß ich ihn nicht mehr besuchen soll.«

»Kommst du nach Hause?«

»Noch nicht. Ich sage euch aber rechtzeitig Bescheid, damit ihr wieder eine Willkommensparty organisieren könnt.«

»Ich glaube, du hattest genug Party.«

»Oh, oh … Mit wem hast du geredet?«

»Rate mal.«

»Drew?«

»Genau.«

»Was sagt er?«

»Er glaubt, du bist verrückt.«

»Du hast mich natürlich verteidigt.«

»Das kannst du selbst tun. Willst du mit Pat sprechen?«

»Ja, ist er da?«

»Ja, aber er … es geht ihm nicht allzu gut.«

»Krank?«

»Nein, nur ein bißchen aufgewühlt. Wir hatten ein wirklich ernstes Gespräch, und er ist nicht in bester Form. Ich meine, ich hole ihn natürlich, wenn du wirklich willst.«

»Nein, nein, ich rufe morgen noch mal an. Sag ihm nur, daß ich an ihn denke, ja?«

»Denkst du auch an mich?«

»Immer.«

»Wir vermissen dich.«

»Gut.«

»Bis bald.«

Als er den Hörer auflegte, spürte er den Schmerz der Trennung so sehr, daß es ihm fast den Atem nahm. Er stellte sie sich vor – Patrick und Adrianna, Jack und Rafael, sogar Drew –, wie sie ihren Geschäften nachgingen, während der Nebel über den Hügel kroch und die Schiffe in der Bucht tuteten. Es wäre so einfach gewesen, seine Sachen zu packen und sich davonzuschleichen. Hugo würde auch ohne ihn gesund werden, von Adele umsorgt. In einem Tag wäre er wieder bei seinem Clan, wäre dort, wo er geliebt wurde.

Aber auch in San Francisco gäbe es keine Sicherheit. Zwar würde er die Schmerzen seines Aufenthalts hier eini-

419

ge Tage lang vergessen. Er könnte bis zum Umfallen einen draufmachen und alle Erinnerungen aus seinem Kopf verscheuchen. Aber wie lange konnte er vergessen? Eine Woche, einen Monat? Und dann, wenn er unter der Dusche stand oder eine Motte am Fenster sah, würde die Geschichte, die er nicht beendet hatte, ihn heimsuchen. Er war in ihrem Bann; das war die unangenehme Wahrheit. Sein Intellekt und seine Gefühle waren zu tief in dieses Geheimnis verstrickt, als daß er es einfach vergessen konnte. Vielleicht wäre ihm das am Anfang noch geglückt, als er lediglich ein Medium war, eine unschuldige, sensible Seele, durch die Steeps Erinnerungen hindurchgeflossen waren. Aber im Laufe der Jahre hatte er sich zu mehr gemacht. Er war Simeons Echo geworden. Ein Erschaffer von Bildern, die den Verderber bei der Arbeit zeigten. Dieser Rolle konnte er nicht entkommen. Er konnte nicht so tun, als sei er nur irgendein Mensch. Er hatte sein Recht auf große Visionen angemeldet, und damit hatte er Pflichten übernommen.

Also gut. Er würde beobachten, so wie er immer beobachtet hatte, bis die Geschichte zu einem Ende kam. Wenn er überlebte, würde er Zeugnis ablegen wie niemand zuvor. Er würde eine Geschichte der fortschreitenden Ausrottung alles Lebendigen erzählen, aus der Sicht des Überlebenden. Wenn nicht – wenn ihn die gleiche Hand, die ihn zu dem Zeugen gemacht hatte, der er war, ins Grab bringen wollte –, konnte er zumindest mit der Gewißheit gehen, das Wesen seines Mörders zu kennen. Und, vielleicht, würde er mit diesem Wissen friedlicher ruhen.

VIII

Die Schmerzmittel, die man Hugo verabreicht hatte, erlaubten ihm keinen leichten Schlaf. In dem schwach erleuchteten Zimmer lag er in seinem Bett wie auf einem Katafalk, während die Erinnerungen kamen und ihm ihre

Aufwartung machten. Einige waren vage, nicht viel mehr als Gemurmel und Vorbeihuschen. Andere waren kristallklar und tauchten vor seinen halbgeschlossenen Augen deutlicher auf als die idiotischen Krankenschwestern, die regelmäßig vorbeischauten, um nach ihm zu sehen. Die meisten Bilder waren fröhlicher Natur: Erinnerungen an die goldenen Zeiten nach dem Krieg, als sein Stern aufging. In den drei oder vier Jahren nach der Veröffentlichung seines ersten Buches *Von der Fehlbarkeit des Denkens*, 1949, war er zum Idol der jungen Wilden in den philosophischen Zirkeln Englands geworden. Schon mit vierundzwanzig hatte er ein Buch geschrieben, in dem er nicht nur die Grundpfeiler des logischen Positivismus erschütterte (jede Form metaphysischer Analyse ist nichtig, da ihre Ergebnisse niemals verifiziert werden können), sondern auch die des Existentialismus (die Hauptgegenstände philosophischer Betrachtung sind Sein und Freiheit). Später sollte er vieles von dem widerrufen, was er in diesem ersten Buch geschrieben hatte, aber jetzt spielte das keine Rolle. Er vergaß seine Zweifel und erinnerte sich nur an die guten, die euphorischen Zeiten; daran, wie er mit Sartre an der Sorbonne diskutiert hatte (in diesem Frühjahr war er dort Eleanor begegnet); wie er auf einer Party in Oxford Hackfleisch aus Ayer gemacht hatte und daß einer seiner ehemaligen Tutoren ihm eine große Zukunft vorausgesagt hatte – er würde die Grundsätze der europäischen Philosophie verändern, wenn er sich treu bliebe. Alles blühender Unsinn, aber jetzt, an diesem Abend, gönnte er sich die Illusion, genoß die güldenen Phantome, die an seinem Bett vorbeiglitten, dort wo er hof hielt (auch Sartre war dabei, mit Simone im Schlepptau). Einige derjenigen, die ihm Tribut zollten, lächelten nur und nickten ihm zu, und ein oder zwei waren zu betrunken, um ein Wort herauszubringen. Viele jedoch plauderten ganz locker mit ihm. Natürlich waren ihre Meinungen unerheblich, aber er hörte ihnen geduldig zu, wußte er doch, daß sie ihn nur beeindrucken wollten.

Aber dann erschien jemand, der nicht zu diesen unbeschwerten Erinnerungen paßte. Leise war er hereingekommen. Er hatte seine Freundin mitgebracht, und sie beobachteten Hugo vom Fußende des Bettes aus.

»Geht weg«, sagte Hugo. Die Frau – ihr Begleiter hatte sie Rosa genannt, dort draußen auf der Straße, war es nicht so gewesen? – betrachtete ihn mitfühlend. »Du siehst müde aus«, sagte sie.

»Ich will meine anderen Träume wiederhaben«, sagte Hugo. »Ihr Halunken, ihr habt sie davongescheucht.« Er hatte recht. Außer den beiden hatten alle den Raum verlassen: nur die lächelnde Schönheit und ihr Bräutigam mit den eingefallenen Wangen waren noch da. »Ich sagte, geht weg«, jammerte er.

»Oh, wir sind wirklich«, erwiderte Rosa. O Gott, dachte er. »Es sei denn, wir alle sind Illusionen. Und leben nur in deiner Vorstellung, wie du in der unseren.«

»Ach bitte …«, sagte Hugo. »Diese Art von Sophismus würde ich nicht einmal einem Erstsemester durchgehen lassen.« Noch während er sprach, bedauerte er seinen überheblichen Ton. Er lag hilflos und benommen im Bett; nicht der richtige Moment, um herablassend zu sein. »Andererseits …«, fing er an.

»Ich bin sicher, daß du recht hast«, entgegnete die Frau. Sie kniff sich in die Brust und lächelte. »Ich fühle mich sehr echt. Möchtest du mal anfassen?«

»Nein«, sagte er hastig.

»Ich glaube doch«, schnurrte sie und kam an die Seite seines Bettes. »Nur ein bißchen.«

»Ihr Freund ist so still«, sagte er, in der Hoffnung, sie abzulenken. Sie sah Steep an, der seit ihrer Ankunft nicht einen Muskel bewegt hatte. Er hielt sich mit seinen behandschuhten Händen am Geländer des Bettes fest, und in dem Licht wirkte er so zerbrechlich, daß Hugo sich mit jedem Blick, den er auf den Mann warf, weniger bedroht fühlte. Die erstaunliche Stärke, die er auf der Straße bewiesen hatte, schien aus seinem Körper gewichen zu sein. Er starrte Hugo zwar unverwandt an, aber sein Blick hatte nichts Bedrohliches, und er wirkte abwesend. Vielleicht muß ich gar keine Angst haben, dachte Hugo. Vielleicht kann ich die Wahrheit aus ihnen herausbekommen.

»Will er sich nicht setzen?« fragte Hugo.

»Vielleicht solltest du das wirklich, Jacob«, sagte Rosa. Steep gab nur ein unverständliches Geräusch von sich und ließ sich auf dem bescheidenen Stuhl neben der Tür nieder.

»Ist er krank?« fragte Hugo.

»Nein, nur etwas nervös.«

»Aus irgendeinem bestimmten Grund?«

»Weil wir wieder hier sind«, antwortete die Frau. »Das macht uns beide ein bißchen sensibel. Wir erinnern uns an bestimmte Dinge, und wenn wir einmal anfangen, uns zu erinnern, können wir nicht mehr aufhören. Dann heißt es zurück, ob wir mögen oder nicht.«

»Zurück … wohin?« fragte Hugo und gab sich Mühe so zu tun, als sei er an der Antwort nicht besonders interessiert.

»Wir wissen es nicht genau«, sagte Rosa. »Was Jacob sehr viel mehr ausmacht als mir. Ich glaube, ihr Männer wollt über diese Dinge sehr viel mehr wissen als wir Frauen. Habe ich nicht recht?«

»Darüber habe ich noch nicht nachgedacht«, sagte Hugo.

»Nun ja, er grübelt eben von morgens bis abends darüber nach, was wir waren, bevor wir wurden, was wir sind – wenn du mir folgen kannst.«

»Natürlich kann ich das«, bekräftigte Hugo.

»Was für ein kluger Mann du bist«, sagte sie.

»Machen Sie sich über mich lustig?« fragte Hugo verärgert.

»Überhaupt nicht. Ich meine alles so, wie ich es sage. Frag ihn.«

»Stimmt das?« sagte Hugo zu Steep.

»Es stimmt«, antwortete er tonlos. »Sie ist all das, was sich ein Mann von einer Frau wünschen kann.«

»Und er beinhaltet alles, was ich an einem Mann bewundere«, sagte Rosa.

»Sie ist leidenschaftlich, sie ist mütterlich …«

»Er ist grausam, er ist beschützend …«

423

»Sie tötet gerne ...«

»Du auch«, meinte Rosa.

Steep lächelte. »Sie ist interessierter an Blut als ich. Und an Babys. Und an Medizin.«

»Er ist besser mit Gedichten. Und Messern. Und Geografie.«

»Sie liebt den Mond. Ich ziehe das Licht der Sonne vor.«

»Er schlägt gerne die Trommel. Ich singe.«

Sie sah ihn voller Zuneigung an. »Er denkt zuviel.«

»Sie fühlt mehr, als gut für sie ist«, sagte er und betrachtete sie.

Dann schwiegen sie, während sich ihre Blicke trafen. Hugo spürte so etwas wie Neid, als er sie beobachtete. Noch nie hatte er jemanden so gekannt, wie diese beiden einander zu kennen schienen. Aber er hatte sein Herz auch niemals so weit geöffnet, daß ihn jemand hätte kennenlernen können. Im Grunde bildete er sich sogar etwas darauf ein, wie unentdeckt er geblieben war, wie geheimnisvoll, wie fern er auf andere wirkte. Was für ein Narr er doch war.

»Siehst du?« sagte Rosa schließlich. »Er ist unmöglich.« Sie tat entrüstet, lächelte ihrem Geliebten dabei jedoch verständnisvoll zu. »Er will immer nur Antworten, Antworten. Und ich sage zu ihm – entspann dich mal ein bißchen, laß fünfe mal gerade sein –, aber nein, er muß der Wahrheit ja unbedingt auf den Grund gehen, fragt ständig: ›Warum sind wir hier, Rosa? Warum wurden wir geboren?‹« Sie sah Hugo an. »Noch mehr Spitzfindigkeiten, was?«

»Nein ...«, warf Steep mürrisch ein. »Das darfst du nicht sagen.« Er erhob sich mühsam und sah Hugo an. »Vielleicht gibst du es nicht zu, aber die Frage geht auch dir durch den Kopf; sag nicht, es sei nicht so. Sie quält jedes lebende Wesen.«

»Nun, das bezweifle ich«, sagte Hugo.

»Du hast die Welt nicht durch unsere Augen gesehen. Du hast sie nicht durch unsere Ohren gehört. Du weißt nicht, wie sie stöhnt und schluchzt.«

»Ihr solltet eine Nacht hier verbringen«, sagte Hugo. »Hier hättet ihr genug Stöhnen und Schluchzen für ein ...«

»Wo ist Will?« fragte Steep plötzlich.

»Was?«

»Er will wissen, wo Will ist«, sagte Rosa.

»Fort«, sagte Hugo.

»Er hat dich besucht?«

»Ja, das hat er. Aber ich konnte seine Gesellschaft nicht ertragen und habe ihn fortgeschickt.«

»Warum haßt du ihn so sehr?« fragte Rosa.

»Ich hasse ihn nicht«, sagte Hugo. »Ich interessiere mich einfach nicht für ihn, das ist alles. Wißt ihr, ich hatte einen anderen Sohn ...«

»Das sagtest du bereits«, erinnerte ihn Rosa.

»Er war mein ein und alles. Einen solchen Jungen gibt es nicht noch einmal. Er hieß Nathaniel. Habe ich das auch schon gesagt?«

»Nein.«

»Nun, so hieß er.«

»Wie hat Will das aufgenommen?«

Hugo schien leicht verärgert darüber, in seiner Lobesrede unterbrochen worden zu sein. »Wie hat er was aufgenommen?«

»Daß du ihn weggeschickt hast.«

»Ach, weiß Gott. Er war schon immer so ein Heimlichtuer. Ich wußte nie, was er dachte.«

»Das hat er von dir«, stellte Rosa fest.

»Vielleicht«, räumte Hugo ein. »Jedenfalls kommt er nicht wieder zurück.«

»Er wird zurückkommen, um dich noch einmal zu sehen.«

»Da bin ich anderer Meinung.«

»Glaube mir nur«, sagte Steep. »Es ist seine Pflicht.« Er sah zu Rosa hinüber, die nun neben Hugo auf dem Bett saß. Ihre Hand ruhte leicht auf seiner Brust.

»Was machen Sie da?« fragte er.

»Sei ganz ruhig.«

»Ich bin ruhig. Was machen Sie da?«

»Es kann ein Segen sein«, sagte sie.

Hugo wandte sich an Steep. »Wovon quasselt sie da?«

425

»Er wird kommen, um dir seine Ehre zu erweisen, Hugo«, entgegnete Steep.

»Was soll das?«

»Und er wird schwach sein. Ich will ihn schwach.«

Hugo hörte seinen Puls im Kopf pochen, in einem schläfrig machenden Rhythmus. »Er ist bereits schwach«, sagte Hugo mit leicht unsicherer Stimme.

»Wie wenig du ihn kennst«, sagte Steep. »Er hat vieles gesehen und vieles gelernt. Er ist gefährlich.«

»Für Sie?«

»Für mein Streben«, sagte Steep.

Selbst in seinem träumerischen Zustand spürte Hugo, daß man sich jetzt dem Kern der Sache näherte. Steeps Streben. »Und wonach ... streben Sie ... genau?« fragte er.

»Ich möchte Gott erfahren«, antwortete Steep. »Wenn ich Gott erfahre, werde ich wissen, warum wir geboren wurden, wir alle, Sie und ich. Dann kann ich in die Ewigkeit geholt werden und vergehen.«

»Und Will steht Ihnen im Weg?«

»Er lenkt mich ab«, sagte Steep. »Er stellt es so hin, als wäre ich der Teufel ...«

»Aber, aber«, sagte Rosa besänftigend. »Jetzt spielst du wieder verrückt.«

»O doch, das tut er!« sagte Steep aufbrausend. »Was beinhalten denn seine verdammten Bücher, wenn nicht Anklagen? Jedes Bild, jedes Wort, wie ein Messer! Hier hinein!« Er schlug mit der Faust gegen die Brust. »Und dabei hätte ich ihn so geliebt, nicht wahr?«

»Das hättest du«, sagte Rosa.

»Ich hätte ihn vergöttert, hätte ihn zu meinem vollkommenen Sohn gemacht.« Steep erhob sich vom Stuhl und trat ans Bett. »Du hast ihn nie richtig erkannt. Das ist das Pech, für ihn und für dich. Du hast dich von dem Toten so blenden lassen, daß du gar nicht wußtest, wer direkt neben dir lebte. Ein solch schöner, ein solch guter Mann, daß ich ihn töten muß, bevor er mich gänzlich vernichtet.« Steep sah Rosa an. »Oh, mach endlich Schluß mit ihm«, sagte er. »Er ist keinen Atemzug wert.«

»Schluß machen …?« fragte Hugo.

»Psst«, sagte Rosa. »Mach deinen Kopf ganz frei. Das ist leichter.«

»Vielleicht für Sie …«, entgegnete er und versuchte sich aufzurichten. Aber der leichte Druck, den sie auf seine Brust ausübte, reichte, um ihn unten zu halten. Das Schlagen seines Herzens wurde lauter, das Gewicht seiner Lider schwerer.

»Psst«, sagte sie wie zu einem Kind, das Angst hat. »Ganz ruhig.«

Sie beugte sich etwas tiefer über ihn, und ihr Körper und ihr Atem strahlten eine solche Wärme aus, daß er sich am liebsten in ihre Arme gekuschelt hätte.

»Ich habe dir gesagt, daß er dich ein letztes Mal sehen will, Hugo«, sagte Steep. »Aber du wirst ihn nicht sehen …«

»Oh … Gott … nein …«

»Du wirst ihn nicht sehen.«

Erneut versuchte er sich aufzurichten, und dieses Mal ließ sie ihn etwas hochkommen, aber nur, damit sie ihren Arm um ihn legen und ihn zu sich heranziehen konnte. Sie begann zu singen, ein einlullendes, leises Wiegenlied.

Hör nicht zu, sagte er sich, ergib dich nicht. Doch die Töne klangen so lieblich – so sanft und beruhigend –, daß er sich nur noch an die Brust der Frau schmiegen und die Spröde seines Gemüts vergessen wollte, die Härte seines Herzens. Er wollte nur noch wohlig seufzen …

Nein! Das bedeutete den Tod. Er mußte ihr widerstehen. In seinen Gliedern war nicht genug Stärke, um sich zu befreien. Er konnte nur darauf hoffen, einen gewichtigen Gedanken zwischen sein Leben und das Lied zu schieben, das sie sang. Sonst würde er sich in ihren Armen auflösen.

Ein Buch! Ja, er wollte an ein Buch denken, das er schreiben würde, wenn er ihr entkam. Etwas, das die Menschen berühren und verändern konnte. Vielleicht eine Satire, mit all der Häme, über die er verfügte. Er würde die Wahrheit schreiben: über Sartre, über Eleanor, über Nathaniel …

Nein, nicht über Nathaniel. An Nathaniel will ich nicht denken.

Es war zu spät. Das Bild des Jungen tauchte in seinem Kopf auf und mit ihm das Wiegenlied, voller süßer Melancholie. Er konnte den Text nicht genau verstehen, aber er verstand, worum es ging. Es waren beruhigende Worte, die ihm sagten, schließ die Augen und laß dich fallen, laß dich fallen, bis du zu dem Ort kommst, an dem alle guten Kinder dieser Welt spielen.

Er blickte unter bleischweren Augenlidern hervor. Noch sah er Steep, der ihn vom Fußende des Bettes aus beobachtete und wartete, wartete ...

Die Genugtuung, mich sterben zu sehen, gönne ich dir nicht, dachte Hugo, und mit diesem Gedanken wandte er sich der Geliebten Steeps zu. Ihr Gesicht sah er nicht, aber er spürte ihre vollen Brüste an seiner Wange und wagte zu glauben, daß es noch Hoffnung für ihn gab. Er würde sie in Gedanken ficken. Genau, das würde er tun, er würde seine Erektion zwischen sich und den Tod stellen. Er würde sie vor seinem geistigen Auge nackt ausziehen, würde sie festnageln und würde sie mit seinen Attacken zum Schluchzen bringen, bis ihre Kehle zu rauh war, um noch Wiegenlieder zu singen. Er hob seine Hüften unter der Bettdecke.

Sie hörte auf zu singen. »Na hör mal ...«, murmelte sie. »Was machen wir denn da?« Sie knöpfte ihre Bluse auf, und sein willenloser Mund suchte nach ihren Brustwarzen, fand sie und saugte daran. Ihre Hand fuhr langsam unter die Bettdecke, unter das Gummiband seiner Pyjamahose, und berührte ihn zärtlich. Er erschauderte. So hatte er es nicht geplant. Überhaupt nicht. Er war noch immer ein Kind, ungeachtet dessen, was sie da streichelte; noch immer ein Säugling, der in ihren Armen dahinschmolz wie Butter.

Eine andere Geschichte, schnell! Er brauchte einen tiefsinnigen, schwerwiegenden Gedanken, der sein Herz schneller schlagen ließ, oder es wäre alles vorbei. Ethik? Nein. Holocaust? Nein. Demokratie, Gerechtigkeit, der Untergang der Zivilisation – nein, nein, nein. Nichts war düster oder großartig genug, um ihn vor diesen Brüsten zu retten, vor diesen Berührungen, vor dem Gefühl, wie schön es wäre, dort zu liegen und sich vom Schlaf in die Dunkelheit führen zu lassen.

Er hörte das Hämmern seines Herzens im Kopf; es klang wie Sirup, der auf eine Kesselpauke tropft. Er spürte, wie sich das Blut in den Venen verdickte und langsamer wurde. Jetzt konnte er nichts mehr tun. Und wollte es auch nicht mehr. Seine Augenlider schlossen sich flatternd, die Lippen lösten sich von Rosas Brustwarze. Dann fiel er herab, tiefer und tiefer, bis er nicht mehr tiefer fallen konnte.

IX

Will wurde vom Klingeln des Telefons aus dem Schlaf geholt, aber als er sich gerade aufgerappelt hatte, hörte es auch schon auf. Er saß aufrecht im Bett und tastete nach seiner Uhr. Es war kurz nach vier. Kalt, dunkel und still. Er lauschte und hörte, wie Adele etwas sagte und wie ihre Worte, die er nicht verstand, in Schluchzen übergingen. Schnell knipste er die Lampe an, warf sich den Bademantel über und ging auf den Flur hinaus, wo er hörte, wie sie auflegte. Er wußte, was sie sagen würde, noch bevor sie mit tränenüberströmtem Gesicht zu ihm hinaufblickte. Hugo war tot.

Wenn es denn trösten könne, so der diensthabende Arzt, als sie im Krankenhaus ankamen, er sei friedlich gestorben, im Schlaf. Sehr wahrscheinlich an Herzversagen, ein Mann seines Alters eben ... bei den Schlägen, die er abbekommen hatte ... Aber morgen wüßten sie mehr. Wollten sie ihn sehen?

»Natürlich will ich ihn sehen«, sagte Adele und ergriff Wills Hand. Hugo lag im Bett, dort wo sie vor zwölf Stunden mit ihm gesprochen hatten, sein Kopf auf den hügeligen Kissen, der Bart auf der Brust wie eine geknüpfte Serviette.

»Du solltest ihm als erster Auf Wiedersehen sagen«, sagte Adele und blieb etwas zurück, während er sich dem Bett näherte. Er hatte nichts zu sagen, ging aber trotzdem hin. Die ganze Szene hatte etwas leicht Künstliches an sich – das Laken zu glatt gestrichen, der Körper so symmetrisch zurechtgelegt, und warum sollte er nicht auch seine Rolle spielen? Aber als er dort stand und auf die manikürten Hände und die geschlossenen Augenlider blickte, hörte er nichts als die verächtlichen Worte, die der Mann in all den Jahren von sich gegeben hatte. Die entmutigenden und abweisenden Worte. Diese Litaneien würde er nie mehr vernehmen, aber er würde sich auch nie mehr davon befreien können, und irgendwann würde er das betrauern.

»Das wär's dann«, sagte er leise. Selbst jetzt und obwohl er wußte, wie absurd die Vorstellung war, hätte er sich nicht gewundert, wenn sein Vater ein spöttisches Auge geöffnet und ihn einen Narren genannt hätte. Aber Hugo war gegangen, wohin traurige Väter auch immer gehen, und hatte den Sohn seiner Verwirrung überlassen. »Gute Nacht, Dad«, murmelte Will, wandte sich ab und überließ Adele den Platz am Bett.

»Möchtest du, daß ich hierbleibe?« fragte er.

»Wenn du nichts dagegen hast, will ich ein bißchen mit ihm allein sein. Ich möchte ihm noch ein paar Dinge sagen.«

Er ließ sie allein und fragte sich draußen, was sie ihm wohl zuflüstern würde. Etwa tränenreiche Liebesschwüre, die sich jetzt ihre Bahn brechen konnten, da sie seine Zensur nicht mehr fürchten mußte? Oder nur ein paar leise Worte, bei denen sie seine Hand hielt? Vielleicht beschwerte sie sich wehmütig darüber, daß er so plötzlich fortgegangen war, und küßte ihn zum Abschied auf die Wange. Der Gedanke daran rührte ihn weit mehr, als es die Leiche getan hatte. Die treue Adele, die ihr Leben um seinen Vater herum aufgebaut hatte, deren Ziel es gewesen war, daß er sich wohl fühlte, und die auf seine Zuneigung gebaut hatte; jetzt stand sie leise klagend vor den Scherben.

Da er annahm, daß sie etwas länger bei Hugo bleiben würde, ging Will nicht auf den grell erleuchteten Parkplatz hinaus, sondern trat durch eine Hintertür in den bescheidenen Krankenhausgarten. Das Licht aus den Fenstern zeigte ihm den Weg zu einer Bank unter Bäumen, auf der er sich niederließ, um eine Weile nachzudenken. Nach ein paar Minuten hörte er, wie sich in dem Blätterdach über ihm etwas bewegte. Dann ertönte ein zaghaftes Zwitschern, und die ersten Vögel begrüßten den Tag. Im Osten sah man ein kaltes Grau heraufziehen. Er beobachtete es wie ein Kind, das den Minutenzeiger der Uhr beobachtet, um zu sehen, ob er sich bewegt, aber auch dieser Morgen entzog sich einer solchen Festlegung. Um ihn herum gab es außerdem genug zu sehen. Rosensträucher und Hortensien, eine mit Kletterefeu bedeckte Mauer. Noch tauchte die Dämmerung die Pflanzen in ein fahles Grau, aber mit jeder Minute traten die Farben hervor, wie bei einem Foto, das sich in der Schale entwickelt und in einzelne Farbtöne aufteilt. An einem anderen Tag hätte er fasziniert zugesehen, und seine Augen hätten den Anblick aufgesogen. Aber heute empfand er kein Vergnügen dabei, weder an den Blüten noch an dem Tag, der sie sichtbar machte.

»Was nun?«

Er sah durch den Garten, in die Richtung, aus der die Stimme gekommen war. Neben der Efeumauer stand ein Mann. Nein, kein Mann: Steep.

»Er ist tot, und du wirst nie mehr deinen Frieden mit ihm schließen«, sagte Steep. »Ich weiß … das hast du nicht verdient. Er hätte dich lieben sollen, aber er hatte keinen Platz dafür in seinem Herzen.«

Will bewegte sich nicht. Er sah, wie Steep auf ihn zukam. Ein Teil von ihm empfand Furcht, ein anderer Freude. Deswegen war er doch nach Hause gekommen. Nicht in der Hoffnung auf Versöhnung. Deswegen.

»Wie lange ist es her?« fragte Steep. »Rosa und ich haben uns gefragt, aber wir konnten uns nicht genau erinnern.«

»Steht das nicht in deinem Buch?«

»Das Buch ist für die Toten, Will. Und zu denen zählst du noch nicht.«

»Fast dreißig Jahre.«

»Wirklich? Dreißig Jahre. Du hast dich in dieser Zeit sehr verändert. Ich nicht. Und genau darin besteht unsere Tragik.«

»Ich bin nur erwachsen geworden. Das ist nicht tragisch.« Will erhob sich, und Steep blieb stehen. »Warum hast du meinen Vater halbtot geschlagen?«

»Er hat es dir gesagt?«

»Ja.«

»Dann hat er dir gewiß auch gesagt, warum.«

»Ich kann nicht glauben, daß du so armselig handelst. Das paßt nicht zu dir. Er war ein wehrloser alter Mann.«

»Wenn ich mich nicht an den Wehrlosen vergriffe, an wem sollte ich mich sonst vergreifen«, sagte Steep. »Du erinnerst dich, wie schnell mein kleines Messer sein kann?«

»Ich erinnere mich.«

»Nichts Lebendes ist sicher vor mir.«

»Jetzt übertreibst du«, sagte Rosa und trat aus den Schatten, um sich neben Steep zu stellen. »Ich bin gefeit.«

»Das bezweifle ich«, sagte Steep.

»Hör sich einer das an«, sagte Rosa. »Das mit deinem Vater tut mir übrigens leid. Er brauchte ein wenig Zärtlichkeit ...«

»Rosa«, sagte Jacob.

»Und so habe ich ihn in meinen Armen gewiegt. Er war so friedlich.«

Das Geständnis kam ihr so leicht über die Lippen, daß Will zunächst gar nicht bewußt wurde, was sie gesagt hatte. Schließlich verstand er. »Du hast ihn ermordet.«

»Nicht ermordet«, entgegnete Rosa. »Mord ist grausam, und ich war keineswegs grausam zu ihm.« Sie lächelte, und ihr Gesicht strahlte in der Dämmerung. »Du hast ihn gesehen«, sagte sie. »Du hast gesehen, wie friedlich er im Tod aussah.«

»Ich werde nicht so leicht gehen«, sagte Will. »Wenn es das ist, was ihr vorhabt.«

432

Rosa zuckte mit den Schultern. »Es wird schön. Du wirst schon sehen.«

»Still, Rosa«, sagte Steep. »Du hattest deinen Spaß mit dem Vater. Der Sohn gehört mir.«

Rosa warf ihm einen giftigen Blick zu, schwieg aber. »Was Hugo betrifft, hat sie recht«, fuhr Steep fort. »Er hat nicht gelitten. Und auch du sollst nicht leiden. Ich bin nicht gekommen, um dich zu quälen, auch wenn du mich weiß Gott gequält hast ...«

»Du hast damit angefangen, nicht ich.«

»Aber du hast weitergemacht«, sagte Steep. »Jeder andere hätte sich abgewandt, hätte sich eine Frau gesucht, die ihn liebt; Kinder, Hunde, egal was – aber du, du hast nicht losgelassen, du hast mich verfolgt, ließest mich bluten.« Seine Zähne knirschten, während er sprach, und er zitterte am ganzen Körper. »Es muß aufhören«, sagte er. »Jetzt, hier. Es hört jetzt auf.« Er knöpfte seine Jacke auf. Das Messer steckte im Gürtel und harrte seiner Hand. Das kam nicht sehr überraschend. Will hatte Steep, den Scharfrichter, erwartet. Was Will überraschte, war seine eigene Ruhe. Natürlich war Steep gefährlich, aber das war er auch. Eine Berührung nur, und er konnte Steep entführen, fort von diesem grauen Morgen. Vielleicht zu dem Wald, wo Thomas Simeon mit ausgehackten Augen lag. Dort, wo der Fuchs sich herumtrieb; Lord Fuchs, das Tier, das ihn so viel gelehrt hatte. Diese Weisheit steckte nun in ihm. Sie machte ihn schlau und geschmeidig.

»Dann berühre mich«, sagte er zu Steep und streckte die Hand nach seinem Feind aus, wie Simeon, der das Blütenblatt zeigte. »Ich fordere dich heraus. Berühre mich. Wir werden sehen, wohin es uns führt.« Steep war stehengeblieben und betrachtete Will mißmutig.

»Sagtest du nicht, er wäre schwach?« meinte Rosa amüsiert.

»Ich sagte, du sollst still sein«, entgegnete Steep.

»Ich habe das gleiche Recht ...«

»Halt den Mund!« brüllte Steep.

»Können wir nicht vernünftig über diese Sache reden?«

schlug Will vor. »Ich möchte genausowenig heimgesucht werden wie du. Ich will dich loslassen. Ich schwöre, ich will es wirklich.«

»Du kannst es nicht kontrollieren«, sagte Steep. »In deinem Kopf ist ein Loch, durch das die Welt eindringt. Wahrscheinlich hast du das von deiner verrückten Mutter. Einen kleinen Hauch des Wahns. Es würde nicht einmal eine Rolle spielen, wenn du es mit einem gewöhnlichen Mann zu tun hättest.«

»Aber das habe ich nicht.«

»Nein.«

»Ihr seid etwas anderes. Alle beide.«

»Ja ...«

»Aber ihr wißt nicht, was ihr seid, oder?«

»Du ähnelst deinem Vater mehr, als du glaubst«, stellte Steep fest. »Ihr beide schnüffelt ständig hinter Antworten her, selbst wenn euer Leben in der Schwebe hängt.«

»Und? Wißt ihr es nun oder nicht?«

Rosa antwortete, nicht Steep. »Gib's zu, Jacob«, sagte sie. »Wir wissen es nicht.«

»Vielleicht könnte ich euch helfen«, sagte Will.

»Nein«, entgegnete Steep. »Du kannst mich nicht überreden, dich zu verschonen, also spar dir deinen Atem. So große Angst vor meinen eigenen Erinnerungen habe ich nicht, als daß ich sie nicht so lange ertragen könnte, wie ich brauche, um dir die Kehle durchzuschneiden.« Er zog das Messer aus der ledernen Scheide. »Den Fehler hast nicht du begangen. Das gebe ich zu. Es war meiner. Ich war allein, und ich wollte einen Begleiter. Aber ich habe bei meiner Wahl nicht aufgepaßt. So einfach ist das. Wenn du ein ganz normales Kind gewesen wärst, hättest du dein Abenteuer gehabt und wärst anschließend deiner Wege gegangen. Aber du hast zuviel gesehen. Du hast zuviel gespürt.« Seine Stimme klang belegt, aber es war bei weitem nicht nur Zorn, der darin mitschwang. »Du ... hast mich ... in dein Herz geschlossen, Will. Und dort gehöre ich nicht hin.«

Das Tageslicht war mittlerweile hell genug. Will sah,

434

wie krank das Warten Steep gemacht hatte. Sein Gesicht war weiß und zerbrechlich. Seine Schönheit wirkte trotz des Bartes und der dichten Augenbrauen fast weiblich, während der Rest verbraucht aussah, die Lippen, die Augen, die Wangenknochen. Er hob das Messer, und das Glitzern der Klinge erinnerte Will daran, wie es sich damals angefühlt hatte, als er es in der Hand hielt. Der Griff, die Leichtigkeit. Wie es die Finger angeleitet hatte, seine Arbeit zu tun. Wenn Steep ihm so nahe kam, daß er zustoßen konnte, gab es kein Entrinnen mehr. Das Messer würde Wills Leben finden und es nehmen, so schnell, daß er kaum merken würde, wie es verging.

Er schaute nach links, zu dem Tor, das aus dem Garten führte. Es war zehn, vielleicht zwölf Meter von ihm entfernt. Wenn er loslief, hatte Steep ihm mit drei Schritten den Weg versperrt. Er konnte nur hoffen, Steep auf andere Weise aufzuhalten. Und dazu blieb ihm nur ein Name.

»Erzähl mir von Rukenau«, sagte er.

Steep blieb in der Tat stehen, und sein Gesicht – in seinem jetzigen Zustand war er nicht in der Lage, seine Gefühle zu verbergen – zeigte äußerstes Erstaunen. Sein Mund öffnete sich, aber er brachte keinen Ton hervor. Schließlich sprach Rosa:

»Du kennst Rukenau?«

Mittlerweile hatte sich Steep etwas erholt. »Unmöglich«, sagte er.

»Wie kommt es …?«

»Das spielt keine Rolle«, sagte Steep, der sich offensichtlich nicht von seinem Vorhaben abbringen lassen wollte. »Ich will nichts von ihm hören.«

»Aber ich«, sagte Rosa und kam auf Will zu. »Wenn er etwas weiß, sollten wir es aus ihm herausholen.« Sie schob sich an Jacob vorbei und stellte sich zwischen Will und das Messer. Es tröstete ihn etwas, daß er die Klinge nicht mehr sehen mußte. »Was weißt du über Rukenau?«

»Dieses und jenes«, antwortete Will so beiläufig wie möglich.

»Siehst du?« sagte Steep. »Er weiß nichts.«

Will sah den Schatten des Zweifels auf Rosas Gesicht. »Du erzählst es mir lieber«, sagte sie leise. »Schnell.«

»Und dann tötet er mich.«

»Ich kann ihn überreden, dich gehen zu lassen«, sagte sie fast flüsternd. »Wenn du Rukenau eine Nachricht zukommen lassen kannst ... Richte ihm aus, ich wäre gerne wieder bei ihm ...«

Will sah Steeps Gesicht hinter ihrer Schulter. Noch tolerierte er dieses Gespräch. Aber nicht mehr lange. Wenn Will nicht bald Beweise lieferte, würde das Messer seine Arbeit tun. Er holte tief Atem und gab die wenigen substantiellen Informationen preis, die er besaß.

»Du meinst, bei ihm in seinem Haus?« sagte er. »Im Domus Mundi?«

Rosas Augen weiteten sich. »O mein Gott!« sagte sie. »Er weiß doch etwas.« Sie sah zurück zu Steep. »Hast du gehört, was er gesagt hat?«

»Es ist ein Trick«, sagte Steep. »Das hat er in meinem Kopf gefunden.«

»So tief hast du mich nie blicken lassen«, konterte Will.

Rosa sah Steep mit blitzenden Augen an. »Ich will dorthin zurück«, sagte sie. »Ich will sehen ...«

Sie konnte den Satz nicht beenden. Steep packte ihren Arm und zog sie fort von Will. Aber sie riß sich los und schlug Jacob fast beiläufig ins Gesicht. Der Schlag erwischte ihn auf dem falschen Fuß, und er stolperte nach hinten. Verblüfft starrte er Rosa an. »Wage es nicht, Hand an mich zu legen!« zischte sie und drehte sich wieder zu Will. »Erzähl mir sofort, was du weißt. Du hilfst mir, und ich helfe dir, das schwöre ich dir!« Will erkannte, wie ernst sie es meinte. »Ich sagte bereits, ich bin nicht grausam«, fuhr sie fort. »Jacob wollte den Tod deines Vaters, nicht ich. Die Trauer sollte dich schwächen.« Hinter ihr gab Steep so etwas wie ein Knurren von sich. Sie ignorierte es und sprach weiter. »Wir brauchen keine Feinde zu sein. Wir wollen beide das gleiche.«

»Und was ist das?«

»Heilung«, sagte sie.

In diesem Augenblick packte Steep sie ein zweitesmal, heftiger als zuvor, und stieß sie beiseite. Dieses Mal schlug sie ihn nicht, sondern wandte sich um und schleuderte ihm einen Fluch entgegen. Was geschah dann? Es ging so schnell, daß Will es kaum mitbekam. Er sah das Messer zwischen ihnen, und es bewegte sich so schnell wie damals in dem Wäldchen, wie ein tödlicher Blitz. Dann war es verschwunden, und Will sah, daß es in Rosas Brust steckte, daß die Klinge sich ganz in sie gebohrt hatte. Pfeifend entwich ihr Atem, der in ein Schluchzen überging. Sie blickte Steep ins Gesicht, dessen Blick jetzt dorthin fiel, wo das Messer steckte. Mit einem zweiten schluchzenden Atemzug stieß Rosa ihren Angreifer von sich. Hilflos taumelte er zurück, und sie stand einige Sekunden lang schwankend vor ihm; ihre Hände suchten den Griff des Messers, das noch immer bis zum Heft in ihrer Brust steckte.

Sie umfaßte es, und mit einem Schrei, der sicherlich sämtliche Patienten des Krankenhauses aus dem Schlaf schreckte, zog sie es aus ihrem Körper und warf es auf den Boden. Eine seltsame Flüssigkeit sprudelte aus der Wunde, breitete sich auf ihrer Bluse aus und durchtränkte ihren Rock. Sie blickte fast neugierig auf ihre Brust herab, hob den Kopf und wankte auf Steep zu.

»O Jacob«, schluchzte sie. »Was hast du getan?«

»Nein, nein ...« Er schüttelte den Kopf, und Tränen liefen seine Wangen herab. »Das war nicht ich ...«

»Halte mich!« rief sie, breitete die Arme aus und taumelte auf ihn zu.

Man sah ihm an, daß er sie nicht berühren wollte, aber er hatte keine Wahl und fing sie mit ausgebreiteten Armen auf; die Wucht ihres Falls zog sie beide zu Boden, auf die Knie. Er beteuerte nicht länger seine Unschuld, sondern legte nur schluchzend den Kopf auf ihre Schulter und flüsterte immer wieder ihren Namen.

Will wollte das Ende nicht miterleben. Er hatte nur diesen Augenblick, um zu entkommen, und so nutzte er ihn und machte einen weiten Bogen um das Paar, als er zum Tor lief. Auf dem Weg dorthin fiel sein Blick auf die Mord-

437

waffe, die noch immer an der Stelle im taufeuchten Gras lag, wo Rosa sie hingeworfen hatte. Der Instinkt war schneller als seine Gedanken. Rasch bückte er sich und hob das Messer auf, und während er davoneilte, spürte er voller Aufregung sein Gewicht in der Hand. Erst als er das Tor hinter sich geschlossen hatte und sich einigermaßen sicher fühlte, sah er sich noch einmal nach Jacob und Rosa um. Das Paar hatte sich nicht bewegt. Noch immer knieten sie auf dem Boden, und Steep drückte die Frau an sich. Weinte er? Fast schien es Will so. Aber das Zwitschern der Vögel, die nun überall begannen, ihren Tagesgeschäften nachzugehen, war so laut, daß sie seine Trauer übertönten.

X

Im Laufe der Jahre hatte Will seine Fähigkeiten im Hinblick auf Tarnung und Täuschung immer weiter entwickeln müssen, bis er fast perfekt darin war. Es galt, sich Zugang zu Orten zu verschaffen, zu denen er nicht gehen durfte, und Dinge zu dokumentieren, die er nicht sehen sollte. In den Stunden nach der Konfrontation im Rosengarten kamen sie ihm nun zugute. Minuten nach dem Messerstich unterschrieb er im Krankenhaus all die Dokumente, die nötig waren, damit die Leiche seines Vaters freigegeben und weggebracht werden konnte. Danach fuhr er mit Adele nach Hause zurück und ließ sich dabei nichts von dem anmerken, was er erlebt und erfahren hatte. Zum Glück fragte ihn auch niemand danach.

Natürlich erzählte er Adele auch nichts von Rosas Geständnis. Wozu auch? Sollte sie ruhig glauben, daß ihr geliebter Hugo friedlich im Schlaf gestorben war. Die groteske Wahrheit hätte sie nur in Schrecken versetzt und eine Menge Fragen mit sich gebracht, die Will nicht beantworten konnte. Zumindest noch nicht. Dennoch hatte er im Garten genug gehört, um daran zu glauben, daß das Ge-

438

heimnis vielleicht doch zu entschlüsseln wäre. Rosa hatte von Rukenau als lebender Person gesprochen (die der Vorstellung von Alter genauso Hohn zu sprechen schien wie sie und Jacob) und davon, daß er ihren Schmerz heilen könne (hatte sie die Verletzung, die sie erleiden sollte, vorausgesehen?). Das waren neue Elemente in der Geschichte. Noch hatte er die Teile nicht zusammengesetzt, aber das würde er noch tun. Er spürte noch immer, was er im Garten gespürt hatte: daß Lord Fuchs in ihm blieb, daß sein Geist ihn nicht verließ. Er würde die Wahrheit herausbekommen, egal, hinter wie vielen Leichen sie sich verbarg.

Ohne Zweifel konnte das ein gefährlicher Prozeß werden. Wenn Steep vor dem Morgengrauen mörderische Absichten gehegt hatte, so hatten sie sich mittlerweile verhundertfacht. Will war nicht länger nur ein Kind, das er falsch eingeschätzt hatte, ein Junge mit mentalen Fähigkeiten, der zu einem etwas zu hartnäckigen Mann herangewachsen war. Er verfügte nicht nur über Informationen (sehr wenige, aber das wußte Steep nicht), er hatte auch gesehen, wie Rosa verwundet wurde. Und als ob das alles nicht genug gewesen wäre, besaß Will jetzt auch noch das Messer. Er spürte, wie es gegen seine Brust klopfte, während er fuhr, sicher versteckt in der Innentasche seiner Jacke. Selbst wenn er sonst nichts von Will wollte, würde Jacob zurückkommen, um sich das Messer zu holen.

Auch aus diesem Grund hatte Will vor, Adele so schnell wie möglich zu verlassen. Offensichtlich hatte Steep keinerlei Skrupel, Menschen zu vernichten, die zwischen ihm und seiner Beute standen. Sollte Adele ihm im Weg sein, würde er sie einfach beiseite räumen. Zum Glück schien sie sich auch allein helfen zu können, und nachdem ihre Tränen zumindest fürs erste getrocknet waren, setzte sie eine Liste mit den Dingen auf, die es zu tun galt. Ein Bestattungsunternehmen mußte gefunden und ein Sarg ausgewählt werden. Man mußte den Vikar von St. Luke's benachrichtigen, damit ein Termin für die Trauerfeier vereinbart werden konnte. Sie und Hugo hatten schon eine hübsche Grabstelle ausgesucht, erzählte sie Will, bei der

Westmauer des Kirchhofs. Seltsam, dachte Will, daß dieser Mann, der für jede Form religiöser Betätigung nur beißenden Spott übrig gehabt hatte, eine Ruhestätte neben den gottesfürchtigen Dörflern einer raschen und sauberen Einäscherung vorzog. Vielleicht hatte Hugo es nur für Adele getan, aber wenn, war schon das bemerkenswert genug; daß er seine eigenen Gefühle so weit zurückgenommen hatte, um ihren Wünschen zu entsprechen. Besonders durch diese Entscheidung, die letzte. Vielleicht hatte er mehr für sie empfunden, als Will gedacht hatte.

»Er hat ein Testament gemacht, das weiß ich«, sagte Adele. »Es liegt bei einem Notar in Skipton, einem Mr. ... Mr. ... Napier, jetzt fällt es mir wieder ein. Napier. Wahrscheinlich solltest du dich mit ihm in Verbindung setzen, denn du bist der nächste Verwandte.« Will sagte, daß er es sofort tun würde. »Aber zuerst gibt es Frühstück«, sagte Adele.

»Warum gehst du nicht für ein paar Stunden zu deiner Schwester?« schlug Will vor. »Du solltest dich etwas ausruhen.«

»Aber genau das möchte ich nicht tun«, sagte sie bestimmt. »In diesem Haus« – sie fuhren gerade auf das Tor zu – »war ich so glücklich wie sonst nirgends. Und genau hier möchte ich jetzt bleiben.«

Sie machte nicht den Eindruck, als würde sie sich umstimmen lassen, und Will erinnerte sich noch gut genug an ihre Sturheit, um zu wissen, daß Widerspruch sie nur bestärken würde. Also lieber frühstücken und mit vollem Magen die Lage überdenken. Er hatte wahrscheinlich ein paar Stunden Ruhe, bevor Steep den nächsten Schritt tat.

Zunächst einmal mußte Steep Rosas Leiche loswerden – vorausgesetzt, daß sie überhaupt tot war. Wenn nicht, würde er sich jetzt bestimmt um sie kümmern. Sie hatte zumindest eine schwere Wunde erlitten, denn das Messer vermochte mehr als andere Waffen. Abgesehen davon war ihre Lebensdauer nicht an der eines normalen Menschen zu messen (es war zweihundertundfünfzig Jahre her, seit sie am Ufer der Newa gestanden hatte). Sie schien dem Tod weitaus mehr trotzen zu können, als das vorstellbar schien. Vielleicht erholte sie sich bereits wieder.

Kurz gesagt, er wußte wenig und konnte noch weniger voraussagen. Unter solchen Umständen bot es sich an, etwas zu essen. So lautete jedenfalls Adeles Rezept, und es funktionierte. Während sie ein Frühstück zubereitete und servierte, das für einen König gemacht schien – Schinken, Würstchen, Eier, Nierchen, Pilze, Tomaten und geröstetes Brot –, besserte sich sowohl seine als auch ihre Stimmung.

»Wann bist du gestern schlafen gegangen?« fragte sie ihn, als sie aßen. Er sagte, es sei kurz nach halb zwei gewesen. »Du solltest dich heute nachmittag ein bißchen hinlegen. Zwei Stunden sind viel zu wenig.«

»Vielleicht mache ich das«, sagte er, war sich jedoch bewußt, daß er nicht daran denken konnte, in Ruhe auszuschlafen. Er mußte wachsam bleiben.

Durch das Essen, Tee und ein paar Zigaretten gestärkt, rief er Notar Napier an, hauptsächlich um Adele zu beruhigen. Napier sprach sein Beileid aus und bestätigte, daß die notwendigen Papiere vor zwei Jahren verfaßt worden seien. Falls Will das Testament seines Vaters nicht anfechten wolle, ginge der Besitz Hugos, sein Geld und natürlich das Haus an Adele Botrall. Will bestätigte, daß er nicht vorhabe, das Testament anzufechten und dankte Napier für seine Hilfe. Dann suchte er Adele, um sie zu informieren. Er fand sie an der Tür von Hugos Arbeitszimmer.

»Ich dachte, du solltest vielleicht seine Papiere vor mir durchsehen«, sagte sie. »Nur für den Fall, daß ... ich weiß nicht ... Sachen von deiner Mutter dabei sind. Private Dinge.«

»Wir müssen das ja nicht gleich heute tun, Adele«, sagte Will freundlich.

»Nein, nein, ich weiß. Aber wenn, wäre es mir lieber, du würdest dich als erster damit befassen ...«

Er versprach es und berichtete von dem Gespräch mit Napier.

»Ach, ich weiß gar nicht, was ich mit dem Haus machen soll«, klagte sie.

»Zerbrich dir darüber jetzt nicht den Kopf«, meinte er.

»Mit juristischen Dingen kenne ich mich nicht aus«, sagte sie. Noch nie hatte ihre Stimme so verwundbar geklungen. »Wenn Anwälte reden, verwirrt mich das nur.«

Er nahm ihre Hand. Ihre dünnen Finger fühlten sich kalt an, aber ihre Haut schien weich und geschmeidig, trotz all der Jahre, die sie gekocht und gewaschen hatte. »Adele«, sagte er. »Hör mir zu. Dad war sehr gewissenhaft.«

»Ja«, sagte sie. »Das hat mir so gut an ihm gefallen.«

»Du brauchst dir also keine Sorgen zu machen.«

Unvermittelt flüsterte sie: »Ich habe ihn geliebt, wirklich.« Die Worte schienen sie selbst ebenso zu überraschen wie Will, und Tränen traten in ihre Augen. »Er hat mich so … glücklich gemacht.« Will legte den Arm um sie, und sie ließ sich gerne trösten und lag schluchzend an seiner Brust. Sie hatte diesen Mann von ganzem Herzen geliebt, und nun war er von ihr gegangen, und sie war allein. Dafür gab es keine Worte. Was er an Trost spenden konnte, versuchte er zu geben, indem er sie sanft in den Armen wiegte, während sie weinte.

Er hatte so viele Wesen trauern sehen. Er hatte Elefanten fotografiert, die neben den Leichen ihrer gestorbenen Artgenossen standen. Jede Bewegung ihrer massigen Körper hatte Trauer ausgedrückt. Affen, die vor Kummer fast wahnsinnig wie Klageweiber kreischend ihre Toten beweint hatten. Ein Zebra, das traurig den Kopf senkte und sein totes Fohlen, von Wildhunden gerissen, mit der Schnauze anstupste. Das Leben war grausam für Wesen, die Bindungen brauchten, denn es zerstörte diese Bindungen früher oder später. Die Liebe mochte nachgiebig sein, das Leben war spröde. Es zerbrach leicht, es zerbröckelte, während die Erde sich weiter drehte und der Himmel so tat, als sei nichts geschehen.

Schließlich ließ Adele ihn los, wischte sich die Tränen mit einem oft benutzten Taschentuch ab und sagte schniefend: »Nun, das bringt auch nichts, nicht wahr?« Sie atmete seufzend aus. »Es tut mir leid, daß die Dinge zwischen dir und deinem Vater so standen. Glaub mir, ich weiß, wie schwierig er sein konnte. Aber es war ihm auch möglich, ganz anders zu sein, wenn er nicht das Gefühl hatte, etwas beweisen zu müssen. Bei mir brauchte er das nicht. Ich vergötterte ihn, und er wußte das. Und natürlich ließ er sich gerne vergöttern, wie alle Männer.« Sie schluchzte leise, und es schien, als würden die Tränen wiederkommen, aber sie nahm sich zusammen. »Ich werde den Vikar anrufen«, sagte sie und versuchte so etwas wie ein Lächeln zustande zu bringen. »Wir müssen die Kirchenlieder auswählen.«

Als sie gegangen war, öffnete Will die Tür zum Arbeitszimmer und sah hinein. Die Vorhänge waren halb zugezogen. Ein Sonnenstrahl fiel auf den mit Büchern und Papieren übersäten Schreibtisch und den fadenscheinigen Teppich. Will betrat den Raum und atmete den Geruch von alten Büchern und abgestandenem Zigarettenqualm ein. Dies war Hugos Festung gewesen, ein Raum der großen Männer und der großen Gedanken, wie er wohl gesagt hätte. Die Bücherregale, die zwei Wände vom Boden bis zur Decke einnahmen, waren mit Büchern vollgestopft: Hegel, Kierkegaard, Hume, Wittgenstein, Heidegger, Kant. Als Jugendlicher hatte Will in einige dieser Bände hineingeschaut – ein letzter vergeblicher Versuch, es Hugo recht zu machen –, aber ihr Inhalt sagte ihm so wenig wie eine Seite mit mathematischen Gleichungen. Auf dem antiken Tisch links vom Fenster befand sich die zweite größere Sammlung, die der Raum zu bieten hatte – mehr als ein Dutzend Flaschen Malt-Whisky, allesamt *rare*. Wenn Hugo allein war, wenn er die Tür des Arbeitszimmers geschlossen hatte, dann genoß er diese Tropfen. Will stellte sich seinen Vater vor, wie er in dem abgewetzten Ledersessel saß, nachdenkend und trinkend. Hatte der Whisky es ihm leichter gemacht, die Worte zu verstehen? fragte er sich. War sein Geist rascher durch das Dickicht der Gedanken Kants geeilt, wenn ihn ein Single Malt beflügelt hatte?

Er trat an den Schreibtisch, auf dem sich eine dritte Sammlung präsentierte: Hugos kupferne Briefbeschwerer, sieben oder acht Stück, die auf verschiedenen Stapeln mit Notizen lagen. Wenn irgendwelche private Korrespondenz mit Eleanor überlebt hatte, würde er sie in den Schreibtisch-schubladen finden. Aber er bezweifelte, daß solche Briefe überhaupt existierten. Selbst angenommen, seine Eltern wären früher so verliebt gewesen, daß sie leidenschaftliche Liebesbriefe ausgetauscht hätten, konnte Will sich nicht vorstellen, daß Hugo sie nach der Scheidung aufbewahrt hatte.

Auf der Schreibunterlage lag ein Stapel Papier. Er nahm ihn und blätterte ihn durch. Es schien sich um Aufzeichnungen für eine Vorlesung zu handeln. Jedes zweite Wort war verbessert, angezweifelt oder ersetzt worden. Teile des Textes hatte sein Vater so heftig korrigiert, daß sie kaum mehr zu entziffern waren. Will schob den Vorhang etwas zur Seite, um besser sehen zu können, setzte sich auf den Sessel und sah die chaotischen Blätter durch, wobei er versuchte, den Sinn des Textes so gut es ging zu ergründen.

Täglich werden wir mit den kläglichen Fakten unserer Animalität konfrontiert, hatte Hugo geschrieben. *Wir unterziehen uns … (unleserlich) einem Prozeß der Selbstzensur, der so in alles eingebettet ist, daß wir ihn nicht mehr als solchen wahrnehmen. Wir untersuchen die Exkremente in der Schüssel oder den Eiter im Taschentuch nicht unter moralischen oder ethischen* (zuerst hatte er spirituellen statt ethischen geschrieben) *Aspekten, sondern …* Es folgte ein Abschnitt, den er mit wilden Kreuzen unleserlich gemacht hatte. Als der Text weiterging, war er klarer, ohne weniger zwiespältig zu sein: *Tränen, das geben wir gerne zu, beinhalten ein gewisses Maß an emotionaler Signifikanz. In manchen … (unleserlich) ist vielleicht der Schweiß … (unleserlich). Aber da die wissenschaftlichen Methoden immer weiter verfeinert werden und ihre Werkzeuge die Nuancen der wahrnehmbaren Welt mit einer Genauigkeit beschreiben und kalibrieren* (oder hieß es kalkulieren; eins von beiden), *die wir vor einem Jahrzehnt noch für unmöglich gehalten hätten, sind wir gezwungen, unsere Annahmen zu überdenken. Chemisch Signifikantes – die Absonderungen unserer Haut und unserer Organe als Reaktion auf emotionale Aktivitäten – findet sich in all unseren Abfallprodukten.* Daneben hatte Hugo drei Fragezeichen gekritzelt, als sei er sich seiner Behauptung durchaus nicht sicher. Dennoch machte er weiter mit seiner These: *Mit anderen Worten – die Emotionen sind in dem Teil unserer körperlichen Parameter anzusiedeln, den wir am meisten verachten, und bald werden es sensible Instrumente ermöglichen, die präzise emotionale Quelle dieser Signifikanten zu lokalisieren. Das heißt, wir werden in der Lage sein, einen Batzen Schleim zu finden, der Spuren von Eifersucht enthält; eine Schweißprobe, die auf unseren Zorn verweist und ein Exkrementpartikel, in dem wir vielleicht so etwas wie Liebe entdecken.*

Der perverse Esprit der Thesen seines Vaters veranlaßte Will, ein wenig zu lächeln; wie geschickt dieser letzte Satz konstruiert war, Satzteil nach Satzteil, um in der unausweichlichen Kollision zwischen dem Sublimen und dem Trivialen zu enden. Hatte Hugo ernsthaft beabsichtigt, das seinen Studenten vorzutragen? Wenn, hätte Will gerne den Ausdruck auf ihren Gesichtern gesehen, nachdem ihnen gedämmert war, was er ihnen da erzählte.

Es folgten zweieinhalb Absätze, die durchgestrichen waren, und dann hatte Hugo seine Argumentation in eine noch abstrusere Richtung gelenkt. Dabei wurde seine Sprache immer ironischer: *Wie sollen wir diese guten Nachrichten lesen und interpretieren?* hatte er geschrieben. *Dieses seltsame Spiel zwischen den Emotionen, die wir so hoch schätzen, und dem Schleim, den unsere Körper verströmen und von sich geben? Indem wir diese chemischen Signifikanten in die lebende, sensible Matrix einer Welt einfügen, die wir gerne als neutral beschreiben, beeinflussen wir sie vielleicht auf eine Weise, die weder Wissenschaft noch Philosophie bisher erkannt haben. Und weiter gedacht: wenn wir die Produkte dieser nun befleckten Realität als Nahrung zu uns nehmen, setzen wir dann nicht auf einer bis dato unerforschten Ebene einen Kreislauf emotionalen Verzehrs in Gang? Essen wir dann nicht einen Salat, dessen Dressing die Emotionen anderer Menschen sind?*

Zumindest sollten wir die Möglichkeit einräumen, daß unser Körper eine Art Marktplatz ist, auf dem Emotionen zugleich Ware und Geld sind. Und wenn wir einen radikaleren Standpunkt vertreten, sollten wir bedenken, daß jenes Terrain, das wir als unser Innenleben bezeichnen, die äußere oder externe Welt

445

auf eine Weise beeinflußt, die wir noch nicht analysieren oder benennen können. Dies geschieht auf eine so subtile, aber allumfassende Weise, daß die Unterscheidung der beiden Welten – die von einer klaren Definition eines materiellen, nicht-emotionalen Zustands und uns, seiner denkenden, fühlenden Herren abhängt – problematisch wird. Vielleicht besteht die kommende Herausforderung nicht darin, wie Yeats geschrieben hat, daß »die Mitte nicht mehr hält«, sondern daß die Grenzen verschwimmen. All das, was den eifersüchtig definierten Ausdruck unserer Menschlichkeit ausmacht – unser privates, leidenschaftliches Ich –, ist in Wahrheit ein öffentliches Spektakel, das sich so universal manifestiert und so allgemein gültig ist, daß wir nie die nötige Distanz gewinnen können, um uns von der Suppe, in der wir schwimmen, abzugrenzen.

Seltsames Zeug, dachte Will, als er die Blätter auf die Schreibtischunterlage zurücklegte. Auch wenn das Wort spirituell rigoros aus dem Text herausgestrichen worden war, schien es allgegenwärtig. Trotz des trockenen Humors und der kühlen Sprache schien es die Arbeit eines Mannes zu sein, der sich an eine fast religiöse Vision herantastete. Der vielleicht, wenn auch widerwillig, spürte, daß seiner Philosophie der Atem ausging und daß es Zeit wurde, sie sterben zu lassen. Entweder das, oder er hatte den Text im Vollrausch geschrieben.

Will hatte Zeit genug damit vergeudet. Es gab einiges zu erledigen. Zunächst mußte er Frannie und Sherwood von den Ereignissen im Krankenhaus erzählen, für den Fall, daß Steep nach ihnen Ausschau hielt. Unwahrscheinlich, vielleicht, aber nicht unmöglich. Als er ins Wohnzimmer kam, telefonierte Adele mit dem Vikar. Während er darauf wartete, daß sie das Gespräch beendete, überlegte er, ob es sinnvoller sei, die Cunninghams anzurufen oder ins Dorf zu gehen und persönlich mit ihnen zu sprechen. Als Adele den Hörer auflegte, hatte er seine Entscheidung getroffen. Diese Nachricht eignete sich nicht dazu, telefonisch verbreitet zu werden. Er würde sie aufsuchen.

Adele teilte ihm mit, daß die Beerdigung für Freitag festgesetzt worden sei, in vier Tagen, um halb drei nachmittags. Jetzt, da sie das Datum wußte, konnte sie damit beginnen, sich um die anderen Dinge zu kümmern: die Blumen, Fahrzeuge, das Essen. Sie hatte bereits eine Liste von Leuten aufgeschrieben, die eingeladen werden mußten. Ob Will noch jemanden hinzufügen wollte? Er sagte, er sei überzeugt, daß ihre Liste so in Ordnung sei und daß er gerne für etwa eine Stunde ins Dorf gehen würde, wenn sie allein mit ihren Vorbereitungen zurechtkäme.

»Bitte achte darauf, daß die Vordertür verriegelt ist, wenn ich fort bin«, sagte er.

»Aber wieso?«

»Ich möchte nicht ... daß irgendwelche Fremde ins Haus kommen.«

»Ich kenne hier jeden«, entgegnete sie unbeschwert. Als sie sah, daß ihn das nicht zu beruhigen schien, fragte sie: »Weswegen machst du dir Sorgen?«

Er hatte ihre Frage erwartet und eine kleine Lüge vorbereitet. Er habe im Krankenhaus gehört, sagte er, wie sich zwei Schwestern darüber unterhielten, daß sich ein Mann in der Gegend herumtreibe, der unter einem Vorwand versuche, sich Einlaß in die Häuser zu verschaffen. Vage beschrieb er jemanden, der Steep ähnelte, damit Adele nicht mißtrauisch wurde, war sich aber keineswegs sicher, ob er dieses Ziel erreicht hatte. Egal. Vielleicht war es ihm gelungen, Steep den Zutritt zum Haus zu erschweren, sollte er kommen. Mehr konnte er nicht tun.

XI

1

Will ging nicht direkt zum Haus der Cunninghams, sondern kaufte auf dem Weg dorthin eine Schachtel Zigaretten im Zeitungsladen. Adele hatte offenbar nicht nur mit dem Pfarrer gesprochen, als Will im Arbeitszimmer seines Vaters gelesen hatte, denn Miß Morris wußte bereits von

Hugos Ableben. »Er war ein guter Mann«, sagte sie. »Wann ist die Beerdigung?«

»Freitag«, antwortete er.

»Dann werde ich den Laden schließen«, sagte sie. »Ich möchte ihm gerne die letzte Ehre erweisen. Wir werden ihn vermissen, Ihren Vater.«

Frannie traf er zu Hause an, mitten beim Putzen, mit Schürze, die Haare behelfsmäßig hochgesteckt, Staubtuch und Politur in der Hand. Sie begrüßte Will auf ihre vertraute, herzliche Art und lud ihn auf eine Tasse Kaffee ein, aber er lehnte ab.

»Ich muß mit euch beiden reden«, sagte er. »Wo ist Sherwood?«

»Weg«, antwortete sie. »Als ich heute morgen herunterkam, war er bereits verschwunden.«

»Ist das ungewöhnlich?«

»Nein, nicht wenn er sich schlecht fühlt. Er steigt die Hügel hinauf und bleibt manchmal den ganzen Tag fort. Läuft nur so herum. Warum, was ist passiert?«

»Eine ganze Menge, fürchte ich. Setz dich lieber.«

»Ist es so schlimm?«

»Ich weiß noch gar nicht, ob es schlimm oder gut ist.«

Frannie band sich die Schürze ab, und sie setzten sich in die Sessel zu beiden Seiten des erkalteten Kamins. »Ich mache es so kurz wie möglich«, begann er und erzählte ihr in fünf Minuten von den Ereignissen im Krankenhaus. Sie drückte ihr Beileid über Hugos Tod aus und hörte schweigend zu, bis er davon berichtete, welche Wirkung der Name Rukenau auf Rosa und Jacob gehabt hatte.

»Ich erinnere mich an den Namen«, sagte sie. »Er steht in diesem Buch, nicht wahr? Rukenau war der Mann, der Thomas Simeon angeheuert hat. Aber was hat das alles mit dem glücklichen Paar zu tun?«

»Sie sind kein glückliches Paar mehr«, sagte Will und erzählte ihr den Rest. Mit jedem Satz wuchs ihr Erstaunen.

»Er hat sie umgebracht?«

»Ich weiß nicht, ob sie tot ist. Wenn nicht, wäre es ein Wunder.«

»O Gott. Und was geschieht jetzt?«

»Steep wird beenden wollen, was er begonnen hat. Vielleicht wartet er, bis es dunkel ist, vielleicht ...«

»Klopft er einfach an.«

Will nickte. »Du solltest ein paar Sachen zusammenpakken und fertig zur Abreise sein, wenn Sherwood nach Hause kommt.«

»Du glaubst, Steep wird uns hier aufsuchen?«

»Vielleicht. Er war schon einmal hier.«

Frannie sah zur Haustür. »O ja ...«, sagte sie leise. »Ich träume noch immer davon. Dad sitzt in der Küche; Sher auf der Treppe; ich mit dem Buch in der Hand. Ich will es ihm nicht geben ...« Plötzlich war sie blaß geworden. »Ich habe ein schreckliches Gefühl, Will. Wegen Sherwood.« Sie stand auf und rang die Hände. »Was, wenn sie ihn schon haben?

»Wie kommst du darauf?«

»Weil er Rosa nie ganz vergessen hat. Im Grunde hat er all die Jahre nur an sie gedacht. Ich bin mir da ziemlich sicher. Er hat es nur ein oder zweimal angedeutet, aber ich glaube, sie war immer in seinen Gedanken.«

»Um so mehr Grund, zu packen und bereit zu sein«, sagte Will und erhob sich. »Ich möchte, daß ihr hier verschwindet, sobald Sherwood zurückkommt.«

Sie ging in den Flur. Will folgte ihr. »Du hast vorhin gesagt, du wüßtest nicht, ob die Nachrichten gut oder schlecht sind«, sagte sie. »Für mich hört sich das alles ziemlich schlecht an.«

»Für mich nicht«, sagte Will. »Ich habe dreißig Jahre lang in Steeps Schatten gelebt, und jetzt werde ich mich von ihm lösen.«

»Wenn er dich nicht tötet«, sagte Frannie.

»Auch dann wäre ich frei.«

Sie sah ihn an. »Bist du wirklich so verzweifelt?«

»Es ist, wie es ist«, sagte er. »Ich bedaure nicht, ihn kennengelernt zu haben. Er hat mich zu dem gemacht, was ich bin, und wie kann ich bedauern, ich selbst zu sein?«

»Das tun bestimmt viele Leute. Ich meine, bedauern, sie selbst zu sein.«

»Nun, ich gehöre nicht dazu«, sagte er. »Ich habe mehr aus meinem Leben gemacht, als ich je gedacht hätte.«

»Und jetzt?«

»Jetzt muß ich weiter vorankommen. Und ich spüre, daß etwas geschieht. Die Dinge bewegen sich in mir.«

»Erzähl mir davon.«

»Ich glaube, dazu fehlen mir die Worte«, sagte er lächelnd. Als er den fragenden Ausdruck in ihrem Gesicht sah, fügte er hinzu. »Ich bin ... aufgeregt. Ich weiß, das klingt komisch, aber so ist es. Ich hatte Angst, das alles würde kein Ende nehmen. Jetzt wird es enden, auf die eine oder andere Weise.«

Sie wandte sich um und eilte nach oben. Als sie den Treppenabsatz erreicht hatte, rief sie zu ihm herab: »Kannst du dich eigentlich irgendwie verteidigen?«

»Ja.«

»Verrätst du mir auch wie?«

»Mit irgend etwas«, sagte er, griff in seine Jacke und berührte das Messer. Seitdem er es vom Boden aufgehoben hatte, hatte er es nicht wieder angefaßt. Er spürte den Zauber, der es umgab, in den Fingern und wußte, daß er es lieber loslassen sollte. Aber seine Hand weigerte sich. Die Finger umschlossen den klebrigen Griff, süchtig nach dem Rausch, den es bereithielt. Oh, welchen Schaden dieses Messer anrichten konnte ...

Es würde ihm nicht schwerfallen, Steep zu töten. Die Klinge tief in sein Fleisch zu stoßen und sein Herz zum Schweigen zu bringen. Und wenn er kein Herz hatte, würde das Messer so lange Löcher in ihn bohren, bis er ein zerfetzter Haufen war, aus dem das Leben überall herausströmte.

»Will?«

Frannie rief von oben.

»Ja?«

»Hast du mich nicht gehört? Ich rufe die ganze Zeit.«

Er hatte sich ganz der Brutalität der Klinge hingegeben und kein Wort gehört. »Gibt es ein Problem?« fragte er und öffnete seine Jacke. Seine Hand umschloß noch immer den

Griff des Messers. Er hatte so fest zugepackt, daß die Knöchel weiß waren.

»Ich hätte gerne eine Tasse Tee!« rief Frannie.

Der Gegensatz war so absurd – das Messer in seiner Hand, an dem Rosas Blut (oder was auch immer) klebte, und Frannies Wunsch nach Tee –, daß es ihn endgültig aus seinen Gedanken riß. Er ließ das Messer los und schloß die Jacke, als schlage er die Büchse der Pandora zu.

»Ich mache welchen«, sagte er und ging in die Küche. Sein Körper schmerzte. Zunächst wußte er nicht, warum. Erst als er sich die Hände in der Spüle mit kaltem Wasser wusch, merkte er, daß ihm die Narben, die der Angriff des Bären hinterlassen hatte, zusetzten. Es war, als strafe ihn sein Körper dafür, daß er ihm die Freuden des Messers versagt hatte, indem er alte Schmerzen aufleben ließ. Er wußte nun, daß er vorsichtig sein mußte. Mit dem Messer war nicht zu spaßen. Falls und wenn er es erhob, würde das Folgen haben.

Nachdem er sich die Hände gewaschen hatte, bereitete er den Tee zu, während er Frannie oben herumgehen hörte. Er hatte eine schreckliche Bedrohung in ihr Leben gebracht, aber die Ruhe, mit der sie die Nachricht aufgenommen hatte, sagte ihm, daß sie so etwas fast erwartet hatte. Wie er war auch sie damals gezeichnet worden. Und Sherwood. Vielleicht nicht so tief, aber wer wollte das beurteilen? Wenn Sherwood nicht in die Hände Rosas gefallen wäre, hätte sich sein geistiger Zustand vielleicht im Laufe der Jahre gebessert, und Frannie wäre von ihrer Verantwortung ihm gegenüber befreit worden. Vielleicht hätte sie geheiratet. Vielleicht wäre ihr ein aufregenderes, glücklicheres Leben zuteil geworden.

Er goß gerade das kochende Wasser in die Teekanne, als er hörte, wie die Haustür aufging und wieder geschlossen wurde. Frannie rief von oben:

»Bist du's, Sherwood?«

Will blieb in der Küche. Er hörte, wie Frannie die Treppe herunterkam. »Ich habe mir schon Sorgen um dich gemacht«, sagte sie. Sherwood murmelte etwas, das Will nicht verstand. »Du siehst schrecklich aus«, sagte Frannie. »Was ist denn bloß passiert?«

»Nichts.«

»Sherwood!«

»Ich fühle mich einfach nicht sehr gut«, sagte er. »Besser, ich gehe gleich ins Bett.«

»Das ist nicht möglich. Wir müssen weg.«

»Ich gehe nirgendwo hin.«

»Sherwood, wir müssen. Steep kommt zurück.«

»Er wird uns nicht anrühren. Es ist Will, den er ...« Mitten im Satz brach er ab und starrte zur Küchentür, in der Will soeben auftauchte.

»Lebt Rosa noch?« fragte Will.

»Ich weiß nicht, wovon du redest«, sagte Sherwood. »Frannie, wovon redet er? Wir müssen nicht weg. Will macht nur wieder Ärger, wie immer.«

»Wer hat dir das gesagt?« fragte Frannie.

»Das ist doch klar«, sagte Sherwood, ohne seine Schwester anzusehen. Statt dessen starrte er auf den Boden. »Das hat er schon immer getan.«

»Wo ist sie, Sherwood?« fragte Will. »Hat er sie begraben?«

»Nein!« schrie Sherwood. »Sie lebt, und ich bin ihr Freund!«

»Wo ist sie?«

»Das werde ich dir nicht sagen. Du wirst ihr weh tun.«

»Das werde ich nicht«, sagte Will und kam aus der Küche auf ihn zu. Sherwood schreckte zusammen, drehte sich um und rannte zur Haustür.

»Keine Angst!« rief Frannie, aber er war nicht zu beruhigen. Schon war er aus dem Haus, dicht gefolgt von Will. Er rannte den Pfad entlang durch das offene Tor und nach links, vermied die Straße, wo der Verkehr ihn aufhalten würde, und nahm Kurs auf die offenen Felder hinter dem Haus. Will verfolgte ihn und rief ihm nach, er solle stehenbleiben, aber Sherwood war zu schnell für ihn. Wenn er es bis auf das offene Feld schaffte, hatte Will die Jagd auf jeden Fall verloren. Frannie kannte ihren Bruder jedoch bes-

452

ser. Sie kam aus der Hintertür gelaufen, schnitt Sherwood den Weg ab und packte ihn so fest am Arm, daß Sherwood sich nicht losreißen konnte, bis Will ihn eingeholt hatte und ebenfalls festhielt.

»Ganz ruhig, ganz ruhig«, sagte Frannie zu ihrem Bruder.

Er ignorierte sie und ließ seine Wut an Will aus. »Warum mußtest du zurückkommen?« schrie er. »Du hast alles kaputt gemacht! Alles!«

»Jetzt aber Ruhe!« befahl Frannie. »Ich möchte, daß du jetzt ganz tief Luft holst und dich beruhigst, bevor du noch jemanden verletzt. Und nun schlage ich vor, daß wir ins Haus gehen und uns wie zivilisierte Menschen unterhalten.«

»Erst mal soll er mich loslassen«, verlangte Sherwood.

»Aber du läufst nicht weg, versprochen?« sagte Frannie.

»Ja«, antwortete Sherwood verdrossen.

»Versprochen?«

»Ich bin kein Kind, Frannie. Ich sagte, ich laufe nicht weg, und das werde ich auch nicht.«

Will ließ ihn los, genau wie Frannie. Er rührte sich nicht. »Zufrieden?« sagte er schmollend und schlurfte zum Haus zurück.

2

Als sie drinnen saßen, überließ Will die Rolle der Fragenden Frannie. In Sherwoods Augen war Will eindeutig der Böse, und ihm würde er kaum antworten. Frannie begann damit, Sherwood eine Zusammenfassung dessen zu erzählen, was Will ihr bereits mitgeteilt hatte. Sherwood schwieg die ganze Zeit und starrte auf den Boden, aber als sie ihm am Ende ihres Berichts verriet, daß Hugo von Steep und Rosa McGee ermordet worden war – was sie zunächst klugerweise verschwiegen hatte (sie sagte nur, er sei tot) –, konnte Sherwood seine Erschütterung nicht verbergen. Er hatte Hugo gemocht, wie Will schon bei seinem Gespräch mit ihm gemerkt hatte, und als die Rolle Rosas zur Sprache kam, wurde er zunächst nervös und begann schließlich zu weinen.

Mühsam brachte er hervor: »Ich will sie nur vor Steep retten. Sie kann nichts dafür.«

Er sah seine Schwester mit Tränen in den Augen an. »Warum tut er ihr weh, wo sie doch nur versucht hat, sich von ihm zu befreien! Das ist ihr Wunsch.«

»Vielleicht können wir ihr helfen«, sagte Will. »Wo ist sie?«

Sherwood senkte den Kopf.

»Erzähl uns wenigstens, was geschehen ist«, sagte Frannie sanft.

»Ich habe sie vor einigen Tagen auf den Hügeln getroffen, als ich dort spazieren ging. Sie sagte, sie habe nach mir gesucht; sie bräuchte meine Hilfe. Sie fragte mich, ob ich einen Platz zum Schlafen für sie wüßte, den Gerichtshof gäbe es ja nicht mehr. Ich weiß, ich hätte Angst vor ihr haben sollen, aber ich hatte keine. So oft hatte ich mir vorgestellt, sie wiederzusehen. Ich träumte davon, sie dort oben in der Sonne zu treffen, und so kam es auch. Sie sah so einsam aus. Sie hatte sich überhaupt nicht verändert. Und sie sagte zu mir, wie sehr sie sich freue, mich zu sehen. Als träfe man einen alten Freund wieder, sagte sie, und sie hoffe, für mich sei es ebenso. Ich sagte ja, so sei es. Dann schlug ich ihr vor, ein Zimmer in einem Hotel in Skipton zu besorgen, aber das wollte sie nicht. Steep weigere sich, in einem Hotel zu schlafen. Er habe Angst davor, daß jemand die Türen verschließen könne, während er schlief. Ich verstand das nicht, aber das sagte sie. Bis dahin hatte sie Steep nicht einmal erwähnt, und ich war sehr enttäuscht. Ich hatte gedacht, sie sei allein zurückgekommen. Aber an der Art, wie sie mich bat, ihr zu helfen, erkannte ich, daß sie Angst vor ihm hatte. Also sagte ich, ich wüßte einen Ort, an den sie gehen könnten. Und ich brachte sie dorthin.«

»Hast du Steep gesehen?« fragte Frannie.

»Später.«

»Er hat dich nicht bedroht?«

»Nein. Er war sehr schweigsam, und er sah krank aus. Er tat mir fast leid. Ich habe ihn auch nur einmal gesehen.«

»Und heute morgen?« fragte Will.

»Heute morgen habe ich ihn nicht gesehen.«

»Aber du hast Rosa getroffen?«

»Ich habe ihre Stimme gehört, aber ich habe sie nicht gesehen. Sie lag im Dunkeln und befahl mir wegzugehen.«

»Wie hörte sie sich an?«

»Schwach. Aber sie hörte sich nicht an, als würde sie sterben. Sie hätte mich um Hilfe gebeten, wenn sie im Sterben liegen würde, nicht wahr?«

»Nicht wenn sie geglaubt hätte, es sei zu spät«, sagte Will.

»Wie kannst du so was sagen!« fuhr Sherwood ihn an. »Vor zwei Minuten hast du noch gemeint, wir könnten ihr helfen.«

»Wie kann ich sicher sein, ohne sie gesehen zu haben?« erwiderte Will.

»Wo ist sie, Sher?« fragte Frannie. Ihr Bruder starrte wieder auf den Boden. »Ich bitte dich, Sherwood. Wir wollen ihr nichts tun. Warum machst du so ein Problem draus?«

»Ich ... ich will sie nur ... mit niemandem teilen«, gab Sherwood leise zu. »Sie ist doch mein ... Geheimnis.«

»Dann stirbt sie eben«, sagte Will entnervt. »Willst du das?«

Sherwood schüttelte den Kopf. »Nein«, murmelte er. Noch leiser fügte er hinzu: »Ich bringe euch zu ihr.«

XII

Eine geglückte Aktion hatte stets Steeps Appetit für alles mögliche geweckt. Wenn ein erfolgreicher Mord ihn froh gestimmt hatte, war er oft sogleich in einer Stadt aufgetaucht, um sich ein Theaterstück anzusehen, ein Drama, oder besser noch eine Oper oder ein großartiges Gemälde.

Sehnsucht nach opulenten Gefühlen wallte dann in ihm auf, die er sonst meistens verborgen hielt. Dann gab er sich seinen Leidenschaften hin wie ein rückfälliger Trinker, sich berauschend, bis ihm schlecht wurde.

Fiel er im Gegensatz dazu der Verzweiflung anheim, vergrub er sich ganz darin. War er in ihren Bann geraten, so wie jetzt, trieb ihn sein Wesen dazu, noch mehr von den Gefühlen freizulegen, die ihn so peinigten. Andere suchten Linderung für ihre Wunden, er nur nach einem brennenderen Salz.

Bislang hatte es jedoch noch immer eine Heilung für diese Krankheit gegeben. Wenn die Verzweiflung ihn zu übermannen drohte, war stets Rosa da, um ihn von den Klippen des völligen Zusammenbruchs fortzuziehen und sein Gleichgewicht wiederherzustellen. Dabei hatte sie oft ihre Verführungskünste eingesetzt – damals, als sie noch heiter und keck war. Heute aber war sie selbst der Grund für seine Verzweiflung und konnte ihm nicht als Heilmittel dienen. Heute lag sie im Sterben, durch seine Hand so verwundet, daß es keine Hoffnung mehr für sie gab. Er hatte sie im Zwielicht eines zerfallenen Hauses auf den Boden gelegt und hatte sie auf ihren Befehl dort allein gelassen.

»Ich will dich nicht in meiner Nähe haben«, hatte sie gesagt. »Geh mir aus den Augen.«

Also war er gegangen. Aus dem Dorf hinaus und die Hügel hinauf, auf der Suche nach einem Ort, der seine Verzweiflung noch verstärkte. Seine Füße wußten genau, wohin sie ihn tragen mußten: hin zu dem Wald, in dem dieser verdammenswerte Junge ihm seine Visionen gezeigt hatte. Er wußte, dort wurde er genügend Nahrung für seine düstere Stimmung finden. Es gab keinen Platz auf diesem Planeten, auf den er weniger gern seinen Fuß gesetzt hätte. Im nachhinein wußte er, daß ihm dort der erste Fehler unterlaufen war, als er Will das Messer angeboten hatte. Und sein zweiter war gewesen? Den Jungen nicht sofort zu töten, als ihm klar wurde, daß er ein Medium war. Welch seltsame Anwandlung von Mitgefühl muß ihn in jener Nacht überkommen haben, als er das Balg hatte gehen lassen, obwohl er wußte, daß Wills Kopf mit gestohlenen Erinnerungen gefüllt war.

Aber selbst für diese Dummheit hätte er nicht so teuer bezahlen müssen, wenn der Junge nicht zu einem Schwulen herangewachsen wäre. Aber das war er. Und da ihn der Ruf des Weiblichen nie gelockt hatte, war er ein um so stärkerer Gegner geworden – nein, nicht nur ein Gegner, sondern etwas Umfassenderes – als wenn er geheiratet und Kinder in die Welt gesetzt hätte. Steep hatte sich in der Gesellschaft von Schwulen nie wohl gefühlt, aber fast gegen seinen Willen hatte er stets ein gewisses Verständnis für ihr Wesen gehabt. Wie sie mußte auch er sich neu erfinden. Wie er betrachteten sie die menschliche Gesellschaft von den Randzonen aus. Aber es hätte ihm nichts ausgemacht, den ganzen Schwulen-Clan als Opfer eines Holocausts zu sehen, wenn ihm dadurch dieser eine, dieser Will, erspart geblieben wäre.

Fünfzig Meter vor dem Wald blieb er stehen und ließ den Blick über das sich ihm bietende Panorama gleiten. Der Herbst näherte sich. Schon roch er den Hauch der Fäulnis in der Luft. In dieser Jahreszeit hatte er sich oft auf Wanderungen gemacht, hatte seine Arbeit ein oder zwei Wochen unterbrochen, um das englische Hinterland zu erkunden. Obgleich die Kommerzialisierung alles korrumpierte, fanden sich hier noch viele heilige Ort, wenn der Wanderer lange und sorgsam genug suchte. Im Einklang mit den Geistern der Dichter und der Häretiker hatte er im Laufe der Jahre das Land von Anfang bis Ende bereist. Er war auf den geraden Straßen entlanggewandert, die bereits die Anhänger Böhmes benutzt hatten, die von der Erde als dem Angesicht Gottes sprachen. Er war durch die Malvern Hills gestreift, wo Langland von *Piers Plowman* geträumt hatte, war auf die Hügelgräber gestiegen, in denen heidnische Fürsten in Betten aus Erde und Särgen aus Bronze ruhten. Nicht alle diese Orte zeugten von ruhmreicher Vergangenheit. Einige waren Orte des Unheils. Aldham Common zum Beispiel, wo man Rowland Taylor, Pfarrer von Hadleigh, auf dem Scheiterhaufen verbrannt hatte. Die grünen Hecken, deren Zweige man dazu gebrochen hatte, wuchsen noch immer an dieser Stelle. Und Colchester, wo ein Dutzend Seelen oder mehr verbrannt worden waren, weil sie die Sünde des Betens begangen hatten. Es gab noch mehr obskure Stellen, Orte, die er nur gefunden hatte, weil er früher einmal am Munde eines Sterbenden gelauscht hatte. Orte, an denen unheilige Männer und Frauen gestorben waren, aus Liebe, aus Glauben, oder aus beiden Gründen. Sehr oft beneidete er die Toten. Wenn er im September auf einem frisch gepflügten Feld stand und die Krähen in den blattlosen Bäumen krächzten, dachte er an den Frieden derjenigen, deren Staub mit der Erde unter seinen Füßen vermischt war. In diesen Augenblicken wünschte er sich, er wäre mit einem einfacheren Herzen geboren worden.

Er würde diese Orte nie mehr besuchen. Nicht in diesem Herbst und auch später nicht mehr. Sein Leben, das auf eine seltsame Art stets in sich stabil gewesen war, veränderte sich. Täglich, stündlich. Auch wenn er diesen Rabjohns zweifellos zum Schweigen bringen konnte, so würde auch diese Tat den entstandenen Schaden nicht wieder gutmachen. Rosa würde dennoch sterben. Und dann wäre er allein mit seiner Verzweiflung, fiele in einer unaufhaltsamen Spirale abwärts. Hielte niemand seinen Fall mehr auf, würde er so lange fallen, bis es nicht mehr ging. Er würde sterben, sehr wahrscheinlich durch eigenes Verschulden, und die Verwirklichung seiner Vision einer leeren Erde würde anderen, weniger ehrenwerten Händen zufallen.

Egal, dachte er, während er auf den Wald zuging. Es gab genug Männer, die ihn bei seiner Aufgabe unterstützten, ohne es zu wissen. In einigen Fällen waren es wahnsinnige Kriegstreiber. Viele davon reine Psychopathen, die den Namen des Bösen, das sie taten, genau benennen konnten und sich einfach daran erfreuten. Aber die meisten – und gleichzeitig die Interessantesten – waren die Männer, die persönlich keineswegs grausam waren, sondern in ihren Büros saßen wie blasse Buchhalter und trotzdem Pogrome

und ethnische Säuberungen aus politischen Gründen insze-
nieren ließen. Ungeachtet ihres Charakters waren sie allesamt seine Verbündeten – ebenso schnell bereit wie er, eine
ganze Art auszuradieren, wenn es um die Erfüllung ihrer
Ambitionen ging. Einige taten es im Namen des Profits,
andere im Namen der Freiheit. Wieder andere einfach nur,
weil sie die Möglichkeit dazu hatten. Die Gründe interessierten ihn eigentlich auch nicht. Was zählte, waren die Ergebnisse. Er wollte sehen, wie die Schöpfung dahinschwand, Familie auf Familie, Stamm auf Stamm, vom
unendlich Großen zum unendlich Kleinen, und bei der
Umsetzung seiner Ziele hatte er die Autokraten und die
Technokraten immer gebraucht. Aber wo diese grob und
ohne Unterschiede zu machen vorgingen, ja den Schaden,
den sie angerichtet hatten, nicht registrierten, hatte er sich
stets nur mit größter Präzision der Vernichtung des Lebens
gewidmet. Er hatte die Lebensumstände seiner Opfer stu-
diert wie ein Attentäter, damit er ihre Angewohnheiten
und ihre Verstecke genau kannte. Waren sie erst einmal
dem Tode geweiht, konnten nur wenige entkommen. Kein
schöneres Gefühl für ihn als das, neben einem toten Geschöpf zu sitzen und die Einzelheiten in sein Tagebuch ein-
zutragen, zu wissen, daß nach der Verwesung des Leich-
nams nur er noch sagen konnte, wie und wann diese Art
Geschichte geworden war.

Dies wird nicht wiederkommen. Auch dies nicht. Und dies …
Er hatte den Rand des Waldes erreicht. Ein Windstoß
fegte durch die Bäume, ließ die goldenen Punkte der Sonne
auf dem Boden tanzen. Vorsichtig ging er zwischen ihnen
hindurch. Der Wind kam wieder und schüttelte ein paar
frühe Blätter herab. Sofort ging er zu der Stelle, an der in
jenem entfernten Winter die Vögel gesessen hatten. Ein
Frühlingsnest in einer Astgabel fiel ihm auf, verlassen,
nachdem es seine Aufgabe als Hort erfüllt hatte, aber noch
intakt. Er stand an der Stelle, an der die Vögel gefallen waren und erinnerte sich mit erschreckender Leichtigkeit an
die Vision, die Rabjohns ihn hatte erdulden lassen …
Simeon im Sonnenlicht, einen Tag vor seinem Tod, den

Ruf seines Mäzens verweigernd, klug argumentierend selbst in seiner Verzweiflung. Und sofort darauf die gleiche Szenerie, einen Tag und einen Wimpernschlag später. Der tote Simeon unter den Bäumen, seine Leiche bereits ...

Steep stöhnte leise auf und drückte die Handballen gegen die Augen, um die Vision zu verjagen. Aber er schaffte es nicht: sie pulsierte hinter seinen Lidern, als sehe er nun zum erstenmal all die grausamen Details. Die Spuren der Klauen auf Thomas' Wangen und Brauen, die die Vögel dort hinterlassen hatten, als sie ihm die Augen auspickten. Die Exkremente auf seinen Hüften, wo ein Tier sich erleichtert hatte, als es schnüffelnd um die Leiche herumging. Die goldenen Locken über seinem Geschlecht, die wie durch ein Wunder unberührt geblieben waren, obwohl das Gemächt, das sie gekrönt hatten, herausgerissen worden war.

Er glaubte nicht mehr, daß seine immer stärker werdende Angst sich mildern würde, wenn er das Medium tötete. Sie hatte ihn in ihrem Griff, und sie würde ihn ganz verschlingen. Aber wenn er sich ihr schließlich ergab, wollte er ganz allein sein mit seinem Geist. Er würde niemandem erlauben, das Land seiner Gedanken zu betreten, niemand sollte dort wandeln, wo seine Trauer besonders verletzlich war. Er wollte allein sterben, einsam in seiner Verzweiflung, und niemand sollte erfahren, welch letzte Gedanken ihn dort heimsuchten.

Es wurde Zeit zu gehen. Er hatte den Augenblick lange genug aufgeschoben, aus Furcht vor seiner eigenen Schwäche. Als er den Hügel hinabschritt, hätte er gerne das Messer in der Hand gehabt – wer wußte besser als er, wie man richtig tötete. Aber egal. Mord war eine alte Kunst. Älter als das Schmieden von Klingen. Er würde schon etwas finden, mit dem er die Tat begehen konnte, wenn es soweit war: einen Strick, einen Hammer oder ein Kissen. Und wenn alles versagte, würde er es mit den Händen tun. Vielleicht war das sowieso das beste, die eigenen Hände zu benutzen. Es war ehrlich und einfach, die Arbeit von Fleisch an anderem Fleisch. Es freute ihn, wie gut das zusammenpaßte, und in seinem derzeitigen Zustand war ein wenig Freude, egal, woher sie kam, nicht zu verachten.

XIII

Seit dem Dahinscheiden Delbert Donnellys hatte es in Burnt Yarley keine Metzgerei mehr gegeben, und seit der Zerstörung des Gerichtshofs auch keine Donnellys mehr. Seine Tochter Marjorie und ihre Familie waren nach Easdale gezogen, während seine Witwe das süße Leben in Lytham St. Annes vorgezogen hatte. Das Geschäftshaus ging danach durch mehrere Hände – unter anderem hatte es als Friseurladen, als Gebrauchtwarenladen und als Lebensmittelladen gedient –, und beherbergte mittlerweile wieder einen Friseur. Das Wohnhaus der Donnellys war allerdings nie verkauft worden. Dafür gab es keinen ominösen Grund – niemand hatte je gesehen, wie der Geist Delberts über den nackten Dielen schwebte, eine Fleischpastete kauend –, es handelte sich einfach um ein häßliches, unansehnliches Haus, das noch dazu im Kaufpreis viel zu hoch lag. Für einen an Privatsphäre interessierten Käufer wäre es jedoch ideal gewesen, da es von einer über zwei Meter hohen Ligusterhecke umgeben wurde, die einstmals Delberts ganzer Stolz gewesen war. Hätte er auf sein persönliches Erscheinungsbild so viel Wert gelegt wie auf das seiner Hecke, so spotteten manche, wäre er der eleganteste Mann in ganz Yorkshire gewesen. Nun, mittlerweile sah Delbert gewiß ungepflegter denn je aus, dort unter der Erde von St. Lukas, und seine Hecke war über die Stränge geschlagen. Heute konnte man das Haus der Donnellys von der Straße aus kaum noch sehen.

»Wie um alles in der Welt bist du nur darauf gekommen, Rosa hierher zu bringen?« fragte Frannie, als Sherwood das Tor aufstieß.

Er sah sie zerknirscht an. »Ich bin schon öfter hier gewesen, seit es leer steht«, sagte er.

»Wieso?«

»Weiß nicht«, antwortete er. »Ich wollte manchmal allein sein.«

»Also bist du immer hier gewesen, wenn ich dachte, daß du auf den Hügeln spazieren gehst?«

»Nicht immer. Aber oft.« Er ging etwas schneller und schob sich an Frannie und Will vorbei. Dann drehte er sich um und sagte: »Ich muß allein da reingehen. Ich will nicht, daß ihr sie erschreckt.«

»Frannie sollte auf jeden Fall draußen bleiben«, sagte Will. »Und du gehst nicht allein ins Haus. Vielleicht ist Steep da drinnen.«

»Dann gehen wir alle drei zusammen«, entschied Frannie. »Keine Widerrede.« Schon während sie das sagte, ging sie den Kieselweg hinauf, der zur Haustür führte. Die beiden Männer folgten ihr. Die Haustür stand offen. Innen war es einigermaßen hell. Der Grund dafür war nicht etwa elektrisches Licht, sondern zwei klaffende Löcher im Dach, das größere davon über zwei Meter breit. Die Februarstürme des vergangenen Jahres hatten ganze Arbeit geleistet. Sturmböen hatten die Ziegel vom Dach gerissen, und der Eisregen hatte die Balken zerfurcht. Jetzt flutete das Tageslicht herein.

»Wo ist sie?« fragte Will flüsternd.

»Im Eßzimmer«, antwortete Sherwood und deutete auf den Flur hinab. Drei Türen standen zur Auswahl, aber Will brauchte nicht lange zu raten, denn Rosas Stimme ertönte durch die hinterste. Sie klang schwach, aber sie verstanden sie deutlich.

»Kommt mir nicht zu nahe. Ich will niemanden bei mir haben.«

»Jacob ist nicht da«, sagte Will und stieß die Tür auf. Die Rolläden an den Fenstern waren fast ganz heruntergelassen und tauchten den Raum in Dämmerlicht. Trotzdem sah er Rosa sofort. Sie lehnte mit dem Rücken an der Wand rechts vom Kaminsims. Ihre Taschen lagen neben ihr. Sie versuchte sich aufzurichten, als er das Zimmer betrat, schaffte es aber nicht.

»Sherwood?« fragte sie.

»Nein. Hier ist Will.«

»Und ich konnte so gut hören«, sagte sie. »Also hat er dich noch nicht gefunden?«

»Noch nicht. Aber wenn er kommt, bin ich bereit.«

»Täusche dich nicht«, sagte sie. »Er wird dich töten.«

»Auch dafür bin ich bereit.«

»Unsinn«, murmelte sie kopfschüttelnd. »Ich habe eine Frauenstimme gehört …«

»Das ist Frannie, Sherwoods Schwester.«

»Bring sie zu mir«, sagte sie. »Sie muß mir helfen.«

»Das kann ich auch.«

»Auf keinen Fall«, sagte sie. »Das ist Frauensache. Verschwinde.«

Will ging auf den Flur zurück. Sherwood wartete an der Tür, in der Hoffnung, hineingehen zu dürfen. »Sie will, daß Frannie zu ihr kommt«, sagte Will zu ihm.

»Aber ich …«

»Sie besteht darauf«, erklärte Will und wandte sich an Frannie. »Sie sagt, du sollst ihr helfen. Ich glaube nicht, daß sie uns erlaubt, sie zu einem Arzt zu bringen. Aber versuche trotzdem, sie zu überreden.«

Frannie sah ihn mehr als zweifelnd an, aber nach einem kurzen Zögern ging sie an Sherwood vorbei in das Zimmer.

»Wird sie sterben?« fragte Sherwood sehr, sehr leise.

»Ich weiß nicht«, antwortete Will. »Sie hat ein langes Leben hinter sich. Vielleicht ist ihre Zeit gekommen.«

»Ich lasse sie nicht gehen«, sagte Sherwood.

Frannie tauchte wieder in der Tür auf. »Ich brauche Mullbinden und Verbandszeug«, sagte sie. »Sherwood, lauf zum Haus und hole alles, was du finden kannst. Gibt es hier noch fließendes Wasser?«

»Ja«, sagte Sherwood.

»Du kannst sie nicht überreden, mit uns einen Arzt aufzusuchen?«

»Sie würde nicht mitkommen. Außerdem glaube ich nicht, daß ein Arzt viel für sie tun könnte.«

»Ist es so schlimm?«

»Nicht nur, daß es schlimm ist ... es ist seltsam. So eine Wunde habe ich noch nie gesehen«, sagte sie mit einem Schaudern. »Ich weiß nicht, ob ich es noch einmal über mich bringe, sie zu berühren.« Sie warf Sherwood einen Blick zu. »Würdest du jetzt gehen?«

Er sah sie an wie ein Hund, der aus der Küche gejagt wird. Als er ging, warf er ihnen noch einen Blick über die Schulter zu, um auch ja nichts zu verpassen. Schließlich war er verschwunden.

»Was machen wir, wenn wir sie verbunden haben?« fragte Frannie.

»Ich muß mit ihr sprechen.«

»Sie sagte, sie wolle keinen von euch beiden dort drinnen sehen.«

»Sie wird sich mit mir abfinden müssen«, entgegnete Will. »Entschuldige bitte.«

Frannie trat beiseite, und Will ging in das Zimmer. Drinnen war es dunkel und wärmer. Beides, glaubte Will, war durch Rosa geschehen. Zuerst konnte er sie nicht entdekken, da die Schatten um den Kamin so dicht geworden waren. Während er versuchte festzustellen, wo in dieser Dunkelheit sie sich befand, sagte sie:

»Geh fort.«

Ihre Stimme zeigte ihm, wo sie war. Sie hatte sich ein paar Meter weiterbewegt, in die Ecke, die am weitesten von der Tür entfernt war. Die Rolläden links von ihr waren einen Spalt hochgezogen, aber das Tageslicht schien am Fensterbrett zu verharren, als fürchte es sich vor ihrer Ausdünstung.

»Wir müssen miteinander reden«, sagte Will.

»Worüber?«

»Darüber, wie ich dir helfen kann.« Will versuchte so versöhnlich wie möglich zu klingen.

»Ich habe deinen Vater getötet«, sagte sie leise. »Und du willst mir helfen? Verzeih mir, wenn ich skeptisch bin.«

»Du hast unter Steeps Einfluß gehandelt«, sagte Will und ging vorsichtig auf sie zu. Aber selbst ein einziger Schritt reichte aus, um die Atmosphäre um sie herum zu verfestigen. Er starrte in die Ecke, in der sie stand, als betrachte er ein Foto, das zu dunkel aufgenommen worden war; eigentlich sah er nur einen körnig-grauen Fleck.

»Unter Steeps Einfluß, ich?« Sie lachte im Dunkeln. »Hör sich das einer an! Er braucht mich viel mehr als ich ihn.«

»Wirklich?«

»Ja, wirklich. Ohne mich wird er verrückt. Wenn er es nicht schon ist. Ich war diejenige, die ihn mit beiden Beinen auf dem Boden hielt.«

Will hatte vielleicht die Hälfte des Weges zwischen der Tür und der Ecke des Raumes zurückgelegt, während sie sprach, aber er konnte sie noch immer nicht besser erkennen. »An deiner Stelle würde ich nicht näher kommen«, warnte sie ihn.

»Warum nicht?«

»Ich falle auseinander«, sagte sie. »Ich *entwirre* mich. Es ist gefährlich für dich, jetzt hier zu sein.«

»Und Frannie?«

»Oh, ihr macht es nichts aus. Frauen sind nicht so empfänglich dafür. Wenn sie die Wunde versiegeln kann, überlebe ich vielleicht ein oder zwei Tage.«

»Du wirst nicht mehr gesund?«

»Ich will nicht mehr gesund werden«, entgegnete sie. »Ich will zurück zu Rukenau, und ich werde glücklich sein, wenn ...« Sie holte tief und schnarrend Atem. »Du hast mich gefragt, wie du mir helfen kannst«, sagte sie.

»Ja ...«

»Dann bring mich zu ihm.«

»Weißt du, wo er ist?«

»Auf der Insel.«

»Welcher Insel?«

»Ich glaube nicht, daß ich das je wußte. Aber du weißt, wo sie ist.«

»Das weiß ich nicht.«

»Aber im Garten ...«

»Ich habe geblufft.«

In der Ecke bewegte sich etwas, und Will spürte einen heißen Lufthauch im Gesicht. Ihm wurde übel, und er fühlte sich versucht, zur Tür zurückzuweichen. Doch er blieb stehen, während sich der Dunst um Rosa langsam auflöste. Sie sah aus wie ein Schatten ihrer selbst. Ihr einst so prächtiges Haar fiel strähnig zu beiden Seiten ihres Gesichts herab, aus dem ihn tiefe, dunkle Augen ansahen. Sie preßte ihre Hände auf die Wunde, konnte aber nicht verbergen, wie seltsam sie in der Tat war. Will bemerkte, wie eine merkwürdige, helle Substanz über ihre Finger quoll, die fast wie Gold glänzte. Einiges davon rann über ihren Körper und klebte an ihren Brüsten. Anderes zuckte um sie herum wie die Funken eines Lagerfeuers und verglühte im Fall.

»Du kannst mich also nicht zu Rukenau bringen?« fragte sie.

»Nicht sofort«, gestand Will. »Aber das heißt nicht ...«

»Auch nur ein Lügner.«

»Ich hatte keine Wahl.«

»Ihr seid alle gleich.«

»Aber er wollte mich töten!«

»Ein großer Verlust wäre es nicht gewesen«, sagte sie bitter. »Ein Lügner mehr oder weniger. Verschwinde!«

»Hör mich an.«

»Ich habe genug gehört«, sagte sie und wandte sich von ihm ab.

Ohne nachzudenken, machte er einen weiteren Schritt auf sie zu, vielleicht, um sie doch zu überzeugen. Sie nahm die Bewegung aus den Augenwinkeln wahr und wirbelte herum, voller Furcht, er wolle ihr etwas antun. In diesem Augenblick erwachten die strahlenden Fragmente an ihrem Körper zu neuem Leben. Sie schwollen blitzschnell an und vereinigten sich. Und schon flogen sie von ihrem Leib in die Luft wie an einer Schnur aufgereiht. Sie schossen auf Will zu, der ihnen nicht mehr ausweichen konnte, und streiften ihn an der Schulter, bevor sie sich zur Decke erhoben. Der Kontakt war nur kurz, brachte ihn aber fast aus dem Gleichgewicht. Er wankte, und seine Beine schienen ihn kaum halten zu können, Benommen sank er auf die Knie, während eine Welle der Euphorie durch seinen Körper strömte, von der Stelle ausgehend, wo das Funkenband ihn gestreift hatte. Er spürte, oder stellte sich das zumindest vor, daß die Energie dieser Funken durch ihn hindurch floß, daß Nerven, Mark und Sehnen illuminiert wurden; das Blut leuchtete, die Sinne glänzten ...

Dann sah er, wie das Band nun unter der Decke hing, wo es sich wieder aufteilte, als habe eine Kette aus lauter kleinen Perlen der Schwerkraft getrotzt und sei schließlich unter dem Druck gerissen. Die Funken stoben in alle Richtungen davon. Die schwächeren verglühten sofort, während die stärkeren gegen die Wände prallten, bevor sie erloschen.

Will sah zu ihnen hinauf, als sehe er einem Meteoritenschauer nach, mit offenem Mund und nach hinten geneigtem Kopf. Erst als der letzte Funke gestorben war, blickte er wieder nach vorn. Rosa war ganz in die Ecke zurückgewichen, aber die Funken hatten Wills Augen eine unheimliche Stärke verliehen, und in dem Augenblick, in dem sie in ihm verglühten, sah er sie so, wie er sie noch nie gesehen hatte. In ihr steckte ein zweites Wesen, ein Wesen wie ein schimmernder Schatten. Dunkel, leuchtend und archaisch. Ein Wesen, durch das in Schach gehalten, was in all den Jahren aus ihm geworden war; ähnlich einem Gemälde, das durch die Schichten von Schmutz und Firnis und durch die Hände unkundiger Restauratoren so gelitten hatte, daß seine wahre Schönheit nicht mehr sichtbar war. Und so wie sein enthüllender Blick bis in ihr Innerstes sah, so hatte auch sie offenbar etwas Wunderbares in ihm entdeckt.

»Sag mir«, sagte sie mit tiefer Stimme. »Wann bist du zum Fuchs geworden?«

»Ich?«

»Er bewegt sich in dir.« Sie sah ihn an. »Ich kann ihn ganz deutlich sehen.«

Er sah an seinem Körper hinab, und fast erwartete er, daß die Kraft, die von ihr ausgeströmt war, ihn auf physische Weise verändert hatte. Absurd, natürlich. Nichts anderes als blasse, verschwitzte Haut. Was noch enttäuschender war: die letzten Lichter in ihm erloschen. Er spürte, wie ihre Wohltat entwich, und bedauerte es bereits.

»Steep hatte recht«, sagte sie. »Du bist ein erstaunliches Geschöpf. Einen solchen Geist in sich zu haben und nicht wahnsinnig zu werden ...«

»Wer sagt denn, daß ich nicht wahnsinnig geworden bin?« Er dachte an den schweren Weg, der ihn so weit gebracht hatte. »Du weißt, daß ich auch in dir etwas sehe, nicht wahr?«

»Schau besser nicht hin«,

»Ich will aber, denn es ist wunderschön.« Das schimmernde Wesen war noch immer sichtbar, wenn auch nur schwach. Seine außerirdische Schönheit zog sich in Rosas verwundete Substanz zurück. »O Gott«, murmelte er. »Ich erinnere mich. Ich habe ihn schon einmal gesehen, diesen Körper in dir.«

Sie schwieg eine Weile, als könne sie sich nicht entscheiden, ob sie dieses Gespräch weiterführen sollte. Aber sie konnte nicht widerstehen. »Wo?« fragte sie.

»In einem Gemälde«, antwortete er. »In einem Bild von Thomas Simeon. Es hieß der Nilot.«

Die Silben ließen sie erschaudern. »Nilot? Was ist das?«

»Jemand, der am Nil lebt.«

»Ich war nie ...« Sie schüttelte den Kopf. »... Ich erinnere mich an eine Insel«, fuhr sie fort, »... aber nicht an einen Fluß. Oder jedenfalls nicht an diesen Fluß. Ich war mit Steep am Amazonas, um Schmetterlinge zu töten. Aber ... niemals am Nil ...« Ihre Stimme verlor sich, und der letzte Rest ihres anderen Ich verschwand. »Dennoch ... an dem, was du sagst, ist etwas Wahres. Etwas bewegt sich in mir, so wie sich in dir der Fuchs bewegt ...«

»Und du willst wissen, was es ist.«

»Nur Rukenau weiß das«, sagte sie. »Bringst du mich zu Rukenau? Du bist ein Fuchs. Du kannst seine Fährte erschnuppern.«

»Und du glaubst, er wird alles erklären?«

»Ich glaube, wenn er es nicht kann, kann es niemand.«

Als er aus dem Zimmer herauskam, saß Frannie auf der Treppe und las in einer vergilbten und zerknitterten Zeitung, die sie in einem der Zimmer gefunden hatte. »Wie geht es ihr?« fragte sie.

Er lehnte mit schmerzenden Gliedern am Türrahmen. »Sie will Rukenau finden. Das ist eigentlich alles, woran sie jetzt denkt.«

»Und wo ist er?«

»Wenn er überhaupt irgendwo ist, dann auf den Hebriden. Jedenfalls steht in dem Buch, das er dorthin geflohen ist. Sie weiß aber nicht, auf welche Insel.«

»Und wir bringen sie dorthin?«

»Nicht wir. Ich. Wenn du sie verbinden kannst, kümmere ich mich danach um sie.«

Frannie schloß die Zeitung und warf sie auf die staubigen Dielenbretter. »Und was erwartest du auf dieser Insel?«

»Schlimmstenfalls – nichts als Vögel. Bestenfalls – Rukenau. Und das Domus Mundi, was immer es sein mag.«

»Du schlägst mir also vor, daß ich hier sitzenbleibe, während du losziehst?« Sie lächelte ihn an. »Nein, Will, das alles ist auch meine Geschichte. Ich war von Anfang an dabei, und jetzt werde ich auch am Ende dabei sein.«

Noch bevor Will etwas entgegnen konnte, ging die Haustür auf, und Sherwood kam mit einer großen Tüte herein. »Ich habe alles mitgenommen, was ich finden konnte«, sagte er und drückte Frannie die Tüte in den Arm.

»Also gut«, sagte Will. »Folgendes bleibt zu tun: Ich gehe jetzt zum Haus meines Dads und teile Adele mit, daß ich wegfahren muß ...«

»Wohin gehst du?« fragte Sherwood.

»Frannie wird es dir erklären«, erwiderte Will und streckte seine Glieder, als könne er so die Nervosität aus ihnen vertreiben. Er ging an Sherwood vorbei zur Vordertür.

»Beeil dich«, sagte Frannie. »Ich möchte nicht allein hier sein, wenn ...«

»Erwähne nicht einmal den Namen«, warnte Will. »Ich komme wieder, so schnell es geht, das verspreche ich.«

Er eilte zur Tür hinaus, den Weg hinab und die Straße
hinunter. Am liebsten wäre er barfuß gelaufen oder nackt,
so wie er sich damals vorgestellt hatte, daß er nackt zu Jacob im Gerichtshof laufen würde, während das Feuer in
ihm den Schnee zu Dampf verwandelte. Aber er verdrängte die Sehnsüchte des Jungen und des Fuchses, während er
nach Hause rannte. Ihre Stunde würde noch kommen. Aber
erst später.

XIV

1

Adele war nicht allein. Ein makellos polierter Wagen stand
vor dem Haus, und sein Besitzer saß im Wohnzimmer, ein
munterer, fast fröhlicher Mann namens Maurice Shilling,
der Bestattungsunternehmer. Will nahm Adele beiseite und
erklärte ihr, er müsse für ein oder zwei Tage verreisen.
Natürlich wollte sie wissen, wohin. Er versuchte, so wenig
wie möglich zu lügen. Eine Freundin sei erkrankt, sagte er,
und er fahre nach Schottland, um ihr so gut es ging Beistand zu leisten.

»Bis zur Beerdigung bist du aber wieder zurück?« fragte sie.

Er versprach es ihr. »Ich fühle mich gar nicht wohl bei
dem Gedanken, dich jetzt allein zu lassen.«

»Wenn es ein Gnadendienst ist«, sagte Adele, »solltest
du gehen. Ich habe hier alles unter Kontrolle.«

Sie kehrte zu Mr. Shilling zurück, und Will ging nach
oben, um etwas festere Kleidung einzupacken. Als er auf
dem Bett saß und sich die Stiefel zuschnürte, blickte er zufällig aus dem Fenster ... Gerade durchbrach die Sonne die
Wolken und breitete einen goldenen Teppich auf dem Hügel aus. Er vergaß seine Schnürsenkel und betrachtete das
Schauspiel fasziniert. Sein Geist gab sich ganz einem Augenblick der Gnade hin. Dies ist kein Traum vom Leben,

470

dachte er, keine Theorie und auch kein Foto. Dies ist das Leben selbst. Und was immer auch geschehen ist, wir hatten einen Augenblick, etwas Gemeinsames, die Sonne und ich. Dann schlossen sich die Wolken wieder, und das Gold verschwand. Will widmete sich erneut dem Zubinden der Schnürsenkel und spürte die Tränen in seinen Augen, dankbar, daß ihm diese Epiphanie vergönnt gewesen war. Die Visionen in Berkeley, die Besuche des Fuchses, die Berührung durch Rosas Funken ... All das war eine Art Erweckung gewesen, als sei er mit einem Hunger nach Empfindungen aus seinem Koma erwacht, der mit einer einzelnen Information nicht gestillt werden konnte. Wie oft würde er noch aufwachen müssen, um eine Form des Bewußtseins zu erlangen, die ihm genügte? Ein Dutzendmal? Hundertmal? Oder würde es immer so weitergehen, würde sich der Geist immer wieder zeigen, würden die Schichten des Schlummers immer wieder abgetragen, eine nach der anderen, nur um darunter eine neue zu enthüllen?

Unten sprach Mr. Shilling noch immer von Blumen, Särgen und Preisen. Will unterbrach die Verhandlungen nicht – Adele war durchaus in der Lage, gute Konditionen auszuhandeln –, sondern ging leise in das Arbeitszimmer seines Vaters, um nach einem Atlas zu suchen. Die größeren Bücher standen in einem der Regale beisammen, so daß er nicht lange Ausschau halten mußte. Es handelte sich um die verschlissene Ausgabe, an die er sich aus seiner Kindheit erinnerte und die er bei seinen Erdkunde-Hausaufgaben benutzt hatte. Vieles war natürlich nicht mehr aktuell. Grenzen waren neu gezogen worden, Städte hatte man umbenannt oder zerstört. Aber was die Inseln vor der Westküste Schottlands betraf, so hatte sich nichts geändert. Wenn jemals Kriege um sie geführt worden waren, so hatte man die Friedensverträge schon vor Jahrhunderten unterzeichnet. Die Inseln hatten keinerlei Bedeutung; sie waren nichts als verstreute farbige Punkte auf einem Meer aus Papier.

Glücklich verließ er mit seinem Fund das Arbeitszimmer, und nachdem er seine Lederjacke vom Haken an der

Tür genommen hatte, trat er aus dem Haus, während sich
Mr. Shilling über die Vorzüge eines gut gepolsterten Sarges verbreitete.

2

»Du brauchst keine Angst zu haben«, hatte Rosa zu Frannie gesagt, als sie mit dem Verbandszeug kam, aber Frannie hatte instinktiv gespürt, daß dem nicht so war. Die be-
drückende Hitze, die feuchte Luft, die Art, wie Rosas
Schmerz durch die Dielenbretter zu pochen schien ... All
das machte den Eindruck, als braue sich über dem Kopf
der Frau ein unsichtbares Ungewitter zusammen. Egal, was
Rosa sagte, nichts konnte Frannie davon überzeugen, daß
sie sich in dieser Umgebung sicher fühlen durfte. Furcht-
sam beeilte sie sich. Sie wies Rosa an, die Wunde mit dem
Fingern zusammenzudrücken, und preßte eine dicke Lage
Mullstoff dagegen, als handele es sich um eine ganz ge-
wöhnliche, natürliche Verletzung. Anschließend klebte sie
die Mulltonlage mit einem Dutzend dreißig Zentimeter langer Haftstreifen fest. Schließlich wickelte sie noch einen
langen Gazestreifen um den Körper der Frau herum, auch
wenn sie wußte, daß sie damit auf schon fast absurde Weise übertrieb. Gerade hatte sie die Arbeit beendete, da legte
Rosa die Hand auf Frannies Schulter und murmelte das
eine Wort, vor dem sie sich gefürchtet hatte:

»Steep.«

»O Gott«, sagte Frannie und sah zu ihrer Patientin hoch.
»Wo?«

Rosa schloß die Augen und bewegte den Kopf hin und
her. »Er ist nicht hier«, sagte sie. »Noch nicht. Aber er
kommt zurück, ich spüre es.«

»Dann sollten wir verschwinden.«

»Hab keine Angst vor ihm«, sagte Rosa und öffnete blinzelnd ihre Augen. »Warum ihm diese Freude gönnen?«

»Weil ich Angst vor ihm habe«, sagte Frannie. Ihr Mund
war trocken, und ihr Herz schlug laut.

»Oh, er ist doch geradezu lächerlich«, sagte Rosa. »Schon immer gewesen. Weißt du, es gab Zeiten, da war er galant und ehrenhaft. Manchmal sogar liebevoll. Aber meistens kam er mir kleinlich und langweilig vor.«

Auch wenn sie es plötzlich sehr eilig hatte, mußte Frannie die Frage stellen, auf die Rosa wohl hoffte.

»Aber warum bist du so lange bei ihm geblieben, wenn es eine solche Zeitverschwendung war?«

»Weil es mir weh tut, von ihm getrennt zu sein«, sagte Rosa. »Es war stets weniger schmerzhaft zu bleiben, als zu gehen.«

Keine allzu seltsame Antwort, dachte Frannie. Sie hatte sie im Laufe der Jahre von vielen anderen Frauen gehört. »Nun, dieses Mal gehst du jedenfalls«, sagte sie. »*Wir* gehen. Und zur Hölle mit ihm.«

»Er wird uns folgen«, sagte Rosa.

»Soll er uns eben folgen.« Frannie lief zur Tür. »Ich will ihm nur gerade jetzt nicht begegnen.«

»Du wartest auf Will?«

»Ja.«

»Du glaubst, er kann dich schützen?«

»Vielleicht.«

»Er kann es nicht, glaube mir, er kann es nicht. Er steht Jacob näher, als er weiß.«

Frannie drehte sich zu ihr um. »Wie meinst du das?«

»Ich meine, daß sie beide Teil eines anderen sind. Er kann dich nicht vor Jacob beschützen, weil er sich nicht einmal vor sich selbst beschützen kann.«

An diesem Brocken hatte Frannie schwer zu schlucken, aber sie beruhigte sich damit, das Problem später zu überdenken. »Ich werde Will nicht im Stich lassen, falls du das meinst.«

»Verlaß dich nur nicht auf ihn«, sagte Rosa. »Das ist alles.«

»Das werde ich nicht.«

Sie öffnete die Tür und sah nach Sherwood. Er saß vor der Haustür und schnitzte die Borke von einem Ast. Sie rief ihn nicht – wer wußte schon, wie nahe Steep war? –, son-

473

dern ging zu ihm, um ihn sanft aus seinen Gedanken zu
rütteln. Als er zu ihr aufschaute, sah sie seine rotgeränder-
ten Augen. »Was hast du?« fragte sie.

»Rosa stirbt, nicht wahr?« fragte er und wischte sich mit
dem Handrücken Rotz von der Nase.

»Sie wird wieder gesund«, entgegnete Frannie.

»Nein«, sagte Sherwood. »Das spüre ich im Bauch. Ich
werde sie verlieren.«

»Hör jetzt auf damit«, schalt Frannie ihn sanft, nahm
ihm den kahlen Ast aus der Hand und warf ihn fort. Dann
packte sie ihn am Arm und zog ihn hoch. »Rosa glaubt, daß
Steep irgendwo in der Nähe ist.«

»O nein.« Er warf einen ängstlichen Blick zur Straße hin.
Auch Frannie hatte bereits dorthin geschaut. Nichts rührte
sich, noch nicht.

»Vielleicht sollten wir hinten rausgehen«, schlug Sherwood vor. »Durch den Garten. Dort ist ein Tor, das uns zur
Capper's Lane führt.«

»Keine schlechte Idee«, sagte Frannie. Zusammen gingen sie zu Rosa zurück.

»Wir gehen durch den ...«

»Ich habe euch gehört«, sagte Rosa.

Sherwood war bereits durch die Küche zur Hintertür
gegangen und versuchte nun, sie aufzustoßen, aber sie
klemmte. Er verfluchte sie, trat dagegen und versuchte es
erneut. Entweder halfen die Flüche oder die Tritte. Während die Angeln widerspenstig ächzten und das morsche
Holz um den Griff herum zu splittern drohte, stieß Sherwood die Tür auf. Dahinter lag die grüne Mauer, die Bü-
sche, Pflanzen und Bäume, die früher den kleinen Garten
Eden der Donnellys gebildet hatten und die nun zu einem
Dschungel geworden waren. Frannie zögerte nicht. Sie
schob sich durch das Dickicht und streifte dabei trockene
Blätter ab. Rosa folgte ihr stolpernd, heftig atmend.

»Ich sehe das Tor!« rief Frannie ihrem Bruder zu und
war nur noch ein halbes Dutzend Schritte davon entfernt,
als Rosa keuchte: »Meine Taschen! Ich habe meine Taschen
vergessen.«

474

»Laß sie liegen!« sagte Frannie.

»Ich kann nicht«, erwiderte Rosa und drehte sich um. »Mein Leben steckt in diesen Taschen.«

»Ich hole sie!« rief Sherwood. Man sah ihm an, wie sehr er sich freute, Rosa helfen zu können. Er eilte zum Haus zurück. Frannie rief ihm nach, er solle sich beeilen.

Nachdem er fort war, entstand eine seltsame Stille. Die beiden Frauen standen in einer kleinen Nische, umgeben von riesigen Sonnenblumen und Hortensien. Bienen flogen zwischen den wild wachsenden Rosen umher, Amseln zwitscherten in der Eiche. Einen Augenblick lang wirkte die Szene wie ein Paradies, und es schien, als könne einem hier niemand etwas zuleide tun.

»Ich frage mich …«, begann Rosa.

Frannie sah sie an. Sie starrte ohne zu blinzeln in die Sonne.

»… ob es nicht besser wäre, sich einfach hinzulegen und zu sterben.« Sie lächelte. »Besser nichts zu wissen … besser nicht zu fragen …« Sie legte die Hände auf ihre Bandagen und zerrte daran. »Besser davonzufließen …«, flüsterte sie.

»Nicht!« rief Frannie. »Um Himmels willen!« Sie hielt Rosas Hände fest. »Das darfst du nicht!«

Rosa starrte noch immer in die Sonne. »Nein?« sagte sie.

»Nein«, erwiderte Frannie.

Rosa zuckte mit den Schultern, als sei das Ganze nur ein spontaner Einfall gewesen.

»Versprich mir, das nicht wieder zu tun«, sagte Frannie.

Rosa nickte und sah sie mit einem fast kindlichen Blick an. Mein Gott, was für ein seltsames Wesen, dachte Frannie. In einem Augenblick zum Fürchten, in Donner gehüllt, im nächsten eine verbitterte Frau, die von der Bruderschaft zwischen Will und Steep sprach – und nun ein unschuldiges Geschöpf mit weiten Augen, das geduldig gehorchte, wenn man es schalt. Frannie hatte den Verdacht, daß all diese Wesen die wahre Rosa ausmachten, daß all dies Teile der Frau waren, die sie all die Jahre hatte sein müssen. Aber vielleicht lag ihr wirkliches Ich auch unter den Verbänden und sehnte sich danach, herauszuströmen …

475

Erst jetzt, nachdem diese kleinere Krise gebannt war, kehrten ihre Gedanken zu Sherwood zurück. Was, zum Teufel, machte er dort drinnen? Sie wies Rosa an, sich nicht vom Fleck zu rühren, lief ins Haus zurück und rief nach Sherwood. Keine Antwort. Hastig rannte sie durch die Küche in den Flur. Die Haustür stand noch immer offen. Weder von oben noch von unten hörte sie ein Geräusch.

Und auf einmal tauchte er vor ihr auf, aus Rosas Zimmer taumelnd, mit weit aufgerissenem Mund und Augen, leise stöhnend. Und dicht hinter ihm Steep, der ihn mit der Hand am Nacken gepackt hatte. Sie standen so unerwartet vor ihr, daß Frannie entsetzt nach hinten taumelte.

»Laß ihn los!« schrie sie Steep an.

Der schrille Klang ihrer Stimme veränderte Jacobs eisigen Gesichtsausdruck, und zu ihrer Überraschung tat er, was sie von ihm verlangt hatte. Sherwood hörte auf zu stöhnen und brach kraftlos zusammen. Auch Frannie konnte ihn nicht stützen. Er stürzte zu Boden und riß sie mit sich.

Erst jetzt sagte Steep etwas: »Das ist er doch gar nicht.«

Frannie blickte zu ihm auf und stellte fest – so erschrocken und verstört wie sie war –, daß sie ihn ganz anders in Erinnerung hatte. Er war nicht das abstoßende Scheusal, an das sie gedacht hatte, wenn sie sich an die Übergabe des Tagebuchs erinnerte. Er war wunderschön.

»Wer bist du?« fragte er und starrte Bruder und Schwester an.

»Will ist nicht hier«, keuchte Frannie. »Er ist fort.«

»O nein …«, murmelte Steep und ging den Flur hinunter. Er war vielleicht drei Meter weg, als sie Rosas Stimme hörte: »Schon wieder ein Versehen?«

Frannie sah sich nicht um. Sie kümmerte sich um Sherwood, der nach Luft schnappend auf dem Boden lag. Schnell schob sie ihre Hand unter seinen Kopf und hob ihn etwas hoch. »Wie geht es dir?« fragte sie.

Er starrte sie an, und seine Lippen bewegten sich, aber er brachte keinen Ton heraus. Seine Zunge erschien zwischen den Lippen, immer wieder – doch er blieb stumm.

»Es wird alles gut«, sagte sie. »Alles wird gut. Wir müssen dich nur an die frische Luft bringen.«

Selbst jetzt glaubte sie noch, daß ihr Einschreiten ihn gerettet hatte. Sie sah kein Blut, kein Zeichen eines Angriffs. Sie mußte ihn nur von diesem furchtbaren Ort wegbringen, hinaus zwischen die Sonnenblumen und die Rosen. Steep würde sie nicht aufhalten. Er hatte in dem dunklen Raum einen Fehler gemacht, hatte Sherwood für Will gehalten. Jetzt hatte er seinen Fehler erkannt und würde sie gehen lassen.

»Komm«, sagte sie zu Sherwood. »Hoch mit dir.«

Sie ließ die Hand ihres Bruders los und umschlang ihn mit ihren Armen, damit er sich aufrichten konnte. Aber er blieb einfach liegen, starrte sie an und leckte sich die Lippen. Er hörte nicht auf, sich die Lippen zu lecken.

»Sherwood«, sagte sie und versuchte es noch einmal.

Dieses Mal spürte sie, wie ein Zittern durch seinen Körper lief. Nicht so schlimm, wie es schien. Doch dann hörte er einfach auf zu atmen.

»Sherwood.« Sie schüttelte ihn. »Nicht!« Sie zog ihre Hände unter ihm hervor und öffnete seinen Mund, um ihm ihren Atem einzuhauchen. Hinter ihr sagte Rosa etwas, aber sie konnte sie nicht verstehen. Es war ihr auch egal. Sie atmete in seinen Mund, blies hinein, drückte auf seine Brust, um die Luft herauszupressen, und blies sie wieder in ihn hinein. Immer hastiger wiederholte sie den Vorgang; aber kein Lebenszeichen regte sich. Nicht einmal ein Flakkern seiner Augen. Sein armer Körper hatte sich einfach aufgegeben.

»Das kann nicht sein«, flüsterte sie und hob den Kopf.

Ihre Augen brannten, aber noch kamen die Tränen nicht. Sie konnte Sherwoods Mörder deutlich vor sich sehen. Er stand im Flur, immer noch am selben Fleck, und wenn sie eine Pistole in der Hand gehabt hätte, hätte sie ihn auf der Stelle mitten ins Herz geschossen. »Du Scheusal«, sagte sie, und ihre Stimme klang mehr wie ein Knurren. »Du hast ihn umgebracht. Du hast ihn umgebracht ...«

Steep reagierte nicht. Er starrte sie nur mit leeren Augen

an, was ihre Wut noch mehr entfachte. Sie trat über Sherwoods Leiche und ging auf ihn zu, aber Rosa hielt sie am Arm fest.

»Nicht ...«, sagte sie und zog sie zur Küche zurück.

»Er hat ihn getötet!«

»Und er wird dich töten«, sagte Rosa. »Dann seid ihr beide tot, und was hast du damit bewiesen?«

Frannie wollte nicht vernünftig sein. Sie versuchte, Rosa beiseite zu schieben, aber trotz ihrer Verwundung schien die Frau noch immer sehr kräftig und ließ Frannie nicht los. Einen Augenblick lang standen alle bewegungslos da, und eine unheimliche Stille trat ein. In diesem Augenblick hörte Frannie Schritte auf dem Kiesweg, und eine Sekunde später tauchte Will in der Haustür auf. Steep drehte sich müde um und sah ihn an.

»Geh!« rief Frannie Will zu. »Er hat« – sie bekam die Worte kaum über die Lippen – »Sherwood getötet.«

Wills Blick wanderte von Steeps Gesicht hinunter zu Sherwoods Leiche und wieder hinauf zu Steep. Dabei griff er in die Tasche und holte das Messer hervor.

»Wir gehen jetzt«, sagte Rosa leise zu Frannie. »Hier können wir sowieso nichts mehr ausrichten. Sollen die beiden das unter sich ausmachen.«

Frannie wollte nicht weg. Nicht solange Sherwood mit glasigen Augen auf dem staubbedeckten Boden lag. Sie wollte seine Augen schließen und ihn an einen Platz bringen, an dem er es bequem hatte. Ihn zumindest zudecken. Aber sie ahnte, daß Rosa recht hatte. In dem Stück, das sich nun im Flur abspielen würde, war ihr keine Rolle zugeteilt worden. Will hatte ihr bereits erklärt, wie persönlich seine Beziehung zu Steep war; selbst wenn es eine tödliche Beziehung sein sollte. Zögernd ließ sie sich von Rosa davonziehen, hinaus zur Tür in das üppige Grün.

Natürlich summten die Bienen noch zwischen den überwucherten Blumenbeeten, natürlich zwitscherten die Amseln noch ihre süßen Melodien in der Eiche. Und natürlich war nichts mehr so, wie es vor drei Minuten noch gewesen war, und würde auch nie wieder so sein.

XV

Es war ganz einfach. Sherwood, der arme Sherwood lag tot auf dem Boden, und sein Mörder stand Will gegenüber, und in Wills Hand lag ein Messer, das zitternd darauf wartete, seine Aufgabe zu erfüllen. Es war ihm egal, daß es einst Steep gehört hatte. Es wollte nur benutzt werden. Jetzt; sofort; schnell! Mochte das Fleisch, das es zerfetzte, ruhig dem Mann gehören, der es viele Jahre wie eine Reliquie verehrt hatte. Es kam nur darauf an, die Tat zu begehen: glühend und glänzend. Aufzusteigen und zu fallen; und wieder aufzusteigen – rot ...

»Bist du gekommen, um mir das wiederzugeben?« fragte Steep.

Will brachte kaum eine Antwort zustande, so laut pries das Messer seine Vorzüge an. Wie es Steep Ohren und Nase abtrennen, seine Schönheit reduzieren würde. Er kann dich noch sehen? Stich ihm die Augen aus! Seine Schreie stören dich? Schneid ihm die Zunge ab!

Es waren schreckliche Gedanken, Gedanken, die ihn krank machten. Will wollte sie nicht. Aber sie kamen, unaufhaltsam.

Jetzt lag Steep auf dem Rücken, nackt. Und das Messer öffnete ihm die Brust – eins, zwei –, legte sein schlagendes Herz frei. Du möchtest die Brustwarzen als Souvenir? Da! Vielleicht auch etwas Intimeres? Fleisch für den Fuchs ...?

Und noch bevor Will wußte, was er tat, fuhr seine Hand nach oben. Das Messer jubilierte. Es hätte Steeps Gesicht bis auf die Knochen aufgeschlitzt, wenn Steep nicht mit der bloßen Hand die Klinge umschlossen hätte. Es tat ihm weh, o ja, selbst ihm. Die vollkommenen Lippen verzogen sich vor Schmerz, und ein Zischen strömte zwischen den schönen Zähnen hervor. Ein sanftes Zischen, das in einem Seufzer erstarb, als habe er jeden Rest an Atem ausgehaucht.

Will versuchte, das Messer seinem Griff zu entwinden. Wahrscheinlich würde es Steeps Hand zerschneiden und sich selbst befreien: seine Klinge war zu scharf, um festgehalten zu werden. Aber es bewegte sich nicht. Er zog erneut, fester. Immer noch bewegte es sich nicht. Und wieder zog er. Aber Steep ließ nicht los.

Wills Blick flackerte vom Messer zum Gesicht des Feindes. Steep hatte nicht Atem geholt, seit er den Seufzer ausgestoßen hatte. Er starrte Will mit leicht geöffnetem Mund an, als wolle er etwas sagen.

Aber er atmete nur aus. Es war kein gewöhnlicher Atem, kein einfaches Luftholen. Steep wiederholte das, was vor dreißig Jahren auf dem Hügel geschehen war. Dieses Mal bestimmte jedoch *er* den Augenblick, in dem die Welt um sie herum entwirrt wurde. Sofort blendete sie sich aus, und der Boden begann unter ihren Füßen zusammenzufallen, so daß Will und Steep über einer immensen samtenen Leere zu hängen schienen, nur durch die Klinge miteinander verbunden.

»Ich möchte dies mit dir teilen«, sagte Steep, als habe er einen besonders guten Wein entdeckt und lade Will ein, aus einem Becher mit ihm zu trinken. Die Dunkelheit unter ihren Füßen verfestigte sich. Ein sich dahinwälzender Staub wie Ebbe und Flut. Aber ansonsten um sie herum nichts als Dunkelheit. Und über ihnen Dunkelheit. Keine Wolken, keine Sterne, kein Mond.

»Wo sind wir?« hauchte Will und sah zu Steep hinüber. Jacobs Gesicht schien sich aufzulösen. Seine glatte Haut war körnig geworden, und die Düsternis hinter ihm schien durch seine Augen zu tropfen. »Kannst du mich hören?« fragte Will. Aber das Gesicht verlor immer mehr an Festigkeit. Obwohl Will wußte, daß es sich um eine Vision handelte, stieg Panik in ihm auf. Was, wenn Steep ihn allein ließ, in dieser Leere?

»Bleib ...«, hörte er sich sagen, wie ein Kind, das Angst davor hat, im Dunkeln allein gelassen zu werden. »Bitte bleib ...«

»Wovor hast du Angst?« fragte Steep. Die Dunkelheit hatte sein Gesicht fast gänzlich verschluckt. »Du kannst es mir sagen.«

»Ich will mich nicht verirren«, antwortete Will.

»Da gibt es keinen Rat«, sagte Steep. »Es sei denn, wir finden unseren Weg zu Gott. Und das ist schwer inmitten dieser Verwirrung. Dieser ekelerregenden Verwirrung, die Gottes Stimme übertönt.« Obwohl sein Bild nun fast völlig verschwunden war, hörte Will, wie Steep weich und besänftigend redete. »Lausche dem Klang ...«

»Geh nicht fort.«

»Lausche«, sagte Steep.

Will hörte das Geräusch, von dem Steep sprach. Es war kein einzelner Ton, es waren Tausende, Abertausende Geräusche, die aus allen Richtungen auf ihn zukamen. Sie waren weder laut, noch angenehm, noch irgendwie musikalisch – sie drängten sich einfach auf. Und ihre Quellen? Auch sie näherten sich aus allen Richtungen. Riesige Wellen blasser, nicht unterscheidbarer Formen, die auf ihn zukrochen. Nein, nicht krochen, geboren wurden. Wesen, die ihre Glieder streckten und Kinder ausstießen, die noch im Augenblick ihrer Geburt bereits ihre Beine spreizten, um befruchtet zu werden. Und noch bevor ihre Partner sich von ihnen gerollt hatten, streckten sie ihre Glieder erneut aus, um eine weitere Generation hervorzubringen. Und dies immerwährend, in erschreckenden Mengen. Es war ihr verwobenes Stöhnen und Schluchzen und Seufzen, das den Lärm erzeugte, von dem Steep gesagt hatte, daß er Gottes Stimme übertöne.

Es fiel Will nicht schwer zu verstehen, was vor ihm geschah. Denn genau dies sah Steep, wenn er etwas Lebendiges betrachtete. Nicht die Schönheit und die Besonderheiten, sondern nur ihre alles erschlagende, ohrenbetäubende Fruchtbarkeit. Fleisch, das Fleisch gebar, ein unaufhörlicher Lärm. Es fiel Will deshalb nicht schwer, zu verstehen, weil er manchmal, in seinen düstersten Stunden, selbst so dachte. Er hatte gesehen, wie die menschliche Springflut über die Kreaturen hinwegschwappte, die er liebte – Tiere, die zu wild oder zu weise waren, mit dem Aggressor einen Handel einzugehen –, und er hatte sich eine Pest gewünscht, die jeden menschlichen Mutterleib verdorren ließ. Ja, er hatte den Lärm gehört und hatte einen sanften

Tod herbeigesehnt, der jede Kehle verstummen ließ.
Manchmal auch keinen sanften. Er verstand das. O Gott, er
verstand es.

»Bist du noch da?« fragte er Steep.

»Noch immer …«, antwortete der Mann.

»Sorg dafür, daß es aufhört.«

»Das ist genau das, was ich all die Jahre versucht habe«,
entgegnete Steep.

Die ansteigende Flut des Lebens hatte sie fast erreicht,
und die Formen, die geboren wurden und gebaren, um-
spülten bereits Wills Füße.

»Genug«, sagte Will.

»Versteht du jetzt meine Sicht der Dinge?«

»Ja …«

»Lauter.«

»Ja! Ich verstehe! Vollkommen!«

Das Zugeständnis genügte, um den Schrecken zu bannen. Die Flut zog sich zurück, und eine Sekunde später war
sie ganz verschwunden; Will hing wieder in der Dunkelheit.

»Ist es jetzt nicht ein schönerer Ort?« fragte Steep. »In
einer solchen Stille gäbe es vielleicht die Hoffnung, zu
erfahren, wer wir sind. Hier gibt es keine Fehler, keine
Unvollkommenheit. Nichts, das uns von Gott ablenken
könnte.«

»So willst du die Welt haben?« murmelte Will. »Leer?«

»Nicht leer. Gereinigt.«

»Um noch einmal von vorne zu beginnen?«

»O nein.«

»Aber so wird es kommen, Steep. Vielleicht glaubst du,
du hättest alles ausgelöscht, aber immer wird ein Schlammloch übrigbleiben, das du nicht ausgetrocknet, ein Stein,
den du nicht umgedreht hast. Und das Leben wird zurückkommen. Vielleicht kein menschliches Leben. Vielleicht etwas Besseres. Aber auf alle Fälle Leben, Jacob. Du kannst
nicht die ganze Welt töten.«

»Ich werde sie auf ein Blütenblatt reduzieren«, sagte
Steep fast heiter. Will konnte das Lächeln in der Stimme

des Mannes hören. »Und Gott wird da sein. Ganz einfach. Und ich werde ihn sehen, so wie er ist. Und ich werde verstehen, warum ich erschaffen worden bin.« Sein Gesicht fügte sich langsam wieder zusammen. Die breite, blasse Stirn, die tiefgründigen, sorgenvollen Augen. Die edle Nase, der noch edlere Mund.

»Nehmen wir an, du hast unrecht«, sagte Will. »Nehmen wir an, Gott will, daß die Welt überquillt. Zehntausend Arten von Butterblumen? Eine Million Arten von Käfern? Nichts, das dem anderen gleicht? Nehmen wir es einfach an. Vielleicht bist du der Feind Gottes, Jacob. Vielleicht … bist du der Teufel und weißt es nicht einmal.«

»Ich wüßte es. Auch wenn ich ihn noch nicht sehen kann, so ist Gott doch in mir.«

»Nun«, sagte Will, »in mir auch.« Und obwohl er diese Worte noch niemals zuvor ausgesprochen hatte, wußte er, daß er genau das glaubte. Gott war in ihm, war immer in ihm gewesen. Steep dachte an einen Gott der Rache, aber das Göttliche, das Will in sich spürte, war ebenfalls Gott, auch wenn er durch einen Fuchs sprach und das Leben mehr liebte, als Will es sich jemals hatte vorstellen können. Ein Gott, der im Laufe der Jahre in unzähligen Erscheinungen vor ihn getreten war. Einige davon bemitleidenswert, zweifellos, andere triumphal. Ein blinder Eisbär auf einem Müllberg. Zwei Kinder mit bemalten Masken. Ein schlafender Patrick, ein lächelnder Patrick, ein Patrick, der von Liebe sprach. Kamelien auf einem Fensterbrett, und der Himmel Afrikas. Sein Gott war da, er war überall und lud ihn ein, die Seele der Dinge zu sehen.

Steep spürte die Gewißheit in Will und widersprach auf die einzige Weise, die ihm möglich war.

»Ich habe dir den Hunger nach Tod eingepflanzt«, sagte er. »Das macht dich mir zu eigen. Wir mögen es beide bedauern, aber das ist die Wahrheit.«

Wie konnte Will widersprechen, zumal er noch immer das Messer in der Hand hielt. Er wandte den Blick von Steeps Gesicht ab und suchte nach der Waffe, folgte den Konturen der Schulter Jacobs, seinen Arm entlang, hin zur

Hand, die noch immer die Klinge umklammerte, hinunter bis zu seiner eigenen Hand, die den Griff umschloß.

Er sah es und ließ los. Es war ganz einfach. Das Böse, das durch diese Waffe angerichtet worden war, sollte nicht dadurch vergrößert werden, daß er noch einmal damit zustieß. Keine einzige Wunde wollte er damit schlagen.

Kaum hatte er losgelassen, erfolgte die Reaktion. Die Dunkelheit verlosch augenblicklich, und die reale Welt tat sich um sie herum auf: der Flur, die Leiche, die Treppe, die zum offenen Dach hinaufführte, durch das die Sonnenstrahlen fielen.

Und vor ihm Steep, der ihn verwundert anstarrte. Ein Schauder lief durch seinen Körper, und er öffnete die Faust gerade weit genug, um die Klinge auf den Boden fallen zu lassen. Sie hatte ihm die Handfläche aufgeschnitten, sehr tief, und etwas troff aus der Wunde. Es war kein Blut, sondern die gleiche Flüssigkeit, die aus Rosas Körper geströmt war. Feinere Perlen, weil die Wunde kleiner war, aber von der gleichen glitzernden Substanz. Kleine Partikel schlängelten sich behäbig um seine Finger, und ohne nachzudenken streckte Will die Hand aus und berührte sie. Die Perlen schienen ihn zu spüren und kamen auf ihn zu. Er hörte Steep rufen: »Nein!« aber es war zu spät. Der Kontakt war hergestellt. Wieder spürte er, wie die Substanz in ihn eindrang und durch ihn hindurch floß. Dieses Mal war er jedoch darauf vorbereitet, was sich ihm enthüllen würde, und er wurde nicht enttäuscht. Das Gesicht vor ihm nahm seine Maske ab und bekannte sich zu dem Geheimnis, das darunter verborgen lag. Er kannte es bereits. Die gleiche seltsame Schönheit, die er in Rosa gesehen hatte, verbarg sich auch in Steep. Die Form des Niloten, die aussah, als sei sie aus etwas Ewigem gemeißelt worden.

»Was hat Rukenau mit euch gemacht?« fragte Will behutsam.

Der Körper in Steeps Körper sah aus ihm heraus wie ein Gefangener, der sich verzweifelt nach der Freiheit sehnt. »Sag es mir«, drängte Will. Das Wesen schwieg. Aber es wollte etwas sagen. Will sah, wie sehr es sich danach sehnte, wie gerne es seine Geschichte erzählt hätte. Er beugte sich etwas vor. »Versuche es«, sagte er.

Das Wesen neigte seinen Kopf ebenfalls vor, bis ihre Lippen nur wenige Zentimeter voneinander entfernt waren. Aber von denen des Niloten kam kein Geräusch, konnte wahrscheinlich keines kommen, dachte Will. Der Gefangene war so lange stumm gewesen, daß es ihm nicht möglich war, seine Stimme so schnell wiederzufinden. Trotzdem mußte Will diese Nähe nutzen, solange er dem Wesen Auge in Auge gegenüberstand. Er beugte sich noch weiter vor, und der Nilot, der wußte, was kam, lächelte. Will küßte ihn sanft, fast ehrfürchtig, auf die Lippen.

Das Wesen erwiderte den Kuß und drückte seine kühlen Lippen gegen die Wills.

Im nächsten Augenblick erlosch der Lichterkranz, so wie es bei Rosa der Fall gewesen war, und verschwand. Der Schleier fiel sofort und verbarg, was dahinterlag. Der Mund, den Will küßte, war der Steeps.

Mit einem Schrei des Abscheus stieß Jacob ihn von sich, als habe er Wills Trance miterlebt und erst jetzt erkannt, was die Kraft in ihm zugelassen hatte. Er stolperte nach hinten gegen die Wand und preßte seine verwundete Hand zusammen, damit kein Tropfen der heimtückischen Flüssigkeit mehr entkommen konnte. Mit dem Rücken der anderen Hand wischte er sich die Lippen sauber. Dabei wich jede Spur von Sanftheit aus seinem Gesicht. Jede Ungewißheit, jeder Zweifel verschwand. Er starrte Will durchdringend an und hob das Messer auf, das zwischen ihnen lag. Will wußte, daß es keinen Platz für weitere Worte mehr gab. Steep würde nicht länger über Gott oder Vergebung sprechen. Jetzt wollte er nur noch den Mann töten, der ihn soeben geküßt hatte.

Auch wenn er wußte, daß es nun keine Hoffnung auf Frieden mehr gab, ließ Will sich Zeit, während er zur Tür ging; rückwärtsschauend beobachtete er Steep. Wenn sie das nächstemal aufeinandertrafen, würde das den Tod für einen von ihnen bedeuten. Vielleicht war dies die letzte Gelegenheit, in Ruhe einen Blick auf den Mann zu werfen, dessen Bruderschaft er einst so leidenschaftlich gesucht hatte. Ein Kuß wie der, den sie eben ausgetauscht hatten, würde einem Mann, der seiner selbst sicher war, nichts ausmachen. Aber Steep war sich seiner selbst nicht sicher. Er war es nie gewesen. Wie so viele Männer, die Will in seinem Leben beobachtet und begehrt hatte, lebte er in ständiger Furcht, daß seine Männlichkeit so gesehen werden könnte, wie sie wirklich war: eine mörderische Illusion, ein Trick aus Spucke und Chuzpe, hinter dem sich ein weitaus seltsamerer Geist verbarg.

Er konnte nicht länger hinsehen. Noch fünf Sekunden, und das Messer würde in seiner Kehle stecken. Er drehte sich um und trat über die Schwelle, ging hinaus, den Pfad hinunter, auf die Straße. Steep folgte ihm nicht. Er würde eine Weile vor sich hin brüten, dachte Will, und seine Gedanken in eine mörderische Ordnung bringen, bevor er seine letzte Verfolgung aufnahm.

Und verfolgen würde er ihn. Will hatte den Geist in ihm geküßt, und das war ein Verbrechen, das sein doppeltes Ich nicht vergeben konnte. Es würde kommen, mit dem Messer in der Hand. Soviel stand fest.

TEIL SECHS

Er betritt das Haus der Welt

I

Als Will das Haus der Donnellys verließ, fühlte er sich völlig benommen, und dieser Zustand hielt für die nächste Stunde an. Er bekam mit, daß er in Frannies Wagen einstieg, daß Rosa halb auf dem Rücksitz lag und daß sie das Dorf hinter sich ließen, als wäre ihnen eine Horde gefallener Engel auf den Fersen. Doch er reagierte nur einsilbig auf Frannies Fragen und widersetzte sich ihren Versuchen, ihn aus seiner Passivität zu reißen. War er verletzt? wollte sie wissen. »Nein«, antwortete er. Und Steep, was war mit Steep? »Er lebt«, sagte er. »Verletzt?« fragte sie. »Ja«, sagte er. »So schwer, daß er daran sterben wird?« Er antwortete: »Nein.« »Schade«, sagte sie.

Etwas später hielten sie an einer Tankstelle an, und Frannie stieg aus, um zu telefonieren. Er fragte nicht, wen sie anrief, aber sie erzählte es ihm, als sie wieder im Wagen saß. Sie hatte die Polizei angerufen und ihnen mitgeteilt, wo sie Sherwoods Leiche finden würden. Dumm, daß sie es nicht schon vorher getan habe, sagte sie. Vielleicht hätten sie Steep erwischt.

»Niemals«, sagte er.

Schweigend fuhren sie weiter. Regen klatschte gegen die Windschutzscheibe, dicke Tropfen, die hart gegen das Glas schlugen. Er kurbelte das Fenster halb herunter und kühlte sein Gesicht. Der Geruch des Regens drang herein – er roch nach Tang und Metall. Langsam holte ihn die Kälte aus seiner Trance. Das taube Gefühl in seiner Messerhand ließ nach, und statt dessen begannen Finger und Handfläche zu schmerzen. Als die Minuten verstrichen, widmete er der vorbeifliegenden Umgebung etwas mehr Aufmerksamkeit, obwohl es nichts gab, was besonders bemerkenswert gewesen wäre. Der Verkehr auf den Straßen war weder besonders stark noch besonders schwach. Das Wetter war weder schlecht noch gut. Manchmal sandten die Wolken einen Regenguß herab, manchmal zeigten sie einen Streifen Blau. Alles war beruhigend normal, und so konnte er schließlich vor der Erinnerung an Steeps Visionen flüchten, indem er alles in sich aufnahm, was er um sich herum sah. Links von ihm fuhr ein Wagen, in dem zwei Nonnen und ein Kind saßen. Eine Frau zog beim Fahren ihren Lippenstift nach. Dort wurde eine Brücke abgerissen. Für eine kurze Strecke fuhr ein Zug parallel zur Autobahn. Männer und Frauen saßen schwankend an den Fenstern und sahen mit trägen Augen hinaus. Ein Straßenschild, das nach Norden Richtung Glasgow zeigte, flog vorbei: 180 Meilen.

Plötzlich sagte Frannie: »Es tut mir leid. Wir müssen anhalten.« Sie parkte den Wagen auf dem Seitenstreifen und stieg aus. Will wäre am liebsten sitzengeblieben, aber schließlich stieg auch er aus und ging zu ihr. Es regnete wieder. Sein Kopf schmerzte, dort, wo die Tropfen ihn trafen.

»Ist ... dir ... schlecht?« fragte er sie. Es war sein erster Satz, seit sie das Dorf verlassen hatten. Er brachte ihn kaum heraus.

»Nein«, sagte Frannie und wischte sich den Regen aus den Augen.

»Was hast du denn?«

»Ich muß zurück«, sagte sie. »Ich kann nicht ...« Sie schüttelte verzweifelt den Kopf. »Ich hätte ihn nicht zurücklassen dürfen. Was habe ich mir nur dabei gedacht? Er ist mein Bruder.«

»Er ist tot«, sagte Will. »Du kannst ihm nicht mehr helfen.«

Sie legte die Hand auf den Mund und schüttelte noch immer den Kopf. Tränen vermischten sich mit den Regentropfen und liefen ihr Gesicht herab.

»Wenn du zurück willst«, sagte Will, »fahren wir zurück.«

Frannie nahm die Hand vom Mund. »Ich weiß nicht, was ich will«, entgegnete sie.

»Und was hätte Sherwood gewollt?«

Frannie sah gedankenverloren die einsame Gestalt im Wagen an. »Er hätte alles getan, um Rosa glücklich zu machen. Gott weiß warum, aber das hätte er getan.« Hilflos suchte sie Wills Blick. »Ich habe den größten Teil meines Erwachsenenlebens damit verbracht, es ihm recht zu machen, weißt du das?« sagte sie. »Und das will ich auch jetzt tun.« Sie seufzte. »Aber das ist wirklich das letzte Mal.«

Will setzte sich für den nächsten Teil der Reise hinters Lenkrad.

»Wohin fahren wir überhaupt?« fragte er.

»Nach Oban«, antwortete Frannie.

»Wieso nach Oban?«

»Dort legen die Fähren zu den Inseln an.«

»Woher weißt du das?«

»Weil ich beinahe mal mit einer gefahren wäre, vor fünf oder sechs Jahren. Wir wollten mit einer Gruppe von der Kirche Iona besuchen. Aber ich habe in letzter Minute abgesagt.«

»Wegen Sherwood?«

»Natürlich. Er wollte nicht allein bleiben. Also bin ich auch nicht gefahren.«

»Wir wissen aber immer noch nicht, auf welche der Inseln wir eigentlich müssen«, sagte Will. »Ich habe einen alten Atlas dabei. Vielleicht gehst du mit Rosa die Namen durch? Einer sagt ihr vielleicht etwas.« Er warf einen Blick nach hinten

»Bist du wach?«

»Die ganze Zeit«, sagte Rosa mit schwacher Stimme.

»Wie fühlst du dich?«

»Müde.«

»Halten die Verbände noch?« fragte Frannie.

»Aber ja«, antwortete Rosa. »Keine Sorge, ich werde euch nicht unter den Händen wegsterben. Ich halte durch, bis ich Rukenau wiedersehe.«

»Wo ist der Atlas?« fragte Frannie.

»Auf dem Boden hinter dir«, sagte Will. Sie griff nach

hinten und schlug ihn auf. »Hast du bedacht, daß Rukenau vielleicht schon tot ist?« fragte Will.

»Er hatte nicht die Absicht, zu sterben«, entgegnete Rosa.

»Vielleicht hat er es trotzdem getan.«

»Dann werde ich sein Grab suchen und mich zu ihm legen«, sagte Rosa. »Und vielleicht wird mir seine Asche vergeben.«

Frannie hatte die Inseln im Atlas gefunden und begann, deren Namen vorzulesen. Sie fing mit den Äußeren Hebriden an. »Lewis, Harris, North Uist, South Uist, Barra, Benbecula …« Weiter zu den Inneren. »Mull, Coll, Tiree, Islay, Skye …« Rosa kannte keine davon. Es gab noch einige, fügte Frannie hinzu, die so klein waren, daß der Atlas ihre Namen nicht aufführte. Vielleicht war es eine von denen. Wenn sie nach Oban kamen, würden sie eine genauere Karte kaufen und es erneut versuchen. Rosa war nicht sehr optimistisch. Sie habe sich nie sehr gut Namen merken können, sagte sie. Das wäre immer Steeps Aufgabe gewesen. Sie könne sich gut an Gesichter erinnern, aber er …

»Reden wir nicht von ihm«, sagte Frannie, und Rosa schwieg.

So fuhren sie weiter. Durch den Lake District zur schottischen Grenze, und als der Nachmittag bereits seiner Neige zuging, vorbei an den Werften von Clydebank, vorbei auch an Loch Lochmond und weiter durch Luss und Crianlarich bis nach Tyndrum. Ein paar Kilometer, bevor sie Oban erreichten, erlebte Will einen fast bewegenden Augenblick, als der Wind den Geruch des Meeres herübertrug. Nach fast vierzig Jahren auf diesem Planeten rührte ihn der strenge Geruch nach Salzwasser noch immer und brachte weit entfernte Kindheitsträume von der Ferne mit sich. Er hatte diese Träume Wirklichkeit werden lassen, natürlich, hatte mehr von der Welt gesehen als die meisten anderen. Aber das Versprechen von Meer und Horizont berührte noch immer sein Herz, und an diesem Abend, da die letzten Reste des Tageslichts im Westen verschwanden, wußte er, warum. Diese Träume von vollkommenen Inseln, auf

denen die vollkommene Liebe wartet, waren nur Masken
vor etwas viel Tieferem. War es ein Wunder, daß sich seine
Stimmung hob, als die Straße sie durch die steil abfallende
Stadt zum Hafen führte? Hier fühlte er sich zum erstenmal, als sei die äußere Welt eins mit ihrer tieferen Bedeutung. Die Formen der Sehnsucht waren konkret geworden.
Er sah die geschäftige Anlegestelle, von der aus sie bald
abfahren würden, die Meerenge von Mull, deren abweisende Wasser den Blick hinaus auf See lenkten. Was auf der
anderen Seite des Meeres lag, weit weg von der Behaglichkeit dieses kleinen Hafens, war nicht nur eine Insel. Es war
die Möglichkeit, dort seine spirituelle Reise zu beenden,
seine Bestimmung zu erfüllen. Dort würde er vielleicht erfahren, warum Gott dieses Sehnen in ihn gepflanzt hatte.

II

Er hatte sich Oban als unbedeutenden kleinen Fährhafen
vorgestellt, aber der Ort überraschte ihn. Obwohl es bereits
dunkel war, als sie ihren Weg nach unten zum Kai gefunden hatten, ging es in Stadt und Hafen noch ausgesprochen
lebhaft zu. Die letzten Sommergäste machten Schaufensterbummel oder besuchten Restaurants und Kneipen. Einige
Jugendliche spielten auf der Promenade Fußball. Eine kleine Flotte von Fischerbooten fuhr in die nächtliche Flut hinaus.

Als sie am Dock ankamen, legte gerade eine hell erleuchtete Fähre ab. Will parkte den Wagen neben dem Fahrkartenschalter, der in diesem Moment geschlossen wurde.
Eine recht streng aussehende Frau klärte Will darüber auf,
daß die nächste Fähre morgens um sieben ausliefe, daß
dann der Schalter wieder öffne, und – nein, er bräuchte
nicht im voraus zu buchen.

»Sie können um sechs an Bord«, sagte die Frau.

»Mit dem Wagen?«

»Aye, Sie können Ihr Fahrzeug mitnehmen. Aber das Morgenschiff fährt nur zu den Inneren Inseln. Auf welche wollen Sie denn?«

Will erklärte ihr, daß er sich noch gar nicht entschieden habe. Sie gab ihm eine Broschüre mit Abfahrtszeiten und Fahrpreisen und dazu einen Farbkatalog, in dem die Inseln beschrieben wurden, die die Caledonian-MacBrayne-Fähren anliefen. Dann wiederholte sie, daß die nächste Fähre genau um sieben Uhr morgens ausliefe und ließ den Rolladen ihres Fahrkartenschalters herunter.

Will kehrte mit den Broschüren und den Informationen zum Wagen zurück, in dem jedoch niemand mehr saß. Er entdeckte Frannie an der Hafenmauer, wo sie lehnte und die auslaufenden Fischerboote beobachtete. Rosa, so teilte sie Will mit, sei allein weggegangen, nachdem sie Frannies Angebot, sie zu begleiten, abgelehnt hatte.

»Wo ist sie hin?« fragte Will.

Frannie deutete auf das andere Ende der Hafenmauer, das zum Sund hinunter abfiel.

»Ich schätze, es ist Unsinn, sich um sie Sorgen zu machen«, sagte Will. »Ich glaube, sie kann auf sich selbst aufpassen. Trotzdem ...« Er sah Frannie an, deren Blick auf das schwarze Wasser gerichtet war, das zwei Meter unter ihr gegen die Mauer schwappte. »Woran denkst du?« fragte er sie.

»Ach, an nichts Besonderes eigentlich«, antwortete sie fast schüchtern, als sei es ihr peinlich.

»Sag's mir.«

»Na ja, ich habe gerade an eine Predigt gedacht.«

»Eine Predigt?«

»Ja, vor drei Sonntagen hat ein auswärtiger Vikar St. Luke's besucht. Er war ziemlich gut, wirklich. Er sprach davon – wie sagte er gleich? – heilige Dinge in einer profanen Welt zu tun.« Sie sah Will eindringlich an. »So kommt mir diese Reise vor. Es ist fast so, als wären wir auf einer Pilgerreise. Hab' ich jetzt was Blödes gesagt?«

»Du hast schon blödere Sachen von dir gegeben.«

Sie lächelte und schaute ins Wasser. »Ist mir egal«, sagte

sie. »Ich bin schon viel zu lange vernünftig gewesen.« Als sie ihn wieder anschaute, schien ihre Nachdenklichkeit wie weggeblasen. »Ich verhungere übrigens.«

»Wir könnten in einem Hotel essen und uns dort auch Zimmer für die Nacht nehmen.«

»Nein«, sagte sie. »Ich schlage vor, daß wir etwas essen und dann im Wagen schlafen. Wann geht die Fähre?«

»Pünktlich um sieben.« Schulterzuckend fügte er hinzu: »Wobei wir leider nicht wissen, ob sie überhaupt dorthin fährt, wo wir hinwollen.«

»Wir nehmen sie trotzdem«, sagte Frannie. »Wir nehmen sie und kommen nie mehr zurück.«

»Kehren Pilger normalerweise nicht immer nach Hause zurück?«

»Nur wenn sie ein Zuhause haben.«

Sie schlenderten die Promenade entlang, auf der Suche nach einem Restaurant. »Rosa meint, daß man dir nicht trauen kann«, sagte Frannie.

»Ach. Und warum nicht?«

»Weil du nur an Steep denkst. Oder an dich und Steep.«

»Wann hat sie das gesagt?«

»Als ich sie verbunden habe.«

Schweigend gingen sie weiter, vorbei an einem Pärchen, das an der Hafenmauer lehnte, flüsternd und Küsse tauschend.

»Willst du mir nicht erzählen, was in dem Haus geschehen ist?« fragte Frannie schließlich.

»Was glaubst du? Ich habe versucht, ihn zu töten.«

»Aber du hast es nicht getan.«

»Wie ich sagte, ich habe es versucht. Aber er hat das Messer gepackt und dann bekam ich eine kleine Andeutung von dem zu sehen, was er war, bevor er Jacob Steep wurde.«

»Und was ist das?«

»Es ist das, was Thomas Simeon gemalt hat. Das Wesen, das für Rukenau das Domus Mundi baute. Ein Nilot.«

»Glaubst du, daß Rosa auch einer – oder eine ist?«

»Anzunehmen. Ich versuche nur, die Teile zusammenzusetzen. Was wissen wir? Nun, wir wissen, daß Rukenau
eine Art Mystiker war. Und ich gehe davon aus, daß er diese Wesen fand ...«

»... am Nil?«

»Meiner Meinung nach deutet das Wort darauf hin. Es
hat wohl keinen mystischen Hintergrund.«

»Und dann? Glaubst du, daß sie ein wirkliches Haus
gebaut haben?«

»Du nicht?«

»Nicht notwendigerweise«, sagte Frannie. »Eine Kirche
kann aus Mauern und einem Turm bestehen, aber ein Ort
der Gläubigkeit kann auch die Mitte eines Feldes oder ein
Flußufer sein. Irgendein Ort eben, an dem die Leute Gott
ehren.«

Offenbar hatte sie über das Problem bereits nachgedacht. Will gefielen ihre Schlußfolgerungen. »Das Domus
Mundi ...«, er suchte nach den richtigen Worten, »könnte
also ein Ort sein, an dem sich die Gläubigen der ganzen
Welt versammeln?«

»Das verstehe jetzt ich nicht.«

»Zumindest«, sagte Will, »erinnert es mich daran, nicht
alles so verdammt wörtlich zu nehmen. Worum geht es eigentlich? Es geht nicht um Mauern und Dächer. Es geht
darum ...«, wieder suchte er nach den richtigen Worten,
doch diesmal kannte er sie – ausgerechnet Bethlynn hatte
sie gefunden. »Es geht darum, Veränderungen zu bewirken und Visionen zu fördern.«

»Und du glaubst, das will Steep auch?«

»Auf seine verdrehte Weise, schon.«

»Tut er dir leid?«

»Hat Rosa dir das gesagt?«

»Nein, ich versuche nur zu verstehen, was zwischen
euch vorgegangen ist.«

»Er hat Sherwood ermordet. Das macht ihn zu meinem
Feind. Aber wenn ich jetzt ein Messer in der Hand hätte
und er vor mir stünde, könnte ich ihn nicht töten. Nicht
mehr.«

»Ich habe mir gedacht, daß du so etwas sagen würdest«, entgegnete Frannie. Sie war stehengeblieben und deutete auf die andere Seite der Straße. »Da ist ein Fish-and-Chips-Restaurant.«

»Bevor wir uns über Fish and Chips hermachen, möchte ich unser Gespräch noch zu Ende bringen. Es ist wichtig für mich, daß du das Gefühl hast, mir vertrauen zu können.«

»Ich vertraue dir. Glaube ich jedenfalls. Vielleicht fände ich es besser, wenn du ihn töten würdest, nach allem, was er getan hat. Aber das wäre auch nicht sehr christlich von mir. Die Sache ist die: Wir sind ganz normale Menschen ...«

»Das sind wir nicht.«

»Nun, ich schon.«

»Du wärst nicht hier, wenn ...«

»Doch«, beharrte sie. »Wirklich, Will, ich bin ein ganz normaler Mensch. Wenn ich daran denke, was ich hier tue, erfüllt mich das mit tiefer Furcht. Ich bin für so etwas nicht geschaffen, nicht im geringsten. Ich gehe jeden Sonntag in die Kirche, ich höre die Predigt und gebe mir die nächsten sieben Tage Mühe, eine gute Christin zu sein. Das sind die Grenzen meiner religiösen Erfahrung.«

»Aber auch was wir jetzt tun, ist eine religiöse Erfahrung«, sagte Will. »Das weißt du.«

Sie sah an ihm vorbei. »Mag sein, daß ich das weiß«, entgegnete sie. »Ich weiß nur nicht, ob ich dafür bereit bin.«

»Wenn wir bereit wären, würde es uns nicht geschehen«, sagte Will. »Ich glaube, wir sollen Angst haben. Zumindest ein wenig. Wir müssen uns fühlen, als wüßten wir nicht mehr weiter.«

»O Gott«, sagte sie, und es klang wie ein Seufzer. »Das tun wir tatsächlich.«

»Ich war hungrig, als wir dieses Gespräch angefangen haben«, sagte Will. »Jetzt knurrt mir der Magen.«

»Dann könnten wir ja essen gehen.«

»Das sollten wir tun.«

Im Fish-and-Chips-Restaurant galt es, köstliche Entscheidungen zu treffen. Frischer Schellfisch oder frischer Rochen?

Eine Riesenportion Chips – oder noch mehr Brot und Butter dazu? Und Salz und Essig? Und die vielleicht wichtigste Entscheidung von allen: im Restaurant essen (Resopaltische standen in einer Reihe an der Wand unter einem Spiegel, auf dem gemalte Fische schwammen), oder sich das Ganze in die *Scottish Times* von gestern einwickeln zu lassen, sich auf die Hafenmauer zu setzen und dort aus der Hand zu essen? Aus praktischen Gründen wählten sie ersteres; an einem Tisch konnten sie leichter die Broschüren durchgehen, die Will bekommen hatte. Aber dann war die Lektüre für eine Viertelstunde vergessen, während sie aßen. Erst als Will seinen knurrenden Magen zum Schweigen gebracht hatte, begann er den Inselführer durchzublättern. Sehr erhellend schien er zunächst nicht mit seinen gängigen Beschreibungen der Attraktionen der westlichen Inseln. Die sauberen Strände, die unvergleichlichen Fischgründe, die atemberaubende Landschaft. Von jeder der Inseln gab es ein paar kleine Zeichnungen, kombiniert mit einigen Fotos. Skye war die in »Liedern und Legenden gerühmte Insel«; Bute hatte das »spektakulärste viktorianische Herrenhaus in Großbritannien« zu bieten; Tiree, »deren Name ›Kornkammer der Inseln‹ bedeutet, ist ein Paradies für Vogelfreunde«.

»Irgendwas Interessantes?« fragte Frannie.

»Nur das übliche Gewäsch«, meinte Will.

»Du hast Ketchup am Mund.«

Will wischte ihn ab und schaute wieder in die Broschüre. Was hatte ihn vorher bei Tiree stutzen lassen? *Tiree ist die fruchtbarste der Inseln*, hieß es dort, *die Kornkammer der Inneren Hebriden*.

»Ich kann nicht mehr«, sagte Frannie.

»Sieh dir das an«, sagte Will, drehte die Broschüre um und schob sie Frannie zwischen den Tellern hinüber.

»Welcher Teil?«

»Der Abschnitt über Tiree.« Sie überflog ihn. »Sagt dir das irgendwas?«

Sie schüttelte den Kopf. »Nein, ich glaube nicht. Vögel beobachten … weiße Sandstrände … das klingt ja alles sehr hübsch, aber …«

»Die Kornkammer der Inseln!« sagte Will plötzlich und griff wieder nach der Broschüre. »Das ist es! Die Kornkammer!« Er stand auf.

»Was ist los?«

»Wir müssen zurück zum Wagen. Wir brauchen dein Buch über Simeon.«

Während ihres Schlemmermahls hatten sich die Straßen geleert. Die Schaufensterbummler kehrten auf einen letzten Schluck in ihre Hotels zurück, die Liebespaare in ihre Betten. Auch Rosa war zurückgekommen. Sie saß auf dem Bürgersteig und lehnte mit dem Rücken an der Hafenmauer.

»Sagt dir der Name der Insel Tiree etwas?« fragte Will. Sie schüttelte den Kopf.

Frannie hatte das Buch aus dem Auto geholt und blätterte es durch. »Ich erinnere mich an eine Menge Hinweise auf Rukenaus Insel«, sagte sie. »Aber an nichts Genaues.« Sie reichte Will das Buch.

Er nahm es und setzte sich auf die Hafenmauer.

»Ihr macht einen zufriedenen Eindruck«, sagte Rosa. »Habt ihr gegessen?«

»Ja«, sagte er. »Hätten wir dir was mitbringen sollen?«

Sie schüttelte den Kopf. »Ich faste. Obwohl mich die Fische, die sie vor der Mole eingeholt haben, schon gereizt hätten.«

»Roh?« fragte Frannie.

»So sind sie am besten«, meinte Rosa. »Steep konnte immer sehr gut Fische fangen. Er ist einfach in einen Fluß gestiegen und hat sie gekitzelt, bis sie ohnmächtig wurden …«

»Ich hab's!« rief Will und wedelte mit dem Buch. »Hier ist es!« Er faßte den Abschnitt für Frannie zusammen: In der Hoffnung, Rukenaus Sympathie wiederzuerlangen, hatte Simeon ein symbolisches Bild geplant, eines, das seinen einstigen Mäzen zeigte, der zwischen Säulen aus Korngarben stand, ›wie es zu seiner Insel paßt‹. »Da ist die Verbindung, genau da!« rief Will. »Tiree ist Rukenaus Insel. Schaut hin! Es ist eine Kornkammer, so wie Simeon sie malen wollte.«

»Das ist ein bißchen wenig«, meinte Frannie.

Will ließ sich nicht beirren. »Es ist diese Insel. Ich weiß, daß es die richtige ist.« Er warf Frannie das Buch zu und holte den Fahrplan aus der Tasche. »Morgen früh fährt ein Schiff nach Coil und Tiree, über Tubermory«, sagte er grinsend. »Endlich haben wir mal Glück.«

»Entnehme ich diesem Jauchzen, daß du weißt, wohin wir fahren müssen?« fragte Rosa.

»Ich glaube schon«, sagte Will. Er kniete sich neben sie. »Du steigst jetzt besser wieder in den Wagen. Es nützt niemandem, wenn du hier unten sitzen bleibst.«

»Ein guter Samariter hat mir sogar schon Geld für ein Bett gegeben«, sagte Rosa.

»Und du hast es genommen«, meinte Will.

»Wie gut du mich kennst«, entgegnete Rosa und zeigte ihm die Münze.

Nach einigem Hin und Her erklärte sich Rosa schließlich bereit, mit den anderen in den Wagen zu steigen, wo die drei den Rest der Nacht verbrachten. Will schlief auf dem Fahrersitz besser, als er erwartet hatte. Nur einmal erwachte er mit voller Blase und stieg so leise wie möglich aus dem Auto, um sich zu erleichtern. Es war Viertel nach vier, und die Fähre, die sie am Morgen zu den Inseln bringen sollte, sie hieß *Claymore*, hatte bereits angedockt. Männer arbeiteten an Bord und am Kai, luden Fracht auf und bereiteten das Schiff fürs Auslaufen vor. Der Rest der Stadt schlief noch; die Promenade war menschenleer. Will pinkelte ungeniert in den Rinnstein, denn seine einzigen Beobachter waren drei Seemöwen, die es sich über Nacht auf der Hafenmauer gemütlich gemacht hatten. Bald würden wohl die Fischerboote wieder einlaufen, und es gäbe für die Möwen Fischreste zum Frühstück. Bevor er zum Wagen zurückkehrte, steckte er sich eine Zigarette an, und nachdem er sich bei den Möwen entschuldigt hatte, weil er ihnen den Platz wegnahm, setzte er sich auf die Mauer und sah auf das dunkle Wasser hinaus, das hinter den Lichtern des Hafens lag. Er fühlte sich auf seltsame Weise mit dem Schicksal zufrieden. Der kalte Geruch, der scharfe, heiße

Zigarettenrauch in den Lungen, die Matrosen, die die *Claymore* für ihre kleine Reise herrichteten – alles war Teil seines Glücks. Genau wie das Geistwesen, das er in sich spürte, während er auf das Wasser blickte: der Geist des Fuchses, dessen Sinne die seinen schärfte und der ihm wortlos riet: *Genieße es, mein Alter. Genieße den Tabak und die Stille und das seidig glänzende Wasser. Genieße es, nicht weil es vergänglich ist, sondern weil es existiert.*

Er rauchte die Zigarette zu Ende und ging wieder zum Wagen zurück. Vorsichtig schob er sich auf den Fahrersitz, um Frannie nicht aufzuwecken. Ihr Kopf lehnte an der Seitenscheibe, und ihr Atem beschlug in regelmäßigen Stößen das kalte Glas. Rosa schien ebenfalls zu schlafen, aber vielleicht tat sie auch nur so. Dieser Verdacht bestätigte sich, als er langsam wieder einnickte und hörte, wie sie leise vor sich hin flüsterte. Er bekam zunächst nicht mit, was sie sagte und war zu müde, um genau hinzuhören, aber kurz bevor er einschlief, in dieser Phase, in der die Sinne noch einmal alles aufnehmen, verstand er sie. Sie sagte eine Reihe von Namen auf. Und etwas an der Art, wie sie diese Namen aussprach, mit einem Seufzer hier und einem »o mein Liebling« da, überzeugte ihn davon, daß es sich nicht um Leute handelte, die sie unterwegs kennengelernt hatte. Es waren ihre Kinder. Mit diesem Gedanken glitt er in den Schlaf hinüber: daß Rosa sich an ihre toten Kinder erinnerte, während sie auf den Tag wartete, und daß sie ihre Namen im Dunkeln murmelte wie ein Gebet ohne Text; eine Liste, zusammengestellt für irgendwelche Gottheiten.

III

Steep hatte es sich zur Angewohnheit gemacht, stets zuerst das Männchen zu töten, wenn es darum ging, ein Tierpaar auszulöschen. Hatte er es mit den Letzten ihrer Art zu tun – was natürlich die Krönung seiner großartigen, glorrei-

chen Arbeit war –, hätte es sich im Grunde erübrigt, beide
Tiere zu töten. Um das Fortbestehen der Art zu beenden,
brauchte er nur eines umzubringen. Weil Perfektion ein
Hauptanliegen von ihm war, eliminierte er jedoch lieber
beide, und er begann immer mit dem Männchen. Dafür gab
es eine Reihe praktischer Gründe. Bei den meisten Arten
war das Männchen der aggressivere Teil, und zu seinem
eigenen Schutz war es günstiger, sich des Männchens vor
dem Weibchen zu entledigen. Er hatte auch beobachtet, daß
Weibchen eher dazu neigten, den Tod ihres Partners zu betrauern, was es ihm leichter machte, sie umzubringen. Im
Gegensatz dazu sannen die Männchen oft auf Rache. Die
beiden einzigen ernsthaften Verletzungen, die er sich im
Laufe der Jahre zugezogen hatte, waren ihm von Männchen zugefügt worden, die er unvorsichtigerweise nicht
zuerst getötet hatte und die sich nach dem Tod des Weib-
chens in selbstmörderischem Zorn auf ihn gestürzt hatten.
Anderthalb Jahrhunderte nach der Auslöschung des Großen Alks auf den Klippen von St. Kilda trug er noch immer
die Narbe auf dem Oberarm, dort, wo das Männchen ihn
mit der Kralle aufgeschlitzt hatte. Und wenn es kalt war,
spürte er noch immer einen Schmerz in der Hüfte, der ihn
an den Tritt des Blaubocks erinnerte, dessen Gemahlin vor
seinen Augen verblutet war.

Das waren schmerzhafte Lektionen gewesen. Aber
schmerzlicher als die Narben oder der lädierte Hüftkno-
chen war die Erinnerung an jene Männchen, die ihn, durch
seine eigene Schuld, überlistet hatten und entkommen waren. Es war nicht oft passiert, aber es hatte stets aufwendi-
ge Suchaktionen gegeben, um den Flüchtling zu erwischen,
wobei er Rosa mit seiner Beharrlichkeit zur Verzweiflung
getrieben hatte. »Laß den Kerl laufen«, hatte sie gesagt,
pragmatisch wie immer; »er wird sterben, weil er die Einsamkeit nicht erträgt.«

Doch gerade dieser Gedanke verfolgte ihn. Die Vorstellung, daß ein Einzelgänger dort in der Wildnis herumirrte,
sein Terrain durchquerte, nach seinesgleichen suchte und
immer wieder an den Ort zurückkehrte, wo seine Partne-

rin verschieden war – auf der Suche nach einem Überrest ihrer Existenz, einer Feder, einem Knochen, dem Geruch –, war fast unerträglich für Steep. Oft genug hatte er die Flüchtenden unter solchen Umständen gefaßt; hatte am Tatort auf sie gewartet und sie dort getötet, wo sie trauerten. Aber einigen Tieren war es gelungen, ihm zu entkommen. Über ihre letzten Stunden besaß er keinerlei Hinweise und dieser Gedanke betrübte ihn. Noch Monate danach dachte er an sie und träumte von ihnen. Sie liefen vor seinem geistigen Auge hin und her, immer schäbiger, immer bösartiger. Und wenn sie nach ein paar Monaten noch immer niemanden von ihrer Art getroffen hatten, verloren sie langsam den Lebenswillen. Von Flöhen zerbissen und abgemagert bis auf die Knochen wurden sie zu Phantomen der Felder, Wälder und Eisschollen, bis sie schließlich jede Hoffnung fahren ließen und starben.

Er wußte stets, wann das geschah. Zumindest war er überzeugt davon. Er glaubte, den Tod des Tieres im Magen zu spüren, als liefere ein so realer Prozeß wie die Verdauung Hinweise auf ein unausweichliches Ende. Wieder einmal war ein lebendes Wesen in die Erinnerung übergegangen (und in sein Tagebuch), um nie mehr aufzutauchen.

Dies wird nicht wiederkommen. Und dies nicht. Und dies ...

Es war kein Zufall, daß seine Gedanken hin zu diesen Einzelgängern wanderten, während er nach Norden reiste. Auch er fühlte sich jetzt wie einer aus dieser bemitleidenswerten Gruppe. Wie ein Wesen ohne Hoffnung, das zu den Weidegründen seiner Vorfahren zurückkehrt. Er suchte allerdings nicht nach den Überresten seiner Partnerin. Rosa lebte noch (schließlich folgte er gerade ihren Spuren), und er würde selbstverständlich nicht über ihrem Leichnam jammern, wenn sie verschied. Aber so sehr er danach strebte, sich ihrer zu entledigen, so sehr verhieß die Aussicht darauf nichts als Einsamkeit.

Die Nacht war nicht gut für ihn gelaufen. Der Wagen, den er in Burnt Valley gestohlen hatte, war wenige Kilometer vor Glasgow stehengeblieben, und er hatte ihn zurücklassen müssen, mit der Absicht, sich an der nächsten Raststätte ein verläßlicheres Fahrzeug zu besorgen. Es wurde ein beschwerlicher Marsch. Zwei Stunden ging er zu Fuß, während ein kalter Nieselregen fiel. Er würde darauf achten, ein japanisches Auto zu stehlen. Er mochte die Japaner und teilte diese Begeisterung mit Rosa. Sie liebte ihre Sensibilität und ihren Sinn für das Dekorative. Er schätzte ihre Autos und ihre Grausamkeit. Sie scherten sich erfreulich wenig um die Zensur der Heuchler. Brauchten Sie Haifischflossen für die Suppe? Dann nahmen sie sie sich und warfen den Rest der Kadaver wieder ins Meer. Ließ sich mit Waltran ein Geschäft machen? Verdammt, dann jagten sie die Wale eben und sagten den Heulsusen, daß sie an einer anderen Haustür heulen gehen sollten.

An der nächsten Tankstelle fand er einen guterhaltenen Mitsubishi und setzte hocherfreut über seine Neuerwerbung die Reise durch die Nacht fort. Doch die melancholischen Gedanken ließen sich nicht verbannen, und er hatte einen guten Grund, sie um düstere Bilder kreisen zu lassen. Damit hielt er eine noch düsterere Erinnerung in Schach – aber irgendwann ließ sich diese Erinnerung nicht mehr einsperren. Obwohl er seinen Kopf mit Bildern von Blut und Verzweiflung füllte, kehrte der eine Gedanke immer und immer wieder zurück.

Will hatte ihn geküßt. Herr im Himmel, dieser Schwule hatte ihm einen Kuß gegeben, und er lebte noch, um damit prahlen zu können. Wie war das nur möglich gewesen? Wie? Und warum erinnerten sich seine Lippen mit jeder Berührung besser an diesen Kontakt, obwohl er sich bereits so oft mit der Hand über den Mund gewischt hatte, daß die Lippen ganz wund waren? Gab es einen verwerflichen Teil in ihm, der diese Übertretung sogar genoß?

Nein, nein, diesen Teil gab es nicht. Vielleicht in anderen, schwächeren Männern, aber nicht in ihm. Er war einfach überrascht worden, hatte einen Hieb erwartet und diese Schande erfahren. Ein geringerer Mann hätte dem Übeltäter nach dem Kuß vielleicht ins Gesicht gespuckt. Aber für einen Mann, der so rein war wie er, von keinerlei

Selbstzweifel an seinen Neigungen geplagt, war der Kuß schlimmer gewesen als jeder Schlag. War es ein Wunder, daß er ihn noch immer spürte? Zweifellos würde er ihn so lange spüren, bis er die zerfetzten Lippen seines Feindes in den Händen hielt, nachdem er sie ihm aus dem Gesicht gerissen hatte.

Um sechs Uhr morgens erreichte er Dumbarton. Im Osten hellte sich der Himmel langsam auf. Ein neuer Tag begann. Eine weitere Runde der Trivialitäten für die menschliche Herde. In der Straße, durch die er fuhr, sah er, wie die morgendlichen Rituale abliefen. Vorhänge wurden zurückgezogen, um die Kinder aufzuwecken, Milchflaschen für den Morgentee von der Türschwelle geholt. Einige frühe Pendler trotteten noch halb im Schlaf zur Bushaltestelle oder zum Bahnhof. Sie hatten keine Ahnung, was auf ihre Welt zukam, und wenn man es ihnen gesagt hätte, wären sie entweder verständnislos weitergegangen, oder es wäre ihnen egal gewesen. Sie wollten nur den Tag hinter sich bringen, wollten, daß sie der Bus oder der Zug abends wieder gesund und munter nach Hause brachte.

Während er sie beobachtete, besserte sich seine Laune. Was für Clowns! Man mußte einfach über sie lachen. Er fuhr weiter durch Helensburgh und Garelochhead. Der Verkehr auf der schmalen Straße wurde im Laufe des Tages immer dichter, bis er die Stadt erreichte, von der er schon lange wußte, daß er dorthin mußte: Oban. Es war Viertel vor acht. Die Fähre, teilte man ihm mit, sei pünktlich ausgelaufen.

IV

Will, Frannie und Rosa waren um halb sieben an Bord der *Claymore* gegangen. Trotz der mehr als kalten Morgenluft waren sie froh, nicht mehr im Wagen sitzen zu müssen, in dem es gegen Morgen ein wenig muffig geworden war. Die eisige Frische tat ihnen gut. Es schien ein herrlicher Tag zu werden. Die Sonne stieg an einem wolkenlosen Himmel auf.

»Kann man sich einen besseren Tag auf See wünschen?« meinte der Matrose, der ihren Wagen festgezurrt hatte. »Wird so ruhig wie auf 'nem Lilienteich bleiben, bis zu den Inseln.«

Frannie und Will begaben sich zu den Waschräumen des Schiffs, um sich den Schlaf aus den Augen zu waschen. Der Standard war bestenfalls bescheiden, aber als sie herauskamen, wirkten beide etwas manierlicher. Wieder an Deck, sahen sie, daß Rosa sich an den Bug gesetzt hatte. Von den dreien machte sie den frischesten Eindruck. Ihre Augen leuchteten, und ihre rosige Haut strafte ihre schwere Wunde Lügen.

»Laßt mich ruhig hier sitzen«, sagte sie wie eine alte Dame, die ihren Reisebegleitern so wenig wie möglich zur Last fallen will. »Warum geht ihr beide nicht frühstücken?«

Will fragte sie, ob er ihr vielleicht etwas zu essen bringen solle, aber sie entgegnete, nein, sie brauche nichts. Also ließen sie sie allein, und nach einem kurzen Abstecher zum Heck, von wo aus sie beobachteten, wie der Hafen immer kleiner wurde – die Stadt sah im warmen Sonnenlicht wie eine Postkartenansicht aus –, gingen sie nach unten ins Bordrestaurant und bestellten Porridge, Toast und Tee.

»Sie werden mich nicht wiedererkennen, wenn ich je nach San Francisco zurückkehre«, sagte Will. »Sahne, Butter, Porridge ... schon vom Hinschauen verklumpen meine Arterien.«

»Und womit verwöhnen sich die Leute in San Francisco?«

»Frag lieber nicht.«

»Nein, im Ernst, ich möchte es wissen, damit ich Bescheid weiß, wenn ich rüberkomme und dich besuche.«

»Oh, du willst mich besuchen?«

»Wenn es dir recht ist. Vielleicht Weihnachten«, sagte sie. »Ist es Weihnachten dort warm?«

»Wärmer als hier. Natürlich regnet es oft, und es ist neblig.«

»Aber dir gefällt die Stadt?«

»Zunächst dachte ich immer, es sei das Paradies«, sagte er. »Inzwischen hat sich natürlich viel verändert.«

»Erzähl mir davon.«

Der Gedanke daran bestürzte ihn. »Ich wüßte nicht, wo ich anfangen sollte.«

»Erzähl mir von deinen Freunden. Deinen ... Liebhabern?«

Sie sprach das Wort vorsichtig aus, als sei sie nicht sicher, ob man das so sagte. »Alles ist bestimmt ganz anders als das, was ich kenne.«

Also führte er sie auf eine Rundreise durch das Leben in Boys' Town, bei Tee und Toast. Zunächst ein paar Touristeninformationen; danach etwas über das Haus in der Sanchez Street, und weiter zu den Leuten seines Kreises. Adrianna natürlich (mit Cornelius als Fußnote), Patrick und Rafael, Drew, Jack Fisher, selbst einen kleinen Abstecher über die Bucht erwähnte er, um einen Schnappschuß von Bethlynn zu machen.

»Du hast gesagt, daß sich vieles verändert hat«, erinnerte ihn Frannie.

»Allerdings. Von den Leuten, die ich kannte, als ich dorthin kam, sind einige tot. Männer in meinem Alter, manche von ihnen auch jünger. Dauernd finden Beerdigungen statt. Viele Männer trauern. Das verändert den Ausblick aufs Leben. Aber du denkst vielleicht, das spielt alles keine Rolle.«

»Das glaubst du doch nicht wirklich«, sagte Frannie.

»Ich weiß nicht, woran ich glaube«, entgegnete er. »Du hast ja deine Religion.«

»Es muß hart sein, wenn man von so viel Tod umgeben ist. Wenn so viele von euch aus dem Leben gehen.«

»Wir gehen nirgendwo hin«, sagte Will mit unerschütterlicher Überzeugung. »Weil wir nirgendwo herkommen. Wir sind spontane Ereignisse. Wir tauchen einfach mitten in Familien auf. Und wir werden auch weiterhin auftauchen. Selbst wenn die Pest jeden Homosexuellen auf diesem Planeten töten würde, wäre es keine Ausrottung, wären wir nicht ausgelöscht, weil jede Minute neue schwule

Babys geboren werden. Es ist wie Zauberei.« Er mußte lächeln. »Genau das ist es. Zauberei.«

»Ich fürchte, ich kann dir nicht ganz folgen.«

»Ach, ich denke mir nur was aus«, sagte er lachend.

»Was amüsiert dich so?«

»Das alles«, sagte er und breitete die Arme mit einer weitausholenden Geste aus. »Daß wir hier sitzen und beim Porridge übers Schwulsein sprechen. Daß Rosa dort oben hockt und ihr geheimes Ich versteckt. Daß ich hier unten über meines spreche.« Er beugte sich vor. »Kommt dir das nicht auch komisch vor?« Sie sah ihn verständnislos an. »Nicht? Es tut mir leid. Ich übertreibe wohl.«

Der Kellner, ein Mann mit einem roten Gesicht und einem für Will fast unverständlichen Akzent unterbrach ihr Gespräch und fragte, ob sie mit dem Essen fertig seien. Sie bejahten, er begann den Tisch abzuräumen, und sie gingen aufs Deck. In der Stunde, die sie unten gesessen hatten, war der Wind um einiges frischer geworden, und das blaugraue Wasser des Sunds zeigte sich schaumgefleckt, auch wenn es längst noch nicht aufgewühlt war. Zur Linken sahen sie die Hügel der Insel Mull, purpurn von Heidekraut bedeckt, zur Rechten die Hänge des schottischen Festlandes, dichter bewaldet und mit Zeichen menschlicher Besiedlung; die meisten Häuser bescheiden, einige, die auf höheren Hügeln standen, grandios wirkend. Eine Luftflotte von Silbermöwen folgte dem Schiff und tauchte in das Wasser, um dort Essensreste aufzunehmen, die aus der Kombüse kamen. Wenn die Vögel satt waren, machten sie es sich auf dem Schiff bequem. Ihre Schreie verebbten, und sie beobachteten von Reling und Rettungsbooten aus neugierig die Passagiere.

»Die haben es gut«, meinte Frannie, als wieder eine wohlgenährte Möwe zwischen ihren Verwandten Platz nahm. »Sie brauchen nur die Morgenfähre zu nehmen, bekommen ihr Frühstück und fahren mit der nächsten zurück.«

»Möwen haben einen ausgeprägten Sinn fürs Praktische«, sagte Will. »Sie essen alles. Sieh dir die an! Was frißt sie?«

»Kalten Porridge.«

»Wirklich? O Gott, rein damit.«

Frannie beobachtete nicht die Möwen, sondern Will. »Wie du da hinschaust«, sagte sie.

»Was meinst du?«

»Ich hätte gedacht, daß du es mittlerweile leid bist, Tiere zu beobachten.«

»Niemals.«

»Warst du schon immer so? Meiner Erinnerung nach nicht, oder.«

»Nein, ich verdanke es Steep. Natürlich hatte er andere Motive. Zuerst beobachtet man ein Tier, danach bringt man es um.«

»Und listet es in seinem Tagebuch auf«, fügte Frannie hinzu. »Gewissenhaft und penibel.«

»Und leise.«

»Spielt es eine Rolle, daß danach Stille herrscht?«

»O ja. Er glaubt, daß wir Gott auf diese Weise besser hören können.«

Frannie dachte einen Augenblick darüber nach. »Meinst du, daß Steep schon verrückt war, als er geboren wurde?«

Auch Will schwieg eine Weile. Dann sagte er. »Ich glaube nicht, daß er geboren wurde.«

Die Fähre lief in Tobermory ein, dem ersten und letzten Halt, bevor sie den Sund verließen und aufs offene Meer hinausfuhren. Sie beobachteten vom Bug aus, wo Rosa noch immer saß, wie sich das Schiff dem Hafen näherte. Tobermory war eine kleine Stadt, die sich kaum über den Hafen hinaus erstreckte, und das Schiff dockte kaum länger als zwanzig Minuten an (das reichte, um drei Autos und ein Dutzend Passagiere von Bord zu lassen), bevor es seine Fahrt wieder fortsetzte. Nachdem sie die nördliche Spitze Mulls hinter sich gelassen hatten, wurde der Seegang erheblich schwerer, und weißer Schaum krönte die Wellen.

»Ich hoffe, es wird nicht schlimmer«, sagte Frannie. »Sonst werde ich seekrank.«

»Wir sind in gefährlichen Gewässern«, merkte Rosa an.

509

Es waren die ersten Worte, die sie sprach, seit Frannie und Will sich zu ihr gesellt hatten. »Die Meerengen zwischen Coll und Tiree sind berüchtigt.«

»Woher weißt du das?«

»Ich habe mit dem jungen Hamish dort drüben geplaudert«, sagte sie und deutete auf einen Matrosen, der zehn Meter weiter an der Reling lehnte.

»Er ist kaum alt genug, um sich zu rasieren«, sagte Will.

»Bist du eifersüchtig?« lächelte Rosa. »Mach dir keine Sorgen. Ich werde ihn nicht verführen. Nicht in meinem Zustand. Aber er ist weiß Gott ein hübscher Kerl, findest du nicht auch?«

»Er ist ein bißchen zu jung für mich.«

»Oh, zu jung gibt es gar nicht«, meinte Rosa. »Wenn er ihn hochkriegt, ist er alt genug. Das war immer meine Theorie.«

Frannies Gesicht rötete sich vor Zorn und Scham. »Du bist widerlich«, sagte sie und stürmte davon.

Will lief ihr nach, um sie zu beruhigen, aber sie wollte sich nicht besänftigen lassen.

»So hat sie ihre Klauen in Sherwood geschlagen«, zischte sie. »Ich hatte sie immer im Verdacht. Und nun treibt sie ihre Späße damit.«

»Sie hat nichts von Sherwood gesagt.«

»Das mußte sie auch nicht. Gott, es ist ekelhaft, wie sie dasitzt und nach einem Fünfzehnjährigen giert. Ich will nichts mehr mit ihr zu schaffen haben, Will.«

»Halte noch ein paar Stunden durch. Wir brauchen sie, bis wir Rukenau gefunden haben.«

»Sie weiß genauso wenig wie wir, wo er zu finden ist«, entgegnete Frannie.

Will sagte es nicht, aber neigte dazu, ihr zuzustimmen. Eigentlich hatte er gehofft, daß Rosa auf der Reise etwas auftauen, sich an längst Vergessenes erinnern würde. An irgend etwas, das ihnen bei dem, das vor ihnen lag, helfen konnte. Aber wenn sie etwas spürte, verbarg sie es sehr geschickt. »Vielleicht sollte ich mal an ihr Herz appellieren«, sagte Will.

»Sie hat kein Herz«, grollte Frannie. »Sie ist nichts weiter als eine dreckige alte ... was auch immer.« Zornig sah sie ihn an. »Aber sprich ruhig mit ihr. Du wirst keine Antworten bekommen. Halte sie nur von mir fern.« Mit diesen Worten stapfte sie zum Heck. Will wollte ihr nachgehen, besann sich allerdings. Sie hatte jedes Recht auf Ablehnung. Er selbst spürte seltsamerweise kein großes Entsetzen darüber, wer Rosa war oder was sie getan hatte, trotz der Tatsache, daß Hugo durch sie ums Leben gekommen war. Er fragte sich warum, als er zum Bug zurückkehrte. War etwas mit seinem Charakter nicht in Ordnung, das ihn davon abhielt, den gleichen Abscheu zu spüren, den Frannie empfand?

Er wurde von zwei Möwen aufgehalten, die sich vor ihm auf Deck um eine Kruste mit Wasser vollgesogenen Brotes stritten, die eine von ihnen im Flug hatte fallenlassen. Es war ein böser und heftiger Kampf. Sie hackten sich mit den Schnäbeln und schlugen mit den Flügeln, und während Will zusah, wie sie ihren Streit ausfochten, beantwortete sich Wills Frage von selbst. Er betrachtete Rosa auf ähnliche Weise, wie er diese Vögel betrachtete, so wie er im Laufe der Jahre Tausende von Vögeln beobachtet hatte. Er fällte kein moralisches Urteil über Rosa, weil es auf sie nicht anwendbar war. Es machte keinen Sinn, sie nach menschlichen Normen zu beurteilen. Sie war nicht menschlicher als die Möwen, die sich vor seinen Füßen stritten. Vielleicht war das ihre Tragödie; vielleicht, wie bei den Möwen, ihr Glück.

»Das war ja nur ein kleiner Scherz«, sagte Rosa zu ihm, als er sich neben sie setzte. »Die Frau hat keinen Sinn für Humor.« Die *Claymore* beschrieb einen Bogen, und eine flache Insel kam in Sicht. »Das ist Coll. Hat Hamish mir gesagt.« Rosa stand auf und lehnte sich an die Reling.

Die Insel zeigte sich ganz anders als Mull mit seinen üppigen, dicht bewachsenen Hängen – niedrig und unscheinbar.

»Erkennst du hier etwas wieder?« fragte Will.

»Nein«, sagte sie. »Aber hier gehen wir ja auch nicht von

511

Bord. Dies ist die Schwesterinsel. Tiree ist viel fruchtbarer. Das Land des Getreides wird die Insel genannt.«

»Hat Hamish dir das alles erzählt?« Rosa nickte.

»Brauchbarer Bursche«, sagte Will.

»Männer sind zu einigem zu gebrauchen«, entgegnete sie. »Aber das weißt du ja.« Sie warf Will einen fast schüchternen Blick zu. »Du lebst in San Francisco?«

»Ja.«

»Ich liebe die Stadt. In der Castro Street gab es diese Transvestitenbar, in die ich immer gegangen bin, wenn wir uns in San Francisco aufhielten. Ich habe den Namen vergessen, aber sie gehörte einer herrlichen alten Tunte, Lenny oder so ... Das findest du komisch?«

»Irgendwie schon. Die Vorstellung, daß du mit Steep in einer Transvestitenbar sitzt.«

»Oh, Steep war nie dabei. Er hätte sich geekelt. Aber ich habe mich schon immer in der Gesellschaft von Männern, die so tun, als wären sie Frauen, sehr wohl gefühlt. Meine süßen *viados* in Mailand ... Oh, wie schön einige von ihnen waren.«

War das Gespräch beim Frühstück schon seltsam gewesen, so war dieses noch viel seltsamer. Er hatte wirklich nicht damit gerechnet, daß Rosa sich auf dieser Reise über ihre Vorliebe für Transvestiten auslassen würde.

»Ich persönlich habe nie verstanden, was daran so interessant sein soll«, sagte Will.

»Ich liebe Dinge, die nicht das sind, was sie zu sein scheinen«, sagte Rosa. »Und wenn ein Mann sein eigenes Geschlecht verneint, wenn er sich in ein Korsett zwängt und sich schminkt, um etwas zu sein, was er nicht ist, weil nur dann sein Herz zu sprechen beginnt ... hat für mich etwas Poetisches.« Sie lächelte. »Und ich habe viel von diesen Männern gelernt, was das So-tun-als-Ob betrifft.«

»So zu tun, als sei man eine Frau, meinst du?«

Rosa nickte. »In gewisser Weise bin auch ich eine Erfindung.« Eine Spur von Selbstverachtung klang in ihrer Stimme mit. »Rosa McGee ist nicht einmal mein richtiger Name. Ich habe ihn in einer Straße in Newcastle gehört. Jemand rief ›Rosa, Rosa McGee!‹ und ich dachte, das ist ein guter Name für mich. Steep hat seinen Namen von einem Schild, das er irgendwo gesehen hat. Ein Gewürzimporteur, das war der eigentliche Steep. Jacob mochte den Klang des Namens, also hat er ihn sich genommen. Ich glaube, hinterher hat er den Mann getötet.«

»Weil er seinen Namen haben wollte?«

»Vielleicht auch nur zum Spaß. Er war sehr bösartig, als er jung war, und hielt es für seine Pflicht, seinem eigenen Geschlecht gegenüber grausam zu sein. Du brauchst nur eine Zeitung aufzuschlagen, um zu sehen, wie Männer sind.«

»Nicht jeder Mann tötet zum Vergnügen.«

»Oh, das hat er ja auch nicht gelernt«, sagte sie und sah Will ob dessen Begriffsstutzigkeit mit müder Resignation an. »Ich empfand genauso viel Vergnügen am Töten wie er. Nein ... er hat gelernt, so zu tun, als habe das alles einen Sinn.«

»Wie alt wart ihr, als ihr das gelernt habt? Wart ihr noch Kinder?«

»O nein. Wir waren nie Kinder. Zumindest erinnere ich mich nicht daran.«

»Wo wart ihr, bevor du dich entschieden hast, Rosa zu sein?«

»Ich weiß nicht. Wir hielten uns bei Rukenau auf. Ich glaube, wir brauchten damals keine Namen. Wir waren seine Werkzeuge.«

»Beim Bau des Domus Mundi?« Sie schüttelte den Kopf. »Du erinnerst dich also nicht mehr daran, wie es dort war?«

»Warum? Erinnerst du dich daran, was du warst, bevor du Will Rabjohns wurdest?«

»Ich erinnere mich daran, daß ich ein Baby war, wenn auch nur ganz schwach. Zumindest bilde ich es mir ein.«

»Vielleicht erinnere ich mich auch, wenn wir Tiree erreichen.«

Die *Claymore* war nur noch vielleicht fünfzehn Meter von der Mole entfernt, und mit der Selbstverständlichkeit eines Mannes, der das schon unzählige Male getan hatte, brachte der Kapitän das Schiff längsseits. Bald herrschte ein reges Treiben, Autos fuhren an Land, Passagiere stiegen aus. Will kümmerte sich nicht darum. Er hatte noch viele Fragen an Rosa und wollte sie ihr stellen, solange sie in dieser umgänglichen Stimmung war.

»Du hast etwas davon gesagt, daß Jacob lernen mußte, ein Mann zu sein ...«

»Habe ich das?« fragte sie und tat gleichgültig.

»Aber du hast auch gesagt, daß er bereits ein Mann war.«

»Ich habe gesagt, daß er kein Kind war. Das ist nicht das gleiche. Er mußte lernen, wie sich Männer in dieser Welt benehmen, so wie ich lernen mußte, mich wie eine Frau zu benehmen. Es fiel uns nicht einfach zu. Nun ... einiges vielleicht schon. Ich erinnere mich daran, daß ich eines Tages daran dachte, wie gerne ich Babys im Arm hielt. Ich mochte dieses weiche Gefühl, und ich sang gerne Wiegenlieder. Steep hatte dafür überhaupt nichts übrig.«

»Was mochte er?«

»Mich«, sagte sie mit einem schlauen Lächeln. »Zumindest« – das Lächeln verflog – »bildete ich mir ein, daß er es tat, und das reichte mir. Manchmal ist das eben so – Frauen verstehen das eine, Männer das andere. Männer brauchen feste, beständige Dinge; Listen, Landkarten, Zeittafeln. Damit sie wissen, wo sie sind und wohin sie gehören. Frauen sind anders. Wir brauchen weniger. Ich wäre zufrieden damit gewesen, mit Steep Kinder zu haben. Sie aufwachsen zu sehen. Wenn sie von uns gegangen wären, hätten wir andere gehabt. Aber sie sind alle sofort nach der Geburt gestorben. Er hat sie mir genommen, um mir den Anblick zu ersparen, und das zeigt doch, daß er etwas für mich empfunden hat, oder?«

»Bestimmt.«

»Ich habe ihnen allen Namen gegeben, obwohl sie nur wenige Minuten lebten.«

»Und du erinnerst dich an all die Namen?«

»O ja«, sagte sie und wandte sich ab. »An jeden einzelnen.«

Mittlerweile war die *Claymore* wieder bereit zum Auslaufen. Die Halteleinen wurden gelöst, die Maschinen
stimmten einen lebhafteren Rhythmus an, und der letzte
Teil der Reise begann. Erst als sie sich ein gutes Stück von
der Insel entfernt hatten, wandte sich Rosa wieder Will zu,
der gerade eine Zigarette anzündete, und sagte:»Ich möchte, daß du eines über Jacob weißt. Er war nicht sein ganzes
Leben lang so grausam. Am Anfang, ja, da war er ein Teufel, aber welche Vorbilder hatte er denn? Wenn man die
Männer fragt, was sie zu Männern gemacht hat, bekommt
man sehr unschöne Antworten. Aber im Laufe der Jahre ist
er sanfter geworden, durch mich ...«

»Er hat viele Tierarten ausgerottet, Rosa.«

»Es waren nur Tiere. Das spielte ja keine Rolle. Und im
Zusammenhang damit hatte er so großartige Ideen, solch
göttliche Gedanken. Außerdem steht es in der Bibel. Wir
sollen herrschen über die Vögel unter dem Himmel ...«

»... und alles Getier, das auf Erden kriecht, ich weiß. Er
hatte also all diese hehren Gedanken.«

»Und es machte ihm Spaß, mich zu erfreuen. Natürlich
hatte er auch seine schlechten Zeiten, sicher, aber immer
war Platz für Musik und Tanz. Und den Zirkus. Ich liebte
den Zirkus. Aber irgendwann verlor er seinen Humor. Er
verlor seine Höflichkeit. Und dann verlor er langsam mich.
Wir reisten noch zusammen, und manchmal war es fast
wieder so wie in den alten Zeiten, aber unsere Gefühle trieben auseinander. In der Nacht, in der wir dir begegneten,
hatten wir schon beschlossen, getrennte Wege zu gehen.
Deshalb suchte er auch nach Gesellschaft. Und er fand dich.
Wenn das nicht geschehen wäre, befände sich jetzt keiner
von uns hier. Alles hängt letzten Endes damit zusammen.
Man denkt, es wäre nicht so, aber so ist es.«

Sie schaute auf das Wasser.

»Ich gehe und suche Frannie«, sagte Will. »Wir kommen
bald an.«

Rosa schwieg. Will schlenderte über das Deck und fand
Frannie an der Backbordseite. Sie saß da, trank einen Becher Kaffee und rauchte eine Zigarette.

»Ich wußte gar nicht, daß du rauchst.«

»Tue ich auch nicht«, sagte sie. »Aber ich mußte. Willst du einen Schluck Kaffee? Der Wind ist ziemlich kalt.« Er nahm den Plastikbecher und trank. »Ich wollte eine Karte kaufen«, sagte sie. »Aber der Laden hier auf dem Schiff ist zu.«

»Wir besorgen uns eine auf der Insel«, sagte Will. »Wo wir gerade davon sprechen …« Er stand auf und ging zur Reling. Ihr Zielort war in Sichtweite. Ein Streifen Land, der so abweisend aussah wie Coll. Die Wellen brachen sich an den steinigen Stränden. Frannie trat neben ihn, und gemeinsam beobachteten sie, wie die Insel langsam näher kam. Die Maschinen der *Claymore* liefen langsamer, damit das Schiff sicher durch das seichte Wasser gesteuert werden konnte.

»Sehr einladend sieht es ja nicht gerade aus«, sagte Frannie.

Aus der Entfernung wirkte die Insel allerdings äußerst karg. Die See toste um dunkle Felsbrocken, die sich zu düsterem Land erhoben. Aber der Wind wehte den Duft von Blumen übers Meer, und ihr honigsüßes Aroma vermischte sich mit dem strengen Geruch von Salz und Seetang.

»Unglaublich«, murmelte Frannie.

Die *Claymore* näherte sich vorsichtig und steuerte sehr behutsam auf die Mole zu. Währenddessen offenbarte sich der Zauber der Insel immer mehr. Das Wasser neben dem Schiffsrumpf war nicht mehr dunkel und tief, sondern türkisfarben wie das einer karibische Bucht, und es schwappte auf Strände mit silberweißem Sand. Kurz hinter der Flutmarke weideten ein paar Rinder, die sich offenbar an Seegras gütlich taten, ansonsten schien das Ufer verlassen; genau wie die grasbewachsenen Dünen, die sich dahinter erhoben und die schließlich in saftige Wiesen übergingen. Von hier stieg der Duft auf, der aufs Meer hinauswehte; der Duft von Wicken, von Grasnelken und von rotem Klee. Hier sah man auch fruchtbare Felder, gesprenkelt mit bescheidenen Häusern mit weißen Mauern und hell leuchtenden Dächern.

»Ich nehme alles zurück«, sagte Frannie. »Es ist wunderschön.«

Jetzt kam das Dorf Scaranish, das aus wenig mehr als zwei Häuserreihen bestand, in Sicht. Auf dem Pier herrschte mehr Leben als in Coll; über zwanzig Leute warteten darauf, daß die *Claymore* anlegte. Außerdem standen ein beladener Lastwagen und ein Traktor mit einem Viehtransporter im Schlepptau auf dem Pier.

»Ich sollte Rosa holen«, sagte Will.

»Dann gib mir die Autoschlüssel«, meinte Frannie. »Wir treffen uns unten.«

Will ging zum Bug zurück, wo Rosa noch immer an der Reling stand und das Land betrachtete.

»Erkennst du irgend etwas wieder?« fragte Will.

»Nicht mit den Augen«, antwortete sie. »Aber ... der Ort ist mir vertraut.«

Mit einem sanften Schlag und einem Ächzen schmiegte sich die *Claymore* an den Pier. Grußworte wechselten zwischen Land und Schiff.

»Es wird Zeit«, sagte Will und brachte Rosa in den Frachtraum, wo Frannie bereits im Wagen saß. Rosa nahm hinten Platz und Will auf dem Beifahrersitz. Während sie darauf warteten, daß sich die Tore der Fähre öffneten, herrschte ein unbehagliches Schweigen. Es dauerte jedoch nicht lange, bis das Sonnenlicht das Parkdeck überflutete und einer der Matrosen das halbe Dutzend Fahrzeuge wie ein Verkehrspolizist hinauslotste. Auf dem Pier selbst gab es eine längere Verzögerung, weil der Lastwagen den an Land fahrenden Pkw im Weg stand und der Fahrer zwar mit großen Gesten, aber um so langsamer Platz machte. Schließlich löste sich der Stau auf, und Frannie fuhr in das Dorf hinein. Es war nicht größer, als es von der Seeseite aus gewirkt hatte. Nur einige Reihen kleiner, aber gepflegter Häuser mit noch kleineren, aber ebenfalls gepflegten, von Mauern umgebenen Gärten, allesamt zum Wasser hin gebaut. Daneben standen ein paar ältere Gebäude, die langsam verfielen oder bereits zu Ruinen geworden waren. Es gab auch ein paar Läden, ein Postamt und einen kleinen

Supermarkt. Die Plakate, die die Sonderangebote der Woche ankündigten, wirkten zu grell und zu laut für die Stille, die über dem Dorf lag.

»Besorgst du uns eine Karte, Will?« schlug Frannie vor und parkte den Wagen vor dem Supermarkt. »Und vielleicht Schokolade? Und was zu trinken!« rief sie ihm hinterher.

Ein paar Minuten später kehrte er mit zwei Einkaufstüten zurück. »Für unterwegs«, wie er es nannte: Kekse, Schokolade, Brot, Käse, zwei große Flaschen Wasser und eine kleine Flasche Whisky.

»Und die Karte?« fragte Frannie, als er die Tüten neben Rosa auf dem Rücksitz verstaute.

»*Voilà.*« Er zog eine kleine Faltkarte aus der Jackentasche, zusammen mit einem zwölfseitigen Inselführer, den der örtliche Schullehrer verfaßt hatte. Seine Frau hatte einige eher unbeholfene Illustrationen beigesteuert. Er reichte die Broschüre über die Schulter nach hinten zu Rosa und bat sie, Namen oder Orte zu suchen, die ihr bekannt vorkamen. Die Landkarte breitete er auf den Knien aus. Viel gab es nicht zu studieren. Die Insel war knapp zwanzig Kilometer lang und etwa fünf Kilometer breit. Drei Hügel beherrschten sie: Beinn Hough, Beinn Bheag Bhaile-mhuilinn und Ben Hynish, dessen Gipfel den höchsten Punkt der Insel markierte. Es gab einige kleinere Lochs und eine Handvoll Dörfer (auf der Karte als Gemeinden bezeichnet), die an der Küste entlang lagen. Die wenigen Straßen, mit denen sich die Insel brüsten konnte, verbanden diese Gemeinden – von denen die größte aus neun Häusern bestand – auf dem direktesten Weg, der aufgrund des flachen Geländes meistens einer geraden Linie entsprach.

»Wo, zum Teufel, sollen wir anfangen?« fragte sich Will laut. »Die meisten Namen kann ich nicht einmal aussprechen.«

Sie klangen allerdings wunderbar poetisch: Balephuil und Balephetrish, Baile-Mheadhonach und Cornaigmore; Vaul und Gott und Kenavara. Und wenn man die Namen übersetzte, klangen sie noch immer verheißungsvoll. Ba-

lephuil war die Stadt der Marsch, Heylipoll die heilige
Stadt, Bail-Udhaig die Stadt an der Wolfsbucht.

»Wenn keiner eine bessere Idee hat«, sagte Will, »schlage ich vor, daß wir hier beginnen.« Er deutete auf Baile-
Mheadhonach.

»Aus irgendeinem bestimmten Grund?« fragte Frannie.

»Nun, erstens liegt es fast in der Mitte der Insel« – er
traute der in diesem Fall eher nüchterne Übersetzung: Stadt
der Mitte – »und zweitens hat es einen eigenen Friedhof,
schau.« Südlich vom Dorf war ein Kreuz eingezeichnet,
daneben die Worte Cnoc a 'Chlaid; eine christliche Bestat-
tungsstelle. »Wenn Simeon hier begraben wurde, könnten
wir durchaus an dieser Stelle anfangen, nach seinem Grab
zu suchen.« Er sah über die Schulter Rosa an. Sie hatte die
Broschüre beiseite gelegt und starrte aus dem Fenster. Ihr
Blick war so abwesend, daß Will sich sofort wieder umdrehte, um sie nicht zu stören. »Also los«, sagte Frannie.
»Wir fahren die Küstenstraße entlang nach Westen, bis
Crossapol. Dann rechts ab ins Landesinnere.«

Frannie fädelte sich in den fließenden Verkehr ein – oder
das, was man so hätte bezeichnen können, wenn es welchen gegeben hätte –, und nach einer Minute hatten sie Scarinish verlassen und fuhren auf der offenen Straße. Sie verlief so gerade und war so leer, daß Frannie wahrscheinlich
auch mit verbundenen Augen nach Crossapol hätte gelangen können.

V

Auf den Westlichen Inseln gab es Orte von großer histori-
scher und mythologischer Bedeutung. Schlachten waren
hier geschlagen worden, hier hatten sich Prinzen verborgen, und hier waren Geschichten geschrieben worden, die
noch heute die Zuhörer in ihren Bann zogen. Tiree gehörte
nicht zu diesen Orten. Die Geschichte der Insel war nicht

ohne Höhepunkte verlaufen, aber sie bildeten bestenfalls
eine Fußnote zu den Ereignissen, die an anderen Orten
noch immer von altem Glanz berichteten.

Es gab kein besseres Beispiel dafür als Sankt Columba,
der zu seiner Zeit das Wort Gottes über die Hebriden verbreitet und auf einer Reihe von Inseln Stätten der Anbe-
tung und der Gelehrsamkeit gegründet hatte. Tiree blieb
davon ausgespart. Der gute Mann war nur lange genug auf
der Insel geblieben, um einen Stein in Gott Bay zu verflu-
chen, der die Sünde begangen hatte, das Ankertau seines
Schiffes zu zerreißen. Fortan sollte dieser Felsen unfrucht-
bar sein, verkündete er. Der Fels hieß *Mallachdaig*, was *der
kleine Verfluchte* bedeutet, und in der Tat war seitdem nicht
einmal mehr Seegras darauf gewachsen. Columbas Gefährte Sankt Brendan war bei seinem kurzen Besuch offenbar
besserer Laune gewesen und hatte einen Hügel gesegnet,
aber wenn dadurch irgendeine geistige Kraft auf den Ort
übergegangen war, hatte es niemand bemerkt. Weder hatte es Wunderheilungen noch Wunder gegeben. Der dritte
dieser Mystiker auf Durchreise, Sankt Kenneth, hatte immerhin in den Dünen eine Kapelle errichten lassen, nahe
der Gemeinde Kilkenneth, die so benannt worden war, um
ihn zu längerem Bleiben zu bewegen. Doch der Trick hatte
nicht funktioniert. Kenneth war zu größeren Taten aufgebrochen, und die Dünen – die eher dem Wind als der Meta-
physik zugänglich waren – hatten in der Folge die Kapelle
unter sich begraben.

Es gab auch eine Handvoll Geschichten, in der Sankt
Columba und seine Kumpel nicht auftauchten, die aber allesamt Teil der Anekdotenlandschaft blieben. Leider waren sie enttäuschend hausbacken: Ein Brunnen nahe Beinn
Hough zum Beispiel, namens *Tobar nan naoi beo*, der Brunnen der neun Leben, weil er eine obdachlose Witwe mit ihren acht Kindern ein Leben lang auf wundersame Weise
mit Schellfisch versorgt hatte. Oder ein Teich in der Nähe
des Strandes von Vaul, wo der Geist eines Mädchens, das
in seinen Tiefen ertrunken war, in mondlosen Nächten auftauchte und ein trauriges Lied sang, um lebende Seelen zu

sich ins Wasser zu locken. Kurz gesagt, nichts Besonderes. Inseln, die nur halb so groß waren wie Tiree, konnten mit weitaus ambitionierteren Legenden aufwarten.

Und dennoch gab es hier etwas Göttliches, das keine andere der Inseln besaß, ein Phänomen, das Sankt Columba von einem sanften Grübler in einen glühenden Propheten verwandelt hätte, wäre er sich seiner bewußt geworden. Allerdings war das Wunder noch nicht aufgetreten, als der Heilige über die Inseln gezogen war, aber selbst dann hätte er wahrscheinlich nichts davon mitbekommen, denn die wenigen Inselbewohner, die Zeugnis davon ablegen konnten (gegenwärtig lebten noch acht), erwähnten es nie, nicht einmal denjenigen gegenüber, die sie liebten. Es blieb das große Geheimnis ihres Lebens; etwas Ungesehenes, dabei aber so wirklich wie die Sonne. Sie hatten nicht vor, den Zauber, den es über ihr Leben warf, dadurch zu zerstören, indem sie allen davon erzählten. In der Tat versagten sich viele eine Wiederholung dessen, was sie erlebt hatten, aus Furcht, sie könnten die Kraft, die sie verzaubert hatte, erschöpfen. Andere wiederum kehrten an den Ort zurück, an dem sie berührt worden waren, in der Hoffnung auf eine zweite Offenbarung. Und obwohl keiner von ihnen bei seiner Wiederkehr noch einmal etwas sah, wurde vielen eine Gewißheit zuteil, die sie für den Rest ihres Lebens zufrieden machte. Sie verließen den Ort mit der Überzeugung, daß das, was sich ihnen nicht erneut offenbaren wollte, *von ihnen Kenntnis genommen hatte.* Von da an waren sie nicht länger arme Sterbliche, die ihr Leben lebten und dahingingen. Die Kraft auf dem Hügel bei Kenavara hatte sie wahrgenommen und hatte sie dadurch in einen ewigen Tanz hineingezogen.

Denn sie wohnte im Innersten der Insel, diese Kraft. Sie bewegte sich in Sand und Feld und See und Meer, und die Seelen, die sie sahen, wurden ein Teil des Ewigen, wurden unvergänglich. Wer einmal von dieser Kraft wahrgenommen worden war – was hatte der schon zu fürchten? Nichts, außer vielleicht den Unannehmlichkeiten, die der Tod manchmal mit sich brachte. Wenn sie ihr körperliches

Ich erst einmal abgestreift hatten, gingen sie dorthin, wo
die Kraft wohnte und wurden zu Zeugen der Kraft selbst,
Glorie neben Glorie. Warf in den Sommernächten das
Nordlicht seine Farben auf die Stratosphäre, waren sie da-
bei. Sprangen die Wale vor schierer Lebenslust hoch aus
dem Wasser, stiegen auch sie auf. Sie vereinten sich mit den
Möwen, den Hasen und mit jedem Stern, der über dem
Loch an Eilein flackerte. Die Kraft war in allem. In den san-
digen Weiden hinter den Dünen (den *marchair*, wie sie auf
Gälisch hießen) und in den saftigeren, üppigeren Wiesen
in der Mitte der Insel, wo das Gras so weich war, daß das
Vieh wie in Sahne graste.

Die Kraft kümmerte sich nicht viel um die Plagen und
die Mühsal der Männer und Frauen, die nie von ihr erfuh-
ren, aber sie führte Buch über ihr Kommen und Gehen. Sie
wußte, wer auf den Friedhöfen von Kirkapol und Vaul begraben lag. Sie wußte, wie viele Kinder jedes Jahr geboren
wurden. Sie beobachtete auch die Besucher, ein wenig beiläufig, nicht weil sie so interessant waren wie die Wale oder
die Dreizehenmöwen – das waren sie nicht –, sondern weil
sich unter ihnen vielleicht eine Seele befand, die ihr Böses
antun wollte. Das lag nicht außerhalb der Grenzen des
Möglichen. Die Kraft war schon so lange Zeuge alles Ge-
schehens, daß sie gesehen hatte, wie Sterne vom Himmel
verschwinden. Und beständiger als die Sterne war sie auch
nicht.

»Halt an«, sagte Rosa.

Frannie folgte ihrer Aufforderung.

»Was ist los?« fragte Will und drehte sich zu Rosa um.

Ihre Augen füllten sich mit Tränen, während sich auf ihren Lippen ein Lächeln zeigte, das zu einem Bild der heiligen Jungfrau gepaßt hätte. Sie hantierte am Türgriff herum, war aber so verwirrt, daß sie die Tür nicht öffnen
konnte. Will sprang aus dem Wagen und machte sie ihr von
außen auf. Sie standen auf der einsamen Straße. Zu ihrer
Rechten erstreckte sich eine nicht eingezäunte Weide, auf
der ein paar Schafe grasten, zu ihrer Linken ein Streifen

blumenübersäten Grases, das sich sanft zum Strand hinabneigte. Über ihnen jagten Meerschwalben durch die Luft. Und viel, viel höher darüber flog ein Düsenflugzeug in Richtung Westen, auf dessen silbernem Bauch sich das Licht des Meeres spiegelte. All dies nahm Will in einem einzigen Augenblick auf, als seien seine Sinne durch irgend etwas in der Luft geschärft worden. Der Fuchs bewegte sich in ihm, hob die Schnauze zum Himmel und spürte das, was auch Rosa gespürt hatte.

Er brauchte sie nicht zu fragen, was es war. Er wartete nur, während sie den Horizont beobachtete. Schließlich sagte sie: »Rukenau ist hier.«

»Lebt er?«

»O ja, er lebt. Wirklich, er lebt.« Ihr Lächeln verdüsterte sich. »Aber ich frage mich, was in all den Jahren aus ihm geworden ist.«

»Weißt du, wo wir ihn finden?«

Sie hielt einen Moment lang den Atem an. Frannie war ebenfalls aus dem Auto gestiegen und wollte etwas sagen, doch Will legte den Finger auf die Lippen. Währenddessen ging Rosa auf das Feld. Will schaute nach oben: Was für ein Himmel, eine riesiges, leeres Blau, das seine hungrigen Augen kaum erfassen konnten. Was habe ich nur all die Jahre getan? dachte er. Ich habe Bilder von kleinen Partikeln der Welt gemacht. Was für eine Lüge; unter einem solch weiten Himmel zu stehen und nichts Besseres zu tun, als einige Körnchen Leid aufzuzeichnen. Schluß damit.

»Stimmt was nicht?« fragte Frannie.

»Nein, nein«, sagte er. »Wieso?« Noch bevor sie antworten konnte, merkte er, daß er wie Rosa Tränen in den Augen hatte. Er lächelte und weinte in ein und demselben seltsamen Augenblick. »Es ist okay«, sagte er.

»Geht's dir gut?«

»Hab' mich nie besser gefühlt«, antwortete er und wischte die Tränen fort.

Es schien, als sei Rosa aus ihrer Trance erwacht, denn sie drehte sich abrupt um und ging wieder zum Wagen zurück. Als sie näher kam, deutete sie in südwestliche Richtung.

»Er wartet auf uns«, sagte sie.

VI

Mit der Karte auf den Knien und mit Rosa als lebendem Kompaß auf dem Rücksitz, merkte Will ziemlich schnell, wohin die Reise ging. Nach Ceann a 'Bharra oder Kenavara, einer Landspitze am südwestlichen Zipfel der Insel. In der bemühten Sprache des Inselführers hieß es: »*Ein Steilkliff, das aus dem Ozean ragt, noch steiler als eine Speerspitze. Von dort aus kann man den Leuchtturm von Skerryvore sehen, das letzte Zeichen menschlicher Existenz, bevor der mächtige Atlantik sich bis zum leeren Horizont erstreckt.*« Es handelte sich, so warnte die Broschüre, »*... um den einzigen Fleck auf unserer herrlichen Insel, an dem sich einige Tragödien ereignet haben. Die große Ansammlung von Vögeln in den Nischen und Vorsprüngen Kenavaras zieht seit vielen Jahren die Aufmerksamkeit der Ornithologen auf sich, aber die Spalten erweisen sich oft auch für die geübtesten Kletterer als zu gefährlich. Schon einige Besucher sind bei Stürzen von den Klippen getötet worden, während sie versuchten, schwer zugängliche Nester zu erreichen. Die Schönheit Kenavaras sollte daher am besten von den Stränden zu beiden Seiten genossen werden. Sich auf die Landspitze selbst zu begeben, selbst bei Tageslicht und gutem Wetter, birgt die Gefahr eines Sturzes und einer schweren Verletzung oder Schlimmerem ...*«

Offensichtlich war die Stelle nicht ganz einfach zu erreichen. Die Straße brachte sie durch eine kleine Ansammlung von Häusern, vielleicht zehn insgesamt, die auf der Karte als das Dorf Barrapol eingetragen waren. Dann führte sie hinab zum westlichen Strand der Insel, wo sie sich etwa einen halben Kilometer davor teilte. Eine gut ausgebaute Strecke führte nach Sundiag, während die linke Gabelung in eine Art Feldweg mündete, von dichtem Gras gesäumt. Auf der Karte endete er nach ein paar hundert Metern, aber sie fuhren ihn trotzdem entlang, da er parallel zur Küste verlief. Ihr Ziel lag weniger als einen Kilometer vor ihnen: eine hügelige Halbinsel, deren Flanken derart eingekerbt und zerschnitten waren, daß sie nicht aussah wie ein Stück zusammenhängendes Land, sondern wie drei oder vier kleinere Hügel, zwischen denen sich nackte Felsspalten auftaten, die sich tief hinab bis ins Meer senkten.

Der Weg verlor sich nun gänzlich, aber Frannie fuhr vorsichtig weiter auf die Landspitze zu, über den immer unebener werdenden Untergrund. Hasen schossen vor dem Wagen hin und her. Ein einzelnes Schaf, das fern von seiner Herde auf dem *machair* graste, stob erschrocken und mit weit aufgerissenen Augen davon.

Der Boden wurde immer sandiger, und die Hinterräder drehten immer wieder durch.

»Ich glaube nicht, daß wir noch viel weiter fahren können«, sagte Frannie.

»Dann gehen wir zu Fuß«, meinte Will. »Bist du dazu in der Lage, Rosa?«

Sie murmelte ein Ja, aber als sie aus dem Wagen ausstieg, zeigte sich, daß sich ihr körperlicher Zustand in den letzten Stunden sehr verschlechtert hatte. Ihre Haut hatte jeglichen Glanz verloren, und das Weiße in ihren Augen war gelblich geworden. Die Hände zitterten.

»Kannst du nicht mehr?« fragte Will.

»Das geht vorbei«, sagte sie. »Es kommt nur … immer wieder.« Sie richtete ihren Blick auf Kenavara, aber nur zögernd, dachte Will. Die strahlende, lächelnde Frau, die an der Straße bei Crossapol zum Wagen zurückgekehrt war, wirkte entmutigt. Er wußte nicht genau, warum. Rosa schien auch nicht darüber sprechen zu wollen. Trotz ihrer Schwäche machte sie sich zu den Klippen auf und ließ Will und Frannie hinter sich.

»Laß sie ruhig vorgehen«, flüsterte Will.

Auf diese Weise bahnten sie sich ihren Weg durch das *machair* auf Kenavara zu. Mit jedem Schritt wurde ihnen

deutlicher, warum die Insel einen solch tödlichen Ruf besaß. Zu ihrer Rechten schlugen die Wellen hart auf den
Strand, aber ihre Wucht war nichts im Vergleich zu der
Gewalt, mit der sie gegen die Klippen krachten. Und über
dem Schaum tauchten Abertausende von Vögeln auf, als
seien sie aus den Wellen geboren und mit Flügeln beschenkt worden. Ihr Gekreisch bildete einen dramatischen
Kontrast zum Donnern des Wassers.

Nicht alle strebten nur den Klippen zu. Eine einsame
Seemöwe flog über den Köpfen der Gruppe hinweg und
beklagte sich bitterlich über die Eindringlinge. Als sie keine Anstalten machten, zu fliehen, stieß der Vogel auf sie
herab, als wolle er nach ihnen hacken, und drehte erst wenige Zentimeter über ihnen wieder ab. Frannie wehrte sich
und fuchtelte mit den Armen, um die Möwe zu verjagen.

»Verdammter Vogel!« schrie sie. »Verschwinde!«

»Er schützt nur sein Territorium«, sagte Will.

»Nun, ich schütze nur meinen Kopf«, schimpfte Frannie. »Weg! Verzieh dich! Verdammtes Ding!«

Der Vogel setzte seine Angriffe weiter fort, bis sie fast
an dem Punkt angelangt waren, wo sich das Kliff zuspitz-
te. Rosa ging noch immer voran. Sie blickte nicht einmal
zurück, um sich davon zu überzeugen, ob Will und Frannie ihr noch folgten.

»Ich frage mich, wohin sie geht«, sagte Frannie.

Es gab auf der gesamten Landspitze keinerlei Anzeichen
menschlicher Existenz, keinen Zaun, kein Grenzmal und
nicht einmal ein Schild, das Leute vor möglicher Gefahr
warnte. Dennoch hegte Will keinerlei Zweifel, daß sie hier
Rukenaus Heim finden würden (und höchstwahrscheinlich
auch Thomas Simeons Grabstätte). Seine Haut juckte, die
Zähne, Zunge und Augen schmerzten, das Blut pochte in
seinen Ohren, und er konnte den Rhythmus seines Herz-
schlags über dem Geräusch der See und der Vögel hören.

Jetzt, da sie die schützenden Gräser des *machair* hinter
sich gelassen hatten, fegte der Wind vom Ozean über sie
hinweg, so stark, daß die drei sich mit gesenktem Kopf da-
gegenstemmen mußten.

526

»Willst du dich an mir festhalten?« rief Will durch den Sturm Frannie zu. Sie schüttelte den Kopf. »Aber paß gut auf!« rief er. »Hier ist es nicht ungefährlich.«

Das war eine Untertreibung. Die gesamte Landspitze bestand aus einer Ansammlung von Fallen, vor allem dort, wo der üppige, federnde Rasen jäh wegbrach, in eine Dunkelheit, die vom Brüllen des Meeres angefüllt wurde. Das Gras war naß vom Nebel, der aus diesen Löchern aufstieg, und das Wasser quietschte unter ihren Schuhen, während sie Rosa hastig folgten. Trotz ihres Zustands schien sie sich geschickter zu bewegen als ihre Begleiter, und mit jedem Schritt wurde der Abstand zwischen ihr und den beiden anderen größer. Mehr als einmal verloren Frannie und Will sie ganz aus den Augen, wenn entweder Rosa oder sie eine Bodensenke erreichten. Diese Löcher fielen sehr steil ab. Frannie zog es vor, auf dem Hosenboden herunterzurutschen und sich dabei an schlüpfrigen Grasbüscheln festzuhalten. Während der ganzen Zeit kreisten Vögel über ihnen – Möwen, Seetaucher, Eissturmvögel, Wellenläufer, Dreizehenmöwen, ja selbst Nebelkrähen, die wissen wollten, wozu der ganze Aufruhr gut war. Keiner der Vögel unternahm einen Versuch, sie anzugreifen, so wie es die Seemöwe getan hatte. Dies war ganz unzweifelhaft ihr Gebiet ... Was hatten sie also zu fürchten? Diese lächerlichen Menschen, die sich mit weißen Knöcheln an Fels und Scholle klammerten, waren gewiß keine Bedrohung ihrer Lufthoheit.

Schließlich packte Frannie Wills Arm und zog ihn zu sich heran, damit er sie über dem Gekreisch der Vögel verstand. »Wo, zum Teufel, ist Rosa?« rief sie. »Haben wir sie verloren?«

Will suchte das Land vor ihnen ab. In der Tat, kein Zeichen von Rosa zu sehen. Sie waren nur noch einige hundert Meter vom Ende der Landspitze entfernt, aber es gab Dutzende von Stellen, an denen sie verschwunden sein konnte: Stellen, an denen der Boden nachgab und sumpfige Löcher freilegte, oder Felsadern, die Risse und Einschnitte markierten.

»Warte«, sagte Will zu Frannie und folgte ihren Schritten zurück, bis hin zu dem höchsten Punkt – einem von Flechten bedeckten Fels von bestimmt drei Meter Höhe. Auch in Bestform war er kein guter Kletterer, dazu war er zu schlaksig. Aber nun hatten außerdem einige Nächte mit zu wenig Schlaf ihren Tribut gefordert, und er fühlte sich kraftlos und unbeweglich. Kurz gesagt, es wurde ein mühevoller Versuch, und als er die Felsspitze endlich erreicht hatte, war er verschwitzt und außer Atem. Er studierte das, was vor ihm lag, so konzentriert, wie es sein schwindliger Kopf zuließ, und suchte nach irgendeinem Zeichen von Rosa, fand aber keines. Schon wollte er wieder von dem Stein herunterklettern, als er zwischen den dunklen Felsen, in etwa hundert Metern Entfernung halb verborgen einen helleren Punkt entdeckte.

»Ich sehe sie!« rief er Frannie zu und rutschte noch weniger elegant von seinem Aussichtsposten herunter, als er ihn erklommen hatte. Er führte Frannie zu der Stelle, und seine Augen hatten ihn nicht getäuscht. Dort lag Rosa mit klappernden Zähnen auf dem Boden. Ihr Gesicht war aschfahl. Die gelbliche Farbe ihrer Augen hatte sich fast in Gold verwandelt, und als sie zu ihm aufsah, schien ihr Blick kaum mehr der eines Menschen. Eine tiefe Abneigung – eine animalische Furcht vor etwas, das nicht natürlich war – hielt ihn davon ab, zu nahe an sie heranzutreten.

»Was ist geschehen?« fragte er.

»Ich bin ausgerutscht, das ist alles«, sagte sie. Hatte sich auch ihre Stimme auf subtile Weise verändert? Es kam ihm so vor. Oder rührte es daher, daß sie in sein Ohr zu sprechen schien, flüsternd, obwohl sie drei Meter vor ihm lag. »Hilf mir hoch«, verlangte sie.

»Ist er hier?« fragte Will.

»Ist wer hier?«

»Rukenau.«

»Hilf mir einfach nur hoch.«

»Zuerst will ich eine Antwort.«

»Es geht dich nichts an«, sagte Rosa.

»Hör zu. Du wärst nicht einmal hier …«, begann Will.

Sie warf ihm einen Blick zu, der Will bis ins Innerste erschüttert hätte, wäre sie nicht in einem solch geschwächten Zustand gewesen. Eine heilsame Erinnerung daran, daß das halbe Dutzend Rosa McGees, die er in den letzten beiden Tagen erlebt hatte – einige davon fast sanft zu nennen –, allesamt Masken trugen. Die wahre Kreatur – jenes Ding mit dem goldenen Blick und der Stimme, die in den Knochen seines Kopfes vibrierte –, jenes Wesen, das sich nicht darum scherte, wie es hierher gekommen war oder welche Höflichkeiten es denen schuldete, die es hierher gebracht hatten, lag vor ihm. Jetzt wollte es nur noch in das Haus der Welt, und es war zu schwach, seine Zeit mit höflichen Floskeln zu verschwenden.

»Hilf mir auf!« wiederholte sie und streckte ihren Arm nach Will aus.

Er rührte sich nicht, beobachtete nur ihr Gesicht und wartete darauf, daß ihre Ungeduld ihr einen Streich spielte. Und so kam es. Sie konnte nicht anders, sie mußte an ihm vorbei zu der Stelle schauen, zu der sie wollte.

Will folgte ihrem Blick, vorbei an den Felsen, die zwischen ihnen und dem Grün am Rande der Klippen lag, eine Stelle, die von weitem ganz unscheinbar aussah. Nichts als ein Flecken sumpfiger Erde. Sie erkannte, wohin er geschaut hatte und versuchte sofort, das größte Unheil abzuwenden:

»*Du wagst es nicht, ohne mich hineinzugehen!*«

»Ach nein?«

In ihrer Wut wandte sie sich an Frannie. »Sag du es ihm, Frau! Er soll es nicht wagen, das Haus ohne mich zu betreten.«

»Vielleicht solltest du bei ihr bleiben«, sagte Will zu Frannie. Sie widersprach nicht. Er sah ihr an, daß die Atmosphäre dieses Ortes sie zutiefst verunsicherte. »Ich verspreche, daß ich mich ohne dich nicht zu weit vorwage.«

»Das ist auch besser so«, sagte Frannie.

»Wenn sie irgendeinen Trick versucht, ruf mich.«

»Du wirst mich schon hören, keine Bange«, entgegnete Frannie.

Will sah Rosa an. Sie hatte ihre Proteste aufgegeben und lag zwischen den Felsen, den Blick zum Himmel gerichtet. Es schien, als seien ihre Augen Spiegel; Wellen von Sonnenlicht und Schatten bewegten sich über sie. Besorgt wandte er sich ab und sagte zu Frannie: »Geh nicht zu nahe an sie ran.« Dann machte er sich auf den Weg, zu der Stelle zwischen den Felsen.

VII

Er war froh darüber, Rosa nicht mehr folgen zu müssen, froh darüber, allein zu sein. Nein, allein war er nie. Der Fuchs war bei ihm, während er ging, wie ein zweites Ich. Er war agiler als er, und immer wieder spürte er, wie seine Energie ihn dazu antrieb, an Orte zu gehen, an die sich sein eigener schwerfälliger Körper nicht gewagt hätte. Dabei blieb er vorsichtig. Sein Blick wanderte wachsam hin und her, auf der Suche nach möglicher Bedrohung. Seine Nase konnte die Gerüche des Windes ungewöhnlich gut aufnehmen. Aber nirgendwo schien Gefahr zu lauern. Und obwohl er nur noch fünfzehn Meter von den Felsen entfernt war, sah er kein Zeichen eines Hauses.

Er blickte sich nach Frannie und Rosa um, aber der Boden war so steil abgefallen, daß er sie nicht mehr sehen konnte. Rechts von ihm, kaum einen Meter von seinen unsicheren Füßen entfernt, öffnete sich die Erde und enthüllte eine schwarze Felsspalte, die etwas mehr als Mannsbreite hatte. Ein Fehltritt, das war ihm klar, und er war tot. Und wäre das nicht ein trauriges Ende dieser Reise, die ihn so viele Jahre gekostet hatte und auf der er so viele Kilometer zurückgelegt hatte; von einem Hügel und einem gefangenen Hasen, von einer Flamme und einer Handvoll Motten bis hin zu der Einöde Balthazars und einer blutigen Bärin, die ihn in ihre Arme genommen hatte. Ein paar Meter noch, ein paar Sekunden, dann stand er an der Schwelle, und die

Reise würde zu Ende sein. Er würde verstehen, ihm würde Erleuchtung zuteil, und sein Schmerz würde ein Ende haben.

Vor ihm lag ein Streifen hellgrünen Grases, das feucht glänzte und mit gelben Wicken wie mit Sternen durchwirkt war. Dahinter erhob sich ein kleiner Felsen, auf dem die Vögel offensichtlich ihre Beute knackten, denn der Stein war mit zerbrochenen Krabbenschalen übersät und mit weißem Kot bedeckt. Und wieder dahinter lagen die Felsen, zu denen Rosa so sehnsüchtig hingesehen hatte.

Im Grunde brauchte man nicht allzu großes Geschick, um von der Stelle, an der er stand, zu seinem Ziel zu gelangen. Aber er ließ sich Zeit, denn sein Körper zitterte vor Aufregung und Erschöpfung. Den Grasstreifen überquerte er ohne Probleme, auch wenn er ihm unter seinen Stiefeln glatt wie Eis vorkam. Dann machte er sich daran, auf den Felsen zu klettern, eine Wasserrinne tief unter sich. Die ersten Handgriffe gelangen ihm recht gut, aber je höher er stieg, desto mehr machte sich bemerkbar, daß er sich von seinem Körper hatte täuschen lassen. Seine Augen begannen wild zu flackern und verwandelten den Felsen in einen verschwommenen Fleck. Seine Hände, seine Füße wurden taub. Bald erkannte er, daß hier weit mehr mitspielte als seine Erschöpfung. Sein Körper reagierte auf einen äußeren Einfluß, auf irgendeine Energie in der Luft oder der Erde, die seinen Körper schwächte. Ihm wurde schlecht, weil er alles so verschwommen sah. Er spürte, wie Brechreiz in ihm aufstieg. Um dagegen anzukämpfen, schloß er die Augen und vertraute dem, was er noch an Gefühl in den Händen hatte; nur so konnte er den Rest des Weges bewältigen. Es war ein Wagnis, denn wenn er heruntergefallen wäre, so hätte ihn die Wasserrinne verschluckt. Aber er schaffte es. Noch drei weitere Griffe, und er hatte die Spitze des Felsens erreicht, wo er sich erst einmal die Splitter der Krabbenschalen von den Händen wischte.

Langsam öffnete er die Augen und fühlte sich für einen kurzen Augenblick besser, aber kaum fiel Licht auf seine Pupillen, als die Lider wieder zu zucken begannen. Er hielt sich an zwei Felsblöcken links und rechts von sich fest und richtete den Blick, so gut es ging, auf den grünen Rasen, der vor ihm lag. Dann begann er sich einen Weg durch die windstille Gasse zu bahnen, wobei er sich mit den Händen an den Felsen abstützte.

Nicht nur seine Augen und sein Tastsinn spielten verrückt. Auch die Ohren hatten sich dem Aufstand angeschlossen. Der Chor der kreischenden Vögel und das Donnern der Brandung hatten sich zu einem dichten Lärm vermengt, der wie Schlamm in seinem Kopf hin und her schwappte. Das einzige, was er noch deutlich hören konnte, war sein eigener Atem; und der klang rauh, angestrengt und abgehackt. In diesem Zustand konnte er nicht allzu weit kommen, das spürte er. Noch ein paar Schritte, und entweder seine tauben Beine würden nachgeben, oder irgend etwas in seinem Kopf rastete aus. Das Haus hatte seine Verteidigungslinie aufgebaut, und es wehrte ihn sehr erfolgreich ab.

Er zwang seine kaum noch funktionierenden Glieder, einen weiteren Schritt nach vorne zu versuchen und stützte sich dabei so gut es nur ging an den Felsen ab. Wie weit war es noch bis zur der Grasfläche, die irgendwann einmal sein Ziel gewesen war? Er wußte es nicht mehr. Die Frage war auch eher theoretisch. Er würde es sowieso nicht mehr schaffen. Und doch blieb diese idiotische Sehnsucht in ihm wach und stachelte seine versagenden Glieder an.

Vielleicht noch ein Schritt, oder zwei, vielleicht schaffte er es wenigstens bis auf das offene Feld.

»Komm schon ...«, trieb er sich an. Er stieß die Worte so abgehackt hervor, wie er atmete. »Beweg dich ...«

Irgendwie halfen die Befehle. Seine schwankenden Beine trugen ihn noch einen Schritt weiter ... und noch einen. Plötzlich spürte er den Wind auf seinem Gesicht. Er hatte das Ende der Felsengasse erreicht und stand im Freien.

Jetzt, da er sich nicht mehr an den Steinen abstützen konnte, sank er hilflos auf die Knie. Der Boden unter ihm war sumpfig. Kaltes Wasser spritzte gegen seine Oberschenkel und seinen Bauch. Lange Zeit schwankte er hin und her, bevor er sich schließlich auf die Hände fallen ließ und auf allen vieren weiterkroch. Immer noch sah er alles verschwommen – die Erde ein grüner Streifen, der Himmel über ihm ein grauer. Gerade wollte er wieder die Augen schließen, als er in der Mitte des schlammigen Feldes irgend etwas vollkommen deutlich sah. Es war nur ein schmaler Türspalt, aber er konnte ihn so genau erkennen, als hätten seine Augen trotz all ihrer Kapriolen beschlossen, plötzlich ihr Verwirrspiel aufzugeben. Jetzt sah er jeden einzelnen Grashalm in seinen kristallinen Details. Er sah die von der Sonne vergoldeten Ränder der Wolken, als ihre Schatten an dem Spalt vorbeiglitten.

Die Tür ist offen, dachte er. Die Tür ist offen, einen Spaltbreit, und ich schaue hinein, werfe einen Blick in das Haus, das der Nilot gebaut hat. Wenn seine Beine ihn nicht mehr zu diesem Ort tragen wollten, würde er eben, verdammt noch mal, auf allen vieren dorthin kriechen müssen. Während er sich vorwärtsbewegte, erinnerte er sich an das Versprechen, das er Frannie gegeben hatte, und da er im Begriff war, es zu brechen, kamen ihm Skrupel. Aber sie reichten nicht aus, um ihn zurückzuhalten. Mehr als alles andere wollte er jetzt an diesen Ort. Das war wichtiger als ein Versprechen. Wahrscheinlich sogar wichtiger als das Leben und der Verstand.

Den Blick auf die spaltbreit geöffnete Tür gerichtet, kroch er durch den Schlamm auf sie zu. Und schließlich gab er alles auf, worauf er hoffte, an was er glaubte und was er wußte. Er betrat das Haus der Welt.

VIII

Frannie hatte noch beobachtet, wie Will versuchte, den Felsvorsprung über der Wasserrinne zu erklimmen. Dann hatte Rosa, die schauderhaft zu stöhnen begann und an ihren Verbänden zerrte, ihre Aufmerksamkeit in Anspruch genommen. Als Frannie wieder in Wills Richtung blickte, war er verschwunden. Sie nahm an, daß er den Aufstieg auf den Felsen gemeistert hatte, aber wie lange sie auch nach ihm Ausschau hielt, er tauchte nicht mehr auf. Langsam nahm eine düstere Möglichkeit Gestalt an. Hatte er in der Minute, in der sie sich um Rosa gekümmert hatte, das Gleichgewicht verloren und war in die Wasserrinne gestürzt? Je länger sie nach ihm suchte und ihn nicht entdeckte, desto wahrscheinlicher schien es ihr. Zwar hatte sie ihn nicht schreien hören, aber das war bei dem Gekreisch der Vögel kein Wunder.

Voller Furcht vor dem, was sie entdecken könnte, ließ sie Rosa allein, folgte Wills Weg am Rand der Felsspalte entlang und rief nach ihm.

»Wo bist du? Um Himmels willen, antworte! Will!«

Keine Antwort. Allerdings fand sie auch kein Zeichen für einen Sturz, kein Blut auf den Felsen, kein ausgerissenes Gras. Aber das beruhigte sie nicht allzu sehr. Sie wußte nur zu gut, daß er in die Spalte gestürzt sein konnte, ohne auch nur ein Zeichen zu hinterlassen. Ein glatter Fall zwischen den Felswänden hindurch, hinein in die undurchdringliche Dunkelheit.

Jetzt hatte sie fast die Wasserrinne erreicht, die Stelle, an der sie Will zuletzt gesehen hatte. Sollte sie hinaufklettern und nachsehen, ob er vielleicht auf der anderen Seite des Felsens kauerte oder lag? Aber dann zog irgend etwas ihren Blick zurück zur Felsspalte, und sie blickte in den Abgrund. Jetzt wagte sie nicht mehr, seinen Namen zu rufen, aus Angst, er könne von dort unten aus der Finsternis antworten.

Und dann sah sie ihn – oder glaubte es zumindest. Er lag in der Wasserrinne, dort, wo sie vielleicht sechs Meter tief war. Ihr Herz schlug wie im Fieber, als sie sich am Rand der Spalte niederkniete, um sich davon zu überzeugen, daß sie sich nicht getäuscht hatte. Es bestand kein Zweifel. Auf den Felsen am Grund der Felsspalte lag ein Mann. Das konnte nur Will sein. Sie rief zu ihm hinunter, aber er rührte sich nicht. Vielleicht war er bereits tot ... Vielleicht aber

534

auch nur bewußtlos? Sie konnte keine Zeit damit vergeuden, Hilfe zu holen. Es würde eine halbe Stunde dauern, zum Wagen zurückzukehren, und bestimmt zehn, zwanzig Minuten, bis sie ein Telefon gefunden hatte. Und wieviel länger, bis die Retter eintrafen? Sie mußte etwas auf eigene Faust unternehmen; irgendwie in die Spalte hinabsteigen und ihm helfen. Keine schöne Aussicht. Sie war nie besonders behende gewesen, schon als Mädchen nicht, obwohl sie schlank genug war, in den schmalen, dunklen Spalt hinabzuklettern. Aber wenn sie den Halt verlor und mit gebrochenen Gliedern neben Will landete, bedeutete dies das sichere Ende für sie beide. Zwei weitere Todesfälle, die zum düsteren Ruf der Landspitze beitragen würden.

Trotzdem hatte sie keine andere Wahl. Sie konnte Will nicht dort liegen lassen. Es ging darum, die Angst zu besiegen und etwas zu tun. Zunächst mußte sie die sicherste Route für den Abstieg finden. Sie ging den Rand der Wasserrinne entlang, zum Meer hin, bis sie an eine Stelle kam, an der die Felswände ziemlich eng beieinanderstanden, so daß sie sich beim Abstieg an beiden Seiten mit Händen und Füßen abstützen konnte. Sicher war es nicht – sicher wären nur eine Leiter und eine Matratze auf dem Grund der Rinne gewesen –, aber eine bessere Stelle würde sie kaum finden. Sie setzte sich auf das Gras am Rand der Spalte und ließ ihre Füße über dem Abgrund baumeln. Ohne lange darüber nachzudenken, ob sie wirklich das Richtige tat, schob sie sich mit dem Hintern nach vorn, und nach einigen Sekunden, die ihren Puls beschleunigten, fanden ihre Füße Halt auf einem Absatz an der gegenüberliegenden Seite. Sie stützte sich dort ab und manövrierte längere Zeit unbeholfen herum. Wahrscheinlich gab es ein Dutzend bessere Methoden, den Abstieg zu beginnen, aber jetzt hatte sie wirklich keine Zeit, darüber nachzudenken.

Bevor sie den nächsten Schritt tat, schaute sie nach unten, was sich als schwerer Fehler erwies. Ihre Muskeln verkrampften sich für mehrere Sekunden, und sie spürte, wie ihr der Schweiß unter den Achseln ausbrach. Er roch nach Angst; säuerlich.

»Nimm dich zusammen, Frannie«, schalt sie sich. »Du kannst das.«

Tief Luft holend, setzte sie ihren Abstieg fort, weiterhin einen zögerlichen Schritt nach dem anderen wagend. Immerhin machte sie nicht mehr den Fehler hinabzusehen – zumindest nicht bis nach ganz unten –, sondern heftete ihren Blick auf die Felswand und suchte sie nach Nischen und Vorsprüngen ab, wo sie Halt finden konnte.

Nur einmal sah sie hoch, als sie glaubte, einen Schrei gehört zu haben. Sie wartete darauf, ihn ein zweitesmal zu hören – doch als er kam, war es nicht die Stimme eines Menschen. Es war nur einer der Vögel, dessen Schrei einen fast menschlichen Klang hatte. Und wieder machte sie sich an den Abstieg, mit der festen Absicht, nicht mehr hinauf zum Himmel zu schauen, ob sie nun Schreie hörte oder nicht. Es irritierte sie, daß das Licht zwischen den zwei Felswänden immer schwächer wurde, je tiefer sie kam. Bald würde sie nicht weiter sehen können als bis zu ihren Händen und Füßen; so lange, bis sie Will erreicht hatte und darüber nachdenken konnte, wie es ihnen möglich wäre, wieder nach oben zu kommen.

Rosa hatte schon längst aufgehört, sich damit zu beschäftigen, was Frannie dachte oder tat, aber dennoch beobachtete sie zumindest leicht verwundert, wie die Frau in der Felsspalte verschwand. War sie zu nahe an das Domus Mundi gekommen, und war ihr Verstand in Flammen aufgegangen? Wenn, dann hatte es gewiß kein besonders hell loderndes Feuer gegeben. Egal, jetzt war sie fort, und sie würde nicht wiederkommen. Rosa war allein. Sie lehnte ihren Kopf an den mit Vogelkot bedeckten Felsen und sah in den Himmel hinauf. Die Wolken hatten die Sonne vollkommen verdeckt, zumindest für das menschliche Auge, aber sie sah sie noch immer, oder stellte sie sich zumindest vor. Ein leuchtender Ball, der im wunderbaren Nichts des Alls glühte.

Mußte sie vielleicht dorthin? fragte sie sich. Wenn sie nicht mehr Rosa war, was sehr, sehr bald der Fall sein würde. Wenn ihr verwundeter Körper auch den letzten Rest von Leben aushauchte, würde sie dann wie Rauch aufsteigen und sich der Sonne nähern? Oder vielleicht in der Dunkelheit zwischen den Sternen verschwinden? Ja, das wäre besser. Für immer und ewig in der Dunkelheit verloren zu sein, ein namenloses Wesen, das zu viele Lebensspannen hatte erdulden müssen und seinen Hunger nach Leben und Licht verloren hatte.

Aber bevor sie ging, mußte sie noch die Kraft finden, Rukenaus Tür zu erreichen. Dort anzuklopfen und zu fragen: »Wofür das alles? Warum habe ich gelebt?«

Wenn sie das tun wollte, mußte sie es bald tun. Das bißchen Kraft, das ihr noch geblieben war, floß schnell aus ihrem Körper. Sie hatte geglaubt, daß es ihr einen letzten Schub an Energie versetzen würde, wenn sie ihre Verbände abriß, aber statt dessen hatte sie ihren Körper nur noch mehr geschwächt. Jetzt blieb ihr nicht mehr viel Kraft.

Sie wandte ihren Blick von der Sonne ab und brachte sich in eine sitzende Stellung. Dabei meldeten ihre Instinkte ihr etwas, auf das sie bereits gewartet hatte: Steep hatte die Insel betreten. Sie zweifelte nicht an der Information. Sie und Steep waren einander zu ihrer Zeit immer wieder über riesige Entfernungen gefolgt. Sie wußte, wie seine Nähe sich anfühlte. Er kam. Wenn er da war, würde er sie töten, und sie konnte sich kaum oder gar nicht verteidigen. Sie konnte nur versuchen, das Letzte aus ihrem Körper herauszuholen und die Tür vor ihm zu erreichen. Vielleicht würde Rukenau den Richter spielen. Vielleicht würde er Steep schuldig sprechen und ihn aufhalten. Oder vielleicht war das Haus auch leer, und sie würden in seine Räume treten wie Diebe in einen bereits geplünderten Palast, die Reichtum suchten und nichts als Gerümpel vorfanden. Der Gedanke erheiterte sie auf eine perverse Weise: daß sie nach dieser verzweifelten Verfolgungsjagd mit leeren Händen dastehen könnten. Dann durfte sie sterben und in die Dunkelheit zwischen den Sternen ziehen. Und er würde leben und leben, denn der Mann, der er geworden war, hatte Angst vor dem Tod. Das würde die Strafe dafür sein, daß er der Handlanger des Todes war. Er selbst würde nie aufhören zu existieren, er würde immer und ewig weitermachen müssen.

IX

Es hatte Jacob ausgesprochen amüsiert, sich unter die stoischen Fischer von Oban zu mischen, als sei der Hafen das Ufer Galiläas und als suche er nach Jüngern. Nach kurzer Suche fand er einen; einen Mann Ende Sechzig namens Hugh, der nur allzu bereit war, einen Passagier für eine bescheidene Summe nach Tiree zu bringen. Man einigte sich schnell über den Preis, und gegen Viertel nach acht liefen sie aus, zunächst der Route der *Claymore* durch den Sund folgend. Das kleine Boot verfügte natürlich über weit weniger Maschinenkraft als die Fähre, brauchte dafür aber unterwegs nirgendwo anzulegen, so daß sie kaum zwei Stunden nach der Fähre in dem kleinen Hafen von Scarinish eintrafen.

Die Reise hatte Jacob erfrischt und aufgemuntert. Er hatte nicht geschlafen, war jedoch in eine meditative Stimmung gefallen, als er die See betrachtete. Nie hatte er verstanden, warum man von Ebbe und Flut als von etwas Weiblichem sprach. Sicher, im Körper einer Frau gab es Gezeiten, die es im Körper des Mannes nicht gab. Zugegeben, es war der Ort der Entstehung. Aber gleichzeitig war es ehrgeizig und mitleidlos. Es arbeitete langsam gegen das Land, aber unerbittlich. Nein, der Platz der Frauen war die Erde; der Hort, warm und fruchtbar. Die Tiefen des Meeres gehörten den Männern.

Daran dachte er während der Überfahrt. Als er vom Boot auf den Pier trat, spürte er eine angenehme Leere, als habe er gerade in sein Tagebuch geschrieben und sei bereit, eine neue Seite aufzuschlagen.

Er entschied sich dagegen, ein Fahrzeug zu stehlen, um

die Reise fortzusetzen. Die Insel war klein, und obwohl er bezweifelte, daß es hier viele Polizisten gab, so konnte er es sich jetzt nicht leisten, vom Arm des Gesetzes behindert zu werden. Kurz entschlossen ging er ins Postamt und fragte das freundliche Mädchen hinter dem Schalter, ob man auf der Insel ein Taxi bekommen könne. Das Mädchen sagte, in der Tat könne man das, und zufälligerweise sei ihr Schwager Angus Besitzer und Fahrer des einzigen Taxis auf der Insel; sie würde ihn gerne anrufen. Das tat sie auch und informierte Jacob, daß der Wagen in einer Viertelstunde vor dem Postamt wäre. Es dauerte allerdings erheblich länger, aber schließlich fuhr Angus in seinem zweiundzwanzig Jahre alten Volkswagen vor und fragte Steep, wohin er wolle.

»Nach Kenavara«, sagte Jacob.

»Sie meinen wohl Barrapol«, entgegnete Angus.

»Nein, nein, ich meine die Klippen.«

»Nun, da kann ich Sie nicht absetzen«, erwiderte Angus. »Da gibt's gar keine Straße.«

»Dann bringen Sie mich so nahe heran, wie es geht.«

»Also bis Barrapol«, sagte Angus.

»Schön. Bis Barrapol.«

Was wäre wohl aus ihm geworden, überlegte Steep während der Fahrt, wenn er die Insel nie verlassen hätte? Wenn er nie einen menschlichen Namen angenommen hätte, wenn er nie so getan hätte als sei er ein anderer als der, der er war, und wenn er während dieses Prozesses sein wirkliches Wesen vergessen hätte? Wenn er sich statt dessen den fragenden Augen entzogen hätte, auf eine Insel wie Uist oder Harris oder auf einen seeumtosten Felsen gegangen wäre, namenlos wie er? Hätte er dort die Stille gefunden, die er brauchte? Und hätte er dort Gott gefunden? Er bezweifelte es. Selbst hier, an diesem kargen Ort, wimmelte es noch von Leben, gab es zuviel Ablenkung.

Der Fahrer war natürlich geschwätzig. Woher Jacob kam, wollte er wissen, und wo er hier wohne? Ob er Archie Anderson aus Barrapol kenne? Jacob beantwortete die

Fragen, so gut er konnte, während er die ganze Zeit über Gott und Namenlosigkeit nachdachte, als habe er sich in zwei Personen gespalten. Einerseits der Mensch, den er schon so lange spielte und der mit dem Taxifahrer plauderte; und andrerseits das Wesen, das sich hinter dieser Maske bewegte. Das Wesen, das diese Insel mit dem Gedanken an Mord verlassen hatte. Das Wesen, das jetzt nach Hause zurückkehrte. Es kam in Sicht, dieses Zuhause. Die lange Landspitze von Ceann a Bharra, dort wo Rukenau den Grundstein seines Reiches gelegt hatte. Trotz des Gesprächs, das sie vor dem Postamt in Scarinish geführt hatten, fragte Angus, an welchem Haus er Jacob denn absetzen solle. Er kenne jeden in Barrapol, sagte er (keine große Leistung; es gab weniger als ein Dutzend Häuser); Ian Findlay und seine Frau Jean, die McKinnons, Hector Cameron …

»Bringen Sie mich einfach nur bis zum Ende der Straße«, sagte Jacob. »Von dort aus finde ich meinen Weg schon.«

»Sind Sie sicher?«

»Ich bin sicher.«

»Na gut, Sie bezahlen schließlich.«

Dort wo die Straße zu einem Pfad verkümmerte, stieg Jacob aus und zahlte Angus das Doppelte des vereinbarten Preises. Erfreut über diesen kleineren Geldsegen dankte Angus ihm und gab ihm eine Karte mit seiner Nummer, falls Jacob ein Taxi für die Heimfahrt brauche. Er war ganz offensichtlich so stolz darauf, eine Geschäftskarte zu besitzen (er habe sie in Oban machen lassen, verkündete er), daß Jacob sie gnädig entgegennahm, ihm dankte und sich dann durch das *machair* auf den Weg nach Kenavara machte. Der Anblick der durch nichts getrübten Freude auf dem Gesicht des Mannes blieb lange in Jacobs Gedächtnis haften, auch als der Wagen schon längst verschwunden war und die Hasen um ihn herumhüpften. Hätte er nur auch solch naiven Stolz empfinden können, dachte er. Nur einmal.

Er steckte die Karte ein, obwohl er natürlich nie mehr

540

von ihr Gebrauch machen konnte. Es würde keine Rückreise geben. Nicht aus dem Haus der Welt.

X

Das wie gelackt glänzende Gras unter Wills Füßen war verschwunden. Der bewölkte Himmel über ihm ebenfalls. Er hatte einen großen Raum betreten, dessen Wände aus zusammengebackener Erde gemacht zu sein schienen, die leicht glitzerte, als sei sie noch feucht. Offensichtlich hatte er mit seinen Überlegungen über die abstrakte oder metaphysische Natur des Domus Mundi weit daneben gelegen. Es war berührbare Realität, zumindest soweit ihm das seine Sinne sagen konnten, die sich mittlerweile beruhigt hatten. Die Wände, die Dunkelheit, die warme, abgestandene Luft, die seinen Kopf mit einem Eintopf fauliger Gerüche füllte. Hier verweste etwas, und einiges davon hatte einen süßlichen, Übelkeit erregenden Gestank angenommen, während anderes einen bitteren Geruch verströmte, der ihm in die Nase stach. Nach der Quelle des letzteren mußte er nicht lange suchen. Undefinierbarer Abfall war überall in dem Raum abgeladen worden; einiges davon an der Wand zu seiner Rechten, dort lag ein Haufen, der weit über zwei Meter hoch war. Er ging hinüber, um sich den Müll genauer anzusehen, und während er das tat, fragte er sich, woher eigentlich das Licht kam, das den Raum erhellte. Es gab keine Fenster. Doch dann entdeckte er feine Risse in den Wänden, durch die Helligkeit drang. Es war allerdings nicht das Tageslicht. Es war wärmer, wenn auch nicht so warm wie ein Feuer oder Kerzenlicht.

Als er den Abfall untersuchte, der an der Wand angehäuft war, stellte sich ihm ein weiteres Rätsel. Auch wenn das meiste davon wie eine breiig zerfallene Masse aussah, wie der Inhalt eines riesigen Abflußrohres, enthielt der Brei auch einige Äste und Zweige. War dieses Zeug vielleicht vom Meer an den Strand gespült worden? fragte sich Will und hatte Rukenau es aus irgendeinem Grund ins Haus geschleppt? Es waren keine einheimischen Baumarten; auf der Insel gab es überhaupt keine Bäume. Es handelte sich auch nicht um irgendwelche kleinen Zweige. Die schwersten Äste hatten Armdicke.

Er wandte sich von dem Müllberg ab und ging durch den Raum auf einen Flur zu, der in eine angrenzende Kammer führte. Hier sah es nicht weniger deprimierend aus. Die gleichen Wände und der gleiche Boden aus Erde. Die Decke war zu hoch, als daß er das genau hätte erkennen können, aber bestimmt bestand auch sie aus dem gleichen armseligen Material. Wenn dieses Haus tatsächlich erbaut worden war, um den Zustand der Welt widerzuspiegeln, dachte Will, dann war der Planet wirklich übel dran.

Die Vorstellung erweckte einen Verdacht in ihm. Was, wenn diese stinkende Höhle ein Spiegel war, den das Domus Mundi seiner eigenen Psyche entgegenhielt? Eines hatte er in den vergangenen Wochen gelernt, seit er aus dem Koma erwacht war: sein Verstand und die Wirklichkeit, die er aufnahm, hatten keine feste Beziehung. Sie glichen eher unbeständigen Liebhabern während einer hitzigen Affäre, die die Intensität ihrer Leidenschaft stets nach dem einschätzten, was sie für die Gefühle des anderen hielten. Und hier befand er sich an einem Ort, der so geschickt konstruiert war, daß er sich beiläufigen Blicken leicht entziehen konnte. Man brauchte sich nicht sehr anzustrengen, um sich vorzustellen, daß solch ein Platz noch andere Mittel zu seiner Verteidigung einzusetzen in der Lage war. Und wie konnte man Eindringlinge besser abschrecken, als indem man sie mit dem Müll ihres eigenen Hirns konfrontierte?

Er sann darüber nach, wie seine These am besten zu überprüfen wäre. Wie er den breiigen Abfall um sich herum durchstoßen und die Kraft dahinter finden könnte, wenn es eine solche Kraft denn gab. Während er überlegte, untersuchte er den Raum, in dem er stand, genauer. Zwischen dem seltsamen Schmutz entdeckte er einige Stücke,

542

die offensichtlich aus dem Sperrmüll stammten. In einer Ecke stand ein kaputter Stuhl, daneben ein umgedrehter Tisch, in dessen Mitte jemand ein Feuer gemacht hatte. Neugierig ging er darauf zu, auf der Suche nach Hinweisen. Hier hatte jemand gegessen. Ein teilweise verzehrter Fisch lag in der Asche. Daneben etwas Obst, ein paar Äpfel, eine Orange und eine noch saftige Mango; alles auseindergerupft und teilweise angebissen. Wenn er davon ausging, daß dies Erfindungen seines Verstandes waren, handelte es sich dann um perverse Erinnerungen an Drews Liebesmahl?

Er kniete sich nieder, um die Beweisstücke zu untersuchen, nahm das größte Stück Mango und roch daran. Der Saft war klebrig, die Frucht duftete süß. Wenn es eine Illusion war, so war es eine verdammt gute. Er warf die Mango in die Asche und erhob sich, um anderes zu finden, was einen Blick lohnte. Dabei hatte er das Offensichtliche vergessen: die Wände. Er ging durch den Raum und untersuchte die Erde. Sie war, wie er angenommen hatte, an einigen Stellen feucht, so als würde sie nässen. Er berührte eine der dunkleren Flächen und hatte Schmutz am Finger. Dann berührte er die Stelle noch einmal und bohrte die Finger in den Lehm. Er konnte sie einen Zentimeter hineinpressen und hätte vielleicht noch tiefer gebohrt, wäre seine Hand nicht schlagartig von einem prickelnden Gefühl erfüllt worden, das durch das Handgelenk in den Unterarm floß. Er zog die Hand zurück und wußte sofort, woher er dieses Gefühl kannte. Es war die gleiche Kraft, die durch seine Adern geströmt war, als er Rosa in Donnellys Haus gefunden hatte – die gleiche Kraft, die er bei seiner Konfrontation mit Steep gespürt hatte. Eine Essenz, die Rosa, Jacob und dieses Domus Mundi beseelte.

Wie gern hätte er sich dem Gefühl hingegeben, aber er hatte keine Zeit für solche Schwächen. Er mußte sein Ziel verfolgen. Einen Schritt zurücktretend, betrachtete er die Stelle, die er berührt hatte, genauer. Durch die Erde schien eine verführerische Helligkeit zu schimmern. Das ist nichts, was mein Verstand erfindet, dachte er, und diese

Erkenntnis war ebenso sicher wie unerwartet. Die Erde und das Licht, das von ihr verhüllt wurde, der Fisch und das Obst in der Asche, das alles war echt. Mit neuem Selbstvertrauen ging er auf die nächste Tür zu (der Raum hatte drei) und betrat einen schmalen, aber sehr hohen Flur, der in einer Richtung so mit Müll zugestellt war, daß man nicht mehr vorbeigehen konnte. Er ging etwa zwanzig Meter in die andere Richtung, und dabei kam ihm der Gedanke, daß dieses Haus entweder den gesamten Gipfel des Kenavara einnahm, bis hin zum Rand der Klippen, oder daß es nach Gesetzen gebaut war, die denen der Physik widersprachen. Vielleicht waren seine tatsächlichen Ausmaße weitaus größer, als es den Anschein hatte. Er wollte gerade weitergehen, als er so etwas wie ein Schluchzen hörte. Er folgte den Lauten den Flur hinab und kam durch ein Vorzimmer in den größten Raum, den er bis jetzt entdeckt hatte – und den schmutzigsten. Überall lagen Müllhaufen herum, die meisten davon, wie auch die anderen zuvor, unförmig und undefinierbar. Aber auch hier gab es Zeichen, daß jemand versucht hatte, etwas Ordnung in das Chaos zu bringen. Dort stand ein Tisch, daneben ein Stuhl. Ein trauriges Lager aus Zweigen und Blättern nahm eine Ecke ein, mit einer Art zusammengerollter Robe als Kissen.

Um den Mann zu finden, dem dies hier als Wohnung diente, brauchte er nicht lange zu suchen. Er kniete am anderen Ende des Raumes gegenüber der Tür, durch die Will eingetreten war. Auf dem Boden vor ihm lag ein umfangreiches Müllsortiment, das er aufmerksam studierte. Dabei preßte er die Hände vors Gesicht und schluchzte.

Will hatte den Raum halb durchquert, als der Mann aufschaute. Sofort sprang er hoch und nahm die Hände vom Gesicht, das bis auf die Stellen, über die seine Tränen flossen, von Schmutz bedeckt war. Er befand sich in einem solch jämmerlichen Zustand, daß sein Alter schwer zu schätzen war, aber Will hielt ihn für jünger als dreißig. Seine Züge waren hager, der struppige Bart und Schnurrbart mußten dringend gestutzt werden, genau wie das fettige

Haar. Die Kleidung war in dem gleichen traurigen Zustand wie er selbst. Das fadenscheinige Hemd und die Jeans klebten dreckverkrustet an seinem ausgemergelten Körper. Er sah Will durch seine Brille mit einer Mischung aus Furcht und Erstaunen an.

»Woher kommen Sie?« fragte er. Seinem Akzent nach zu urteilen verbarg sich hinter dem Dreck ein gebildeter Engländer.

»Von … draußen«, antwortete Will.

»Seit wann sind Sie hier?«

»Seit ein paar Minuten.«

Der Mann erhob sich und kam auf Will zu. »Wie sind Sie hereingekommen?« fragte er und fügte leise hinzu: »Könnten Sie auch wieder hinausfinden?«

»Ja, natürlich«, antwortete Will.

»O Gott, o Gott …«, murmelte der Mann. Sein Atem ging schneller. »Das ist nicht irgendein Trick, oder …?«

»Warum sollte ich Sie den austricksen wollen?«

»Damit ich sie verlasse.« Er kniff die Augen zusammen und sah Will mißtrauisch an. »Sie wollen sie selbst haben?«

»Wen?«

»Diane! Meine Frau!« Sein Verdacht schien sich endgültig in Gewißheit verwandelt zu haben. »Oh, das ist es also! Ich verstehe! Das stellt sich Rukenau also unter einem verdammten Witz vor. Er versucht, mich hier wegzulocken. Warum nur ist er so grausam? Ich habe alles getan, was er wollte, oder etwa nicht? Alles! Warum läßt er uns nicht einfach gehen?« Plötzlich schlug sein Flehen in Trotz um: »Ohne sie gehe ich nirgendwo hin, verstehen Sie mich? Ich weigere mich. Ich verfaule hier, wenn es sein muß. Sie ist meine Frau, und ich gehe nicht …«

»Ich verstehe«, sagte Will.

»Das meine ich ernst.«

»Ich sagte bereits – ich verstehe.«

»Und wenn er mich …«

»Jetzt hören Sie mir endlich einmal zu.«

Der Mann schwieg und blinzelte Will überrascht durch

seine Brillengläser an, mit leicht geneigtem Kopf, wie ein Vogel.

»Ich schwöre, ich bin erst seit ein paar Minuten hier. Können wir jetzt vernünftig miteinander reden?«

Dem Mann schien sein Gezeter mit einemmal peinlich zu sein. »Also hat Sie dieser Ort auch gefangengenommen«, sagte er leise.

»Nein«, erwiderte Will. »Ich wurde nicht gefangengenommen. Ich kam aus freien Stücken hierher.«

»Aber warum nur?«

»Um Rukenau zu finden.«

»Sie suchen Rukenau?« fragte der Mann ungläubig, als sei diese Anwort ein Eingeständnis völligen Wahnsinns.

»Ja. Wissen Sie, wo er ist?«

»Vielleicht«, sagte der Mann zögernd.

Will ging näher auf ihn zu. »Wie heißt du?«

»Theodore.«

»Nennen die Leute dich so – Theodore?«

»Nein, sie sagen Ted zu mir.«

»Darf ich dich auch Ted nennen? Ist das in Ordnung?«

»Ja, ich denke schon.«

»Das ist ein guter Anfang. Ich heiße Will. Oder Bill, oder auch Billy. Alles, nur nicht William. Ich hasse William.«

»Ich … ich hasse Theodore.«

»Ich bin froh, daß wir das geklärt haben. Also, Ted, es ist sehr wichtig für mich, daß du mir vertraust. Tatsache ist, wir müssen uns gegenseitig vertrauen können, denn wir stecken beide in demselben Schlammassel, nicht wahr?« Ted nickte. »Und jetzt erzähl mir einfach« – er wollte sagen »von Rukenau«, überlegte er sich aber anders – »von deiner Frau.«

»Diane?«

»Ja, Diane. Sie ist hier irgendwo, hast du gesagt?« Erneut der gesenkte Blick und das nervöse Kopfnicken. »Aber du weißt nicht wo.«

»Ich weiß … es … ungefähr«, sagte er.

Will sprach leiser. »Hält Rukenau sie fest?«

»Nein.«

»Komm schon, sag's mir«, sagte Will. »Wo ist sie?«

Ted preßte die Lippen zusammen, und seine Augen verengten sich hinter den schmutzigen Brillengläsern zu Schlitzen. Wieder sah er mit diesem Vogelblick zu Will auf. Schließlich schien er sich gesammelt zu haben und sagte: »Wir wollten gar nicht hier rein. Wir gingen draußen spazieren, auf den Klippen. Vor unserer Heirat habe ich gerne Vögel beobachtet, und ich habe Diane überredet, mitzukommen. Wir sind einfach nur spazierengegangen und haben die Vögel beobachtet.«

»Ihr seid nicht von hier?«

»Nein, wir machen Ferien, fahren von Insel zu Insel. Unsere zweiten Flitterwochen, sozusagen.«

»Wie lange seid ihr schon an diesem Ort?«

»Ich weiß nicht genau. Ich glaube, wir sind am einundzwanzigsten hierher gekommen.«

»Oktober?«

»Nein, Juni.«

»Und seitdem habt ihr keinen Schritt nach draußen getan?«

»Einmal gelang es mir, die Tür zu finden, durch puren Zufall. Aber ich konnte ja nicht verschwinden, Diane war ja noch hier. Die konnte ich nicht zurücklassen.«

»Sind noch andere Leute hier?«

Seine Stimme senkte sich zu einem Flüstern. »O ja. Er ist da ...«

»Rukenau?«

»Und noch andere. Leute, die hereingekommen sind wie Diane und ich und die er nicht mehr fortgelassen hat. Ab und zu höre ich sie. Einer von ihnen singt Kirchenlieder. Ich habe versucht, eine Karte zu machen«, sagte er und warf einen Blick auf den Abfallhaufen. Die Zweige, die Kiesel und die Erdhaufen stellten offenbar seinen Versuch dar, das Haus in verkleinertem Maßstab wiederzugeben.

»Erklär's mir«, sagte Will und hockte sich neben dem Modell nieder. Er kam sich vor wie ein Gefangener, der zusammen mit seinem verrückten Zellengenossen einen Ausbruch plant. Dieser Eindruck verstärkte sich noch, als

547

er sah, wie sich Ted mit vor Stolz glänzenden Augen auf die andere Seite des Modells hockte und zu erklären begann.

»Wir befinden uns hier«, begann er und deutete auf einen Punkt in dem Irrgarten. »Von hier aus starte ich meine Aktionen. Dieser kleine weiße Stein ist der Mann, der die Kirchenlieder singt. Wie gesagt, ich habe ihn noch nie zu Gesicht bekommen, weil er davonläuft, wenn ich mich ihm nähere.«

»Und was ist das?« fragte Will und lenkte Teds Aufmerksamkeit auf eine Stelle, die von Fäden kreuzartig durchzogen war.

»Das ist Rukenaus Raum.«

»Wir sind also nicht weit davon entfernt?« fragte Will und schaute zu der Tür, von der er annahm, daß sie ihn zu Rukenau führen würde.

»Du solltest dort wirklich nicht hineingehen«, warnte ihn Ted. »Wirklich nicht.«

Will erhob sich. »Du brauchst nicht mitzukommen«, sagte er.

»Aber ich benötige deine Hilfe, um Diane zu finden.«

»Wenn du weißt, wo sie ist, warum hast du sie nicht schon längst selbst abgeholt?«

»Weil der Ort, an dem sie sich aufhält ... das ist zu viel für mich.« Es schien ihm peinlich, das zugeben zu müssen. »Ich werde dort ... überwältigt.«

»Von was?«

»Von Gefühlen. Vom Licht. Von den Dingen, die meinen Kopf verwirren. Selbst Rukenau kann es nicht ertragen.«

Das wollte Will genauer wissen. Wenn er Teds Gerede richtig deutete, gab es noch immer einen Teil des Hauses, der dem entsprach, was Jacob vor all den Jahren beschrieben hatte. »*Es ist grandios*«, hatte er zu Simeon gesagt, und Will hatte es mitgehört. »*Wenn wir zusammen wären, könnten wir tief, tief hineingehen. Wir könnten den Samen des Samens sehen, ich schwöre es dir.*«

Und dort hielt sich jetzt wahrscheinlich Teds Frau auf.

Tief, tief im Inneren, dort wohin die Schwachen nicht vordringen konnten, ohne einen hohen Preis für ihr Eindringen zu bezahlen.

»Laß mich erst einmal mit Rukenau sprechen«, sagte Will. »Dann werden wir sie zusammen suchen. Ich verspreche es dir.«

Plötzlich füllten sich Teds Augen mit Tränen, und er tat etwas, das für einen nüchternen Engländer einen echten Gefühlsausbruch bedeutete. Er ergriff Wills Hand und schüttelte sie heftig. »Ich sollte dir eine Waffe mitgeben«, sagte er. »Viel habe ich nicht – ein paar spitze Stöcke, aber es ist besser als nichts.«

»Wozu braucht man hier Waffen?«

»Es gibt hier viele Tiere. Man kann sie durch die Wände hören.«

»Ich riskiere es ohne.«

»Wirklich?«

»Wirklich. Danke.«

»Wie du meinst«, sagte Ted. Er ging zu einem kleinen Behälter mit Stöcken, der neben seinem Bett lag. »Ich nehme zwei mit, falls du es dir anders überlegst«, sagte er. Dann führte er Will aus seinem winzigen Refugium hinaus. Der angrenzende Raum war erheblich dunkler, und es dauerte eine Weile, bis Will die Orientierung wiedergefunden hatte.

»Langsamer«, sagte er zu Ted, der bereits am anderen Ende des Raumes angelangt war, dort, wo sich ein Torbogen abzeichnete. Ted hatte sich weit schneller durch die Dunkelheit bewegt als Will, und als der versuchte, ihn einzuholen, stolperte er über etwas und stürzte. Der Müll, auf dem er landete, schien mit Stacheldraht umwickelt. Will ritzte sich Gesicht und Arme auf, seine Hosen wurden aufgerissen, seine Beine zerkratzt. Er stieß einen Schmerzensschrei aus, der sich in Wutschreie verwandelte, während er versuchte, sich zu befreien. Ted eilte zu Hilfe, aber noch während er damit beschäftigt war, den Draht zu entwirren, ertönte ein tiefes, knarrendes Geräusch, und er erstarrte.

»O Gott, nein«, hauchte er.

Will sah auf. Licht strömte in den Raum, noch wärmer

als die Helligkeit aus den Wänden. Es kam aus einer Tür,
die sich jetzt am anderen Ende der Kammer öffnete. Sie
hatte doppelte Mannshöhe und war mindestens dreißig
Zentimeter dick; bewegt wurde das riesige Gebilde durch
ein System aus Stricken und Gewichten. In dem dahinter
liegenden Raum brannte ein Feuer, vielleicht auch mehrere. Formen bewegten sich in der Luft, in Rauch gehüllt.
Und aus dem Herz des Rauches ertönte eine gelangweilte
Stimme: »Hast du etwas für mich, Theodore?«

Man sah Ted deutlich an, daß er am liebsten davonge-
rannt wäre. Andererseits schien er zu ängstlich oder ge-
schockt, um zu fliehen.

»Kommt zu mir«, sagte der Sprecher. »Alle beide. Und
leg deine Stöcke beiseite, Theodore.«

Verzweifelt schüttelte Ted den Kopf und warf die Waffen, die er bei sich trug, auf den Boden. Langsam wie ein
Hund, der Schläge erwartet, schlich er auf die Tür zu.

Will schaffte es sich hochzurappeln und überprüfte
rasch, ob er sich ernsthaft verletzt hatte, aber außer ein paar
Kratzern entdeckte er nichts. Ted stand bereits mit gesenktem Kopf vor der Tür. Will hatte keinen Grund zu solcher
Ehrfurcht. Mit erhobenem Haupt und blitzenden Augen
ging er durch das Vorzimmer, schob sich unter der Tür an
Ted vorbei und betrat den Lebensbereich Gerard Rukenaus.

XI

Obwohl Frannies Abstieg theoretisch leichter wurde, als sie
sich dem Boden der Rinne näherte, weil sie jetzt weniger
Angst haben mußte, tief zu fallen, war es noch schwierig
genug. Die Steine schienen um so glitschiger, je weniger
Sonnenlicht in die Spalte fiel, und es gab immer weniger
Stellen, an denen sie Halt fand. Mehr als einmal konnte sie
nur um Haaresbreite einen Sturz vermeiden, indem sie ih-

ren Körper krümmte und wie einen Keil zwischen die beiden Felswände stemmte. Wenn ich diesen Abstieg überlebe, dachte sie, dann nur mit einer Menge blauer Flecken als Souvenirs.

Es gab noch ein anderes Problem. Dort unten war es sehr viel dunkler, als sie erwartet hatte. Sie brauchte nur nach oben zu schauen, um den Grund dafür zu entdecken. Seit sie in die Spalte gestiegen war, hatte sich der Himmel stark bewölkt, und der schmale Streifen, den sie sah, war jetzt eisengrau. Bald würde es regnen, und das konnte ihren Abstieg noch schwieriger machen. Nun, jetzt war es zu spät, ihren Entschluß zu bedauern. Sie würde es wohl bis nach unten schaffen, ohne sich ernsthaft zu verletzen. Vielleicht gab es von dort unten einen anderen, leichteren Weg nach oben. Und hoffentlich zusammen mit Will.

Sie ließ die Felsvorsprünge nicht los, bevor sie mit beiden Füßen auf dem Boden stand. Dann erst sah sie zu der Stelle hin, an der sie Will entdeckt hatte, aber ein Überhang verdeckte die Sicht. Sie tastete sich dorthin und rief dabei Wills Namen, bekam aber keine Antwort und befürchtete das Schlimmste. Er hatte sich bestimmt den Schädel aufgeschlagen oder das Genick gebrochen. Ängstlich bereitete sie sich auf den Anblick vor, schob sich unter dem Überhang durch und sah den Körper, der sie dazu verleitet hatte, in diese vermaledeite Spalte hinabzusteigen. Es war nicht Will. Gütiger Gott, es war nicht Will! Allerdings handelte es sich um eine männliche Leiche, aber eine sehr alte. Eigentlich lag eine Mumie vor ihr; der Körper war in Binden und Tücher eingewickelt. Natürlich war sie erleichtert, wenn auch fast wütend auf sich selbst, weil sie Zeit und Mühe verschwendet hatte, hier herunterzusteigen. Nachdem sie sich überwunden hatte, betrachtete sie den Leichnam genauer. Einige der Binden waren bereits vermodert und enthüllten tabakfarbene Haut. Der Kopf sah besonders grausig aus. Die getrocknete Haut zog sich straff über die Schädelknochen, und die zurückgezogenen Lippen entblößten perlfarbene Zähne. War das Rukenau? fragte sie sich. War er gestorben und hier begraben oder vielleicht auch versteckt worden, von seinen Schülern oder von ängstlichen Inselbewohnern, die seine Knochen nicht geweihter Erde anvertrauen wollten? Sie ging um die Leiche herum und suchte nach Hinweisen. Und dort, in den vermoderten Überresten eines Sarges, fand sie den Beweis, den sie brauchte, um ihn zu identifizieren. Ein halbes Dutzend Malerpinsel, mit Band und etwas, das aussah wie Siegelwachs, zusammengehalten. Sie stieß einen leisen Seufzer der Befriedigung aus, weil sie das Rätsel gelöst hatte. Dies war nicht Rukenau – es war die Leiche von Thomas Simeon. Sie erinnerte sich nur vage daran, was darüber in dem Buch gestanden hatte. Die Leiche war gestohlen worden – und hatte dann nicht jemand, vielleicht die Autorin des Bandes, die Theorie geäußert, daß sie nach Norden gebracht und auf Rukenaus Insel beerdigt worden sei? Offenbar war es so gewesen. Ein seltsames und auf seine Weise trauriges Ende eines seltsamen und traurigen Lebens: in den damals zur Verfügung stehenden Einbalsamierungsessenzen konserviert, in Tücher gehüllt und wie ein geheimer Schatz versteckt worden zu sein.

Nun, damit war immerhin eine Frage beantwortet. Aber daraus ergab sich eine andere. Wenn Will nicht hier unten war, wo, zum Teufel, war er dann? Er hatte ihr nicht geantwortet, als sie ihn gerufen hatte, also mochte er in Schwierigkeiten stecken ... Die Frage lautete – wo?

Es hatte zu regnen begonnen, und nach der Menge des Wassers zu urteilen, das die Felswände herablief, sehr heftig. Wieder hinaufzuklettern, wäre närrisch gewesen; sie mußte einen anderen Ausweg finden. Der Weg zum Meer war lang, daher beschloß sie, zunächst bis zum Anfang der Wasserrinne zu gehen, um einen leichteren Durchschlupf zu finden. Fand sie keinen, würde sie es am anderen Ende versuchen, aber so wie die Wellen gegen die Landzunge schlugen, würde es schwierig sein, einen Ausweg zu finden, ohne davongespült zu werden. Alles in allem keine besonders ermutigenden Alternativen, aber, verdammt noch mal, sie hatte sich in diesen Schlammassel hineingebracht, und nun würde sie auch wieder herausfinden.

Mit diesem Gedanken begann sie sich ihren Weg zum Anfang der Wasserrinne zu bahnen. Bereits nach ein paar Metern wurde es etwas heller, und die Wände standen so weit auseinander, daß der Regen direkt auf Frannie herabfiel. Das Wasser war kalt, aber die Anstrengungen hatten Frannie so erhitzt, daß sie dankbar den Kopf hob und sich das Gesicht kühlen ließ. Noch während sie das tat, hörte sie Steeps Stimme:

»Sieh dich nur an.«

Trotz ihres geschwächten Zustands war Rosa nicht bei den Felsen geblieben, an denen Frannie sie zurückgelassen hatte. Unter Schmerzen war sie mühselig zu der Wasserrinne gekrochen, dort aber zusammengebrochen. Ihre Glieder trugen sie keinen Zentimeter mehr weiter. Und hier hatte Steep sie gefunden. Er hielt sich von ihr fern, nachdem er nur einmal kurz an sie herangetreten war und ihr die Hand vom Gesicht gezogen hatte. Danach war er sofort ein paar Schritte zurückgewichen, als sei Rosas Schwäche ansteckend.

»Bring mich hinein …«, murmelte sie.

»Warum sollte ich das tun?«

»Weil ich sterbe … und ich möchte doch so gerne dort sein … Ich will Rukenau ein letztes Mal sehen.«

»In diesem Zustand wird er dich nicht sehen wollen«, sagte Jacob. »Verwundet und nach Luft schnappend.«

»Bitte, Jacob«, flehte sie. »Allein schaffe ich es nicht.«

»Das sehe ich.«

»Hilf mir.«

Jacob dachte eine Weile nach. Dann sagte er: »Ich glaube, das werde ich nicht tun. Wirklich, es ist besser, wenn ich allein zu ihm gehe.«

»Wie kannst du nur so grausam sein?«

»Weil du mich verraten hast, meine Liebe. Du bist mit Will verschwunden, und ich durfte dir hinterherlaufen wie ein Hund.«

»Ich hatte keine Wahl«, protestierte Rosa. »Du hättest mich nicht hierher gebracht.«

»Stimmt«, gab Steep zu.

»Aber wer weiß ... nach allem, was wir erduldet haben ... nach all der Trauer ...« Sie wandte ihren Blick von Steep ab, und das Zittern ihres Körpers verstärkte sich. »Ich habe so oft gedacht ... wenn wir gesunde Kinder gehabt hätten, wären wir im Laufe der Jahre vielleicht sanfter geworden und nicht immer grausamer.«

»O Gott, Rosa«, sagte Steep mit vor Verachtung triefender Stimme. »Du hast diesen Unsinn doch nicht wirklich geglaubt? Natürlich hatten wir gesunde Kinder.«

Sie bewegte ihren Kopf nicht, aber ihr Blick wanderte in Steeps Richtung.

»Nein«, murmelte sie. »Sie waren ...«

»Gesunde, aufgeweckte kleine Babys.«

»Ohne Gehirn, hast du gesagt ...«

»Vollkommen waren sie, jedes einzelne.«

»... nein ...«

»Ich habe dich geschwängert, um dich bei Laune zu halten. Hinterher habe ich sie getötet, damit sie uns nicht lästig fallen. Und das hast du wirklich nicht gewußt?« Sie schwieg. »Wie dumm du bist.«

»Meine Kinder ...«, murmelte sie so leise, daß er die Worte nicht verstand.

»Was hast du gesagt?« fragte er und beugte sich etwas vor.

Ihre Antwort war ein Schrei – »Meine Kinder!« –, der den Stein, auf dem sie lag, erzittern ließ. Jacob wollte zurückweichen, aber sie hatte die Kraft der Schmerzen und der Trauer in ihrem Körper, und noch bevor er fliehen konnte, war es ihr gelungen, ihn zu packen. Ihr Schrei blieb nicht ihre einzige Angriffswaffe. Während sie ihn mit der linken Hand festhielt, riß sie sich mit der rechten die Verbände vom Leib, die ihre Wunde bedeckten, und die strahlend hellen Fäden, die davon ausgingen, stürzten sich auf ihn, als wollten sie ihn verschlingen ...

In der Wasserrinne darunter hatte Frannie kaum die Hände auf die Ohren gepreßt, um den Schrei zu dämpfen, als ein Schauer von Kieseln und nasser Erde auf sie herabging. Sie war noch näher an das Ende der Wasserrinne herangekrochen, um besser hören zu können, was die beiden dort oben sagten. Jetzt bereute sie ihre Neugier. Der Schrei, den Rosa ausstieß, verursachte ihr fast Übelkeit. Instinktiv wirbelte sie herum und stolperte in die Rinne zurück; ein paarmal wäre sie auf den glitschigen Steinen fast ausgerutscht. Sie hatte vielleicht fünf oder sechs Meter hinter sich gebracht, als eine Erdscholle über ihr wegbrach, und der Stein- und Erdregen zu einer Lawine wurde.

Als Jacob das Licht sah, das aus Rosas Wunde strömte, hielt er sich die Hand vor die Augen, aus Angst, es könne ihn blenden. Doch es flog nicht auf sein Gesicht zu, auch nicht auf sein Herz oder gar seine Lenden. Es war seine Hand, die das Licht suchte, oder vielmehr die Wunde in der Handfläche, die seine eigene Klinge geöffnet hatte.

Dieses Mal stieß er einen Schrei aus, und sein Schmerz verband sich mit Rosas Wut auf eine solch zerstörerische Weise, daß der Boden unter ihnen nachgab.

Die Vögel am Himmel schraken auf und flogen in die Sicherheit ihrer Nester zurück. In der Brandung tauchten die Seelöwen so tief, daß sie die Schreie nicht mehr hören konnten. Die Hasen auf den Dünen rannten um ihr Leben, und das Vieh auf den Weiden brüllte vor Angst. In den Häusern und Kneipen Barrapols und Crossapols und Balephiuls und auf den Straßen dazwischen hielten die Männer und Frauen, die ihrem Tagewerk nachgingen, wie vom Blitz getroffen inne. Wenn sie nicht allein waren, tauschten sie besorgte Blicke, und wenn sie allein waren, sorgten sie dafür, daß sie nicht allein blieben.

Und dann hörte alles so unvermittelt auf, wie es begonnen hatte.

Die Lawine in der Wasserrinne ließ sich nicht mehr aufhalten. Die Steine, die herabfielen, wurden immer größer, und der wegbrechende Boden füllte die Rinne mit soviel Dreck und Geröll, daß Frannie kaum noch etwas sehen konnte.

Sie hatte schon wieder die Ruhestätte Thomas Simeons erreicht und stand dort, während die Felsspalte von einem
Ende zum anderen erzitterte.

Schließlich ließ der Steinschlag nach, doch Frannie wartete lange ab, aus Furcht vor einem erneuten Schrei und
einer zweiten Lawine. Erst nach einiger Zeit tastete sie sich
die Rinne wieder hinauf, um zu sehen, was geschehen war.
Über ihr war es jetzt viel heller. Der Boden, der das Ende
der Wasserrinne umgeben hatte, war fast gänzlich wegge-
brochen, hatte Steine, Erde und Gras in die Spalte befördert und so eine Art Hügel geschaffen. Zumindest gab es
jetzt eine Möglichkeit des Aufstiegs, wenn sie es denn wagte, diese gefährliche Route zu nehmen. Sie sah zum Rand
des Lochs hoch, konnte aber kein Lebenszeichen entdekken. Abgesehen davon, daß immer wieder etwas Erde vom
oberen Rand abbröckelte, bewegte sich nichts.

Frannie stand vor dem Haufen aus Stein und Erde und
überlegte sich, wo sie am besten hochklettern konnte. Der
Abstieg war schwer gewesen, aber dafür bot der Aufstieg
andere Gefahren. Die Steine hatten sich noch nicht gesetzt,
und mit jedem Schritt mußte sie fürchten, daß sie unter ihr
nachgaben; außerdem machte der ständig fallende Regen
die Erde matschig. Nachdem sie ein Drittel des Weges zurückgelegt hatte, krabbelte sie auf allen vieren weiter und
war schon bald von Kopf bis Fuß mit Schlamm bedeckt.
Egal – auf diese Weise vermied sie das Risiko, das Gleichgewicht zu verlieren.

Fast hatte sie die Spitze des Erdhaufens erreicht, als sie
spürte, wie etwas ihr Bein berührte. Sie sah hin und entdeckte zu ihrem Schrecken Rosa, die halb begraben unter
der aufgetürmten Erde lag und mit ihrer ausgestreckten
Hand blind nach Frannies Knöchel tastete. Der Ausdruck
auf ihrem Gesicht ähnelte nichts, was Frannie jemals bei
einem Menschen gesehen hatte. Rosa Mund war grotesk
geöffnet, wie bei einem gestrandeten Fisch, und auch ihre
goldenen Augen waren trotz des heftigen Regens weit aufgerissen.

»Steep?« hauchte sie.

»Nein, ich bin es, Frannie.«

»Ist Steep gestürzt?«

»Ich weiß nicht. Ich habe ihn nicht gesehen.«

»Heb mich hoch«, befahl Rosa. Ihre Glieder waren derart verrenkt, daß wohl einige Knochen gebrochen sein mußten, aber sie schien es gar nicht zu bemerken. »Heb mich hoch«, wiederholte sie. »Wir gehen in das Haus, du und ich.«

Frannie bezweifelte, daß sie die Kraft hatte, die Frau über den Rand der Rinne zu schieben. Aber selbst dieser kleine Dienst wäre dann der letzte gewesen, den sie Rosa hätte erweisen können. Sie lag wohl im Sterben. Ihr Atem kam stoßweise, und immer wieder liefen heftige Schauer durch ihren Körper. Frannie suchte nach einem festeren Halt auf dem Hügel und begann Rosa von Erde und Steinen zu befreien. Sie sah, daß sie keine Verbände mehr trug, und obwohl die Wunde teilweise von Erde und Schlamm bedeckt wurde, schimmerte sie noch in dem gleichen unheimlichen Licht, das sie zum erstenmal im Haus der Donnellys gesehen hatte.

»Hat Steep dir das angetan?« fragte sie.

Rosa starrte blind in den Himmel. »Er hat mich um meine Kinder betrogen«, sagte sie.

»Das habe ich gehört.«

»Er hat mich um mein Leben betrogen. Und dafür wird er büßen.«

»Du bist zu schwach.«

»Meine Wunde ist jetzt meine Stärke«, sagte Rosa. »Er hat Angst vor dem, was in mir zerbrochen ist ...« Sie brachte ein grauenhaftes Lächeln zustande, als sei sie der Tod persönlich »... weil es sich mit dem verbinden will, was in ihm zerbrochen ist ...«

Frannie gab sich keine Mühe, ihre Sätze zu verstehen. Sie machte sich einfach weiterhin daran, sie freizugraben, und als sie das geschafft hatte, versuchte sie, Rosa hochzuziehen. Kaum hatte sie ihre Arme um sie geschlungen, als sie spürte, wie eine seltsame Kraft in sie drang. Es gelang ihr, das zu tun, was sie vor einer Minute niemals geschafft hätte: Sie hob Rosa hoch und trug sie – nicht ohne Mühe, aber recht sicher – den Hügel vollends hinauf, bis sie festen Boden unter den Füßen hatten. Oben sah es aus wie auf einem Schlachtfeld. Frische Risse hatten sich in der Erde aufgetan. Sie führten in alle Richtungen, von dem Ort aus, an dem Rosa und Steep aufeinandergeprallt waren.

»Jetzt nach links«, sagte Rosa.

»Wirklich?«

»Siehst du ein Stück offenes Land?«

»Ja.«

»Bring mich dorthin. Dort ist das Haus.«

»Aber da ist gar nichts.«

»Weil es sich vor uns verbergen kann. Aber es ist dort. Vertraue mir, es ist dort. Und es will, daß wir hineingehen.«

XII

Das Donnern der Lawine war auch im Domus Mundi zu hören, aber Will nahm es kaum wahr, so sehr faszinierte ihn das Spektakel, das sich vor ihm abspielte. Oder genauer gesagt, über ihm. Hier hatte Gerard Rukenau, der satyrhafte Prediger, sein Heim eingerichtet. Die beträchtlichen Ausmaße des Raumes wurden von einem komplexen Netzwerk aus Seilen und Plattformen durchzogen, von denen die niedrigsten in Kopfhöhe hingen, während sich die höchsten in den Schatten der gewölbten Decke verloren. An manchen Stellen waren die geknüpften Seile so dicht miteinander verwoben und derart mit Dreck verkrustet, daß sie fast wie ein Vorhang erschienen, der sich von der Decke bis zum Boden erstreckte. Die seltsame Atmosphäre wurde noch dadurch verstärkt, daß zwischen diesen Strukturen antike Möbel verstreut waren, die möglicherweise aus jenem mysteriösen Haus in Ludlow stammten, aus dem Galloway seinen Freund Simeon befreit hatte. Zu der

558

Sammlung zählten mehrere Stühle, die man in verschiedenen Höhen aufgehängt hatte, dazu zwei oder drei kleinere Tische. Es gab auch eine Plattform, auf der sich Kissen und Decken türmten und auf der sich Rukenau wohl zur Ruhe bettete. Auch wenn die Seile und die Latten, aus denen das Netzwerk konstruiert war, vor Dreck starrten und die Möbel bei aller Qualität ramponiert aussahen, so besaß das obsessive Flechtwerk aus Knoten, Abtrennungen und Plattformen doch eine ausgesprochene Schönheit. Diese Schönheit wurde durch eine flackernde Helligkeit gefördert, die aus Schüsseln mit strahlenden Flammen kamen, die um das Gewebe herum aufgestellt waren und wie Sterne an einem seltsamen Firmament leuchteten.

Und dann ertönte von einer Stelle aus, die sich etwa zehn Meter über Wills Kopf befand, am Ende eines seltsam gewobenen Schachts, Rukenaus Stimme.

»Also, Theodore«, sagte er. »Wen hast du mir da mitgebracht?« Seine Stimme klang musikalischer als die, mit der er sie zu sich befohlen hatte. Sie klang, als sei er tatsächlich neugierig, wer dieser Fremde in ihrer Mitte wohl sein mochte.

»Sein Name ist Will.«

»Soviel hörte ich bereits«, meinte Rukenau. »Und er mag nicht, wenn man ihn William nennt, was verständlich ist. Aber ich habe auch gehört, daß du extra wegen mir gekommen bist, Will. Und das ist natürlich viel interessanter für mich. Aus welchem Grund suchst du einen Mann, der sich den Blicken der Menschheit schon so lange entzogen hat?«

»Dort draußen gibt es immer noch ein paar Leute, die von Ihnen sprechen«, sagte Will und sah in die düstere Höhe hinauf.

»Das darfst du nicht«, flüsterte Ted ihm zu. »Halte den Kopf gesenkt.«

Will ignorierte den Rat und starrte weiterhin in die Finsternis. Sein Trotz wurde belohnt. Rukenau begann über die verschiedenen Ebenen seiner schwebenden Welt herabzusteigen. Dabei trat er wie ein Akrobat von einem gefährlich anmutenden Vorsprung auf den nächsten und sprach währenddessen weiter:

»Sag mir, Will ... Kennst du den Mann und die Frau, die dort draußen einen solchen Aufruhr veranstalten?«

»Ein Mann ist auch dabei?« sagte Will.

»O ja, dort ist auch ein Mann.«

Es konnte sich nur um einen handeln, das wußte Will. Und er hoffte inständig, daß Frannie ihm nicht in die Quere gekommen war. »Ja, ich kenne sie«, antwortete er Rukenau. »Aber ich glaube, Sie kennen sie noch besser.«

»Vielleicht«, entgegnete der Mann über ihm. »Auch wenn es schon sehr lange her ist, seit ich sie von hier vertrieb.«

»Würden Sie mir sagen, warum Sie das getan haben?«

»Weil mir das männliche Wesen meinen Thomas nicht zurückgebracht hat.«

»Thomas Simeon?«

Rukenau unterbrach den Abstieg. »Mein Gott«, sagte er, »du weißt ja tatsächlich einiges über mich.«

»Ich würde gerne noch mehr wissen.«

»Thomas ist letzten Endes zu mir zurückgekehrt. Wußtest du auch das?«

»Aber erst nach seinem Tod.« Diesen Teil der Geschichte mußte Will erraten, vor dem Hintergrund von Kathleen Dwyers Biografie. Aber je eher Rukenau glaubte, daß er einiges über ihn wisse, desto mehr würde er ihm vielleicht verraten. Und die Autorin hatte richtig vermutet, denn Rukenau seufzte und sagte: »In der Tat, er kam nur als Leichnam zu mir zurück. Und ich glaube, daß ein Teil von mir mit ihm ging, als wir ihn zwischen die Felsen legten. Er besaß mehr von Gottes Gnade im kleinen Finger, als ich in meinem ganzen Wesen besitze. Oder jemals besaß.«

Nach einer kleinen Pause, in der er über sein eigenes Eingeständnis nachsann, setzte Rukenau den Abstieg fort, und langsam sah Will ihn besser. Die Kleider, die er trug, mußten einmal sehr kostbar gewesen sein, aber nun waren sie, wie anscheinend alles in diesem Haus, verschmutzt und dreckverkrustet. Nur sein Gesicht und seine Hände

560

glänzten bleich, und zwar auf so unheimliche Weise, daß er einer blutleeren Puppe ähnelte. Dennoch haftete seinen Bewegungen nichts Hölzernes an. Trotz der verkrusteten Kleider und seiner fahlen Erscheinung bewegte er sich mit einer geschmeidigen Grazie. Will konnte den Blick nicht von ihm wenden.

»Sag mir«, fuhr Rukenau fort, während er weiterkletterte, »woher kennst du diese Wesen an meiner Türschwelle?«

»Du nennst sie Nilot, nicht wahr?«

»Das stimmt fast, aber nicht ganz«, entgegnete Rukenau. Erneut hielt er inne. Er stand jetzt vielleicht drei Meter über Wills Kopf auf einer Plattform aus geflochtenen Zweigen. Dort ging er in die Hocke und sah Will an, so wie ein Fischer, der seinen Fang begutachtet. »Trotz deines Wissens scheint mir, daß du ihr wahres Wesen noch nicht erkannt hast. Ist dem nicht so?«

»Sie haben recht«, antwortete Will. »Das habe ich nicht. Und deshalb kam ich hierher – um es herauszufinden.«

Rukenau beugte sich vor und schob das verkrustete Geflecht etwas auseinander, um einen besseren Blick auf seinen Gast werfen zu können, was wiederum Will ermöglichte, Rukenau genauer zu sehen. Es waren nicht nur die geschmeidigen Bewegungen, die ihn an eine Schlange erinnert hatten. Auch seine Haut glänzte wie die eines Reptils; dazu kam die Tatsache, daß Rukenau nicht ein einziges Haar am Körper hatte. Er hatte keine Augenbrauen, keine Wimpern, keine Zeichen von Bartwuchs an Kinn oder Wange. Wenn es sich dabei um eine Hautkrankheit handelte, so schien er ansonsten an keinerlei Gebrechen zu leiden. Im Gegenteil, er wirkte wohlauf. Die Augen glänzten, und die Zähne strahlten auffällig weiß. »Du bist aus Neugier hierher gekommen?« fragte er.

»Ich schätze, das auch.«

»Und weshalb noch?«

»Wegen Rosa … sie stirbt.«

»Das bezweifle ich.«

»Doch. Ich schwöre.«

»Und das männliche Wesen? Jacob? Leidet es ebenfalls?«

»Nicht wie Rosa ... aber er leidet, ja.«

»In diesem Fall«, Rukenau überlegte kurz, »sollten wir unser Gespräch ohne den guten Theodore fortsetzen. Geh und besorge mir etwas Nahrhaftes, ja?« wandte er sich an Ted.

»Sehr wohl, Sir«, antwortete Ted, noch immer tief gebückt.

»Einen Moment«, warf Will ein und hielt ihn am Arm fest, bevor er gehen konnte. »Ted wollte Sie noch etwas fragen.«

»Ja, ja, seine Frau ...«, seufzte Rukenau gelangweilt. »Ich höre, wie du um sie weinst, Theodore, Tag und Nacht. Aber ich kann nichts für dich tun, fürchte ich. Sie hat kein Interesse daran, dich wiederzusehen. Das ist alles. Nimm es nicht zu persönlich. Dieser verdammte Ort fasziniert sie einfach.«

»Ihnen gefällt es hier nicht?« fragte Will.

»Gefallen?« donnerte Rukenau, und seine freundliche Maske zerstob in Sekundenschnelle. »Das hier ist mein Gefängnis, Will. Verstehst du mich? Mein Fegefeuer. Oder nein, meine Hölle.« Er beugte sich herab und betrachtete Wills Gesicht. »Aber wenn ich dich so ansehe, frage ich mich, ob dich nicht vielleicht ein gnädiger Engel geschickt hat, mich zu befreien.«

»Es kann wohl nicht so schwer sein, herauszukommen«, sagte Will. »Ted hat mir erzählt, daß er den Weg zur Vordertür ohne ...«

Rukenau unterbrach ihn ungeduldig. »Was glaubst du wohl, was geschehen würde, wenn ich diese Wände verlasse? Ich habe mich hier schon sehr oft gehäutet, und dabei habe ich den grimmen Schnitter betrogen. Aber sobald ich die Grenzen dieses abscheulichen Ortes verlasse, erlischt meine Unsterblichkeit. Ich hätte angenommen, daß dies einem Mann deiner Klugheit klar sein müßte. Nebenbei gefragt, wie nennt man uns Magier in deinem Zeitalter? Nekromantiker klang mir immer etwas zu theatralisch, Doktor der Philosophie viel zu nüchtern. Ich glaube, daß es nie ein Wort gegeben hat, das auf uns paßte. Wir sind teils Metaphysiker, teils Demagogen.«

»Ich bin nichts dergleichen«, entgegnete Will.

»Oh, aber ich sehe, daß sich ein Geist in dir bewegt«, sagte Rukenau. »Ein Tier, nicht wahr?«

»Warum kommen Sie nicht herunter und sehen es sich genauer an?«

»Das kann ich nicht.«

»Warum nicht?«

»Ich habe es dir bereits gesagt. Das Haus ist eine einzige Abscheulichkeit. Ich habe geschworen, meinen Fuß nie mehr auf seinen Boden zu setzen. Nie mehr.«

»Aber Sie haben es erbauen lassen.«

»Wie kommt es, daß du soviel weißt?« fragte Rukenau. »Hast du das alles von Jacob? Denn laß dir sagen, wenn es so ist – er weiß weitaus weniger, als er denkt.«

»Ich werde Ihnen alles verraten, was ich weiß und auch, woher ich es habe«, sagte Will. »Aber zuerst …«

Rukenau sah träge zu Ted hinüber. »Ja, ja, seine vermaledeite Frau. Schau mich an, Theodore. Das ist besser. Willst du auf meine Obhut wirklich verzichten? Ich meine, ist es denn eine solche Last, mir ein bißchen Obst oder Fisch zu besorgen?«

»Ich dachte, du würdest das Haus nie verlassen?« sagte Will, an Ted gewandt.

»Oh, er geht nicht hinaus, um es zu holen«, sagte Rukenau. »Er geht hinein, nicht wahr, Theodore? Er geht dorthin, wo auch seine Frau hingegangen ist. Oder zumindest so weit, wie er sich traut.«

Das alles verwirrte Will, aber er hielt es für besser, sich seine Verwirrung nicht anmerken zu lassen. »Wenn du wirklich gehen willst«, sagte Rukenau, »werde ich keine Einwände erheben. Aber ich warne dich, Theodore, vielleicht denkt deine Frau anders darüber. Sie betrat die Seele des Hauses, und was sie dort fand, hat sie verzaubert. Über diese Art von Dummheit habe ich keine Macht.«

»Aber wie kann ich sie zurückgewinnen?« fragte Ted.

»Wenn unser Besucher an deiner Stelle hierbleibt, darfst du gehen. Wie steht es damit, Will? Ist das ein faires Geschäft?«

»Nein«, sagte Will. »Aber ich willige trotzdem ein.«

Ted strahlte. »Danke«, sagte er zu Will. »Danke, danke, danke.« Er wandte sich wieder an Rukenau. »Heißt das, ich kann wirklich gehen?«

»Aber ja. Suche sie. Wenn sie mit dir geht, was ich allerdings stark bezweifle …«

Die Warnung konnte Ted nicht beirren. Mit strahlendem Gesicht eilte er davon, und noch bevor er die Tür des Raumes erreicht hatte, rief er den Namen seiner Frau.

»Sie wird nicht mit ihm kommen«, meinte Rukenau, nachdem Ted den Raum verlassen hatte. »Das Domus Mundi hat sie in seiner Gewalt. Kann er ihr etwas gleichermaßen Verführerisches bieten?«

»Vielleicht seine Liebe?« schlug Will vor.

»Die Welt macht sich nicht viel aus Liebe, Will. Sie dreht sich, ungeachtet unserer Gefühle. Das weißt du.«

»Aber vielleicht …«

»Vielleicht was? Sag schon, an was denkst du?«

»Vielleicht haben wir selbst nicht genug Liebe gezeigt.«

»Oh, würde das die Welt freundlicher machen?« fragte Rukenau. »Würde das die See dazu bringen, mich zu tragen, wenn ich ertrinke? Würde eine Pestratte davon absehen, mich zu beißen, weil ich ihr meine Liebe gestanden habe? Sei nicht kindisch, Will. Die Welt kümmert sich nicht darum, was Theodore für seine Frau empfindet. Und seine Frau ist von dem Glanz dieses grauenhaften Hauses so bezaubert, daß sie ihn keines Blickes würdigen wird. Das ist die bittere Wahrheit.«

»Mir ist nicht klar, was einen an diesem Ort bezaubern könnte.«

»Natürlich nicht. Weil ich lange Jahre daran gearbeitet habe, seinen Zauber zu bekämpfen. Mit Schlamm und Exkrementen habe ich alles versiegelt, damit mir nichts mehr vor Augen kommt. Eine Menge Unrat stammt von mir selbst, nebenbei bemerkt. Im Laufe von zweihundertsiebzig Jahren scheidet ein Mann eine Menge Kot aus.«

»Sie haben also alles so verdreckt?«

»Am Anfang habe ich es tatsächlich selbst getan, ja. Spä-

ter, als einige Menschen den Fehler machten, hier hereinzukommen, konnte ich sie dazu einsetzen. Leider sind viele von ihnen gestorben ...« Er unterbrach sich und richtete
sich auf. »Oh«, sagte er. »Jetzt fängt es an.«

»Was fängt an?«

»Soeben hat Jacob Steep das Haus betreten.« Rukenaus
Stimme zitterte kaum hörbar.

»Dann erzählen Sie mir besser, was Sie über ihn wissen«,
forderte Will. »Und zwar schnell.«

XIII

Erst jetzt, da er sich in dem Haus befand, erkannte Steep,
wie vollkommen der Weg war, der ihn hierher gebracht
hatte. Vielleicht war er doch nicht in das Domus Mundi
zurückgekehrt, um zu sterben; noch nicht. Vielleicht war
er gekommen, um seine Ambitionen noch besser verwirk-
lichen zu können. Rosa hatte recht gehabt, wenn sie ihm
vorwarf, daß er das Abschlachten liebte. So war es, und so
würde es immer sein. Das war eine seiner männlichen Be-
gierden – die Jagd, das Blutvergießen und das Töten schienen ihm so natürlich wie das Entleeren der Blase. Jetzt, da
er wieder im Haus war, hatte er die Gelegenheit, dieser Begierde neue Nahrung zu geben. Wenn Will und Rosa erst
einmal tot waren, und Rukenau natürlich auch, würde er
sich in das Herz des Domus Mundi setzen, und, oh, was
würde er tun? Er würde der Menschheit Dinge zeigen, die
alle erstaunen würden: die Kaufleute, die die Welt von ihren Konferenzräumen aus vergewaltigten, die Päpste, die
das Leid hungriger Kinder sanktionierten, und die Poten-
taten, die ihre Einsamkeit mit Orgien der Zerstörung über-
tünchten. Er würde kühler sein als ein Buchprüfer und
grausamer als ein General in der Nacht des Staatstreichs.

Warum hatte er nicht schon längst erkannt, wie leicht
alles war? Aus Dummheit? Wahrscheinlich eher aus Feig-

heit davor, in den Machtbereich des Mannes zurückzukehren, der ihn so sehr geknechtet hatte. Nun, er hatte keine Angst mehr. Er würde keine Zeit mehr mit Messern vergeuden (nur noch einmal vielleicht, für Rukenau; ja, Rukenau wollte er erstechen). Nein, er würde sich weitaus klüger verhalten, wenn er sich wieder gegen die Welt wandte. Er würde den Baum vergiften, solange er noch Samen war, auf daß alle starben, die von ihm aßen. Er würde den Fötus im Mutterleib verunstalten und die Ernte vernichten, noch bevor sie sich zeigte. Nichts würde diesen Holocaust überleben, nichts. Es wäre, irgendwann, das Ende von allem, außer für ihn und Gott.

Sein ganzes Leben, das erkannte er jetzt, war eine Vorbereitung auf diese Rückkehr gewesen. Und die Verschwörungen, die diese Frau und dieser Schwule angezettelt hatten, bis hin zu diesem Kuß, diesem eklen Kuß hatten nur dazu gedient, ihn ohne daß er es wußte an diese Schwelle zu bringen.

Als er eintrat, stellte er erstaunt fest, wie sehr sich der Ort verändert hatte. Er hockte sich nieder und kratzte am Boden: er war mit einer Schicht Exkremente bedeckt, sowohl tierischer als auch menschlicher. Das gleiche an den Wänden und den Decken. Das gesamte Haus, das bei seiner Schöpfung so durchsichtig, so hell gewesen war, versteckte sich nun hinter Schichten aus Dreck. Rukenaus Werk, kein Zweifel. Trotz all seiner metaphysischen Anmaßungen war Rukenau im Grunde seines Herzens ein närrischer und ängstlicher Mann gewesen. Hatte er Jacob nicht losgeschickt, um Thomas wieder auf die Insel zu holen, weil er die Visionen eines Künstlers brauchte, um zu verstehen, was er getan hatte? Weil er es selbst nicht begriff? Und nun hatte er die Wunder des Domus Mundi mit Lehm und Scheiße zugeschmiert.

»Er ruft meinen Namen.«

»Ignoriere ihn«, sagte Will. »Ich muß wissen, was er ist.«

»Das weißt du schon«, entgegnete Rukenau. »Du hast das Wort selbst benutzt. Er ist ein Nilot.«

»Das ist eine Bezeichnung für seine Herkunft, keine Beschreibung. Ich muß Einzelheiten erfahren.«

»Ich kenne die Legenden. Ich kenne die Gebete. Aber ich weiß auch nichts, was als Wahrheit durchgehen würde.«

»Spucken Sie's einfach aus, was immer es ist!«

Rukenau sah ihn beleidigt an, und einen Augenblick lang schien es, als wolle er gar nichts sagen. Aber als die ersten Worte kamen, ließ er sich nicht mehr aufhalten. Keine Zeit für Fragen oder Klärungen. Er redete sich alles von der Seele.

»Ich bin der uneheliche Sohn eines Mannes, der Kirchen baute«, begann er. »Mein Vater errichtete großartige Orte der Ehrerbietung. Ich bin nicht im Schoße der Familie aufgezogen worden, aber als ich alt genug war, ging ich zu ihm und sagte: ›Ich glaube, auch ich habe etwas von deinem Genie in mir. Laß mich deinen Spuren folgen. Ich möchte dein Lehrling werden.‹ Natürlich wollte er nichts davon hören. Ich war ein Bastard. Ich sollte nicht im Licht der Öffentlichkeit stehen, schließlich hätte ich ihn bei seinen Förderern unmöglich gemacht. Er jagte mich fort. Und als ich sein Haus verließ, sagte ich mir, dann sei es so. Ich werde meinen eigenen Weg gehen, und ich werde einen Ort schaffen, den Gott so gerne aufsuchen wird, daß die Kirchen meines Vaters leer bleiben.

Ich erlernte die Magie. Alles in allem wurde ich ein sehr gelehrter Bursche. Von vielen sehr bewundert, kann ich sagen. Aber ich machte mir nichts daraus. Nach einem Jahr oder zwei wurde ich der Bewunderung bereits überdrüssig. Ich machte mich auf eine Reise um die Welt, auf der Suche nach der geheimen Geometrie, die aus einem einfachen Ort einen heiligen macht. In Griechenland sah ich mir die Tempel an und das, was die Hindus in Indien geleistet hatten. Auf dem Heimweg besuchte ich die Pyramiden in Ägypten. Doch dann hörte ich von einem Wesen, das der Legende nach Tempel baute, von deren Altären aus ein Priester mit einem Blick die ganze Gottesschöpfung übersehen konnte.

Natürlich, es klang übertrieben, aber ich reiste den Nil hinauf, auf der Suche nach diesem namenlosen Engel; be-

reit, jeden mir zur Verfügung stehenden Zauber einzusetzen, um ihn für meine Zwecke benutzen zu können. In einer Höhle bei Luxor entdeckte ich dieses Wesen, das ich
Nilot nannte. Ich brachte es hierher, und mit Simeons Hilfe
fertigte ich die Pläne für das Meisterwerk an, das der Nilot
bauen sollte. Ein solch heiliger Ort, daß alle die Kirchen
meines Vaters zu Ruinen zerfallen und seine Werke auf
ewig verflucht sein würden.« Er lachte bitter über die eigene Dummheit. »Aber natürlich war das zu viel für uns alle.
Simeon floh und verlor den Verstand. Der Nilot verlor die
Geduld und verließ mich, obwohl ich sein Wissen um die
eigene Natur verwirrt hatte und er ohne meine Hilfe in
Unkenntnis verharren mußte. Und ich, ich blieb hier mit
dem festen Willen, das zu meistern, was ich erschaffen hatte.« Er schüttelte den Kopf. »Aber es gibt keinen Weg, die
Welt zu meistern, nicht wahr?«

Er wurde von einem Schrei Steeps unterbrochen.

»Ich glaube, er stimmt nicht mit Ihnen überein«, sagte
Will.

»Warum habe ich Angst?« sagte Rukenau. »Ich habe keine Lust mehr zu leben.« Er sah Will mit flackernden Augen
an. »O Gott, halte ihn von mir fern!«

»Sie hatten ihn damals unter Kontrolle«, sagte Will.
»Wiederholen Sie es einfach.«

»Wie kann ich ihm antun, was bereits geschehen ist«,
zischte Rukenau. »Du mußt ihn schon selbst besänftigen.«

Mit diesen Worten stieg er wieder die Seile hinauf. Die
Panik spornte ihn an, aber er hatte erst eine kurze Strecke
zurückgelegt, als Will die Schritte Steeps hörte. Er drehte
sich um und sah, wie der Mann mit schlurfenden Schritten
den Raum betrat. Er sah viel schlechter aus als im Haus der
Donnellys, war außerdem vollkommen durchnäßt und
vom Scheitel bis zur Sohle mit Schlamm bespritzt. Steep
zitterte am ganzen Körper, und seine glänzenden Augen
schienen aus den Höhlen springen zu wollen. Er sah aus
wie ein Mann, der sehr bald sterben würde.

Auch seine Stimme, die selbst in ihren monotonsten
Tonlagen noch verführerisch geklungen hatte, war jeden

Charmes beraubt. »Hat er dir die Geschichte meines Lebens erzählt, Will?« fragte er.

»Einiges davon.«

»Aber du möchtest noch mehr wissen, und offenbar bist du auch bereit, für dieses Privileg mit dem Leben zu bezahlen.« Er schüttelte den Kopf. »Ihr hättet mich in Ruhe lassen sollen, alle beide. Hättet in Unwissenheit leben und sterben sollen.«

»Du wolltest berührt werden«, sagte Will.

»Wirklich?« entgegnete Steep, als sei er bereit, sich überzeugen zu lassen. »Vielleicht.«

Im Netz über ihnen bewegte sich etwas, und Steep sah mit einer fast theatralischen Langsamkeit nach oben. Mittlerweile hatte sich Rukenau in die höchsten Höhen vorgearbeitet.

»Du kannst dich dort oben nicht verstecken«, sagte Steep zu ihm. »Du bist kein Kind mehr. Mach dich nicht lächerlich. Komm runter.« Er nahm das Messer aus der Jacke. »Oder soll ich erst raufkommen?«

»Laß ihn«, sagte Will.

»Wie bitte?« fragte Jacob und verzog das Gesicht. »Das geht dich nichts an. Warum verschwindest du nicht und siehst dir die hübschen Lichter an? Mach schon. Schau es dir an, solange du noch kannst. Ich komme gleich nach.« Er sprach zu Will wie man mit einem Kind spricht. »Geh!« schrie er plötzlich und griff nach dem Netz über ihm. »Rukenau! Komm herunter!« Er zerrte mit erstaunlicher Kraft an dem Gewebe. Klumpen und Dreckstücke regneten auf ihn und auf Will herab. Die Seile ächzten, und an einigen Stellen rissen sie. Ein Stuhl löste sich und fiel auf den Boden herab, wo er zerbrach.

Durch Wills Worte ließ Jacob sich offensichtlich nicht aufhalten, und daher hatte Will nur eine Möglichkeit. Er ging auf Jacob zu, packte ihn und legte ihm die Hand auf den Nacken.

Dieses Mal gab es kein Atemholen, kein Zittern der Erde. Nur einen plötzlich aufwirbelnden Staub, der alles einhüllte, ein bitteres Rot, in dem Will geometrische Formen sah, riesig wie Kathedralen, Tausende, die sich alle gleichzeitig bewegten. Einige von ihnen öffneten sich wie seltsame Blumen, während sich heller werdende Zeichen – die Buchstaben in Simeons Bildern und in Steeps Tagebuch – daraus lösten. Will erkannte, daß es sich nicht um die Erinnerungen Jacobs handelte. Es waren die Gedanken des Niloten, oder zumindest ein Teil davon: eine Anordnung mathematischer Möglichkeiten, die weitaus überwältigender waren als der Wald, der Fuchs oder der Palast an der Newa.

Schwer atmend ließ er Jacob los und stolperte rückwärts. Die Attacke der Formen verließ seinen Kopf jedoch nicht sofort. Sie wiederholte sich sekundenlang vor seinem geistigen Auge und blendete ihn. Wenn es Jacob in diesem Augenblick eingefallen wäre, Will niederzustrecken, hätte er ihn so hilflos vorgefunden wie ein Schaf auf der Weide. Aber Steep hatte Wichtigeres zu tun. Als Will wieder etwas sehen konnte, hatte Steep aufgehört, an dem Netzwerk zu zerren; er kletterte jetzt hinauf. Und während er kletterte, rief er Rukenau zu: »Hab keine Angst, es muß jedem von uns einmal passieren! *Lebend und sterbend nähren wir die Flamme!*«

XIV

Von all den bizarren Dingen, die Frannie auf dieser Reise erlebt hatte, war nichts so schockierend wie ihr Eintritt in das Domus Mundi mit Rosa. Eben noch im Tageslicht zu stehen, umgeben von – soweit es ihre naiven Sinne betraf – Gras und Himmel, und sich dann an einem dunklen, stinkenden Ort wiederzufinden, ohne Sonne, ohne Meer, das war grauenhaft. Sie war froh, Rosa bei sich zu haben, denn sonst wäre sie gewiß in Panik geraten, und sie hatte das bestimmte Gefühl, daß dies kein guter Ort war, um die Kontrolle über sich zu verlieren.

Sobald sie das Haus betreten hatte, wollte Rosa allein

gehen. Mit schwankenden Schritten tappte sie auf die nächste Wand zu, fuhr mit der Hand über die Oberfläche und
roch daran. »Scheiße«, sagte sie. »Er hat die Wände mit
Scheiße bedeckt. Ist alles hier so?« fragte sie Frannie.

»Soweit ich sehen kann schon.«

»Die Decke auch?«

Frannie sah nach oben. »Ja.« Rosa lachte. »Ist es anders,
als du es in Erinnerung hast?«

»Ich traue meinem Gedächtnis nicht, aber ich glaube
nicht, daß dies hier eine Klärgrube war, als ich fortging.
Das muß Rukenau getan haben.«

Sie begann die Wand zu überprüfen, stieß den Finger in
das weiche Material und brach schließlich ganze Stücke heraus. Frannie entdeckte hinter der Exkrementschicht eine Art
Lichtquelle, die sich zu bewegen schien, während Rosa an
der Wand arbeitete, als spüre das Licht, daß jemand es freilassen wollte. Es war keine Illusion. Je tiefer und größer das
Loch wurde, das Rosa in die Wand brach, desto deutlicher
wurde die Bewegung, die an sich zusammenziehende Muskeln erinnerte. In der Helligkeit waren Farben zu erkennen,
Tupfer, die türkis und rostrot leuchteten. Der zusammenge-
backene Schmutz konnte dieser Energie nicht standhalten,
jetzt, da sie spürte, daß jemand sie befreien wollte. Was zunächst nur ein Regen von kleineren Schmutzbrocken gewesen war, nahm rasch zu, als sporne Rosas Arbeit das Licht
an, sich selbst zu helfen. Von der Stelle, an der Rosa begonnen hatte, pflanzten sich Risse fort, und die teigige Erde verlor ihre Festigkeit, während sich die Nachricht von der Revolution verbreitete.

Erstaunt sah Frannie zu, wie der Prozeß seinen Gang
nahm, und nicht zum erstenmal auf ihrer Reise wünschte
sie sich, daß Sherwood an ihrer Seite sei, um den Anblick
mit ihr zu teilen. Besonders diesen Anblick: Rosa, die Frau,
die er vergöttert hatte, die mit ihren Händen den ganzen Ort
veränderte. Frannie war glücklich, daß sie dabei sein durfte.

Und während immer mehr von dem Geheimnis, das
Rukenau verborgen hatte, sichtbar wurde, begann Frannie
langsam eine gewisse Vorstellung von seinem Wesen zu

entwickeln. Die Farben, die dort in der Wand glühten und leuchteten, waren Vorformen lebender Dinge. Noch nichts Ganzes, aber Andeutungen eines Ganzen. Ein Aufflackern von Streifen auf einer pulsierenden Flanke, das Glitzern hungriger Augen, ein sich ausbreitendes Dach aus Flügeln. Diese Formen würden sich nicht zurückhalten lassen, soviel schien klar. Dazu waren sie zu lebendig, zu gierig. Die Ehrgeizigeren unter ihnen breiteten sich bereits in der Kammer aus und sandten die Echos ihrer Formen in die dankbare Luft, wie Funken, die aus einem unkontrollierbaren Feuer stoben.

»Hilf mir«, sagte Rosa, und Frannie eilte ihr zur Hilfe, ohne sie nur anzusehen, so verzaubert war sie von dem Spektakel der sich ausbreitenden Formen.

»Wir müssen Rukenau suchen«, sagte Rosa, grub ihre dünnen Finger in Frannies Schulter und berührte ihr Gesicht. »Siehst du die Welt?« fragte sie.

»Ist sie das?«

»Es ist das Domus Mundi«, erinnerte Rosa sie. »Und was immer du siehst, du kannst noch Großartigeres erwarten. Jetzt komm, ich brauche deine Kraft noch etwas länger.«

Frannie mußte sie nicht mehr tragen. Das Domus Mundi hatte Rosa offenbar neue Energie verliehen. Aber ihre Sehkraft kehrte nicht zurück, und sie mußte sich von Frannie führen lassen, was diese nur allzu gerne tat. Als sie die erste Kammer durchquert hatten und den Raum daneben betraten, hatte sie die Botschaft der Rebellion bereits überholt. Ein trockener Regen von Erdpartikeln fiel auf sie herab, während sich in der gewölbten Decke Risse auftaten. Das Zimmer war bereits heller als das, aus dem sie kamen. Die Glut flackerte aus Rissen von allen Seiten, und das Schauspiel wurde nun von immer lauter werdenden Geräuschen begleitet. Wie die Formen waren auch sie zunächst kaum unterscheidbar, ein Murmeln, aus dem sich manchmal ein spezifischer Laut erhob. Das Trompeten eines Elefanten vielleicht; der Gesang eines Wales. Das Heulen eines Affen in einem schaukelnden Baum ...

Dann hörte Rosa etwas, das ihr mehr ans Herz ging.

»Das war Steep«, sagte sie.

In der Tat trieb eine menschliche Stimme in diesem wogenden Meer der Laute. Rosa ging schneller und wiederholte mit jedem Atemzug das eine Wort:

»Jacob ... Jacob ... Jacob ... Jacob ...«

Will konnte nicht erkennen, was sich zwischen Rukenau und Steep abspielte – sie waren zu hoch oben, und die Netze verdeckten ihren Kampf –, aber er sah die Folgen. Die schwebende Struktur war bei all ihrer Komplexität nie für einen solchen Kampf geschaffen worden, wie er jetzt in ihrer Mitte stattfand. Seile wurden aus ihren Verankerungen in den Wänden gerissen und lösten Klumpen toter Erde. An ihre Stelle traten Licht und Bewegung und erhellten den sich immer weiter ausbreitenden Zusammenbruch. Die Stellen, auf die das Gewicht der Möbel drückte, gaben als erste nach. Ein Tisch krachte hinab und zerstörte bei seinem Fall zwei der größeren Plattformen, um mit ihren Einzelteilen zusammen tosend auf den schwankenden Boden zu stürzen. Überall zeigten sich Risse, und die Lichtstrahlen, die hindurchdrangen, trugen ihren Teil zu der immer größer werdenden Summe des Lichts bei. Mehr als Licht – Leben! Denn das war es, was Will in den umhertaumelnden Farbwirbeln sah: Das Pochen und Schimmern lebendiger Dinge.

Inmitten der herabfallenden Seile und Erdstücke tauchten auf einmal Jacob und Rukenau auf. Sie sahen aus wie ein Bild, das Thomas Simeon hätte gemalt haben können – zwei Geister bei einem Kampf auf Leben und Tod in schwankender Höhe. Rukenau schien sich keineswegs mit seinem Schicksal abfinden zu wollen. Er nutzte den Vorteil, sich in seinem Labyrinth auszukennen, und wich Steep immer wieder aus. Aber Jacob wollte sich seine Beute nicht entgehen lassen. Blitzschnell ließ er sich auf die Knie fallen, packte das gefährlich lockere Netz, auf dem sie schwankend balancierten, und schüttelte es so heftig, daß Rukenau das Gleichgewicht verlor und nach vorne fiel. Will sah, wie Jacobs Messerhand darauf wartete, daß die

Brust des anderen Mannes immer näher kam ... und obwohl er das Messer selbst nicht sehen konnte, hörte er an
dem Schrei, der aus Rukenaus Kehle drang, daß die Klinge
ihr Ziel gefunden hatte. Rukenau fiel, doch im letzten Augenblick packte er seinen Scharfrichter, so daß sie beide
hinabstürzten, ineinander verschlungen. Ihr gemeinsames
Gewicht sorgte dafür, daß alle Netze rissen. Unaufhaltsam
stürzten sie zu Boden.

Das Haus erzitterte. Rosa blieb stehen und schluchzte leise. »O nein ...« hauchte sie. »Was habt ihr getan?«
    »Was ist los?« fragte Frannie.
    Sie erhielt keine Antwort, brauchte sie aber auch nicht
mehr, um zu wissen, wo Steep zu finden war, denn nun
hörte sie seine unverkennbare Stimme!
    »Bist du jetzt fertig?« fragte er. »Bist du fertig?«
    Rosa stolperte Frannie voran, die ihr durch eine schma-
le Tür in einen mit Schutt gefüllten Flur folgte. Rosa stürzte
ein paarmal, rappelte sich aber auf und betrat schwankend
Rukenaus chaotisches Gemach, dicht gefolgt von Frannie.

Will registrierte aus den Augenwinkeln eine Bewegung
und bekam undeutlich mit, daß jemand den Raum betreten hatte; aber er konnte den Blick nicht von dem abwenden, was sich vor ihm auf dem Boden abspielte.
    Jacob hatte sich aufgerichtet und riß an den Seilen, die
sich während des Sturzes um seinen Körper gewickelt hatten. Rukenau jedoch durfte nicht hoffen, sich je wieder aufrichten zu können. Er lebte zwar noch, aber sein Körper
zuckte; Jacobs Messer steckte in seiner Brust, und aus der
Wunde strömte unaufhaltsam das Blut. Das dreckige
Hemd und die Weste waren bereits völlig blutdurchtränkt,
und die Blutlache um ihn herum wurde immer größer.
    Noch immer sah Jacob sich nicht nach Will um, aber das
würde nicht mehr lange so bleiben. Wenn der Nilot ihn erst
einmal entdeckt hatte, würde er sich daran machen und
seine Arbeit beenden wollen, so wie er es angedroht hatte.
Auch wenn es ihm schwerfiel, wegzuschauen, so drehte

Will sich schließlich doch um und wählte als Fluchtweg die Tür, durch die Ted auf der Suche nach seiner Frau verschwunden war. Erst als er sie erreicht hatte, wurde ihm bewußt, daß noch andere den Raum betreten hatten. Er drehte sich um und entdeckte Rosa und Frannie. Auch sie schienen ihn nicht gesehen zu haben, sondern starrten nur auf den sich windenden Rukenau.

Jacob war die Seile losgeworden, streckte sich und richtete den Blick auf Will. Er schüttelte den Kopf, ganz langsam, als wolle er sagen: Hast du wirklich geglaubt, du könntest mir entkommen? Will wartete nicht, bis sich das Wesen auf ihn stürzte. Er rannte davon.

Auch in den anderen Räumen setzte sich der Prozeß fort, der in Rukenaus Gemach begonnen hatte. Der Schmutz, der die Wände bedeckte, blätterte ab, und das Leben dahinter ergoß sich ins Freie. Aber es gab noch etwas Aufregenderes zu sehen. Trotz all dem, was sie enthielten, waren die Wände nicht fest. Links und rechts von sich konnte er Räume sehen, die er noch nicht betreten hatte, Räume, zu denen die gleiche Botschaft der Befreiung gekommen war. Das Haus gab seine Geheimnisse preis. Kein Wunder, daß die Erinnerung daran Jacob im Eispalast Eropkins so erschüttert hatte. Diese Bilder waren es, die er in dem eiskalten Schlafzimmer gesehen hatte. Ein Ort unvergleichlicher Transparenz, und der Eispalast war trotz seiner Herrlichkeit nur ein Abklatsch davon gewesen.

Vor Will tauchte nun der Ort auf, den Rukenau auf fast abergläubische Weise genannt hatte, als er davon sprach, wohin Teds Frau verschwunden war. Als er ihn sah, die Quelle, das Herz, fühlte sich Will wie vor kurzem in der Spruce Street, nur daß alles noch hundertmal stärker schien. Die Welt stürmte mit all ihrem Reichtum auf ihn ein, wie ein Lichtstrahl zwischen aufreißenden Wolken, der immer stärker wurde, je mehr der Dunst sich verzog. Bald würde das Licht ihn blenden, ohne Zweifel. Sollte es so sein. Er würde schauen, bis seine Augen ihren Dienst versagten. Zuhören, bis seine Ohren es nicht mehr ertragen konnten.

Irgendwo hinter sich hörte er den Niloten. »Warum läufst du davon?« rief Jacob. »Du kannst dich nirgendwo verstecken.«

Er hatte recht. Es gab keinerlei Möglichkeit mehr, sich vor Steep zu verbergen. Aber das war ein geringer Preis für das Glück, diesen herrlichen Ort erreicht zu haben. Er sah sich um. Steep war hinter ihm her. Es schien Will, als könne er die Form des Niloten erkennen, die sich in dem Mann bewegte – als habe das Fieber der Revolution nun auch Steeps äußeren Körper erfaßt und als gebe er es auf, sich zu verbergen.

In seinem eigenen Körper ging das gleiche vor. Er konnte den Fuchs in sich spüren, *vulpes vulpes,* und je schneller die Jagd wurde, desto deutlicher nahm er Gestalt an; eine letzte, ursprüngliche Verwandlung, bevor er in das Feuer floh. Und warum nicht? Die Welt schuf Wunder wie diese jeden Tag. Das Ei verwandelte sich in das Huhn, der Samen in die Blume, die Raupe in den Schmetterling. Nun der Mann in den Fuchs? War das möglich?

O ja, sagte das Haus der Welt. *Ja, und ja, und immer wieder ja ...*

Rosa war ein paar Schritte vor Rukenau stehengeblieben und hatte gewartet, bis er nicht mehr zuckte. Nun lag er regungslos da; nur seine Brust hob und senkte sich. Er richtete den Blick auf die Frau, so gut er noch konnte.

»Rühr ... mich ... nicht ... an ...«, sagte er.

Rosa nahm diesen Befehl als Stichwort, sich ihm zu nähern. Es schien, als habe er Angst davor, sie könne ihm etwas antun, denn er nutzte die letzten Reste seiner Kraft dazu, die Augen mit der Hand zu bedecken. Sie versuchte jedoch nicht, ihn zu berühren. »Es ist so lange her«, sagte sie, »seit ich hier war. Dabei scheint es mir nicht mehr als ein Jahr oder zwei zu sein. Kommt das daher, daß wir am Ende der Dinge angelangt sind? Ich glaube schon. Wir sind am Ende, und nichts von dem, was geschehen ist, scheint irgendeine Bedeutung zu haben.«

Ihre Worte schienen etwas in Rukenau zu berühren,

denn während sie sprach, flossen Tränen aus seinen Augen. »Was habe ich dir nur angetan«, sagte er. »O Gott.« Er schloß die Augen, und die Tränen flossen weiter.

»Ich weiß nicht, was du getan hast«, sagte Rosa. »Ich will nur, daß es zu einem Ende kommt.«

»Dann geh zu ihm«, sagte Rukenau. »Geh zu Jacob und heile dich selbst.«

»Was sagst du da?«

Rukenau öffnete die Augen. »Ihr seid die beiden Hälften *einer* Seele«, sagte er. Verständnislos schüttelte sie den Kopf. »Du hast mir damals vertraut, hast gesagt, daß du seit zweihundert Jahren nicht mehr so glücklich warst.« Er wandte den Blick von ihr ab und starrte in die Helligkeit über ihr. »Und nachdem ich dein Vertrauen gewonnen hatte, versetzte ich dich in einen Schlaf, sprach meine Liturgien und löste das süße Syzygium deines Ichs auf. Oh, wie stolz ich war, Gott zu spielen. *Und er schuf Mann und Frau.*«

Rosa stieß einen dumpfen Laut aus. »Jacob ist ein Teil von mir?« fragte sie.

»Und du von ihm«, murmelte Rukenau. »Geh zu ihm und heile eurer beider Geister, bevor er mehr Schaden anrichtet, als er selbst es sich vorstellen kann.«

In dem Flur, der vor Will lag, kauerte ein Mann auf dem Boden, der sich die Hände vor das Gesicht hielt, um die Visionen nicht an sich herankommen zu lassen. Es war natürlich Ted.

»Was, zum Teufel, machst du da?« sagten Will und der Fuchs zu ihm.

Er wagte es nicht, die Hände von den Augen zu nehmen. Zumindest so lange nicht, bis Will es ihm befal. »Du brauchst vor nichts Angst zu haben, Ted«, sagte er.

»Machst du Witze?« entgegnete der Mann und schielte durch seine Finger. »Dieser Ort bricht über unseren Köpfen zusammen, verdammt noch mal.«

»Dann wäre es besser, Diane sehr schnell zu finden, anstatt auf deinem Hintern herumzusitzen«, erwiderte Will.

577

»Steh auf und beweg dich!« Beschämt erhob Ted sich, hielt den Blick jedoch noch immer gesenkt. Dennoch brachten ihn die Bilder, die aus den Wänden strömten, völlig aus der Fassung.

»Was bedeutet das alles?« schluchzte er.

»Keine Zeit zum Reden«, sagte Will, der wußte, daß Steep ihm dicht auf den Fersen war. »Los jetzt.«

Selbst wenn sie die Zeit gehabt hätten, über die Visionen zu sprechen, die um sie herumschwirrten, so bezweifelte Will, daß es eine Erklärung gab, die in den Rahmen dessen fiel, was sie von der Welt wußten. Der Nilot hatte ein Haus der Göttlichkeiten gebaut. Das war alles, was Will wußte. Wie er das getan hatte, ging über seinen Horizont hinaus. Auf jeden Fall war es das Werk eines erlesenen Wesens; eines heiligen Zimmermanns, dessen Arbeit einen Tempel geschaffen hatte, den kein Priester je so erdacht hatte. Wenn es Will je gelingen sollte, all die Formen um sich herum aufzunehmen, wußte er, was er sehen würde: die Herrlichkeit der Schöpfung. Den Tiger und den Mistkäfer, den Mückenflügel und den Wasserfall. Es war vielleicht nicht einmal das Haus, das all diese Bilder vermischte, sondern sein Hirn, das den Überfluß des Lebens, den diese wirbelnden Formen in sich trugen, einfach nicht mehr hätte erfassen können, wäre es gezwungen worden, jedes Bild scharf und deutlich aufnehmen zu müssen.

»Was … für … ein … herrlicher … Wahnsinn …«, stieß er hervor, während er zusammen mit Ted weiterlief, auf die Quelle zu. Und aus diesem Wahnsinn trat nun eine Gestalt hervor. Eine Frau mit einem Zweig in der einen Hand, schwer von Blattwerk. In der anderen hielt sie einen zukkenden, glänzenden, fetten Lachs, so als hätte sie ihn soeben aus einem Fluß gefischt.

»Diane?« keuchte Ted.

Sie war es. Als sie ihren zerlumpten, verheulten Ehemann sah, ließ die Frau ihre Beute fallen und breitete die Arme aus. »Ted?« fragte sie, als glaube sie kaum, was sie sehe. »Bist du es?«

Unter anderen Umständen mochte sie eine unscheinbare Frau sein, aber das Licht liebte sie. Es umschmeichelte ihre Formen wie ein nasses Kleid, lief über ihre vollen Brüste, spielte um ihre Hüften, ihre Lippen und ihre Augen. Kein Wunder, daß dieser Ort sie verführt hatte, dachte Will. Er hatte sie mit einem strahlenden Glanz umgeben, verherrlichte sie ohne Wenn und Aber. Natürlich existierte dieser Glanz nur hier, so wie der Zweig und der Fisch. Aber in diesem Raum zwischen Geburt und Auflösung war Diane zu etwas Wunderbarem geworden.

Ted fürchtete sich ein wenig davor, den Arm um sie zu legen. Er zögerte, versuchte zu erfassen, was er vor sich sah.

»Bist du meine Frau?« fragte er.

»Ja, ich bin deine Frau«, antwortete sie, offensichtlich amüsiert.

»Kommst du mit mir, von hier fort?« fragte er.

Sie blickte dorthin zurück, von wo sie gekommen war. »Willst du fort?« fragte sie.

»Wir alle wollen fort«, antwortete Ted.

Sie nickte. »Ich denke … ja … ich komme mit«, sagte sie. »Wenn du willst.«

»Oh …« Er nahm ihre Hand. »O Gott, Diane.« Jetzt umarmte er sie. »Danke, danke …«

»Wir müssen weiter«, murmelte der Fuchs in Wills Kopf. »Steep ist uns auf den Fersen.«

»Ich muß gehen«, sagte er zu Ted und schlug ihm auf die Schulter, als er das Paar passierte.

»Geh nicht weiter«, sagte Diane. »Du verirrst dich.«

»Das macht mir nichts aus«, entgegnete Will.

»Aber es wird zu viel«, sagte sie. »Ich schwöre dir, es wird zu viel.«

»Danke für die Warnung«, erwiderte er, grinste Ted zu und machte sich auf den Weg in das Herz des Hauses.

XV

1

Frannie hatte sich nicht mit Rosa auf die Verfolgung Steeps gemacht. Sie war in Rukenaus Gemach geblieben und hatte fasziniert zugesehen, wie die Wände ihre Verkleidung abstreiften. Es war nicht der sicherste Ort, an dem man sich aufhalten konnte; das Gebilde aus Erde, Seilen und Möbeln über ihr konnte jeden Augenblick zusammenstürzen. Aber sie suchte keinen Schutz; nicht nachdem sie so viel riskiert hatte, um hierher zu kommen. Sie würde bis zum Ende zuschauen, was auch geschehen mochte.

Ihre Anwesenheit blieb nicht unbemerkt. Kurz nachdem Rosa gegangen war, hob Rukenau den Kopf und blickte, so gut er es noch konnte, in Frannies Richtung. Er fragte sie, ob Rosa Jacob bereits gefunden habe. »Noch nicht«, antwortete sie und sah dabei, wie die Frau, nach der er gefragt hatte, sich ihren Weg durch die sich auflösenden Wände bahnte, auf der Suche nach Jacob. Auch Jacob, der sich in der Helligkeit bewegte, entdeckte sie. Die Gestalt, die ihre Aufmerksamkeit jedoch am meisten erregte, war die Wills, der am weitesten von ihr entfernt war, den sie aber durch irgendeinen Zauber des Ortes oder des Lichts am deutlichsten erkennen konnte, deutlicher als Jacob oder Rosa. Seine Formen waren klar umrissen, während er durch strahlende Luft wanderte.

Ich verliere ihn, dachte Frannie. Er geht von mir fort, und ich werde ihn nie mehr wiedersehen.

Der Mann auf dem Boden sagte: »Komm etwas näher. Wie heißt du?«

»Frannie.«

»Frannie. Nun gut, Frannie, kannst du mich etwas aufrichten? Ich möchte meinen Niloten beobachten.«

Wie konnte sie ihm die Bitte abschlagen? Er war nicht mehr in der Lage, ihr etwas anzutun. Sie kniete sich neben ihn und legte ihren Arm unter seinen Körper. Er war schwer und naß von Blut, aber sie fühlte sich stark und war noch nie zimperlich gewesen, so daß es ihr nicht schwerfiel, ihn aufzurichten, bis er durch die Schleier des Hauses hindurchschauen konnte.

»Sehen Sie etwas?« fragte Frannie.

Er brachte ein blutrotes Lächeln zustande.

»Ich sehe sie«, antwortete er. »Und dieser dritte dort, ist das Ted oder Will?«

»Es ist Will«, sagte sie.

»Jemand sollte ihn warnen. Er weiß nicht, was er riskiert, wenn er so tief hineingeht.«

Im kühlen Heizofen der Welt hörte Will, wie Steep seinen Namen rief. Es gab eine Zeit, in der er sich freudig bei dem Klang der Stimme umgewandt hätte, voller Hunger nach dem Gesicht, zu dem sie gehörte. Aber hier gab es schönere Dinge zu sehen, und sie umgaben ihn. Die Wesen, deren Formen bislang abstrakt und verschwommen geblieben waren, präsentierten sich ihm nun. Ein Schwarm von Papageientauchern flog ihm fast ins Gesicht, Flamingos bedeckten den Himmel. Er watete bis zu den Knöcheln in einem Feld aus Ottern und Klapperschlangen.

»Will!« rief Steep noch einmal.

Immer noch drehte er sich nicht um. Wenn mich das Wesen von hinten niederstrecken will, dann sei es so, dachte er. Immerhin sterbe ich mit dem Kopf voller Leben. Ein Stein teilte sich vor ihm und entließ einen Schwall Hühner und Affen. Um ihn herum wuchs ein Baum, als sei Will sein Lebenssaft, und breitete sich über ihm aus, gestreifte Katzen und Aasgeier tragend.

Und während er sie sah, spürte er Steeps Hand auf der Schulter, fühlte Steeps Atem im Nacken. Ein letztes Mal sagte der Mann seinen Namen. Er wartete auf den Gnadenstoß, während der Baum immer höher wuchs und bereits ein zweites Mal erblühte, nachdem er seine Früchte abgeworfen hatte.

Der tödliche Schlag kam nicht. Statt dessen glitt Steeps Hand von seiner Schulter, und Will hörte, wie der Fuchs sagte: »*Oh, ich glaube, das solltest du dir mal ansehen.*«

Einer anderen Stimme hätte Will in diesem Augenblick wohl nicht zugehört, doch ihrer Aufforderung folgend, wandte er den Blick kurz von dem sich ihm bietenden Schauspiel ab und drehte sich zu Steep um; der ihn nicht länger ansah. Auch Jacob hatte sich umgedreht und starrte das Wesen an, das wiederum ihn durch das Haus bis zu dieser Stelle verfolgt hatte. Es war Rosa – oder das, was von ihr noch übrig war. In Wills Augen ähnelte sie einem wunderbaren Flickenteppich. Die Frau, die sie einst dargestellt hatte, war noch sichtbar. Ihre edlen Züge, ihr reifer Körper. Aber das Licht, das in Donnellys Haus aus ihr geströmt war, hatte an Intensität zugenommen und floß in großen Mengen aus ihrer Wunde. Und während es das tat, veranlaßte es die Form in ihr, sich deutlicher zu zeigen.

Will hörte, wie Steep sagte: »*Bleib mir fern*«, aber seine Worte hatten kein Gewicht mehr, und er schien auch nicht zu glauben, daß sie seinen Befehl ausführen würde. Langsam und liebevoll kam sie auf ihn zu. Mit leicht ausgestreckten Armen und nach oben gewandten Handflächen, als wolle sie die Unschuld ihrer Absichten beweisen. Vielleicht war es auch Unschuld. Vielleicht war es aber auch ihre letzte und schlaueste Täuschung. Die reumütige Braut zu spielen, in ihre Schleier gehüllt, die sich seiner Gnade übergab. War es so, dann funktionierte es. Er verteidigte sich nicht gegen sie, sondern ließ sich von der Helligkeit umspülen; und war darin gefangen.

Will sah, daß ein Schauder durch Jacobs Körper lief, als würde ihm schlagartig klar, daß er gefesselt war. Er versuchte, seine Fesseln abzuschütteln, aber es war zu spät. Der Mann, der er gewesen war, hatte sich bereits aufgelöst, und seine erschöpfte Form wurde vom Licht davongeschwemmt. Dabei enthüllte sich das Spiegelbild seines Gesichts, so wie das auch bei den Resten Rosas geschah. Will sah ein letztes Lächeln auf ihren menschlichen Zügen, bevor sie sich auflösten und der Nilot in all seiner glänzenden Vollkommenheit hervortrat. Das Wesen bewegte sich durch die kreisenden Lichtwirbel, um seine Form mit dem Wesen in Steep zu vereinen. Nun war das letzte Bilderrätsel gelöst. Jacob und Rosa waren nicht zwei verschiedene Seelen. Sie waren jeder ein Teil des Niloten. Sie waren getrennt worden und hatten vergessen, wer sie waren. Sie hatten mit gestohlenen Namen in der Welt gelebt, hatten die grausamen Verhaltensweisen ihrer Geschlechter durch das gelernt, was sie um sich herum gesehen hatten. Und deshalb konnten sie auch nicht ohne den anderen leben, obwohl es eine ständige Qual für sie war, dem anderen so nahe zu sein – und doch nie nahe genug.

»*Oh, sieh nur, was du getan hast*«, hörte Will den Fuchs in seinem Kopf sagen.

»Was denn?«

»... *du hast mich freigelassen.*«

»Geh noch nicht.«

»*Ach Gott, Will, ich möchte aber gehen.*«

»Nur noch eine Weile. Bleib bei mir. Bitte.«

Er hörte, wie der Fuchs seufzte. »*Na schön*«, sagte das Tier, »*vielleicht noch für eine kleine Weile ...*«

Rukenau erschauerte in den Armen Frannies. »Sind sie eins geworden?« fragte er. »Ich kann sie nicht genau erkennen.«

Frannie konnte nicht glauben, was sie erlebt hatte. Zuerst hatte Rukenau ihr gestanden, den Niloten geteilt zu haben. Und nun war sie Zeugin geworden, wie zwei Teile wieder zusammengefunden hatten.

»Hörst du mich?« fragte Rukenau. »Sind sie eins geworden?«

»... ja ...«, murmelte sie.

Rukenau sank wieder in ihre Arme. »O großer Gott im Himmel, welche Verbrechen habe ich an diesem Wesen begangen«, sagte er. »Kannst du mir vergeben?«

»Ich?« sagte Frannie. »Ich bin nicht geeignet, Ihnen zu vergeben.«

»Ich nehme, was ich kriegen kann«, sagte Rukenau. »Bitte ...«

Offensichtlich lag er in den letzten Zügen; seine Stimme klang so zerbrechlich, daß Frannie ihn kaum verstehen konnte. Sein Clownsgesicht erschlaffte. Sie wußte, daß er danach keinen Dienst mehr von ihr verlangen würde. Also, wenn es ihn tröstete, warum nicht? Sie beugte sich etwas zu ihm herab, damit er sie auch bestimmt verstehen konnte.

»Ich vergebe dir«, sagte sie.

Er nickte fast unmerklich, und für eine Sekunde sah er sie an. Dann wich das Licht aus seinen Augen, und sein Leben endete.

Die Lichterketten, in denen der Nilot mit sich selbst vereint worden war, lösten sich langsam auf, und während sie das taten, wandte sich das Wesen um und sah Will an. Will dachte, daß Simeon das Abbild von ihm auf seinem Gemälde nicht einmal schlecht getroffen hatte. Die Schönheit und Würde des Wesens hatte er gut wiedergegeben, es war ihm allerdings nicht gelungen, das seltsame Fließen seiner Proportionen darzustellen; etwas, das Will Furcht einjagte.

Aber als es sprach, verflog seine Furcht.

»*Wir sind einen weiten Weg zusammen gegangen*«, sagte es mit wohlklingender Stimme. »*Was wirst du jetzt tun?*«

»Ich möchte noch etwas weiter hineingehen«, antwortete Will und warf einen Blick über die Schulter.

»*Ich verstehe, daß du das gerne möchtest*«, sagte der Nilot. »*Aber glaube auch du mir, wenn ich dir sage, daß das nicht klug wäre. Mit jedem Schritt gerätst du tiefer in das lebende Herz der Welt. Es führt dich immer weiter von dir fort, und irgendwann hast du dich verloren.*«

»Das ist mir gleichgültig.«

»*Aber nicht denen, die dich lieben. Sie werden um dich trauern, mehr als du ahnst. Ich möchte nicht für einen weiteren Augenblick des Leids die Verantwortung tragen.*«

»Ich will nur noch ein wenig mehr sehen«, sagte Will.

»*Wieviel ist ein wenig?*«

»Das sollst du beurteilen«, antwortete er. »Du begleitest mich eine Weile, und wenn du sagst, es sei Zeit, kehren wir zurück.«

Ich werde nicht mehr zurückkehren«, sagte der Nilot. »*Ich beabsichtige, das Haus abzutragen, und ich muß im Herzen beginnen.*«

»Und wohin gehst du?«

»*Fort. Fort von Männern und Frauen.*«

»Gibt es denn irgendwo einen solchen Ort?«

»*Du wärst überrascht*«, meinte der Nilot, und während er das sagte, schwebte er an Will vorbei, tiefer in das Geheimnis hinein.

Er hatte Will nicht ausdrücklich verboten, ihm zu folgen, und das genügte als Einladung. Vorsichtig folgte er ihm, wie ein Fisch, der einen Wasserfall überwinden will, dessen Fluten ihn erschlagen würden, wenn der Nilot vor ihm nicht den Aufprall des Wassers mildern könnte. Aber auch so verstand er schnell die Ernsthaftigkeit seiner Warnung. Je weiter sie vordrangen, desto deutlicher wurde ihm, daß sie sich nicht mehr mit den Echos der Welt vereinten, sondern mit der Welt selbst, und daß seine Seele nur noch ein Fetzen Glück war, der in diesen Geheimnissen aufging.

Er lag zusammen mit einem Rudel japsender Wildhunde auf einem Hügel, zu dessen Fuß sich Ebenen erstreckten, auf denen Antilopen grasten. Er marschierte mit Ameisen und arbeitete in der straffen Organisation des Baus, wo er Eier ablegte. Er tanzte den Paarungstanz des Laubenvogels und schlief mit einer Eidechsenfamilie auf einem warmen Stein. Er war eine Wolke. Er war der Schatten einer Wolke. Er war ein Höhlenfisch. Er war eine Scholle. Er war ein Wal. Er war das Meer selbst. Er war der Herr dessen, was er sah. Er war ein Wurm im Kot eines Roten Milan. Und er trauerte nicht, auch wenn er wußte, daß sein Leben nur einen Tag dauerte, oder eine Stunde. Er fragte sich nicht, wer ihn erschaffen hatte. Er wollte nichts anderes sein. Er betete nicht. Er hoffte nicht. Er war nur … und war … und war … und das war es, was ihn glücklich machte.

Irgendwo auf dem Weg, vielleicht zwischen den Wolken, vielleicht zwischen den Fischen, verlor er seinen Führer aus den Augen. Das Wesen, das ihn in seinen menschlichen Inkarnationen geformt und gequält hatte, war davongeschlüpft und für immer aus seinem Leben verschwunden. Irgendwie hatte er seinen Abgang mitbekom-

585

men und ahnte, daß dies ein Signal für ihn war, umzukehren. Der Nilot hatte ihm vertraut. Nun lag es in seiner Verantwortung, das Geschenk nicht zu mißbrauchen. Nicht um seinetwillen, sondern um derentwillen, die um ihn trauern würden, wenn sie ihn verlieren sollten.

All diese Gedanken formten sich ganz deutlich in ihm. Aber er war zu trunken, um sie in die Tat umzusetzen. Wie konnte er dieser Herrlichkeit den Rücken zuwenden, wenn es noch so viel mehr zu sehen gab?

Und so ging er weiter. In ein Land, in das sich nur Seelen wagten, die den Heimweg kannten.

2

Ich bin eine Zeugin, dachte Frannie. Das ist in diesem Augenblick meine Bestimmung. Ich sehe zu, wie sich die Ereignisse entfalten und speichere sie in meinem Kopf, damit ich über alles berichten kann, wenn diese wunderbaren Dinge verschwunden sind.

Und sie würden verschwinden. Das wurde mit jeder Sekunde deutlicher. Das erste Zeichen für die Auflösung des Hauses war der kalte Regen, der auf Frannies Kopf prasselte. Sie schaute hoch. Das Dach von Rukenaus Gemach begann sich zu entflechten, und all die Lebensformen, die daraus hervorgekommen waren, verschwanden. Sie schmolzen nicht, sondern wurden einfach durch eine vertrautere Szenerie ersetzt. Tatsächlich hatte Frannie das Gefühl, daß die Schemen um sie herum blieben. Sie konnte sie lediglich nicht mehr mit ihren Sinnen erfassen, und war nicht einmal traurig darüber. Auch wenn der Anblick der grauen Wolken an einem grauen Himmel weniger inspirierend war als die Herrlichkeiten, die sich ihrem Blick entzogen hatten, so besaßen sie doch den Vorzug der Vertrautheit.

Auch die Wände schwanden langsam dahin, so wie die Decke, und Schicht um Schicht der flackernden Helligkeit löste sich auf. Diese eine Wand mit ihrem silbernen Leuchten wurde zu einem schlichten Meer gezähmt; diese andere, grün und glitzernd, verwandelte sich in die Landschaft Kenavaras, belebt von den Vögeln – Möwen, Kormorane, Nebelkrähen. Als sie nach unten sah, erhaschte sie noch einen Blick auf das Leben, das in der Erde existierte – die Samen, die Würmer –, bevor auch diese Vision schwand, und sie nur noch auf die Exkremente starrte, mit denen die Wände bedeckt worden waren und die der Regen jetzt in Schlamm auflöste.

Erinnere dich an alles, sagte sie zu sich, während sie in diesem Schlamm kniete. Die Gegenwart aller Dinge, sichtbar und unsichtbar ... sie ist überall ... erinnere dich. Es wird Tage in deinem Leben geben, an denen du dir dieses Gefühl ins Gedächtnis rufen mußt: um zu wissen, daß alles, was von dieser Welt gegangen ist, nicht wirklich gegangen ist; es ist nur nicht mehr sichtbar.

Als sie sich umsah, stellte sie verwundert fest, daß mehr Menschen, als sie erwartet hatte, mit ihr auf dem Kliff standen. Auch sie, so nahm sie an, waren aus dem Irrgarten des Domus Mundi befreit worden. Ein alter Mann stand ein paar Meter entfernt von ihr im strömenden Regen und rief ein Halleluja nach dem anderen in den Himmel hinauf. Eine Frau, die ein paar Jahre älter war als sie, lief bereits davon, zurück zur Mitte der Insel, als fürchte sie, wieder eingefangen zu werden, wenn sie das Kliff nicht schnellstens hinter sich ließ. Ein junges Paar küßte und streichelte sich ungeniert mit einer Leidenschaft, die auch der eisige Regen nicht abkühlen konnte.

Und da stand auch Will. Er war nicht mit dem Wesen gegangen, das dieses Haus gebaut hatte, wohin es auch verschwunden sein mochte. Er war noch da. Mit glasigen Augen starrte er auf das Meer. Sie erhob sich und wollte zu ihm gehen, als ihr Blick auf Rukenau fiel und Erstaunliches registrierte. Jetzt, da sein Körper nicht mehr in der Wiege des Hauses geschaukelt wurde, zeigte sich sein wahres Alter. Seine Haut war an Dutzenden von Stellen aufgeplatzt, und der peitschende Regen löste bereits das Fleisch von den verkümmerten Muskeln. Die Leiche schien bereits völlig blutleer und sah aus wie ein Spielzeug, das ein Kind aus Pappmaché und Farbe gemacht und das es schließlich gelangweilt in den Schlamm geworfen hatte. Vor ihren Augen fiel Rukenaus Brustkasten ein und verwandelte sich in eine breiige, glitschige Masse. Sie wandte sich ab. Sicherlich würde der schlammige Boden die Leiche Rukenaus gänzlich aufsaugen. Aber es gab schlimmere Wege, dahinzuscheiden, dachte sie und ging zu Will.

Er starrte nicht auf das Meer, wie sie zunächst gedacht hatte. Obwohl seine Augen geöffnet waren und er ein gutturales Geräusch von sich gab, als sie seinen Namen nannte, so waren seine Gedanken nicht bei ihr, sondern bei etwas anderem, das seine ganze Aufmerksamkeit zu fesseln schien.

»Wir sollten jetzt gehen«, sagte sie.

Dieses Mal antwortete er mit keinem Laut. Aber als sie seinen Arm nahm, kam er mit ihr. Weder als Sehender noch als Blinder tappte er mit ihr zurück durch den Schlamm und den Regen auf den *machair* zu.

Als sie den Wagen erreicht hatten, war der Regensturm über die Insel weggezogen und machte sich auf den Weg nach Amerika. Die Nacht kam. In den wenigen Häusern von Barrapol brannten Lichter, und Sterne tauchten zwischen den zerfransten Wolken auf. Sie schob Will ohne Probleme auf den Beifahrersitz (er wirkte wie in Trance, zwar schien er in der Lage, auf einfache Anweisungen zu reagieren, aber ansonsten blieb er vollkommen abwesend). Dann lenkte sie den Wagen rückwärts bis zur Straße und fuhr durch die Abenddämmerung nach Scarinish. Morgen ging eine Fähre. Am Abend des folgenden Tages würden sie wieder auf dem Festland sein, und – wenn sie die Nacht durchfuhr – am Morgen darauf wieder zu Hause. Weiter wollte sie nicht denken. Nicht weiter als bis zu ihrer Küche, dem Teekessel und ihrem warmen Bett. Erst wenn sie sicher zu Hause war, würde sie darüber nachdenken, was sie gesehen, gefühlt und erlitten hatte, seit der Mann neben ihr wieder in ihr Leben getreten war.

XVI

Der nächste Tag verlief ungefähr so, wie sie erwartet hatte. Sie verbrachten eine ungemütliche Nacht im Wagen, kurz vor Scarinish, und gingen gegen Mittag an Bord der Fähre, die sie nach Oban zurückbrachte. Das einzige Problem auf der Fahrt nach Süden war Frannies Erschöpfung, die sie mit reichlichen Mengen starken Kaffees bekämpfte. Doch die Müdigkeit kroch immer wieder in ihr hoch, so daß sie, als sie um vier Uhr morgens zu Hause ankamen, kaum noch einen klaren Gedanken fassen konnte. Was Will anbetraf, so verharrte er in dem tranceähnlichen Zustand, in dem er sich seit der Zerstörung des Hauses befunden hatte. Er wußte, daß sie bei ihm war, denn er konnte einfache Fragen beantworten (willst du ein Sandwich, willst du eine Tasse Kaffee), aber er sah offenbar nicht die gleiche Welt, die sie sah. So konnte er die Kaffeetasse kaum in die Hand nehmen, ohne beim Trinken die Hälfte des Inhalts zu verschütten. Das Essen, das sie ihm vorsetzte, schluckte er mechanisch, als würde der Körper seine Funktionen ohne die Hilfe des Bewußtseins erfüllen müssen.

Sie wußte, wo seine Gedanken waren. Noch immer war er von dem Haus bezaubert, oder von der Erinnerung daran. Zwar bemühte sie sich, ihm seine Abwesenheit nicht zu verübeln, aber das war nicht einfach, wenn es hier und jetzt so dringende Probleme gab. Sie fühlte sich allein gelassen; es gab kein anderes Wort dafür. Er ruhte unverletzbar in seiner Trance, während sie erschöpft, verwirrt und ängstlich war. Wenn bekannt wurde, daß sie von ihrer Reise zurück waren, würden die Leute Fragen stellen – schwierige Fragen. Sie brauchte Will, um die richtigen Antworten zu geben. Aber nichts was sie sagte, konnte ihn aus seiner Trance wecken. Er starrte ins Leere und träumte vom Domus Mundi.

Aber sie sollte noch schlimmer enttäuscht werden. Als sie am Morgen erwachte, nachdem sie vier dankbare Stunden in ihrem eigenen Bett geschlafen hatte, entdeckte sie, daß das Sofa, auf dem sie ihn zur Ruhe gebettet hatte, leer war. Er hatte ohne ein Wort das Haus verlassen. Die Vordertür stand weit offen. Frannie war außer sich. Ja, er hatte einiges dort draußen erlebt. Aber das hatte sie auch, und, verdammt noch mal, sie war nicht einfach mitten in der Nacht davongelaufen.

Nach dem Frühstück rief sie bei der Polizei an und meldete sich zurück. Eine Dreiviertelstunde später trafen sie ein und quälten sie mit Fragen darüber, was im Haus der Donnellys geschehen war. Daß sie Sherwoods Leiche dort einfach zurückgelassen hatte, betrachteten die Beamten schon als äußerst merkwürdig, vielleicht sogar als Zeichen einer geistigen Störung, aber keineswegs als Hinweis auf irgendeine Schuld. Sie hatten bereits ihre Verdächtigen: die beiden obdachlosen, die zwei oder drei Tage vor dem Mord in der Nähe des Donnellyschen Hauses gesehen worden waren. Frannie nannte sofort ihre Namen, beschrieb sie genau und sagte aus: ja, sie sei überzeugt, daß es sich um dieselben Personen handelte, die ihren Bruder Will und sie selbst vor vielen Jahren gequält hatten. Welche Beziehung bestand zwischen den beiden und Sherwood, wollten die Beamten wissen, denn aus irgendeinem Grund mußte er ja in dem Haus gewesen sein. Sie wisse es nicht. Sie erklärte, sie sei ihrem Bruder gefolgt, weil sie ihn nach Hause holen wollte und sei dazugekommen, als Steep ihn gerade angegriffen habe. Dann wäre sie hinter ihm hergefahren. Klar, es sei dumm von ihr gewesen, ohne Frage. Aber sie sei vor Angst und Schock wie von Sinnen gewesen, das verstünden sie doch bestimmt. Sie hätte nur noch daran gedacht, den Mann, der ihren Bruder ermordet hatte, zu finden und umzubringen.

Wie weit sie ihn verfolgt habe, wollten die Beamten wissen. An dieser Stelle log sie das erstemal wirklich. Bis zum Lake District, sagte sie. Dort habe sie ihn verloren.

Schließlich stellte der älteste Polizist, ein Mann namens Faraday, die Frage, auf die sie gewartet hatte.

»Und wie, zum Teufel, paßt Will Rabjohns in dieses Bild?«

»Er ist einfach mit mir gekommen«, antwortete sie schlicht.

»Und warum hat er das getan?« fragte der Beamte und beobachtete sie genau. »Um der alten Zeiten willen?«

Sie sagte, daß sie nicht wisse, wovon er rede, worauf er entgegnete, daß er im Gegensatz zu seinen beiden Kollegen sehr wohl wisse, was hier vor vielen Jahren geschehen sei. Er sei derjenige gewesen, der versucht habe, die Wahrheit aus Will herauszubekommen. Es sei ihm nicht gelungen, gab er zu. Aber ein guter Polizist – und er hielt sich für einen guten Polizisten – schloß niemals eine Akte, solange es unbeantwortete Fragen gab. Und in dieser vorliegenden Akte steckten mehr unbeantwortete Fragen als in jeder anderen in seinen Regalen. Also noch einmal, sagte er, aus welchem Grund hatte sie sich in dieser Sache mit Will zusammengetan? Sie gab sich unschuldig, denn sie spürte, daß Faraday trotz all seiner Hartnäckigkeit noch immer so weit davon entfernt war, das Geheimnis zu verstehen, wie vor dreißig Jahren. Vielleicht hatte er Vermutungen. Aber selbst wenn sie auch nur im entferntesten zutrafen, würde er sie wohl kaum vor seinen Kollegen geäußert haben. Die Wahrheit lag vom Bereich der üblichen Ermittlungen weit entfernt, eben dort, wohin sich ein Mann wie Faraday nur in seinen privatesten Gedanken wagte. Er bedrängte sie weiter, aber sie antwortete nichtssagend, und schließlich gab Faraday auf, auch weil ihm sein eigenes Zögern, die Teile richtig zusammenzusetzen, im Wege stand. Natürlich wollte er wissen, wo sich Will jetzt aufhielt, worauf Frannie der Wahrheit entsprechend antwortete, daß sie es nicht wisse.

Er habe am Morgen das Haus verlassen und könne mittlerweile überall sein.

Frustriert über die Sackgasse, in die ihn seine Fragen führten, drohte Faraday ihr, daß diese Vernehmung nicht die letzte sein würde. Falls und wenn die Übeltäter gefaßt wurden, galt es, sie zu identifizieren. Sie wünschte ihm alles Gute für die Suche, und mit seinen Kollegen im Schlepptau zog er schließlich ab.

Die Befragung hatte den größten Teil des Tages in Anspruch genommen, aber das, was davon übrigblieb, nutzte sie für die traurige Aufgabe, Sherwoods Begräbnis zu planen. Morgen würde sie in das Pflegeheim in Skipton fahren und mit den Ärzten darüber reden, ob sie ihrer Mutter die traurige Nachricht zumuten konnte. In der Zwischenzeit mußte sie einiges organisieren.

Als es am frühen Abend klingelte, stand ausgerechnet Helen Morris vor der Tür, um ihr Beileid auszusprechen. Helen war nie eine besonders enge Freundin von ihr gewesen, und Frannie hegte den Verdacht, daß sie vor allem die letzten Neuigkeiten erfahren wollte, aber andererseits war sie recht froh, nicht allein zu sein. Und irgendwie tröstete es sie, daß Helen, eine der konservativsten Frauen im Dorf, ein paar Stunden mit ihr verbrachte. Was immer die Leute über die Ereignisse im Haus der Donnellys vermuteten, sie würden Frannie keine Schuld anhängen. Sie dachte daran, daß sie Helen und den anderen, die über dieses Geheimnis nachsannen, möglicherweise etwas helfen sollte. Vielleicht wäre es richtig, in ein oder zwei Monaten, wenn sie sich etwas gefaßter fühlte, zwischen zwei Kirchenliedern beim Gottesdienst am Sonntag aufzustehen und der Gemeinde die ganze traurige, höchst seltsame Wahrheit zu erzählen. Vielleicht würde danach niemand mehr ein Wort mit ihr sprechen. Vielleicht würde man hinterher von ihr sagen, da kommt die Verrückte von Burnt Yarley. Und vielleicht lohnte es sich trotzdem.

XVII

Will lief über die Hügel. Während sein Körper die kalten Hänge hinaufkeuchte, bewegte sich sein Geist an weit seltsameren Orten. Er stürzte sich in die tiefsten Meeresgräben und schwamm mit Lebensformen, die noch nicht bekannt und benannt waren. Als winziges Insekt wurde er über

Gipfel getragen, die so hoch waren, daß die Menschen in den Tälern glaubten, daß die Götter dort oben wohnten. Aber das wußte er jetzt besser. Die Schöpfer der Welt hatten sich nicht auf diese Höhen zurückgezogen. Sie waren überall. Sie waren Steine, sie waren Bäume, sie waren Lichtstrahlen und aufbrechende Samen. Sie waren zerbrochene Dinge, sterbende Dinge, und sie waren alles, was aus dem Zerbrochenen und Sterbenden wuchs. Und wo sie waren, da war auch er. Fuchs und Gott und das Wesen dazwischen.

Er war nicht hungrig und er war nicht müde, obwohl ihm auf seiner Reise Tiere begegneten, die beides waren. Manchmal schien er in den Träumen schlafender Tiere zu leben. In Träumen von der Jagd. In Träumen von der Paarung. Manches Mal schien er selbst ein Traum zu sein. Ein Traum von einem Menschen, den ein Tier träumte. Vielleicht bellten Hunde im Schlaf, wenn sie seine Nähe spürten. Vielleicht bewegte sich das Küken unruhig im Ei, wenn es ihm die Sehnsucht nach dem Licht vermittelte. Und vielleicht war er nur ein Teil seines eigenen gehetzten Geistes, der diese Reise erfand, damit er nicht mehr zurückkehren mußte, nie mehr, nicht in die Stadt Rabjohns und das Haus Will.

Immer wieder kreuzte er den Pfad des Fuchses, und dann lief er davon, bevor sich das Tier für immer von ihm verabschieden und verschwinden konnte. Aber irgendwann – wer wußte schon, wie viele Tage vergangen waren? – begegnete er dem Fuchs im Hinterhof eines Hauses, das ihm bekannt vorkam. Das Tier steckte mit dem Kopf im Abfall und durchsuchte den Müll mit großem Enthusiasmus. Will kannte schönere Orte und wollte sich davonmachen, als der Fuchs seine verschmierte Schnauze aus dem Dreck zog, sich ihm zuwandte und sagte: »Erinnerst du dich an diesen Hinterhof?« Will antwortete nicht. Er hatte seit langem mit niemandem mehr gesprochen und hatte auch jetzt keine besondere Lust, damit anzufangen. Aber der Fuchs gab ihm selbst die Antwort. »Wir sind hier bei Lewis' Haus«, sagte das Wesen. »Lewis, der Dichter!«

half er nach. Will erinnerte sich. »Hier hast du einen Waschbären gesehen, der, so geht das Gerücht, das gleiche getan hat, was ich gerade tue.«

Schließlich brach Will sein Schweigen. »Tatsächlich?« sagte er.

»Tatsächlich. Aber deshalb bist du nicht hier.«

»Nein …«, sagte Will, der langsam begriff, warum er hier war.

»Du weißt warum, nicht wahr?«

»Ich fürchte, ja.«

Damit verließ er den Hof und ging auf die Straße hinaus. Es war früh am Abend. Nach Westen hin erstrahlte der Himmel noch in warmem Licht. Er ging die Cumberland hinunter zur Noe. Dann auf die Neunzehnte und weiter zur Castro Street. Auf den Bürgersteigen herrschte bereits reges Treiben, und daher nahm er an, daß es Freitag oder Samstag sein mußte, ein Abend, an dem die Leute die Last der Arbeitswoche ablegten und in die Stadt gingen.

Er wußte nicht, in welcher Gestalt er sich zwischen den Menschen bewegte, aber er fand es bald heraus: er war Niemand. Nicht ein einziger Blick streifte ihn, als er die Castro entlangschlenderte; nicht einmal ein abschätziger. Er mischte sich unter die Schönen und die Bewunderer der Schönen (und wer in dieser Stadt gehörte nicht zu den einen oder den anderen), unbemerkt, und unter die Touristen, die herausfinden wollten, wie der Schwulenhimmel aussah; unter die Hustler, die den Sitz ihrer Hosen und ihre Figur in den Schaufensterscheiben bewunderten; unter die Tunten, die zu allem ihre Kommentare abgaben, und unter die kranken und traurigen Männer, die ausgingen, weil sie Angst davor hatten, daß die Partynächte bald für sie vorbei sein könnten. Er ging durch die Menge wie ein Geist – vielleicht war er auch schon einer –, und sein Weg führte ihn schließlich zu dem Haus auf der Spitze des Hügels, wo Patrick lebte.

Ich bin gekommen, um ihn sterben zu sehen, erkannte er. Er sah sich nach irgendeinem Zeichen des Fuchses um, aber nachdem das skurrile Tier ihn hierher gebracht hatte, versteckte es sich. Diese Sache mußte er allein durchstehen. Schon glitt er die Stufen hinauf und durch die Tür in den Flur. Hier blieb er einen Augenblick stehen, um seine Gedanken zu sammeln. Es war eine Weile her, seit er einen Ort besucht hatte, an dem Menschen lebten, und dieser hier kam ihm vor wie ein Mausoleum. Die stummen Wände, die Decke, die den Himmel aussperrte. Er wollte sich umdrehen und fortgehen, wollte wieder hinaus ins Freie. Aber als er die Treppe zum Apartment hinaufstieg, kamen die Erinnerungen wieder. Hier hatte er Patrick halb ausgezogen, während sie diese Stufen hinaufstiegen, so scharf auf ihn, daß er nicht warten konnte, bis der Schlüssel im Schloß steckte. Er war über die Schwelle gestolpert und hatte seinem Freund das Hemd aus der Hose gerissen, an seinem Gürtel genestelt, hatte zu Patrick gesagt, wie schön er sei, wie vollkommen sein Körper wäre – Brust und Brustwarzen, Bauch und Schwanz. Und wirklich – kein Mann auf der Castro war schöner gewesen; und keiner hatte ihn mehr geliebt.

Jetzt stand er vor der Tür. Und glitt hindurch. Ging weiter zum Schlafzimmer. Dort schluchzte jemand bitterlich. Er zögerte kurz, bevor er eintrat, voller Furcht vor dem, was ihn auf der anderen Seite erwartete. Dann hörte er Patrick: »Laß doch«, sagte er sanft. »Das ist so deprimierend.«

Ich bin nicht zu spät gekommen, dachte Will und glitt durch die Tür ins Schlafzimmer.

Rafael stand am Fenster und hielt gehorsam die Tränen zurück. Adrianna saß auf dem Bett und beobachtete ihren Patienten, der eine Schüssel mit Vanillepudding vor sich hatte. Seit Will nach England gereist war, hatte sich Patricks Zustand erheblich verschlechtert. Er war noch weiter abgemagert, die Haut zeigte eine kränkliche Farbe, und die Augen waren eingefallen und dunkel umrandet. Offensichtlich brauchte er Schlaf. Die Lider hingen schwer herab, das Gesicht war schlaff vor Erschöpfung. Aber Adrianna bestand sanft darauf, daß er aufaß, was er auch tat. Gewissenhaft kratzte er die Schüssel aus, als sei es besonders wichtig, daß er sie bis auf den letzten Rest leerte.

»Fertig«, sagte er schließlich undeutlich, und sein Kopf fiel herab, als wolle er gleich mit dem Löffel in der Hand einschlafen.

»Komm«, sagte Adrianna. »Ich nehm dir das ab.«

Sie nahm ihm Schüssel und Löffel aus der Hand und stellte sie auf dem Nachttisch ab, auf dem eine kleine Armee von Tablettenfläschchen stand. Auf manchen fehlte der Deckel. Alle waren leer.

Ein schrecklicher Verdacht stieg in Will auf. Er sah Adrianna an, die offensichtlich ebenfalls mit den Tränen kämpfte, auch wenn sie tapfer versuchte, sich nichts anmerken zu lassen. Es war nicht ums Essen gegangen, als sie Patrick aufgefordert hatte, nichts übrig zu lassen. In der Schüssel war nicht nur Pudding gewesen.

»Wie fühlst du dich«? fragte sie.

»Ganz gut ...«, sagte Patrick. »Ein bißchen schwindelig, aber sonst ... ganz gut. Ich glaube, ich habe schon besseren Pudding gegessen. Allerdings auch schon schlechteren.« Seine Stimme klang flach und angestrengt, aber er gab sich alle Mühe, heiter zu klingen.

»Du hättest es nicht tun dürfen ...«, sagte Rafael.

»Fang nicht wieder damit an«, wies ihn Adrianna scharf zurecht.

»Ich will es so«, sagte Patrick bestimmt. »Du mußt nicht dabei sein, wenn es dir zuviel ausmacht.«

Rafael sah ihn an, und auf seinem Gesicht spiegelten sich die widersprüchlichsten Gefühle. »Wie lange ... wird es dauern?« murmelte er.

»Das ist bei jedem verschieden«, sagte Adrianna. »Zumindest habe ich das gehört.«

»Du hast noch Zeit, dir einen Brandy zu holen«, meinte Patrick und schloß die Augen, um sie kurz darauf wieder zu öffnen, als sei er aus einem Fünf-Sekunden-Schlaf erwacht. Er sah Adrianna an. »Das wird seltsam sein ...«, sagte er schläfrig.

»Was wird seltsam sein?«

»Mir selbst nicht mehr bewußt zu sein«, antwortete er mit einem benommenen Lächeln. Seine Hand, mit der er bislang beständig eine Falte in der Bettdecke geglättet hatte, glitt über die Decke, und er umfaßte Adriannas Hand. »Wir haben im Laufe der Jahre viel davon gesprochen, was … danach geschieht, nicht wahr?«

»Das haben wir«, sagte sie.

»Nun, jetzt werde ich es vor dir … herausfinden.«

»Ich bin eifersüchtig«, sagte sie.

»Ich kann es einfach nicht ertragen«, sagte Rafael und trat ans Bettende. »Ich kann es einfach nicht hören.«

»Ist schon okay, Baby«, erwiderte Patrick, als wolle er ihn trösten. »Ist schon gut. Du hast so viel für mich getan. Mehr als jeder andere. Geh eine Zigarette rauchen. Alles ist in Ordnung. Wirklich.« Das Geräusch der Klingel unterbrach ihn. »Wer, zum Teufel, ist das nun wieder?« fragte er, und seine alte Ungeduld blitzte noch einmal kurz auf.

»Mach nicht auf«, sagte Rafael. »Vielleicht sind es die Cops.«

»Und vielleicht ist es Jack«, sagte Adrianna und erhob sich vom Bett. Es klingelte erneut, heftiger dieses Mal. »Wer immer es ist«, sagte sie. »Er möchte offensichtlich herein.«

»Also geh eben zur Tür, Babe«, sagte Patrick zu Rafael. »Und wer immer es ist, schick ihn weg. Sag ihm, ich diktiere gerade meine Memoiren.« Er schmunzelte über seinen eigenen Scherz. »Geh schon«, sagte er, als es ein drittes Mal klingelte.

Rafael sah den Mann im Bett fragend an. »Was, wenn es die Cops sind?«

»Dann werden sie wahrscheinlich die Tür eintreten, wenn du nicht aufmachst«, antwortete Patrick. »Jetzt geh und mach ihnen die Hölle heiß.«

Schließlich ging Rafael, und Patrick sank auf die Kissen zurück. »Der arme Junge …«, sagte er und schloß blinzelnd die Augen. »Du kümmerst dich um ihn, ja?«

»Das weißt du doch«, beruhigte Adrianna ihn.

»Er wird damit nicht fertig«, sagte Patrick.

»Wer denn schon?« entgegnete sie.

Er drückte ihre Hand. »Du hältst dich großartig.«

»Wie ist es mit dir?«

Er öffnete die schweren Lider. »Ich habe mir überlegt, was ich sagen könnte ... wenn es Zeit wird. Ich wollte irgendwas Großartiges deklamieren, weißt du. Etwas, das später mal zitiert wird.«

Will sah, wie er davonglitt. Seine Worte wurden immer undeutlicher, und als er die Augen öffnete, war sein Blick verschwommen. Aber er war noch nicht so weit fort, daß er nicht die Stimmen auf dem Flur gehört hätte. »Wer ist da?« fragte er Adrianna. »Ist es Jack?«

»Nein ... es klingt nach Lewis.«

»Ich will ihn nicht sehen ...«, sagte Patrick.

Rafael hatte offenbar Schwierigkeiten, Lewis zurückzuhalten. Er tat sein Bestes, um ihn zum Gehen zu bewegen, doch der Dichter schien nicht auf ihn hören zu wollen.

»Vielleicht solltest du ihm helfen«, schlug Patrick vor. Adrianna rührte sich nicht. »Bitte«, sagte er so eindringlich, wie es ihm noch möglich war. »Ich verschwinde inzwischen nicht ... aber laß dir nicht zu lange Zeit.«

Adrianna stand auf und eilte zur Tür. Einerseits wollte sie bei Patrick bleiben, andererseits sollte aber auch niemand den Seelenfrieden ihres Patienten stören. »Es dauert nicht lange«, versprach sie und ging in den Flur hinaus. Sie schloß die Tür nicht ganz. Will hörte, wie sie zu Lewis sagte, dies sei nun wirklich nicht die Zeit für einen unangemeldeten Besuch, und er solle doch bitte gehen.

Und dann sagte Patrick ganz leise: »Woher, zum Teufel ... kommst denn du?«

Will sah ihn an und stellte zu seiner Verwunderung fest, daß Patricks verschwommener, verwunderter Blick auf ihn gerichtet war, soweit er sich noch auf etwas richten konnte. Ein leises Lächeln huschte über sein Gesicht. Will ging zum Bettende. »Du kannst mich sehen?« fragte er.

»Ja, natürlich ... ich kann dich sehen«, antwortete Patrick. »Bist du mit Lewis gekommen?«

»Nein.«

»Komm etwas näher. Ich kann dich nicht ganz scharf sehen.«

»Das liegt nicht an deinen Augen, das liegt an mir.«

Patrick lächelte. »Mein armer, undeutlicher Will.« Er schluckte mühsam. »Keiner hat mir gesagt, daß du kommst … wenn ich das gewußt hätte … hätte ich noch gewartet. Um mit dir zu reden.«

»Ich wußte selbst nicht, daß ich kommen würde.«

»Du glaubst doch nicht, daß ich ein Feigling bin, oder?« fragte Patrick. »Ich konnte nur einfach den Gedanken nicht ertragen, so, so … dahinzusiechen.«

»Nein, du bist kein Feigling«, entgegnete Will.

»Gut«, sagte Patrick. »Das glaube ich auch nicht.« Er atmete tief und leise ein. »Es war ein anstrengender Tag …«, meinte er, »… und ich bin müde …« Langsam schlossen sich seine Lider. »… bleibst du ein Weilchen bei mir?«

»Solange du willst«, sagte Will.

»Dann … für immer«, flüsterte Patrick und starb.

Es war so einfach. Im einen Augenblick war er noch da – im nächsten war er fort, und nur noch seine Hülle blieb. Das Wesen namens Patrick war gegangen.

Will, der vor Trauer kaum atmen konnte, trat an Patricks Seite und strich ihm übers Gesicht. »Ich habe dich geliebt, mein Guter«, sagte er. »Mehr als jeden anderen in meinem Leben.« Flüsternd fügte er hinzu: »Selbst mehr, als ich Jacob geliebt habe.«

Das Gespräch in der Halle war beendet, und Will hörte, wie Adrianna durch den Flur kam und mit Patrick schon während sie sich näherte sprach. Alles sei gut, sagte sie. Lewis sei nach Hause gegangen, um ein Sonett zu schreiben. Dann öffnete sie die Tür, und als sie in den Raum trat, schien es, als würde sie Will neben dem Bett stehen sehen. Fast hätte sie sogar seinen Namen genannt. Aber ihr Verstand sagte ihr, daß ihre Sinne sie getäuscht hatten – Will konnte schließlich nicht hier sein, nicht wahr? –, und sie sprach das Wort nicht aus. Dann fiel ihr Blick auf Patrick, und sie stieß einen leisen Seufzer aus, in dem sich Erleichterung und Trauer mischten. Sie schloß die Augen und zwang sich stumm, ruhig zu bleiben. Jetzt mußte sie das sein, was sie immer gewesen war: der Fels in Zeiten emotionaler Brandung.

Rafael stand in der Tür zum Flur.

»Komm herein und sieh ihn dir an«, sagte sie, doch er rührte sich nicht. »Es ist schon gut«, flüsterte sie. »Jetzt ist es vorbei. Es ist alles vorbei.« Sie ging zum Bett, setzte sich neben Patrick und streichelte sein Gesicht.

Zum erstenmal seit er das Domus Mundi verlassen hatte, sehnte sich Will danach, wieder in seinem eigenen Körper zu stecken. Er wäre gerne bei ihr gewesen und hätte ihr seinen Trost angeboten. Auf diese Weise dabeizusein war beschämend. Er kam sich vor wie ein Voyeur. Vielleicht war es besser, wenn er ging, dachte er, wenn er die Lebenden ihrer Trauer überließ und die Toten ihrer Ruhe. Er gehörte weder zu den einen noch zu den anderen, wie es schien. Und das Körperlose, das ihm ein solches Vergnügen bereitet hatte, als er durch die Welt gezogen war, stellte nun überhaupt kein Vergnügen mehr dar. Es machte ihn nur einsam.

Er ging auf den Flur, vorbei an Rafael, der noch immer in der Schlafzimmertür stand, durch das Apartment zur Tür und die Stufen hinab auf die Straße. Adrianna würde sich gut um Patrick kümmern, das wußte er. Sie würde auch Rafael trösten, wenn er das wollte. Sie würde die Leiche für die Ärzte herrichten. Sie würde ohne jegliche Skrupel alle Beweise für einen Selbstmord vernichten, und wenn jemand anzweifelte, was geschehen war, würde sie so überzeugend lügen, daß keiner ihren Worten mißtrauen konnte.

Aber für Will gab es keine solchen Ablenkungen. Es gab nur die schreckliche Leere einer Straße, die für ihn immer der Weg zu Patricks Haus gewesen war, die aber jetzt zu keinem wichtigen Ort mehr führte.

Was nun? fragte er sich. Er wollte fort von dieser Stadt, zurück in den schmerzlosen Fluß, aus dem er gefischt worden war. Jener Strom, in dem ihn Verlust nicht berührte und in dem er unverwundbar schwimmen konnte. Aber wie kam er wieder dorthin? Vielleicht sollte er zu Lewis' Haus zurückgehen. Vielleicht schnüffelte der Fuchs, der es geschafft hatte, ihn auf diese traurige Reise zu schicken, noch immer im Müll herum, und vielleicht konnte Will ihn überreden, alles wieder rückgängig zu machen. Seine Erinnerungen zu löschen und ihn in das große Fließen zurückzubringen.

Ja, das würde er tun. Er mußte zurück zur Cumberland.

Die Straßen schienen belebt wie nie, und an der Kreuzung Castro und Neunzehnte, wo es von Fußgängern nur so wimmelte, entdeckte er ein Gesicht in der Menge, das er kannte. Es war Drew, der allein durch das Gewühl schlenderte und sich alle Mühe gab, ein zufriedenes Gesicht zur Schau zu stellen, was ihm allerdings nicht besonders gut gelang. Er kam an die Ecke und schien sich nicht entscheiden zu können, wohin er gehen sollte. Die Leute schoben sich an ihm vorbei, auf dem Weg in diese Bar oder jene. Ein paar sahen ihn an, aber da sie keine Erwiderung auf ihr Lächeln erhielten, wandten sie den Blick wieder ab. Es schien ihm egal zu sein. Er stand einfach nur da, während um ihn herum die Partygänger zu ihren diversen Zielen strömten.

Will ging auf ihn zu, auch wenn es eigentlich nicht seine Richtung war. Leicht glitt er durch die Massen. Als er noch etwa zwanzig Meter von der Ecke entfernt war, schien Drew erkannt zu haben, daß er für eine Nacht voller Unzucht nicht bereit war, denn er drehte sich um und ging in die Richtung zurück, aus der er gekommen war. Will folgte ihm, ohne genau zu wissen, warum er das eigentlich tat (in seiner gegenwärtigen Form konnte er weder Beileid aussprechen noch sich entschuldigen). Aber irgendwie wollte er Drew nicht gehen lassen. Die Menge vor ihm wurde immer dichter, und obwohl er durch sie hindurchgehen konnte, ohne auf Widerstand zu stoßen, fehlte ihm das Vertrauen in seinen Zustand. Er bewegte sich vorsichtiger, als es eigentlich nötig war, und hätte Drew fast aus den Augen verloren. Doch er zwang sich weiterzugehen, weiter durch das Knäuel aus Männern und Frauen (und einigen, die irgendwo dazwischen einzuordnen waren) und rief nach Drew, auch wenn er wußte, daß er keine Chance hatte, gehört zu werden.

»*Warte!*« rief er. »*Drew, warte!*«

Und während er lief und die Menschen um ihn herum verschwammen, erinnerte er sich an eine ähnliche Jagd, als er einen Fuchs durch einen von der Sonne durchfluteten Wald verfolgt hatte, während ihn am Ziel das Licht des Erwachens erwartete. Dieses Mal versuchte er nicht, sein Tempo zu verlangsamen, so wie damals, versuchte nicht, über die Schulter auf Straße und Menschenmenge zurückzuschauen. Er war froh, so schnell zu sein.

Drew hatte das Menschenknäuel an der Kreuzung hinter sich gelassen und war nur noch etwa zehn Meter von Will entfernt. Den Blick auf den Bürgersteig gerichtet, trottete er nach Hause. Aber als die Entfernung zwischen ihnen geringer wurde, schien Drew plötzlich etwas zu hören, denn er hob den Kopf und sah sich um. Er war die dritte und letzte Seele, die ihn an diesem Abend sehen konnte. Mit erwartungsfrohem Gesicht suchte Drew die Menge ab ... Dann hellte sich Wills Blick auf, immer mehr, und die Castro und die Menge und die Nacht glitten in Richtung Westen davon. Er wachte auf.

XVIII

Will befand sich im Wald; sein Kopf ruhte genau an der Stelle, an der die beiden Vögel zu Boden gefallen waren. In Kalifornien war es noch Nacht, aber hier in England war bereits der Tag angebrochen; ein klarer, kalter, frühherbstlicher Tag. Er streckte die steifen Glieder und richtete sich auf. Die Unruhe, die er verspürt hatte, seit er Patricks Zimmer verlassen hatte, wurde von der stillen Leichtigkeit des Wachseins etwas gedämpft. Um ihn herum lag Abfall. Halb gegessenes Obst, ein paar Scheiben Brot, alles schon leicht verschimmelt. Wenn dies die Reste der Mahlzeiten waren, die er hier oben eingenommen hatte, mußte er sich schon eine ziemliche Weile an diesem Ort aufhalten. Er faßte sich ans Kinn und strich über einen etwa eine Woche alten Bart. Dann wischte er sich den Schlaf aus den Augen und stand auf. Sein linkes Bein war taub, und er mußte es eine Weile schütteln, bevor es wieder zum Leben erwachte. Dabei sah er durch die Zweige zum Himmel hinauf.

Vögel kreisten über den Hügeln. Er kannte das wunderbare Gefühl, Flügel zu haben. Noch vor kurzem hatte er in den Köpfen von Adlern gesteckt, und in Kolibris, die aus Blüten Nektar tranken. Die Zeit solcher Wunder war jedoch vorüber. Er hatte die Reise gemacht – oder vielmehr sein Geist –, und nun war er in die Welt zurückgeschickt worden, um wieder als Mann in ihr zu leben. Natürlich fand er hier auch Leid. Patrick war gegangen; Sherwood ebenfalls. Aber es gab auch die Arbeit, für die der Fuchs ihn bestimmt hatte: heilige Arbeit.

Er verlagerte sein Gewicht auf das Bein, um zu testen, ob er sich darauf verlassen konnte, und nachdem er davon überzeugt war, humpelte er fort von seinem unordentlichen Nest, hinaus aus dem Wald. In der Nacht hatte es leichten Frost gegeben, und auch wenn die Sonne sich zwischen den Wolken zeigte, so verfügte sie nicht über genug Kraft, um den Frost zu schmelzen. Rauhreif lag glitzernd auf den Hängen und den Hügeln, auf den Straßen und den Dächern. Die Szene, die sich ihm darbot, sowohl über als auch unter ihm, sah aus wie das Bild eines genialen Miniaturenmalers. Alles hätte man bis aufs kleinste Detail ausgemalt gefunden, bis hin zur winzigen Spirale eines Farns oder der vergänglichen Nuance einer Wolke. Jede Linie wäre vollkommen gewesen, auf daß sich Auge und Seele daran hätten erfreuen können.

Wie lang verweilte er am Rand des Waldes und sog das alles in sich ein? Lange genug, um ein Dutzend Rituale dort unten zu beobachten. Kühe, die zur Tränke geführt wurden; Wäsche, die man auf die Leine hängte; der Postbote auf seiner frühen Runde. Und kurz darauf vier schwarze Wagen, die hintereinander langsam von der Samson Street zu St. Luke's hinauffuhren.

»Sherwood …«, murmelte Will und begann, noch immer

leicht humpelnd, den Abhang hinunterzusteigen, wobei er eine Spur dunkleren Grüns im gefrorenen Gras hinterließ. Die Kirchenglocke hatte begonnen zu läuten, und ihr Echo hallte in den Hügeln wider und füllte das Tal mit der Nachricht: Ein Mann ist tot. Nehmt Kenntnis davon, daß eine gute Seele ihren Weg gegangen ist und daß wir ärmer geworden sind.

Er hatte erst die Hälfte des Abstiegs geschafft, als der Leichenzug die Tore der Kirche erreichte, die am anderen Ende des Tales lag. Um dorthin zu kommen, würde er – erschöpft, wie er war, und humpelnd – mindestens noch eine weitere halbe Stunde brauchen. Abgesehen davon bezweifelte er, daß er in seinem Zustand besonders willkommen gewesen wäre. Vielleicht würde Frannie sich freuen, ihn zu sehen, aber auch da war er sich nicht sicher. Für den Rest der Trauernden hätte jene zerlumpte Gestalt, die an das Grab gehumpelt wäre, nur den Anlaß ihrer Zusammenkunft gestört: dem Toten die letzte Ehre zu erweisen. Später, wenn der Sarg in der Erde lag, würde er Zeit finden, den Friedhof zu besuchen und sich von Sherwood zu verabschieden. Im Augenblick tat er dem Andenken an ihn einen größeren Gefallen, wenn er sich im Hintergrund hielt.

Der Sarg war aus dem Leichenwagen gezogen worden und wurde nun in die Kirche getragen. Die Trauergäste reihten sich hinter ihm ein. Die Frau, die als erste hinter dem Sarg ging, war sicherlich Frannie, auch wenn er aus der Ferne ihr Gesicht nicht erkennen konnte. Er sah zu, wie die Trauergemeinde in der Kirche verschwand. Die Fahrer lehnten draußen an der Kirchenmauer und plauderten miteinander.

Erst jetzt setzte er den Abstieg fort. Er hatte beschlossen, zu Hugos Haus zurückzugehen. Dort konnte er baden, sich rasieren und umziehen, so daß er einigermaßen anständig aussah, wenn Adele von der Beerdigung heimkehrte (die sie zweifellos besuchen würde).

Aber als er den Fuß des Hügels erreicht hatte, lenkte ihn der Anblick der Dorfstraßen erst einmal von seinem Vorhaben ab. Sie lagen, soweit er sehen konnte, völlig verlassen vor ihm. Er konnte sich ein paar Minuten Zeit nehmen, bevor er zurück zum Haus ging, und überquerte die Brücke.

Die Glocke hatte schon lange aufgehört zu läuten. Das Tal lag von einem Ende zum anderen in vollkommener Stille da. Als er die Straße hinunterging, ganz verzaubert von dem Schweigen um sich, hörte er ein Geräusch. Er drehte sich um. Auf der Brücke stand ein Fuchs mit gespitzten Ohren und wedelndem Schwanz und beobachtete ihn. Nichts an seiner Erscheinung veranlaßte Will zu der Annahme, daß es sich um Lord Fuchs handeln könne, oder wenigstens um einen seiner zahllosen Nachkömmlinge. Außer vielleicht der Tatsache, daß er vor ihm stand und ihn herauszufordern schien. Immerhin hatte Will schon stolzere Exemplare der Gattung gesehen. Aber das hätte der Fuchs auch von Will sagen können. In letzter Zeit hatten sie beide offenbar ein wildes Leben geführt. Beide hatte einiges von ihrem früheren Glanz verloren, waren ein bißchen zerzaust und wohl ein bißchen verrückt. Aber noch hatten sie ein paar Tricks auf Lager, noch waren sie hungrig. Sie lebten, und sie waren bereit für den nächsten Tag.

»Wohin geht's?« fragte er den Fuchs.

Der Klang der Stimme, der die Stille der Straße durchbrach, reichte aus, um das Tier zusammenzucken zu lassen; sogleich drehte es sich um und rannte über die Brücke den bleichen Hügel hinauf, immer schneller werdend, obwohl es eigentlich keinen Grund hatte zu rennen, außer zu seinem eigenen Vergnügen. Will sah dem Fuchs nach, bis er den Kamm des Hügels erreicht hatte. Dort trottete er eine Weile entlang, bevor er ihn aus den Augen verlor.

Die Frage, die Will gestellt hatte, war damit beantwortet. *Wohin es geht? Warum? Ich will einfach weg, irgendwohin, wo ich dem Himmel nah sein kann.*

Will betrachtete den Hügel und die Spur des Fuchses noch etwas länger und hörte in seinem Kopf das, was Lord Fuchs von ihm verlangt hatte, als er das erste Mal an seinem Bett aufgetaucht war. »*Wach auf*«, hatte er gesagt. »*Wach endlich auf.*«

Nun, er war aufgewacht; endlich. Die Zeit der Visionen

war zu Ende, zumindest vorerst, und derjenige, der diese Visionen inspiriert hatte, war gegangen und hatte es Will überlassen, seine Weisheiten an andere Menschen weiterzugeben. Zu erzählen, was er im Herzen des Domus Mundi gesehen und gefühlt hatte. Sein Wissen zu feiern und seine heilende Kraft anzuwenden.

Er sah zum Haus seines Vaters hinauf und stellte sich dabei das leere Arbeitszimmer vor, wo die letzte nie gehaltene Vorlesung auf dem Schreibtisch vergilbte. Dann ließ er den Blick wieder zur Kirche wandern und zu dem düsteren Friedhof, auf dem Sherwoods sterbliche Überreste gleich zur Ruhe gebettet würden. Und schließlich betrachtete er wieder die Dorfstraße.

Er würde für immer bei ihm bleiben, der Geist dieses Ortes. Wohin auch immer seine Pilgerreise ihn führen sollte – diese Bilder würde er in sich tragen, zusammen mit der Trauer und dem Ehrgeiz, der sich hier in ihm geregt hatte. Aber trotz all ihrer Bedeutsamkeit durften sie ihn nicht eine Minute länger von seiner Aufgabe abhalten. So wie der Fuchs dorthin gegangen war, wo er ganz er selbst sein konnte, so wollte auch er das tun.

Er wandte dem verlassenen Dorf den Rücken zu, der Kirche und dem Haus, und ging zum Bach hinunter. Dort nahm er den Weg, der an ihm entlanglief, um die Reise anzutreten, die ihn in seine einzige wahre Heimat zurückführen würde – in die Welt.